典藏文學

勇敢女孩

Brave Girl

安妮日記

Anne Frank: The Diary of a Young Girl

&

海倫・凱勒

The Story of My Life

安妮・法蘭克

Anne Frank

1929-1945

猶太人大屠殺裡最廣為人知的受害者，得年十五歲，留下了一本記載二戰時期在荷蘭生活的日記。這本日記不僅展現她出色的文學才華，更是珍貴的歷史見證，以少女的角度記錄猶太人遭受納粹迫害時的心路歷程，和不得不躲藏在不見天日的密室中的艱苦生活。

安妮在密室躲藏期間，每日都會安排學習課程，她也在學習和書寫日記的過程中，奠定自己想要成為一名作家或是記者的夢想。憑著她出色的文筆與細膩的少女心思，日記詳細記載著她與家人的衝突和成長後的自省、對異性的好奇與好感，抒發長期躲藏下對藍天與自由的渴望，和對世界和平與人權平等的信念。

日記的內容隨著戰爭的落幕經由她的父親整稿出版，也圓了安妮成為作者的夢想。藉由這本日記，更多人得以一窺當時的戰亂時代，平民是如何艱苦躲避迫害與砲火，祈求著和平與平等時代的到來。安妮也藉著《安妮日記》被《時代雜誌》選為二十世紀百大人物之一，其生平事蹟更被改編成電影、舞臺劇和漫畫廣為流傳，她對後世的影響力之巨大，可見一斑。

海倫・凱勒

Helen Keller

1880-1968

1880 年出生於美國阿拉巴馬州，一歲半的時候因為急性疾病導致失明和失聰，因此有一段時間她靠著自創的手語與家人溝通。直到 1887 年得到蘇利文老師啟蒙，在她的教導下學習手語和文字，並撫平她內心因為聾盲而產生的急躁和無助等情緒；1890 年校長莎拉 · 富勒教導她說話。靠著兩位良師幫助，海倫 · 凱勒接受了正規教育，最後以驚人的毅力完成哈佛大學的學業，成為史上第一位獲得學士學位的聾盲人士。

完成學業的海倫 · 凱勒沒有停下她學習的步伐，她精通法語、德語、拉丁語和希臘語等，喜愛寫作的她，著有《我的人生》、《衝出黑暗》、《假如給我三天光明》等十四本著作和數百篇演講和論文，她的自傳和與蘇利文老師的故事也被改編成電影和舞臺劇。

海倫 · 凱勒也是位勇於發聲的講師和社會運動家，透過旅居世界各地的公開演講，為身障人士、婦女與勞工階層爭取福利與權利，宣揚和平與反戰的理念。《時代雜誌》評選她為美國十大英雄偶像，並榮獲象徵美國公民最高榮譽的「總統自由勛章」。

安妮日記

目錄

第一章　親愛的日記

一九四二年六月十二日　星期五

我會對你無話不說。

一九四二年六月十四日　星期日

那天，六月十二日，我的生日，我一早醒來，驚喜地看見你和其他的生日禮物一起被擺在我的桌上。親愛的日記，你知道嗎？你是我收過最好的禮物。

一九四二年六月二十日　星期六

寫日記，你能想像嗎？我以前從來沒有寫過東西，而且有誰會對一個十三歲女學生的自白感興趣呢？不過這並不重要，我就是想寫，把心裡的話全說出來。

紙比人有耐心。我不想把這個硬皮「日記本」拿給什麼人看，除非有一天我找到一位真正的知己，否則誰也不會讀到這本日記。

為什麼我要寫日記呢？因為我沒有朋友。

有誰會知道，一位十三歲的少女竟感到如此孤獨。我有疼愛我的父母，一個十六歲的姊姊，還有大約三十個可以稱做朋友的人。我也有一群追求者，他們在課堂上會用破裂的小鏡子偷看我。可是，我跟誰都無法推心置腹。我需要一位知己。

就讓這本日記當我的知己吧！我還要給這個朋友取名叫做「吉蒂」。

我的父親，是最可愛的一位父親，三十六歲時和我的母親結婚，那時我的母親二十五歲。我的姊姊瑪格特於一九二六年在德國法蘭克福出生。接著，我在一九二九年六月十二日出生。我們是猶太人。父親在一九三三年來到荷蘭，當上生產果醬的荷蘭奧培克塔公司的經理，後來他把我們一家人都接到荷蘭定居。

我們的生活並非從此平安無事，留在德國的親人受到希特勒鎮壓猶太人的法律迫害。在一九三八年的大屠殺後，我的兩位舅舅逃到了美國。

一九四〇年五月以後，德國人進駐荷蘭，猶太人更是苦不堪言。反猶太人的法律接踵而來：猶太人必須佩戴一個黃色六角星；猶太人必須交出自己的腳踏車，不許乘坐電車，也不許開車；猶太人只能在下午三點到五點之間在指定的猶太人商店買東西，也只能去猶太人開的理髮店；晚上八點到早上六點，猶太人不准在街道上走動；猶太人不可以在花園或是陽臺上逗留；猶太人不得進入劇院、電影院或其他遊樂場所，也禁止猶太人去游泳池等體育場所；猶太人只能上猶太學校……。這也不准、那也不許，甚至有人說：「我已經什麼都不敢做了。」

雖然如此，至今為止，我們一家四口過得還算不錯。

一九四二年六月二十日　星期六

我正式啟用日記的日子，就從今天開始吧！我們五個女孩組成了一個乒乓球俱樂部，名字叫：「小熊星座減二」，這是一個將錯就錯的怪名字。本來，我們想取一個特別的名字，因為我們一共有五個人，所以我們馬上就聯想到了小熊星座，我們認為它總共有五顆星。可是，我們搞錯了。小熊星座其實有七顆星，和大熊星座一樣。這就是「減二」二字的由來。

一九四二年六月二十一日　星期日

親愛的吉蒂：

我和學校的老師相處得都還不錯。

教數學的老師有段時間非常討厭我，因為我上課時很愛講話。他罰我寫一篇作文，題目是：「話匣子」。我寫了整整三頁，對自己滿意極了。我提出的論點是：愛說話是女人的天性，我盡力地改正過，但永遠不可能完全改掉，因為我的母親也跟我一樣愛說話，而對於遺傳，人們通常是無能為力的。

老師嘲笑了我的論點，然後當下一堂課，我又在課堂上說話時，他罰我寫第二篇作文，題目是：「本性難移的話匣子」。後來他又宣布：「安妮．法蘭克，因為上課說話，罰寫第三篇作文，題目是：『喜歡饒舌的鴨小姐說：「呱、呱、呱」』」。

我有一位很會寫詩的朋友自告奮勇幫我完成這篇作文，全文押韻，棒極了。這首詩描寫鴨媽媽、天鵝爸爸與三隻小鴨的故事。三隻小鴨因為叫個不停而被天鵝爸爸咬死了。老師明白了這個笑話，他在班上朗誦這首詩，後來也在別的班級朗誦過。從此以後，我上課時也可以講話了，而且再也沒被罰寫作文。

安妮

一九四二年六月二十四日　星期三

熱死了。每個人都氣喘吁吁的，即使是這樣的大熱天，我們無論到什麼地方，依舊只得步行。現在我才知道搭乘電車，尤其是坐敞篷車有多麼舒服了！但這不是我們猶太人能持續享受的。能用雙腳走路，也許就已經夠好了。

唯一還允許我們使用的交通工具是渡船。熱心的船夫聽到我們的請求後，立即把我們載到對岸。

一九四二年七月五日　星期日

升級典禮結束了。我的成績還不錯，只有一科代數不及格。家人都很高興。我的父母從來不會過於看重成績，只要我的身體健康、不要太調皮，開開心心的就好。

姊姊瑪格特的成績像以往一樣出色。她真的好聰明！

爸爸最近經常待在家裡，他已經不再管理公司的事務。克萊曼先生接管了奧培克塔公司，庫格勒先生接管了吉斯公司——這是一家一九四一年才成立的香料公司。

幾天前，我們在住家附近的廣場散步時，爸爸開始說起躲藏的事：「一年多以來，我們都在為了躲藏做準備。把衣服、食品和家具交給別人，就是為了能及時逃離。我們不想財產被德國人侵吞，但我們更不願落入他們手中。所以，我們要主動離開，不能等他們來抓走我們。」

我心裡害怕起來：「什麼時候呢？爸爸！」

「別擔心，我們會處理好所有事情的。你就把握現在，享受一下無憂無慮的生活吧！」

啊！但願那些憂慮還在遙遠、遙遠的未來！

一九四二年七月八日　星期三

親愛的吉蒂：

從星期天早上到現在，就像是過了好多年一樣。發生了好多事，世界彷彿瞬間崩塌！可是我還活著，吉蒂，爸爸說這是最重要的。是的，我的確還活著，請別問我在哪裡、是怎麼活下來的。你大概聽不懂我在說什麼。我這就告訴你星期天發生的事情。

當時我正懶洋洋地躺在躺椅上看書，瑪格特激動地走過來，小聲地說：「爸爸接到納粹黨衛隊的召集令。」

召集令！集中營和牢獄的畫面頓時閃過我的腦海。

瑪格特接著說：「媽媽和范丹先生（我們家的好友，也是爸爸公司的合夥人）正在商量是否明天就一起躲到我們的密室去。」

要躲到哪裡去呢？城市？鄉下？房子還是小閣樓裡？什麼時候？又要怎麼躲藏？我坐立不安。

瑪格特和我開始把我們最需要的東西裝進書包。我拿的第一樣東西就是這個日記本，然後是捲髮夾、手帕、課本、梳子和舊信件。回憶比衣服更重要，不是嗎？

天黑前，爸爸終於回來了。梅普和她的新婚丈夫詹．吉斯後來也來了，用一個黑色的大袋子帶走我們之前準備好的鞋子、褲子、內衣和書籍。

我非常睏，雖然我知道這是我在自己床上睡覺的最後一夜，我還是馬上就睡著了，直到第二天早上五點半被媽媽叫醒。七點半，我們告別了屋子，只求安全地到達目的地。

那一天，溫暖的細雨下個不停。我們穿上一層又一層的衣服，就像是要在冰箱裡過夜一樣，這是為了能多帶一些衣服。沒有一個猶太人敢提著裝滿衣服的箱子出門，所以只好盡量穿在身上。

安妮

一九四二年七月九日　星期四

我們就這樣在無邊的大雨中走著，清晨上班的人們投來同情的目光，似乎為不能向我們提供任何交通工具而感到遺憾。

爸爸、媽媽和我們說了整個躲藏計畫。我們已經盡可能地把生活用品和衣服移走，原本預計在七月十六日那天搬過去，但那個召集令讓我們不得不提前行動。

密室就在爸爸公司的辦公樓裡。除了管理倉庫的先生和兩個年輕雜工，那裡的其他人員都知道我們要來：庫格勒先生、克萊曼先生、梅普，還有打字員貝普。

躲藏的房子格局是這樣的：建築物一共有四層樓，底層有一間大倉庫，裡面分隔出幾個空間。倉庫入口處的旁邊是屋子的正門。進門後，走上一道樓梯，就會看見一扇毛玻璃門，裡面是寬敞明亮的辦公室。貝普、梅普和克萊曼先生白天會在這裡辦公。

穿過走道，是小小的經理室，從前庫格勒先生和范丹先生都在那裡辦公，現在只有庫格勒先生一個人了。從走道通過一扇玻璃門也可以直接進入這間辦公室，那道玻璃門只能從裡面打開，從外面不容易進去。從庫格勒先生的辦公室出來，沿著細長的走道，再爬上四個階梯，就來到整幢房子最豪華的部分：董事長室。

從樓下的走道登上一道木梯，來到一個樓梯間。樓梯間左右兩邊都有門，左邊的門通向前面的倉庫、閣樓和頂樓。走廊另一邊還有一道長長的荷蘭式樓梯通向第二扇臨街門。

樓梯間右邊就是「密室」。不會有人想到，在這扇漆成灰色的普通門板後面，還隱藏著這麼多房間。門前有一道門檻，跨過門檻就能進到裡面。這扇門正對面是一道很陡的樓梯；左邊有一條小走道和一間屋子，這間屋子就要成為我們法蘭克家的起居室兼臥室。旁邊還有一間小一點的房間，是法蘭克家兩個女孩的臥室兼書房。樓梯右邊是一個沒有窗戶的小房間，裡面有一個洗手盆和一個廁所，有一扇門通向瑪格特和我的臥室。

走上樓梯，是一間寬敞明亮的房間，有壁爐、煤氣和水槽。這裡是范丹夫婦的廚房和臥室，兼做公共起居室、餐廳和書房。還有一個很小的房間，將成為彼得的房間。另外，和走廊一樣，這裡也有閣樓和頂樓。

一九四二年七月十日　星期五

親愛的吉蒂：

我喋喋不休地描述我們的住處，讓你感到很無聊吧？不過，我想你還是應該要知道我是怎麼來這裡的。

我們到了普林森運河街二六三號後，跟著梅普穿過那條長長的走道，直接上樓進入密室。房間裡堆滿了我們原先儲備的東西，我們不得不馬上進行整理，以便晚上能在鋪得整整齊齊的床上睡覺。星期二，貝普和梅普拿著我們的食物配給券去採購，我們又是從早忙到晚，讓我根本沒有時間去思考生活中的巨大變化。

安妮

一九四二年七月十一日　星期六

親愛的吉蒂：

爸爸、媽媽和瑪格特一直不習慣韋斯特鐘樓每十五分鐘就報時一次的鐘聲。我卻對鐘聲感到十分親切，特別是在夜裡。這裡永遠比不上自己家，但也不討厭，我覺得像是在一間別墅裡度假，儘管我們其實是在避難。這裡走廊歪斜，濕氣也很重，但是我想，在整個荷蘭，大概再也找不到一個比這裡更舒適的藏身之處了。

爸爸把我蒐集的明信片和明星照片都帶來了，我把它們貼在牆上，房間看起來歡快多了。我們第一天就裝上窗簾，把它拉上以免我們被鄰居發現。

我們的鄰居是一些公司行號和家具工廠，下班後那些房子裡都不會有人，但是我們這裡的聲音有可能會傳過去。所以，即使瑪格特的感冒很嚴重，她也不敢咳嗽。我們給她吃了很多止咳藥劑，讓她不會在夜裡咳嗽。

我們盼望著星期二范丹一家人的到來，到時候生活就不會這麼冷清了。

安妮

一九四二年七月十二日　星期日

我覺得自己跟媽媽和瑪格特漸漸疏遠了。今天中午，因為媽媽的字跡很難辨認，所以我想把她的購物清單重新抄一遍，結果卻被她狠狠地訓斥了。她們的感情很好，我覺得自己和她們格格不入。爸爸有時會理解我，但他通常都站在媽媽和瑪格特那一邊。

我在這裡常常做白日夢，但現實是我們不得不待在這裡直到戰爭結束，我們永遠不能出門，造訪的客人只有梅普夫婦、貝普、庫格勒先生和克萊曼先生。

第二章　密室生活

一九四二年八月十四日　星期五

范丹一家為了安全，提前一天在七月十三日搬來了。彼得．范丹是個身材瘦長、靦腆的男孩，還不到十六歲。

范丹太太竟然帶來了夜壺，她說：「我沒有夜壺，會睡不安穩的。」

范丹一家比我們在外面的世界多待了一個星期，所以有更多外面的故事可以講給我們聽。關於我們一家人的失蹤，人們發揮了可笑的想像力，有人說早晨看見我們全家騎著自行車離開了，還有位女士斷定我們是在半夜被一輛軍車載走的。

一九四二年八月二十一日　星期五

庫格勒先生請木工沃斯庫基爾先生做了一個旋轉櫃子，櫃子能像門一樣開關，就放在密室的入口用來偽裝，以防德軍的搜查。

這裡的生活並沒有太多變化。范丹太太和我相處得不太融洽，但她很喜歡瑪格特。彼得那個人整天懶洋洋的，躺在床上消磨時間。媽媽總是把我當成小孩子，真讓人受不了。

幸好，外面的天氣晴朗暖和，讓人的心情也跟著明朗。

一九四二年九月二日　星期三

范丹先生和范丹太太大吵了一架。我還從來沒有見過這種事，因為我的父母親絕不會這樣大聲對罵。彼得夾在中間肯定很為難。

媽媽和范丹太太相處得不太好，都是為了一些雞毛蒜皮的小事。比如，范丹太太從我們共用衣櫃裡把床單全拿走，只剩下三條，這令媽媽大吃一驚。吃飯時用的是范丹家的餐具而不是用我們家的，這也讓范丹太太非常生氣。

一九四二年九月二十一日　星期一

親愛的吉蒂：

我跟你講一講密室的日常情況吧！

我的沙發床上裝了燈，夜裡我如果聽到槍炮聲，只要拉繩子就可以開燈。

范丹太太真叫人受不了。她不願意洗鍋子，如果鍋裡還有一些剩飯剩菜，她不會把它盛到碗裡，而是任由它在鍋子裡發霉。等到中午瑪格特在洗很多鍋子的時候，范丹太太還會在一邊說風涼話：「啊！小瑪格特，你可真要忙壞了！」

克萊曼先生每隔一個星期會給我帶幾本女孩子看的書。

我花了很多心力學習法語，每天記五個不規則動詞。學校裡學的東西我忘了好多。彼得唉聲嘆氣地重新學習英語。爸爸要我教他荷蘭語，我覺得很好，這樣可以當作他教我學法語和其他功課的回報。可是，他學荷蘭語時犯的錯誤簡直叫人難以置信！

我發現冬天我只有一件連身裙和三件毛衣，這真讓人鬱悶。不過，爸爸同意我為自己織一件白色毛衣。毛線不是很好看，可是很保暖。我們還有一些衣服存放在別人家裡，但要等到戰爭結束後才能取回。

剛剛我正好寫到范丹太太的時候，她進到房間裡了。我啪的一聲闔上日記本。

「安妮，我可以看一下嗎？」

「不行，范丹太太！」

「只看最後一頁可以嗎？」

「不，那也不可以，范丹太太。」

我嚇了一大跳，因為她在日記本裡的形象實在是不佳。

就這樣，每天都會發生一些事，可是我覺得又懶又累，所以沒有全部記下來。

安妮

一九四二年九月二十五日　星期五

親愛的吉蒂：

有時晚上，我會去找范丹一家人聊聊天。我們會一邊吃「樟腦餅乾」（餅乾盒放在有樟腦丸的衣櫃裡），一邊開心地聊天。最近的話題圍繞在彼得身上。我告訴他們，彼得最近常常摸我的臉，我不喜歡這樣。

范丹夫婦用一種大人們典型的說話方式說，彼得肯定像喜歡自己姊妹一樣喜歡我，問我可不可以學著喜歡彼得，就像喜歡一個兄弟。

我心裡想著：「天哪！拜託不要。」但我告訴他們，彼得平常有點拘謹，也許他只是害羞，沒有和女孩子交往過的男孩，都是這個樣子的。

安妮

一九四二年九月二十七日　星期日

親愛的吉蒂：

我剛和媽媽大吵了一架，我覺得她一點也不瞭解我的想法，對她而言，我只是個陌生人。我和瑪格特相處得也不是很好，雖然我們從來沒有爆發過類似的爭吵。

她們對我來說是那麼地陌生。我了解我的朋友，勝過於了解我的母親。不能和自己的親人好好相處，這不是太讓人羞愧了嗎？

范丹太太最近變得更不可理喻了，她把越來越多的私人用品鎖起來。換成是我，我一定會以牙還牙，可惜媽媽不會這樣做。

有些父母不僅管教自己的子女，還特別喜歡數落別人家的孩子，范丹夫婦就是這樣。瑪格特並沒有什麼可以管教的地方，她天生就是個好女孩，善良、友善，還很聰明，但我卻全身上下都是壞習慣。

每當吃飯時，我喜歡專挑馬鈴薯來吃，綠色蔬菜反而碰都不想碰。

范丹太太實在受不了我這個樣子，她會說：「來，安妮，吃點蔬菜。」

「不，謝謝，」我回答說：「我吃馬鈴薯就好了。」

「吃蔬菜對身體好，你媽媽也這樣說。來，吃一點。」她會這樣一直催促我吃蔬菜，直到爸爸出面替我解圍。

范丹太太生氣了，她說：「你們應該到我家來看看，孩子總是要管教的！安妮太任性了，我就絕對不會縱容這種情況。安妮要是我女兒的話……」

她的長篇大論總是這樣開始和結束：「安妮要是我女兒的話……」幸好我不是。

最後，爸爸說：「我覺得安妮很好。起碼她對你的嘮嘮叨叨不會頂嘴。至於蔬菜嘛，我只能說，你們是半斤八兩，看看你自己的盤子吧！」

哈哈！范丹太太輸了：她自己晚上絕對不吃豆子和甘藍類的蔬菜，因為她吃了就會不停放「氣」。我也可以說她偏食啊！她還來說我，真是不害臊！

安妮

一九四二年九月二十八日　星期一

親愛的吉蒂：

大人們總是為一點芝麻綠豆的小事吵架，真是奇怪！以前我總以為只有小孩才會這樣吵架，長大就不會了。可是沒想到爭吵在這裡變成了家常便飯，而且每次都牽扯到我的身上，真讓人受不了。

他們簡直把我說得一無是處，嚴苛的話語和吶喊充斥著我的腦海，我不想再忍受這種侮辱了，難道我真的像他們所說的那樣粗魯、任性、固執、無禮、愚蠢和懶惰嗎？

是的，我知道自己有許多缺點，但是我也有優點啊！吉蒂，你知道嗎？老是被這樣責罵和嘲諷，我心裡是多麼生氣啊！更令人生氣的是，我只能聽著他們數落，不能反抗！

尤其是范丹太太，有一次我無意中惹惱了她，她馬上用德語對我破口大罵起來，就像潑婦罵街一樣。

如果我會畫畫，我一定要把她這種瘋瘋癲癲、荒唐可笑的姿態描摹下來。我也開始懂了，你只有和某個人吵過一次架之後，你才會真正瞭解他。只有這樣，你才能更準確地判斷他的性格。

安妮

一九四二年九月二十九日　星期二

親愛的吉蒂：

躲藏者的奇怪經歷你肯定無法想像吧！

我們沒有浴缸，只能輪流用洗衣盆來洗澡，而每個人選擇用來洗澡的地方，就因各自的性格而有所不同了。

彼得會在廚房裡洗，在洗澡前他會先告知所有人，請大家在這半個小時之內，都別經過廚房。

范丹先生會把熱水提到樓上，在自己的房間裡洗澡。

范丹太太還沒找到最適合的地方，所以到現在還沒有洗過澡。

爸爸在董事長室裡面洗澡。

媽媽則在廚房的擋板後面洗。

瑪格特和我選擇前面的經理室當做浴室，每到星期六下午，那裡就會拉上窗簾，我們得摸黑洗澡，一個人洗澡的時候，另一人就從窗簾之間的縫隙看向窗外。

星期三，水電工人會來移動水管，將供水管和排水管移到走廊，以免冬天天氣寒冷將水管凍住。這項工程帶給我們很大的困擾，白天我們不能用水，當然也不能上廁所。想上廁所時要怎麼辦呢？我們犧牲了一個開口很大的玻璃瓶，用來當尿壺。水電工人來的時候，我們會把玻璃尿壺放到房間裡使用，真的很不方便。

但還有一件事令我更難受，就是整天都得安靜坐著、不許說話。平時我們還能輕聲細語，但這時候，我們連一句話也不許說、一步也不能走。我的屁股坐了三天，很痛，但晚上做些體操會讓我舒服一點。

安妮

第三章　是誰敲響了門？

一九四二年十月一日　星期四

親愛的吉蒂：

昨天我嚇壞了。八點鐘的時候，門鈴突然響了起來。我以為是有人要進來抓我們了。等了一會兒沒有任何動靜，我們才鬆了口氣。後來才聽大家說，應該只是街頭少年，或是郵差按鈴的聲音。

我們像小老鼠一樣，安安靜靜地窩在密室裡。在三個月前，有誰會想到一刻都靜不下來的安妮，也能一坐就是好幾個小時？

九月二十九日是范丹太太的生日，雖然不能舉辦盛大的派對，但她還是收到了花和一些小禮物，還有一頓大餐。

說到這，我不得不提及她最近的行為舉止。她總向爸爸賣弄風情，這太過分了。她一會兒撩撩她的頭髮，一會兒摸摸爸爸的臉頰，有時還會拎拎她的裙子，嘴裡說著自以為詼諧的俏皮話。幸好爸爸對她的調情沒有反應。

彼得偶爾也會從他的房間出來。我雖然不喜歡他，但是我們有一個共同嗜好，能為平時壓抑的大家帶來一些歡樂，那就是：變裝。他穿上他母親的連衣裙，頭戴女士帽，扮成女生；我則穿上彼得的西裝，戴上他的帽子，扮成男生。大家笑得臉頰都痛了。

貝普給瑪格特和我買了新裙子，新裙子價格大漲，但布料卻像麻布袋一樣差勁。貝普還給我們三個孩子訂了速記函授課程。等著瞧吧！明年我們就會是一流的速記員了。不管怎麼樣，能用密碼寫東西，都是一件令人感到驕傲的事呀！

我的食指很痛，所以不能熨衣服，這也算是幸運的事。

最後，給你講個滑稽的笑話，是范丹先生說的：

「什麼東西咚咚咚九十九下，然後啪嗒一下？」

是一條有一隻腳長歪的蜈蚣！

安妮

一九四二年十月三日　星期六

昨天媽媽和我又起了衝突。她大驚小怪地向爸爸哭訴我的「罪狀」，我忍不住也哭了。我對爸爸說：比起媽媽，我對爸爸的愛更多。爸爸說這只是過渡時期，勸我要忍耐。但我不這麼認為。我快要受不了媽媽了，我得一直強迫自己冷靜，我也不知道為什麼我會這樣。爸爸說，媽媽不舒服的時候，我應該多幫媽媽的忙。但是我不會這樣做的，因為我不愛她。我可以想像媽媽有一天會死，卻怎麼也無法忍受爸爸死去。我知道這樣很卑鄙，但這是我真實的感受。我希望媽媽永遠不會看到這些話，或是我寫的其他內容。

最近我被允許閱讀一些成人書籍。在閱讀《夏娃的少女時代》的時候，我看到書裡寫到女人在街上出賣肉體賺錢，換做是我，肯定會羞慚得無地自容。另外，書裡也提到夏娃有了月經。我多麼希望有月經呀！那樣的話，我就真正長大了。

爸爸又在嘟囔，威脅說要拿走我的日記本。真可怕！以後我要把它藏起來！

一九四二年十月七日　星期三

親愛的吉蒂：

我想像著……

現在我到了瑞士。我和爸爸睡在一個房間，我在那裡招待客人，房裡都是新家具：茶几、書桌、長沙發，棒極了！

爸爸給了我一些錢，讓我去買我需要的一切東西，比如襯衫、長褲、最小號的胸罩、睡衣、拖鞋、圍裙、手帕、絲襪等。

可惜一切只是幻想、只是美夢、只是海市蜃樓。因為我只能躲藏在這裡。

安妮

一九四二年十月九日　星期五

親愛的吉蒂：

今天只有一些壞消息能告訴你。我們許多猶太朋友和熟人一批一批被抓走，蓋世太保對這些人毫不留情。他們被裝進運送牲畜的車廂，送到荷蘭境內最大的猶太人集中營威斯特伯克去。有人逃出來過，他說那裡幾乎沒有東西吃，每天只供水一小時，好幾千人只有一間廁所和一個洗手臺，幾乎沒有飲用水可喝。

逃跑是不可能的。因為集中營裡絕大部分人，只要一看他們剃平的光頭和一副猶太人的長相，就知道他們是從哪裡出來的。

荷蘭的情況都這麼糟了，那些被送到更荒涼地方的人們又會怎麼樣呢？電臺報導，大多數猶太人被送進毒氣室集體屠殺了，光是想像那個畫面就令人膽顫心驚。

梅普講述這些可怕的事情時激動極了。貝普默默無語，她的男朋友被送到德國服勞役。每當英國飛機從屋頂橫空飛過，她就擔心飛機投下的炸彈會炸到她的男朋友頭上。

其實，每天都有滿載著年輕人的火車開走。有些人會趁火車在小站停靠時偷偷下車，但只有極少數人能成功逃脫。

我的壞消息還沒說完呢！你聽說過「人質」的事情嗎？這是懲罰破壞者的新手段，沒有什麼比這更恐怖的了。

有些民眾祕密組成反抗軍，他們會炸掉德軍的建築物，或是在德軍經過的路上埋設炸彈。如果哪個地方發生破壞行動，無論是有聲望的人物或無辜百姓，全都會被拘捕等候處決。要是查不出破壞分子，蓋世太保就會抓五位無辜百姓當「人質」，執行死刑。報紙上常常刊登著這些死訊，所有這些暴行都被報導成「致命的意外」。

德國人可真是「優秀」的民族，我本來也是其中的一員啊！不、不對！希特勒早就宣布我們猶太人是無國籍者，要把我們趕盡殺絕。我想這個世界上，再也沒有比德國人和猶太人之間，仇恨更深的兩個民族了。

安妮

一九四二年十月十四日　星期三

親愛的吉蒂：

我簡直忙翻了。昨天我翻譯了一段文章，接著又做了一些討厭的數學題，還學習了三頁的法語文法。今天要學的是法語文法和歷史。

我實在很討厭數學，爸爸也覺得數學很難，有時他甚至還不如我呢。其實我們兩個都不太在行，經常還得去請教瑪格特。不過，速記方面我倒是三個人當中進步最大的，我很努力學習，也很喜歡這門課。我還讀了西斯．范．馬克斯菲爾特的兩本書，她的文筆很好，將來我一定也要讓我的孩子閱讀她的作品。

媽媽、瑪格特和我的關係好了很多，確實比以前更親密了。昨天晚上瑪格特還和我一起睡，雖然有點擠，但這也是一種樂趣。她問我能不能看看我的日記。我說有些部分可以看，她也同意讓我看她的日記。我們還談到未來，我問她將來想當什麼，她故作神祕地什麼也不肯說。

我問瑪格特，我是不是長得不好看？她說我長得很有味道，眼睛很漂亮。

安妮

一九四二年十月二十日　星期二

親愛的吉蒂：

雖然被驚嚇已經過去兩個小時了，但我的手還在不停發抖。事情是這樣的，這棟大樓裡共有五個滅火器，沒有人通知我們，今天會有工人來填充這些滅火器，結果，我們在無預警的情況下，聽到樓梯間敲敲打打的聲音，趕緊叫大家不要出聲。

所有人都屏住呼吸。爸爸和我站在門邊，以便聽清楚那個人什麼時候離開。他大約工作了十五分鐘。接著就是一陣敲門聲，有人對書櫃門又敲、又推、又拉，嚇得我們臉色蒼白！難道這個美好的避難所要被識破了嗎？就在我以為末日即將來臨的那一刻，才聽到克萊曼先生的聲音：「開門，是我！」

原來，那人在填充完滅火器後就離開了。而書櫃的鉤子在裡面卡住了，克萊曼先生來的時候打不開書櫃門，所以才會敲門。

當時在我的想象中，那個企圖破門而入的人身體越來越膨脹，最後變成了一個巨人，變成了一個地球上最可怕的法西斯。

幸好沒事！幸好！

瑪格特和彼得坐在我們房間裡看書，我背完法語不規則動詞，也跟著讀《森林永遠歌唱》。在擔驚受怕之後，這樣的片刻時光，顯得特別寧靜和珍貴！

安妮

一九四二年十月二十九日　星期四

親愛的吉蒂：

我好擔心。爸爸生病了，他發著高燒，但我們不能請醫生來看病。媽媽讓他出了一身汗，希望這樣做可以退燒。

梅普說，范丹家的家具被德國人搬光了。我們還沒有告訴范丹太太，這些日子她已經夠神經緊張的。我們實在不想再聽她哭訴，多捨不得那些留在家裡的漂亮瓷器和家具了。但哭又有什麼用呢？我們誰不是捨棄了許多美好的東西？

爸爸建議我開始閱讀一些著名德國作家的作品，他從櫃子裡找出歌德和席勒的劇本，打算每晚唸一段給我聽。

媽媽也把她的祈禱書塞到我手上，為了給她面子，我還是讀了些用德語寫的禱文，它們的確很優美，但就是不合我的胃口。

明天是我們第一次使用壁爐生火。煙囪已經很久沒有清理了，到時候房間肯定會烏煙瘴氣的。讓我們祈禱煙囪還能通風吧！

安妮

一九四二年十一月二日　星期一

親愛的吉蒂：

我要告訴你一個重大消息：我的月經大概快來了！褲子上感覺黏糊糊的，媽媽猜，那個時間就快到了。我都要等不及了！

可惜我沒辦法用衛生棉，因為現在已經買不到了。我也不能用媽媽的棉條，據說只有生過孩子的女人才能用那個。

安妮

一九四二年十一月五日　星期四

親愛的吉蒂：

英國人終於在非洲打了幾場勝仗，早上，我們開開心心地喝了咖啡和茶。其他就沒什麼可說的了。

這一週我讀了不少書。我肯定進步了很多。

媽媽和我的關係最近有了一些好轉，但我們還是不像我和爸爸那麼親近。瑪格特更是一天到晚惹我生氣，哼！

安妮

一九四二年十一月九日　星期一

親愛的吉蒂：

昨天是彼得十六歲的生日。他收到很多禮物：有一套大富翁遊戲、一把刮鬍刀和一個打火機。是我送他打火機，並不是因為他很愛抽菸，只是因為那個打火機太好看了，很時髦！

范丹先生帶來了一個好消息，他看到報導上寫著：英國人已經在突尼斯、卡薩布蘭加、阿爾及利亞和奧蘭登陸。

「戰爭就要結束了！」每個人都這樣說。可是英國首相邱吉爾卻宣稱：「這並非戰爭就要結束，是我們就要結束戰爭了。」你看出差別了嗎？但形勢還是很樂觀的，有座俄羅斯的城市已經在攻擊下支撐了三個月，至今都還未落入德國人手中。

還是說回我們的密室，跟你說說我們食物的供應吧！你曉得的，樓上那些人都是貪吃鬼。為我們提供麵包的，是克萊曼先生的一位好心的朋友。食物配給券是在黑市上買的，它的價格不斷上漲。不過是一張印了字的紙片而已！

為了保證食物的來源，我們貯存了幾百個罐頭，還有兩百七十磅的豆子。

差點忘了告訴你：爸爸的病已經好了！

安妮

附筆：剛剛廣播說阿爾及利亞攻陷了，卡薩布蘭加和奧蘭已經在英國手中。相信不久後，突尼斯也會有好消息，我們都在盼望著。

第四章　第八個躲藏者

一九四二年十一月十日　星期二

親愛的吉蒂：

大新聞！我們就要有第八個成員了！

我們本來就覺得密室有足夠的空間，可以再多收留一個人，只是怕給庫格勒先生和克萊曼先生增加負擔。可是，猶太人受迫害的消息越來越多，爸爸覺得能幫一個是一個，於是向他們提出意見。

他們很贊同，說：「八個人和七個人都一樣危險。」躲藏在這裡總比被帶走要好。

大家立刻把熟人想了一遍，商議看看哪個人最能融入這個「大家庭」。最後被挑中的是牙科醫生杜塞。他的妻子已經幸運離開到國外了。據說他文質彬彬，品格高尚，我們兩家人一致認為他是最佳人選。梅普也認識他。之後他會和我共用房間，我睡瑪格特原來的長沙發，瑪格特則搬到爸媽的房間去睡折疊床。

安妮

一九四二年十一月十二日　星期四

聽梅普說，杜塞醫生很高興能有個藏身之處。但當梅普希望他禮拜六過來時，他拒絕了，因為他想把病歷整理好，替有預約的病人看病，決定禮拜一再過來。

這個時候，他還不趕緊搬過來，我說他真是瘋了。如果他在街上被抓，不管是他的病歷，還是他的病人，都沒辦法幫助他，為什麼這時候還要拖延呢？我覺得爸爸答應讓他晚點過來，真是太不明智了。

一九四二年十一月十七日　星期二

杜塞先生順利過來了。

看到我們一家在這裡，杜塞先生吃驚得瞪大雙眼：「可是……不是……你們不是在比利時嗎？那個軍官沒有開車來接你們嗎？是……逃脫失敗了？」顯然，他是相信了外界的傳聞。我們向他解釋，那是我們故意散布的謠言，目的是要掩人耳目，特別是德國人，不想讓他們發現我們。

待他稍稍回過神，把自己的東西整理安頓好之後，我們就把范丹先生擬定的「密室生活公約」遞給杜塞先生。

內容如下——

一、地點：專供猶太人及相同境遇者臨時安身的特殊設施。位於阿姆斯特丹市中心。

二、鄰居：附近無私人住宅。

三、食宿：免費。

四、特殊飲食：無脂肪。

五、廣播電臺：可收聽倫敦、紐約以及其他各電臺。收音機晚上六點後提供所有房客使用。須知，除播放古典音樂節目外，嚴禁收聽德國電臺。

六、休息時間：晚上十點至早上七點半，星期日至十點十五分。特殊情況下，白天也可安排休息。務必嚴格遵守，為了公共安全，休息時間必須高度警惕！

七、自由活動：在收到進一步通知以前，嚴格禁止一切戶外活動。

八、語言：必須輕聲細語，不得喧嘩。可使用所有文明語言。禁說德語。

九、閱讀：不准閱讀德文書籍，學術和經典著作除外。其他書籍皆可閱讀。

十、體操：每天。

十一、唱歌：晚上六點後，低聲唱歌。
十二、電影：須事先安排。
十三、課程：每週一堂速記課程。英語、法語、數學和歷史隨時開課。課程費用可用授課代替，如：荷蘭語課程。
十四、用餐時間：早餐，早上九點。逢節日、假日大約十一點半。午餐，一點半左右。晚餐，不固定，視新聞廣播時間而定。
十五、義務：房客必須隨時參與公共事務。
十六、洗浴：星期天早上九點開始，洗衣盆供所有房客使用。地點可依個人喜好，選擇廁所、廚房或辦公室。
十七、酒類：謹遵醫囑。

一九四二年十一月十九日　星期四

杜塞先生人真的很好，就和我們想的一樣。雖然我不是很樂意和陌生人共用一個房間，但是我願意做出這小小的犧牲。就像爸爸說的：「只要能救人一命，其他一切都不重要了。」

杜塞先生來的第一天就問了我一大堆問題：例如，清潔工什麼時候來打掃辦公室？廁所什麼時候可以使用？在哪裡沐浴比較好？你不要覺得好笑，在密室裡這些可都是至關重要的！

我們和外界隔絕得太久了，杜塞先生跟我們說了許多外面的情況。有數不清的朋友和熟人都被帶走，前往一個可怕的地方。軍車夜以繼日在街上打轉，挨家挨戶搜查猶太人。只要查到一個人，就馬上把他們全家抓走。

除非躲起來，否則沒人能逃離魔爪。夜裡，常常看到一列無辜的人，被幾個傢伙趕著往前走，受盡折磨，老人、孩童、孕婦、病人，無一倖免地走向死亡。

我們能躲在這裡，是多麼幸運啊！可是對於那些飽受凌虐的同胞，我們卻無能為力，我心裡好難受。我睡在溫暖、安全的床上，而我親愛的朋友們卻在不知名的地方倒下。

每當我想起那些相識的人，如今可能已經落入世間最凶殘的劊子手手中，我就感到不寒而慄。而這一切，只因為他們是猶太人。

一九四二年十一月二十日　星期五

關於猶太人的消息太過悲慘，讓我們的心情十分沮喪，不知道該怎麼面對。但是，我們都認為應該保持樂觀，傷心對我們和外面的猶太人都沒有好處。

無論我們做什麼，都非得想到那些被抓走的人嗎？如果某件事就是讓我想笑，難道我就非要立刻忍住，並為自己的開心感到羞愧？難道我就該整天愁眉苦臉？

不，我做不到，這種悲痛的情緒一定會過去的。

我最近有一個煩惱：我覺得好孤獨，有一種被拋棄的感覺。我終於意識到：無論爸爸有多好，我的心靈依然十分空虛。

一九四二年十一月二十八日　星期六

我們用電過度，超過配給量，結果是：只能厲行節約，否則會被強迫停電。但是四點以後光線就太昏暗了，不能看書。所以我們用各種方式消磨時間：猜謎、摸黑做體操、講英語或法語、討論書籍等。

昨天我又發現了一項新消遣：用望遠鏡偷看鄰居家亮著燈的房間！以前我根本不知道我們的鄰居這麼有趣。我望見幾個人在用餐，還有一家人在看電影。

大家總說杜塞先生跟孩子相處得特別好，其實這人是個老古板，還喜歡長篇大論地教訓人。而在小小的房間裡，我一切都只得忍著。但最糟的是，他總愛向媽媽打小報告，害我挨了他一頓訓，又要被媽媽再叨念一次！

我也想成為和現在不一樣的人啊！那樣的話，我可能就會像瑪格特一樣得到大人的讚許，而不是責罵了。

一九四二年十二月十日　星期四

范丹先生以前是做香腸、肉製品和香料生意的。他的手藝現在派上用場了，實在令人開心。我們訂購了很多肉，準備貯存起來備用。范丹先生先把肉塊攪碎，再加上各種調味料，最後把碎肉灌進腸衣裡，就大功告成！

中午，我們就把香腸煎來當午餐，一掃而空了。至於要貯藏的臘腸得先風乾，我們用細繩把臘腸綁起來，掛在天花板橫梁上。走進屋內，只要一抬眼，就會看見一串串臘腸，每個人都會忍不住捧腹大笑。那畫面真是太滑稽了！

一九四二年十二月十三日　星期日

從大辦公室裡的窗簾縫隙往外看，道路上行人的腳步匆忙，好像在追趕什麼一樣。附近的小孩渾身髒兮兮，還掛著長長的鼻涕，是名副其實的貧民。

昨天，我和瑪格特在這裡洗澡的時候，我說：「如果我們用魚竿把經過的小孩一個一個釣上來，幫他們洗個澡，把他們的衣服洗乾淨、縫補好，再把他們放下去，你覺得會怎麼樣？」

「明天他們又會像原來那樣邋遢、衣服破破爛爛的。」瑪格特回答。

當然，還有別的東西可以看：汽車、船、雨景。我尤其喜歡電車的聲音。

我的腦子像旋轉木馬一樣，整天轉個不停，從猶太人轉到食物，從食物轉到政府當局。昨天我躲在窗簾後面還看見兩個猶太人，心中湧起一種異樣的感覺，彷彿自己背叛了他們，此刻正眼睜睜地看著他們的不幸。

一九四二年十二月二十二日　星期二

聖誕節就要到了，大家都很忙碌。媽媽說，等我做完家務，才可以看自己的書。

范丹太太肋骨撞傷了，整天躺在床上抱怨東抱怨西。我真希望她可以早日康復，下床一起收拾東西。因為我不得不承認，她非常勤快、愛乾淨，而且只要她身體和精神狀態不錯，她還是很開朗的。

就像白天我還聽不夠大人「噓、噓」的提醒我小聲說話一樣，連夜裡我在床上翻個身，同房的杜塞先生也要不停發出「噓、噓」的聲音。我不想理他，下次我也要用「噓」聲來回敬他。他越來越討人厭了。

一九四三年一月十三日　星期三

我們有一項新工作，就是幫忙把烤肉香料填入小包裝。庫格勒先生找不到填裝機器，由我們來做的話，能省下很多費用。但這是監獄裡的人才會做的事吧！

外面一直有可怕的事發生。隨時都有人被抓走，妻離子散。孩子們放學回家，發現父母親已經不見蹤影；女人買東西回來，家已經被查封，家人也失蹤了。人人惶恐不安！每天晚上，百架飛機飛過荷蘭上空往德國投下炸彈。每一個小時，都有成千上百人戰死！沒有人能置身事外。全世界都陷入戰火之中，儘管同盟國占據上風，但無人曉得，戰爭何時結束。

不過，比起外面數百萬人，我們幸運多了。這裡安靜又安全，我們還能用錢買食物。我們真不該談論什麼「戰後」要買新衣服和新鞋子，這樣太自私了。我們應當省下每一分錢，拿去幫助更窮困的人。

最近天氣十分寒冷，孩子們卻穿著單薄，在路上跑來跑去。他們從冰冷的家裡跑到冰冷的街上，再到更冰冷的學校教室上課。是呀！荷蘭甚至已經淪落到這種地步了。很多孩子在街頭挨餓受凍，攔住過往的路人，只為了向他們乞求一片麵包。

說起戰爭的苦難，我可以說上好幾個小時，可是那只會讓我更加沮喪。我們只能等待苦難結束的那天。猶太人在等待，全世界在等待。但更多人只是在等死。

一九四三年二月二十七日　星期六

親愛的吉蒂：

爸爸天天期盼著同盟國軍隊反攻。邱吉爾得了肺炎，但已慢慢好轉。印度自由鬥士甘地，為了呼籲和平，進行十幾次的絕食抗議。

范丹太太聲稱自己是個宿命論者，她說：既然戰爭無法避免，那就沒必要害怕，把自己交給命運去主宰。但每當槍炮聲響起，最害怕的那個人非她莫屬。

你絕對想不到發生了什麼事！這幢樓房的主人沒有告知庫格勒先生和克萊曼先生，就把房子賣了！一天早上，新屋主帶了一位建築師來看房子，幸好克萊曼先生在場，帶著他們避開了我們的密室，說那道隔門的鑰匙忘記帶來了，新屋主也就沒有再問。希望他們不會再來看密室！

爸爸騰出一個文件盒，給瑪格特和我收納圖書紀錄卡。這樣我們看過什麼書，還有作者和日期，都可以記錄在卡片上。

奶油的分配很不公平。范丹夫婦一直負責做早餐，給自己的比給我們的多一半。爸爸、媽媽不喜歡與人爭論，所以什麼也沒說。依我看，對付這種人我們應該以牙還牙，不然他們會更變本加厲的。

安妮

第五章　戰火紛飛

一九四三年三月四日　星期四

甘地恢復進食了。

現在公司裡在磨胡椒，嗆得我們不停打噴嚏。我覺得爸爸的公司一點也不好，明明是做食品生意的，卻只有果膠和胡椒加工，沒有任何一點甜食！要是當初開的是糖果工廠就好了！

一九四三年三月十日　星期三

親愛的吉蒂：

昨天晚上停電了，屋裡漆黑一片，屋外大砲轟炸聲響個不停。我好害怕，鑽到爸爸的被子裡尋找安慰。

炮聲轟隆，連自己講的話都聽不見了。我發著抖再三央求爸爸點根蠟燭，可是他堅持不肯。媽媽顧不得爸爸生氣，跳下床去點上了蠟燭。面對爸爸的抱怨，媽媽的回答卻很堅定：「安妮又不是老兵，怎麼可能不害怕。」

有幾個晚上，樓上的范丹一家都會被一種古怪的聲音吵醒。於是，彼得拿了手電筒走上閣樓，發現一大群老鼠慌張地盯著他。

有一次，彼得去閣樓拿舊報紙，用手要托起門板時，差一點摔下樓梯：原來他把手放到了一隻老鼠身上，那隻老鼠朝他的手狠狠咬了下去。彼得又痛又害怕，嚇得臉色蒼白、不停發抖，睡衣上面還沾著血。天哪！無意間摸到一隻大老鼠，還被咬了一大口，真是太恐怖了！

安妮

一九四三年三月十二日　星期五

我們吃了太多的扁豆，我現在一看到它們就覺得噁心。

現在晚上吃不到麵包了。

德國遭到嚴重的空襲。范丹先生心情很差，因為：香菸短缺。

大家討論著是否該動用罐頭蔬菜，結果我們家的意見勝出。

除了那雙滑雪鞋以外，我沒有其他合腳的鞋子穿了，可是在屋裡穿滑雪鞋太笨重了。一雙價值六點五弗羅林的燈心草拖鞋僅僅穿了一個星期就報廢了。或許梅普還能從黑市再幫我買雙鞋來。

現在我還要給爸爸理髮。爸爸說，即使戰後他也不需要上理髮店了，因為我剪得很好，如果我不是一直剪到他的耳朵的話！

一九四三年三月十八日　星期四

土耳其參戰了！真是激勵人心的消息。

一九四三年三月十九日　星期五

原來是空歡喜一場，土耳其並沒有參戰，只是他們的一個部長談到即將放棄中立。一名報販在荷蘭皇宮前的廣場上大聲叫嚷：「土耳其站在英國這一邊！」於是他手上的報紙馬上被搶購一空，這個謠言就這樣傳開。

政府最近頒布了一道新命令：一千盾的紙幣即日起停止流通。如果要兌換一千盾的紙鈔，就得說明紙鈔的來源。這對所有黑市商人是個不利的消息，對所有黑錢的持有人或躲匿的人更是致命打擊。

杜塞先生竟然沒遵守「密室生活公約」，和其他人頻繁通信！父親規勸他別繼續這麼做，但是我認為他是不會改過的。

一九四三年三月二十七日　星期六

速記課結束了。我們還有許多消磨時間的新課程，最近我迷上了神話，特別是希臘和羅馬神話，但他們都覺得我只是三分鐘熱度。因為他們還從來沒有聽說過像我這個年紀的小孩子會對神話感興趣。

那太好了，就讓我來做第一個吧！

有個德國政要發表了一則演說：「所有猶太人必須在七月一日之前離開德國占領的領土。在四月一日到五月一日之間，烏德勒支省必須將猶太人清除乾淨（說得彷彿猶太人是蟑螂似的）。荷蘭北部和南部地區是五月一日到六月一日清除。」這些可憐的人就像生病、沒人要的牲畜被送往骯髒的屠宰場。每當想起這些，我就會做噩夢。

但有個好消息：德國的勞工介紹所被人縱火，幾天後戶政事務所也被一把火燒了，重要的文件全化為灰燼。看那些德國人還能抓誰！

一九四三年四月一日　星期四

今天是愚人節，我卻沒心情開玩笑騙人。俗話說「禍不單行」，真是沒錯：克萊曼先生得了嚴重的胃出血，至少要臥床三個星期；貝普得了流感；沃斯庫基爾先生胃潰瘍要動手術，下星期住院。唉！

一九四三年四月二十七日　星期二

沃斯庫基爾先生已經住進醫院等待治療，克萊曼先生則痊癒回到辦公室了。

這幾天，空襲的次數越來越多，幾乎沒有一個安靜的夜晚。因為睡眠不足，大家都有黑眼圈了。我們的伙食也越來越糟糕，早餐是乾麵包和咖啡，中午是菠菜或生菜，馬鈴薯都已經有股霉味了。想減肥的人，趕緊住到密室來吧！

一九四三年五月一日　星期六

親愛的吉蒂：

今天我打包了一個箱子，把需要的逃難用品裝起來，不過媽媽說：「你想往哪裡逃呢？」她說得沒錯。因為各地爆發罷工潮，政府發布了戒嚴令，每個人都只有少許的奶油配給券。外面的大街上，比這裡還要危險！我能逃到哪兒？

安妮

一九四三年五月二日　星期日

和那些無處躲藏的猶太人相比，我們這裡簡直是天堂。當然，這裡的生活其實很糟：桌布和抹布從來不換，已經破爛不堪；范丹夫婦的床單整個冬天都沒洗過，因為肥皂粉不夠用；父親整天穿著一條磨破的褲子；媽媽的胸衣穿壞了；瑪格特的胸罩小了兩號；我的襯衫短得連肚子都蓋不住。我們真的能再回到以前的生活嗎？

范丹先生估計，我們還要在密室待到一九四三年底。

一九四三年五月十八日　星期二

親愛的吉蒂：

雖然天氣很暖和了，但是我們每隔一天還是必須生起爐火，把蔬菜皮和垃圾燒掉。任何東西都不能扔進垃圾桶，因為一不小心就有可能暴露，被人看出來！

所有大學生都要在一張效忠書上簽名，聲明自己「支持德國人，贊同新秩序」。大部分的人都不願意做違背良心的事情，而所有拒絕簽名的人都要被送進德國勞改營。這樣一來，荷蘭的青年還剩下多少呢？

昨天晚上槍炮聲比平時還要激烈。我躺到爸媽床上不肯走。一聲巨響，彷彿一顆炸彈落下，我們還以為房間會熊熊燃燒起來。幸好沒有！

安妮

一九四三年六月十三日　星期日

親愛的吉蒂：

昨天我在密室裡度過了十四歲生日。爸爸用德文給我寫了一首生日詩，瑪格特將它翻譯成荷蘭文，有趣極了。我收到許多禮物，有希臘和羅馬神話的書，還有糖果。大家動用了自己最後的存貨，給我這個避難家庭中最小的孩子當作禮物。我真是受寵若驚！

安妮

一九四三年六月十五日　星期二

沃斯庫基爾先生的胃潰瘍是癌症末期，沒辦法進行手術了。他不能再工作，只能回家休養。不能去看望他，這讓我們難過極了。好心的他，以前總會把外面的一切告訴我們，是我們的安全顧問。我們真的非常想念他。

下個月，我們的大菲力浦收音機就要上繳，只能換成克萊曼先生私藏在家裡的小收音機了。收音機是我們和外界接觸的唯一管道，更是「勇氣之源」。每當外面傳來壞消息，收音機裡傳出的神奇聲音，總會讓人重燃鬥志吶喊：「昂起頭！鼓起勇氣！美好日子一定會再來！」

一九四三年七月十一日　星期日

親愛的吉蒂：

我真的非常願意成為一個讓大家覺得很有幫助、友好、乖巧的人，只要責難的大雨能夠轉為夏天的細雨就行。但在你受不了的人面前裝成乖乖牌真難！他們喋喋不休，說我是這個世界上最狂妄的丫頭。換成是你，你能忍受嗎？

我決定先暫停速記課，因為我的眼睛近視了，按道理說我早該戴眼鏡了。（啊！我就要像一隻貓頭鷹一樣了！）不過，你知道，躲藏者怎麼能在光天化日之下，出門去看眼科呢？再加上爸爸認定戰爭「很快就會結束」，英國人已經在西西里島登陸了，不如等到戰後再當貓頭鷹吧！

貝普把辦公室的許多工作交給瑪格特和我做，這讓我們覺得自己很重要，而且能幫上貝普的忙。整理文書，記錄銷售帳目，這些誰都會，但我們做得特別仔細。

梅普就像一頭運貨的驢子。她把蔬菜裝在大手提袋裡，踩著腳踏車送來給我們。每個星期六，她還會為我們帶來她從圖書館借出的五本書。我們總是盼望著星期六，盼望書的到來，就像孩子盼望禮物一樣。一般人無法體會書籍對一個被禁閉的人意味著什麼。讀書、學習、聽收音機，是我們僅有的消遣。

安妮

一九四三年七月十六日　星期五

夜裡來了小偷！

早上，彼得去倉庫，發現通往倉庫和面向街道的門都開著。爸爸趕過去，把門關上，然後兩人一起上樓查看。遇到這種狀況，我們「不梳洗，不出聲，八點之後不上廁所」。在密室裡的我們開始緊張了起來。

直到十一點半，克萊曼先生來告訴我們，小偷是用鐵棍撬開鎖，砸開倉庫的門，可是那裡沒有什麼東西可偷的，於是小偷又上去一層樓碰運氣。他偷走了我們一百五十公斤的砂糖配給券。當然，我們暗自慶幸的是，放在衣櫃裡的打字機和現金安然無恙。

一九四三年七月十九日　星期一

禮拜天阿姆斯特丹北區遭到猛烈轟炸。整條街道淪為廢墟，若要把埋在底下的人挖出來，需要花費很長時間。目前為止已有兩百人喪命，受傷者不計其數，醫院裡人滿為患。聽說，現在還有孩子在冒著煙的廢墟裡尋找父母，悲慘的情景，令我一想到就淚流滿面。

一九四三年七月二十三日　星期五

親愛的吉蒂：

你從來沒經歷過戰爭，不知道藏匿者的生活。我想告訴你，如果我們又可以出去外面，我們八個人首先最想做的第一件事是什麼。

瑪格特和范丹先生首先想洗個熱水澡，在浴缸裡泡上半小時。

范丹太太最想馬上吃到蛋糕。

杜塞先生只求與妻子相見。

媽媽渴望喝一杯咖啡。

爸爸首先要去看望沃斯庫基爾先生。

彼得想進城去看電影。

我呢，我將會開心得不知道要先做什麼才好！

我最盼望的，是住在自己家裡，可以自由活動，還能去上學！

貝普說要去幫我們買些水果過來，但是價格實在是太昂貴了，葡萄、醋栗、桃子等，所有東西的價格都在上漲。報紙上每天都有特大字體登載的標語：公平交易，嚴格限價！

但物價仍在不斷飆升。

安妮

一九四三年七月二十六日　星期一

親愛的吉蒂：

昨天真是動盪不安的一天，直到現在我們都還心驚膽戰的！不過，我們在這裡的日子，又有哪天是安穩平順的呢？

早餐時間第一次響起空襲警報時，我們沒有太在意，因為那只表示飛機正在飛越海岸。兩點半的時候，警報聲又響了，我和瑪格特放下辦公室的工作，趕緊奔上樓。不到五分鐘，猛烈炮聲響起，整棟房子都在晃動，發出隆隆聲，接著就是炸彈落下。

我緊緊抓著我的「逃難箱」以尋求安慰——當然，我們就算逃到街上，也一樣危險。過了半小時，空襲警報解除，我們紛紛到閣樓去察看阿姆斯特丹港口上方升起的煙柱。不久，就聞到燒焦的味道，全城煙霧瀰漫，好似籠罩在濃霧之中。我們慶幸自己又安然度過了一場災難。

吃晚餐時，空襲警報又響起了！這樣誰還吃得下飯呢？不過，這次沒發生什麼事。四十五分鐘後，警報解除。洗碗時，又開始了：許許多多的飛機滿天呼嘯，炸彈又像雨點一樣落了下來，可怕極了。我一直在擔心飛機會掉下來。

十二點鐘，我又被吵醒了：飛機！我跳下床，跑到爸爸的身邊蜷縮著，到了一點鐘才又回到自己的床上；兩點鐘，我又鑽到爸爸床上，飛機還在不停飛著。等到炮聲停了，我才回到自己床上。大概兩點半左右，我終於睡著了。

七點。我醒來聽到范丹先生和爸爸在討論事情，我隱約聽見「全部」之類的字眼。我第一時間想到的是：有小偷來把「全部」的東西偷走了！但是我想錯了，這次是一個非常好的消息，是幾個月來，也許在戰爭爆發以來，從來沒有聽到過的好消息：墨索里尼下臺了，義大利國王接管了政府。

我們歡欣鼓舞！經過昨天噩夢般的一天後，我們終於等到了好消息與希望：戰爭會結束，和平會到來！

安妮

我們無法控制自己的命運，但可以控制自己成爲什麼樣的人。

We can't control our destiny, but we can control who we become.

安妮・法蘭克
Anne Frank

第六章　和平希望

一九四三年八月三日　星期二

親愛的吉蒂：

今天有個好消息：政治形勢大好。義大利取締了法西斯黨；各地的人們都在和法西斯分子搏鬥。

我們漂亮的大菲力浦收音機上星期由庫格勒先生按規定交出去了。

我們剛剛遭到第三次的轟炸！我咬緊牙關，讓自己更勇敢一點。

我們活動得太少，身體變得僵硬，連轉頭都有困難。

安妮

一九四三年八月四日　星期三

親愛的吉蒂：

我們躲在密室已經一年多了。我想你也很熟悉我的生活了，但我也無法將所有事一一描述給你聽，密室裡的一切跟正常時期一般人的生活大不相同。

每天凌晨一點到四點之間經常有炮聲響起。有時我會夢見法語不規則動詞，醒來才慶幸自己睡得很熟，沒聽到炮火的聲音。然而大多數情況下，我都會驚醒，睡眼惺忪地奔向爸爸的大床。一到爸爸的身邊，不管多大的驚惶都會一掃而光。

安妮

一九四三年八月七日　星期六

我洋洋灑灑寫了一篇故事，自得其樂，哈哈！我真是一個容易快樂的女孩！

一九四三年八月十日　星期二

親愛的吉蒂：

媽媽說我是「生活藝術家」，你看：遇到我討厭吃的東西時，我學會了想像它很好吃，儘量不去看它，一下子就吃下去了；早上想賴床時，我就跳下床，心裡想著：「你馬上又會舒服地鑽回去」，然後跑到窗前，從縫隙間用力聞，直到我感覺到一絲新鮮空氣，就清醒了，再趕緊把床收拾好，抵制住賴床的誘惑。

從上個星期開始，我們就弄不清楚白天和晚上確切的時間了，因為韋斯特鐘樓的大鐘顯然已經被拿去為戰爭效力，不再響起了。

梅普為我買了一雙非常漂亮的皮鞋，我穿著走來走去，引來眾人羨慕的眼光。

杜塞先生差一點又讓我們的生命受到威脅。他居然叫梅普給他帶幾本罵墨索里尼的禁書回來！在路上，梅普被一輛納粹黨衛隊的摩托車撞到，她罵了一聲：「真該死！」就繼續騎走了。要是她被帶走，查到那些書，實在不敢想像會有什麼後果！

安妮

一九四三年九月十日　星期五

親愛的吉蒂：

每次告訴你的，總是不愉快的事居多。不過現在有一個好消息。

九月八日晚上七點，我們坐在收音機前，聽到的第一則新聞就是：「現在報導整個戰爭中最好的消息：義大利無條件投降了！」

英國人已在那不勒斯登陸。停戰協定在九月三日簽訂。

可是，我們也有擔心的事。克萊曼先生要開刀了，做一個非常痛苦的胃部手術，至少需要住院四週。

媽媽說：「克萊曼先生一進屋，就像太陽升起一般。」這個一向快樂、勇敢的人和我們告別的時候，就好像只是要去購物一樣平常。

安妮

一九四三年九月十六日　星期四

是不是長期待在一個封閉的場所，人們的性格都會被扭曲？人與人之間的關係就會越難處理？時間越長，密室裡的人彼此間的關係就越差。吃飯時沒有人說話，因為無論說什麼，都會有人生氣。沃斯庫基爾先生有時會來看我們。他自己的情況也很差，但他總覺得自己快要死了，所以什麼都不在乎。

我每天都會服用治療憂鬱症的藥，但第二天我的情緒卻變得更糟。一次開懷大笑，比再多藥物更有效。但我們幾乎忘記要怎麼笑了。

大家都在為即將到來的冬天發愁。

另外還有一件非常糟糕的事，倉庫管理員范馬倫開始對密室產生懷疑了。

一九四三年九月二十九日　星期三

今天是范丹太太的生日。她收到的禮物並不多，卻是大家盡力準備的。

貝普心情很糟，不時就有人要她去買各種東西，但她在辦公室也有她自己的工作。而且她的生活也不太順利。我們只能安慰她，讓她果斷地拒絕幾次，說自己沒有空，購物清單自然就會少了。

杜塞先生對媽媽埋怨說，這裡沒有一個人對他友好。媽媽沒有上當，她反駁說，是他不對，他的做法令大家都很失望。

爸爸很生氣，因為他發現范丹夫婦私藏肉品。

我真想離開這個讓人發瘋的地方！

一九四三年十月十七日　星期日

謝天謝地，克萊曼先生出院了！

范丹家的錢用光了。他們開始讓克萊曼先生幫他們變賣東西來換錢，可是那些東西卻乏人問津。范丹太太有一大堆衣服，但她一件也不肯賣，范丹先生的一套西服很難脫手，彼得的腳踏車賣不出去。范丹太太竟然認為公司應當負擔我們的生活費用。

爸爸成天緊抿著嘴脣，如果有人跟他說話，他會吃驚地抬起頭來，似乎生怕又有什麼難題要他去解決。媽媽脾氣暴躁；瑪格特抱怨頭痛；杜塞先生失眠；范丹太太整天嘀嘀咕咕。大家都不好過。

唯一能轉移注意力的辦法就是讀書，所以最近我都與書本為伍。

一九四三年十月二十九日　星期五

克萊曼先生的胃並沒有完全痊癒，他對我們說他覺得不舒服，之後就回家了。我們第一次看到他的心情這麼沮喪。

范丹夫婦大吵了一架。范丹太太忍痛割愛，變賣了一件穿了十七年的兔皮大衣，得到了一大筆錢。她想把這筆錢留下，戰後拿來買新衣服。她的丈夫費了很大的工夫才使她明白，他們的錢用光了，眼下的日常開銷急需這筆錢。

我最近很憂鬱，屋內的空氣凝重，幾乎要令人窒息，寂寞彷彿要把我拉下深淵。我從這裡、跑到那裡，下樓、又上樓，覺得自己像一隻失去翅膀的鳥兒，被關在籠子裡，在黑暗中向籠子的欄杆橫衝直撞。

「飛出去吧！飛到充滿新鮮空氣和笑聲的地方！」我的心裡有個聲音這樣吶喊著。最後，我卻只能躺到在沙發上睡覺，若想忘記寂寞和恐懼，睡覺是度過這種煎熬時刻的最佳方法。

一九四三年十月三十日　星期六

爸媽從來不責怪瑪格特，而我卻動不動就挨罵。對於媽媽的訓誡，我毫不在乎。可是，爸爸就不同了。只要他稱讚瑪格特，我就會感到難過。因為爸爸是我的一切，他是我的榜樣，我愛他勝過世上任何人。他沒意識到他對我，跟對瑪格特有什麼不同。瑪格特是最聰明可愛、美麗優秀的女孩，可是我也有權利得到大家的重視。我總是家裡的小丑和搗蛋鬼。我並不嫉妒瑪格特，我只是想感受到爸爸的疼愛，不是因為我是他的孩子，而是因為我是——安妮。

到底有沒有父母能夠完全讓自己的孩子滿意呢？

我是一個有著自己的想法和計畫的人，不是一個被拿來取笑和責罵的孩子。我不得不嚥下我的眼淚，孤身尋找自己的道路。我只不過想得到自己喜歡的人一次的鼓勵而已，為什麼這麼難呢？

一九四三年十一月三日　星期三

爸爸為瑪格特訂了一份「基礎拉丁文」課程，她拿到教材後就滿懷熱情地開始學習。我也想學，可是那對我來說太難了。爸爸請克萊曼先生為我買來一本兒童版的《聖經》。

吸塵器壞了，我每天都會用一把舊刷子刷地毯，再用掃把掃地。結果滿屋飛揚的灰塵弄得媽媽頭都痛了，瑪格特的拉丁文辭典也蒙上一層灰，爸爸嘀咕著說地板有沒有清掃過根本沒什麼不同。真是好心沒好報！

一九四三年十一月八日　星期一

親愛的吉蒂：

最近我的情緒起伏很大。如果我讀了一本書，覺得特別激動，那麼在跟其他人說話之前，就得先把自己的情緒調整回來，他們才不會以為我瘋了。

晚上我躺在床上，有時會感覺自己像是被關在監獄裡，孤身一人，父母也不在身邊；一會兒又覺得我是在什麼地方迷了路，然後又是密室著了火……。感受都好真切，彷彿正在發生一樣，讓我覺得這些事很快就會真的降臨！

梅普常說，她很羨慕我們這裡的平靜。不過她沒想到，我們其實一直生活在恐懼之中。我甚至不敢想像，對我們來說，世界還會恢復正常。「戰後」，就好像是空中樓閣，永遠無法成真。

我們八個人身處的密室，就像被大片烏雲包圍的藍天，暫時是安全的，可是四周烏雲卻越靠越近，藍天的範圍不斷收縮，我們就這樣被危險和黑暗緊緊包圍，掙扎著尋找逃生的出口。

我們向下看，人們正在互相殘殺；向上看，一片寧靜美好。可是那巨大的烏雲就像一堵銅牆鐵壁，我們上不去也下不來，只能被夾在中間，哀號著：「啊！藍天啊！再張大一些，放我們一條生路吧！」

安妮

一九四三年十一月十一日　星期四

九歲起就開始陪伴著我的鋼筆，被我不小心和豆子一起扔進火爐燒掉了。心愛的筆被火化了，我祈禱將來自己的生命結束時，也能如此。

一九四三年十一月十七日　星期三

貝普家有人生病了，這六個星期她都不能來看我們，所以我們的飲食和採購變得非常不方便。克萊曼先生仍臥病在床。庫格勒先生都要忙壞了。

昨天是杜塞先生搬來密室一週年的日子，他為此送了媽媽一盆花，但對於我們無私的收留，卻沒有表達任何感激之情。

一九四三年十一月二十七日　星期六

昨晚入睡前，我看見以前最好的朋友漢妮，突然出現在我眼前。她衣衫襤褸、面容憔悴，可憐兮兮地看著我。啊！為什麼我被選中活下去，而她也許要死呢？漢妮呀，漢妮，我多想把你帶走，多想讓你分享我擁有的一切。

戰爭結束之後，如果你還活著，我一定要一直和你在一起！我沒有辦法忘記你，你也在想念我嗎？願仁慈的上帝幫助你，給你信念和力量。

一九四三年十二月二十二日　星期三

我得了重感冒。在這裡生病太慘了，每次想要咳嗽，我就得趕快鑽進被子，摀住嘴巴，結果卻咳得更厲害。現在我感覺好多了。我長高了一公分、重了兩磅。

聖誕節要來了，戰爭陷於僵持狀態，大家的情緒都很低落。

一九四三年十二月二十四日　星期五

親愛的吉蒂：

這個聖誕假期，我們像被世界遺棄的人，只能躲藏在這裡。每當有人從外面進來，衣服上還帶著寒意，我就會羨慕地想：「我們何時才能再次聞到新鮮的空氣呢？」

假如是你這樣躲藏了一年半，你也會受不了的。我知道就算只是躲在這裡，我都需要感恩了，可是，我多麼渴望能夠騎車、跳舞、吹口哨，看看大千世界，知道自己是自由自在的。有時我真想找一個依靠，痛痛快快地哭一場，心裡就不會這麼壓抑了。我多想要一個瞭解我的媽媽，而不是眼前這一個媽媽。將來，等我有了孩子，我要做一個自己心目中的好母親。

安妮

第七章　愛苗

一九四四年一月二日　星期日

這本日記對我來說，已經有了重要的意義，因為這可以算是一本回憶錄。當然，其中有很多頁，我應該要寫上「已屬過去」。我一直在試圖理解一年前的那個安妮，試圖原諒她，因為當時我的腦袋一定是不清醒的。我生媽媽的氣，但我自己也經常做錯事。不過，在紙上抱怨幾句，總好過讓媽媽聽在耳裡、放在心上吧！

一九四四年一月六日　星期四

親愛的吉蒂：

最近我在家人面前總感到有些不自在，我讀過的一篇文章上說，處於青春期的女孩會變得害羞起來，但平時比我靦腆的瑪格特卻不會這樣。我覺得正在我身上發生的變化非常奇怪，我不敢跟別人說，只好跟你說，因為我知道，無論我傾訴什麼，你永遠都會保持沉默。每次來月經（到現在才來過三次），雖然有點疼痛、不舒服和噁心，但我覺得自己身上隱藏著一個甜蜜的祕密。有些晚上，當我躺在床上，我會強烈地想要撫摸自己的胸脯，感受心臟的跳動。

我多麼希望有個女性朋友，可以和我談談這方面的事。

安妮

一九四四年一月六日　星期四

親愛的吉蒂：

我好渴望與人交談，所以有時我會走進彼得的房間找他聊天。我想得到彼得的喜愛，想知道他在想什麼。你一定以為我愛上了彼得，不是的。要是范丹夫婦有的是女兒、而不是兒子，我一定也會想和她交朋友的。

安妮

一九四四年一月七日　星期五

親愛的吉蒂：

除了幼稚園時一段兩小無猜的過去，我從沒有和人相愛過。直到彼得．席夫出現在我的生活中，我澈底迷戀上他，他也很喜歡我。在他上高中前，那一整個夏天我們倆簡直形影不離。席夫是我理想中的男孩：高大、俊美、身材修長。他的笑容令我瘋狂，那讓他看上去頑皮又淘氣。但隨著年紀增長，他身邊有了其他女生朋友，不再關注我。後來也有其他人喜歡上我，但我沒再愛過任何人。

我以為我已經把他忘了，可是對他的愛卻一直留在我的潛意識裡。我照著鏡子，看到自己與往常大不相同。我的眼睛明亮深邃、臉龐紅潤，我的嘴唇也柔和許多。我看上去很快樂，神情中卻藏著一絲悲哀。

安妮

一九四四年一月十二日　星期三

瑪格特已經出落得亭亭玉立，也坦率了許多，她成了我真正的朋友。她也不再把我當成無足輕重的黃毛丫頭了。

一九四四年一月十五日　星期六

親愛的吉蒂：

每次都跟你講我們這些人的爭吵實在沒什麼意思。只想告訴你好多東西我們已經分開用了，例如奶油和肉，馬鈴薯我們也是自己來煎。但儘管如此，我們還是吃不飽。每天總有一頓飯是將就一下，平時實在餓了，就用黑麥麵包來墊墊肚子。

媽媽的生日就快要到了，庫格勒送了一些白糖給她，糖不算多，但在這個時期已經非常奢侈了。范丹夫婦很嫉妒，因為范丹太太過生日的時候可沒有享受這樣的待遇。不過你知道那些粗言惡語和眼淚讓我們更加難受了，我又何必轉述給你呢？

我很納悶，是不是和別人住在一起，時間一長，就難免會為了雞毛蒜皮的事而你爭我吵？多數人都這麼小氣、自私嗎？我認為多一點點對人性的瞭解總是有好處的，不過現在我覺得自己已經瞭解得夠多了。這些無止盡的爭吵，都是因為我們渴望自由和新鮮空氣，但戰爭仍舊持續著……要是在這裡待得太久，我大概會變成一個乾癟的老太婆，但其實我真正想做的是一個平凡的少女啊！

安妮

一九四四年一月二十二日　星期六

為什麼我們無法對人推心置腹，連最親近的人都不能完全信任？這實在太糟糕了。現在，我覺得自己好像長大，成為一個更獨立的人。甚至對范丹夫婦的看法，也有所改觀。過去我十分確信，發生爭吵的責任全在范丹夫婦身上，但現在我開始明白，我們自己肯定也有一部分責任。

大家生活在一起就得以誠相待、與人為善，不能太斤斤計較。我希望我懂得這個道理，並且把它付諸實行！

一九四四年一月二十四日　星期一

過去在學校和家裡談到有關性的話題，不是讓人覺得很神祕，就是說得很噁心，但現在我懂了不少。最初剛躲到這裡的時候，爸爸就常常談一些我寧願讓媽媽來說的事情，其他的則是我從書本上和別人的談話中知道的。

彼得在這一方面不像學校裡的男生一樣讓人討厭。他說起這些話題時，是認真嚴肅、毫無雜念的。

這方面的知識彼得懂得比較多，我問他為什麼會知道這些事，他說：「我可以問我的父母啊！他們懂得比我多，也比我有經驗。」他真的是問父母才知道的嗎？

一九四四年一月二十八日　星期五

我非常用功學習，已經能聽懂英國電臺的《家庭服務》節目了。不過星期天，我喜歡用來整理我收藏的電影明星照片。庫格勒先生每個星期都會給我帶來一本《電影與戲劇》雜誌。貝普常常在休息日和男朋友去看電影，每回她告訴我隔週打算看哪部電影的時候，我都可以娓娓向她介紹影片劇情。媽媽說我以後不必去電影院看電影了，反正影片劇情我都一清二楚了。

我每換一次髮型，大家就會問我這是向哪位電影明星學的。我說是我自己想出來的，他們都不信。我只得趕緊跑進浴室，恢復平時的捲髮。

一九四四年一月二十八日　星期五

親愛的吉蒂：

我覺得自己有時候很像一頭母牛，總是要把那些早就過時的新聞嚼了又嚼。現在，在我們八個人之中，只要有人開口，其餘的七個人就可以把他要說的話講完。大家已經把以前在外面世界的故事講了好多遍，現在根本沒什麼新鮮的話題了。

但是聽克萊曼先生和詹談論藏匿者和地下組織的話題，

總會引起我們這些人的共鳴。有許多反抗組織，比如，「自由荷蘭」，會替人偽造身分證、資助或提供藏身處，甚至幫地下青年找工作。這些人奉獻這麼多、這麼無私，他們全是冒著生命危險在拯救別人，實在是令人敬佩！

幫助我們的這些人就是最好的例子，他們帶著我們歷經一波三折，希望能把我們引渡到安全的彼岸。儘管增添自己的負擔，卻從沒有人埋怨。他們每天都到密室來，和男士談論生意和政治，跟女人談論食物和戰時的不便，和小孩們談論報紙和書籍。每逢有人過生日或各種節日，就會笑著帶來鮮花和禮物。

我們永遠不會忘記，也許其他人是在戰爭中或反對德國人的鬥爭中展現英雄氣概，但這些幫助我們的人卻以無私精神和友愛來證明他們的英雄氣概。

安妮

一九四四年二月三日　星期四

國內期盼登陸反攻的情緒持續高漲。報紙上寫著：「英軍如果在荷蘭登陸，德國當局將以一切手段捍衛這個國家，必要時不惜淹沒荷蘭。」按照旁邊附上的地圖判斷，阿姆斯特丹的大部分地區都將因此被淹沒。

密室裡整天聽到的也都是登陸，還有關於挨餓、死亡、炸彈、毒氣等爭論。我倒是十分平靜，不太在意這些被討論得沸沸揚揚的事。我已經把生死置之度外。沒有我，世界也會繼續轉動。反正我也無能為力，只能祈禱一切會有個好結局。

一九四四年二月十二日　星期六

陽光明媚、天空蔚藍、清風徐徐吹來，我心中充滿著渴望……渴望自由、渴望朋友、渴望獨處。我渴望……好好痛哭一場！

我感覺到春天正在甦醒，我的身體和心靈都感覺得到。我很迷茫，不知道該做什麼，只知道我在渴望著……

一九四四年二月十四日　星期一

親愛的吉蒂：

我所渴望的，有非常小的一部分已經實現了。

星期天早上，我發覺彼得一直盯著我看。那眼神和平常完全不同，我說不清楚，卻感受得到。以前我總認為，彼得愛上了瑪格特，現在我突然感覺不是這麼回事。這幾天，我都在克制自己不去看彼得，因為每次我一看他，都會發現他正在看我。這是一種美妙的感覺，令人怦然心動。

安妮

一九四四年二月十六日　星期三

今天是瑪格特的生日。彼得十二點半跑來看瑪格特的禮物，並且破天荒地待了很長一段時間。為了讓瑪格特開心，我主動把她那份家事攬下來做了。

我去拿咖啡、又去拿了馬鈴薯，每次去拿東西都得經過彼得的房間。從閣樓下來的時候，他對我說了句：「我向妳致敬！」同時用溫柔的眼光看著我，讓我心頭暖暖的、充滿柔情蜜意。我看得出來，他想討我歡心，但是不善言辭，只好透過眼神傳達。我非常了解，也非常領這份情。甚至到現在，回想起他的眼光，我仍然感到快樂！

後來我問他在做什麼，他說在練習法語，然後我們就聊開了。他對我說，將來他想到荷屬東印度公司工作，住在橡膠園。他談到他在家裡的生活，談到黑市，還說他覺得自己很沒用。我對他說，他是太自卑了。

除此之外，我們也聊父親，聊如何了解人的性格，以及其他的事，但現在記不清是什麼了。我們聊得很愉快，一直到五點多我才離開。

晚上我們又聊了一會兒。他跟我說：「我不知道什麼叫害怕，除了偶爾想到自己的缺點時，但我現在正學著對付這種恐懼。」

彼得很自卑，他總認為自己很笨，而我和瑪格特都很聰明。總有一天我要對他說：「其實你很棒，而且你的英語和地理比我們強多了！」

一九四四年二月十八日　星期五

親愛的吉蒂：

現在我三不五時就想跑到樓上去看「他」。在這裡的生活突然變得美好許多，因為生活有了新的意義，有了可以嚮往的東西。

起碼我寄託感情的對象總是待在家，而且除了瑪格特之外，就沒有其他的競爭者了。可千萬不要以為我已經墜入情網，不是的。當然，我的確覺得我和彼得之間會發展出很美好的友情和信任。現在我只要一有機會就會去他房裡，他已經不像從前那樣，在我的面前不知該說些什麼了。

媽媽不太喜歡我老是去找他，總說我會惹人嫌，我不該打擾人家什麼的。難道她看不出我自有分寸嗎？而且每次我從樓上回來，她總會問我和彼得去了哪裡、做了什麼。真是受不了媽媽！

安妮

一九四四年二月十九日　星期六

親愛的吉蒂：

早上我在樓上待了一會兒，可是只跟「他」匆匆說了幾句話。

下午兩點半，大家不是在看書，就是在午睡。我想寫點東西，可是沒過多久，我就受不了心裡的苦楚，埋頭哭泣起來，眼淚撲簌簌停不下來，覺得傷心極了。要是這時他能來安慰我，那該有多好啊！

五點鐘，我去拿馬鈴薯，希望能遇上他，但是他正好下樓去倉庫了。突然我感到眼淚又要回來了，急忙躲在廁所裡偷偷啜泣。

噢，這樣下去，我和彼得永遠不會更親近。也許他根本不喜歡我，也不需要跟誰交心。我又得繼續獨自一人，沒有知己，沒有彼得。也許很快我就會失去希望，失去安慰和憧憬。

啊！我多想把頭倚靠在他的肩膀上，不再感到孤獨和寂寞。誰知道，也許我根本不是他的心上人。也許他的柔情只是我幻想出來的。

啊！彼得，但願你能瞭解我的心。如果真實情況令我失望，我會受不了！

不過，勇敢的安妮，不會放棄希望和憧憬的，雖然眼淚還在心裡流淌！

安妮

一九四四年二月二十三日　星期三

親愛的吉蒂：

外面天氣真好，我的心情也特別愉快。每天早晨，我都會跑到閣樓上，呼出胸中鬱積一天的悶氣。今天早上，我坐在我最喜歡的那個地方，彼得站在那兒，頭靠著一根很粗的梁柱。我們仰望藍天，看著飛翔的鳥兒，誰也沒有說話，不想打破如此美好的情境。我從敞開的窗戶望出去，目光越過阿姆斯特丹的每一個屋頂，直到遠遠的地平線上，天地間的一切都融化在一片無法分割的淡藍色中。

「只要這一切還在，」我想：「只要我還活著，還能看到這片陽光、藍天，我就不可能不幸福。」

再多的財富都會消失，但內心深處的幸福只會暫時被蒙蔽，只要活著，它終有一天會回到你心裡。

彼得啊，當我們感到孤獨悲傷的時候，就眺望天空吧！只要能無所畏懼地仰視蒼穹，就能知道自己內心的純淨，就一定能重新得到幸福。

安妮

一九四四年二月二十七日　星期日

除了彼得，我什麼也無法思考，我時刻只想感受到他在我身邊。

我們要到什麼時候才能心意相通呢？

一九四四年二月二十八日　星期一

我幾乎每個鐘頭都會看見他，卻不能待在他的身邊。我不得不裝出快樂的樣子，可是內心深處卻滿是心痛。善良可愛的彼得，我是多麼想要見他呀！

彼得沒有到閣樓來找我，他上頂樓去做木工了。他做木工的聲音每響一下、每敲一下，我的勇氣就減少一分，心情也就更愁悶。我太多愁善感了，我知道。喔，救救我吧！

一九四四年三月一日　星期三

親愛的吉蒂：

在生死攸關的大事面前，我個人的私事瞬間變得無足輕重了。

今天一大早，彼得跑來告訴我們：樓下前門大開著，公司櫥櫃裡的幻燈機和庫格勒先生的公事包都不翼而飛了，而門並沒有被撬開，那麼，這個竊賊一定有一把複製鑰匙，他可能看見我們了。他會不會去揭發我們？

這真可怕！我不敢再想下去了。

安妮

一九四四年三月二日　星期四

晚上我看著點燃的蠟燭，內心感到快樂和寧靜。

可是有一個人仍主宰著我的心，那就是彼得。今天我去拿馬鈴薯，經過他的房間時，他問：「午飯後你都在做什麼呢？」我們就這樣聊了起來，直到媽媽呼喚我，我才端著馬鈴薯下樓。我們聊了書籍、聊了過往。他的目光真溫暖！我想我快愛上他了吧！

不管怎麼樣，我們現在都渴望相互瞭解，也許那幸福的一天不久就會降臨。又或者，一切只是我的錯覺？

一九四四年三月四日　星期六

親愛的吉蒂：

今天是好幾個月以來，最有趣、最快樂的星期六，而這全是因為彼得。

早上爸爸讓我和彼得一起學習法語、英語，聽爸爸朗誦狄更斯的作品。我坐在爸爸的椅子上，緊緊靠著彼得，感到幸福極了。

之後，每當我們要道別而身旁沒有別人時，他都會悄悄對我說：「再見，安妮，待會兒見！」

啊！我是多麼快樂呀！現在他是不是開始喜歡我了？

噢！差點忘了，昨天夜裡下了一場大雪。不過今天雪都融化了。

安妮

一九四四年三月六日　星期一

親愛的吉蒂：

彼得和我一樣喜歡思考。昨晚在餐桌上，范丹太太嘲諷地說：「真是個大思想家啊！」彼得的臉都紅了，我真是要氣炸了！難道她看不出來，彼得他緊緊抱著他的孤獨，抱著他假裝出來的冷漠和大人模樣，這不過是在演戲而已，從來就不是他真實感情的表達。

可憐的彼得，這樣的角色他還能扮演多久呢？這樣超人般克制的結果，難道不會帶來猛烈的爆發嗎？彼得，但願我能幫助你！願你能讓我幫助你！當我們在一起，就能驅散你的孤獨和我的寂寞！

只要看到彼得，我內心就很雀躍。他成為了照耀我的陽光，讓我感到幸福。

幸好范丹夫婦有的不是女兒。如果不是碰巧遇見一個異性，我怎麼能體會到，馴服愛情的過程是如此困難、美好又瘋狂！

安妮

做過的事情無法挽回，
但可以防止它再次發生。

What is done cannot be undone,
but one can prevent it happening again.

安妮・法蘭克
Anne Frank

第八章　蛻變

一九四四年三月七日　星期二

回想一九四二年的生活，就像一場夢。有著追求者和朋友、受盡父母寵愛，還有好多點心和零用錢，那個過著天堂般生活的安妮，怎麼成了眼前的這個安妮呢？當然，那時我並不是無憂無慮的，我也會感到孤獨，但是一開心起來，就什麼煩惱都忘了。回顧那段日子，我知道那已經永遠地結束了，我也不會再去懷念。

然後我們來到了這裡，事情發生得那麼突然，一切變得那麼不正常。

剛來的時候，我總是感到寂寞，很愛哭。慢慢地，我開始看到自己那麼多的缺點和不足，承受著別人屢次三番的責備。後來情況才漸漸好轉，我進入青春期，成長為一個真正的少女，被當成大人看待。我開始反思、寫日記，不再試圖從別人身上尋求安慰和溫暖。新年之後，我有了另一個重大的改變。我發現了自己對一個男孩子的渴望。不是渴望女性朋友，而是男性朋友。

晚上就寢之前，在床上禱告完「感謝上帝和一切的善、愛、美」，我的心充滿喜悅。「善」，我會想到躲藏的好、想到我的健康；想到我對彼得初萌芽的「愛」；想到這個世界與大自然的美妙——「美」。我不再去想那些苦難，我對自己說：「想想你心中和周圍仍存在的一切美好事物，快樂起來吧！」

無論經歷什麼不幸，擁有勇氣和信念的人，是永遠不會在苦難中死去的！

一九四四年三月八日　星期三

前天夜裡，我夢見我在彼得房裡，我們面對面站著。我說了一句什麼話，彼得給了我一個吻。可是他說他並不喜歡我，叫我別這麼做作。我用受傷又懇求的口吻對他說：「我沒有做作啊，彼得！」

醒來時，我真高興那只是一場夢。

一九四四年三月十日　星期五

真是禍不單行！梅普和克萊曼先生都生病了。供應我們馬鈴薯、奶油和果醬的先生被捕了，他有五個不到十三歲的孩子，還有一個孩子即將出生。

昨晚我們在吃飯時，隔壁忽然有人敲牆壁，嚇得我們一整夜都神經緊張又心情沮喪。

一九四四年三月十二日　星期日

親愛的吉蒂：

彼得從昨天開始就完全不看我一眼，是怎麼了？我努力讓自己別去在意，可是卻做不到。他常常和我保持距離，有時又會心急地跑到我身邊。或許他只是心情不好，是我把一切都想得太糟，等到明天，一切又會變好吧？

我很不快樂！我好想找一個地方、一個人，可以大聲哭喊，可以沉默不語。我想他想得都要瘋了，我告訴自己要平靜下來，不去多想，可是還是做不到。

我不斷問自己：是不是你太打擾他了？是不是他根本就不喜歡你？一切只是你一廂情願？可是，他為什麼對你說了那麼多？也許，他後悔了？

我頭痛得無法再思考了，只能靠睡覺來麻痺自己。

像我這個年紀的女孩，這樣自怨自艾有點誇張，所以我只向你傾吐，其他時間我會表現得又愉快又自信。

瑪格特願意做我的知心人，可是我還是不想跟她傾訴。

什麼時候我才能擺脫這種混亂的思緒呢？什麼時候我的內心才能重獲寧靜？

安妮

一九四四年三月十四日　星期二

供應食品券的人被捕了，我們只剩下五本黑市食品券。現在剩下食品不多，又沒有人可以出去買東西。我們要斷糧了，大家都很沮喪。

一九四四年三月十六日　星期四

下午，詹來看望我們，我們八個人圍坐在他身旁，聽他說著外面的事，那樣子簡直就像一幅「祖母講古」的畫面。

聽詹說，現在的醫生幾乎都是靠電話來看病，因為病人太多了。接電話的是助手，要是特別嚴重，醫生才會親自來接電話，說：「請伸出舌頭！說一聲『啊！』，我聽到了，你的喉嚨發炎。我給你開個藥方，你可以到藥房去取藥。再見！」我們聽了都忍不住笑了出來。

一九四四年三月十六日　星期四

為什麼我比彼得還要煩躁不安，我明白了。他有自己的房間，可以用心地學習、思考、做夢和睡覺。而我呢，卻得和杜塞先生共用一個房間，沒有一個安靜的地方，所以我喜歡往閣樓跑。在那裡，我才可以做真正的自己。

我把對彼得的感覺藏在心裡，不對任何人說，不願意被任何人發現。這是理智與情感的戰爭。至今我仍極力保持理智，可是最終，情感會不會強出頭呢？不對彼得表白實在太過困難，但是我知道開口的那個人必須是他。是呀！安妮瘋了。沒辦法，我就是生活在一個瘋狂的時代，生活在這麼瘋狂的環境中啊！

但是，至少，我能夠把感受寫下來，不然我會悶死的。

彼得對我是什麼感覺呢？他是個喜歡安靜的人，會喜歡吵鬧的我嗎？他會是世界上第一個、而且是唯一一個看穿我堅硬面具底下本性的人嗎？他是這麼地不擅言辭，會先向我開口嗎？

一九四四年三月十七日　星期五

密室裡的一切都還算順遂，除了瑪格特和我對父母有些厭煩了而已。到我們這種年齡，就會開始想為自己做一些決定，不願意再受到父母的管束。每次我到樓上，他們就會問我去做什麼；吃飯時不許我加鹽；每天晚上八點，媽媽就會催促我上床睡覺；我看的每一本書都要審查。

昨天晚上瑪格特還跟我說：「我覺得好煩。只要你無意間嘆了兩口氣，他們就會來問你是不是頭痛，還是哪裡不舒服了。」

我們不想再被當作小孩子看待，我們是完全獨立的人。我們明白自己要什麼，能分清孰是孰非。

我們有自己的思想、看法和原則。我知道無論是討論事情、還是爭論，我都比媽媽強，也比她更客觀，我認為自己在很多方面都比她高明呢！

一九四四年三月十九日　星期日

親愛的吉蒂：

昨天晚上，是我來到密室之後最美好的一個夜晚。我和彼得談了好多好多。

我們談到和父母的疏遠；我們談著，我是怎麼躺在床上傷心痛哭，他又是怎麼跑到頂樓上去罵人罵個痛快。我們什麼都談，談信任、談感情和我們自己。

喔，吉蒂，他就和我想得一樣！

後來我們談到一九四二年。那時的我們有多麼不同。他覺得我好動又煩人，而我則認定這個男孩子笨拙且無趣。我說，我的喧鬧和他的文靜是一體兩面，我也喜歡安靜，可是我除了和我的日記本在一起之外，沒有一個地方是真正屬於我的。我們很高興遇見彼此。

我對他說，我可以理解他的克制，以及多麼希望在他受到父母指責時幫助他。

「但你一直以來幫了我很多忙！」他說。

「是嗎？我怎麼幫的呢？」我驚訝地問。

「當你一直這麼快樂，就幫了我很大的忙。」

這是他對我說過最動聽的一句話。太棒了！他一定開始願意把我當成知心好友了，目前這樣就已經足夠了。我無法形容我是多麼地感動和快樂。我覺得，我和彼得共同守護著一個祕密。當他用那雙滿含笑意和柔情的眼睛看著我，就像一道陽光在我心頭暖暖滑過。我希望這樣的時光能夠繼續，希望我們還能在一起度過許許多多美好的時刻。

滿懷感動和快樂的安妮

一九四四年三月二十日　星期一

親愛的吉蒂：

彼得問我晚上能不能去他的房間。我說不能每天晚上都去，爸爸媽媽都認為這並不合適，但他認為我們不用太在意他們的看法。我說我會在星期六晚上過去。

但與此同時，我的幸福，還蒙著一層陰影。我擔心瑪格特會因為彼得跟我朝夕相處而痛苦，我覺得她也喜歡彼得。

「不好意思，把你一個人丟在一邊。」我對她說。

「沒關係。」她回答：「我只是為自己感到遺憾，我還沒有找到一個可以傾心交談的人。我希望你和彼得可以彼此信任，好好享受已經在眼前的友情。」

真誠善良的瑪格特啊！她不知道我有多欽佩她，希望有一天我也能像她和爸爸一樣，擁有那樣友好善良的性格。

啊！我一想起星期六晚上，就覺得心滿意足。無論是笑還是沉默，彼得都一樣好看。當他發現，安妮根本不是一個膚淺的女生，而是一個富於幻想、和他一樣有許多煩惱和困惑的人，他一定很吃驚！

我相信，密室裡一定會出現真正偉大的愛情。不過別擔心，我還沒有想過要嫁給他，我不知道他長大以後會變成什麼樣，也不知道我們是否會相愛到論及婚嫁的地步。

安妮

一九四四年三月二十三日　星期四

最近我常在晚上上樓去，呼吸一點新鮮空氣。坐在彼得身旁的椅子上往外看，感覺舒服極了。

每當我跑去那裡，范丹先生和杜塞先生就會說：「安妮的第二個家。」又或者是：「男士在黑夜裡接待年輕女士合適嗎？」飯桌上大人們也常常提到，要是戰爭再持續五年，密室裡就會有婚禮舉行了。這些都是蠢話！

彼得說，大人們是嫉妒我們年輕，不必把這些刻薄的話放在心上。

一九四四年三月二十五日　星期六

我發現自己澈底地改變了。我的看法、我的眼光、我的外表和內心，全都變了，變得更好了。

對密室裡的其他人，我突然可以理解了，大家各有各的苦衷和想法，既然不得不住在一起，就要和睦相處、互相尊重，多想想別人的立場，這樣在面對意見分歧時，大家也能好好解決。

我不知道彼得有多愛我、我們以後會不會接吻。我對爸爸說我常去找彼得，他說沒關係，這是好事，既可以分享成長的祕密，又可以互相支持、度過難關。

我把自己異想天開的事偷偷告訴彼得，譬如說我以後想寫作，就算當不成作家，也會在工作之餘堅持寫作。

「這日一無所獲，如夜晚漆黑一片。」

這是我幾個星期前想出來的詩，趁我還記得時，把它寫下來。

一九四四年三月二十七日　星期一

親愛的吉蒂：

政治本來應該是我們躲藏歷程中重要的一章，但我卻不怎麼關心政治，因此它被我過於冷落了。不過今天，我會多講一些關於這個主題的事。

一談到政治，密室裡的人就開始樂此不疲地發表自己的高見。在有關登陸、空襲、演說等無數次辯論中，可以聽到一大堆的「不可能！」、「我的天哪！」、「要是他們現在才開始，那要到什麼時候才能結束啊？」、「形勢大好，好極了！」諸如此類的話，這些樂觀派、悲觀派，還有現實派的人，都認為只有自己的想法正確。最好笑的是，他們談論政治的時候，從來不會覺得厭煩。只要開始談政治，只要提一個問題，說一個字、一句話，在你反應過來之前，大家都已經熱情地參與其中！

密室從早上八點就開始收聽電臺，之後每小時一次，一直到晚上十點。除了吃飯或睡覺，他們都坐在收音機前，談論吃飯、睡覺和政治。真叫人厭煩！我都快變成一個乏味的小老太婆了！

安妮

一九四四年三月二十八日　星期二

媽媽覺得彼得愛上我了。希望如此！

我不想放棄彼得。我們只要坐在一起，不用說話，就心滿意足。當彼得將頭放在手臂上、閉上眼睛躺著的時候，就像是個孩子；當他扛著馬鈴薯或其他重物的時候，看起來很強壯；他觀看炮擊或是在黑暗中尋找小偷的時候，顯得很勇敢。我真欽佩他！外人不能理解，為什麼我們那麼想待在一起，要讓他們理解很困難。不過，要是能戰勝這些困難，結局將會更加美好和珍貴。

彼得常說：「笑一個吧！」

我一直覺得很奇怪，所以昨天我問了他：「為什麼總是叫我笑一個？」

「因為你笑起來的時候臉上會有酒窩，很好看啊！」

「酒窩是我身上唯一漂亮的部分。我知道我不漂亮。」

「才不是呢！我覺得你很漂亮，相信我！」

當然，我後來也稱讚了他。

一九四四年三月二十九日　星期三

昨天一位部長在電臺談到，戰後他們會把戰爭時期的各種日記和書信收集起來。想想看，要是我發表一部叫做「密室」的小說，那多有意思！單看書名，人們還以為這是一部偵探小說呢！

說真的，戰爭結束十年之後，聽一個猶太女孩講述在密室裡如何生活，談些什麼、吃些什麼，一定會很有趣。比如上個星期天，三百五十架的英國飛機，對阿姆斯特丹的外港扔下五百五十噸的炸彈，房子搖晃得像風中的小草；另外，人們一定也不知道，這裡有多少傳染病吧。

要是我把一切一五一十地記下，我就得整天不停地寫。買蔬菜要大排長龍、醫生無法出診。偷盜事件層出不窮，沒有人敢離開家門超過五分鐘，因為只要一出門，家裡的東西就會全部失竊；街上的電子鐘被拆走，電話亭裡的電話跟電線一起被偷走。每個人都在挨餓、情緒低落。一直等不到登陸反攻，男人被送到德國，孩子營養不良，每個人都穿著破舊的衣物。

但也因此有一件好事發生：由於食物越來越糟，法令越來越嚴苛，反抗政府的破壞活動也因此增多。有許多食品分配部門的工作人員、警察和官員，會在暗地裡幫助自己的同胞。真好，只有少部分的荷蘭人站在錯誤的一方！

一九四四年三月三十一日　星期五

天氣依然寒冷，但大多數人已經一個月沒有燒煤炭了。聽起來糟糕透了！

大家的心情還是很樂觀的，因為蘇聯前線捷報頻傳！

匈牙利被德國軍隊占領了，那裡住著一百萬名猶太人，現在也遭殃了。

圍繞彼得和我的閒話已經平息了一點。我們現在是非常好的朋友，天馬行空，無所不談。我在這裡的生活大大改變了。上帝並未拋棄我，永遠也不會。

我們的選擇決定了我們的生活。
我們首先做出選擇。之後選擇造就了我們。

Our lives are fashioned by our choices.
First we make our choices. Then our choices make us.

安妮・法蘭克
Anne Frank

第九章　再遇危機

一九四四年四月一日　星期六

親愛的吉蒂：

我多麼渴望能得到他的一個吻啊！難道他一直把我當成朋友？難道我對他沒有其他意義？我沒有向人傾訴煩惱的習慣，但現在，我好想倚靠他的肩膀，哪怕只有一次也好。

難道他只是因為害羞，所以無法說出他愛我？或者，其實只是我在追求他？所以上樓的永遠是我，他從沒有下樓來找過我。不過，這應該是因為我和別人共用房間，不方便的關係，對嗎？

安妮

一九四四年四月三日　星期一

吃的問題，不僅在密室，就算是在荷蘭、在整個歐洲都是一個大難題。

買不到任何蔬菜了。我們每一餐都吃馬鈴薯，因為麵包不夠，連早餐也是油炸馬鈴薯。每週最好的一份餐點，是一片肝腸和塗果醬的乾麵包。不過我們起碼還活著，還能享用飯菜。

一九四四年四月五日　星期三

有一陣子我都不知道為什麼還要學習了。戰爭結束的日子好像遙遙無期，像是一個不切實際的童話。如果戰爭到九月還不結束，我就不想繼續上學了，因為我不想比同學落後兩年的學習進度。

這些日子，我想彼得想到心力交瘁，每當我獨自一人的時候，我都會忍不住哭泣。這樣實在太悲慘了。

為了不再這樣悲傷下去，我要努力學習。當記者，這是我的志向！我知道我能寫，可是我不知道自己是不是真的具有這方面的才華。在這裡，我是自己最好、也是最嚴厲的評論家。我清楚怎樣是好文章，怎樣是不好的文章。自己不動筆的人，永遠不會懂得寫作有多美妙。以前我總是對自己不會畫畫感到失落，可是現在我慶幸自己至少還會寫作。

如果我沒有足夠的才華為報紙寫稿或寫書，我還是可以為自己寫作的。我想實現更多目標！我無法想像自己會像媽媽、范丹太太那樣子生活。除了丈夫和孩子，我還要有我能為之奉獻的目標。我想成為有用的人，能為眾人帶來歡樂喜悅。我希望我死後也要留芳百世。

我感謝上帝給了我這樣的天賦，這種可以表達我內心一切的才能。

只要一提筆，我就能忘掉一切苦悶，重獲勇氣。我能用寫作表達我的思想、理想和幻想。可是，我能寫出什麼偉大的作品嗎？我會成為一位記者或是作家嗎？

我希望會，非常希望。現在我才十四歲，沒什麼經驗，不可能寫出什麼偉大的作品，可是我還會繼續往下寫，我相信總有一天會成功的！

一九四四年四月十一日　星期二

親愛的吉蒂：

星期天晚上，彼得聽到樓梯平臺上「砰砰」兩聲，他馬上叫了密室裡的其他三位男士一起跑下樓去，竟然發現倉庫裡有竊賊正在東翻西找。

范丹先生不假思索地大喊：「警察！」竊賊便匆忙逃跑了。可是倉庫門上的一塊木板被拆了下來。為了不讓警察發現門上的洞，密室裡的男士們想把那塊木板裝回去，不料，竊賊從外面猛踢一腳，木板又掉到地上。范丹先生和彼得氣得想把那些傢伙殺了。范丹先生用聲響嚇走他，一切才又重歸寂靜。他們剛想把木板再裝上去時，狀況又發生了！門外一對夫婦用手電筒照亮了整個倉庫，他們突然從警察變成竊賊，只好趕緊上樓，進入密室。

「現在我們完了！」那一夜我們心如死水地坐等著被蓋世太保抓走。

「我們要像軍人一樣！要是我們遇難了，那也是為女王和國家、為自由和真理而死。唯一難過的是，我們連累了別人。」我安慰膽戰心驚的范丹太太。

我們立刻打電話給克萊曼先生，然後等待著詹或警察的到來。

第二天，樓下傳來很響亮的腳步聲。

「是詹！」我說。

「不是，不是，是警察！」其他所有人都說。

有人敲門，梅普吹了一聲口哨。

大家用歡呼和眼淚迎接梅普和詹。詹用木板把門上的洞補好，很快又和梅普離開了，他們去向警察報告有人登堂入室來盜竊。此外一切正常。我們吃麵包、喝檸檬茶，大家又能說能笑的了。

我們當中誰也沒有經歷過那樣的危險。上帝真的保佑著我們！

如果登陸反攻的日子來到，炸彈從天而降，大家也只能自求多福了。可是這回，只怕是連累這些幫助我們的善心又無辜的人，跟我們一起擔心受怕了。

「我們得救了！上帝！請繼續拯救我們吧！」這是最後我們唯一能說的話。

是誰把這些苦難強加在我們頭上？是誰把我們猶太人排斥在各民族之外？如果我們能承受住這一切苦難，只要還有猶太人留存，他們將會從受難者變成榜樣。誰知道呢，也許世界和各種民族會從我們的信仰中學會向善。

要勇敢！猶太人在漫長的歷史中生存了下來，猶太人在漫長的歷史中不斷遭受苦難。但是，正因為這些苦難，才讓他們變得更堅強。弱者會倒下，但強者會永遠生存下去。

那天夜裡，我真的以為自己要死了，我等待著警察，就像士兵在戰場上。我願意為國捐軀。然而現在，在我得救以後，我的第一志願就是戰後要成為荷蘭人。我愛荷蘭人，我愛這個國家，愛這種語言，願意在這裡工作。

我年紀雖小，但我有自己的目標、見解、信仰和愛。我知道我是個女人，一個具有內在力量和足夠勇氣的女人！

如果我活下去，我不會庸庸碌碌地生活，我將在世界上為人類工作。

但眼下我知道，我最迫切需要的，是勇敢和快樂！

安妮

一九四四年四月十四日　星期五

這裡的氣氛變得異常緊張。爸爸激動得要崩潰了；范丹太太感冒，躺在床上亂發脾氣；范丹先生沒有菸抽，臉色越來越蒼白；杜塞先生成天抱怨東抱怨西。巧合的是，廁所漏水，水龍頭也剛好壞了。

有時我也會多愁善感。每當彼得和我坐在積滿灰塵的木板箱上，搭著彼此的肩膀，緊緊靠在一起；還有，當外面的鳥兒啁啾，當我看見枝頭綠葉茂盛，當天空那麼湛藍，當太陽在召喚我走出去的時候，我心中有好多好多傷感！

其實，情況好壞是操之在自己手中的，人人必須自己判斷，不受情緒左右！

工作、愛、勇氣與希望使我為善。

祝我克服困難。

一九四四年四月十五日　星期六

驚險的事件一件接著一件發生，不知何時才有個了結！

彼得忘記把大門的門閂打開（每天晚上都會從裡面拴上的），結果庫格勒先生和員工們都進不來。所以庫格勒先生跑去找隔壁鄰居，強行砸碎廚房窗戶才進了大樓。我們的窗戶開著，鄰居看到了。他們會怎麼做？

彼得為此自責得幾乎要哭了。其實這件事情我們都有責任，因為我們每天通常都會詢問一聲門閂是否有打開，偏偏今天沒人問。也許晚點我該去安慰他一下。

我們最新的美食是辣酸菜。已經沒有蔬菜了，我們只剩下馬鈴薯。

空襲是司空見慣的事了。海牙市政廳被炸彈命中，有許多文件因此被毀，所有荷蘭人都要領新的戶籍謄本了。

一九四四年四月十六日　星期日

昨天對我來說具有十分重要的意義，我要牢牢記住這一天。

昨晚，我和彼得坐在他的長沙發上，他用雙手緊緊摟住我。我們從來沒有靠得這麼近過，我的心怦怦直跳。他有點笨手笨腳地撫摸我的臉頰、臂膀和頭髮。我幸福得說不出話來，我相信他也一樣。最後，在我們下樓之前，他吻了一下我的頭髮，一半吻在我的左頰上，一半吻在耳朵上。我羞得頭也不回奔下樓。

一九四四年四月十七日　星期一

親愛的吉蒂：

我還不到十五歲，就在長沙發上和男孩接吻，真讓人難為情呀！如果換做是瑪格特，除非彼此已經論及婚嫁，不然她絕對不會去親吻一個男孩。不過，這又有什麼關係呢？我們被關在這裡，與世隔絕，整日生活在恐懼中。既然我們相愛，為什麼要保持距離呢？為什麼非要等到合適的年齡呢？知道有人愛我，是多麼美好的一件事。

安妮

一九四四年四月十八日　星期二

爸爸預測，在五月二十日以前，俄國與義大利會有大規模的軍事行動。但是，時間越長，我就越難想像我們可以盼到和平到來。

昨天彼得和我用一個吻道了晚安，他吻在我嘴唇附近。那感覺真甜美！

我們度過了變化無常的冬日，迎來明媚的春天。四月的氣候宜人，時而飄來一陣細雨。貝普給我們帶來了三束水仙花，另外又送了我一束風信子。

一九四四年四月十九日　星期三

靜靜地坐著眺望窗外，聆聽鳥兒歌唱，陽光灑在身上，依偎著一個可愛的男孩，世上還有什麼比這更完美？喔！但願我們能永遠不受打擾！

一九四四年四月二十一日　星期五

昨天我喉嚨痛到在床上躺了一整天，今天好多了。

昨天是所謂的「領袖」（希特勒）的五十五歲生日。

倉庫工人范馬倫偷走了馬鈴薯粉，卻想嫁禍給貝普。貝普氣炸了。

一九四四年四月二十五日　星期二

我寫了一篇有趣的故事，名字是：《探險家布羅利》。

我唸給我的三個聽眾聽，故事很受歡迎。

一九四四年四月二十七日　星期四

我的感冒一直沒有完全痊癒，還傳染給了瑪格特和父母親。但願彼得別被傳染了！他堅持要吻我，這可不行，真是個小傻瓜！不過，他真可愛啊！

一九四四年四月二十八日　星期五

昨晚我和彼得像平常一樣坐在長沙發上，互相摟著。平日漫不經心的安妮消失了，她成了溫柔體貼的安妮。

我和彼得像往常一樣吻別。我用雙臂摟著他的脖子，在他的左頰上吻了一下。我正想再吻他的右頰，嘴便碰到了他的嘴。我們為此心醉神迷，緊緊抱住彼此，一次又一次地吻著。

這會是彼得第一次發現，一個時常惹人心煩的女孩，也有一個溫柔的內心世界，當他獻出自己的真心時，她也奉上了自己的真心。

但是每天晚上，在吻別以後，我就只想逃開，不再看他的眼睛，只想跑開，躲進黑暗之中，獨自一人。

我的腦袋又出現了那個令人不安的問題：「這樣對嗎？我，一個女孩，這麼快就表現得那麼熱烈，合適嗎？」

一九四四年五月二日　星期二

「彼得愛上你了嗎？」爸爸問我。

「當然沒有。」我說。

「我們並不反對你們經常在一起。不過你要克制一些。在外面，生活自由，你能認識別人，但在這裡，你不能想出去就出去。你們現在總是在一起，要是你們太親近，以後你想改變心意，就不太容易了。安妮，別太認真了！」

「好的，爸爸。但彼得他是個好男孩！」

「是的，他的本性善良，但他的性格不夠堅強。」

週日上午的時候在閣樓裡，我和彼得談到這件事：「我對爸爸說，你是個好男孩。我信任你，就像信任爸爸一樣。你的品行很好，我相信將來你會有成就的。」

後來不知怎麼的，我話鋒一轉，又對彼得說：「等我們離開這裡出去以後，我知道，你不會再想起我了。」

彼得一聽，馬上激動起來：「才不會，安妮！你要相信我，我不是那樣的人！」

一九四四年五月三日　星期三

早上我們吃了一碗麥片粥。現在蔬菜還是很難買到，只有水煮爛生菜、菠菜和萵苣。再加上爛馬鈴薯，多「好」的搭配呀！這種情況下，可想而知，我們常忍不住地問：「為什麼要打仗？為什麼人類不能和平共處？為什麼要製造那麼多殺戮，毀滅一切？」

人類為什麼要如此瘋狂，為什麼一定要餓死一些人？而與此同時，在世界的另外一些地方，卻有許多食物吃不完而壞掉。人們為什麼要將那麼多的錢，花費在製造恐怖的戰爭上；但在醫療及貧窮的問題上，卻捨不得投入一分錢？

我常常心情沮喪，可是我從不絕望。我把躲藏的日子視為一趟冒險旅程。我年輕又堅強，每天都能感覺到內心的成長。和平總會到來，大自然這麼迷人，我身邊的人們如此善良。這麼美妙的旅程，我為什麼要絕望？

一九四四年五月六日　星期六

詹、庫格勒先生和克萊曼先生談到外面的物價，簡直讓人難以置信。一磅茶葉要七百盾，一磅奶油要三十五盾，幾乎每個人都在做黑市交易。撞門、撬鎖、凶殺和偷竊的案件日益猖獗，每天都有年輕少女失蹤。這個世界瘋了！

一九四四年五月八日　星期一

親愛的吉蒂：

跟你說說我們家的情況吧！

爸爸出身於法蘭克福的豪門世家，年輕時過著富裕的生活，世界大戰和通貨膨脹後家產蒸發。但是不管怎麼說，爸爸都是在極為優渥的環境中長大的。媽媽的娘家不算是什麼豪門，但也很有錢。誰能想到他們的生活是現在這樣？

但我還是寄望於戰後，我想去巴黎和倫敦各待一年的時間，學習語言、攻讀藝術史；我想去看看這個世界，遇見更多有趣的人。

梅普今天上午談到，星期六她去參加侄女的訂婚典禮，新郎和新娘都是富裕家庭的子女，宴會上吃的、喝的東西可多了。我們聽得口水直流，如果我們也去了，一定會把所有東西一掃而空。

參加宴會的還有偵緝隊的兩名警察，熱心的梅普立刻記下他們的姓名和地址，一旦我們這些藏匿者有狀況，需要好心的荷蘭人幫忙時，也許就能派上用場。

安妮

一九四四年五月九日　星期二

公司新來的清潔女工六十多歲，耳背！就八個藏匿者可能發出的聲音來說，這很合我們的心意。

啊！天氣這麼好，要是能出去該有多好！

一九四四年五月十日　星期三

親愛的吉蒂：

我們親愛的荷蘭女王在昨天和今天對我們發表了演說。她正在度假，以便之後可以精神抖擻地回到荷蘭來。她說：「不久我就要回來……不久就要解放……」

安妮

一九四四年五月十一日　星期四

親愛的吉蒂：

我忙於閱讀和學習。今天有幾本書要讀完，貝普才能把它們還給圖書館；有三大頁外語單詞，全都得背誦、抄寫和理解。聽起來是不是有點瘋狂？

你知道我最大的願望是當記者和一名作家，現在我有了足夠的題材。戰後我一定要出版一本名為《密室》的書。

這些理想是否能夠實現還有待時間的考驗，但是不管怎麼樣，我心裡一直裝著這個願望。除此之外，我腦袋裡還有其他一些計畫。但還是等我把它們想得更清楚以後，再對你詳細說明吧！

安妮

一九四四年五月十三日　星期六

昨天是爸爸的生日。他跟媽媽已經結婚十九年了。屋外陽光明媚，就好像今年還不曾有過這麼好的天氣。栗子樹開滿美麗的花朵。爸爸得到了許多禮物。他把收到的蛋捲、啤酒和優格分享給大家。皆大歡喜！

一九四四年五月十九日　星期五

昨天我感覺糟糕透頂，嘔吐、頭痛、肚子痛。今天有好一些了。我很餓，希望今天的晚餐不會又是馬鈴薯！

彼得和我還算發展順利。每天晚上我們吻別時，他會臉紅地要求更多親吻。他因為我的喜愛而覺得幸福，我很明白這點。只是，他如果想再更深入我的心扉，就得再努力一些才行！

一九四四年五月二十二日　星期一

兩天前，爸爸和范丹太太打賭，輸了五瓶優格。直到今天，登陸反攻行動仍毫無進展。難道英國人不知道人們最終要看的是偉大英勇的行動嗎？

哦，不，正如那句古話所說：「沒有人能看到自己鼻尖以外的地方。」沒有人去思考英國是不是在為自己的國家而戰，每個人都認為英國有責任儘快拯救荷蘭，可是英國人究竟對我們負有什麼責任呢？登陸、解放和自由終會到來，只不過何時到來，是取決於英國與其他強國的協商，而不是被占領國人民的抱怨與爭論。

聽說反猶狂風已經刮到了那些從未有過這種想法的地方了，許多人對我們猶太人的態度已經轉變，我們感到傷心又震驚。這種仇恨猶太人心理的產生，是可以理解，但也太過偏激了。基督徒譴責猶太人在德國人面前洩露機密，出賣援助他們的人，由於猶太人的過錯，許多基督徒不得不遭受那麼多的可怕命運和可怕懲罰。這是事實。但是如果基督徒處在我們的位置，難道就會有不同的表現嗎？不管是猶太人還是基督徒，在德國人的嚴刑拷打下，誰能堅持住？

我只希望這種仇恨情緒能盡快如煙一般飄散，祈求荷蘭人永遠不會動搖他們高尚的正義感，要不然，將來好不容易存活下來的猶太人就只能背著行囊，離開這個美麗的國家！這個曾經熱情地收容我們、給予我們許多溫暖的國家。

哦，親愛的荷蘭啊！我一個小小的、猶如無根的種子的人，曾經多麼希望這裡就是我生根發芽的祖國呀！一直到現在我還是這樣希望著！

一九四四年五月二十五日　星期四

親愛的吉蒂：

貝普訂婚了。她二十四歲了，是家裡的長女，她的母親之前一直取笑她還找不到老公。但是她要到戰後才能結婚，因為她的未婚夫還過著地下生活。我們多麼希望她能過著幸福快樂的日子啊！

今天上午，我們的蔬菜商被捕了，他被發現家裡藏著兩個猶太人。這如同給了我們當頭棒喝！不僅僅是因為又有兩個可憐的猶太同胞步入地獄大門，更多的是因為這個好心人也將遭受厄難。

這個黑白顛倒的世界！善良的人被送進集中營和監獄，而惡魔還在世間作亂。除非你是納粹，否則你永遠不知道明天會發生什麼！

蔬菜商的被捕，意味著我們要挨餓了。貝普不可能扛著那麼多馬鈴薯過來，我們只能再少吃一點。早上不吃早餐，中午只吃粥和麵包，晚上只吃油炸馬鈴薯，可能每個星期吃一、兩次蔬菜或沙拉。當然，無論吃什麼，都比被發現要來得好。

安妮

一九四四年五月二十六日　星期五

蔬菜商事件加重了密室裡的緊張氣氛，只要誰輕輕挪動一下，就會聽到「噓——噓——」示意安靜的聲音。每個人心裡都清楚，警察要闖進這裡可是輕而易舉的！

因為我們，梅普和庫格勒先生身上背負著重責大任。克萊曼先生和貝普對我們很好，但他們也有自己煩惱的事，克萊曼先生的身體不好，貝普忙於自己訂婚的瑣事；而且他們也需要自己的消遣，出門、探訪朋友，過正常人的生活！儘管懸著的心只是放鬆片刻，也比我們好多了！我們這兩年躲藏在這密閉空間裡，時時刻刻提心吊膽，真不知道一直這樣下去，我們還能支撐多久？

我一遍又一遍問自己，如果我們不躲藏，如果我們都死了，不用經歷這場磨難，尤其是不用再牽連他人，那對所有人來說，是不是更好？

但我不敢這樣想。我們仍然熱愛生活，惦念著大自然的美妙，我們仍然抱有希望。

希望很快就會有結果，哪怕是不停的戰火也比這種忐忑不安要好。請讓我們知道，最後我們是戰勝、還是戰敗？

人類的偉大不在於財富或權力，
而在於品格和善良。

Human greatness does not lie in wealth or power,
but in character and goodness.

安妮・法蘭克
Anne Frank

第十章　落幕

一九四四年六月二日　星期五

親愛的吉蒂：

我有一個躲避槍炮聲的祕方。在槍炮聲特別大的時候，跑向最近的木梯，上上下下多跑幾趟，再想辦法至少跌倒一次。有跌倒時的擦傷、跑動和跌倒時的噪音，就不會注意到槍炮的聲響。使用者見證，效果好極了！

安妮

一九四四年六月六日　星期二

上午八點，英國電臺廣播發布：「This is D-day!」反攻日到來。

電臺正報導：「英國的傘兵部隊已經在法國海岸登陸，其登陸艇正在和德國的海軍激烈戰鬥著。」

十點，英國電臺分別以德語、荷蘭語、法語和其他語言播報，反攻正式開始！

十一點，艾森豪將軍對法國人民說：「激戰將臨，接著就是勝利。一九四四年是全面勝利的一年，祝大家好運！」

一點時，英國電臺廣播又傳來消息：「一萬一千架飛機待命，正在運送部隊登陸，轟炸敵人的後方，英美兩國軍隊已投入激烈戰鬥。比利時首相、挪威國王、法國總統、英國女王和邱吉爾，都發表了演說。」

密室裡一片沸騰！嚮往已久的解放，就要來臨了嗎？真像一個童話，美好得讓人不敢期待。一九四四年我們將迎來最後的勝利嗎？

我們還不知道，但是希望和勇氣又回到了我們的身上。

我們仍需保持鎮靜和堅定，更要咬緊牙關，決不要妥協。到時候得救的不只是我們，還有荷蘭和整個被占領的歐洲。

親愛的吉蒂，我已經感覺到未來的太陽正在向我們揮手致意，朋友正一步步向我走來了。德國人壓迫我們太久了，我們渴望自由，渴望外面的世界！一想到朋友和解放，我的心裡就無比激動！我想，你的心情和我是一樣的吧？

瑪格特還對我說，也許不到十月我就有可能重返校園了呢！你知道這才是令我最高興的消息，親愛的，和我一起期待吧！

一九四四年六月九日　星期五

登陸反攻有了天大的好消息！每天晚上，戰地記者都報導軍隊所遭遇到的困難、將士的勇敢和高漲的士氣。儘管天候惡劣，飛機仍然頻繁出動。我們希望戰爭在今年年底以前就能結束。它也該到結束的時候了吧！

一九四四年六月十三日　星期二

過完生日，我十五歲了。我收到了許多禮物。

最驚喜的是庫格勒先生送的一本《瑪利亞．泰勒莎》和三塊全脂乳酪。彼得送了我一束美麗的芍藥花。

儘管天氣惡劣，狂風暴雨，驚濤駭浪，但盟軍反攻依然捷報頻傳。

我的月經停了兩個月，星期六終於又來了。儘管有種種不適與麻煩，但我很高興情況已經好轉。

一九四四年六月十四日　星期三

這幾天我一直都很苦惱，因為我總是會被別人認為是個自以為是的人。我也常常反省自己，我是不是過於自負了？

我希望別人能給我真誠的忠告，哪怕是幫我做出一些分析和評價也好，但是，這個人真的不容易找到。

彼得喜歡我，並不是戀人的愛，而是朋友的愛。有時候我也在想，我對他的強烈渴望被誇大了，可是實際上並不是啊，我仍然像以前那樣，對他一日不見如隔三秋。他的個性善良、脾氣溫和、很容易妥協，可是他仍然不讓我碰觸他的內心深處，從天性上來講，他比我更封閉。關於未來，真正的心靈和身體的解脫才是我們最期盼的，而這些，似乎就在不遠的明天！

一九四四年六月十五日　星期四

是不是因為我被禁閉在這裡，太長時間無法呼吸到新鮮空氣，才會如此醉心於大自然？我記得我以前不是這樣，來這裡之後就變了。我喜歡在窗前看月亮，喜歡看窗外的狂風暴雨。窗外的世界，是這麼地美好！這一切都把我迷住了！

有很多人都喜歡大自然，還有人偶爾會在戶外露宿，那些在監獄和醫院裡的人們，盼望有一天能自由地奔跑在大自然的懷抱裡。大自然是不分貴賤都可以與它親密接觸的，可是偏偏我們就是被殘忍隔離的一群人。

仰望天空、雲朵、月亮和星星，使我的內心平靜，萌生希望。大自然使我感到自己的渺小，讓我能勇敢地忍受一切的打擊。但絕大部分時間，我只能透過積滿灰塵和掛著骯髒窗簾的窗戶凝望大自然，在這種情況下，觀察大自然的樂趣已所剩無幾。大自然應該是純粹、沒有任何雜質的！

一九四四年六月二十七日　星期二

范丹太太變得更加不可理喻。她已經絕望了，整天滔滔不絕地說著關於暗殺、坐牢、絞死和自殺之類的事情。她經常崩潰痛哭、無理取鬧。

事實上，現在形勢大好。而爸爸和范丹先生甚至樂觀地認為，十月十日我們就有可能恢復自由。自從 D-day 開始，這三個星期以來，沒有哪天不是風雨交加的，但是這種惡劣天氣，並沒有阻礙英國人和美國人展示他們的威力，真是了不起！

一九四四年七月六日　星期四

彼得無意間談到，將來他說不定會變成一名罪犯或是投機客。他當然是開玩笑的，但我相當擔憂，因為他很擔心自己內心的軟弱。

瑪格特和彼得常常對我說：「要是我像你一樣勇敢，要是我能做到像你這樣的堅定信念，那麼……」

為什麼他們明知道自己軟弱，卻不想辦法克服，不努力去鍛鍊自己的性格呢？「因為不努力比較容易！」這種回答真讓我洩氣。這是多麼幼稚的思想啊！在懶惰和金錢的誘惑面前，人們往往會很容易就上鉤了。

我想了很久，不知道該怎樣回答，才能激勵彼得樹立起自信，轉變成願意努力和進步的人。彼得有點依賴我，我卻希望他在性格和精神上可以自立。我想讓他明白，那些看似容易取得的東西，會把他拖向深淵，難以自拔。

我們都活著，可是並不知道為什麼而活著。我們生活的目的是追求幸福，而想得到幸福，我們要為之耕耘，而不是坐享其成。當然，彼得不是不懂得努力的人，他只是還找不到目標。但是，每次看到他自暴自棄，我都感覺特別傷心。

如果每個人入睡前，都能回顧一天裡發生的事情，反思自己的行為，他們就會變得更好、領悟到生命的真諦。

一九四四年七月八日　星期六

公司代理人在農產品拍賣會上買了草莓，他給了我們至少二十四箱的草莓！庫格勒一點半來的時候，說：「喔，到處都是草莓！早餐是草莓，梅普也在煮草莓，我聞到的都是草莓，便趕緊上樓來躲一躲，可是這裡正在洗什麼呢？洗草莓！」

爸爸每天晚上都在製作草莓果醬。我們喝草莓粥和草莓牛奶，飯後甜點是草莓、白糖草莓和加上草莓的麵包。整整兩天，除了草莓還是草莓。

然後，我們從蔬菜商那裡買來了二十磅豌豆。星期六早上，所有的人都在認真剝著豌豆。這種工作對我這樣一個沒有耐心的女孩來說，簡直就是苦差事。我每剝一顆，就在心底呼喊：我永遠永遠也不願只當一名家庭主婦！

一九四四年七月十五日　星期六

親愛的吉蒂：

父母其實一直很溺愛我，在別人面前袒護我，為人父母能做的他們都做到了。但我一直感到十分孤獨，那種被人漠視、誤解，甚至是拋棄的感覺，越來越強烈了。儘管爸爸和我關係再好，他卻總是站在長輩的立場，把我當成一個小女孩，不能設身處地把我當作獨立的安妮看待，所以我對他隱瞞自己的情感，從來不會把自己的理想告訴他，而是選擇告訴你，吉蒂。

至於彼得，我知道我征服了他，他一天比一天要更喜歡我。我們談論最私密的事，卻對內心世界避而不談。我一直都摸不透彼得的心事。如今他深深依戀著我，而我一時也找不到能夠讓他跳脫出來的辦法。

雖然我發現他不可能成為我心目中的那種朋友，但起碼我要幫助他跳脫狹隘的思維，趁年輕而有所作為。

我在某本書上讀到：「在內心深處，年輕人比老年人寂寞。」說得很有道理。成年人對這個世界早已形成獨到的見解，行動起來不會有猶豫，而且意志堅定。而生活在這個時代，一切理想都被摧毀，人們對真理和信仰都產生懷疑，要我們這些年輕人堅持立場、維持觀點，更是艱難！

這就是成長的煩惱，它們很真實，同時也很可怕。但無論如何，我仍懷抱著希望，因為我一直相信人的善良本性。我看見世界漸漸被吞噬成一片荒野，我聽到雷鳴般的譴責聲幾乎要將我們毀滅，我和千千萬萬苦難中的人感同身受。但是，每當我仰視穹蒼，我總會想，一切都會好轉的，這些苦難一定有盡頭，和平和安寧將重見天日。在通向最終的光明的路上，夢想再破、再碎，我也會將它緊抱在懷裡，一直向前，永不放棄，也許有一天它會實現！

安妮

一九四四年七月二十一日　星期五

此刻我滿懷希望，目前情勢好極了！希特勒被一個德國軍官謀刺——儘管他只受了一些擦傷和幾處燒傷。希特勒竟然向他那些忠誠的人民宣布，從今天起所有軍人都得聽命於蓋世太保，任何士兵如果知道他的長官參與這次暗殺，可以把他就地槍決。

這樣一來就有好戲登場了。長途行軍中，某個士兵如果因為腳痛走得慢了，被長官訓斥，他就可以拿起槍，大聲喝斥：「你想謀殺領袖，這就是你的下場！」一聲槍響，這個趾高氣揚的長官就一命嗚呼了。最後：那些軍官再也不敢跟士兵們發號施令，因為，士兵們行動的膽子比軍官們說話的膽子要大得多。

是我在瞎扯嗎？哈哈！沒辦法，一想到十月分我又可以去上學了，我心裡就十分開心，所以難免扯遠了。

一九四四年八月一日　星期二

親愛的吉蒂：

我是一個如此矛盾的人。我有雙重性格，這一面的我活潑樂觀、輕率無禮、熱愛生命、欣賞美好事物，甚至不會因為打情罵俏、親吻、擁抱、不堪入耳的玩笑而生氣。但這一面的我總是埋伏在那裡，突擊另一面的我——那個更美好、更純潔、更深沉的安妮。

其實也不怪大部分的人不理解我，因為我輕浮的那一面總是比深沉的那一面更快出現，所以也總是她贏。你想像不出我有多麼努力想藏起她，可是沒用，她就是那個叫安妮的人的另一半啊！

好的安妮從不出現在人前，只有在我獨處的時候，她才會和我交流，並指引我。我非常清楚自己想要成為什麼樣的人，而我現在又是什麼樣的人，可惜的是，我在內心裡追隨那個沉靜的安妮引導，但在外面表現出來的，卻總是一個喧鬧輕浮的安妮。我努力想表現出好的一面，卻總是慘敗。

我的內心在啜泣：「你看，你就是這樣，傲慢、暴躁，大家才不喜歡你，這都怪你不聽從好的安妮提出的勸告！」

啊！我願意聽的，可是沒有用。就算我認真了，大家也會以為我是在演戲，我的家人肯定會以為我生病了，還會強迫我吃下治頭痛和抗憂鬱的藥，真是那樣的話，我絕對會受不了的。

如果我在大家的眼裡就是那個樣子，那麼我只能把壞的一面展露，將好的一面隱藏。獨自在內心深處探索出一條道路，成為我所希望、和我所能做到的那個樣子。

也許，有一天，再沒有其他人生活在這個世界上，我想我就能澈底解脫了。

安妮

安妮寫的日記到此結束。

安妮日記學習單

安妮・法蘭克（了解作者與作品）

1. 你和安妮一樣有寫日記的習慣嗎？如果要做每日的紀錄，你會記錄什麼？

2. 安妮的夢想是成為作家或記者，你有想從事的職業嗎？你該學習哪些技能，才能勝任這個職業？

3. 戰亂時期會有許多被戰火波及的無辜平民，如果你有能力去幫助他們，你會採取哪些行動？

安妮日記（故事內容的回顧）

1. 猶太人為什麼會遭受德國納粹迫害？

2. 安妮的爸爸在情勢嚴峻的時候，為什麼仍願意收留同為猶太人的杜塞先生？

3. 為什麼會有蓋世太保，他們的身分是什麼？

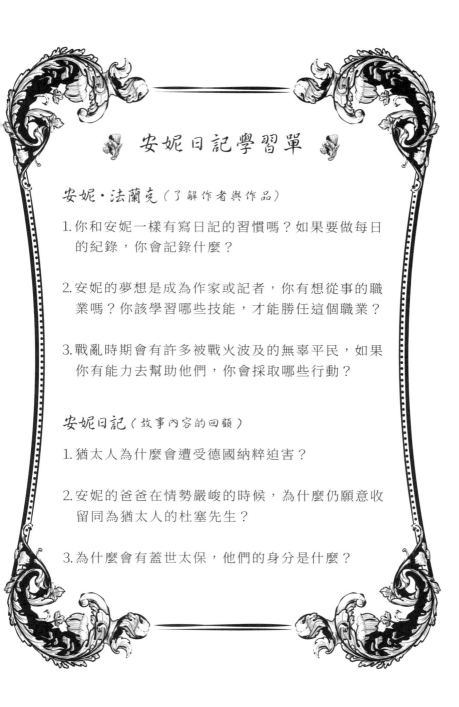

我的祕密基地

(假如故事內容發生在自己身上會怎麼做?)

1. 如果有一天你也像安妮一家一樣需要躲避危險，哪裡是你的祕密基地?

2. 當你在躲藏時需要一個能在外面活動，幫你送物資的人，你身邊有值得信任的人嗎?他是誰?

3 安妮帶了日記本、捲髮夾、舊信件等東西住進密室，有哪些東西是你一定要帶進祕密基地的呢?

4 安妮他們平時遵守著十七項「密室生活公約」，你會為祕密基地制定哪些生活公約條款，與一起躲藏的人遵守?

5. 你覺得你的祕密基地會是什麼樣的的空間?物件怎麼擺放?房間在哪裡?祕密基地的入口如何設置?試著將你的祕密基地畫出來吧!

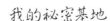

伸出手的勇氣（故事困境的延伸）

1. 如果身處二戰時期，你會對猶太人伸出援手嗎？會的話你會怎麼做？不會的話又是顧慮什麼？

2. 每個國家都有許多需要他人幫助的弱勢群體，你知道自己的國家有哪些公益團體嗎？他們的服務對象是誰？

3. 日本 311 大地震或烏克蘭戰爭等災難來臨時，國家和民間都會發起募捐活動，人民可以透過自身微薄的力量幫助那些正在遭受苦難的人們。以地震災難為例，你覺得除了捐款之外，還可以捐贈哪些東西來幫助他人？這些東西的作用是什麼？

4. 募捐是一個能幫助他人的管道，但可能會有詐騙集團混在其中，以此詐騙大家的善心，你認為有哪些辦法可以判斷募捐管道的可信度？以免大家的愛心流入不法之徒手中。

戰爭與和平（故事內容的延伸）

1. 安妮生活在第二次世界大戰時期，既然是「第二次」，即是在此之前已發生過一次「第一次世界大戰」，你知道這兩次的世界戰爭的起因是什麼嗎？又有多少國家加入戰爭？

2. 兩國之間的紛爭如果到了白熱化，可能會因此點燃戰火，如果戰爭突如其來侵入你的生活，你該怎麼做？

3. 安妮日記中提到印度自由鬥士甘地，為了反戰實施絕食抗議，並在日後成為印度國父，冠以「聖雄」之稱。你還知道有哪些人是挺身而出對抗體制的自由鬥士嗎？

4. 戰後有許多反戰題材的著作和影視誕生，創作者們透過作品宣揚反戰思想，使生活在和平時代的人們也能了解戰爭的殘酷並引以為戒。除了《安妮日記》你還有看過哪些以戰爭為題材的作品？該作品帶給你哪些反思？

交換日記（活動）

《安妮日記》的誕生源於安妮在十三歲生日時收到了一本日記本，她在日記本寫下了處於戰爭時期的日常生活與她的各種思想與情感。

看過卡通《小紅豆》嗎？小紅豆與她的朋友們以交換日記的方式，來瞭解彼此的生活與心情。不妨也與朋友一起玩場交換日記的遊戲，透過一人一天，輪流寫下當天自己想記錄的人事物，看彼此所感受到的世界有什麼不一樣，也是一種與朋友交流和促進感情的方法。

海倫・凱勒

目錄

第一章　童年記憶

書寫自傳令我惶恐。我的童年被帷幕籠罩，要將其掀開讓我深感不安。童年時光距今已久，哪些是事實？哪些又是我的幻想？連我自己也分不太清楚了。

為了避免冗長乏味，我只將最有趣和最有價值的事情敘述出來。

一八八〇年六月二十七日，我出生在塔斯昆比亞，那是一個位於美國阿拉巴馬州北部的小城鎮。

父親的祖先是瑞士人，後來移民到美國的馬里蘭州，並在此定居。讓人驚訝的是，我的其中一位祖先還是聾啞教育專家。誰又能想到呢？他竟有我這樣一位又盲又聾又啞的後人。每次想到此事，我都覺得世事無常啊！

我的祖父在阿拉巴馬州買了土地後，整個家族就在這裡定居了下來。

我的父親亞瑟·凱勒是南北戰爭中，南方聯軍的一名上尉；母親凱特·亞當斯是他的第二任妻子，年紀比他小很多歲。

當時，南方人習慣在居住的房子附近再蓋一間小屋子，以備不時之需。父親在南北戰爭之後，也蓋了這樣的建築，屋子只有一個大房間和一個供僕人休息的小房間。父親和我的母親結婚後，就住進了這間小屋。在我還沒有因為生病而失去視力和聽力之前，也住在這裡。

房子被葡萄藤、攀藤玫瑰和金銀花環繞攀附，從院子望過去，就像是一座用樹枝搭建而成的涼亭。小小的門廊隱沒在黃玫瑰和南方茯苓花交織而成的花叢裡，是蜂鳥和蜜蜂最喜歡出沒的地方。

凱勒家族的祖宅和我們的小屋只有幾步之遙，房子和周圍的樹木、圍欄爬滿美麗的常春藤，因此被人稱為「常春藤園」，那裡是我童年時的樂園。

我會沿著黃楊樹籬摸索前進，憑著嗅覺找出含苞初綻的百合花和紫羅蘭。將溫熱的臉湊近清涼的樹葉和青草之間，沉浸在涼爽歡愉的氛圍之中。當我輕輕漫步在花園的每一處美景當中，感覺多麼的愜意啊！

在花園盡頭破敗的涼亭上，繞滿了綠意盎然的常春藤、蔓生的鐵線蓮、垂懸的茉莉，和一些叫做蝴蝶百合的稀有花卉，這種花卉脆弱的花瓣就像蝴蝶的翅膀一樣。不過，最惹人憐愛的依然是攀緣在門廊上的薔薇花，它們在清晨晶瑩剔透的露水中，顯得那樣純潔、嬌嫩，在空氣中瀰漫著清新的淡淡幽香。

和其他幼小的生命一樣，我的出生簡單而平凡，但就像每個家庭中的第一個孩子一樣，在為我取名時，父親和母親熱烈地討論了一番，大家都說，家裡第一個孩子的名字不能太過普通。

父親建議用他十分尊敬的一位祖先蜜德莉．坎貝爾的名字為我取名，母親則說我應該以她母親的名字命名。再三討論過後，母親如願以償。外婆結婚前的名字是海倫．埃弗雷特，於是我的名字就這樣定了。

父親興奮地把我抱往教堂，但慌亂之中，他在去教堂的路上把名字忘了，因此，當牧師向他詢問孩子的名字時，他只記得用我外婆的名字為我命名，還將名字說成了「海倫．亞當斯」（Helen Adams），而非「海倫．埃弗雷特」（Helen Everett）。

我聽說，在我學會走路之前，就已表現出某種不服輸的性格，看見別人做任何事情都堅持要模仿。當我年僅六個月大的時候，我已經能發出「你好」（how d'ye）和「茶、茶、茶」(tea, tea, tea)的音。「水」(water)這個字也是在這段時間學會的，即使在我生病以後，我依然會發出表示這個字的第一個發音。直到學會拼寫這個字後，我才不再發出「瓦——瓦」的音。

家人還告訴我，我一歲的時候就會走路了。那天，母親把我從澡盆裡抱出來，她摟著我，突然間，我像是被地面上斑駁舞動的樹影吸引，從母親的膝上溜了下來，朝樹影跌跌撞撞地走去，笨拙地踩著地上的影子，結果不小心跌倒了，還哭著要母親抱。

然而好景不常，在某個陰鬱的二月天，我突然生病了，且高燒久久不退。醫生診斷出來的結果是：急性的胃部和大腦充血，情況十分嚴重，他們甚至宣稱我的病情已經無力回天了。但在某天清晨，我的高燒居然奇蹟般地退去。眾人歡天喜地，但是當時沒有人知道，這場疾病封閉了我的眼睛和耳朵，我將永遠看不見東西，也聽不見聲音了。

我對那場痛苦的疾病仍有模糊混亂的記憶。我記得在昏睡中偶爾清醒的時刻，母親努力安撫我的那份慈愛和溫柔，以及我在輾轉反側醒來時，因眼睛乾燥熾熱而不得不把臉轉向牆壁，躲避我一向喜愛的亮光，直到它變得愈來愈灰暗、愈來愈模糊不清。但是除了這些一閃而過的記憶之外，一切都顯得那麼的虛幻，猶如一場可怕的噩夢。

漸漸地，我已經習慣被沉默及黑暗籠罩的生活，甚至忘了自己也曾感受過光明和聲音，直到遇見我的家庭教師——蘇利文老師。是她減輕了我心中的負擔，讓我重拾對世界的希望。但無可否認的是，在我生命最初的十九個月裡，我確實見過綠色無邊的田野、廣闊明亮的天空、青翠茂密的樹木和柔軟嬌豔的花朵。

那場大病以後頭幾個月的事情，我已經不復記憶，只記得自己經常坐在母親的懷裡，或者在她做家務的時候，緊緊地抓著她的裙子。我用手的觸摸感知著每一件東西，揣摩每一個動作，並用這種方式瞭解了很多事情。

我開始渴望與別人交流，因此有了一些簡單示意動作。例如：搖頭表示「不」（no），點頭表示「是」（yes），拉著別人往我這裡表示「來」（come），推手表示「走」（go）。

我如果想要麵包，那麼我就會模仿切麵包和抹奶油的動作。如果我想讓母親在晚餐時做冰淇淋，就會做出操作冰淇淋機的動作，加上身體發抖的樣子，表示「冷」。

母親也竭盡所能做出各種動作，讓我瞭解她的意思。而我總能和她心意相通，如果她要我替她拿東西，我會馬上跑上樓或到她示意的地方去拿給她。在無盡的漫漫長夜裡，所有我能得到的美好與光明，都是多虧母親慈愛的智慧。

五歲時，我學會了把從洗衣間裡拿出來的乾淨衣服摺好收起來，還能認出哪些衣服是自己的。我可以從母親和姑姑穿的衣服，知道她們什麼時候會出門，而我總會請求她們在出去的時候帶上我。有客人來訪的時候，家人總會叫我出來打招呼；客人離開的時候，我會向他們揮手告別。

一天，我從前門關閉所產生的震動和其他的動靜知道有客人來訪了。於是，便趁家人不注意的時候跑上樓，穿上我認為會客時應該穿的衣裳。

接著，我站在鏡子前，模仿別人的動作：往頭髮上抹頭油，在臉上搽上了厚厚的一層粉，又在頭上別了一塊面紗，蓋住自己的臉。我還把一個巨大的裙子撐架捆在我細小的腰上，結果撐架就這樣懸盪在我身後，幾乎撐開裙子的下緣。「裝扮好」之後，我就下樓去幫忙招待客人了。

我不記得我什麼時候開始意識到自己和別人不一樣，但那應該是在蘇利文老師來到我家之前的事。

我注意到母親和我的朋友都是用嘴巴在交談，而不是像我一樣用動作來表示。所以有時候，我會站在兩個說話的人之間，伸手摸著他們的嘴唇。

但我仍然弄不明白他們言語的意思，於是我瘋狂地做著手勢、蠕動嘴唇，企圖與他們交談。然而他們卻一點反應也沒有！這讓我大發雷霆，不停地又踢又跳、又吼又叫，直到筋疲力盡為止。

我想我知道自己什麼時候最無理取鬧，也知道自己亂踢保姆艾拉時她會有多痛，所以發完脾氣之後我心裡總會感到後悔，但是每當得不到想要的東西時，我還是會故態復萌。

在那些孤單的日子裡，廚娘的女兒瑪莎和老獵犬貝爾是我忠實的夥伴。

瑪莎能夠讀懂我的手勢，並按照我的希望去做任何的事情，非常順從我的指揮。我身強體壯、活潑好動、做事又不顧後果，而且堅持自己要什麼，即使得竭盡全力為之抗爭也在所不惜。

我們把許多的時間都消磨在廚房裡揉麵團、幫忙做冰淇淋、磨咖啡豆、餵食繞著廚房臺階打轉的母雞和火雞等等。這些雞大多都非常溫順，牠們會從我的手裡啄食飼料，還會乖乖地讓我撫摸。

有一天，一隻大公火雞從我手中搶了一個番茄後就跑走了。受到火雞先生的啟發，我和瑪莎把廚娘剛撒好糖霜的蛋糕偷偷拿到木材堆邊吃個精光，但也因此吃壞肚子，吐得一塌糊塗。不知道那隻大公火雞是否也遭受了同樣的懲罰。

珍珠雞總喜歡把蛋窩藏在僻靜的地方，我最開心的事情之一，就是在高高的草叢裡摸出珍珠雞的雞蛋。每當我們找到珍珠雞窩的時候，我從不讓瑪莎將蛋拿回家，並用手勢告訴她，她有可能會因為摔跤而把蛋摔碎。

儲存玉米的穀倉、養馬的馬廄，還有擠牛奶的乳牛場，皆為我和瑪莎帶來無盡的歡樂。比如說，擠奶工在擠奶的時候，會讓我把手放在乳牛的身上，我也常因為好奇而被乳牛的尾巴甩打過好幾次。

雖然我不知道過節的意義，但是為聖誕節做準備永遠是一件令我感到開心又興奮的事情。家裡人會給我和瑪莎好吃的零嘴、允許我們磨香料、挑揀葡萄乾、舔一舔攪拌用的勺子。我也會模仿別人把長襪子掛出來，但其實我對聖誕節的儀式沒有什麼興趣，所以也不會在天亮前起床找禮物。

七月一個炎熱的下午，我和瑪莎坐在迴廊的臺階上，忙著剪紙娃娃，但是過沒多久我們就厭倦了這個遊戲，於是我把注意力轉向了瑪莎的頭髮。

瑪莎的頭髮全都用鞋帶一小束、一小束地紮起來，就像有許多開瓶螺旋鑽戳在腦袋上。我蠻橫地剪了她的頭髮，她也抓起剪刀剪掉了我的一縷金髮，要不是母親及時制止，我的頭髮說不定就被剪光了。

我的另一個夥伴——老狗貝爾——非常慵懶，牠寧可在壁爐前打瞌睡，也不願意和我一起玩。我想教牠手語，可是牠又笨又不專心，讓我很惱火。在手語課程的尾聲，貝爾會懶洋洋地爬起來，伸伸懶腰，走到壁爐的另一端重新躺下，失望透頂的我只好到處去尋找瑪莎。

一天，我不小心把水灑在圍裙上，於是我把圍裙攤開來放在客廳的壁爐前烘乾。由於圍裙乾得不夠快，不耐煩的我便把圍裙扔在火熱的爐灰上，沒想到火苗突然竄起，將圍裙瞬間點燃，還燒著了我身上的衣服。我被嚇得瘋狂大叫，年長的保姆維妮聽見後馬上趕了過來，她把一塊毯子蓋在我身上，差點把我悶死！幸好，最後還是成功把火撲滅了。我除了手和頭髮外，其他地方只有輕微的燒傷。

大約就在這段時間，我發現了鑰匙的妙用！有天早晨，我把母親鎖在儲藏室裡，其他人都在屋外工作，當我感覺到她使勁敲門而產生的震動時，忍不住開心地大笑。母親就這樣被鎖在裡面整整三個小時。

因為我的惡作劇，父母下定決心讓我儘快接受教育。蘇利文小姐來了以後，我找到一個機會，也把她鎖在她的房間裡，又把鑰匙藏在壁櫥底下。由於始終沒有辦法誘導我說出鑰匙的下落，父親不得不找一把梯子，讓蘇利文小姐從窗戶裡爬出來。直到好幾個月以後，我才交出那把鑰匙。

在我五歲的時候，我們一家搬到了一棟新的大房子裡。家裡有爸爸媽媽、兩個同父異母的哥哥，後來又有了小妹蜜德莉。

我對父親最初的記憶是，有一次我穿過一堆堆的報紙，來到父親面前，發現他獨自一人舉著一張報紙。我不明白他在做什麼，於是學著他的樣子，甚至戴上他的眼鏡，以為這能幫我解開謎團，發現其中的祕密，直到後來，我才知道那些是報紙，而父親是其中一家報社的編輯。

父親寬容又慈愛，也非常顧家。他擅長打獵，而且十分好客。據說他種的西瓜和草莓是這個地區品質最好的。而他總是把最早成熟的葡萄和漿果摘給我吃。我還記得他領著我從一株葡萄走到另一株葡萄、從一棵樹走到另一棵樹，以及在我高興時，他表現出的歡欣。種種情景，至今依舊歷歷在目。

他的故事講得非常出色。在我學會了說話之後，他常把有趣的事情拼寫在我的手心上，而他最高興的事，就是聽我把這些趣聞複述一遍。

得知父親去世的消息是在一八九六年。當時我人正在北方度假，享受宜人的夏天，卻驚聞父親得急病驟然辭世的噩耗。這是我第一次經歷失去親人的巨大悲痛，也是我第一次親身經歷死亡。

我又該怎麼描述我的母親呢？她和我十分親近，反而讓我不知道該從何說起。

從我出生之後，便享盡父母的寵愛，過著無憂無慮的生活。當我的小妹出生後，有很長的一段時間，我都把她當成一個突然闖進我們生活的人，因為我知道自己不再是母親唯一的寶貝了。她坐在媽媽的懷裡，占據了我的位置，奪走母親的關愛和時間，這讓我嫉妒不已！而且後來發生的一件事情，更是讓我覺得自己受到了莫大的侮辱。

那時，我有一個心愛的洋娃娃「南希」。南希是我脾氣失控時無助的受害者，但我也對她傾注了我所有的愛意。我從沒有這樣愛過一個洋娃娃，我愛她，勝過愛任何一個會眨眼、說話的娃娃。我常將南希放進她的搖籃，學著媽媽的樣子安撫她。

有一天，我發現妹妹正舒舒服服地睡在南希的搖籃裡，我頓時氣炸了，立即衝過去把搖籃掀翻，如果不是母親及時接住她，她可能就摔死了。當時，我正處於聾盲的雙重孤獨之中，並不能理解關愛的言語和陪伴所帶來的溫暖。

一直到後來我懂事了，蜜德莉和我才終於進入彼此的心靈，儘管她不理解我的手語，而我也不明白她的稚氣語言。

隨著年齡的增長，我想要表達自己想法的渴望也不斷地增強。僅有的幾個手勢愈來愈不夠用，致使我在無法讓別人明白自己的意圖時，總會大發雷霆。

那就像隱形的手抓著我，我拚命地想掙脫。不是需要幫助的那種掙扎，而是一種精神上的交戰。我通常會忍不住大哭一場，直到精疲力盡。如果母親在旁邊，我就會鑽進她的懷抱，傷心得讓她不知所措。

之後，因為我對與人溝通的需求變得非常迫切，所以幾乎每天都會爆發這樣的情緒，有時候甚至每小時就會發生一次。

父親和母親都感到非常苦惱，因為他們不知道該如何排遣我心中的痛苦。由於我們居住的地區離聾盲學校很遠，而且幾乎沒有人願意到一個窮鄉僻壤的地方來教一個又聾又盲的孩子，因此，一些親戚朋友甚至懷疑我是否真的能夠受到教育。

後來，母親在閱讀狄更斯的《美國紀行》時看到了一線希望。書中提到一位聾盲少女——蘿拉．布里奇曼，經由郝博士的教導，學有所成。然而，發現聾盲人教育方法的郝博士已經去世多年了，究竟該如何才能讓一個遠在阿拉巴馬州小鎮裡的聾盲小姑娘接受教育呢？

我六歲左右，父親聽說在巴爾的摩有一位非常有名望的眼科醫生奇澤姆，成功地治癒許多復明無望的患者。於是，父母親決定帶我去巴爾的摩，看看我的眼睛還有沒有治癒的希望。

這是一次十分愉快的旅行。我在火車上認識許多朋友。一位女士給了我一盒貝殼，父親在貝殼上鑽洞，讓我能把貝殼們串在一起；列車長很和藹，他總讓我把玩他的車票打孔器。那時，我就蜷縮在座位的角落，自得其樂地在紙板上打洞，玩上好幾個小時也不厭倦。

此外，我的姑姑也用毛巾為我做了一個娃娃，可是這個臨時做出來的娃娃既沒有眼睛、鼻子，也沒有嘴巴和耳朵。

沒有眼睛，對我而言，這個缺陷比其他的任何問題都要讓我感到震驚。我堅持要每個人想辦法，但終究沒有人能幫娃娃加上眼睛。

這時，我突然想到一個好主意。我從座位上溜下來，在座位底下找到了姑姑的斗篷，那上面鑲釘著大大的珠子。我扯下兩顆珠子，示意姑姑縫在我的娃娃上。姑姑按我的意思把珠子縫到娃娃臉上，讓我高興得手舞足蹈。但過沒多久，我就對這個娃娃失去了興趣。

在整個旅途中，我沒有發過一次脾氣，因為一路上許多新鮮的事物占據了我的腦袋和手腳。

抵達巴爾的摩之後，奇澤姆醫生熱情地迎接我們，但是他在檢查後，對我的情況表示無能為力。不過，他鼓勵著我們，說我能夠接受教育，並且建議我的父親去華盛頓找貝爾博士，向他詢問有關聾盲兒童學校和老師的資訊。

我們立刻前往華盛頓拜訪貝爾博士。在那裡，我感受到貝爾博士的關心和慈愛。他把我抱在他的膝蓋上，並拿出懷錶報時，讓我能感受到懷錶響起時產生的震動。貝爾博士能理解我的手勢，因此我馬上就喜歡上他了。

貝爾博士建議父親寫一封信到波士頓帕金斯學院。《美國紀行》一書中，郝博士為盲人付出巨大努力和愛心的地方就是那裡。博士建議父親問問那裡的院長阿納諾斯先生，看看他是否能為我找到啟蒙教師。

父親立刻照做。幾星期後，我們就收到了阿納諾斯先生的回信，信上說他已經找到了一位老師。當時是一八八六年的夏天，但是蘇利文小姐直到一八八七年的三月才終於來到我家。

第二章　蘇利文老師到來

我一生中最重要的日子，莫過於我的老師蘇利文小姐來到我身邊那一天。

那天下午，我站在門廊上。從母親的手勢和家裡人匆匆忙忙的步伐中，我猜想，一定有什麼不尋常的事要發生了，因此我走到門口，帶著期盼的心情在臺階上等待。我不知道未來將有什麼奇蹟會發生，當時的我，剛經歷數個星期的憤怒和苦惱，已經疲憊不堪了。

在未受教育之前，我就像是航行在大海上，受困在白色濃霧之中的小船，沒有方向，也無法知道離港口有多遠。

「光明！給我光明！」這是來自我靈魂的無聲呼喚，而就在那個時刻，我沐浴到了愛的光輝。

我感覺有腳步走近，我以為那是母親，便立刻伸出了雙手。接著，有人輕輕地握住我的手，將我抱起來，緊緊摟在懷裡。她就是那個為我揭示一切事物的人，也是帶給我愛的人。

第二天早上，蘇利文小姐帶我到她的房間，並給了我一個布娃娃。後來我才知道，這布娃娃是帕金斯學院的盲童送給我的，蘿拉·布里奇曼還親手為娃娃做了衣服。

我和娃娃玩了一會兒，蘇利文小姐慢慢地在我的手心裡寫下「娃娃」（doll）這個詞，這讓我對這個手指遊戲產生了興趣，並在她的手上模仿她的動作。

能正確地寫出字母後，我感到前所未有的快樂和自豪，高興得連臉都紅了。我立即跑下樓，找到母親，然後在她手心裡寫出「娃娃」這個詞。

我當時並不知道自己在拼寫一個詞，甚至不知道字母的意義。在往後的日子裡，我學會了許多詞彙，其中有：帽子

（hat）、杯子（cup）、別針（pin），以及一些動詞，如：坐（sit）、站（stand）、走（walk）。老師教了我幾星期後，我才明白，一切事物都有自己的名字。

有一天，蘇利文小姐試圖讓我理解「馬克杯」（mug）就是馬克杯，「水」（water）就是水，因為我把這兩者搞混了。我們為了這兩個單詞爭執了好長一段時間。後來，她不再和我爭辯，而是從頭開始講起「娃娃」這個單字。

她反反覆覆的講解使我非常厭煩和生氣，我一把抓起一個娃娃摔碎在地，這種感覺真是痛快極了！我既不難過，也不後悔，因為我對這個娃娃並沒有愛。在我生活的這個寂靜無聲且黑暗的世界裡，沒有柔情和關愛。

我感覺到老師把碎片掃到壁爐邊。然後，她遞給我一頂帽子，我知道這就表示我們要去戶外晒太陽了。

我們沿著小路朝水井房走去。恰巧有人在打水，老師便把我的手放在出水口下方。當清涼的水流過我其中一隻手的時候，她在我的另一隻手上拼寫了「水」這個詞，先是慢慢寫，然後快速寫。我一動也不動地站在那裡，全心全意地感受她在我手心裡的動作。一瞬間，被遺忘的記憶湧入腦海，神祕的語言世界就這樣展現在我的面前。

就在那個時刻，我明白了「水」是在我手上自由流淌的一種清涼的東西。這個具有蓬勃生命力的詞語喚醒了我的靈魂，它帶給我光明、歡樂和希望。

水井房的經歷使我瞭解——所有的東西不只有名字，還有生命。回到家，我想起了被我摔碎的娃娃，便摸索著走到壁爐邊，拾起碎片。我試圖將它們重新拼回去，但一切努力都是徒勞。我的眼裡蓄滿了淚水，生平第一次感到悔恨和難過。

就在那天，我學會了許多新詞，其中有些詞我永遠也不會忘記：「母親」、「父親」、「妹妹」、「老師」，是這些詞語把我帶進了一個多采多姿的世界。那天晚上，我躺在自己的床上，沉浸在幸福的喜悅之中，迫不及待地盼望著新一天的到來。

蘇利文小姐來到我身邊的那個夏天，各種往事至今我仍記憶猶新。那時，我不斷地用手觸摸身邊的事物，盡力學會每一樣東西的名稱。觸摸的東西愈多，對其名字和用途瞭解得愈詳細，我對這個世界的瞭解也就愈多，因此也變得更有自信，且能真切地感受到自己和外界的聯繫。

當雛菊吐露芬芳的時候，蘇利文小姐牽著我的手，穿過人們開始播種的田野，來到河邊。我們坐在溫暖柔軟的草地上，開始新的人生課程。在這裡，她和我講了大自然的神奇故事。

我知道了陽光和雨水是如何滋潤每一棵植物，讓它們開花結果、成長茁壯；也明白了鳥兒是如何搭窩建巢、遷徙繁衍；還有松鼠、鹿、獅子和各種動物是如何尋找食物、如何避開天敵的追捕。

隨著知識的增加，我愈來愈能體會世界的美妙和生活的快樂。蘇利文小姐教會我從散發清香的樹木、每一片草葉，和我小妹手掌的曲線中尋找到美。她把我的啟蒙和大自然連結，讓我和小鳥、鮮花成為朋友。但在這段期間卻發生了一件事，讓我發現，大自然並不總是仁慈的。

有一天，蘇利文小姐和我在清晨的樹林中漫步著。一開始，天空還是晴朗無雲的，但是在中午我們回家的路上，天氣卻突然開始悶熱起來。我們只好先停在樹下小憩。

樹蔭下非常涼爽，在蘇利文小姐的協助下，我爬到樹杈上坐了下來。坐在樹上的感覺很舒服，於是蘇利文小姐建議我們在這裡吃午餐，而我也答應她，在她回家去取午餐回來之前，我一定會乖乖地坐在這裡，不會亂動。

就在蘇利文小姐走後不久，我察覺到空氣裡忽然沒有了太陽的溫暖，那些對我來說代表光明的熱度都消失了，現在的天空肯定布滿烏雲、一片昏暗。地面上也泛起一股泥土的腥味，我總會在雷雨到來之前聞到這種味道。一種無法形容的恐懼緊揪住我的心，強烈的孤獨與無助襲捲我的全身。巨大的森林變得陌生，未知的事物緊緊包裹著我，我一動也不敢動，只能焦急地期盼老師快點回來。

在片刻的沉寂之後，周圍的樹枝開始來回晃動，樹葉也跟著顫抖。一陣大風颳過，如果我沒有拚命地抱緊樹杈，很可能就會被風颳下樹去。大樹搖晃著，細枝被折斷，震顫一直傳到我所坐的樹杈上。我又驚又怕，想從樹上跳下去，但是恐懼將我牢牢地釘在樹杈上。

正當我心中的不安到達極限的時候，老師握住我的手，並把我從樹上扶下來。我緊緊地抱著她，為能再次腳踏實地而高興地顫抖著。我想我又學到了一種新的知識——在大自然最溫柔的觸摸之下，隱藏著最危險的利爪。

經歷了這件事情以後，有很長一段時間，我都不敢再爬樹，只要一想到當時的情景就讓我不寒而慄。直到金合歡樹用那繁茂的花朵和誘人的芬芳，幫我克服了心裡的恐懼。

那是一個風和日麗的春天早晨，我獨自在花園的涼亭裡讀書，空氣中有一股好聞的淡淡花香緩緩飄來。我立刻就辨別出這是金合歡花的香氣，於是摸索著走到花園盡頭的籬笆旁邊。金合歡樹就矗立在那裡。

溫暖日照下，開滿鮮花的樹枝幾乎垂到了草地上，在和煦微風的吹拂下微微顫動，雨點般的花瓣散落地面。我穿過紛紛飄落的花瓣，在樹下站了片刻後，才把腳放到了樹枝間的空隙，用雙手將自己拉舉到樹上。爬樹很困難，我握不住樹枝，樹皮又太粗糙，把我的手都磨傷了。

但我卻有了征服某樣東西的愉悅與興奮。我繼續往上攀爬，愈攀愈高，直到抵達一個可以穩坐的地方。我在那裡坐了很久，感覺像一個坐在彩色雲朵上的仙女。從那以後，我常像這樣，在我的天堂之樹上任由幻想奔騰，遨遊於美麗的夢境。

現在，我擁有了通向語言之門的鑰匙，並急切地想要學會如何運用它。

那些聽力正常的孩子不需要特別努力就能掌握語言的能力，他們能輕鬆地領會從別人嘴裡吐出的詞彙，但是聾兒必須在緩慢而痛苦的學習過程中捕捉它們。儘管過程不同，但結果同樣是美妙的。

我從說出物體的名字開始，一步步前進，從最初斷斷續續的音節，一直到領略莎士比亞的十四行詩中的磅礡思想。

剛開始，每當老師告訴我一個新鮮的事物時，它在我的腦海中總是很模糊，由於詞彙量不足，我常常提不出什麼問題。慢慢地，隨著知識的增加和詞彙量的豐富，我提問的範圍漸漸擴大了，因此便熱切地希望能夠獲取更多的資訊。

我還記得第一次詢問「愛」（love）這個詞的情景。那是清晨時分，我在花園裡摘了幾朵剛盛開的紫羅蘭，放到老師的手裡。她非常高興，想要親吻我，但那個時候除了母親以外，我不喜歡別人親我。老師輕輕地摟著我，並在我的手心裡慢慢地拼寫出「我愛海倫」這幾個字。

老師將我拉進懷裡，用手拍拍我的胸口，告訴我：「愛在這裡。」我無法理解她說的話，因為當時除了能觸摸到的東西以外，我幾乎什麼都不懂。

我嗅著她手裡紫羅蘭花的淡淡清香，用文字和手語交雜的方式問道：「愛就是花香嗎？」

老師回答：「不是。」

暖和的陽光照在我身上，我指著光芒照射的方向問她：「這是愛嗎？」

在我看來沒有什麼比太陽更美好的了，因為它能使萬物生長不息。但老師還是搖搖頭，這讓我感到迷惘和失望，同時也覺得很奇怪，為什麼老師無法向我解釋什麼是愛？

過了幾天，我在玩把不同大小的珠子按對稱的方式串起來的遊戲，卻總是出錯，蘇利文小姐耐心地一一指出我的錯誤。我把注意力都集中在遊戲上，努力嘗試如何正確地排列珠子。這時，蘇利文小姐鄭重地在我的手心裡拼寫出「想」這個字。

剎那間，我明白了，「想」是指我的大腦在進行這個過程的名字。這是我領悟到的第一個抽象概念。

我一動也不動地坐著，試著根據這個新想法找到「愛」的含義。那一天，烏雲籠罩著天空，一整天都不見太陽的蹤影，在下了一場陣雨之後，太陽悄然出現，散發出耀眼的光芒。

我再一次問老師：「這是愛嗎？」

「在太陽出來之前，愛就像天空中的雲彩。」老師回答道。她似乎察覺了我的困惑，於是用更淺白，但當時我仍無法理解的話，對我解釋道：「你無法摸到雲彩，但是你能感覺到雨。在炎熱的陽光下，那些花草、樹木和乾渴的土地是多麼希望能夠得到雨水的滋潤啊！愛也是摸不到的，但你能感覺到它滋潤心靈的甘甜。沒有愛，你不會快樂，也不會有心思玩耍。」

這些美麗的話語深深地印在我的腦海裡，我感覺到，我的心靈和別人的心靈之間，有數條無形的紐帶互相連接著。

從教導我的第一天開始，蘇利文小姐就像對待正常的孩子一樣對我說話。唯一不同的是她不是用嘴說出來，而是用手把句子拼寫在我的手心上。當碰到我不會拼寫的字或詞語時，她會告訴我；在我無法繼續與人溝通時，她會從旁協助我。

世界上最美好的事情就是看不見，
甚至摸不著——它們必須用心去感受。

The best and most beautiful things in the world cannot be seen or even touched - they must be felt with the heart.

海倫・凱勒
Helen Keller

第三章　觸覺「視」界

這種狀況持續了好幾年，因為聾兒無法在一個月，甚至是兩、三年內學會日常生活中用於溝通的簡單詞彙。而那些聽力正常的孩子卻可以透過不斷的模仿來學會語言，並且透過語言溝通發展思維，自然而然地表達出自己的思想。

我的老師一開始就意識到這一點，並且努力彌補我身上缺失的這種能力。她逐字逐句、反反覆覆地教導我如何參與人們的交談。經過很長的一段時間，我才逐漸地掌握如何在恰當的時間，用合適的言語表達自己的想法。

對於盲人和聾人而言，從交談中獲得愉悅感是很困難的一件事，而對於又聾又盲的人來說，這種困難更令人難以想像。他們不能區分語氣，也無法觀察說話者的表情，然而人的神情往往能夠透露出說話者的內心世界。

我受教育的下一個重要階段，就是學習如何閱讀。

在我學會拼寫一些詞語以後，老師為我準備了一張張有著凸起單詞的紙板。我很快就明白每一個凸起的詞語，都代表一個物體、一個動作或者是一種性質。我有一個框架，可以用來把這些單詞排成簡短的句子。

但是，在把單詞放進框架之前，我總喜歡用物體把單詞表現出來，例如有：「娃娃」（doll）、「是」（is）、「在上面」（on）、「床」（bed）幾個單詞的紙板，我會把娃娃放在床上，把「是」、「在上面」、「床」放在娃娃的旁邊，用這種方式把單詞拼成一個句子，同時物體本身也表述了句子的意思。

蘇利文小姐讓我把「女孩」（girl）這個詞別在自己的圍裙上，站在衣櫃裡。接著，再讓我把「是」（is）、「在裡面」（in）、「衣櫃」（wardrobe）這些詞放在框架上。

這個遊戲讓我雀躍不已，我和老師一玩就是幾個小時，屋裡的東西常常被我們組合成句子。

我從有著凸字的紙板慢慢過渡到閱讀書籍。在書中，我努力尋找自己認識的字。這就像玩捉迷藏遊戲一樣讓我樂此不疲。我就這樣開始了閱讀。

有很長的一段時間，我並沒有正規的學習課程。很多時候，學習對我來說，更像是在玩耍。蘇利文小姐會把教給我的知識，用一個有趣的故事或一首美麗的詩歌加以說明。只要是我感興趣的事情，她都會講給我聽或和我討論，彷彿她自己也變成了一個小女孩。許多孩子會感到畏懼的課程，比如：枯燥的文法、乏味的算術題和難解的名詞解釋，在她的耐心指導下，這些都成了我非常珍貴的知識。

我們常常到戶外閱讀和學習。比起待在屋子裡，我更喜歡充滿溫暖陽光的小樹林。我最初的課程都是在飽含樹葉和花草芬芳的小樹林裡進行的。

空氣中瀰漫著野葡萄的誘人果香，參雜著松針好聞的松脂味道。坐在野生鵝掌楸涼爽的樹蔭底下，我學會了思考，明白每一種事物都能讓人有所啟發，萬事萬物都有它們的作用。確實，一切能發出嗡嗡低吟、婉轉歌唱，或是會吐露花蕊、飄散芬芳的萬物都是我學習的對象。

我曾經抓過大聲鳴叫的青蛙、螽斯和蟋蟀，也曾經摸過毛茸茸的小雞、不知名的野花、山茱萸花、紫羅蘭和發芽的果樹。我輕摸綻開的棉桃，用手指感覺棉花的柔軟纖維和毛茸茸的棉籽；我感受微風吹過玉米稈時的「簌簌」聲、我的小馬噗噗打著響鼻時的氣息，和牠嘴裡的青草味。這些都深深烙印在我的腦海。

有的時候，我會在黎明時分起床，偷偷地獨自走到花園裡，低垂的露水懸掛在花瓣和草葉上。很少有人知道，把玫瑰輕輕捧在手裡，或者是感受百合花在清晨的微風中輕輕搖曳，是多麼愜意的事情！偶爾，我還能在採摘的花朵裡捉到一隻小昆蟲，並感覺到牠翅膀微微的震顫。

另一個我常去的地方是果園。水果在七月分就成熟了，碩大的桃子觸手可及。當清風在果樹間穿梭的時候，散發清香的蘋果會悄悄地掉落在我的腳邊。你很難想像，當我把果實拾到圍裙裡的時候，我有多麼歡喜。我總將微涼的蘋果貼在還留有陽光溫度的臉頰上，滿懷喜悅地跑回家。

老師和我最喜歡散步到凱勒碼頭，在那裡一邊玩耍，一邊學習地理知識。我用鵝卵石建起堤壩、做出島嶼和湖泊，雖然都只是為了好玩，卻也在不知不覺中上了一堂課。

我專心地聆聽蘇利文小姐描述這個奇妙的地球，那些炙熱噴發的火山、被埋葬的城市、移動的冰河，以及各式各樣奇妙的現象。為了讓我能夠更具體地感受地球上的事物，蘇利文小姐用黏土做了立體地圖，讓我可以摸到山峰和峽谷，還能感受到蜿蜒曲折的河道。

然而，地球的氣候帶和兩極卻把我弄糊塗了。於是蘇利文小姐用繩子代表不同的氣候帶，用木棒代表兩極。即使到今天，只要提到地球的氣候帶，我仍會聯想到一圈又一圈的繩子。

我唯一不喜歡的課程就是算術。從一開始，我對數學就不感興趣。蘇利文小姐用串珠子的方法教我數數，還利用排列麥稈來教我學習加減法。我對這些功課很沒有耐心，常常排到五、六組就不耐煩了。完成幾道數學題以後，我便覺得心安理得，然後就跑去找我的夥伴們玩耍。

我也以同樣輕鬆、玩耍般的方式學習動物學和植物學。

有一次，一位先生送給我一些化石，當中有美麗斑紋的殼類軟體動物，也有印著鳥爪印痕的小塊砂岩，還有漂亮蕨類植物的淺浮雕。這些化石就像是一把把的鑰匙，可以開啟神祕的、存在於遠古時期的寶藏。

當蘇利文小姐描述那些曾經行走在遠古森林中、陌生而龐大的猛獸時，我的手指都會忍不住激動又恐懼地顫抖。猛獸的名字古怪又難以發音，牠們折斷巨大樹木的枝葉作為食物，最終默默消亡在年代不明的可怕沼澤之中。

那時候，有很長一段時間，這些古老的凶猛生物時常出沒在我的夢境中，讓我心有餘悸。現在，我的世界充滿陽光和玫瑰，那些可怕的猛獸與現在快樂的生活，是非常強烈的對比。

還有一次，有人給了我一個美麗的貝殼，我帶著一個孩子的驚喜與好奇，聽著蘇利文小姐的講述。她讓我知道，一個小小的軟體動物，是如何為自己建造一個色彩斑斕的螺旋貝殼，作為自己的安身之所，以及在沒有風浪的寂靜夜晚，鸚鵡螺怎樣航行在印度洋蔚藍的海面上。

我還知道了許多關於海洋生物的知識，比如：在海洋之中，小小的珊瑚蟲是如何搭建出那美麗又神奇的珊瑚島；有孔蟲又是如何築出陸地上的石灰岩山。老師讓我讀了《鸚鵡螺》，告訴我軟體動物造殼的過程，就像是人類思想發展的象徵。正如同鸚鵡螺，把從海水中吸收的物質轉化成牠身體的一部分，我們積累的知識也會經歷類似的轉化過程，從而轉變成一顆顆思想的珍珠。

植物的生長也為我們提供了學習的教材。蘇利文小姐為我買了一株百合花，放在陽光充足的窗臺上。沒過多久，細長、嫩綠的花苞緩緩地伸展，顯露出即將綻放的跡象。

接著，手指般粗細的葉子包裹著花瓣，花蕾羞澀地慢慢綻開。綻放的過程是如此有條不紊且迅速。令人驚奇的是，似乎在一株花上，總有一個花苞比其餘的花苞顯得更大、更美麗，它會姿態雍容地張開柔美、光滑的外衣，似乎躲在裡頭的花蕾知道，自己是神聖的百花之王。而它的姐妹們則會羞澀地摘下綠色頭巾，直到整株百合微微搖曳，暗香浮動，花滿枝頭。

曾經有一段時間，家裡擺滿植物盆栽的窗臺上，放著一個球形的玻璃魚缸，裡面有十一條小蝌蚪。我會把手放進魚缸裡，任由小蝌蚪在我的指間穿梭，感受牠們自在地游來游去，真是有趣極了。

一天，這些蝌蚪中，一個野心勃勃的小傢伙竟然奮力地跳出魚缸，掉落在地。當我找到牠的時候，牠似乎已經奄奄一息，只能輕輕晃動著牠的尾巴，示意牠還活著。但等到我將牠放回魚缸時，牠又立刻變得生龍活虎。牠快速下潛，一頭埋進水底，歡快地搖頭擺尾，四處游來游去。

這隻蝌蚪已經跳出過魚缸中，看過魚缸以外的世界。現在，牠將心滿意足地待在這處倒掛在金鐘花下、美麗舒適的玻璃房子裡，直到長成一隻真正的青蛙。牠將會在位處花園盡頭、周圍草木茂盛的那座池塘中生活，在那裡，牠將用自己嘹亮的嗓音在夏夜裡引吭高歌。

就這樣，我不斷地從萬物本身汲取知識，藉此瞭解生命與世界。剛開始的我對此並不理解，是老師向我揭示了生命的奧祕。她的到來，使我的生命充滿了愛和歡樂。她從不放過任何一個機會，向我展示一切事物中蘊含的美麗，也從不放棄一切努力，用她的思想和言行，引導我成為一個生活充實且具有價值的人。

老師以她的聰明才智、敏感的同理心和款款深情，使我在接受教育的最初幾年生命是那般地美好。她抓住了恰當的時機將豐富的知識傳授給我，使我能輕鬆愉快地接受並理解它們。

她知道孩子的思想就像一條淺淺的溪流，歡快地流淌過鋪滿卵石的河道，水面上一下子倒映出近處的一朵小花、一下子倒映出一叢灌木，偶爾還會倒映出遠處的朵朵浮雲。她試圖引導我的思想，因為她知道它應該像一條河流一樣，有山上源水和地下泉水的不斷湧入，直到成為一條寬闊深遠的長流，才能夠在它平靜的水面上映照出連綿起伏的山巒、明亮絢麗的樹影、湛藍的天空，以及一朵小花甜美的笑臉。

雖然每位老師都能把孩子領進教室，但並不是每位老師都能讓孩子真正學習到東西。

我和老師相親相愛，幾乎密不可分，我實在無法想像，當自己離開她的時候，會是什麼樣的情況。我對美好事物的喜愛，有多少是天生的本能，又有多少是由於老師的影響，連我自己也說不清楚。我覺得老師已經成為了我生命的一部分，我的生命足跡就建立在她的生活軌跡之中。我生命中最精彩的部分都要歸功於她，我的才能、志向或內心的快樂，無不是被她充滿愛心的教導所喚醒的。

對我來說，蘇利文小姐來到塔斯昆比亞後的第一個聖誕節可是一件大事。家裡的每一位成員都為我準備了驚喜，而更令人興奮的是，蘇利文小姐和我也為所有人準備了驚喜。我的家人們竭盡一切努力，用暗示和拼寫了一半的句子激起我對禮物的好奇心。蘇利文小姐和我就這樣不停地玩著猜謎遊戲，這種寓教於樂的遊戲使我掌握了更多的語言技巧。

每天晚上，我們都會圍坐在溫暖的爐火邊，玩著猜謎遊戲。而隨著聖誕節一天天接近，我們的心情也愈來愈興奮。

聖誕節前夜，塔斯昆比亞小學都會點亮聖誕樹的彩燈。今年，他們邀請我去參加這個儀式。學校的教室中間矗立著一株美麗的聖誕樹，它的枝杈上掛滿新奇漂亮的果子，在柔和的光線下，整棵樹彷彿在發光。

這是一個歡欣幸福的時刻，我開心地繞著聖誕樹，興奮得又蹦又跳。當我知道每一個孩子都可以得到一份禮物時，我高興極了。準備這棵聖誕樹的好心人允許我協助他將禮物分送給其他的孩子們。在發禮物的時候，我忍不住想像著自己的那份禮物究竟會是什麼呢？

當我準備好要拆開自己的禮物時，幾乎控制不住激動的心情。我知道我的禮物並不是家人們做了暗示的那些禮物，因為蘇利文小姐說，他們準備的禮物比現場的這些更好。不過她告訴我：「只要忍耐到明天早上，就可以知道禮物是什麼了。」

那天夜裡，我掛好聖誕襪以後，久久無法入眠。我假裝睡著了，卻時時刻刻保持著清醒，我想看看聖誕老人什麼時候來，又會給我帶來什麼禮物。只是最後，我還是敵不過睡意，抱著我的新娃娃和小白熊，迷迷糊糊地睡著了。

第二天早晨，我是第一個起床的，還用〈聖誕頌〉將全家人喚醒。我不僅在我掛的聖誕襪中找到了禮物，還在桌子上、所有的椅子上、門檻旁，以及所有的窗臺上都發現了驚喜。

我幾乎是每走一步就會碰到一個用薄棉紙包裝起來的聖誕禮物。而當老師把一隻金絲雀送給我的時候，我更是開心得手舞足蹈。

我替金絲雀取名為「小蒂姆」。牠非常聽話，還會跳到我的手指上，在上面跳來跳去，吃我手裡的櫻桃。蘇利文小姐教我如何照料我這隻新寵物：每天早上吃過早飯後，要為小鳥洗澡、把牠的籠子收拾乾淨、在牠的小杯子裡放滿新鮮的穀子和從水井房打來的水，還必須在牠的秋千上掛上一縷卷耳草。

一天早上，我把鳥籠放在窗臺上，然後去水井房打水準備替牠洗澡。回來開門的時候，我感覺到一隻大貓從我身邊溜了出去。起初我並沒有在意，但是當我把手放進鳥籠時，發現自己並沒有摸到小蒂姆柔軟的翅膀，牠的小尖爪子也沒有抓住我的手指，這時我才知道，我再也見不到我可愛的小歌手了！

第四章　波士頓際遇

我生命中的另一件大事是：一八八八年五月的波士頓之行。從做好出發前的各種準備，到與老師、母親一同啟程，旅途中的所見所聞，以及最後抵達波士頓的種種情形，一切都宛如昨日，歷歷在目。

這次的旅行和我兩年前到巴爾的摩的旅行迴然不同。我不再是一個焦躁不安、容易激動、時時刻刻希望引人注意的小淘氣了。

我安靜地坐在蘇利文小姐的身邊，專心聽著她為我描述窗外的景象，而我對她所說的一切懷著強烈的好奇心。除了秀麗的田納西河、廣闊的棉田、起伏的山丘和茂密的樹林，還有在車站上說說笑笑的一大群黑人，他們向乘客們招手，來到一節節車廂，為我們帶來好吃的糖果和爆米花。

在我對面的座位上放著我破舊的大布娃娃南希。我為她穿上新的方格布衣裙、戴上一頂皺巴巴的花邊遮陽帽。有時候，我能感覺到她正用那雙玻璃珠所做成的眼睛看著我。當我對蘇利文小姐的講述不感興趣的時候，我就會把南希抱在懷裡。這時，我通常會想像她已經睡著了，因此我會讓自己非常地安靜。

因為之後我再也沒有機會提到南希了，所以我想在這裡講講我們到達波士頓後，發生在她身上的悲慘經歷。由於我強迫她吃泥土餅乾，所以弄得她滿身是泥。帕金斯學院的洗衣女工看到娃娃這麼髒，便悄悄地帶走她，打算幫她洗澡。這對可憐的南希來說，簡直是一場災難。當我再次摸到她的時候，她已經變成了一團亂糟糟的棉花，如果不是那雙玻璃眼珠，我根本不可能認出她來。

當火車最後抵達波士頓火車站的時候，就像是一個美麗的童話變成了真實。童話故事裡提到的「很久很久以前」就是「現在」；「很遠很遠的地方」就是「這裡」。

剛到帕金斯盲人學院不久，我就和那裡的盲童成為了朋友。當我發現他們也會手語的時候，開心得不得了。能和別的孩子溝通是多麼讓人高興的事啊！在此之前，我就像是一個外國人，需要透過翻譯才能和人溝通。而在帕金斯盲人學院，大家靠的都是手語，讓我得到滿滿的歸屬感。

當時我花了一段時間，才清楚地意識到我的新朋友也是盲童。我知道自己看不見，但是從來沒有想過，這些在我周圍、和我一起嬉戲玩耍的孩子們也是盲童。在我要和他們溝通的時候，他們會把手放在我的手上拼寫，而且他們也會用手指閱讀。

當我注意到這一點時，我是多麼的驚訝和痛苦啊！我知道自己有雙重缺陷，所以我隱約中認為，既然他們可以聽得見，那麼，他們一定也有某種方法可以「看」得見。我並不指望自己能遇到另一個擁有雙重缺陷的孩子，因此當我發現一個又一個孩子，同樣都被剝奪了這樣寶貴的能力時，我的心裡十分難過。但是，他們是那麼的快樂和滿足，和他們在一起，讓我忘卻了痛苦和憂愁。

在波士頓，和盲童共同度過的日子，讓我完全適應了新的環境。我每天都盼望著新的一天到來，希望能遇到一個又一個愉快的經歷。我並不清楚周圍是否還有更廣闊的天地，因為我把波士頓當成我的整個世界，所以我很難相信，除了這裡之外，還有其他更加廣闊的地方。

我們在波士頓的時候，參觀了邦克山（註①），蘇利文小姐還在那裡為我上了一堂歷史課。在我們的腳下，是勇士們戰鬥的戰場，他們的戰鬥故事讓我激動不已。我一邊數著臺階，一邊爬上紀念碑。當我爬得愈高，我就愈想知道，當年那些士兵是否同樣登上了這座高聳的階梯，朝下方地面上的敵人開槍。

第二天，我們坐船去普利茅斯。這是我第一次坐輪船，也是我第一次在海上航行。航海生活喧鬧又充滿活力，但是機器所發出的巨大聲響，讓我以為天空正在打雷。我哭了起來，因為如果下雨的話，我們就不能在戶外野餐了。

在普利茅斯，最吸引我目光且感興趣的是，「清教徒移民先驅」（註②）們登陸時踏上的那一塊巨石。對我來說，觸摸那塊岩石，會讓移民先驅們的艱辛與受人矚目的功績，顯得更加真實。

我的手裡常常拿著一塊普利茅斯巨石的小模型，這是一位慈祥的紳士送給我的。我用手觸摸它彎曲的輪廓、岩石中間的裂縫和浮雕的數字「1620」時，腦海裡會浮現出清教徒移民先驅們一樁樁可歌可泣的事蹟。我視他們為一群勇敢的開拓者，在這塊陌生的土地上建造自己的家園，並為民族的利益和自己爭取自由。

許多年後，當我知道他們的宗教迫害行為時，心中非常的震驚和失望，尤其是當後人為他們建立了這個「美麗的國家」而感到自豪的時候。

我在波士頓結交了許多朋友，包括威廉．恩蒂科特先生和他的女兒。他們將親切友好的種子播撒在我的心中，生長茁壯成了美好的回憶。

有一天，我們受邀來到他們位於貝弗里的農莊參觀。我依然記得那些令人愉快的場景——我興奮地穿過農莊裡的玫瑰園，他們家的大狗利奧和長著鬈毛的長耳小狗弗利茨跑出來迎接我們，跑得最快的駿馬尼姆羅德用鼻子拱我的手，要我拍拍牠，給牠一塊糖。

我也記得莊園附近的那一片沙灘，那是我生平第一次在沙灘上玩耍。那沙灘的沙子堅硬平滑，與有著鬆散尖銳的沙子、摻雜著海草和貝殼的布魯斯特海濱很不一樣。

恩蒂科特先生告訴我，許多從波士頓開往歐洲的大輪船都會經過這裡。後來，我又登門拜訪過很多次，他一直是我的好朋友。事實上，每當我稱呼波士頓為「愛心之城」時，我就會想到他。

在帕金斯學院放暑假時，我和老師被安排與霍普金斯夫人一起去科德角的布魯斯特度假。我非常高興，滿腦子想像的都是關於這次假期的快樂畫面，以及各種和大海有關的有趣故事和神奇的傳說。

海洋是我那個夏天記憶最深刻的。我一直住在內陸，從來沒有聞過帶有鹹味的海風，但是我在《我們的世界》這本書裡讀過關於大海的描寫，使我對觸摸深不可測的大海和感受洶湧澎湃的浪潮，充滿強烈的渴望。因此當我得知自己的願望就要實現時，我的心激動得怦怦直跳。

一換好泳衣，我就迫不及待地在溫暖的沙灘上奔跑，接著，毫不猶豫地衝進清涼的海水中，感受波浪托著我上下翻騰。我浮在水面上，玩得不亦樂乎。

突然，我的腳撞到了一塊礁石，隨後一道浪打了過來，海水淹過我的頭頂。我伸出手試圖抓住海水、抓住被海浪拋到我面前的海藻，但是一切都徒勞無功。海浪似乎在和我玩遊戲，它任意地將我從一個浪頭拋到另一個浪頭。踏實可靠的大地從我的腳下消失了，所有的東西——生命、空氣、關懷和愛——似乎都被隔離在這個陌生的環境之外。

終於，大海厭倦了這個新玩具，將我拋回到岸上，老師立即把我緊緊地摟在懷裡。那個溫暖的擁抱是多麼親切、多麼讓人有安全感啊！等我從驚恐中恢復過來後，問的第一句話就是：「是誰把鹽放進海裡的？」

在初次下水的恐怖經歷之後，我便只敢穿著泳衣坐在大礁石上，感受波浪不斷地撞擊礁石，濺起的浪花如驟雨般向我迎面撲來。我可以感覺到沉重的海浪一次次猛烈地拍打海岸，小小的鵝卵石不斷滾動。整個沙灘在海浪凶猛的攻擊下劇烈顫動，空氣中聞得到海水的味道一陣陣湧上岸來。翻滾的海浪退去以後，又重新聚攏，發起一次更猛烈的衝擊。我始終坐在礁石上，緊緊地抓著岩石，緊張而迷戀地感受著大海的震撼和咆哮。

我非常留戀在沙灘上度過的時光，清新自由的海風能夠讓人靜心思考，而貝殼、卵石和海藻中的小生物，對我有巨大的吸引力，讓我感到十分著迷。

有一天，我被蘇利文小姐在淺水裡抓到的奇怪生物吸引過去。那是一隻巨大的鱟（ㄏㄡˋ）（註③），我以前從未看過這種生物。我摸著牠，對於牠居然能把房子背在背上而感到驚訝。我突然有了一個想法：讓牠成為我的新寵物。因此我用兩隻手抓住牠的尾巴，想把牠帶回家。由於鱟很重，我提著牠，走了僅僅半英里的路，就用盡了我所有的力氣。

回到家裡，蘇利文小姐在我的堅持下，把鱟放在水井旁邊的一個水槽裡，因為我認為牠沒辦法從那裡跑出來。但第二天早上，我跑到水槽邊，卻發現牠消失不見了。誰也不知道牠跑到哪裡去了，也不知道牠是如何逃跑的。

我失望極了，但是我慢慢地意識到，讓這個可憐又不會說話的傢伙離開牠生存的自然環境，既不仁慈，也不明智。過了一段時間之後，我想，牠也許已經回到大海了，心裡才又舒坦起來。

秋天，我帶著滿心歡喜回到南方的家。往後的日子裡，每次回憶起這次北方之行，心中便充滿喜悅。

一個清新美麗的世界，將它豐富、絢麗多彩的寶貴財富一一展現在我面前，讓我能夠盡情地汲取知識。我把自己融入一切事物之中，一刻也不停歇。我的生活就像那些生命週期只有短暫一天的小昆蟲一樣忙碌，且充滿了生機和活力。

我遇到許多人，他們在我的手心裡拼寫，和我溝通，在融洽的交流中，我們的思想充滿快樂的共鳴。這難道不是奇蹟嗎？我與他人的心靈之間，原本是一片草木不生的荒野，現在卻有如玫瑰一般綻放。

那年秋天，我和我的家人在避暑別墅裡度過。這座小別墅坐落於離塔斯昆比亞約十四英里的山上，那附近有一座早已荒廢的石灰岩採石場。另外，有三條活潑的小溪流途經此處，溪流蜿蜒曲折，若遇到岩石擋住它們的去路，便會一邊愉快地笑著，一邊蹦蹦跳跳地躍過障礙，形成一條奔騰的小瀑布飛流直下。瀑布下方匯集的水潭布滿蕨類植物，完全遮蔽了石灰岩河床。

這座山大部分的地方都覆蓋著茂密的森林：有巨大的橡樹，也有樹幹光滑的長青樹，這些大樹的樹枝上垂掛著一條條常春藤和槲寄生花；還有柿子樹上的柿子甜美的香味瀰漫在森林的每一個角落——淡薄的芬芳沁人心脾，令人心情愉悅。

有些地方，生長著野生的圓葉葡萄和卡帕農葡萄，它們的藤蔓從一棵樹上攀附到另一棵樹上，形成一個由許多藤蔓編織而成的棚架，總是吸引了各式各樣的蝴蝶，和許多發出嗡嗡聲的小昆蟲。傍晚時分，在這個綠色幽靜的樹林中，吸入陣陣清新涼爽的空氣，真是令人心曠神怡啊！

我們的小別墅有點簡陋，像是一個露營場。它位於山頂的橡樹林和松樹林中，是一個很美的地方。在一條長長的開放式走廊兩邊有一些房間，房子的四周則是寬敞的遊廊，在這裡總能呼吸到帶著植物清香的山風。我們大部分時間都聚集在陽臺上，大家一起在那裡聊天、吃飯、玩耍。

房子後面有一棵巨大的胡桃樹，周圍有一些圓形臺階。我們與這些樹木距離非常近，我甚至能摸到被山風輕拂的樹枝，還有在陣陣秋風中飄落的樹葉。

許多人都喜歡來採石場度假。晚上，男士們會在篝火旁玩牌，或者嗑牙聊天消磨時光。他們講述了一個個和打鳥、狩獵與釣魚相關的精彩故事，比如：射中多少野鴨和火雞、抓過多麼凶猛的鮭魚、如何捕獲狡猾的狐狸、怎樣和最機靈的負鼠周旋、又是怎麼追上跑得最快的馴鹿等等。我想，老虎、獅子、熊和其他的野獸，在這些機智的獵人面前，恐怕都要無處可逃了。

這群獵人在解散的時候，總會對彼此嚷道：「明天打獵去！」這是他們互道晚安的告別語。男士們就睡在屋外的走廊上，那裡有臨時設置的床鋪。睡在屋內的我，還能夠感覺到獵犬和熟睡獵人們深沉的呼吸。

黎明來臨，咖啡的香味、男士們來回走動的腳步聲，還有獵槍互相碰撞的聲音喚醒了我。獵人們正大步走出房子，準備出門狩獵。我還能感覺到馬兒踢蹬馬蹄的聲音。這些馬兒是獵人從城裡騎來的，牠們被拴在樹下過了整整一晚。清晨，馬兒大聲嘶鳴，迫不及待地想掙開繩索隨主人上路。終於，獵人們縱身上馬，蓄勢待發。然後，就像古老歌謠裡唱的那樣，馬兒馳騁在馬鞭聲中，獵犬奔向前方，獵人呼喚著獵犬，在歡呼吶喊聲出發了。

將近中午的時候，我們開始為戶外烤肉做準備。地上一個深深的地洞裡已經燃起了篝火，地洞頂端架著交叉放置的大棍子，上面掛著叉在烤肉叉上轉動的肉。隨行的僕從們正蹲在篝火周圍，不停地用長長的樹枝驅趕蒼蠅。餐具還沒擺置好，香噴噴的味道就已讓我垂涎欲滴了。

正當我們熱熱鬧鬧地準備野餐時，獵人們三三兩兩地回來了。他們個個大汗淋漓，顯得疲憊不堪，獵犬也都筋疲力盡地喘著粗氣。獵人們什麼獵物也沒有抓到，不過，所有人都聲稱看見了一頭鹿，但是無論獵犬如何窮追不捨，獵人的槍口瞄得多準，扣動扳機的那一剎那，那頭鹿就會倏地消失不見。就像童話故事裡，運氣很好的小男孩說他發現了一隻兔子，但他發現的其實只是兔子的蹤跡。但沒過多久，獵人們就將失望的情緒拋到腦後，與眾人一起坐下來，享用美味的小牛肉和烤豬肉。

有一年夏天在別墅度假時，我得到了一匹屬於自己的小馬。我替牠取名為「黑美人」，那是我剛讀完的一本書的書名。這匹馬長得和牠的名字非常像，牠有著光滑柔順的黑色皮毛，額頭上還有一片星形的白毛。我在牠的背上度過了許多幸福時光。偶爾，在安全的時候，老師會鬆開韁繩，讓小馬悠閒地在林中漫步。牠高興的時候會停下來，在小路旁吃吃草，或者啃啃小樹上的葉子。

每當早上我不想騎馬的時候，我就會和老師在樹林中散步，讓自己完全隱身在濃密的樹叢和藤蔓之中。除了被乳牛和馬兒踩踏出的小徑之外，我們沒有別的路徑可走。當我們碰到無法穿越的灌木叢時，便只能繞道而行。回到別墅時，我們總是抱著一大捧的月桂、黃菊花、羊齒植物和只有在南方生長的沼澤花朵。

有時，我會和蜜德莉以及我的堂表弟妹們去採柿子。我不吃柿子，但喜歡它的香味，也喜歡在樹葉間和草地上尋找它們。我們還會去採堅果，我會幫他們剝開栗子的刺殼，敲開胡桃和山核桃的硬殼，核桃肉又香又美味。

山腳下有條鐵路，孩子們經常看火車呼嘯而過。有時，一陣震耳欲聾的汽笛聲把我們引到臺階上，蜜德莉會緊張又興奮地告訴我，有一頭乳牛或者是一匹馬闖到了鐵軌上。

距離鐵路約一英里處，有一座橫跨峽谷的高架橋。要過這座橋十分困難，因為橋面非常狹窄，橋上的橫木間距卻很大，走在上面就好像行走在刀刃上。我從來沒有在這座橋上走過，直到有一天蘇利文小姐、蜜德莉和我在樹林裡迷失了方向，我們徘徊了好幾個小時都沒有找到回家的路。

突然，蜜德莉指著前面大聲喊道：「高架橋在那裡！」但是我們寧願走任何一條路也不願意過這座橋。可是，天就要黑了，而高架橋是回家最近的一條路。於是，我不得不用腳尖探索橫木，摸索著前進，但是我並不害怕，走得還算順利。突然，遠處隱隱約約傳來一陣「噗、噗」的聲音。

「我看見火車了！」蜜德莉大聲叫道。如果不是我們爬到高架橋下方的橫梁上，火車就會在瞬間撞向我們。我的臉感受到了火車頭噴出的熱氣，煙霧和煤灰幾乎令我窒息。

火車轟轟駛過，高架橋被震得搖搖晃晃，我甚至覺得，我們可能會掉進腳下的深谷裡。最後，費了九牛二虎之力，我們才艱難地回到鐵軌上。

等我們終於平安回到家，時間已經很晚，天色早已漆黑一片。但我們發現別墅裡居然一個人也沒有，原來，所有人都出去找我們了。

在我的第一次波士頓旅程之後，幾乎每一年的冬天，我們都是在北方度過。我曾經去過一個位在新英格蘭的村莊，那裡有冰封的湖面和鋪滿積雪的田野。那是我第一次真正置身於冰雪的世界，切身體會到與冰雪交融的感受。

我驚奇地發現，大自然神祕的手剝去了樹木和灌木叢的外衣，徒留枝杈上零星的幾片枯葉。鳥兒們飛遠了，樹枝上空蕩蕩的鳥巢裡堆滿積雪。寒冬襲向山間和田野，大地似乎也被凍得麻木，樹木的生命縮藏在根部，在黑暗之中沉沉入睡。世上所有的生命似乎都躲起來了。即使有太陽照耀，白天也是短暫而寒冷。

有一天，一陣冷空氣襲來，預示著一場暴風雪的來臨。沒多久，天空開始飄落幾片雪花，我們跑到屋外去欣賞那美麗的景色。雪花悄無聲息地飄落，在數個小時後，片片雪花逐漸填平整個世界。早晨醒來，人們已經無法辨認眼前的一切了。所有的道路都被白雪覆蓋，只有光禿禿的樹林矗立在雪地裡。

傍晚時分，突然颳起一陣東北風，雪花在狂風中飛揚。我們坐在溫暖的爐火邊，開心地講故事、玩遊戲，完全忘記屋外的嚴寒和風雪。夜幕低垂，風雪變得愈來愈狂暴，讓我們驚恐萬分。房椽嘎吱作響，屋外的樹枝不停地敲打窗戶，發出「喀嚓喀嚓」的聲音。

暴風雪侵襲了三天才終於停下來。陽光穿透雲層，照耀在純白的原野之上，周圍盡是積雪堆成的奇形怪狀的雪丘。

人們在雪地裡鏟出一條條狹窄的小路。我穿上斗篷、戴好帽子走到屋外，外面冰冷刺骨的寒氣刺痛了我的臉頰。我和蘇利文小姐走在小路上，穿過積雪堆，來到牧場旁邊的松樹林。松樹靜靜地佇立在雪地中，身著白色外衣，看起來就像一座大理石雕像。陽光照在樹上，細枝上的積雪像鑽石一般，閃閃發光。當我們輕輕觸碰它時，積雪便如同落雨般紛紛落下。天地間籠罩著一片蒼茫的白，反射的銀光是那麼的耀眼，像是要穿透我眼前的黑暗。

積雪隨著時間慢慢消逝，但在積雪完全消失前，又會有另一場暴風雪來襲。因此整個冬天，我的腳似乎都踩在深淺不一的雪堆裡，沒有一天能確實地踏在地面上。偶爾，樹木上冰冷的鎧甲會悄悄消融，但很快又會披上相同的武裝；蘆葦和灌木叢赤裸枯黃，陽光下的湖面也變得冰冷堅硬。

冬日裡，滑雪橇是我們最喜歡的遊戲。湖岸的斜坡會一直延伸到冰封的湖面上，我們總是坐著雪橇沿著斜坡滑下。在坐上雪橇後，會有一個男孩子從後方推我們一把，讓我們順著陡坡滑下。滑過雪堆、躍過小坑、衝過湖心，最後我們會穿過閃閃發亮的冰面，直達對岸。這真是太有趣、太刺激了！在那狂野的瞬間，我們掙脫了所有的束縛，讓心靈盡情展翅翱翔。

【小知識】

①「邦克山紀念碑」是為紀念美國獨立戰爭期間，英軍與北美殖民地民兵間的一場軍事衝突。但實際上，邦克山戰役中的大部分戰鬥實際發生位置並不在邦克山，而是位於一座名為 Breed's Hill（部分中文翻譯為「品種山」）的山，所以那裡才是「邦克山紀念碑」的實際所在地。

②「清教徒移民先驅」為早期英國因遭受迫害而遷往北美普利茅斯殖民地的部分清教徒移民。
正式英文名詞為「Pilgrims」。（注：一般清教徒的英文正式名稱為「Puritans」，泛指英國教會的改革派新教徒。）

③鱟為地球上最古老的生物之一，其祖先在地質歷史時期古生代的泥盆紀就已出現，且因其歷經了四億多年卻仍保留著原始而古老的樣貌，而被譽為「活化石」。
目前，地球上的鱟分為美洲鱟、中華鱟、南方鱟及圓尾鱟四種。

比失明更糟糕的是
光有視力卻沒有眼界。

The only thing worse than being blind
is having sight but no vision.

海倫・凱勒
Helen Keller

第五章　征服無聲世界

一八九〇年春天，我開始學習說話。一直以來，我都有種想要發出聲音的強烈衝動。我經常會一邊用嘴發出各種聲音，然後一邊把一隻手放在喉嚨上，另一隻手則觸摸嘴唇的動作。任何會發出聲音的東西都讓我感到好奇。我喜歡感覺貓打呼嚕的「咕嚕咕嚕」聲，還有小狗肆意歡快的吠叫聲。我也喜歡把自己的手放在正在唱歌的人的喉嚨上，或者放在正在彈奏的鋼琴上，感受聲音的震動。

在喪失視力與聽力之前，我很快就學會了說話，但是受到那場大病侵襲後，我就再也無法說話，因為我聽不見了。我一天到晚窩在媽媽的懷裡，把手放在她的臉上，感覺她說話時嘴唇的動作，我覺得那是一件非常有趣的事。我也曾嘗試自己蠕動嘴唇，雖然我已經忘了如何說話。

我的朋友們說我哭和笑的聲音都很自然，有一段時間，我還發出過許多聲音和模糊的詞語。但那並不是我要與人交談，而是因為我想鍛鍊我的發聲部位。

我早就知道，周圍的人和我用不一樣的方式在溝通。在我知道聾者也能學會說話之前，我就已經開始對自己與他人的溝通方式感到不滿了。單純依靠手語溝通會給人一種束縛的感覺，而這種感覺讓我十分焦躁不安，也使我意識到：我應該儘量彌補自己的缺陷。

我的思緒經常像逆風飛翔的鳥兒一樣，努力振翅卻被擊倒。我堅持要用嘴唇發音，但朋友們都勸我放棄這種努力，他們擔心我會因為結果不如預期而感到沮喪。不過我絲毫不氣餒，後來我偶然得知朗西爾德·卡塔的故事，更增添了我的信心。

一八九〇年，蘿拉·布里奇曼的老師，拉姆森夫人來看我。她告訴我：「在挪威，有一位叫做朗西爾德．卡塔的聾盲女孩，她學會如何說話了！」

這個消息讓我激動不已，我迫切地希望自己也能學會說話。蘇利文小姐帶我去見賀瑞斯．曼學校的校長莎拉．富勒小姐，尋求她的建議和幫助。這位和藹可親的校長願意親自教導我，於是，我們在一八九〇年三月二十六日開始了說話訓練課程。

富勒小姐的教授方法是：把我的手放在她的臉上，讓我感覺她發音時舌頭和嘴唇的位置。我急切模仿她的每一個動作，僅僅一個小時，我就學會了「M」、「P」、「A」、「S」、「T」和「I」這六個字母的讀音。

富勒小姐一共為我上了十一節課。我永遠不會忘記當我說出第一個句子：「天氣很暖和」時，所感受到的興奮和喜悅。雖然我說起來有些斷斷續續和結巴，但這畢竟是人類的語言啊！我意識到自己有了一股新的力量，讓我能夠掙脫束縛，用這些破碎的語言符號獲得所有的知識和信念。

任何一名聽障孩童都不會忘記說出生平第一個字時，所體會到的激動和喜悅。在禁錮的沉寂牢籠中，沒有柔軟的輕聲細語、沒有鳥兒歌唱，也沒有音樂的旋律。只有他們才能體會到我想和玩具、樹木、小鳥和動物說話的渴望，體會到我呼喚蜜德莉時她跑到我身邊，以及我的小狗聽從我的命令時，我所感受到的快樂。

能說出這種長著翅膀的文字，對我而言是無法形容的恩惠。幸福洋溢的思想從我的唇齒間流露，而非空泛地在我的指間掙扎。

但是，千萬別以為僅憑這短暫的一段時間，就能夠讓我真的學會說話了。我只是學習了說話的基本要領。富勒小姐和蘇利文小姐可以聽得懂我說的話，但是其他人可能只聽得懂少數幾個字。因此，我需要經過勤奮的努力，才能清楚地發出每一個音節，並把所有的音節以千百種方式組合成各種字詞。我日以繼夜、不斷地反覆練習，才能讓我最親近的朋友們聽懂我的意思。除此之外，我也十分需要蘇利文小姐的幫助，直到現在，她還是會每天糾正我錯誤的發音。

只有教導聾啞孩童的老師才能明白這意味著什麼，也只有他們才會了解，我需要克服的是怎樣的困境。我得完全依靠我的手指去感覺蘇利文小姐的嘴唇：我用觸覺來捕捉老師喉間的震動、嘴唇的動作和臉上的表情，而這往往是不準確的。遇到這種情形，我就會不斷地重複那些詞語和句子，常常一練就是幾個小時，直到我感覺自己發音正確為止。

我的作業就是練習、練習、再練習。疲勞和委屈常常使我灰心喪氣，但是只要想到，我很快就可以為我摯愛的人們呈現我的練習成果，就又有了繼續努力的勇氣。我熱切地盼望，有朝一日他們會為我的成就展露笑容。

「妹妹馬上就能聽懂我說的話了。」這個堅定的信念鼓舞著我，讓我能戰勝一切困難。我曾欣喜若狂地反覆說道：「我不是個啞巴了！」我期待能和媽媽談話，希望能理解她用嘴唇作出的回應，因此我不能喪失信心。

我驚訝地發現，說話比用手指拼寫還要簡單，所以，我放棄用手語作為我與人溝通的工具。但是和蘇利文小姐及一些朋友交談時，我還是會使用手語，因為這比唇讀還要方便且快速得多。

也許該解釋一下聾盲人士所使用的手語字母了，因為手語似乎讓那些不了解我們的人感到困惑。人們為我讀書或與我溝通時，用的會是一般聾人都在使用的單手拼寫，這指的就是用一隻手在我的手上拼出單詞和字句。我會把手放在說話人的手上，在不妨礙他的情況下感受他手指的動作。與一般人在閱讀時不會單獨地去看一個字母一樣，我也不會去感知每一個字母。由於不斷的實踐，我的老師和一些朋友拼寫得非常快——速度就和專業的打字員打字的速度差不多。當然，手指拼寫因此不再只是一個有意識的動作行為，它成了一種寫作方式。

學會說話以後，我迫不及待地想要回家。幸福的時刻就要來臨了！我在回家的路上，一刻也不停歇地和蘇利文小姐說著話。其實，我不是因為想說話而說話，我是決心改善我的發音，直到最後一刻都要把握機會練習。

當火車停在塔斯昆比亞車站時，全家人都站在月臺上迎接我們。我的眼眶裡盈滿淚水，母親把我緊緊抱在懷裡，聽我說著每一個音節、每一個字。我的小妹抓住我的手又親又跳。父親則用他的沉默，表現出對我的自豪和慈愛。

直到現在，每當我回憶起此刻，仍會忍不住熱淚盈眶。

第六章 〈冰霜王〉的打擊

一八九二年的冬天，一抹烏雲籠罩了我童年的天空。在很長的一段時間裡，我都生活在焦慮、疑惑和恐懼之中，連書籍也失去了它們往常的魅力。即使到了今天，那些可怕的日子還是讓我不寒而慄。一切都源於我寫的一篇叫作〈冰霜王〉（“The Frost King”）的小故事。

我將這篇故事寄給了帕金斯學院的阿納諾斯先生，沒想到卻惹禍上身。為了將此事澄清，我必須說清楚事情的來龍去脈，為自己和蘇利文小姐討回公道。

我是在學會說話後的那個秋天，在家寫下這個故事的。以前，在避暑別墅的時候，蘇利文小姐向我描述了秋葉的美麗，這重新喚起了我對一個故事的印象，我先前絕對讀過，並且在無意間記下了這個故事。當時，我以為自己是在「創作一個故事」。於是，我急切地坐到書桌前，想在這些想法溜走以前把它寫下來。

我行雲流水般將故事一一寫在盲文書寫板上，詞語和句子輕鬆地流淌於我的指尖。現在，如果詞句能流暢地出現在我的腦海裡，那我敢肯定，它們絕對不是我想出來的，而是從他人的作品身上模仿而來的。但在那個時候，我急切地汲取任何讀到的東西，根本沒有想到著作人的問題。即使到現在，我仍然無法準確地分辨，哪些是我自己的想法，哪些又是我在書中讀到的想法。我想，這也許是因為我對事物的印象，通常都是透過他人的眼睛和耳朵獲得的。

故事完成後，我將它讀給老師聽。我還記得自己讀到滿意的段落時，那種愉快的心情，以及為了改正發音，而被老師打斷時的不快。晚餐的時候，我還把故事讀給家人聽，他們非常訝異我竟然能將故事寫得這麼好。

有人問我：「這個故事是不是從哪本書裡看到的？」

我根本不記得有人為我讀過這個故事，於是我大聲地回應：「這是我寫的故事，我為阿納諾斯先生寫的。」

然後，我將故事抄寫好，還按照大家的建議，把故事的名字從〈秋葉〉（“Autumn Leaves”）改為〈冰霜王〉，寄給阿納諾斯先生，作為他的生日禮物。我自己把這個小故事拿到郵局寄出，心裡非常開心得意。可是，我怎麼也沒有想到，這個生日禮物會讓我付出如此慘痛的代價。

阿納諾斯先生非常喜歡我寫的故事，他還把它刊登在帕金斯學院的一份刊物上。然而我剛到波士頓不久，就有人發現一篇和〈冰霜王〉類似的故事，那是瑪格麗特·坎貝小姐撰寫的〈冰霜仙子〉，故事出自一本名為《伯迪和他的朋友們》的書，而這本書在我出生之前就出版了。這兩篇故事在觀點和用詞上非常相似，讓人很難不去懷疑我曾經讀過她的書，而這也代表了：我的故事是抄襲的。

起初，我並不理解問題的嚴重性，但當我了解以後，我既震驚又難過，甚至陷入深深的痛苦之中。我努力回憶在寫〈冰霜王〉之前，所有讀過的、有關冰霜的文章或書籍，但是除了常見的〈冰霜傑克〉（“Jack Frost”）跟一首童詩以外，我什麼都記不起來了。

阿納諾斯先生雖然備受困擾，但似乎還是相信我的。他對我非常親切和善，一度讓我心裡的陰霾消失無蹤。為了讓他安心，我也儘量掩飾自己難過的心情。

而在我得知這一個令人傷心的消息後不久，華盛頓誕辰紀念日的慶典活動開始了。我和同學們有一場假面戲劇的演出，我扮演的是穀物女神刻瑞斯。我還記得，那天我的衣著是多麼典雅，我戴上由明亮的秋葉交織而成的頭冠，手裡擁著的和腳下環繞著的盡是水果和穀物。但在我虔誠的面具底下，內心深處卻充滿了憂傷。

就在慶典活動的前一天晚上，帕金斯學院的一位女老師問了我有關〈冰霜王〉的問題。我的回答使她認為我承認記得坎貝小姐的故事，雖然我反覆地跟她說她誤解了，但她還是把自己的結論告訴了阿納諾斯先生。

一向十分照顧我的阿納諾斯先生聽信了那位老師的話，認為自己受到欺騙。對於我的無辜申辯，他一概充耳不聞。他相信、至少是在懷疑，蘇利文老師和我故意竊取他人的作品，以博得他的稱讚。

緊接著，我被帶到由學院的行政人員和老師組成的調查庭上，他們讓蘇利文小姐回避，對我進行了質詢。調查團似乎決心要讓我承認自己記得有人為我讀過〈冰霜仙子〉。我能感受到他們的懷疑，也感覺到阿納諾斯先生正以責備的眼神看著我。我想把這些感受用語言表達出來，可是我除了一些單音節的詞彙以外，其他什麼也說不出來。

當他們終於允許我離開那個房間的時候，我仍然感到頭昏腦脹，完全沒有注意到老師親切的擁抱和朋友們安慰的話語。

那天晚上，我躺在床上哭得很傷心，我覺得好冷，甚至認為自己應該會在隔天早晨死去，而這個想法竟讓我感到安慰不少。我想，如果我在更年長的時候遭遇這種悲傷，或許會被刻下難以恢復的傷痕。幸好在這段悲傷的日子中，我所經歷的苦楚，大部分都被遺忘天使裝袋取走了。

蘇利文小姐從來沒有聽說過〈冰霜仙子〉和收錄這個故事的那本書。在貝爾博士的幫助下，她仔細地調查了這整件事，終於發現，在一八八八年的時候，霍普金斯夫人有過一本坎貝小姐的《伯迪和他的朋友們》。那一年，我們在霍普金斯夫人位於布魯斯特的家中度過了整個夏天。現在，霍普金斯夫人已經找不到那本書了，但是她告訴我，當年蘇利文小姐短暫離開去別地度假的時候，她為我讀過各種圖書來打發時間，儘管她不記得是否讀了〈冰霜仙子〉，但她很肯定讀過的幾本書裡包括《伯迪和他的朋友們》。她還向我們解釋，在她把布魯斯特那棟房子賣出去以前，曾經清理掉許多兒童讀物，像是小學課本、童話故事等等。《伯迪和他的朋友們》也許就是在那時也一起被清理掉了。

儘管閱讀這個故事的情況我已經記不起來了，但是我也想起自己曾經很努力地記住裡面的幾個字詞，希望老師回來後為我解釋它們的意義。不過有一件事是可以肯定的，那就是書中的語言已經深刻地烙印在我的腦子裡，雖然有很長的一段時間，我都沒有意識到這點。

不過後來，當蘇利文小姐回來時，我並沒有和她談論到〈冰霜仙子〉這篇故事，也許是因為她在回來後便開始為我閱讀《小公子》，使我的頭腦裡沒有多餘的空間來思考其他的事。

在那段艱難的日子裡，我收到了許多關愛和同情，這撫慰了我傷痛的心。坎貝小姐更親自寫信給我，說：「總有一天，你能寫出一篇屬於自己的偉大故事，它會帶給很多人安慰和快樂。」

然而，這個美好的預言並未實現，因為自從事件發生以後，我就再也不敢玩文字遊戲了。我總是提心吊膽，害怕我筆下的東西不是自己想出來的。甚至有很長一段時間，我連寫信的時候，即使只是寫信給母親，突如其來的恐懼也會襲上心頭，以至於我總是一遍又一遍地重複拼寫每一個句子，以確信自己以前沒有讀過它們。如果不是蘇利文小姐堅持不懈地鼓勵我，也許從此以後我就不會再書寫文章了。

後來，我讀了〈冰霜仙子〉，也讀了自己以前寫的一些信，結果發現我所用的詞句和觀點，與那篇故事的確有許多雷同之處。在其中一封寫給阿納諾斯先生的信中，我發現和那篇故事裡一樣的話語和情感。顯然，我在寫〈冰霜王〉和這封信的時候，坎貝小姐的故事已經充斥在我的腦海之中。

把我自己喜歡的句子咀嚼消化，再用自己的想法另外書寫出來，這樣的情況在我早年的信件和作品中時常出現。例如，在一篇描寫希臘及義大利古城的文章中，我套用了一些生動且變化多端的描述，但句子的出處皆已不可考。我知道阿納諾斯先生非常鍾愛古蹟，義大利跟希臘遺跡更是他的最愛，所以我在閱讀時，便會自詩集與史書中，悉心將那些能取悅他的片段擷取、摘錄下來。阿納諾斯先生也曾稱讚我這些描述古城的文章：「想法頗具詩意。」

那些早期的閱讀和寫作不過是智力訓練的課程。和所有對學習缺乏經驗的年輕人一樣，我透過吸收和模仿，學會用文字表達自己的思想和情感。我把在書中引起我興趣的東西都有意無意地保留在自己的腦海中，並為自己所用。正如作家史蒂文森所言：青年作家一般都會本能地模仿那些最令他崇敬的思想，然後將這些敬佩轉化為出人意表且千變萬化的文字。即使是偉大的作家，也要經過多年的實踐，才學會統率這些湧入腦海裡每一條思維小徑的文字大軍。

也許直至今日，我依然沒有走完這一個過程。我還是常常分不清我寫作的內容有哪些是我自己的思想，哪些是我從書裡讀來的，因為我所讀到的內容，似乎都成了我本身不可分割的一部分。結果，幾乎我所有的創作，都像我初次學習縫紉時，用破碎布片胡亂拼湊而成的拼布。這些拼布用了各式各樣的布片交織而成，雖然有鮮豔的綢緞和天鵝絨，然而占據最廣且最顯眼的仍是那些粗糙的布料。同樣的，我的作品也是由我的一些不成熟的思想組成，但當中也鑲嵌著他人成熟的思想和觀點，而這些都是我從書裡習得的。

史蒂文森說：「除非天生具有創意，否則便無法成為創造者。」儘管我可能並不具備創造力，但我仍希望，有朝一日，我能夠不再書寫出僵化、模仿形式的文章。到那時，我的思想和人生經歷會使我與眾不同。我堅持不懈地努力，儘量不讓〈冰霜王〉的苦澀記憶成為我學習道路上的障礙。

對我而言，這個傷痛的經歷未必不是一件好事，它使我開始考慮寫作上的一些問題。而唯一令我感到遺憾的是，我失去了一個親愛的朋友阿納諾斯先生。

在我的文章刊登以後，阿納諾斯先生在一封給梅希先生的信中裡寫到，他相信我在〈冰霜王〉事件中是無辜的。他說，調查團一共由八人組成：四位盲人、四位非盲人。八個人中有四人認為我知道我讀過坎貝小姐的故事，其餘幾人則持反對觀點。阿納諾斯先生表示，他投票時是站在相信我的這一方。

但是無論實際情況如何，無論他投票時支持哪一方，當我走進那個房間時，我忘記了自己曾在此被阿納諾斯先生抱在膝上，與他一同玩耍，也忘了他曾給過的關愛，我只感受到房間裡的人對我的懷疑與敵意，那讓我有種不祥的預感。而後來發生的事也證實我的預感並不假。

事件發生後的前兩年，我能感覺到阿納諾斯先生相信我和蘇利文小姐是清白的。但是後來，他顯然因為某種我不清楚的原因收回了對我們的信任。我不知道調查的種種細節，甚至不知道如何稱呼調查庭上那些不曾與我交談的成員的名字，因為當時的我太激動了，以至於什麼也沒注意到，我甚至害怕到連問題也問不出口。事實上，我幾乎連自己說了什麼，或是其他人對我說了什麼，都想不起來。

之所以把〈冰霜王〉事件詳細地敘述出來，是因為這件事在我的學習和生活中都很重要。為了不讓大家產生任何誤解，因此我把所有事情一一呈現，但我這麼做並沒有要為自己辯解或是指責任何人的意思。

〈冰霜王〉事件後的那年夏天和冬天，我是與家人一起在阿拉巴馬度過的。回到家鄉讓我感到非常快樂，因此〈冰霜王〉事件完全被我拋到腦後了。

地面撒滿秋季深紅色和金黃色的落葉，在花園盡頭的涼亭上，甜美的葡萄在陽光的照射下轉為金紅色。我開始記錄我的生活片段，而這，已經是我寫〈冰霜王〉一年以後了。

我對自己書寫的文字仍然十分謹慎，常常擔心那些可能不完全屬於自己的思想，心裡備受煎熬。除了蘇利文小姐，沒有人能理解我的這種恐懼。

蘇利文小姐想盡一切方法安慰我、鼓勵我。為了幫助我恢復自信，她說服我為《青年之友》寫一篇簡短的個人生活故事。那時候我十二歲，現在回想起來，我當時似乎已預期自己會從這次經驗得到收穫，否則我肯定無法順利完成。我膽怯又害怕，但老師十分堅決，她知道，如果我繼續堅持寫作，便會再次找到我心靈上的立足點、找回那些我所擁有的才能。

慢慢地，我從那次經歷的陰影中走出，經過磨練，我的思緒比以前更加清晰，對生活也有了更深刻的認識和瞭解。

一八九三年，發生在我生活中的幾件大事是：克里夫蘭總統的就職典禮期間，我去華盛頓旅行，並參觀了尼加拉大瀑布和世界博覽會。

我們是在三月去尼加拉的。當我站在瀑布旁的岩石上，感覺空氣的流動和大地的震顫時，內心的激動無以言喻。

在許多人看來，這似乎是一件奇怪的事情——我居然會被尼加拉大瀑布的宏偉壯麗所打動。他們總是問：「你既看不見拍打到岸上的海浪，也聽不見海濤的咆哮。這些對你來說究竟有什麼意義？」其實，它們對我而言意義非常重大。我無法說明它們對我而言，究竟意味著什麼，就好像我無法理解或定義「愛情」、「宗教」和「善良」一樣。

一八九三年的夏天，我和蘇利文小姐還有貝爾博士一起參觀了世界博覽會。數以千計的幼稚幻想全都化為美好的現實，時至今日，我仍能回想起那段純粹快樂的時光。

每一天，我都在想像中展開環遊世界的旅行，我看到許多奇妙的事物——偉大的發明、工業技術下的新興產品等等，所有人類的生活軌跡都在我的指尖下滑過。我最喜歡的地方是博覽會裡的「大道樂園」（Midway Plaisance）。那裡就像是天方夜譚裡的奇幻世界，充滿各式各樣、新奇有趣的東西。我能在這裡感受到書中描繪的場景：富有印度神祕風情的市集和神像；有清真寺、駱駝商隊和金字塔的國度；還有蜿蜒曲折的威尼斯水道。每天晚上，在城市和噴泉燈光照射下，我們都會到湖上泛舟。我還登上了一艘海盜船，饒有興致地感覺水手們如何以無畏的心，揚帆起航、對抗海上的風暴。

世界博覽會的主席希金伯特姆先生特別照顧我，他允許我觸摸這些展品，讓我用手指領略了博覽會所有的精華。這裡就像是有形的萬花筒，而這個純白的西方世界裡的一切都讓我著迷。尤其是法國的青銅雕像，它們栩栩如生，就像藝術家抓住這些天使，用世俗的手段將其束縛。

在好望角展覽上，我瞭解了鑽石開採的過程，甚至還摸到了一塊正在清洗的鑽石，他們告訴我那是在美國發現的唯一一顆真正的鑽石。

貝爾博士陪著我們一起參觀展覽，他用他獨特、充滿趣味的方式向我們描述了那些有趣的展品。在電器館，我們參觀了電話、對講機、留聲機和其他的發明。貝爾博士讓我明白，超越時間和空間，用電線傳送資訊的發明，就像普羅米修斯為人類盜取火種一樣偉大。

我們還參觀了人類學館，我對古代墨西哥的文物和來自埃及的木乃伊非常感興趣。從這些文物中，我學到了更多有關人類發展的種種知識，這比我以前聽到或者讀到的都還要多。

這一些經歷增加了我的詞彙量，在博覽會上度過的三個星期，使我從一個沉浸在童話故事和玩具中的小孩，蛻變成一位懂得留心真實生活世界的人。

在一八九三年十月以前，我已經陸續自學了許多科目。我讀了希臘、羅馬和美國的歷史；我透過一本凸印書籍學習一些法語，且用學到的新詞彙做練習，以此自娛自樂，不去理會語法規則和其他技術上的問題。我甚至試圖在沒有任何幫助的情況下掌握法語的發音。當然，這對我來說實在太過困難，有如蚍蜉撼樹。但這讓我在雨天時不至於無所事事，而且我也確實學會了一些法語知識，使我能夠興致盎然地閱讀拉封丹的《寓言》、莫里哀的《不情願的醫生》和拉辛的《阿塔麗》文章段落。

我還花了很多時間在提升說話的能力上。我為蘇利文小姐朗讀了我喜歡的詩人的作品，她糾正我的發音，藉此幫助我學習如何斷句和轉換語調。直到一八九三年十月，我才從參觀世界博覽會的興奮和疲勞中恢復，開始在固定的時間學習特定的課程。

那時，我和蘇利文小姐在賓西法尼亞霍爾頓城的威廉·韋德先生的家裡做客。他們的鄰居埃恩斯先生是一位出色的拉丁語學者，於是，我向他請教了拉丁語。

他是一位閱歷深厚、和藹可親的人，他主要是教我拉丁語的語法，但偶爾也會教我數學。

埃恩斯先生和我一起讀了丁尼生的《悼念》。我以前也讀過很多書，但從來沒有從評論的角度來閱讀。這是我第一次學會瞭解一位作家、識別他的文風，就像和一個好朋友握手一樣，讓人感覺既親切又溫和。

起初，我不太願意學習拉丁語語法，因為必須花很多時間分析名詞的屬性、所有格、單複數、陰陽性等等，一切都太過繁瑣。我覺得這就像透過專業的知識來瞭解我的寵物一樣——目：脊椎動物；部：四足動物；綱：哺乳動物；屬：貓科；種：貓；個體：灰色帶有斑紋的家貓。但是，當我學習得愈深入，我對拉丁文就愈感興趣。我常常自得其樂地閱讀拉丁文的片段，挑出我學過的字，設法體會其中的含義。直到現在，我仍舊維持著這種嗜好。

我想，沒有什麼會比用一種剛學會的語言，去呈現稍縱即逝的影像和情感，還要來得更美妙了！這種感覺就像我把在腦海翻騰的靈感，用變化多端的想法塑型、上色般令人愉快。上課的時候，蘇利文小姐會坐在我身邊，為我拼寫埃恩斯先生所說的一切，並且幫我查找生詞。當我再次回到阿拉巴馬州的家時，我已經可以開始讀凱撒的《高盧戰記》了。

一八九四年夏天，我參加了肖托克美國聾人說話教育促進會舉行的會議。在那裡，我被安排到紐約市的賴特——赫馬森聾人學校學習。一八九四年十月，在蘇利文小姐的陪伴下，我去了這所專門培養說話和進行唇讀訓練的學校。除了這些課程之外，在學校的兩年時間裡，我還學習了算術、自然地理、法語和德語。

我的德語老師是雷米小姐，她會拼寫手語字母，在我掌握了少量的詞彙以後，我們只要有機會就會用德語交流。幾個月後，我幾乎能夠明白她說的一切了。我覺得我在德語課上的進步最大，相較之下，法語學習對我來說就困難得多。

我在脣讀和說話方面的進步並沒有我和老師們期望的那樣大。我的目標是和正常人一樣說話，老師們也相信我能夠做到，但是儘管我們非常努力地嘗試了，卻還是沒有達成目標。也許是我把目標定得過高，因此失望才會難以避免。

我依舊覺得算術是一門艱難的學科，我常常在猜想的危險邊緣徘徊，武斷地妄下結論，躲避理性的判斷，這給我自己和別人都帶來了極大的麻煩，再加上感官上的缺陷，更加深了我在學習算術上的困難。

儘管這些難題使我當時的情緒極為沮喪，但是我對其他學科的興趣依舊未減，特別是自然地理。瞭解大自然的奧祕是一件快樂的事，就像從《舊約全書》中瞭解風是如何從天空的四方呼嘯而來、水蒸氣怎麼從天涯海角升起、河流如何穿過岩石、山峰怎樣被大地顛覆，還有人類用何種方式征服比自己更強大的力量。

在紐約的這兩年是一段令人難忘的時光。我們每天都到中央公園散步，這個巨大的公園每次都會為我帶來新鮮的感受和樂趣，我喜歡聽別人為我描述它，它的一切是那麼地美好，讓我的心靈深深被它吸引。

春天，我們去了各地旅遊。我們乘船在哈德遜河面上航行、在碧綠的河岸上散步、參觀西點軍校和作家華盛頓·歐文的故居，還曾經步行穿越「睡谷」。現在回想起來，我還是會有一種發自內心的愉悅。

在我離開紐約之前，這些光明、無憂無慮的日子突然被蒙上一層陰影，我陷入出生以來、除了我的父親逝世之外，最大的悲傷之中。

波士頓的約翰·P·斯博爾丁先生（註①）於一八九六年二月去世了。只有那些認識他和敬愛他的人，才會明白他和我之間的友誼對我來說意味著什麼。

他總以不顯眼的方式幫助大眾，對蘇利文小姐和我更是如此。只要一想到他對我們的慈愛，和對我們學習遇到重重困難時所給予的關懷，我們便有勇氣繼續往前邁進。他的離世讓我們的生活留下一處永遠無法被填滿的空缺。

【註解】

①約翰．P．斯博爾丁先生是海倫．凱勒的老師兼朋友。海倫．凱勒曾於一八九二年五月十一日寫信給他，詢問是否能借用他的家舉辦茶會。

第七章　漫漫求學路

一八九六年十月，我進入劍橋青年女子學校上學，為日後前往拉德克利夫學院學習（註①）做準備。

當我還是一個小女孩的時候，我就對大家說過：「將來我也要上大學，我要上哈佛！」

從那時起，上大學的願望便在我的心裡扎根。我不顧許多真誠又聰明的朋友們的反對，一心想和視力和聽力正常的女孩競爭學位。當我離開紐約時，這個願望已經成為了我堅定的目標。為了上哈佛，我決定到劍橋去，這是實現我童年夢想的快速捷徑。

學校的老師沒有教殘疾學生的經驗，所以我們唯一的交談方式就是唇讀。蘇利文小姐和我一起上課，以便為我解釋老師課堂上教授的內容。

第一年學習的科目是英國歷史、英國文學、德語、拉丁語、算術、拉丁語作文等等。在那之前，我沒有為上大學做過任何準備，因此我的學習進度嚴重落後。蘇利文小姐不可能拼寫出書裡的所有內容，而且要把教材及時打成盲文更是極其困難的事。有一段時間，我甚至不得不用盲文抄寫拉丁文的教材，讓自己能夠和別的女孩們一起朗誦。我不能在課堂裡抄筆記、做練習題，但我會用打字機在家裡書寫所有的作文和翻譯練習。

蘇利文小姐每天都和我一起去上課，並耐心地把老師所教的一切拼寫在我的手心裡。自習的時候，她為我查生詞，為我一遍又一遍地拼寫筆記和沒有譯成盲文的書籍。這是一項繁重又枯燥的工作。

我的德語老師格羅特小姐和校長基爾曼先生，是學校裡少數會用手語替我上課的老師。雖然格羅特小姐拼寫手語字母的速度非常慢，但她還是會在上我的課時，努力地在我的手心裡拼寫講課的內容，好讓蘇利文小姐休息一下。他們每一個人都很和藹，且樂於提供協助。

那年，我學完了算術、複習了拉丁語，還讀了三章凱撒的《高盧戰記》（註②）。基爾曼先生教了我一段時間的英國文學，他廣博的歷史知識、深厚的文學素養、機敏的思想以及開明的觀點，使我的學習輕鬆又愉快。

在劍橋青年女子學校，我第一次和同齡且視力、聽力都正常的女孩一起學習。我和幾個女孩住在和學校相連的一幢房子裡。我和她們一起玩遊戲，甚至是在雪中捉迷藏；我和她們一同郊遊；我們在一起討論功課，或朗讀我們喜歡的文章。有一些女孩還學會了手語，這樣蘇利文小姐就不必向我複述她們的話了。

聖誕節的時候，媽媽和小妹來和我一起過節，好心的基爾曼先生還安排蜜德莉在我們學校裡學習，所以蜜德莉和我在劍橋共同度過了六個月歡樂的時光。

一八九七年六月二十九日到七月三日，我參加了拉德克利夫學院的入學預試。我報考的科目是基礎和高級德語、法語、拉丁語、英語及希臘羅馬史。考試時間長達九個小時。最後，我不僅通過了所有考試，德語和英語還得到「優」。

在此，我想向大家講一講我參加考試時的情形。學校要求學生須進行十六個小時的考試，其中十二個小時考基礎課程，四小時考高級課程。另外，學生須參加至少五個小時考試並且通過才算有效。試卷於早上九點鐘，由專人從哈佛送到拉德克利夫。試卷上面不會寫考生的名字，只會寫考生編號，而我是 233 號。由於我不得不使用打字機作答，因此我的身分無法隱藏。

為了避免打字機的聲音影響其他考生，所以我被安排在一個單獨的小房間裡考試。基爾曼先生用手語字母把試卷內容拼寫在我的手心裡，房間門口還安排了一個守衛，以免有人打擾。

第一天考德語，基爾曼先生坐在我身邊，把考卷先讀一遍，我再一句一句地複述，以確保我聽到的內容正確無誤。試題很難，在打字機上作答的時候，我非常擔心。基爾曼先生把我打好的答案拼寫給我，我再告訴他哪裡需要修改，由他幫我把修改的內容添加到答案卷上。完成試題後，基爾曼先生把我的答案卷交到考官手中，並寫了一張證明，說明我的確是 233 號考生。

其餘的預試都是在同樣的情況下進行，但都沒有像考德語時那麼難。我記得考拉丁文那天，基爾曼先生到考場上告訴我，我已經順利通過德語考試。這給了我極大的鼓舞。因此，我帶著輕鬆愉快的心情，完成了後面所有科目的考試。

在劍橋青年女子學校開始第二年的學習時，我滿懷信心和希望。然而在頭幾個星期，我就碰到了意料之外的困難和障礙。基爾曼先生認為我這一年裡應該主修數學。當時我學習的科目是：物理、代數、幾何、天文、希臘語和拉丁語。麻煩的是，我需要的許多書籍都沒有盲文版，而且有些課程我還缺少學習工具。

我上課的班級很大，有很多人在一起聽老師講課，因此老師不可能為我個別指導。蘇利文小姐不得不把所有的書都唸給我聽，並且把老師的話逐一拼寫在我的手裡。這十一年以來，她那雙神奇的手第一次感覺力不從心。

我應該在課堂上做代數、幾何及物理的習題，可是我無法做到。只有當我們買了盲文書寫器後，我才能夠寫下解題的每一個步驟。我看不見畫在黑板上的幾何圖形，而唯一能夠瞭解圖形的方法，是在墊子上用鐵絲把形狀做出來。正如日後負責教我數學的吉斯先生所說，我的腦海裡要先浮現出幾何圖形，然後進行演算、假設，最後再推斷出結論。

有時，我會失去所有的勇氣和力量，甚至將懊惱和不滿發洩在蘇利文小姐的身上。而在我所有的老師和朋友中，她是唯一能撫平我內心傷痛的人。

漸漸地，這些困難都隨著盲文書籍和學習工具的到來而消失，我用加倍的信心沉浸在學習之中。然而，幾何和代數這兩門科目仍然讓我十分苦惱。我沒有數學方面的天賦，幾何圖形更是讓我頭痛不已，即使在墊子上拼出了許多圖形，我還是無法弄明白各個部分之間的關係。直到吉斯先生開始教我數學，我才對這門課有了清楚的認知。

當我正逐漸克服學習困難的時候，基爾曼先生卻向我提出了他的建議，而使所有事情發生了變化。

基爾曼先生認為我的學習太艱苦了，於是減少了我的上課時間。起初，我們同意在必要的情況下，用五年的時間來為考大學做準備。但在第一學年結束後，我的考試成績讓蘇利文小姐和其他老師相信，只要再讀兩年，我就可以完成準備了。剛開始基爾曼先生也贊成這一點，但後來他覺得我的功課進展不夠順利，認為我應該再學習三年。我不同意他的建議，因為我想和班上的同學一起上大學。

有一天，我感到身體不適，沒有去上課。雖然我沒有什麼大礙，但基爾曼先生聽說後，認為我的身體是被課業壓垮了，於是改變了我的學習安排，使得我無法和同班同學一起參加結業考試。我們的意見分歧愈來愈大，母親決定，讓我和小妹從劍橋青年女子學校退學。

又過了一段時間，學校安排吉斯先生做我的家庭教師，指導我的學業。那年冬天，我和蘇利文小姐是在倫薩姆城的一位朋友錢柏林家度過。

一八九八年二月到七月，吉斯先生每週會來倫薩姆城兩次，為我上代數、幾何、希臘語和拉丁語。

一八九八年十月，我們回到了波士頓。之後的八個月，吉斯先生每週都會為我上五次課，每次一小時。每次上課，他會為我講解上一節課我不懂的問題，再安排新的作業，並把我完成的希臘語作業帶回去批改，待下次來再發還給我。

我為上大學做的準備就這樣一直持續進行著。我覺得在家裡自學比在學校上課更自由，學習知識也更加容易理解和掌握，因為老師有充足的時間講解我不理解的知識。即使是數學，吉斯先生也可以使它變得有趣。他總是那麼地溫和、有耐心，讓我始終對自己充滿信心。

一八九九年六月二十九日和三十日，我參加了拉德克利夫學院的入學複試。第一天考基礎希臘語和高級拉丁語，第二天考幾何、代數和高級希臘語。

用盲文進行語言科目的考試非常順利，但是代數和幾何的考試卻是困難重重，因為其中有許多變化多端的標記和符號。

考試的前兩天，維甯先生把一份哈佛大學舊的盲文版代數考卷寄給我。我驚訝地發現考卷用的是美國盲文系統的標記和符號，而我在代數課上只用過英式的盲文系統。我馬上寫信給維甯先生，請他為我解釋這些標記。收到回信後，我便開始學習這些標記和符號，然而一些複雜的標注還是讓我很傷腦筋。

幾何考試中，我還是遇到了我不明白的標記和符號，完全被弄糊塗了，因此無法將閱讀到的東西清楚地呈現在腦海中。代數考試時，我也遇到了相同的問題。此外，我沒有辦法看到自己在打字機上寫下的答案，因為吉斯先生一直鼓勵我用心算解題，並沒有訓練我用筆書寫答案。

拉德克利夫學院的行政委員們不知道他們的考試給我設置了多大的困難，也不瞭解我要克服這些困難有多艱辛。然而讓我感到欣慰的是：我克服了這些障礙！

直到一九〇〇年，我才實現了上大學的夢想。我盼望著這一天的到來已經很多年了。我知道未來還會有許多障礙等著我，但我決心要一一克服它們。

我謹記著一句羅馬的座右銘：「被驅逐出羅馬，只不過是生活於羅馬之外而已。」就像我無法踏上尋求知識的康莊大道，只能被迫走向那條充滿荊棘的崎嶇小路。我也知道，在大學裡將有許多機會，能夠讓我和那些像我一樣努力奮鬥的女孩們一起攜手前進。

我將所有的熱情都投入到學習之中，相信將有一個嶄新光明的世界呈現在我的面前。

但是很快我就發現，大學並非我所想像的那麼浪漫，幼時那些快樂的夢想也變得沒那麼美好了。我感到最大的遺憾是缺乏時間。在大學裡，我必須不停地累積知識，就像是在不斷地儲存財富。我沒有時間與自己的思想交流，但我更享受的其實是思考所帶來的快樂。

第一年，我學習的科目是：法語、德語、歷史、英語創作和英國文學。法語課上，我讀了高乃依、莫里哀、拉辛、繆賽和聖伯夫的一些作品；德語課上，我讀了歌德和席勒的一些作品，並且迅速瀏覽了從羅馬帝國覆滅到十八世紀整個階段的歷史；英國文學課上，我研讀了彌爾頓的詩歌和《論出版自由》。

然而，我的學習生活是非常艱辛的。在教室裡，教授的講課，就像是透過電話聯絡一樣遙遠。蘇利文小姐必須把講課的內容以最快的速度在我手上拼寫出來，一個個字母掠過我的手心，我的頭腦完全被機械的字詞所占據。由於我在用手聽課，所以我根本沒有辦法做筆記，通常只能在回家後才把記得的部分記錄下來。

我用打字機寫出每天的作文、評論，完成平時的測驗和期中、期末考試的答案卷。我使用的是哈蒙德牌打字機，因為我發現它最符合我學習時的特殊需求。這種打字機有好幾個鉛字梭，每一個鉛字梭都有一套不同的字元，可以根據個人需求切換成希臘文、法文或數學字元。如果沒有這種打字機，我也許根本無法上大學。

在各種課程當中，很少有為盲人印製的書籍，我只能請別人把書裡的內容逐一拼寫在我的手心裡，所以與別的同學相比，我需要花更多的時間來預習，因為比起普通人，通過手語字母閱讀需要耗費更多的時間。

我需要花費好幾個小時讀書，而別的女孩卻可以在外面跳舞、唱歌、玩遊戲，這使我的情緒變得非常焦躁。不過，我很快就讓自己平靜下來，並保持樂觀的心態，將不快的情緒從心中驅趕出去。因為，每一個人都必須獨自攀登知識的山峰，越過途中的溝壑與障礙，才能獲得屬於自己的成就。在這個過程中，沒有平坦的道路，也沒有其他捷徑。

我慢慢學會了控制自己的情緒。每前進一點、獲得一點進步，都會使我受到極大的鼓舞，讓我期盼自己能爬上更高的山頂。每一次的磨難都是一次勝利，每一次的努力都是一次收穫。

我並不孤獨。威廉．韋德先生和賓西法尼亞盲人教育學院的校長艾倫先生，為我找到許多盲文版書籍，他們的關懷和幫助對我而言彌足珍貴。

在拉德克利夫學院的第二年，我學習了英語創作、《聖經》文學、美國和歐洲的政體、賀拉斯的《歌集》以及拉丁喜劇。其中，英語創作課最為有趣。創作課的老師查理斯先生的講課方式幽默詼諧、生動活潑、充滿智慧，是一位不可多得的好老師。短短一小時的課堂上，他能讓你領略大師作品的震撼力和永恆的魅力，令你陶醉其中，回味無窮。

這一年是我最快樂的一年，因為這一年學習的都是我感興趣的科目：經濟學、伊莉莎白一世時期的文學、莎士比亞文學和哲學史。哲學能夠帶你進入遙遠年代的各種思考方式之中，在過去，這個學科對人們來說是非常陌生的。

大學並不是我原本想像的那種古雅典式學園。在這裡，你不可能和偉人或智者相遇，更不可能觸摸到他們。他們就像是乾枯的木乃伊，而我們必須將他們從知識的裂縫中攫取出來，對他們進行深入的分析，才能確信我們眼前的是彌爾頓的作品，或者是《以賽亞書》。

可問題是，我認為領悟其中的情感應該比理性分析更重要，但許多學者似乎忘了如何領略那些偉大的文學作品，他們往往花費許多心力進行講解，卻無法在人們心中留下深刻地印象，就彷彿：你可以瞭解一朵花的根莖和生長過程，卻不懂得欣賞沐浴在雨露之中的鮮花。

我常反覆詢問自己：「你為什麼要關心那些解釋和判斷呢？」那些看似理性的解說和假設在我的腦海翻飛，像一群盲目的鳥徒勞地拍動羽翼。我並不反對那些對名著作品的解析，我反對的是無止境的評論和讓人困惑的批評，因為那只會讓人更深刻的體悟到：世界上有多少人，就有多少觀點。

有時，我很渴望能除去一半的課業，因為巨大的壓力讓我無法享受知識所蘊含的寶貴財富。我想，人不可能在一天之內，將四、五本不同語言和主題的書籍閱讀完畢。當你帶著焦慮的心情讀書，腦子裡想著各式各樣的考試和測驗時，你的頭腦只會充斥各種雜亂的思緒，讓你變得無所適從。如同現在，我的腦袋裡充滿林林總總的材料，根本無法釐清思緒，就像是一頭闖進瓷器店的公牛，各種知識的碎片猶如冰雹一般朝我頭上打來。

大學生活中，最讓我害怕的就是各式各樣的考試，雖然我面臨過許多次考試，而且每次都成功地將它們擊敗，但它們總能反撲過來，威脅我的信心。在考試之前，我必須在腦子裡塞滿讓人厭倦的公式和令人難以消化的年代資料。就像吃下難以下嚥的食物，使人希望能把自己連同書本一起葬身海底，讓一切一了百了。

令人畏懼的可怕時刻終於來了。很多時候，記憶和精確的分辨能力會在你最需要它們的時候，張開翅膀飛走，消失得無影無蹤。你千辛萬苦裝進腦袋裡的東西，到了緊要關頭卻怎麼也想不起來了。

「介紹胡斯（註③）的生平和功績。」胡斯，他是誰？他做了些什麼？這個名字看上去是那麼地熟悉，你仔細地搜索你的大腦，並肯定他就在腦袋裡的某個地方，因為你曾經在查找宗教改革運動開端的時候見過他。你把所有零零碎碎的知識都掏了出來——宗教革命、教會宗派分裂、火刑、政治制度；但是胡斯在哪裡？你在絕望的時候把所有腦袋裡的知識都翻了出來，卻沒看見你要找的人。正當這個時候，監考人告訴你時間已到。於是，你只能懷著滿腔的憤怒，把這堆答案紙扔進垃圾桶裡。

這些就是我現在對大學的看法。

進入學院以前，我將大學生活想像得十分浪漫，如今這被浪漫包裹的光環消失了。但是從浪漫到現實的過渡中，我學會了許多東西。如果從未嘗試過，我永遠也體會不到某些事。

我學到的經驗中，最寶貴的事情之一就是：學會忍耐。我們應該把教育當成在鄉村悠閒漫步，只有放慢步調、從容不迫，我們才能盡情接受天地萬物間的知識，而知識就會像無聲的潮水，悄無聲息地湧入我們的靈魂。

「知識就是力量」，但知識同時也是幸福。只有擁有知識，才能辨別真善美、假惡醜。只要瞭解人類進步的思想和事蹟，就會觸摸到人類偉大的人性脈搏。如果有人感受不到這種脈搏的韻律，那他就是對生命的旋律充耳不聞。

【小知識】

①拉德克利夫學院（Radcliffe College）是位於美國麻薩諸塞州劍橋市的女子文理學院，創建於一八九七年——一個女性高等教育極具爭議的年代，並於一九九九年全面整合至哈佛大學。

身為美國七姐妹校（專收女性的高等教育機構）之一，拉德克利夫學院的學生以知性、文藝、具批判性思維著稱。

②《高盧戰記》（"Commentarii de Bello Gallico"）是羅馬共和國的最高選舉官員「執政官——凱薩」征戰高盧（今西歐地區）的詳實經過，記錄了戰事、大型祭典、巡迴裁判等行省大事，是近現代史家研究過去該地區的重要第一手歷史文獻。全書以拉丁文著成，分為八卷，前七卷由凱薩親筆以第三人稱敘述，目的在於提高凱薩的自身政治威望；第八卷則由凱薩的副將奧盧斯・伊爾久斯在凱薩被刺身亡後，補充完成。

③胡斯（Jan Hus）是神聖羅馬帝國的天主教神父，更是捷克的思想家、哲學家和改革家。他無法忍受教會和封建主

一起剝削捷克基層人民，於是揭發教會發行贖罪券等斂財行為，並主張應以《聖經》作為唯一的依歸，而非教皇的權威。眾多批判當權的行為激使羅馬政府以異端為由，逮捕、監禁、甚至最後以火刑燒死年僅四十六歲的胡斯。
胡斯派的信徒引發了長達十五年的胡斯戰爭，最終雖然戰敗，但仍奠定了捷克獨立的基礎。如今，胡斯被視為捷克的民族英雄，而胡斯逝世的當天（七月六日）被稱為胡斯日，是捷克的國定假日。

樂觀是通向成就的信念。
沒有希望和信心，什麼事都做不成。

Optimism is the faith that leads to achievement.
Nothing can be done without hope and confidence.

海倫・凱勒
Helen Keller

第八章　回顧生活點滴

前面，我講述了我的生平，但並沒有提到書籍對我的幫助有多大。不僅是因為書籍給人帶來智慧和歡樂，也因為透過書籍的雙眼和雙耳，能夠見識和聽取他人的知識。在接受教育的過程中，書籍對我的意義遠超他人，所以，現在我要從我開始閱讀時講起。

我第一次閱讀故事書是在一八八七年五月，那一年我七歲。從此往後，我便如饑似渴地閱讀書籍，只要是在我指尖能夠觸摸到的範圍內，我都不會放過。

一開始，我只有幾本用盲文印刷的書——一本兒童故事集，以及一本關於地球知識、名叫《我們的世界》的書。那大概就是我書庫裡全部的書了。我一遍又一遍地反覆閱讀，直到書上的字都被磨損得無法辨認。有時，蘇利文小姐會在我手心裡拼寫，把她認為我能理解的小故事和詩歌告訴我，但是我更希望能夠自己閱讀，因為我喜歡獨自沉浸在閱讀的快樂之中。

我真正開始閱讀是我第一次到波士頓的時候。那時，我每天都會花時間到圖書館讀書。我徘徊在書架之間，隨意取閱書籍。不管書中的文字我能認識多少，我都照讀不誤。後來，當我開始說話和寫字的時候，這些字詞和句子就會自然地浮現，甚至讓我的朋友們對我豐富的詞彙量大感驚奇。我在不知不覺中閱讀了許多圖書的片段和大量的詩歌，而《小公子》（註①）是我第一本完整閱讀的書。

八月一個炎熱的下午，吃過午餐後，蘇利文小姐和我急急忙忙地洗完盤子，想盡可能爭取多一點的時間來閱讀這本書。當我們穿過草地時，有幾隻蚱蜢跳到我們的衣角上，我還記得，老師非要把這些小蟲子從衣服上弄走才肯坐下來，我則認為這種小事無傷大雅。

我們坐在吊床上，吊床拴在兩棵粗壯的松樹上。在此之前除了蘇利文小姐，沒有其他人使用過，所以吊床上面鋪了一層掉落的松針。炎熱的陽光照射在松樹上，松樹散發著迷人松香，空氣中充滿了淡淡的香味。蘇利文小姐在閱讀的過程中，時而為我解釋我不懂的事物和不認識的字。

起初，我不認識的字很多，造成老師的閱讀不斷地被打斷，但我很快就沉浸在故事的情節之中。我急著想知道故事之後的發展，根本沒有心思再去理會那些生字。當蘇利文小姐累得無法再繼續在我手裡拼寫字母時，我第一次感受到被剝奪心愛事物的急切心情。我將書拿在手中，滿懷熱切地嘗試去觸摸那些字母，我永遠也忘不了這樣渴望的心情。

後來，在我急切的要求下，阿納諾斯先生請人把這本圖書做成了盲文版。我把這本書讀了又讀，幾乎可以完整將它背誦出來。《小公子》開啟了我的閱讀興趣，並伴隨了我整個童年時光。

在後來的兩年時間，我陸續閱讀了許多圖書，其中有拉封丹的《寓言》（註②），霍桑的《奇妙的故事》、《聖經故事》，蘭姆的《莎士比亞故事集》，狄更斯的《兒童的英國歷史》，還有《天方夜譚》、《魯賓遜漂流記》、《小婦人》和《海蒂》等。我在學習和玩耍之外的時間閱讀這些圖書，且愈讀愈有興趣。我沒有研究和分析過這些作品，也從來沒有想過文體風格和作品的創作背景。作者將這些寶藏展現在我眼前，而我接納了這些珍寶，就像接受陽光的溫暖和朋友的友誼一樣。

我非常喜歡《小婦人》，它讓我感覺自己和那些聽得見和看得見的正常孩子有種親密的連結。在我的生活中，受到許多限制，所以不得不在書籍裡尋找自身以外的種種資訊。

我不是很喜歡拉封丹的《寓言》。一開始，我讀了這本書的英文譯本後，並沒有很喜歡，後來我又讀了法文的原文版本，但依然無法博得我的好感。儘管書中的文字描述生動精彩，但是裡面的動物像人一樣說話、做事讓我覺得十分荒誕可笑，使故事失去了原有的教育意義。

我喜歡《叢林奇譚》和《我所知道的野生動物》。我發自內心地喜愛著書中的野生動物，因為牠們是真正的動物，而不是擬人化的可笑形象。牠們的滑稽讓你歡笑，牠們的不幸讓你哭泣，牠們的愛與恨讓你震撼。故事中也包含許多深刻的寓意，但非常含蓄，讓人難以意識到它的存在。

我也偏好歷史讀物。對我而言，古希臘具有神祕的吸引力。閱讀《伊利亞德》（註③）史詩後，希臘成了我的幻想之地。在閱讀之前，我就已經對特洛伊木馬的傳說非常熟悉了。在我搞懂希臘語文法以後，古希臘文學瑰寶就再也無法將我拒於門外。

偉大的詩句，不論是以希臘文或英文書寫，需要的都不是翻譯，而是一顆情感豐富的心。人們卻常常用穿鑿附會的分析和評論，扭曲了這些偉大的詩句。理解和欣賞一首優秀的詩，並不須要定義其中的每個單詞，或是解析句子中的文法斷句。我知道自己永遠不可能像學識淵博的教授們那樣，從中發掘出巨大的寶藏。他們會找到更多文學的珍寶，但是我並不貪心。當我讀到《伊利亞德》的精彩片段時，我的心靈有一種昇華的感覺。我身體上的缺陷已經被我忘卻，而我的視野也愈來愈開闊，彷彿整片天空都屬於我。

暢遊於書籍之間是多麼讓人愉快啊！但是這趟書籍之旅並非一帆風順。我艱難地在語法和詞典的迷宮裡前行，有時還會跌入學校或大學考試的可怕陷阱之中。

我很小的時候就開始接觸《聖經》了，那時我還不能理解它。我清楚地記得，在一個下著雨的早晨，我閒來無事，便央求表姐為我讀一段《聖經》裡的一個故事。雖然她知道我聽不懂，但還是在我的手心裡將約瑟和他兄弟們的故事拼寫出來。故事並沒有引起我的興趣，因為那與眾不同的語言和反覆的敘述方式，讓這個故事顯得很不真實，在表姐說故事後沒多久，我就睡著了。

然而，後來我又是如何發現《聖經》中的光輝呢？這麼多年來，我都懷著快樂和感動的心情閱讀《聖經》，我愛它勝過其他一切圖書。但是《聖經》中有許多東西與我的本性互相牴觸，我會為自己被迫從頭到尾讀完它而感到鬱悶，而且我不認為其中的歷史知識足夠補償我的煩悶。我希望能將古代文學中醜惡鄙陋的東西清除，但我當然也非常反對竄改這些偉大的作品，讓它們變得面目全非。

質樸簡潔的〈以斯帖記〉中，有一些令人印象深刻、心生敬意的片段。有哪個場面會比以斯帖面對她邪惡的丈夫時更戲劇化？她知道自己的生命掌握在他的手中，沒有人能保護她免受他的怒火波及。但是，她克服了女性的畏怯，走向他，高尚的責任感鼓舞著她，她的心中僅有一個念頭：「若我殞命，我便殞命；但若我生存，我的人民也得以存活。」

而〈路得記〉的故事是多麼地具有東方特色啊！樸實的鄉村生活與繁華的波斯首都形成了鮮明的對比。路得忠貞又溫柔，讀到她與那些正在收割的農民們一起站在搖曳的玉米叢時，會讓人忍不住愛上她。在黑暗又殘暴的年代，她的美麗和無私的精神，就如同黑夜裡閃爍的明亮星辰。像路得那樣，能夠超越不同的信仰和根深蒂固的種族偏見，是非常罕見的。

《聖經》給予我深遠的慰藉，意即：「看得見的事物是一時的，看不見的事物是永恆的。」

自我開始閱讀後，我便十分喜歡莎士比亞。我無法確切說出開始讀蘭姆的《莎士比亞故事集》的時間，但是我知道自己剛開始是懷著孩子的好奇心來讀它的。讓我印象最深的是《馬克白》，雖然我只讀過一遍，但其中的人物和故事情節深深地烙印在我的記憶裡。有很長的一段時間，鬼魂和女巫甚至都追到了我的夢境之中呢！我可以清楚看見匕首和馬克白夫人纖細白皙的手，那些可怕的血色汙點在我眼前生動呈現，就如同那憂傷的王后親眼見到的一樣。

在讀完《馬克白》之後不久，我又讀了《李爾王》，無論如何，我都忘不了讀到格羅斯特眼睛被弄瞎時，內心那種恐懼的感覺。我被憤怒虜獲，手指拒絕動作，我僵坐在那許久，血液竄向我的太陽穴中，我只感覺自己的心被滿滿的仇恨占據。

初次閱讀莎士比亞的作品時，它帶給我的似乎是許多不愉快的回憶。現在我最喜愛的這些明亮、充滿溫柔和幻想的戲劇，一開始並沒有讓我產生深刻的好感，也許是因為那些故事裡反映的是充滿歡樂與陽光的童年。然而，「沒有什麼東西會比孩子的記憶更加反覆無常了：不管是擁有，還是失去。」（註④）

此後，我雖然多次閱讀莎士比亞的劇本，甚至能背誦其中的一部分，但是卻說不出自己喜歡哪些劇本，因為我對這些作品的喜愛就和我的心情一樣變化多端。儘管我喜愛莎士比亞，但是讀懂評論家和注釋者的詮釋是一件很辛苦又乏味的事，我曾經努力去記住這些東西，但這些評論和闡釋往往讓我非常惱火。直到不久前，在基特里奇教授教導關於莎士比亞的課堂上，我才瞭解到莎士比亞作品的博大精深。我很高興看到一層又一層的帷幕被拉起，在我的面前顯現出一個嶄新的、充滿思想和美的王國。

我喜歡的書籍類型中，歷史書籍僅次於詩歌。我閱讀了所有我能找到的歷史作品。從枯燥的歷史事實和更枯燥的紀事年表，到客觀公正、生動流暢的《英國人民史》，以及從《歐洲史》到《中世紀》等各種史學相關的書，都在我的閱讀範圍之內。第一本使我真正意識到歷史價值的書是《世界史》，這是我在十三歲時收到的禮物，我一直保留著它。

在大學期間，我熟悉了法國和德國文學。我喜歡德國文學中豐富深厚的內涵。而最觸動我心的，是他們的作品對女性自我犧牲精神的展現和讚頌，這種思想在所有的德國文學作品中無所不在。在我讀過的所有法國作家的作品中，我最喜歡的是莫里哀和拉辛的作品。而巴爾扎克的宏偉著作和浪漫派作家梅里美的精彩章節就像是一陣強烈的海風，讓人感到精神振奮。我也敬佩雨果，欣賞他的才氣、他的智慧和他的浪漫主義精神。所有偉大的作家和詩人都是世界萬物的詮釋者，將我們的心靈引入真善美的境界。

我恐怕寫了太多我的「書友」了，不過，事實上我才僅僅提了幾個我最喜歡的作者，這很容易讓人覺得我喜歡的作者數量有限且小眾，但這只是錯覺。我會因為各種原因，而喜歡上不同的作者。

總而言之，文學是我理想中的國度，在這裡沒有任何阻礙我和書中朋友們接觸的屏障。我和這些朋友可以隨心所欲地交談，而我所學到的任何知識，在他們宏大的愛和仁慈面前，是那麼的無足輕重。

在前面自我回顧的故事中，我曾提到個人對鄉間和戶外運動的喜愛。我很小的時候，學會了划船和游泳，夏天在倫薩姆城的時候，我幾乎是生活在船上。沒有什麼比帶著朋友們出去划船，更讓我感到快樂了。

我划船的時候，總會有一個人坐在船尾掌舵，因為我不能操縱船行駛的方向。不過有的時候，我划船不用舵，而是憑藉水草和睡蓮的香味，以及灌木叢中的氣味掌握方向。

我使用有皮革捆綁的船槳，捆綁的皮革可以使槳固定在槳架上，而透過水的阻力我能夠知道航行的狀況。我喜歡感受波浪的湧動，以及讓船兒乖乖聽從自己意願和力量時，帶給我的興奮和激動。

我也喜歡划獨木舟。如果我說我特別喜歡在月夜泛舟，你們也許會啞然失笑。的確，我不可能看見月亮從松樹後面爬上天空，悄悄地在雲朵間穿行，為大地鋪上一條閃亮亮的道路，但我知道它就在那裡。我會靠在坐墊上，把手放進水裡，想像著觸摸它那閃爍的衣裳。有時候，小魚會從我的手指間溜過，睡蓮會害羞地貼在我的手上。當我從一個狹窄的洞穴划出來的時候，會感覺豁然開朗，彷彿有一股暖流包圍著我；不知道那種溫暖是來自被陽光照射過後的樹木或是水面，我無法辨別。在風雨交加的日子裡，當我身處城市中心時，也曾有過相同的感受。這就像被人親吻臉頰時，嘴唇上的溫度。

我最喜歡的娛樂項目是航海。一九〇一年夏天，蘇利文小姐和我去了哈利法克斯，那年夏天，我們大部分的時間都在那裡度過。白天，我們航行在貝德福海灣、麥克那布島、約克索堡；夜晚，我們划行在巨大戰艦的陰影之下，度過了一段悠然又奇妙的時光。

有一天，我們遇到了一件讓人心驚膽戰的事！當天，西北海灣正在舉行划船比賽，來自不同船隊的船隻都參與了這項盛事。我們和許多人一同搭乘帆船到海上觀看比賽，幾百艘小帆船在附近緩緩地漂動，海面非常平靜。可是當比賽結束後，我們乘坐的帆船正朝岸邊駛去時，一片烏雲從海上飄過，漸漸地愈變愈大、愈變愈濃，最後布滿整片天空。

海風愈來愈猛烈，海浪憤怒地咆哮，我們的小船迎著巨大的海風在波濤中顛簸。乘客們奮力地和風浪抗衡，同時相信船長能夠帶領我們化險為夷。船長是個對付風浪的好手，憑藉著厚實的手掌和成熟的技術，駕駛著小船穿越風暴。最終，我們返回了碼頭，但大家都已又冷又餓，疲憊不堪。

去年夏天，我是在新英格蘭一個迷人安靜的小村子裡度過的。倫薩姆城這個地方彷彿和我有著不解之緣，我生命中所有的歡樂與憂愁，似乎都與這裡息息相關。這些年來，錢柏林先生的「紅色農場」就像是我的家。我懷著感激之情想念著朋友們的關懷和體貼，還有大家一起度過的歡樂時光。我們一起玩遊戲，相攜在樹林中漫步、在水中嬉戲。一些年幼的孩子們常常圍著我嘰嘰喳喳地說話，而我也為他們講述小精靈、小矮人、英雄和狡猾的熊的故事，這一切至今仍讓我回味無窮。

錢柏林先生將我帶到大自然的祕境之中，我好像聽到了樹汁在枝葉間流動的聲音，看到耀眼的陽光在樹葉上閃耀。每個人身上似乎都擁有一種能力，那就是對綠色大地和潺潺流水聲的記憶，這種與生俱來的能力是一種心靈的感受，能夠將視覺、聽覺和觸覺融為一體。

在鄉村，人們看到的是大自然的美麗，他們不必像熙熙攘攘的城市人一樣，為殘酷的生存鬥爭而憂心忡忡。我去過窮人生活的骯髒街道好幾次，想到他們被迫居住在陰暗的小屋裡艱難地生活，有錢人卻能住在高樓大廈裡悠哉逍遙，我就深深地覺得社會非常不公平。

在汙濁不堪的小巷裡，那些衣衫破爛、忍受飢餓的孩子總是出現在我的面前。我向他們友好地伸出手，但他們卻避之唯恐不及，這讓我的內心感到痛苦。還有那些飽經風霜、佝僂駝背的人們，我摸過他們粗糙的雙手，瞭解到他們在為生存進行無止盡的拼搏。善良的人啊！你們怎麼能對你們的兄弟姐妹如此冷漠？願人們能離開喧囂浮華的城市，回到大自然純樸的生活中來！以上我所敘述的一切，都是我在城市生活了一年後，再次回到鄉村時萌生的感想。

現在，我重新踏上鬆軟的土地，沿著綠茵小徑走向蕨草叢生的小溪，把手伸進涓涓溪水裡。我翻過一道石牆，跑進一片高低起伏的綠色原野。

除了悠閒的散步，我也喜歡騎著雙人自行車兜風。清新的風迎面吹拂，感覺十分愜意！空氣中蘊含著一種輕快和歡樂的力量，讓我忍不住手舞足蹈、心兒歡唱。

雨天的時候，我待在房子裡，與別的女孩一樣，做著能消磨時間的活動。我喜歡用鉤針編織東西、讀書，或是和朋友們一起玩跳棋和象棋。如果我獨自在家，就會玩單人的紙牌遊戲。我有個特製的棋盤，棋盤的格子都是凹進去的，讓棋子可以穩穩當當地插在裡面，以便於我能用手撫摸棋盤來瞭解對方的棋勢。棋子從一個格子移到另一個格子時會產生震動，這樣我就可以知道什麼時候輪到我走棋。

博物館和藝術品商店也是我喜歡去的地方，在那裡觸摸偉大的藝術品對我來說是一種愉悅的享受。當指尖滑過起伏的線條時，我能感覺到藝術家們的思想和情感。我書房的牆上就有一幅荷馬的圓雕，我常以尊崇的心情觸摸他英俊而憂傷的臉龐。在冰冷的灰石中，他那雙盲眼仍然在為自己心愛的希臘尋求光明與藍天。他美麗的嘴角總是堅定而柔和。

我另一個特別的愛好，就是到戲院觀看演出。比起閱讀劇本，我更喜歡在臺下觀賞的時候，有人為我描述表演的內容。我有幸見到了幾位偉大的演員，還被允許在愛倫·特里小姐穿戴好女王服飾時，觸摸她的臉龐和服裝，從而感覺到她神聖高貴的氣質。站在她身邊的是亨利·歐文爵士，他身披著國王的皇袍，舉手投足都顯示出王者的威嚴。在他的臉上，有一種我永生難忘的疏離感和悲傷。

我還認識傑弗遜先生，我也以有他這樣的朋友而感到驕傲。我看過他演出的《情敵》。有一次我在波士頓拜訪他的時候，他特別為我表演了《情敵》中的精彩片段。我們所在的會客廳成了臨時舞臺。當劇中人鮑勃在寫決鬥信時，我的手追隨著他的每一個動作，捕捉到了他滑稽可笑的錯誤和手勢。當他站起來決鬥的時候，我隨著劍快速刺擊和推擋，感覺到鮑勃的顫抖和他逐漸喪失的勇氣和鬥志。傑弗遜先生深厚的藝術功力，賦予了表演蓬勃的生命力。

我還清楚地記得我第一次去看演出時的情景。那是十二年前，蘇利文小姐帶我去看小演員埃爾希．萊斯演的《王子與乞丐》。我永遠也不會忘記悲喜交加的劇情和小演員精彩的表演。演出結束後，我被允許到後臺探訪穿著王族服裝的埃爾希。她面帶微笑地站在那裡，金黃色的長髮披在肩上。那時我剛開始學說話，當她聽懂了我說的幾個字後，毫不猶豫地伸出手來向我問候，讓我高興得手舞足蹈！

儘管我的生活有許多的局限和障礙，但我仍不斷地接觸美好的事物和這個多采多姿的世界。每一種事物都有其美妙之處，就連黑暗和寂靜也是如此。我逐漸學會，不論在何種狀況下都要感到滿足。我努力使別人眼中的光明成為自己的太陽，別人耳朵裡的聲音成為自己的樂章，別人臉上的微笑成為自己的快樂。

我在生活中遇到許多善良的人，我希望能夠把他們的名字都記錄下來，因為他們曾經給我帶來那麼多友好和歡樂。

我認識並且與很多具有非凡才能的人交談過，布魯克斯主教就是其中之一。小時候我喜歡坐在他的膝上，用一隻手握著他溫暖的大手。他會用生動有趣的方法，為我講述上帝那富含深意的話語，而蘇利文小姐則將他的話拼寫在我的另一隻手上。我懷著孩子特有的好奇聽他說話，雖然我的精神達不到他的境界，但他讓我感受到了生命的樂趣。

有一次，我問他世界上為什麼有多種不同的宗教，他告訴我：「世界上有一種共同的宗教，那就是愛的宗教。」而他的一生印證了這個偉大的真理。他將崇高的思想和博大無私的愛融入了他的信仰。

我還記得第一次見到霍姆斯醫生時的情景。他邀請我和蘇利文小姐在某個星期日下午去他家。那時是早春時節，我才剛學會說話。我們來到他的書房，他正坐在一張大扶手椅上，壁爐裡燃燒的薪柴，劈啪作響。房間裡有許多書籍，我伸手碰到了一本精美的丁尼生詩集。蘇利文小姐告訴我書名後，我便開始朗誦了起來：「大海啊，撞擊吧！撞擊吧！撞擊那灰色的礁石！」突然我感到有眼淚滴在我的手上，於是停止朗誦。這位可愛的詩人竟然哭了！真是讓我感到不安。之後我又與他見過好幾次面，我不僅喜歡他的詩詞，也十分喜愛他的為人。

在見到霍姆斯醫生後不久的一個夏天，蘇利文小姐帶我拜訪了作家惠迪埃先生。他溫文儒雅的舉止和優雅的談吐贏得了我的好感。他有一本個人著作詩集的盲文版，我讀了其中的一首〈校園時光〉。他對於我能把字音發得這麼準確，感到非常高興。我還為他背誦了〈榮譽歸於上帝〉，在背到整首詩的最後一句時，他把一尊黑奴的小雕像放進我手裡。後來我們去了他的書房，他親筆在那裡為蘇利文小姐題詞，表達對她的敬佩之意。然後他領著我走到大門口，親吻我的額頭和我告別。我答應隔年夏天再去拜訪他，可是沒等我實現諾言，他就去世了。

貝爾博士是我認識很久的老朋友。我從八歲起就認識他了。隨著年齡的增長，我對他的喜愛和敬意也與日俱增。他博學而富有同情心，且時常在蘇利文小姐和我感到艱難與痛苦時，支援我們。貝爾博士幫助我們走過許多坎坷的道路，也為其他無助的人付出了他的愛。

前面已提過我和貝爾博士初次會面的情形。而從那個時候起，我就和他共度了許多快樂的時光。在貝爾博士的實驗室裡，我聽他講述他的實驗；在廣闊的田野裡，我們一起放風箏——他想藉此發現能夠控制未來飛行器的飛行規律。貝爾博士精通多門學科，並能夠將深奧的理論變得活潑有趣。他會讓你認為：只要假以時日，你也能夠成為一位發明家。他對孩子的關心及對聾啞人士的愛，讓周圍的人更深深敬愛著他。

我在紐約生活的兩年時間裡，經常到赫頓先生美麗的家中拜訪他和他的夫人，並在他們家裡遇過許多傑出的人物。在參觀他家的圖書室時，我還發現了他的朋友們寫給他的真摯留言。赫頓先生是我遇到的所有人之中，最為寬厚善良的一位，他能夠把每一個人最優秀的潛力和最真誠的情感發掘出來。在任何時候，他都是你忠實的朋友。

赫頓夫人則是一位能夠患難與共的朋友。大學期間，她給過我許多有益的建議和幫助，並在我學習遇到困難、感到灰心喪氣的時候，寫信鼓勵我、給我信心和力量，讓我有勇氣去面對這些挫折。從她的身上，我明白了：「只有克服眼前的困難，才能在往後的道路上順利前行。」

赫頓先生還把他許多文學界的朋友介紹給我認識，其中有小說家豪威斯先生和馬克．吐溫先生，還有詩人吉爾德先生和斯特德曼先生。我還認識了沃納先生，他深受朋友們的敬愛，他講的故事令人開懷，他博大的同情心使他像愛自己一樣愛著周圍的人。在他寫給我的一封信中，他特意在簽名下方做出凹下去的印跡，好讓我能夠摸得出來。我還透過觸摸馬克．吐溫先生的嘴唇知道了一、兩個好故事，他有自己獨特的思維方式，說話行事也都有自己獨特的風格。

就是這些朋友成就了我的人生！他們想方設法幫助我克服身體上的局限，使我能夠在黑暗且無聲的世界裡，平靜而愉快地前行。

【小知識】

①《小公子》（“Little Lord Fauntleroy”）為英國作家法蘭西絲．霍森．柏納特的首部兒童小說。故事敘述一位少年塞卓克．埃羅爾與他的母親住在紐約市一間破舊的房子裡，在塞卓克的父親——塞卓克上尉去世後，他便與母親生活在上流社會的貧困中。某日，一位英國律師來訪，並告訴他們由於塞卓克上尉的哥哥去世了，因此將由塞卓克．埃羅爾繼承他祖父的龐大產業。而這個消息也為樂觀正直的塞卓克．埃羅爾的人生帶來巨大轉變。

②拉封丹的《寓言》（“Fables”）出版於 1688 年，為法國經典文學著作。古希臘、古羅馬、古印度、伊索寓言、中世紀和十七世紀的民間故事等，給予作者許多靈感，讓他透過生動活潑的語言，以及洞悉人性的敏銳雙眼，重新塑造迷人的動物寓言，以動物喻人，例如以狡猾的狐狸和詭計多端的貓、虛榮的鳥和貪婪的狼等等，諷刺勢利小人和達官貴人的醜惡。

③《伊利亞德》(The Iliad)為荷馬所寫的古希臘史詩，講述希臘聯軍攻打小亞細亞特洛伊城的戰事，戰爭因王子帕里斯在愛神的幫助下騙走斯巴達王之妻海倫而爆發。為期十年的戰事涉及角色眾多，包括戰爭雙方的人類和捲入人類戰爭的奧林匹斯眾神，其中又著重於邁錫尼國王阿伽門農和希臘第一勇士阿基里斯之間的爭執，並集中描寫戰爭結束前五十天的故事。

④出處美國現實主義小說家：
威廉·迪恩·豪威斯（William Dean Howells）
《我的文學激情》(My Literary Passion)

第九章　假如给我三天光明

我們都讀過一種故事，故事中的主人翁只剩下有限的生命，有時候是一年，有時候只剩下一天。而我們總是會很好奇，想知道他們會選擇怎樣的方式度過最後的日子。這樣的故事常常讓我思考，想像自己在相同的情況下會做些什麼？在回憶過去的生活時會發現什麼快樂和遺憾？

有時候我想，用「明天就會死去的假設」度過每一天才是最好的，這種生活態度會突顯出生命的意義和價值。我們應該懷著真誠、熱情和感激度過每一天。但是當時光日復一日、月復一月、年復一年地展現在我們面前的時候，這種積極的生活態度又會消失得無影無蹤。

大多數人都將生命視為理所當然。我們知道自己在將來會因衰老而死去，但總是把這一天想得極其遙遠，因為當我們健康的時候，很少會想到死亡。我們每天都做著瑣碎的事情，很少意識到自己對生活和生命麻木的態度。

同樣地，我們對所有感官的使用也是如此。只有聾人才能感受到聽覺的寶貴，只有盲人才能意識到視覺的珍貴。至於感官正常的人，常常模糊地接受所有的聲音和影像，既不專注也不重視，直到失去時才會珍惜。正如同自古以來，人們只有生病了，才會意識到健康是如此地美好和重要。

我有時會測試一下眼睛看得見的朋友，讓他們說說自己都看到了什麼。最近有一位好朋友來拜訪我，那時她剛從樹林中散步回來，我問她有沒有什麼東西令她印象深刻？她回答說：「沒有什麼特別的東西。」

如果不是我早已對這樣的回答習以為常，一定會覺得難以置信。我問自己，怎麼可能在樹林中走了一個小時卻看不到值得注意的東西呢？我這樣一個雙目失明的人，僅僅透過觸摸，就常常發現無數令我感興趣的事物。

我能感覺到樹葉巧奪天工的對稱圖形，也喜歡用手撫摸樺樹光潔的樹幹和松樹無比粗糙的樹皮。春天，我會滿懷驚喜地觸摸樹枝上的嫩芽，感受花瓣絲絨般的質感。如果幸運的話，當我把手放在一棵小樹上的時候，會感覺到小鳥在枝頭歡歌雀躍地顫動。我快樂地讓清涼的溪水流過我的手指，欣喜地踩在松針或柔軟的小草所鋪成的地毯上。對我來說，大自然就像是一齣四季變換的戲劇般生生不息。

我心中懷著熱烈的渴望，希望能夠真正看見這一切。如果只依靠觸覺就能夠得到這麼多快樂，那麼視覺能夠發現的美又會有多少呢？遺憾的是，在許多正常人看來，視覺僅僅是種方便的工具，幾乎沒有人會將它視為美好生活的珍寶。

如果我是大學校長，我就要設立一門「如何使用眼睛」的必修課。教這門功課的教授要指導學生們，如何看到他們面前不被注意到的東西，為他們的生活增添歡樂，並喚醒他們休眠的感官。

想像一下，如果只有三天的時間讓我用眼睛看世界，我最想看到的是什麼？我將如何度過這三天？

第一天，我想看見愛我、陪伴我、使我的生命變得有價值的人。我想看看我親愛的老師蘇利文小姐，並把她臉上的輪廓永久地珍藏在我的記憶裡。我還想仔細研究她的臉，看盡她那充滿同情和愛的溫柔眼神，從中找到讓她能克服一切困難、使她能傾注所有心血教導我的堅韌。

我要把所有親愛的朋友們都叫到身邊來，久久地注視著他們的臉龐，將擁有美麗心靈的他們的外在形象刻印在我的腦海裡。我也要看一看嬰兒的面孔，感受孩子們純真可愛、天真無邪的美。

我還要凝視忠實、可靠的狗兒們的眼睛，包括機靈活潑的小斯科蒂、小黑，還有善解人意的大丹恩、赫爾加。牠們親熱、頑皮和忠實的友誼，是我心中最大的慰藉。

我想看看家裡的小擺設。看腳下色彩溫暖的小地毯、牆上美麗的圖畫，還有那些可愛的小物件。我會將目光停留在讀過的盲文書籍上、翻一翻給有視力的人閱讀的印刷圖書。因為在我的生命中，書籍是一座指引我前行的燈塔，為我揭示了生命的意義和價值。

第一天的下午，我要在樹林裡自由地漫步，讓我的眼睛流連於大自然的美麗景象，在幾個小時之內領略無限美好的自然風光。在散步回家的時候，我會走農場旁的小路，這樣就可以看到在田裡耕地的馬匹和在鄉村生活的人們。我也希望能看到輝煌燦爛的落日景象，感受它的恬靜和壯麗。

黃昏，我會感受到在人造光線下看東西的喜悅。因為人的創造才能，使人們能夠在大自然黑暗的時候看到這個豐富多彩的世界。

第一天的夜裡，我可能會睡不著，因為腦子裡充滿了這一整天的記憶。

第二天，我會在黎明到來的時候起身，觀看太陽喚醒沉睡的大地、磅礡燦爛的宏偉景象。在這一天，我要看一看世界的過去和現在。我想看看人類進步的足跡和千變萬化的世界。怎樣才能在短短的一天之內，看到這所有的一切呢？恐怕只有博物館才能辦到了。

我要參觀紐約自然博物館，用眼睛觀看在那裡展出的地球居民簡史——在人類出現前就已經在地球上生存的恐龍和乳齒象的巨大骨骼、動物的進化過程、人類在發展進步的過程中使用過的工具，還有博物館內其他方面的展品。

我的下一站是大都會藝術博物館。正如自然博物館展示了世界的物質層面，大都會藝術博物館則展現了人類的精神世界。在整個人類歷史當中，人類對藝術的表現欲望與生存的渴望一樣強烈。

這裡展示了埃及、希臘和羅馬的藝術作品。我的手曾經觸摸過古代埃及的男神和女神雕像，和阿波羅、維納斯和薩摩色雷斯勝利女神像，以及長著大鬍子的荷馬塑像。我還摸過米開朗基羅創作的摩西像、羅丹雕塑作品流暢優美的線條和哥德式風格的木雕。我能感受到這些藝術品震撼人心的力量和美，但我只能在頭腦裡猜測和想像它們。

因此，在我具有視力的第二天，我要用眼睛領略人類偉大的藝術成就。更讓人激動的是，整個繪畫世界將會展現在我面前，從文藝復興前懷著虔誠宗教信仰的義大利畫家，到充滿熱烈情感和想像力的現代派畫家。我還要仔細欣賞拉斐爾、達文西、提香和林布蘭的油畫，我要盡情感受韋羅內塞的華美色彩、葛雷柯的神祕風格，以及柯洛對大自然的光和空氣的描繪。對於眼睛看得見的人來說，藝術中蘊含著多麼豐富的美和意義啊！

藝術家告訴我們，如果想要真正地鑑賞藝術品，你必須訓練你的眼睛，也必須學會欣賞線條、構圖、造型和色彩。如果我看得見，我會多麼開心地去欣賞和研究這令人心醉神迷的藝術世界啊！

在獲得視力的第二個晚上，我要在劇院或者電影院裡度過。我常常去看各式各樣的戲劇演出，但是必須有一個人把劇情拼寫在我的手心裡。這一晚，我要用自己的眼睛欣賞哈姆雷特的英俊形象和他的每一個動作，還有穿著伊莉莎白時代漂亮服裝的福斯塔夫和她有趣的樣子。我還想看幾十齣戲劇，可是時間只允許我看一齣。

看得見、聽得見的人，能夠觀看演出戲劇中的動作、傾聽臺詞，並感受其中的節奏之美，這是多大的樂趣啊！如果我能看到一齣戲劇，我就可以在心中描繪出我用盲文字母讀到的戲劇情節了。

因此，在我想像中獲得視力的第二個夜晚，我將徹夜未眠，只為了真實地感受戲劇文學中偉大人物的形象。

第三天早晨，我將再一次迎接初升的太陽，渴望發現新的美麗。在這個我最後看得見的日子裡，有太多的東西要看了。我在第一天見到了朋友、動物和自己的家，在第二天瞭解了人類和大自然的歷史。而今天，我將在現今這個繁忙的人類世界裡度過。紐約將會是我的目的地。

我離開了位於紐約長島的家。這裡有碧綠的草地、蔥郁的樹木、豔麗的花朵和可愛的房屋，各處迴響著婦女和孩子歡樂的聲音，這裡是在城市辛勤工作的男人們幸福的港灣。我駕車經過橫跨東河的鋼筋結構橋梁，忙碌的船隻在河上呼呼地行駛，一切都顯得那麼生氣勃勃。

我的眼前出現了聳立的摩天大樓，這些高大的建築猶如天神為自己建造的雕塑般，令人嘆為觀止。我匆忙地來到帝國大廈的頂層，因為我不久前曾在那裡透過祕書的眼睛「看到」了腳下的城市，所以現在我才急於觀望眼前的景象，想知道，那和我想像的情景是否相同。

接著，我會在城市裡自由遊覽。我要站在熱鬧的路口，觀察來來往往的人潮，瞭解他們的生活狀況。從這些匆匆忙忙的人的臉上，我看到了笑容、痛苦和決心。

我將沿著「第五大道」漫步，在川流不息的人群中觀察婦女們衣服的顏色，就像在看一個色彩瞬息萬變的萬花筒，這是一個讓我永遠不會感到厭倦的遊戲。如果我看得見，我會和許多女性一樣，對衣服的樣式和剪裁感興趣，也會流連於陳列各式各樣美麗物品的商店櫥窗，那對於眼睛來說一定是一種舒適地享受。

我會開始遊覽城市，到公園大道、貧民區、工廠和孩子們玩耍的公園。我會參觀外國人的居住區，進行一次不出國的旅遊。我的眼前將充滿人們工作和生活的景象，有些景象是幸福美好的，有些則是可憐可悲的，但即使是後者，我也不想閉上自己的眼睛，因為它們也是生活中的一部分。

我擁有視力的第三天即將結束。在最後的幾個小時，我也許會跑到劇院去，再看一場滑稽可笑的戲劇，領會人類精神中的喜劇色彩。

在即將來臨的午夜時分，永恆的黑暗又將把我包圍。短短的三天裡，我不可能看遍我想看的一切，有許許多多的東西我來不及欣賞。但是愉快的記憶會儲存在我的頭腦裡，當我觸摸每件物品的時候，都會想起物品形象的生動記憶。

我，一個盲人，想給有視力的人一個忠告：「像明天就要失去光明一樣使用你的眼睛和其他感官吧！」傾聽悅耳的聲音、小鳥的歌唱、音樂的旋律，就彷彿明天你就要失去聽覺；觸摸你想碰的每一件東西，彷彿明天你就要失去觸覺；深深地吸一口花的清香、細細地品嘗每一小口食物，彷彿明天你就要失去嗅覺和味覺。總之，請善加利用每一個感官，享受生活賦予你的每一種能力。但是在所有的感官之中，我相信，視覺一定是最使人感到愉快的。

海倫·凱勒學習單

海倫 · 凱勒（了解作者與作品）

1. 海倫 · 凱勒因病成為聾盲人士，生活中多有所不便之處。想一想，如果地點是圖書館，應該要有哪些無障礙設施來幫助身心障礙人士活動？

2. 人生時常會遭遇挫折，海倫身體上的挫折也曾予以她強力打擊，但就像夜晚總會等來光明的時刻，海倫活出她自己的精彩人生。你遭遇挫折時又是如何排解內心鬱悶，並再次振作的呢？

失去與擁有（故事內容的回顧）

1. 海倫 · 凱勒為什麼有一天突然失去了視覺和聽覺？

2. 為什麼失去視覺和聽覺的海倫 · 凱勒會無法說話？

3. 蘇利文老師是如何教導海倫 · 凱勒學習的？

感同身受（假如故事內容發生在自己身上會怎麼做？）

1. 有哪些原因會對視覺造成傷害？

2. 有哪些原因會對聽覺造成傷害？

3. 如果你和海倫．凱勒一樣，突然間失去視覺與聽覺，你會如何克服這突如其來的困境？

4. 我們生活中能看到一些諸如人行道上的導盲磚、電梯樓層鍵旁的點字等，專為盲人打造的引導設備。你知道還有哪些設備同樣是為了盲人所設置的？

5. 每日三餐的重要不只是提供人類一日所需的熱量，每種食物內含的營養素也大不同。想想看，平常可以吃哪些食物來補充眼睛和耳朵需要的營養？

五感抉擇（故事困境的延伸）

1. 如果你必須選擇失去一項五感（聽覺、視覺、觸覺、味覺、嗅覺）你會選擇哪一種？

2. 失去了這項知覺後，在生活上會造成哪些影響及不便？

3. 你認為用什麼方式能彌補所失去知覺的不便？

4. 海倫．凱勒因為從小失去聽力，所以無法透過模仿大人說話來學習發音，導致有很長一段時間她都無法講話，只能發出喊聲。想想看，你選擇失去的那項知覺，有可能導致你其它感知的變化嗎？

5. 海倫．凱勒熱愛文字創作與學習，就算失去視力和聽力，她仍靠著不斷重複的練習與毅力完成學業和出版自傳。你失去的感知會阻擋你追求夢想的腳步嗎？有的話你該如何克服身體上的不便，來完成夢想呢？

深入思考（故事內容的延伸）

1. 故事中海倫．凱勒對於學習數學感到不便，你有什麼更好的方法能幫助她學習算數嗎？

2. 故事中提到海倫．凱勒曾經不小心抄襲了〈冰霜仙子〉的文章，你覺得應該如何區分「抄襲」和「引用」？

3. 海倫．凱勒在書中提到「假如給我三天光明」會如何運用這三天。想一想，如果有三天時間讓你選擇能擁有的人事物，你會選擇什麼？又會如何度過這三天？

4. 你知道每年的12月3日是國際身心障礙者日嗎？除了海倫．凱勒以外，你知道還有哪些人雖然身體受到損傷有所不便，但仍在各個領域上發光發熱的身心障礙人士？

5. 帕拉林匹克運動會是為身心障礙者舉辦的國際運動賽事。帕拉林匹克運動會的起源是什麼？活動期間會舉辦哪些比賽？

眼睛保護秘訣（活動）

從海倫．凱勒的故事中，我們知道不能視物對於生活會有諸多影響，所以日常中我們必須要好好保護眼睛，除了避免長時間直視電腦、手機等藍光設備，也可以做眼睛健身操、熱敷眼睛、適當休息和眺望遠方來保護眼睛，緩解疲勞。

國家圖書館出版品預行編目（ CIP ）資料

勇敢女孩 Brave girl : 安妮日記 & 海倫 . 凱勒 / 安妮 . 法蘭克(Anne Frank), 海倫 . 凱勒(Helen Keller) 作 . -- 初版 . -- 桃園市 : 目川文化數位股份有限公司 , 2022.04
面 ; 20X13 公分 . -- (典藏文學 ; 5)
譯 自 : Anne Frank : the diary of a young girl.
譯自 : The story of my life.
ISBN 978-626-95946-2-7(精裝)

815.9　　111004431

典藏文學 05

勇敢女孩 Brave Girl

安妮日記&海倫·凱勒

作　　者：安妮·法蘭克 Anne Frank
　　　　　海倫·凱勒 Helen Keller
主　　編：林筱恬
責　　編：蔡晏姍
美術設計：巫武茂
出版發行：目川文化數位股份有限公司
總 經 理：陳世芳
發行業務：劉曉珍
法律顧問：元大法律事務所 黃俊雄律師
地　　址：桃園市中壢區文發路 365 號 13 樓
電　　話：(03) 287-1448
傳　　真：(03) 287-0486
電子信箱：service@kidsworld123.com
網路商店：www.kidsworld123.com
粉絲專頁：FB「 目川文化 」
印刷製版：長榮彩色印刷有限公司
總 經 銷：聯合發行股份有限公司
地　　址：新北市新店區寶橋路 235 巷 6 弄 6 號 4 樓
電　　話：(02) 2917-8022
出版日期：2022 年 4 月（ 初版 ）
I S B N：978-626-95946-2-7
書　　號：CACA0005
定　　價：680 元

9 786269 594627

阿含正義——唯識學探源

第三輯

平實導師　著

ISBN-13:978-986-81358-9-5
ISBN-10:986-81358-9-3

有本識之緣起，才是眞實緣起法；若無本識，即無十因緣法及十二因緣法故。十二因緣是流轉門假號法，十因緣方是眞實緣起法。要依十因緣法所推知的**名色緣識生**的本識，要依能生名色的本識常住不變的阿含聖教來觀行十因緣法，方能成就十二因緣法現觀：理成就、現觀成就、斷執成就。否則即成**無因唯緣論**的外道、凡夫解脫論。

——**平實**導師——

若人過去曾值諸佛、供養奉事，聞**如來藏**，於彈指頃暫得聽受；緣是善業，諸根純熟，所生殊勝、富貴自在；是諸眾生今猶純熟，所生殊勝、富貴自在。由彼往昔曾值諸佛暫得聽聞**如來藏**故，於未來世聞如來藏，當復信樂如說修行，諸根純熟富貴自在，色力具足、智慧明達，梵音清淨、莫不愛樂，或作轉輪聖王，或為王子、或為大臣，賢德具足、離諸慢恣，降伏睡眠、精勤修學，無諸放逸，及餘功德悉皆成就；或為釋、梵、護世四王，斯由曾聞**如來之藏**功德所致，身常安隱、無病無惱，壽命延長，人所愛敬。

（阿含部《央掘魔羅經》卷第二）

必須已經閱讀前面每一輯，並且確實瞭解其內容以後，才不會誤解這一輯書中所說的法義，或讀不懂此輯書中的法義。若直接從這一輯閱讀，將很有可能誤會這一輯書中所說的義理，而仍然自以為沒有誤會；越到後面數輯，越是如此。若不從第一輯開始依次第閱讀、思惟，有可能在非故意的情況下，誤犯了大妄語業，請您特別注意這個叮嚀。斷我見之最重要義理為識蘊之內容，若欲確保我見已完全斷除者，可向正覺同修會索取《識蘊真義》結緣書，更深入而詳細的瞭解識蘊之內容，我見當可斷除，三縛結因此可斷。

——平實誠懇的叮嚀——

目錄

第三輯

第四輯

第五輯

第六輯

第七輯

自序

本書的義理，僅從四阿含諸經中取材而說，不從大乘諸經中取材而說，如是證明大乘方廣唯識諸經的法義，從來不違四阿含諸經的解脫道法義，證明大乘經典中的法義並非歷經演變而成者，也證明一件事實：原始佛法中解說涅槃時，爲了不墮入斷見外道見中，不得不處處隱語密意說有第八識**本住法**的存在，而第八識法義本是應該留到第二、第三轉法輪時才正式宣說的。所以二乘法其實是以大乘法爲根本而方便宣說的，若離大乘法宗本的如來藏根本心，二乘涅槃將難逃於斷滅見之譏評，本質也將成爲斷滅空，如同印順之所墮。

本書之所以不取材於大乘經典來說者，是因爲印順、昭慧……等人私心之中，認爲大乘經典是部派佛教以後的佛弟子們長期創造演化出來的，不承認大乘經典眞是 釋迦世尊所說，是故此書中原則上都不引證大乘經典法義。又因佛學學術界公認的阿賴耶識權威史密豪森先生（Lambert Schmithausen），依據後出的《瑜伽師地論》爲根據，立論說：阿賴耶識心體是在論中的〈本地分〉才出現的，原始佛法中並未說有阿賴耶識心體；又說意根在論中的〈攝抉擇分—

證明分〉中仍然尚未建立起來，是到後面的〈流轉分〉中才建立起來的，認為在此論出現以前，佛法中是尚未建立意根末那識的；但是他的說法，完全違背佛教法義弘傳的最早文獻記錄中的歷史事實，因為在四阿含教典中，不論是南傳或北傳的阿含部經典，都曾明說或隱說阿賴耶識了，只是史密豪森讀不懂罷了。又因為大乘經典是被印順、昭慧、史密豪森所否定的，他們都不相信大乘經典，都對大乘經典持否定態度，堅稱不是 佛口親說，由此緣故，此書中不舉示大乘經典、論典而說，單取四阿含諸經（印順說為原始佛法）經文證據來說，證明原始佛法中早已說過有意根及阿賴耶識心體的存在，證明印順、昭慧……等人所信受的西方學術研究者說法是全面錯誤的。

復次，本書對四阿含諸經法義的取材，是全面性的，不是像印順、昭慧、證嚴……等人一樣專取四阿含中自己所愛樂的法義來說，也不是像印順、昭慧、證嚴……等人一樣的排斥四阿含中對自己不利的法義而省略不說。印順甚至說**四阿含的經文不完全符合 佛意**，而主張親聞 佛陀所說的才是完全符合佛意，所以另行建立**根本佛法**（親聞佛口所說之法義）以別於**原始佛法**的四阿含諸經所說。但是，莫說印順今天親自聽聞佛說一遍就能眞解法義，乃至現存四阿含經典，可以讓他再三、再四乃至再十的連續研讀，他尚且一樣嚴重誤會，錯解經文的證據確鑿，何況親聞 世尊演說一遍可以解義？絕無斯理！

由於印順……等人已有否定大乘經，說非佛說，以及別行建立根本佛法等二種**不正當**作法，所以他們對四阿含諸經經義的解說，已經使原意喪失泰半，也使四阿含的眞義廣被埋沒，印順、昭慧、證嚴……等人已將 佛陀的本懷加以嚴重曲解了。但是他所謂的**根本佛法**，在 佛陀入滅以後根本就不可能存在，除了古時當場聽聞者；但在此時是絕無可能的，所以他的主張是毫無意義的。本書則是普遍、廣泛對四阿含經文加以引證廣說，使四阿含諸經的眞實義，可以示現在末法時代廣大學人眼前，也使四阿含諸經所說的解脫道眞義，重現於末法時世的今天，這是本書與印順、昭慧……等人取材阿含法義而說時的最大不同所在。

四阿含諸經所說法義，以二乘菩提爲主；二乘菩提則是解脫道之法義，專述出離分段生死之解脫道法義，不以實證法界萬法實相爲內涵，故與成佛之道的佛菩提道無直接關聯，因爲成佛之道是必須從親證萬法本源的第八識如來藏開始的。第二、三轉法輪之大乘諸經法義，則以成佛之道爲主；大乘成佛之道則以佛菩提智慧爲主，卻又函蓋了二乘菩提之解脫道；是故大乘成佛之道，非唯第二轉法輪之般若系諸經所說實相般若總相智、別相智，亦須再進一步求證一切種智增上慧學。般若既以親證如來藏爲始，依所證如來藏才能現觀如來藏的中道實相義；而一切種智增上慧學，則是第三轉法輪諸經所說如來藏自性妙義，以及如來藏所含藏一切種子等增上慧學爲本；以親證萬法根源如來藏心體中所含藏之一切種子已具足故，名爲圓滿成就一切種智，名爲成佛。

如是，合解脫道智慧、般若總相智、般若別相智，以及一切種智之智慧，方可名爲成佛之道，非如印順單以二乘菩提之解脫道可以名爲成佛之道也！否則，一切阿羅漢應皆已經成佛也！然而現見一切阿羅漢皆非是佛，亦無任何一位阿羅漢敢在 佛入滅後自稱成佛也！故知成佛之道函蓋二乘菩提之解脫道，亦函蓋大乘別教不共二乘之般若總相智、別相智、一切種智等智慧也！具足如是智慧，方名成佛。然而二乘聖人所證解脫道，既不曾證般若總相、別相智慧，更不曾證一切種智，印順焉得單以二乘解脫道小法智慧而稱爲成佛之道？更何況他早已誤會二乘解脫道的涅槃智慧了！然而印順卻敢在死前，同意潘煊把他的傳記以《看見佛陀在人間》爲副書名而出版，這是以凡夫之身僭稱成佛，顯然不懂解脫道及佛菩提道。

由因諸多崇尚二乘小法之聲聞種性法師與居士，盲從日本、歐美一分否定如來藏妙義之佛學學術研究學者，盲從藏密堅持意識是最終心的應成派假中觀邪見者暗指「大乘非佛說」之邪論，極力誹謗第二、三轉法輪諸經所說如來藏正義，謗無如來藏，私下言語中常常無根誹謗：「原始佛教四阿含諸經中不曾說有第七識意根，亦不曾說有第八識如來藏；如來藏即是外道神我思想淨化而成佛教中的一個支派，大乘經中所說如來藏富有外道神我色彩，本是後來大乘崛起之後，方由第六意識心體上細分演變而建立起來的，故實無七、八識。」

由彼等妄謗三乘菩提根本之第八識如來藏，將確實可以親證的第八識心體謗為實無，導致他們所弘揚的二乘涅槃墮於斷滅空無的本質中，也導致他們所理解的般若成為**性空唯名**之戲論；然而印順所判「般若為性空唯名」之說，其實極不如理；此因第七、八識皆是四阿含諸經中本已處處隱覆密意而說之法，特因二乘聖人智慧不足，不能領受之；亦因初時不應即時宣講甚深般若及一切種智妙法，是故 佛設五時三教而說。然而彼等對此事實都無絲毫之信，極力否定大乘經典，謗為非 佛所說；由是緣故，本書不從大乘經典中舉證如來藏之實有，唯採擷阿含諸經中有關大乘唯識增上慧學之法義，證明四阿含中早已處處隱覆密意而說第八識法，故都只由四阿含諸經中舉證之，令彼等不能不信服，欲令未來佛教正法流傳無礙。

亦因彼等常言：「唯識學專論名相，專說諸法之虛妄相，乃是專為降伏外道而施設之法義論辯學問，與佛法實證無關，故名之為虛妄唯識；唯識學中都只說明虛妄的六識心，又不曾言及佛道之眞實義，故亦名為虛妄唯識。」然而第三轉法輪方廣唯識經典所說一切種智極妙勝義，方是眞正成佛之道，彼等諸人以無力親證如來藏故，因此完全不懂第三轉法輪之精義，乃不顧此一事實，妄將自己所無法親證之唯識增上慧學所說本識如來藏，謗為外道神我思想。由是緣故，本書不單以阿含基本法義解脫道內涵之解說為主，而同時以菩薩之大乘解脫道證量及大乘般若正理而觀阿含、而說阿含，乃是以菩薩所證得佛菩提道之般若智慧而觀之、而說之，乃是以菩薩所證得道種智之智慧而觀之、而說之，乃是以菩薩雙證解脫道與佛菩提道之現量境界而闡釋之，證明唯識增上慧學實已在四阿含中粗略隱說，證明 釋迦世尊於初轉法輪時期，即已圓滿具足第二轉法輪經中所說之般若智慧，亦已圓滿具足第三轉法輪諸經所說之一切種智，非如別有心機者所說：「在宣説阿含時之釋迦其實尚未成佛。」以此書舉示四阿含中的開示，證明　釋迦不是在宣講方廣唯識系列經典時方才成佛的。是故四阿含諸經所說，非唯具足二乘聖者所知之法，亦已粗略含攝二乘聖者所未知悉之大乘不可思議解脫妙理。說穿了，其實某些阿含部的經典，本質即是二乘聖人在第二轉法輪時期，聽聞　佛說大乘經典以後結集出來而變成阿含部的小乘經典。平實即以如是正義，寫作此書，匡正末法時期已被大法師們誤導之傳法方向與內容。何故如是而爲？其故有九：

一**者**，聲聞人智慧狹劣，或不信、不解、不證大乘法，故其所結集之經典中，其實雖有許多本是大乘經典，然因聞而不解故，對大乘法義的念心所不能成就，則不可能憶持大乘經典，只能以解脫道之觀點而結集成爲小乘經典，絕不可能兼含隱說之大乘法義而結集之。由是緣故，四阿含諸經結集完成後之所說者，必定偏重於二乘聖人所修證之解脫道，必定因此而昧略二乘聖人所不能修、不能知之大乘菩薩修證之佛菩提道，此乃必然之結果。

有何證據而作是說？有經文爲證，《雜阿含經》卷二十七．第七二七經明載：【如是我聞　一時，佛在力士聚落人間遊行，於拘夷那竭城希連河中間，住於聚落側，告尊者阿難，令四重襞疊，敷世尊鬱多羅僧：「我今背疾，欲小臥息。」尊者阿難即受教敕，四重襞疊、敷鬱多羅僧已，白佛言：「世尊！已四重襞疊、敷鬱多羅僧，唯世尊知時。」爾時世尊厚襞僧伽梨枕頭，右脅而臥；足足相累，繫念明相；正念正智，作起覺想，告尊者阿難：「汝說七覺分。」時尊者阿難即白佛言：「世尊！所謂念覺分，世尊自覺成等正覺；說依遠離、依無欲、依滅，向於捨。擇法、精進、喜、猗、定、捨覺分，世尊自覺成等正覺；說依遠離、依無欲、依滅、向於捨。」〕阿難宣說其餘六覺分時亦如是說。

此經中既說精進修習七覺支者，即得親證無上正等正覺——成佛，可見七覺分之修行是函蓋二乘解脫智、般若總相智、別相智及一切種智的，方能依七覺分之修行而成佛道：**一切種智具足圓滿**、**四智圓明**。然而四阿含諸經中的七覺分修習，未嘗言及親證如來藏之方法，唯言如來藏之名；亦未嘗言及如來藏所含藏之一切種子，未嘗教導佛子修學一切種智之方法，又如何可能成就一切種智？一切種智既未能熏習、修學、親證、具足，又如何能成就究竟佛道而得四智圓明？然而卻又明言七覺支之行門可以成就究竟佛道，是故四阿含諸經中，必然本有部分經典是大乘經典，故說修學之者即得成就無上正等正覺。然由二乘聖人結集時，因爲他們對於所聞般若、唯識種智之深妙正理，無法理解；由此緣故即無勝解，則於所聞之佛菩提智內涵，不能成就**念心所**，則無法憶念受持，當知結集之後所成就者，必定單以解脫道而言爲成佛之道也！今此阿含經典明文所載言句即是明證。若不爾者，則諸俱解脫又得三明六通之大阿羅漢等人，既已修學七覺支而證解脫道之極果，豈不都已究竟成佛了？然而卻無一人敢在 佛滅度後自稱成佛、紹繼佛位以弘佛法！也無一人能如 彌勒菩薩一樣被授記爲當來下生之佛，更何況是當時成就佛果？

二者，上座部中固然有極少數大乘菩薩僧，然而多屬聲聞聖人與凡夫；彼等既依 佛語而得入於聲聞法中，而聲聞乘中之凡夫，每多不信 佛之境界異於聲聞羅漢；彼等凡夫聲聞人心中猶有大我慢故，每認爲二乘羅漢智慧同於世尊，是故於 佛宣說法華之時，猶自不信 佛之實相般若境界，何況能信 佛所說之大乘種智妙法？是故不信而公然退席、數有五千者，可以徵之爲眞。

亦如今時台灣地區南傳佛法之多數信受及隨學者，崇尚原始而只具雛型之二乘聲聞阿含部諸經，是故甫聞大乘法之般若正義已，便成爲聞所未聞的生疏佛法，因此心生煩惱而私下破斥之，何肯信受而嘗試理解及修學之？今時聰慧而又資訊發達時之學人如是，古時彼諸聲聞種性之凡夫僧與不迴心之聖僧亦然，何肯信受 佛所宣說之大乘法義？由不信或未證大乘深妙法義故，當知不願、亦無能力結集大乘經典也！故於 佛所專說大乘勝妙之法義，當知皆無可能結集成大乘經，要待其後諸多眞悟菩薩情商不得而親聞大迦葉等聖僧結集完成之後，極不滿意而當場表示將另外結集，然後方才開始結集也，這就是傳說中的大乘經典結集。

三**者**，聲聞人雖聞大乘法，然因尚未證悟如來藏故，聞之不能解義，故其所聞 世尊親口宣說之大乘經，若由聲聞僧眾結集之，結果必成聲聞法解脫道之經典，聲聞人必以二乘解脫道法理而解釋大乘法義故，必以自身所理解之二乘解脫道精神而結集故。即如今時之印順、星雲、聖嚴、證嚴、昭慧、傳道……等人，同以二乘**緣起性空**之不究竟理而解說大乘般若空之究竟理，絕無二致。然而聲聞聖僧結集二乘菩提之解脫道經典時，其中必定有諸大乘法義之身影微存焉，必定可於其中覓得許多大乘法之蛛絲馬跡；此因聲聞解脫道之法義不得稍離大乘般若正法而獨存故，若離大乘如來藏般若正義，則二乘解脫道之證境必定會墮於斷滅見中故；是故聲聞聖僧結集二乘菩提四阿含經典時，不能不留

存 世尊所說大乘法義中之第八識名相法句，以免聲聞解脫道陷於斷滅見中。由四阿含諸經中都有如是不得不保存之大乘法義蛛絲馬跡仍存故，平實今日得據四阿含諸經爲證而成立是說：**世尊確曾宣說大乘法理，第二、三轉法輪諸經所說大乘法理方是眞正的成佛之道**。今於書中處處舉說證據，令台海兩岸乃至南洋諸多崇尚南傳佛法之聲聞心態僧眾，悉皆不能反駁，唯能心裡信受而於口中猶作強辯，以維護面子、名聞與利養。

四者，二乘聖人設使有心，欲結集 佛所宣說大乘法義之經典，然因自身聞之尚不能解義，以無勝解故，則其**念心所**不可能成就，又何能記憶而後結集之？是故二乘聖人雖亦曾在般若期、方廣期聽聞大乘經典，縱欲結集，終不可得。而且第一次結集時之僧團，以大迦葉等二乘聲聞僧爲主；大乘法中之出家菩薩，在僧團中唯是少數，而在家菩薩們本非佛教僧團中之上座、長老，何能率領僧團結集彼等多數僧眾所不能理解、不願結集之大乘經典？是故欲求聲聞羅漢爲主之出家僧團，結集彼等聞而不解、不能記憶受持之大乘法義經典者，斷無可能；是故要待菩薩們與聲聞聖僧溝通而不可得之後，方由大乘行者中人數不多之出家菩薩眾，會合人數眾多之在家菩薩眾，別行倡議醞釀，在後來共同誦出、鑑定而結集之。如是大乘法義之經典結集，必然產生如是曲折，必然產生如是時間上之延宕，乃是因爲佛教向來以出家僧團爲主故，出家僧團多數是聲聞僧而少菩薩僧故，是故大乘經典之結集及出現於人間，必然後於四阿含諸經之結集，乃是有智之人都可以理解者。

猶如今時平實之深義著作，絕無可能先於諸方質疑之前寫出，或與諸方大師著作同時寫造出來；若非眼見諸多率領當代佛教之出家大師處處說法錯誤，而又無根誹謗余之正法者，絕無可能預先寫作種種顯示大乘深妙法義之書籍，亦將不可能作種種破邪顯正之事，深妙之法義辨正書籍即無可能出版；是故平實辨正深妙法義諸書之出版，必定後於諸方大師之錯誤書籍，不可能同時或先出，要待大師們嚴重誤導眾生而又不肯改正惡行之後，方始爲之：**逮至彼諸出家大法師皆以聲聞法而解釋大乘般若空已，逮至彼諸出家大師悉皆錯解聲聞菩提已，逮至諸大法師抵制三乘菩提根本如來藏妙法之嚴重破壞佛教惡行出現已，然後始作闡釋聲聞菩提正法之行，然後始作破斥邪說以顯正法之行。**猶如弘法十餘年後之今時，方才不得不寫作《阿含正義》一書，證明唯識學部分內容本已隱說於四阿含中的事實。

今時如是，古時亦必如是：要待希望聲聞僧結集大乘法而不可得之後，方有大乘法中諸出家、在家菩薩會合結集之；由是緣故，大乘經之所以後於四阿含諸經而出現於世間者，乃是勢所必然者；然不可因結集出現之時較晚，便言當年 世尊未於宣演阿含之後，繼之以般若、方廣等開示也！何妨 世尊分爲三教弘演，弟子四眾於佛滅後始漸次結集之？若不能然於此者，則四阿含諸經亦將可被援引同一邏輯，誣謗爲 佛滅後之聲聞僧眾「創造」結集者，則亦可謂四阿含諸經非是 佛所親說者；彼理如是，此理亦當如是故。

大乘法之菩薩僧，向來皆以在家菩薩爲多數，出家菩薩極少；十方世界之人間悉皆如是，天界更無出家菩薩而唯有在家菩薩住持大乘佛法。此謂大乘佛教遍於十方世界人間與天界，非獨人間方有大乘佛教勝法流行弘演；然而十方世界之佛教，皆唯在人間時方有出家僧，諸佛所制人間之佛教則皆同以出家僧爲住持佛教之代表，在家菩薩多是佐助之身分。然於十方世界之天界及純一清淨之淨土世界佛教中，則皆無出家菩薩僧也！一切色界天眾生都無家庭繫屬，從無所謂出家或在家可言，而欲界第四天雖有佛法弘傳中，卻也沒有出家菩薩，是故唯有人間方有出家菩薩僧，則人間之大乘佛法在 佛入滅後數百年間，仍當以出家菩薩僧作爲大乘佛教之代表，大乘法後弘於聲聞法故，聲勢尚小故。

不論是在大乘法與小乘法中，人間佛教之住持代表，既然都以出家僧爲主要，則一切人間大乘法之在家菩薩眾，當須先行尊重上座部中出家聖僧，故而長時以待，不以自意而結集之。然而久待之後終不可得，終究被聲聞聖僧將大乘經典結集成解脫道的小乘經典，於是方始邀集在家、出家四眾菩薩而結集之；是故大乘經典後出於四阿含諸經者，乃是可以理解者，亦是勢所必然者，亦是上座部聲聞僧不樂於公開證明者，他們絕對不會將大乘經典的結集記入聲聞律中；故大乘法義之事實存在與弘傳，以及大乘經典之結集，其實都與部派佛教之演變無關。部派佛教之演變者，都只是在事相上及未悟凡夫之弘法表相上顯示之，而且都屬於聲聞人的弘法內容，都與大乘法義之實質無關，世尊本來已傳之法義仍然在大乘眞悟者中繼續弘傳著，只是不被取作考證之資料。

而且根據部派佛教留下的說法資料觀察，部派佛教所弘傳的法義，大部分都已違背 佛之解脫道聖教，現在仍可查稽；所以部派佛教的佛法弘傳演變，其實只是未悟凡夫間的錯誤法義流傳與演變，與經教中的正法無關；經教中的正確佛法仍然不曾改變的繼續弘傳著，雖然一直都是如絲如縷，但卻至今仍然不絕，仍有正覺同修會傳承不斷。吾人不但能舉示此一事實，並且能進一步舉證說明：四阿含諸經中本已有大乘法義隱說於其中，並將在這一套書中舉證出來；故說正法弘傳的史實並不等於部派佛教的弘法歷史，正法弘傳的歷史其實與部派佛教錯悟諸師弘傳之法義前後演變無關。部派佛教法義有許多是未悟般若、未悟解脫道之凡夫所說者，但必定會被當時的眞悟般若、眞悟解脫道者所說正法影響，導致錯悟者前後代的說法必然會有所演變；就如今時一般弘法者所說法義，已經多少被平實所說 世尊正法所改變而多少有所回歸了，當然是會有所演變的，此理殊無二致。然而平實始從出道所弘正理，至今仍然沒有演變，仍然是一貫的如來藏妙義。

五者，聲聞僧中之凡夫本屬多數人，到第二次的七百結集時，已經是絕大多數為凡夫僧了。聲聞法中的凡夫僧，多數人既不信佛菩提道，不信 佛地之智慧境界不可思議，只信 世尊所說之解脫道而又誤會之；佛世時，他們尚且不肯聽聞 佛所宣說的《法華經》等佛菩提道，何況能結集而流傳之？何況能為大眾而宣說之？宜其反對大乘法。是故經部師等聲聞法出家僧團，會與大眾部等菩薩僧團在法義弘傳上對立，乃是可以理解者，也是勢所必然者。

然而如是對立的現象，只是表相，看來似有二部對立之意，其實不然：唯是上座部聲聞僧團向大眾部等菩薩僧團對立，大眾部等僧團諸菩薩僧，則不與上座部諸聲聞僧對立也。何故如是說？謂上座部等雖曾親聞 世尊宣說大乘法義諸經，然而多數人聞之不解，是故將 佛第二、三轉法輪本屬大乘法之經旨，結集成小乘解脫道之阿含諸經中典籍，如同《央掘魔羅經》四卷本以外之另二譯本事例無異：極爲簡略而不涉及大乘妙義。如是結集者，本非忠實於 佛意之結集；而後來大乘經典之結集者，則是忠於 佛意之結集，能受當時及今世後世一切證悟菩薩，乃至證得道種智之初地至等覺地菩薩檢驗之，而當時及其後數百年間之阿羅漢們亦不能斥爲僞經；由此證明大乘經典之眞實無僞，卻是一切大阿羅漢所不能稍加理解者，何況能評論之？

如是，二乘聲聞僧自身之法義未能具足完備，而與大眾部等菩薩僧諍辯者，方是諍論者；大乘諸菩薩僧自身之法義眞實無僞，圓滿具足，又已實際證解二乘菩提，爲欲利樂有情故，出世指正聲聞僧對大乘法義之誤解與偏頗者，則非是諍論者，乃是護持眞正佛教者，亦是護持二乘聲聞僧法義，令不墮入斷滅見中；故菩薩僧之說法，乃是指導他人改正法義錯誤者，乃是顯示佛法之眞正本質者，乃是爲令佛法回復原來具足三乘圓滿之妙義故，當知不是諍論。是故大乘經典之結集，指正聲聞人法義之嚴重不足處，絕非諍論之舉，乃是指正、提攜與護持之舉；然而諸聲聞僧必有許多人不能相信、不肯接受，彼等若出而辯解，則有諍論之現象。

猶如今時印順及諸方大師之否定如來藏或誤會如來藏，悉皆同以意識心作爲修證之標的，迥異於平實；平實見彼等諸人同皆誤導眾生，便先隱其名而諫之，以冀彼等之修正，庶免誤導眾生之罪；如是待之數年，而彼等大法師悉皆不肯改之，並且私下不斷抵制與誹謗，平實冀望不得，然後乃出世救之：**指名道姓而明言彼等之謬，亦救廣被誤導之多數眾生**。平實如是所行，本非諍論之舉，以法義正眞故，眞是護持佛教正法故，亦是救護彼諸誤會佛法之大師故，是則顯非諍論之言。然而印順之隨從者及星雲、昭慧、證嚴……等人，則不能忍之，每以錯誤之見解，縱令隨學者於網站及私下大肆否定平實，以種種不如理作意之見解，以言語在私下強言狡辯；如是不如理作意之言，方是諍論。然平實所說法義正眞無訛，皆非彼等所能置辯；若所說正眞者，即非諍論。

是故，法義正眞者，所作種種破邪顯正之說，皆是不與人諍論之說，只是據實而言罷了！只有法義錯誤而強行辯解者所言，方是與人諍論者。是故諸聲聞僧方是與人諍論者，大乘諸菩薩僧則非是與人諍論者。由是緣故，印順、昭慧、傳道……等人都不應言「大乘諸菩薩僧與諸聲聞僧諍論」，應言「諸聲聞僧對大乘諸菩薩僧諍論」。法義正眞者所說法，都非是諍論之言故；法義錯誤者強行狡辯之言，方是諍論之言故。猶如外道之與 佛諍：佛雖廣爲破斥外道邪謬，令諸外道不悅，是故招來外道與 佛諍論；然 佛實不與外道諍也，由所說法理正眞故，亦欲藉摧邪顯正以救外道得證解脫故。

六者，解脫道乃是世俗諦，專在世俗法之蘊、處、界上觀行其虛妄，而蘊處界都是現成可觀之世俗法，因其易於修證故，聲聞聖僧必然成爲佛教中之多數；但法界實相之如來藏心反之，非屬蘊處界世俗法，是蘊處界之根源，故是實相法界，極難親證，故證悟之菩薩永遠都是僧團中之少數人；特別是在出家僧團中，證悟之菩薩更是極少數人；是故初始結集經典時，由於大乘實相般若之法義深妙、難解難證，已經證悟之出家與在家菩薩僧乃是極少數，數量遠不及聲聞聖僧，是故第一次結集時難免皆以聲聞人所共信受之二乘解脫道爲主，則大眾皆無諍論，皆無異議，易於結集；是故初次結集的五百結集時，皆唯是小乘解脫道之經義，乃是勢所必然者；菩薩僧亦共同修證二乘法之解脫道故，非不修學故，亦且皆能眞實證解聲聞解脫道中之大乘密意故。

是故，初次結集四阿含諸經時，其中雖有許多經典本是大乘法之教義，然因聲聞人聞　佛說已，不解其中大乘法之眞義，唯能理解其中之解脫道正義，是故由聲聞人初次結集所得之大乘經典，亦必成爲二乘法解脫道之經典，而將其中之大乘法義加以省略不錄，是亦勢所必然者，菩薩們當然不滿意結集成果，自然會當場表示要另外結集。是故，四阿含諸經中，本有許多是大乘法義之經典，大乘法義則因廣被省略而隱晦不明；然而其中卻隱藏極多大乘法義之總相，非是二乘聲聞聖人所能棄捨者。若必捨之，則二乘聲聞聖僧所證之解脫道，即墮斷滅見中，故諸二乘聖人結集時，不能不將　佛所曾說大乘法之部分義理加以攝入，藉此等大乘法之眞實義理，護持二乘聖者所弘傳、所修證之解脫道，護持所結集之四阿含二乘菩提正理，令常見及斷見外道都不能破壞之。平實如是說法，乃是事實，今猶可於四阿含諸經中檢校，將會舉證於這一套書中，都是歷歷可證之事實故。

七者，既然人間之佛教是以出家僧衆爲主，出家僧衆既然是以上座部等出家聖僧為代表，而上座部等僧眾則多屬聲聞僧，而少菩薩僧；大乘僧眾則都是菩薩僧，而菩薩僧中之在家人，其數遠多於出家人。然而佛教在人間之表相住持者必是出家僧寶，大眾部之出家菩薩僧乃是少數，遠不及聲聞僧之上座部僧，是故當時佛教自當以出家僧極多之上座部為首，非以出家菩薩僧較寡之大乘菩薩為代表；是故當時佛教僧團之聲聞僧數必然極眾，出家菩薩僧數必然極寡，這都緣於大乘妙法本即難修難證之故。

在家賢位菩薩及聖位菩薩僧，復遵 佛語：一向自處於護持僧團之外護地位，雖是證量較為高深之人，然皆依 佛所命，唯居陪襯護持之地位，非是代表人間佛教住持正法之地位者，則上座部聲聞僧結集經典時，此等菩薩必然難以主張結集方向，導致初次結集偏於小乘所修之解脫道法義，聲聞僧不願、亦無力結集大乘菩薩僧所修證之佛菩提道法義，此是可以逆料者；是故第一次結集之四阿含諸經，皆是以上座部之聲聞僧為主，因此將 世尊在般若期、方廣期所說之部分大乘經結集成《增一阿含、雜阿含》等二乘解脫道之經典，亦是可以逆料者。

逮至大乘法之修學親證者，見聲聞聖僧所結集之內容偏在解脫道而無成佛之道，乃陳述其親從　佛聞之大乘法義妙理，欲求聲聞聖僧加以結集之；然而結集過程中長時溝通終不可得，久候而不能獲得認同之後，方始自行將親從　佛聞之大乘法義，別行結集成經而弘傳之，亦是可以理解之事。是故《央掘魔羅經》雖由　佛說，然而經由不同之部派結集而成者便有三經，其中二部成爲小乘法，經中所說者爲解脫道之極果；由大乘菩薩所結集者，即成大乘法義之經，所說者爲佛教之極果佛果。雖同屬一經，然而聞者根器有異，所集成之經義便致有異。小乘、大乘諸經之結集，莫不如是，增一部及雜阿含部諸經即由此故，在第一次結集完成時，已被結集爲二乘解脫道的經典，仍歸類在四阿含中。是故大乘出家、在家菩薩，要因商議結集　佛說大乘法義諸經而不被大迦葉等人接受，方於隨後另行結集；不得以其是否爲最先結集者而楷定其是否眞爲　佛說，要在法義之正眞與勝妙，是否符契　佛意爲準，要以是否妙符三乘菩提證量之正義爲準，不問結集之先後。

即如一**切世間樂見離車童子**，待諸大阿羅漢皆不樂護持　世尊正法於最後時世，方始向　佛承諾護持最後時世三乘妙法。亦如今時余之造此書，以疏阿含諸經中所蘊藏、所隱說之大乘法義者，其理殊無二致：**久候諸方出家、在家**

大師造如是書而不可得，然後方始造之。絕不可能先行造立以候，平實從來不以阿含解脫道作爲弘法主軸故。然大眾不應因此而謂：「如是義理，他人豈不能造耶？須待爾平實之始造？惟因阿含諸經所說者，本非大乘法，本是二乘菩提之解脫道，並無大乘法之佛菩提法義隱於其中，是故汝平實居士所造是書者，乃是後出之書；後出之書則大有問題！故汝平實居士之造此義，後於諸方大師，爲是妄論。」然而推究書中所陳述之法義，比對三乘諸經義理，平實所說者其實正是 佛之本懷，反而顯示如是事實：先出書之印順、昭慧、星雲、證嚴……等人所說諸法，大有問題！是故，以先出、後出之表相，作爲經典眞僞之證明者，有大過焉！眞實從事於佛法修學之人，當以經中法義眞僞爲主而作辨正，勿以先出、後出之事相而採信之！

亦如印順、昭慧……等未解 佛陀本懷之人，追隨藏密及日本一分否定第七、八識之佛學研究者，妄以己意而造諸書以說阿含義理，妄謂阿含諸經中不曾說第七、八識；如是錯誤之言論，流傳誤導於中國佛教界者，至今已歷百年；後來依之而廣傳的印順、昭慧等人所說，亦是先於平實而出之言、之書，但皆非阿含之正理，先出又有何用？惟平實久候出家大師出而宣示阿含諸經中隱說

人的第一次五百結集時，即已具足了；既然第一次結集時就具足四阿含部之經典，而且阿含部有雜藏與律藏，三藏已經都具足了，顯然第二、三次的經典結集，並非結集阿含部的經典，所以不能說第二、三次的經典結集都是四阿含諸經，因此也不能據此而主張說，大乘經典是部派佛教以後的佛弟子長期創造結集出來的。而且，在聲聞僧大迦葉尊者結集完成四阿含時，菩薩們已經當場提出異議說：「吾等亦欲結集。」顯然是異議後不久就開始結集的，應該是在第二次七百結集之前就結集完成的，因爲第二次的七百結集，已是 佛陀入滅一百一十年後的事了，而且只是結集二乘出家眾的聲聞戒律而已，不曾作法義的結集。由此證實大乘經典是在提出異議說要另行結集以後不久，就被結集出來了，可以證明大乘經典眞是佛說，不是部派佛教以後才發展出來的，不是由聲聞部的後人長期體驗創造編集的；聲聞人是永遠不知道大乘法義的，連般若總相智都不懂，怎能結集出一切種智的唯識經典？只有菩薩才可能結集大乘經典。所以，印順主張四阿含諸經不是在第一次結集時就全部結集完成的，他這個說法是公然違背長阿含部經典明文記載事實的妄說。而且解脫道只是聲聞眾的修法，菩薩眾不單以解脫道作爲修行之標的，而是以佛部的行門爲主要標的，由此亦可證明四阿含只是聲聞部、緣覺部所修的解脫道，必然不函蓋佛部的菩薩道，當然在四阿含之後必定會有第二、三轉法輪諸經的結集。

亦有阿含部經文證實聲聞眾只修解脫道而已，不曾實修佛菩提道：【比丘當作是觀：若**聲聞之人**厭患於眼，厭患於色，厭患眼識；若緣眼生苦樂，亦復厭患。亦厭患於耳，厭於聲，厭於耳識；若依耳識生苦樂者，亦復厭患。鼻、舌、身、意、法亦復厭患，若依意生苦樂者亦復厭患；已厭患，便解脫；已解脫，便得解脫之智：生死已盡，梵行已立，所作已辦；更不復受有，如實知之。】（《增壹阿含經》卷十四）這些解脫道法門並不含攝佛部的菩薩道所修法界實相法門，卻是**聲聞之人**唯一必修之法；如是正見，遍在四阿含諸經中處處可尋，而都不細說佛部的菩薩道法界實相般若智慧法門，由此可知解脫道之四大部阿含諸經，即使是聲聞人所曾聽聞的大乘經典，也都被結集成聲聞法解脫道法義，則菩薩另行結集的般若與方廣等大乘經典，當然是　世尊第二、第三轉法輪說法的內涵。若菩薩們所修般若與方廣等經典都不是　世尊在世時親口所說，那麼　世尊說的佛菩提道大乘法義又何在？是否只說於天界而吝說於人間？或是世尊化緣未滿而先取滅度？難道不懂般若與種智的聲聞聖人及後人，單憑對於佛的永恆懷念就能創造出二乘聖人所不懂的般若與種智經典？印順……等人頗能為佛教界及佛學學術界說明其理由否？

九者，台灣與大陸地區之出家法師，每有說是言者：「**四阿含諸經，方是眞實不二之佛法；大乘佛法若離四阿含諸經，則不能成就；是故大乘法中諸經之法義，都必須依止四阿含經典，以之作為根據，方能成立，所以四阿含諸經勝妙於大乘經典。**」然而如是說法者，乃是違於事實與正理之言也！

此謂四阿含諸經所說者，唯是二乘菩提之解脫道，唯是**出離觀**而已，並未說到大乘法的**安隱觀**，只談到大乘安隱觀的名相而已，並未明說、顯說法界萬法體性之實相，亦未曾述說無餘涅槃本際之內涵，亦未曾述說諸阿羅漢修證解脫果成就後，應如何進修方能成就佛地功德之理；亦未曾述說大阿羅漢應進修何種法門及內涵，方能成佛；而大乘安隱觀之名相，佛已在長阿含之中提示過而未曾宣講，所以四阿含只是二乘法義而已，不能函蓋大乘法義之**安隱觀**。要待後時大乘四眾菩薩結集所成方廣唯識諸經中，方始說之。如是結集大乘經典而具足宣說成佛之道以後，方得完成四阿含中 佛所曾言之**安隱觀**，方得圓滿佛道之弘化。 世尊出世，必定要圓成佛道之弘化以後，方有可能在人間示現無餘涅槃；如今現見 世尊已經取滅度，必是已經圓成全部佛法之弘化者，當知第二、三轉法輪諸經方是大乘佛法，四阿含中並未細說大乘佛法故。

然而現見四阿含諸經中所說者，唯是**出離觀**等法，尚未說及大乘法之**安隱觀**而只見到**安隱觀**之名相，則已顯示四阿含諸經中所說者，側重於二乘菩提解脫道，唯能出離三界中之分段生死；未曾言及成佛之**安隱**道，未能令人依之修證而成就佛道，故說四阿含諸經中未說大乘妙法**安隱觀**也！既如是，則大乘**安隱觀**妙理，必須別由大乘般若及方廣唯識經典加以廣說，則必定會有第二、三轉法輪之經典宣演；由是正理，故說大乘法中之般若經典眞是佛說，第二轉法輪諸經中已曾說及法界實相般若之總相智與別相智故，第三轉法輪方廣唯識經中亦已宣說成佛所依憑之一切種智故，而大乘法的般若中道與一切種智名相，都已在四阿含中提到過。由是正理，說大乘法方廣唯識系經典眞是佛說，經中已曾說及法界實相般若之**一切種智**故；亦唯有一切種智之進修與證驗具足，方能令人成就究竟佛道故，已顯示成佛後之**安隱**境界故。如是正理，今者四阿含諸經俱在，猶可檢校而證實之，非是平實空口徒言所能片語遮天也！

四阿含諸經所說解脫道**出離觀**正理，若離大乘法義之支持，則將被常見外道所破壞；若離大乘諸經所言之第八識如來藏妙理，若離大乘經所述**如來藏眞實存在**、**眞實可證**之事實，則二乘四阿含解脫道之無餘涅槃證境，必將墮於斷滅見中，成爲斷見外道法。如是之說乃是事實，平實已舉證於《眞實如來藏》一書中；於《楞伽經詳解》十輯中，亦已多所舉證。是故，初期佛教應包括二轉、三轉法輪之大乘經在內，同是佛說故；而根本經典四阿含諸經，其實是依靠大乘如來藏妙法方得建立、方能成就，絕不能離於大乘經典所說之眞義。

事實上，二乘菩提解脫道，乃是以大乘經典如來藏妙義爲其所依靠，方能免於常見外道之破壞與抵制，方能免於斷見外道之合流。由是緣故，說「四阿含諸經，實以大乘諸經**安隱觀**妙理爲依靠、爲根本，方能存在與弘傳。否則，二乘解脫道妙理將被斷見外道混淆，或被常見外道所破，二乘解脫道**出離觀**所言之出離三界生死之涅槃法義，亦將不得成立。」是故，彼諸崇尚南傳佛法之法師及印順等人所言「大乘法依四阿含諸經方得成立」者，乃是妄說、顚倒之說，非是如理作意之說也！

今者平實將四阿含諸經中隱說之大乘唯識法義，於此書中明顯解釋而披露之，則可證知四阿含諸經所說者，其實有部分經典本是宣說大乘法義之經，唯是上座部等二乘聖人所不能理解，是故無力結集、亦不願結集，是故於結集時，便將其中二乘法義部分結集成經，對於自己所不知、不解、不證故不能憶持之大乘法義，便略而不載；唯將其中不能不舉，以免二乘解脫道墮於斷見之極小部分大乘法義名相，略作舉述，以支持二乘解脫道法義，藉此而令二乘聖人所證無餘涅槃，不墮於斷滅見之窘境中。是故上座部中佔了多數的聲聞種性者，絕對不可能結集所曾親聞之大乘法義成爲大乘經典；對於其後不久由菩薩們結集成的大乘經典，也不可能加以承認，更不會記載其結集人物與時地；如是心行，乃是一切證悟菩薩都能理解者。

由上所述正義，可徵大乘經典確爲 佛說，非是後人之杜撰者；若言是後人杜撰，則有大過：一**者**，現見大乘諸經遠勝於四阿含諸經故，若言大乘諸經爲後人所撰者，則已顯示後人智慧更勝於 佛，則有大過。二**者**，四阿含諸經未曾宣說成佛之道，唯在大乘方廣唯識諸經中方始具足說之；若言大乘經非 佛所說，則 佛應於後三、五百年重新示現於人間，進而宣說大乘經法之後，方可取滅度。三**者**，四阿含諸經中固已隱含大乘法義，然皆未曾解說，唯有名相，非如二乘菩提解脫道必有詳細之解說；四阿含中唯有細說世俗諦之**出離觀**，並末略說或細說勝義諦之**安隱觀**故。然而四阿含中　世尊早已宣說佛法有二觀：兼有**出離觀**與**安隱觀**。**安隱觀**則唯於大乘經中方說，四阿含經中唯說其名相，未曾說其內涵，唯有宣說**出離觀**之詳細內涵。如是則已顯示一項事實：四阿含諸經中未曾具足宣說佛法，尚有極大部分佛法，要待後時大乘諸經中方始宣說。

是故佛子四眾不應以先出、後出，來判斷諸經之眞僞，當以先出、後出諸經所說法義有無相悖？當以先結集、後結集之三乘諸經何者爲最究竟？何者爲最了義？何者爲具足圓滿？作爲判斷之原則。更何況印順……等國內外的所有佛學、佛教研究者，都無絲毫證據可以證明大乘經典是在佛滅後數百年，才由聲聞法的部派佛教後人創造編集的。而且，部派佛教屬於聲聞法，他們都不曾證得本識如來藏，如何能創造及編集勝妙的大乘經典？若聲聞法的部派佛教後人，不知不證本識而有此能力，印順在今天資訊更多的有利情況下，更應有此能力，卻都讀不懂，遑論創造？故其所說都是痴人說夢。

如今平實所見前後三轉法輪諸經所說者，唯是三乘菩提之差別，唯是淺深廣狹之差別，絕無前後矛盾之處；然而大乘諸經遠遠勝妙於四阿含諸經；亦須具足前後三轉法輪經典，方能具足圓滿成佛之道，方能圓滿具足一切佛法。由是緣故，平實造此《阿含正義》，以四阿含經典佛語，示三乘菩提眞正義理；並舉《長阿含經》 世尊所說應有**三轉法輪**之金言聖教，以示 世尊**三會說法**之正眞，以示三轉法輪諸經同是 佛口親說者；如是證明大乘諸經本是 世尊金口所說，非是後人之長期創造而結集者。但是續藏收錄之經，以及西藏密教中絕大多數經典及所有續典，都非 世尊金口所說，都與 世尊三轉法輪諸經中之聖教多所牴觸故，並且都與解脫道及佛菩提道背道而馳故。

所以者何？顯見大乘般若及唯識種智諸經所說者，非四阿含諸經所可企及故；亦顯見續藏諸經所說遠不及第三轉法輪諸經故，亦多屬於僞訛之經故，亦多墮於事相及意識心中故；至於密續則屬密宗祖師所創造的僞經、僞論，不值一顧。亦見後世眞悟三乘菩提之弟子聖衆，多已親證解脫果之極果，乃至多人已成爲三明六通之大阿羅漢，而皆未曾有人敢自言已成佛道故。復次，後世弘傳大乘經典法義之菩薩，所說諸法勝妙於四阿含所說，彼諸聲聞法中諸大阿羅漢聞之悉皆茫然而不能解義，然而此諸菩薩卻皆謙稱智慧遠不及 佛；若言後出之大乘方廣諸經係後時之菩薩衆所創造者，則應彼諸菩薩智慧皆勝於 佛，然終無一眞悟之菩薩曾自稱成佛，並皆同樣歸命於 佛，並皆謙稱距 佛猶遙。

由是緣故，說大乘經典非是後世菩薩所創造者，唯是待彼上座部聲聞僧結集不成，方自行結集而弘傳之故。所以唯識增上慧學的本源，其實是第三轉法輪的方廣唯識經典，四阿含諸經縱曾說過唯識學上之名相，終究只是偶說名相而不加以略說、細說，是故唯識增上慧學之本源不是四阿含及阿含部之雜藏經典。

由是緣故，修證南傳佛法之小乘解脫道行者，不論在家或出家，皆莫與人間之大乘四眾菩薩僧諍論，大乘四眾菩薩僧所說者皆無諍論之意故，所說皆正眞故；是故修證南傳佛法解脫道者，應當如實探求大乘般若法義之眞意，莫再以解脫道而解釋成佛之道，更勿猶如印順一般以錯會之解脫道來解釋及取代成佛之道，解脫道唯是二乘法義故，唯能令人出離三界分段生死苦故，不能成就究竟佛道故，不能成就佛菩提之證量故；依之修證而不修大乘諸經所宣佛菩提道者，必將永與成佛法道絕緣故。

復次，凡我佛門法師與居士，萬勿身任惡知識之職；惡知識者，不斷我見而有憍慢心故，不離見取見而堅執己見，以鬥諍之心，非議及誹謗眞善知識正教妙法，死墮惡道；身爲弘法之師而竟如是身任惡知識之職，何利於己？又何利於人？有阿含部經中　佛語聖教爲證：【世尊告曰：「猶如，婆羅門！月末之月，晝夜周旋但有其損，未有其盈；彼以減損，或復有時而月不現，無有見者。此亦如是，婆羅門！若惡知識經歷晝夜，漸無有信，無有戒，無有聞，無有施，無有智慧；彼以無有信、戒、聞、施、智慧，是時彼惡知識身壞命終，入地獄中。是故婆羅門！我今說是惡知識者，猶如月末之月。」】（《增一阿含經》卷第八）

云何名爲惡知識？謂自身未斷我見，而又不肯依從已斷我見之善知識正法，仍繼續反對之者，皆名惡知識也！皆因我見及見取見未斷，出生憍慢結使故也！譬如增一阿含所言：【阿那律曰：「**吾者是神識也，我者是形體之具也；**於中起識，**生吾、我者，是名爲憍慢結也。**」】（《增一阿含經》卷第七）意謂我見未斷之弘法者，難免**吾、我之執**而生憍慢結使，故意起心造作謗法、謗人惡業；有智之人弘法時當念此聖僧開示而顧念自慮，庶免未來無量世之後報難以承受而又不得不受。

復次，欲令佛門四眾對於 世尊弘揚佛教之過程，能有較爲全面之概念，故本書於第一章中探討唯識學本源之後，隨即在第二章選輯《長阿含經》全文，舉證 世尊自說**阿含是初轉法輪**之聖教，證實大乘般若及方廣唯識經都是第二、第三轉法輪時 佛口親說者；次則舉示識蘊眞實內容之觀行要義，期使讀者眞斷我見與三縛結；三於書中舉示十因緣與十二因緣間之關聯，以助讀者實證因緣觀；四於第十一章選輯《遊行經》所載 佛陀入滅史實於後，然後以第十二章雜說，辨正藏密應成派中觀師印順、昭慧、星雲、證嚴……等人對四阿含之扭曲，顯示四阿含解脫道之原貌，盼對佛門四眾皆有助益；五於書中特別舉說及詳解三果之取證實質，令讀者詳讀以後可以確實印證自己是否已證三果及四果，可以避免大妄語業，或以之自我印證三果、四果的取證；末則繼之以第十三章，特別略論印順《唯識學探源》書中錯誤之鉅大者，期能消弭印順不實考證之流毒，庶能救護南傳佛法學人迴入正理中，得以一世取證解脫果；亦欲令大乘及二乘法義同皆普爲宣流，欲令廣大學人與諸大法師，悉皆了知如是正理，悉皆回歸眞正成佛之道。以如是多種緣故，利用今日起之片片段段空閑時刻，陸續寫作《阿含正義》，期以前後五年而竟其功，用以廣利今時後世行人。即以如是開筆因緣，造如是序，以明此書緣起。

佛子　**平 實**　謹序

公元二〇〇二年霜降日　於喧囂居

第三輯：

第三節　十因緣觀與十二因緣觀的關聯（第五章）

本節開始之處，先將十因緣與十二因緣前後關聯的經文，全文舉證如下，以免有人誣稱：「十因緣觀與十二因緣觀，是不相關的二個因緣觀，蕭平實故作聰明而把兩個法義牽連在一起。」否則將會障礙阿含道的修學者心生疑惑。由疑惑不信故，因緣觀即不可能成就。今舉全經如下：

【如是我聞　一時佛住舍衛國祇樹給孤獨園。爾時世尊告諸比丘：「我憶宿命未成正覺時，獨一靜處，專精禪思。作是念：『何法有故**老死**有？何法緣故**老死**有？』即正思惟**生**，如實、無間等：**生**有故**老死**有，**生**緣故**老死**有。如是，**有**、**取**、**愛**、**受**、**觸**、**六入處**、**名色**；『何法有故**名色**有？何法緣故**名色**有？』即正思惟，如實、無間等生：**識**有故**名色**有，**識**緣故有**名色**有。我作是思惟時，**齊識而還**，**不能過彼**；謂緣**識名色**，緣名色六入處，緣六入處觸，緣觸受，緣受愛，緣愛取，緣取有，緣有生；緣生，老、病、死、憂、悲、惱苦，如是如是純大苦聚集。（這裡是以十因緣法觀行，只逆觀而推知名色由本識出生，萬法只到本識爲止，不能再往前推知有任何一法存在；確認這一點以後，就又順觀流轉法而退回生老病死等現象界，下一段經文是轉入十二因緣法中，探究本識爲何會世世出生名色）

我時作是念：『何法無故則**老死**無？何法滅故**老死**滅？』即正思惟**生**，如實無間等：**生**無故**老死**無。**生**滅故**老死**滅。如是**生**、**有**、**取**、**愛**、**受**、**觸**、**六入處**、**名色**、**識**、**行**廣說。我復作是思惟：『何法無故**行**無？何法滅故**行**滅？』即正思惟，如實無間等：**無明**無故**行**無，**無明**滅故**行**滅；**行**滅故**識**滅，**識**滅故**名色**滅，**名色**滅故**六入處**滅，**六入處**滅故**觸**滅，**觸**滅故**受**滅，**受**滅故**愛**滅，**愛**滅故**取**滅，**取**滅故**有**滅，**有**滅故**生**滅，**生**滅故**老**、**病**、**死**、**憂**、**悲**、**惱苦**滅；如是如是，純大苦聚滅。（這時是以十二因緣法再度逆推此世的名色爲何會從入胎識—本識—中出生的原因，然後再一一順觀回來檢查有無錯誤，這是還滅門的觀行。是先有流轉門的十因緣觀來推知名色由本識生，一切法不能超過出生名色的本識，依此正知見爲基礎，才能有還滅門的十二因緣觀來斷我見與我執。）

我時作是念：『我得古仙人道、古仙人逕、古仙人道跡；古仙人從此跡去，我今隨去。』譬如有人遊於曠野，披荒覓路；忽遇故道古人行處，彼則隨行。漸漸前進，見故城邑、古王宮殿、園觀浴池、林木清淨。彼作是念：『我今當往白王令知。』即往白王：『大王當知，我遊曠野，披荒求路，忽見故道古人行處，我即隨行。我隨行已，見故城邑、故王宮殿、園觀浴池、林流清淨。大王可往，居止其中。』王即往彼，止住其中；豐樂安隱，人民熾盛。

今我如是得古仙人道、古仙人逕、古仙人跡。古仙人去處，我得隨去，謂八聖道：正見、正志、正語、正業、正命、正方便、正念、正定。我從彼道見老病死、老病死集、老病死滅、老病死滅道跡；見生、有、取、愛、受、觸、六入處、名色、識、行、行集、行滅、行滅道跡。我於此法自知自覺，成等正覺；為比丘、比丘尼、優婆塞、優婆夷，及餘外道沙門、婆羅門、在家、出家。彼諸四眾，聞法正向、信樂知法，善梵行增廣，多所饒益，開示顯發。」佛說此經已，諸比丘聞佛所說，歡喜奉行。】（《雜阿含經》卷十二第 287 經）

這一部雜阿含中的經典，不同於四阿含其餘諸經，是特地將十因緣與十二因緣集合在同一部經中宣說的，並且是先說十因緣法，推知必有本識存在，然後隨即繼之以十二因緣法來斷無明的；由此可知十因緣法與十二因緣法有其必然的關聯性，有其不可分割性，也有其前後次第性。假使否定了十因緣觀所說第八識如來藏、入胎識的存在，而其否定之說若確實有道理的話，那麼這一部經文並舉十因緣與十二因緣：先說十因緣法後繼之以十二因緣法，並於十因緣法中說一切有情之法**齊識而還**、**不能過彼**等等　佛說，必將成為無意義的附麗之說了！但是　佛陀從來不曾說過無義語，是故　佛陀特地在同一部經中說十因緣與十二因緣，並且將其中的差異集合在同一部經中宣說，必然有其特殊的意涵，這是聲聞菩提中想要修證因緣觀的學人與大師們，絕對不可忽略的地方。

眞正想要修學南傳佛法解脫道的大師與學人們，必須先瞭解十因緣觀與十二因緣觀的關聯；若不知十因緣觀與十二因緣觀的眞正內容與關聯，所學因緣觀都將唐捐其功，修學一世自以為實證了，其實深心中仍無法眞正信受一**切法緣起性空**；只能自我陶醉般的自以為已經實證及信受了，等到境界相現前時，卻發覺自己的修證竟然都無法發揮功德力，完全沒有解脫的功德受用，到那時才發覺，為時已晚，已經無能挽救了，也已經無法開口告訴身邊至親的眷屬或門人來做補救措施了！所以修學因緣觀或聲聞四諦八正的大師與學人們，都必須在修學過程中，對十因緣觀與十二因緣觀的互相關聯性，對於這二觀極為緊密而不可分割的道理，反覆思惟而確實的了知，都沒有誤會了，然後再加以現觀，才可能獲得修學因緣觀所產生的功德受用。但這是必須依止眞善知識的言語或書中開示，才能如理作意的現觀，不是單靠自己盲修瞎練就能成功。

一般流傳的因緣觀，都只依十二因緣觀而說流轉門與還滅門，但這種說法，其實是已經失去了**十二因緣觀必有的大前提**的錯誤說法，只能對初學者解說，不應對想要眞修實證者如此解說。謂十二因緣觀必須以十因緣觀爲基礎，在十因緣觀大前提下才能說有十二因緣觀的還滅法，否則十二因緣觀即無還滅之義可說，因爲十二因緣觀只是假號法，離開十因緣觀就沒有眞實義了。所以必須依十因緣觀的窮究流轉法，徹盡**流轉門**的源底了，推知名色是從本識如來藏中出生：一切法都是依本識生住異滅，不能超過本識，才能確立十二因緣觀的**還滅門**；否則十二因緣觀將會不止十二因緣支，必會成爲無窮無盡的因緣支，使因緣觀的探究者永遠無法窮盡因緣法而不能探得生死的根源，即不得解脫生死。是故十二因緣觀不得外於十因緣觀而獨存，凡是想要深入探究十二因緣觀的人，都必須先依十因緣觀而作探究；探究到十因緣觀的源底，證實一切法的源頭都是本識，再往前探究則無一法可得，只能到此而返還，然後再順觀本識出生名色等順序而回到生老病死眾苦的現象界中，一一支都檢查無誤之後，才可以作十二因緣觀的反覆逆觀與順觀，才有可能成爲慧解脫的辟支佛（慧解脫的辟支佛在完成現觀以後不久，一定會有初禪的發起與正受）。行者若已有四禪八定及五神通的證量，即可因此如理作意的現觀而成爲三明六通的俱解脫辟支佛。

以上是二種因緣觀互相關係的略說，讀者讀已，必定仍然無法深入解義；必須等到詳讀本節中的細說以後，回頭重新再讀一遍，才有可能眞的讀懂這些話的意義。以下數段的說法也一樣，讀者必須很用心的讀完本節中的全部說法以後，並且回頭重讀而一一細加思惟過了，然後才能眞的懂得這些說法的眞義，才可以進入現觀階段而作觀行。所以上一段及以下數段的說法，都必須在詳讀這一節全部法義，並且全部反覆細加思惟以後再回頭來重讀，才有可能眞正讀懂這幾段文字的眞義；因爲這些都是近代佛門大師與四眾學人聞所未聞、從來未知的深妙佛法，所以在這裡先請求讀者要有耐心先略讀一遍──先建立概念──然後再思惟全節說法以後，第三次重讀前面這幾段文字所說法義，就可以恍然明白爲何這樣的說法才是正確的說法，就可以明白：**爲何古今有那麼多大師、學人細究因緣觀而皆不能獲得因緣觀的眞實智慧**？從此了然於因緣觀，不再有所隔礙，則一切與您有緣的學法者，都可以從您身上獲得如理作意的解說而同得眞實利益，他們都將讚歎您的智慧如海，而您可以不必推崇說是由平實書中學來的。（但是在您眞的從這幾節文字中的說明及思惟、現觀而親證因緣觀的眞實法以後，這樣要求您，您似乎是做不到的，因爲您的心性必定已有轉變了：**智慧轉生了！感恩心已經生起了！**所以就不能不從深心中感恩說法者了！否則您就不是眞的親證、實證因緣觀的聖者了！這將是您實證以後的宿命。然後就不免想要探究本識何在了，屆時歡迎您投入親證本識者的行列而成爲菩薩行者。）

十因緣觀是**流轉門**，是**衆生緣起**法，對於尋求出離生死的人而言，**十因緣法是黑品法**，表顯有情的流轉，而**十因緣的觀行**則是**白品法**。十二因緣觀是**還滅門**，是**滅除流轉**、**滅除生死**的法，對於求出離生死者而言，由於能在十因緣觀的大前提下斷除我見乃至我執，是故名爲**白品法**。平實今作此一教判，異於一般通俗之說，非諸大法師、大居士所曾聞、曾解，以非世俗假號法故，是演說法界中的眞實法故；所以 阿難尊者有一天說**十二因緣至簡至易**，佛卻責備他，卻說**十二因緣法至深至妙，一切人不能盡知，唯有諸佛方能盡知**。平實今作如是教判，當然有眞正的原由存在：是謂法無定法，亦謂當機不同而有種種施設方便，亦謂明解 佛說因緣觀之眞實義，亦謂因緣觀只有諸佛才能究盡也。

云何十因緣法自身爲**流轉門**？而十因緣法的觀行卻是白品法？此是何

義？謂十因緣是法界中一切眾生流轉於無盡生死之原由與事實，也是流轉門窮根究柢之最後結果，不能超過十因緣法的第十支而有流轉：**一切人窮究流轉門時必定只能推到第十支本識即告停止，不可能超越，必須返歸——至此而還。**一切聞 佛說法而作觀行、悟因緣法的聲聞聖人如是，一切辟支佛與菩薩、一切諸佛莫不如是，因為這是法界的事實眞相；是故說十因緣觀不可能無窮無盡，至此第十支中必定終止，不能超過第十支所說的「**名色由識生**」的**入胎識**，必須**齊識而還**，回到名色支及其餘八支因緣法中。以下開始解說這些道理：

云何十因緣法為**衆生緣起**之法？因為十因緣法宣示的道理，是說：老病死憂悲苦惱的根源即是出生，出生的原因則是往世所取的後有種子，後有的原由則是取，取的原由是愛，愛的原由是受，受的原由是觸，觸的原由是六入，六入的原由是名色，名色的原由是入胎識——本識。眾生的緣起與流轉正是如此，若離這個入胎識，就不會有眾生的名色；若離名色就不會有眾生的六入，若離六入就不會有眾生的觸心所，若離觸心所就不會有眾生的種種受，若離受就不會有眾生的種種貪愛，若離貪愛就不會有眾生的四取，若離四取就不會有眾生的後有種子增長，若離後有種子就不會有眾生的入胎取得名色而重新出生；若不入胎取得名色而出生，就不會有眾生的老病死等憂悲苦惱。

這樣如理作意的細觀以後，了知一切法都是輾轉從入胎識出生的，所以佛說「**名色由識生**」；這個能生**名**與**色**的入胎識，當然不可能是意識或意根；這個道理在前面章節中已經解說過了，這裡不再重複說明。觀察到這裡，眾生流轉的因緣法就到這個入胎識爲止，無法再往前觀察到任何一法了，再往前就沒有任何法了，所以佛在十因緣觀中說：「**齊識而還，不能過彼**。」意思是說：入胎識是最終法，超過那個識是沒有法存在的。佛的意思也是說，眾生的緣起過程都是如此的，一切有智慧的人深入觀察以後，都只能觀察到眾生出生的根本就是入胎識；到這個入胎識爲止，就必須退回來了；超過這個入胎識，就沒有任何一法存在了，故也沒有任何一法可以出生此入胎識（註），所以說**齊識而還，不能過彼**（不能超過那個入胎識），當然那個入胎識就是**眾生的緣起根本**。由此緣故，佛說十因緣觀的妙義也就是**眾生緣起**的妙義。因此說十因緣觀是解說**眾生緣起**的妙法。（註：此識既非所生之心，當然是永遠不滅之心——無一法可以滅壞祂。）

云何說十因緣是**黑品法**？又說十因緣觀是白品法？由於十因緣的整個過程，正是眾生流轉生死現象的過程；眾生因爲無明所罩，不知十因緣的最後一支，不能了知眾生緣起眞相，所以不斷在十方世界生死流轉。這都是因爲被無明籠罩而誤認意識覺知心是常住法，又錯認意識是萬法的根源，不能觀察到意識心的生滅性、緣生性、無常性、苦性；又不能觀察生滅性的意識心竟然可以夜夜眠熟斷滅之後，又朝朝重複不斷的出生，在理上必定是另有一個常住心，才有可能使夜夜斷滅的意識覺知心可以朝朝再起而不斷絕，造成眾生不斷的在十因緣法中流轉不停，所以十因緣法是黑品法。但是十因緣的觀行則是白品法，辟支佛及大乘見道位前的菩薩們從理上推斷而了知：意識滅後成爲空無，空無是不可能再出生任何一法的，而色身也無法出生意識；然而現前可見的是意識夜夜斷滅空無之後，仍然可以朝朝再生起、運行無礙，當然意識心的背後一定有一個常住不滅的心存在，而祂一定是因爲意識覺知心應該再度生起了，所以流注出意識覺知心的種子，使得意識朝朝不斷的生起；所以這個常住心一定是有某些了別性的，當然就應該稱之爲識（「識」即是了別的意思）。眾生正因爲沒有這個智慧觀察，而這個入胎識卻實際上存在著，不斷的運作著，使得眾生緣起的法相恆常實現；使得眾生流轉生死長夜之中，不能脫離，所以說十因緣是黑品法；若能推知到第十支的**名色由本識生**，就可以次第滅除我見、我執無明，所以說**十因緣的觀行**是白品法，是眾生緣起的妙義。最後身菩薩示現爲凡夫修行，證得這個入胎識的所在，又在夜後分因爲目睹明星而眼見佛性，因此而成就佛果；阿羅漢若是明白因緣觀而進一步明心了，就成爲七住位菩薩。

云何十二因緣觀爲**還滅門**？十二因緣觀，是在十因緣觀完成後，發覺名色由入胎識生，而一切法都是藉由名色而出生，所以一切法其實都是由入胎識輾轉出生的；因爲有入胎識不斷流注業種、異熟種、無明種，所以使得眾生擁有名色而流轉生死，不能斷絕。但是，入胎識爲什麼會恆常流注這些種子而使眾生流轉於生死長夜中？若能滅除入胎識再度入胎的動力，就不會入胎出生名色，就能斷除分段生死。行者再從老病死等一一支往前推究的結果，知道世世的名色出生，都是因爲往世不斷的住於識陰及身口所行的境界中熏習與造業，誤認爲識陰等法眞實不虛、常住不壞，所以不願意識陰及身口滅盡；因爲這種錯誤的認知，使得中陰境界中的有情都不樂於滅除識陰等法，就一再受生於三界中，所以就有了每一世的識陰在世間熏習及造業而出生了無量善惡性的行爲；以此緣故，入胎識收藏了識陰種種行爲所造的業種以後，死後就會依善惡業種流注異熟種出來，繼續受業力支配而處處受生；也使得有情因爲熏習世間六塵諸法成爲習慣以後，不樂於識陰的滅除，意欲保持識陰的繼續現行，所以入胎識一定會流注異熟果種而有中陰身相應於三界境界，不斷受生於三界中。

但是有智慧者若能詳細而如實的觀察到往世識陰的種種行，其本質、其所知所見所行，都是錯誤認知下的行爲，就知道往世識陰六識的一切行爲，都是由於無明而導致的。有智之人因此而尋求了知無明的內涵，尋求斷除無明的方法；終於親近眞善知識而了知無明的內涵，並且確實觀行而確定之後，無明即可斷除，識陰的善惡行支即不再現行，捨壽後就不會再想要入胎去取得來世的名色，如是，就沒有來世的六入乃至生、老病死等苦，永離輪迴苦。所以說，能探討無明的十二因緣觀是還滅門，能使人還觀到無明而探究無明之內涵。

云何十二因緣觀爲**滅除流轉**之法？十二因緣法的觀行，既然可以使人了知：脫離生死苦的方法即是滅除無明，在了知入胎識常住的前提下，不再執著識陰六識自身，不再執著識陰所行一切境界，才能使意根與意識樂意滅盡自己，導致入胎識不再流注業種、見思惑種子、異熟種；異熟等種子不現行時中陰身就不再出生了，所以死後滅盡五陰、十八界法，不再入胎，不再受生色界或無色界，從此永無來世五陰再從入胎識中漸次出生了，生死流轉就永遠滅除了，所以說十二因緣觀是滅除流轉之法（但最後支的無明是什麼？仍需探究清楚）。

云何**十二因緣觀**是**白品法**？住於十因緣法與十因緣觀的大前提下，認知到名與色的根源是本住法入胎識，所以已經了知名與色滅盡之後並不是斷滅空，因此斷了一分無明而可以無所顧忌的如實觀行；由於不墮斷滅空故，就能如理作意而無恐怖的細觀十二有支都是緣生法：所謂此有故彼有，此滅故彼滅。如是一一現觀而到達如是智慧境界：此世識陰緣於身口及識陰之種種行，樂於如是種種行，一定會再度入胎取得來世識陰現行的條件，使未來世的識陰重現不斷。但此世識陰所緣的身口及識陰的種種行不願滅除的原因，都是緣於無明所致；無明則是無力推知或不信本識常住而能出生一切法，又不知五陰虛妄而執著意識自己，不知五陰的一切所得都是緣生無常之法，終必歸滅。如是現觀而產生了智慧以後，無明斷盡了，捨壽後就不願有中陰身現行，不願再入母胎，也不願受生於三界任何一界中，於是滅盡十八界後不會再出生中陰身而成爲無餘涅槃，永脫生死。由於先在十因緣觀的正確基礎上完成現觀了，十二因緣觀就可以使人解脫生死輪迴，所以說十二因緣觀是白品法。由此緣故，平實上來特地列舉阿含部這一部經的全文，證實上來所說的法義，都不是斷章取義之說。

與六塵）；緣於六入處，才會有**識陰六識**對六塵的觸；緣於六塵的觸，才會有苦受、樂受、捨受；緣於受，才會有對十八界自己的貪愛；緣於對十八界自己的貪愛，才會有四取；緣於四取，才會有後有種子；緣於後有種子，就會有來世的出生；緣於出生，所以有老病死憂悲惱苦；就這樣子，純粹是苦的種種大苦就聚集起來了。」（以上是十因緣法的觀行）

「我當時這樣子想：『什麼法滅除的緣故，就會使老死滅除？什麼法滅除的緣故可以使老死跟著滅除？』就正確的思惟，出生了如實智，是以後絕對不會改變的平等智慧：因為出生已滅除的緣故，老死就跟著滅除了；像這樣子，生、有、取、愛、受、觸、六入處、名色、識、行，如同我以前廣說的一般。」

「我又向上推溯而思惟：『什麼法滅除的緣故，可以使得識陰的**行**滅除？什麼法滅除的緣故，識陰的**行**就會跟著滅除？』就正確的思惟，如實無誤而且不會中斷這個看法的智慧就出生了：因為**無明**滅除的緣故，識陰的**行陰**就會跟著滅除了；滅除了無明，就會使識陰的**行陰**滅除；識陰的行陰滅除的緣故，後世的識陰六識就會跟著滅除；識陰六識滅除的緣故，就滅除了名與色；名與色滅除的緣故，六入處的十二處就滅除了；十二處滅除的緣故，就不會再有六塵的接觸；六塵的接觸滅除的緣故，苦、樂、捨受就滅除了；苦、樂、捨受滅除的緣故，對自我的貪愛就滅除了；貪愛滅除的緣故，取就滅除了；取滅除的緣故，後有種子就滅除了；後有種子滅除的緣故，後世的出生就滅除了；出生被滅除，老病死憂悲惱苦就滅除了；這樣一來，純大苦聚的五陰就滅除了。」

「我當時這樣子想：『我找到古仙人的道路了、找到古仙人道的捷徑了、找到古仙人道的蹤跡了；古仙人從這個蹤跡而走過去，我如今也隨著這個蹤跡走過去。』就好像有人遊行於廣大的荒野中，披開荒草而尋找道路，忽然遇到古舊的道路、古人行走過的處所，他就隨著那個古路而行，漸漸前進，後來看見古城、古王宮殿園觀浴池林木清淨，他這樣子想：『我如今應當前往稟白國王，讓國王知道。』隨即前往稟白國王：『大王當知：我遊行於廣大的荒野，披開荒草求覓道路，忽然看見舊的道路，是古人所行走的處所，我就隨著那條道路行去；我隨著那條道路往前行走以後，就看見以前的古城，也看見以前國王的宮殿園觀浴池林流，都很清淨，大王可以前往古城，安居於古城之中。』國王隨即前往古城，安居於古城中，豐樂安隱，人民就越來越多了。如今我這樣子找到古仙人走過的道路、古仙人的捷徑、古仙人道的蹤跡了，古仙人所前往的地方，我就可以隨著前往，這就是八聖道：正見、正志、正語、正業、正命、正方便、正念、正定。我從八正道的實修，看見了老病死的苦，看見老病死的集，看見老病死滅除的境界，看見老病死滅除的方法；我看見生、有、取、愛、受、觸、六入處、名色、識、行等十支的苦、集、滅、道，所以我已經知道行的苦、行的集、行的滅、行的滅除方法。我在這個法中自己知道了、自己覺悟了，所以成爲正等正覺者，然後就爲比丘、比丘尼、優婆塞、優婆夷，以及其餘外道中的出家修行者及在家修行者解說；那些四眾弟子及外道修行者，聽聞我講解這個法以後，心中就建立了正確的方向，信受愛樂而知道解脫的妙法，所以善行及清淨行也隨著增廣了，對於人、天就產生了許多饒益，也能爲人類及天眾開示顯發這個因緣法。」佛說此經已，諸比丘聞佛所說，歡喜奉行。】

這意思是說：最後身菩薩的 釋迦，故意示現如同凡人一般的忘記了往世所有修證智慧，出家之後跟隨許多外道而一一證得四禪八定，證明全都不是出三界的涅槃以後，接著示現浪費了六年時間專修苦行而長住於意識的定境中，都不觸外境而想要證得涅槃的證境；但是後來客觀檢討以後，發覺那都不能解脫生死，都是屬於三界中的有爲法，都屬於三界中的有爲境界，證明六年勤苦的長住於定境之中修習苦行，仍然不可能證得涅槃，那些定境也都不是涅槃的無生無滅、無生無死究竟安樂境界；所以棄捨了所有定境與苦行，在沐浴及接受乳糜供養以後，開始思索如何才能解脫生死苦惱。

悉達多太子在菩提場的泥地上，於吉祥草鋪成的法座上坐下來以後，就由老死的現象開始探索，探索到後來，就知道死亡、愛別離……等苦，都是因爲有了生命的出生，所以才會有死亡等痛苦，這樣子無量世的延續不斷；如果能滅掉生命，就不會有死亡等痛苦延續下來；所以，想要滅掉死亡等痛苦的唯一辦法，就是滅掉**出生**這個現象，未來不要再有**出生**。但這是古今眾生都不願意滅掉的現象，現代的修行人也跟古人一樣的堅定執持出生的法，不願意把未來世再度出生的現象滅掉，希望離念靈知心可以不斷的出生而長遠地保持祂的存在，不想滅掉自我，所以才會執著日日、世世不斷出生的離念靈知心，不肯滅掉。因爲不肯滅掉這個意識靈知心，所以死後就只能重新再去投胎，才能使離念靈知心在下一世重新再出生而存在，然後才能不斷的重複「享受」出生與死亡的快樂與痛苦，藉以保有世世的意識覺知心；這就是我見，就是種種無明之一。這正是古今修行者的通病，正因爲這個惡見、邪見，所以人人都不能取證聲聞初果，全都不能分證解脫的果位。所以這個無明的存在，本質就是不知道五陰的自我都是虛妄的；因爲不知道五陰的虛妄，所以被聲聞法中的無明所籠罩；由於不知道五陰是從入胎識出生的，不知道這個入胎識的前面絕無一法可以出生，所以被緣覺法的無明所籠罩；因爲不知道萬法都是由這個入胎識中出生的，所以被大乘見道應斷的無明籠罩。由於我見無明的遮障，以及不知名色都由入胎識出生的緣故，所以不知五陰自我的虛妄；這二種無明，會導致眾生執著五陰，誤認爲是常住不壞法，爲了想要保持五陰的常住，就會不斷入胎受生而取得後世的五陰。有入胎就會有出生，有出生就一定會有病、老、憂、悲、死亡……等苦惱。

離開老、死……等苦惱的唯一方法，就是不再讓自己有**後世再出生**的可能；所以必須正思惟「生」，正思惟：生是從哪裡來的？就從生的現象向前推溯，漸次推溯到名與色時，了知**名**（識陰六識及受想行陰）與**色**身都是從入胎識出生的；因爲是從入胎識出生的緣故，就必須緣於入胎識才能存在、才能運作，所以 佛說：「**識有故名色有，識緣故有『名色有』。我作是思惟時，齊識而還，不能過彼。**」這就是說，痛苦的根源其實都是因爲有名色五陰存在，而這名色五陰都是從另一**識**出生的，就是從入胎識中出生的，再往前推溯時就沒有任何一法存在了！所以推究到**名**與**色**的根源時，最多只能推溯到第八**識**──**入胎識**，一定不可能超過**入胎識**如來藏：在推究到出生**名色**五陰的第八**識**時就一定得要退回來了，因爲這個**識**的前面並無一法存在，探究不到任何一法，所以沒有別的法或識可以再來出生這個**能出生名色的入胎識**。

佛陀在這個地方，不像別處說十二因緣法時講十二支，而是先說十支因緣法；佛講到**識有故名色有**的時候，說**名色由識生**，所以就沒有再往前推溯行與無明，而是特別先說明：名色五陰是因爲有另一個識才有的，沒有這個入胎識的話，就不會有色法的五色根與五塵，也不會有名（識陰六識及受、想、行陰與意根），如果想要再向前推溯的話，是不可能再向前推究出任何一法的。因爲：眾生之所以會有苦、會有萬法，都是有了名與色之後才有的，而名與色卻是從這個入胎識而出生的；緣於這個識，出生了六根與六塵，所以有了六識，這六識加上六根中的意根就有七識心了；有了識陰六識及意根，所以有了六入、觸、受、愛、取、有、生、老病死憂悲苦惱。所以推究苦的根源，都是因爲有名與色這個五陰，名色五陰如果滅了，就不會有生、老、病、死……等苦惱；可是名與色爲什麼會一再的出生呢？都是因爲這個能出生意根與識陰六識的另一個入胎識，都是因爲**有此入胎識**故**有名色五陰**。假使能了知這個道理，就能破除解脫道中大部分的無明了，無明破除了，就不會有識陰的行，就不會有來世的識陰六識以及種種苦，剩下的當然就只是業種所生的業報了。

業種所生的果報身，是因爲身、口、意行的緣故而造作的；身口意行的由來卻是因爲對這十支因緣法的無明而生的；所以業行與無明，都只是對這十支因緣法的不能現前觀察、不能究竟觀察而產生的，如果能確實而且究竟的觀察這十支因緣法，也就可以滅除十二有支的行與無明了。所以 佛陀在這部經中說出一件至理：**識有故名色有**，名色有故六入處有……乃至生、老死等苦就出生了，所以**名色五陰就是衆苦的根源**；但是推究名與色的根源時，都是因爲有一個能出生名色五陰的本識；從這個出生名色的本識再向前推究時，就無一法可得了，無法再向前推進了，只能齊止於這個出生七識五陰的本識，必須退回來了。所以這十支因緣法，說明了**名色五陰緣識而有**的正理；由這個第八識出生了名色五陰的現象，知道名色是一切苦的根源，推溯到出生名色的入胎識時再也推不上去了！不論再怎麼向前推究，都必須**齊識而還**，不能超過**彼識**；因爲由彼入胎識再往前推究時並無一法可得，當然要齊識而還。

此時當然要先確認逆推的內容是否正確，所以要再從這十支因緣最前頭的本識支而向後面推究回來：「謂緣識：名色。緣名色：六入處。緣六入處：觸。緣觸：受。緣受：愛。緣愛：取。緣取：有。緣有：生。緣生：老病死憂悲惱苦。如是如是純大苦聚集。」所以，名色五陰滅除了，剩下本識獨存，就是無生也無死的境界；六入處（十二處）或十八界滅除了，就不會再有生死中的種種大苦惱了。接著當然就得要探究那個本識爲什麼會一世又一世的出生名色五陰？所以開示過十因緣觀以後，接著 佛陀才講解十二因緣觀；是將十因緣觀先說明，先確認名色的根源以後才說明十二因緣觀的；而且是並說十因緣與十二因緣的，不是分在不同的經中各別說的，是以十因緣觀爲大前提而說明十二因緣觀的。因此 佛陀說明了十因緣觀以後，從實相界的入胎識退回到現象界中來，再依十二因緣觀，從老死向前推究，這才講到名色五陰爲何會從本識中出生的原因：那就是上一世的名色五陰緣於六識心，由於六識心而導致身口意諸行，造成業緣及果報不斷的發生，就不得不受到異熟種子及因果律的牽引而一再受生了；然而導致業緣果報受生，愛樂於業報的種種貪染善惡法的身口意行，卻都是因爲無明——因爲對名色五陰的不正確想法與執著——而產生的，最主要是由於我見（誤認爲五陰自我是常住不壞的，特別是誤認爲識陰六識心是常住不壞心），所以從十二因緣法來看，這種無明正是一切生死流轉的根源。但是無明、行、往世的識陰六識，這三支因緣法，都仍然是從十支緣起法的源頭「**識有故名色有**」的第八入胎識而來的，是從十因緣法中的「**名色由識生**」而來的。

所以 佛陀是先從十支緣起法中了知一件事實：老死由生而來，生從有而來，有從取而來，取從愛而來，愛從受而來，受從觸六塵而來，觸從六根、六塵等十二處而來，六入處的十二處則是從名色五陰而來，名色五陰是從另一個入胎識中出生的。向前推究到這裡，就無法再向前推溯了！因爲這個出生名色五陰的本識是一切法的源頭，所以不可能再向前推究了，於是「齊識而還」，這就是十因緣法的觀行。既然必須齊識而還，就從本識出生名色的地方，依次第檢查回來而退回到老死的現觀之後，十因緣法的逆觀與順觀完成了，檢查完畢而沒有錯誤了，於是再依次序向前推溯，一直推究到名色及識陰六識爲何會從另一個本識中出生的原因時，就了知：都是因爲往世有種種的身口意行的習慣性，造了種種的業行，異熟種子滅不掉，業報就不可能斷絕了！然而造業的當然不會是另一個**能出生名色六識**的**本識**（入胎識），當然是常生、常斷而與我見、我執相應的識陰六識心在造業：是由往世的六識心虛妄分別了種種法，才會生起身口意的種種行爲。這些善惡行的作爲，當然都是因爲無明而產生的：**不明白名色五陰的自己根本就是假有、無常、苦、無眞實我**，都是由於我見、我執的作祟，才會在死後不願自己滅失，就一定會再度受生而繼續取得後有，藉以保持五陰或識陰的繼續存在。

因爲不明白這個眞理，爲了假我五陰名色的世間暫有的虛假利益，造作了種種的身口意行，所以才會有業果身的不斷出生。想要了卻生死的唯一方法，就是滅掉名色五陰的自己；可是眾生都不願意這樣滅掉自己，只得經由正確熏習而發起正見，然後如理作意的觀行，確認自己虛妄；觀察確定以後使得我見、我執滅除了，修習阿含解脫道時應斷的我見、我執無明也就滅盡了。滅盡阿含解脫道所應斷的無明了，就願意讓自己在捨壽以後滅除無餘，才能實取無餘涅槃。所以 佛陀重新向前推溯到**六入處緣名色**時，因爲已知名色是從另一個第八識中出生的，就不再推究名色從何處出生的，就改爲推究**名色五陰**爲何會從**本識**中再度出生而延續到此世來？推究的結果就是因爲有往世的識陰六識才會有往世的種種行，往世識陰的種種行則是從無明來的；佛是由第一次逆、順觀行的十支因緣法，轉變成第二度逆、順觀行的十二支因緣法，才證得解脫果的，這是傍晚時分的事情；然後開始探究能入胎出生名色的本識的所在，在夜初分時降魔後以手按地時明心，大圓鏡智出現；夜後分、火星出現在天邊時，因看見明星而眼見佛性，成所作智現前，這樣才能成就佛果。

所以，在十二有支的因緣法中，所說的「名色緣識」的識字，都是指識陰六識，**目的**是在探究**識陰爲何會不斷的從出生名色的識中出生**？所以十二因緣中的名色緣識的識，不是指十因緣中出生名色五陰的第八識。只有在十支因緣法中，向前推究苦的根源都是從名色五陰而來，再推究名色五陰是從何處生起時，才是推究到出生名色五陰的本識入胎識。**修習阿含解脫道的大師與佛弟子四眾，對 佛在此部經文中前後會合在一起而具足宣說十因緣、十二因緣的道理，都必須特別注意及深入思惟觀察；否則的話，再怎麼研究阿含四部諸經，都只能是佛學研究的成果，對於阿含解脫道的實證是完全沒有幫助的，連我見都斷不了，遑論斷除我執**。如今平實爲了護持及弘揚南、北傳佛法中的阿含聲聞道，利益今時眾多解脫道的修習者，所以把這個眞理，引證阿含部的經文，加以詳細解說，您若閱讀以後，應該再詳細的把經文和平實的說法加以一一的比對，然後再靜坐思惟；思惟時必須配合現前的觀察，先現觀十因緣法，然後再觀十二因緣法，就可取證聲聞道的初果而分證解脫果，或者繼續深入細觀而滿證解脫果，成爲阿羅漢。除非確無智慧而誤會了前面的舉證與說明，或者因爲名師情執、或者先入爲主而不能棄捨邪見，所以作了不如理作意的思惟。

以上所說，是詳細說明十因緣觀與十二因緣觀的關聯性；如果沒有先**正確的**修習十因緣觀而如理作意的深入思惟，只是單修十二因緣觀，知見就會產生偏差：則在修完十二因緣的觀行以後，結果將會同於斷見外道所墮的一切法空斷滅境界，如同西藏密宗應成派中觀師宗喀巴、印順……等人一般，成爲**外於常住的入胎識而說一切法空**的斷滅見者。那麼因爲思慮後的結果是斷滅境界的緣故，口中或意識層面縱使認同了十二因緣觀，意識的深心中或意根，仍然不可能認同的，我見就一定斷不了，我執更無法斷除，絕無可能實證解脫果。

所以修習十二因緣觀之前，一定要先正確的修習十因緣觀，在這樣的前提之下來修習十二因緣觀，才不會產生偏差，也不會久修之後卻如同印順一般，落入毀謗**常住法本識**的一闡提惡業中；所以，在修習因緣法之後，想要確實觀

共十支因緣法，推究出來的結果是：名色五陰是生死眾苦的根源。然而名色五陰究竟是從哪裡生出來的？總不會是**無因唯緣**而生的，一定是有因有緣才會出生的，所以阿含道中的一句名言是：**有因、有緣世間集，有因、有緣世間滅**。因就是如來藏，緣就是山河大地、四大、業種、無明、父母。佛陀又開示說，名色是從一個識中生出來的：是十因緣法**名色由識生**的本識。又說推究到那個識時就只能退回來了，不能再向前推究了。這就表示：沒有別的法可以出生本識，本識就是萬法的本源，所以才說「**齊識而還**」，從本識的入胎再向前推究，是沒有任何一法可得的，所以說「**不能過彼**」。由此可見：本識一定不可能是名色五陰中的識陰六識，因爲祂是出生識陰六識的心；這個入胎識也不可能是意根，因爲意根也是含攝在名與色的五陰之中，所以這個出生名色五陰七識心的識，當然就是第八識了；這個第八識當然就是阿含部《央掘魔羅經》中所說的如來藏了！這樣，第一個過程，依十支因緣的一一支，向前推究到這裡，了知名色五陰是由另一個識所出生的，而那個識當然不是名色所攝的意識心；而且，若不是心，當然就不可能出生名色；所以出生名色的法當然不可能是虛空、不可能是自然，也不可能單憑種種外緣而出生名色，當然只能是心體第八識；

雖然這時還不能實證第八識，但是從理上來推究，一定是心才能出生有情的種種名色。如此，十因緣法第一個過程的逆觀就完成了！接著要開始轉入第二個過程來觀行十因緣法：確認這個推究是否眞的如理作意？有無不合正理之處？

第二個觀行的過程：因爲**識有故名色有，名色由識生**，那個識當然是在十因緣法中講的出生名色五陰七識心的另一個識，當然可以稱爲如來藏，也可以稱爲第八識、涅槃的本際。以這個識作爲源頭，順著出生的次第而向後退轉回來，詳細的檢查方才所做的逆觀之中有無過失？必須確認是如理作意的觀察才可以，不可以含糊籠統或隨便的觀行一下，就自以爲眞的懂得因緣法了，以免自誤、誤人。所以就把十支因緣法，從出生名色七識的本識（識有故名色有、名色由識生的識），齊於彼識而轉還，從那個出生名色的第八識轉回來，順著流轉門而一一支重觀回來：**識**有故**名色**有、**名色**有故**六入處**有、**六入處**有故**觸**有、**觸**有故**受**有、**受**有故**愛**有、**愛**有故**取**有、**取**有故**有**有、**有**有故**生**有、**生**有故**老病死**憂悲苦惱皆有，純大苦聚都合集了。如是確認完成了，十支因緣法的觀行就完成了，我見就該已經斷滅了，這時已經是完成四聖諦中的苦聖諦、苦集聖諦的粗糙現觀了。接著得要轉入第三個觀行的過程來現觀十二因緣法了，但這個十因緣支的順逆及次第現觀，必須是在充分瞭解每一有支意涵的原則下所作的現觀，才有可能親證因緣觀而斷我見乃至我執；這個原則是適用於所有因緣觀的，而且必須對每一支因緣法都作苦、集、滅、道的觀行，而且必須是如理作意才算數，並不是表面上的閱讀、理解、思惟就可以算數的。

第三個觀行的過程：已經了知名色五陰就是眾苦的根源，而名與色是從另一個不被名中七識所攝的**彼識**中出生的，先確認十支因緣法中的這個前提以後，就可以接著探討：名色五陰七識心為什麼會從另一個本識中出生，而導致生死輪迴的痛苦？這仍然要從老病死支往前推溯：**老病死**因**生**而有、**生**因**有**而有、**有**因**取**而有、**取**因**愛**而有、**愛**因**受**而有、**受**因**觸**而有、**觸**因**六入處**而有、**六入處**因**名**與**色**而有、六入處根源的**名與色**則是因為往世識陰**六識**的存在而導致此世的名色五陰出生的動力繼續存在，所以名色五陰其實是因為識陰**六識**緣於往世身口意業**行**而來的；往世會有種種身口意業**行**的造作，則是因為不知名色五陰虛妄、不知五陰存在就是苦的根源、不知有常住法，是由這三種**無明**而產生三行的。這樣觀行的結果，就知道：對五陰名色的虛妄，及常住法的實存不如實了知，所以被**無明**所罩而造作種種的善業，執著後世良善的可愛異熟果報，就不斷的受生而享受善業果報，就有生死眾苦；或因造作種種惡業而被因果律拘束，業種流注的結果，不得不輪轉於三惡道中受苦。假使知道**名色五陰就是眾苦的根源**，也知道**名色五陰是虛妄性的生滅法**，是無常、苦、無我、變異法，就不再執著名色五陰，斷了我執，捨報之後就願意讓自己滅除無餘，就不會再度去入胎受生，也不會去天界受生，不再受生死眾苦。這樣確實觀行以後，還是要再確認這個觀行是否正確無誤？就得進入第四個觀行的過程了。

第四個觀行的過程：從**無明是流轉生死最早的原因**開始觀行。因為**無明**所以有往世識陰**六識**導致的種種**行**，那麼如何是無明的苦？如何是無明的集？如何是無明的滅？如何是滅無明的道？　如是一一觀行之後再起觀：因為往世識陰的種種**行**而導致此世**六識**的再度生起，那麼如何是行苦？如何是行集？如何是行滅？如何是行滅之道？　如是一一觀行之後再起觀：因為此世**六識**的再度生起而導致後世**名色**五陰再度生起，那麼如何是名色的苦？如何是名色的集？如何是名色的滅？如何是滅名色的道？　如是一一觀行之後再起觀：因為**名色**再度出生了就導致有**十二處**的六入，那麼如何是十二處的苦？如何是十二處的集？如何是十二處的滅？如何是滅十二處的道？　如是一一觀行之後再起觀：因爲有**六入**就會**觸**六塵，那麼如何是六入的苦？如何是六入的集？如何是六入的滅？如何是滅六入的道？　如是一一觀行之後再起觀：因爲有六入**觸**就產生了**受**，那麼如何是觸的苦？如何是觸的集？如何是觸的滅？如何是滅觸之道？　如是一一觀行之後再起觀：因爲**受**就產生了貪**愛**，那麼如何是五受的苦？如何是五受的集？如何是五受的滅？如何是滅五受的道？　如是一一觀行之後再起觀：因爲**愛**就產生了**取**，那麼如何是貪愛的苦？如何是貪愛的集？如何是貪愛的滅？如何是滅貪愛的道？　如是一一觀行之後再起觀：因爲**取**就產生了後**有**，那麼如何是取的苦？如何是取的集？如何是取的滅？如何是滅取之道？　如是一一觀行之後再起觀：因爲後**有**就出現了**生**，那麼如何是有的苦？如何是有的集？如何是有的滅？如何是滅有之道？　如是一一觀行之後再起觀：因爲**生**的緣故就會有**老死**憂悲苦惱，那麼如何是生的苦？如何是生的集？如何是生的滅？如何是滅生之道？

這樣一一支的四聖諦都詳細現前觀察而確認了，我見一定會斷除；執著性比較小的人，就會同時斷除我執的大部分或全部，必可成就阿含解脫果的滿證或分證，這樣就是因緣觀的確實觀行。這四個逆順觀行的過程，必須先從十支因緣法先作觀行；在十支因緣法的逆觀及順觀完成後，再作第三與第四過程的十二因緣法逆觀與順觀。在觀行的過程中，必須配合縝密的思惟與檢討：所觀與思惟的過程，有無不如理作意之處？確實的觀行與檢討以後，取證解脫果的滿分或少分、多分，是一定可以達到的目標。希望閱讀此書的大師與佛弟子四眾，都能確實的先行略讀、細讀及思惟之後，再一一細觀。在最後則是重複針對一一支的觀行有無不如理作意處？是否觀行太粗糙而不夠細膩？都必須一一加以檢查，才算已經完成因緣法的觀行，就知道取證解脫果其實並不困難。

如果能詳細而確實的、如理作意的思惟、觀察，深入的了知這十支、十二支因緣法，就會瞭解到一件事實：想要滅除生死輪迴的苦果，只有滅掉名色五陰一途，別無他法；當離念靈知心存在的每一個當下，就是五陰名色繼續存在，就是生死輪迴的苦果正在實現。當我見沒有斷除時，五陰的存在就是五盛陰，一定會繼續引生來世的五苦陰繼續出生，因爲繼續五陰熾盛的緣故，就不能不繼續輪轉生死。但是想滅掉五盛陰名色而滅掉生死輪迴的苦因，在捨壽時取無餘涅槃，卻只有滅掉諸行（身行、口行、意行）一途；想要滅掉諸行，只有一個方法，就是滅除無明（對名色五陰虛妄無常及本識常住眞相的無知）；若不滅掉這個無明，就無法使來世的名色五陰滅除不現，所以滅掉無明的本質就是滅掉我見與我執，確認有本識能出生名色；特別是要觀察離念靈知意識心依何因、何緣才能生起及存在，否則我見是絕對斷不了的，初果的取證就遙遙無期了。

修行人所應斷的我見，主要是妄認**離念靈知識陰為眞實常住法**的邪見，以及妄認欲界身、色界身爲常住眞實法的邪見；在大乘禪宗裡，則往往有人把識陰六識的自性（眼識能見之性乃至身識能覺、意識能知之性）誤認作常住的佛性，仍是落在五陰中，落入識陰六識的自性中，成爲自性見者。至於我執，就是滅掉對於欲界五陰身、色界五陰身、無色界識陰意識的執著；如果滅掉了這些邪見與執著，意根就會自願在捨壽時自我滅失，就可以取證阿含解脫果的極果，成爲慧解脫阿羅漢。取證阿羅漢果，並不須要親證名色五陰根源的第八識，只須知道確實有一個**能出生名色五陰的本識**常住；有這個知見，也確信這個知見的正確性，這就夠了；所以觀行十支因緣法時，只須建立**名色從識生**的觀念而信受不疑就夠了，不必像佛菩薩一樣親證這個本識，所以解脫道的行者可以直接從十因緣及十二因緣的觀行來斷除我見與我執，直接取證聲聞果（緣覺果是在無佛之世，自己觀察十因緣、十二因緣而得解脫，不從 佛聞而作觀行；所以讀者在閱讀此書之後已成爲因聲而聞的聲聞人，不是自覺獨悟因緣法而證解脫，所以不可能是獨覺的緣覺辟支佛，所以這裡說的是取證聲聞果）。

但是在您如法、如理作意的觀行完成之後，有一件事情必須吩咐您：當您取證聲聞初果乃至四果時，其實沒有證果的事情可說，您所有的就只是斷除見惑與思惑而解脫於我見、三縛結，解脫於欲界愛、色界愛、無色界愛罷了！並沒有所謂的果位可以頒給您，所以千萬不要向任何人宣稱您已經證果了，也不要向平實要求印證果位。當您這樣宣稱證果、或者自認爲證果時，其實就已經墜落於我見之中了！「我」都已經不存在了，確認是虛妄假有的了，又如何會有您這個「我」能證得初果乃至四果呢？請您千萬注意到平實這個叮嚀，只管自己受用解脫的功德就夠了。

但是當您確實已斷我見或我執時，關於取證聲聞初果乃至四果的方法與知見，以及這四個果證中的境界，您是可以爲一切具有證果因緣的學人或大師們，詳細加以說明及傳授的；因爲這是由悲心而發的作爲，本質上與宣稱證果無關，也與我執無關。平實對此將給與讚歎與認同；除非您公然自稱證得第幾果，否則平實都會隨喜讚歎及認同，不可能加以評論及否定；不論您在獲得此書的幫助而觀行證果之後，是否感恩平實，平實都不會加以評論，唯除後來否定如來藏及誹謗平實正法。因為當您繼續以前的作風而仍然誹謗平實、或抵制如來藏正法時，就表示您的觀行一定弄錯了，一定是還沒有實證因緣觀的凡夫俗子，我見及見取見都還堅強的保存著，根本就沒有實證因緣觀，才會繼續毀謗因緣觀根本的如來藏妙法，那就不能責怪平實加以評論了，平實也是一定會加以評論的。這是因為您在毀謗入胎識妙法時，其實已經是在誤導佛門四眾學人的緣故，也是由於您眞的還沒有實證因緣觀的緣故，才會謗法。

言歸正傳，如是，由阿含部經典的十因緣觀，證明一切人都確實是有如來藏的，也證明 佛陀早就在原始佛法的解脫道中密意隱說有如來藏了。由此證明：在四阿含諸經中，其實可以看得出來某些經典本來就是大乘經典，但是因為二乘聖人不證如來藏、沒有般若慧、更沒有種智，所以聽聞了 佛陀宣說大乘經典以後，不能理解的緣故，就無法對 佛所說大乘經中的法義生起勝解，當然無法成就大乘法義的**念心所**功德，只能依他們聽聞時所能理解的解脫道意涵來結集成經典；在這樣的事實下，他們結集成的大乘經典當然會變成宣講二乘解脫道的經典了。菩薩們想要改變二乘人所能理解的結集成果，想要促使他們回歸到大乘經典中的　佛陀本意時，當然是不可能的；最後的結果，當然是菩薩們在與聲聞聖人溝通不成功以後，隨後即另外自行結集自己聽聞時所理解的大乘經典了，所以有人在第一次的五百結集完成時當場表示：**吾等亦欲結集**。這樣的大乘結集，當然必須在菩薩們與聲聞聖人溝通而不可得以後，隨後另行作其他的大乘經典結集了，這當然不可能如印順說的等到三、四百年後才做。上面所舉證的阿含部經典因緣觀中，已證實確有入胎識如來藏了，但是不僅如此，復有其他阿含部的經典說：

【如是我聞　一時佛住王舍城迦蘭陀竹園，爾時尊者舍利弗、尊者摩訶拘絺羅，在耆闍崛山。爾時尊者舍利弗，晡時從禪覺，詣尊者摩訶拘絺羅，共相問訊慶慰已，於一面坐，語尊者摩訶拘絺羅：「欲有所問，寧有閑暇見答與不？」尊者摩訶拘絺羅語尊者舍利弗言：「仁者且問，知者當答。」尊者舍利弗問尊者摩訶拘絺羅：「云何尊者摩訶拘絺羅！有老不？」答言：「有。」尊者舍利弗復問：「有死不？」答言：「有。」復問：「云何老死自作耶？為他作耶？為自他作耶？為非自非他、無因作耶？」答言：「尊者舍利弗！老死非自作、非他作、非自他作，亦非非自他作、無因作，然彼生緣故有老死。」「如是，生、有、取、愛、受、觸、六入處、名色，爲自作？爲他作？爲自他作？爲非自他、無因作？」答言：「尊者舍利弗！名色非自作，非他作，非自他作，非非自他作、無因作，然彼**名色緣識生**。」（此處如前所引經文之理，同是十支因緣觀，齊識而還故。）復問：「彼**識**爲自作？爲他作？爲自他作？爲非自、非他、無因作？」答言：「尊者舍利弗！彼識非自作，非他作，非自他作，非非自他作、無因作，然**彼識增，名色生**。」

尊者舍利弗復問尊者摩訶拘絺羅：「先言名色非自作，非他作，非自他作，非非自他作、無因作，然彼**名色緣識生**；而今復言**名色緣識**，此義云何？」尊者摩訶拘絺羅答言：「今當說譬，如智者因譬得解。譬如三蘆立於空地，展轉相依而得豎立；若去其一，二亦不立；若去其二，一亦不立；展轉相依而得豎立。**識緣名色**亦復如是，展轉相依而得生長。」尊者舍利弗言：「善哉！善哉！尊者摩訶拘絺羅！世尊聲聞中智慧明達，善調無畏，見甘露法。以甘露法具足、身作證者，謂尊者摩訶拘絺羅，乃有如是甚深義辯，種種難問皆悉能答。如無價寶珠，世所頂戴；我今頂戴尊者摩訶拘絺羅亦復如是，我今於汝所，快得善利；諸餘梵行數詣其所，亦得善利，以彼尊者善說法故。」

「我今以此尊者摩訶拘絺羅所說法故，當以三十種讚歎稱揚隨喜。尊者摩訶拘絺羅，說老死厭患、離欲、滅盡，是名**法師**；說生、有、取、愛、受、觸、六入處、名色、識，厭患、離欲、滅盡，是名**法師**。若比丘於老死厭患、離欲、滅盡、向，是名**法師**。乃至識厭患、離欲、滅盡、向，是名**法師**。若比丘於老死厭患、離欲、滅盡，不起諸漏，心善解脫，是名**法師**。乃至識厭患、離欲、滅盡，不起諸漏，心善解脫，是名**法師**。」

尊者摩訶拘絺羅語尊者舍利弗言：「善哉！善哉！於世尊聲聞中智慧明達，善調無畏，見甘露法；以甘露法具足、身作證者，謂尊者舍利弗能作如是種種甚深正智之問。猶如世間無價寶珠，人皆頂戴；汝今如是，普為一切諸梵行者之所頂戴、恭敬奉事。我於今日快得善利，得與尊者共論妙義。」時二正士更相隨喜，各還所住。】（大正藏《雜阿含經》卷十二第 288 經）

如是經文中，尊者大拘絺羅所說十因緣觀之理，同於前面 佛陀所說之十因緣觀，都是**齊識而還**，不再推及無明及行支；因為無明及行支都是識陰六識心的事，都與這個能出生名色、能出生意識的第八識無關，所以從老病死往上推到**名色由識生**時，只能**齊識而還**，**不能超過彼識**。這也說明五陰名色（意根與識陰六識已含攝在名中）是從另一識中出生的；出生了色陰與名中四陰以後，這個出生名色五陰的識，就與名色五陰共同運作於三界、人間。這個第八識心，若不與名色五陰和合的話，是不可能單獨運作於三界或人間的，只能單獨存在於無十八界法的無餘涅槃中，不在三界萬法中示現了。由此緣故，尊者大拘絺羅說：識、名、色三法，猶如束蘆，相依而轉。識、名、色三法，各自都無法單獨運轉於人間；若只具有二法，也無法運轉於人間，必須三法和合配合，才能夠運轉於人間；也必須有三法配合熏習而增長異熟法種，才會繼續有名色與本識住在三界中不會間斷，所以說：「**譬如三蘆立於空地，展轉相依而得豎立；若去其一，二亦不立；若去其二，一亦不立；展轉相依而得豎立。識緣名色亦復如是，展轉相依而得生長。**」

若不是有名與色的配合而成就種種善惡業及無記業，第八識是無法在人間成就識食的，那麼祂所含藏的善、惡、無記種子當然就無法生長。成佛之道也是如此，必須有名與色的配合運作來修學佛法、去惡修善，才能除掉惡種、增長善種，增長本識中的智慧種子、去掉超過恆河沙數的無始無明所攝的上煩惱，進而圓成一切佛法，所以說「**識緣名色亦復如是，展轉相依而得生長。**」

由此就可以證實：**名與色**二法，必須有第八識心體的自性功德配合，才能運轉於人間。但這是證悟的菩薩們才能親證的，聲聞則是從 佛聽聞，信佛語眞實而知，滅除「無餘涅槃是斷滅境界」的恐怖；在修證阿含解脫道之時，則不必親證這個第八識，只須信受 佛說、知有此識常住不壞即可。

此外，雜阿含部之《央掘魔羅經》卷二，亦已直接以**如來藏**名義而明說有如來藏，並說有**種種際**，如是以種種名而說第八識：【無生際、實際、無作際、無爲際、無老際、無病際、不死際、無染際、無漏際、無罪際、諦際、法際、如法際、寂靜際、安隱際、無憂際、離憂際、無塵際、離塵際、無羸際、無災際、無惱際、無患際、離患際、無有際、無量際、無上際、最勝際、恒際、等高際、上際、不壞際、不崩際、無邊際、不可見、深法際、離見際、微細法、滿法際、極難見、無定法、無諍際、無分別、無際、解脫際、寂靜際、寂止際、上止際、無斷際、彼岸際、美妙際、離虛僞、破宅際、伏慢際、伏幻際、伏癡際、捨際、法界際、無入際、純善際、出世際、無動際、殿堂際、不悔際、休息際、究竟際、三毒斷、煩惱斷、有餘斷、三毒盡、滅際、捨際、覆護際、依怙際、趣向際、洲渚際、容受際、離渴際、斷道際、空樂際、結斷際、愛盡際、涅槃際、如來藏。】（《雜阿含、央掘魔羅經》卷一、二……）由阿含部的這些經文中，也已經證實四阿含中的部分經典，其實本來就是大乘經典，只因爲二乘聖人聽不懂大乘法義，只能依自己所知的解脫道而生勝解，以此勝解來念持、來解釋，結集出來的結果當然會成爲小乘的解脫道經典了。所以菩薩商量修改不成以後，隨後自行結集大乘經典時，當然會有許多經典的名稱與阿含部的經典名稱相同，這是可想而知的事，因爲聲聞人是曾經與菩薩們共同聽聞大乘經的。

這個第八識阿賴耶心，在北傳佛教的四阿含原始佛法經典中，不曾以阿賴耶識的名稱來說，但在部派佛教時期的「說一切有部」所流傳之《增一阿含經》中，亦曾說有第八識「阿賴耶」。譬如《攝大乘論》卷上〈所知依分〉第二，曾經舉證：**【「復次，聲聞乘中亦以異門密意，已說阿賴耶識。如彼增一阿笈摩說：世間眾生愛阿賴耶、樂阿賴耶、欣阿賴耶、喜阿賴耶。」】**

亦如 玄奘菩薩《成唯識論》卷三言：**【「說一切有部增一經中，亦密意說此名阿賴耶，謂愛阿賴耶、樂阿賴耶、欣阿賴耶、喜阿賴耶。」】**凡此諸句，皆已經明說一項事實：**不論大乘抑或小乘法中，皆曾言及第八識心，然不以「第八」的數字言之，而名爲阿賴耶識、如來藏，**有時則只簡稱爲識。如是所說第八識諸名，**若如印順所言阿賴耶識是阿賴耶識，如來藏是如來藏，是二心，在**

後來唯識學發展以後才被合併成一個心，那就應該一一名都各爲一心，則將成爲眾生之實相心有無量心，則將無人能成佛道也，求證其一一心及其功德而終無法究竟故，實質上也將不可能成功故。然而事實終不如是，第八識仍然可以有許多名稱，但不必就是許多的心；如同印順其人出家後雖名印順，但亦無妨繼續保有出家前的張姓俗名；若成爲作家而取筆名，又成爲三名；加上小時乳名，則成爲四名，但無妨仍是同一個人，不因印順同有出家名號、世俗名號及筆名、乳名而成爲四人。

而且 世尊終究不說每一眾生之心有無量心，世尊自始至終，皆唯說眾生最多唯有八識心王，終究不曾說有九識心王乃至無數心王故；不論是在初轉法輪的阿含期、二轉法輪的般若期、三轉法輪的方廣唯識期，莫非如是。特別是在三轉法輪期的《楞伽經》中，明說人類的心不超過八識心王；馬鳴菩薩在《起信論》中，更以阿賴耶識一名函蓋第八識如來藏及七轉識，將八識心王合說爲一個阿賴耶識；此謂古來諸多證悟菩薩若說一切有情都唯有一心時，必定說彼心名爲阿賴耶識，是故常有唯識宗祖師說：**一心說，唯通八識。**由是可知：印順將本來同是一心的如來藏與阿賴耶識心體，強行割裂爲二個心；又說佛法中不曾說過七、八識，將本來完整圓滿的佛法強行割裂成支離破碎的狀態，是極不正確及極大弊端的說法，才會招來他的師父太虛大師對他批判。由如上所舉阿含部經典的眞實義中，也可證知：第八識如來藏實有，無形無色、離見聞覺知、離一切六塵上之分別性、離於我見我執，離一切我所之貪著與厭惡，離一切六塵萬法之思量性，亦離**無明**與**智慧**，是故**無智亦無得**，無**無明**，亦無**無明盡**，不墜入一切法中，寂靜、涅槃、究竟。

阿含解脫道不墜於斷滅境界、不同於斷見外道的原因，正是因爲 世尊早已在四阿含諸經中多處隱覆密意而說有第七識意根及第八識如來藏，在四阿含諸經中，對第七識通常以**意**稱之，從來不以**識**來稱呼意根；對第八識如來藏則都以**識**稱之，通常都不特別標明是**第八識**，一般情況下也都不特別明說是如來藏；在阿羅漢特別請問無餘涅槃中是否爲一切法空的斷滅境界時，才會說明：無餘涅槃中有實際，或名本際。又說，如來滅後非有、非無、非有亦非無、非非有亦非非無，令阿羅漢們知道無餘涅槃之中並非斷滅。這是因爲法界中的實相，是在滅除五陰、十八界……所有法之後，成爲無蘊處界我而進入無餘涅槃之中時，仍然有如來藏離見聞覺知而獨存，稱爲涅槃本際、實際，所以阿含解脫道滅盡蘊處界後所入的無餘涅槃境界，不同於斷見外道所說的斷滅境界。

這樣一來，斷見外道就不能附麗於佛教的二乘解脫道妙法了！斷見外道因此就不得攀緣於佛教勝法，妄說其斷見外道境界同於佛教聲聞僧寶所證解脫境界；亦由此緣故，令常見外道不得攀緣佛教僧寶，因爲佛教僧寶已斷除常見外道所墜之蘊處界我境界，而常見外道仍然墜入蘊處界我之中；如是以阿含解脫道而度外道入於佛法中，成爲聲聞佛教僧團中之住持佛法者。如是正理，才是阿含佛法的眞義；所以阿含正義，是**依入胎識常住心**爲前提而說蘊處界……等一切法緣起性空，不是單依蘊處界自身……等一切法而說緣起性空，這是阿含佛法的大前提。若離入胎識如來藏心的大前提，而說蘊處界、一切法緣起性空，則二乘菩提解脫道即成戲論，同於斷見外道故；若否定第八識如來藏心而說無餘涅槃，則無餘涅槃即成斷滅空，同於斷見外道故。

反過來說，若不肯斷除對於離念靈知心的執著，則同於常見外道，同墜意識境界而不離五陰、六入處、十八界法故，與常見外道無異故。由是緣故，一切弘揚或修學阿含解脫道的大師與學人們，都應特別注意這個大前提：依第七識意根及第八識如來藏，才能有蘊處界……等一切法緣起性空可以說爲阿含佛法；外於第七識意根及第八識如來藏而說一切法緣起性空者，即同斷見、常見外道，也同於無因論外道的**唯緣無因**而自然出生萬法，這不是眞實阿含佛法，違背四阿含中的 世尊意旨，亦即是違背 世尊親口所說的根本佛法。如是違背四阿含、根本佛法者，亦將不能自圓其說，有朝一日必被菩薩們廣破而無法回應辨正，如今的印順老法師及其門徒即是現成的事例。

在本節結束之時，特別再說明十因緣法與十二因緣法之關聯性，也要再一次叮嚀阿含解脫道的修習者，再次強調：十因緣法是十二因緣法的根基，若無十因緣法的確實觀行，就無法了知 佛陀所說**齊識而還**的眞理；若不能了知**齊識而還**的眞理，就不可能知道此世的**名色**是從往世名色的熏習苦集而來的，也就不可能斷除我見，更將無法現觀往世名色的**集**是從往世六識的種種行而來的，更不可能現觀往世六識的種種行都是因爲無明——不了知意識離念靈知、有念靈知的虛妄——所以才會有六識的行，才會引生此世的名色，就有了無盡的生死。所以，十因緣法是十二因緣法的根基；若無十因緣法的現觀，十二因緣法的觀行都將落空，成爲斷滅見者，一定斷不了我見，就會與 佛陀的本意大相逕庭，所修因緣觀就無法如理作意的觀行，就會如同佛護、月稱、安慧、寂天、阿底峽、宗喀巴、達賴、印順……等人一樣，落入一**切法空**、**滅相眞如**的緣起性空的斷滅見中，成爲斷滅本質、破法本質的邪見者，然後再返執意識爲常住法，再墮常見之中。所以說，十因緣法是十二因緣法的根基，這是修行因緣觀的阿含解脫道修行者，在開始思惟與觀行之前，必須先行認知的一個重要知見；若能推知或如菩薩證實本識能生意識，就不會墜入意識常見中。

第三次叮嚀修習阿含解脫道的大師與學人們：在開始觀行十二因緣法之前，務必先觀行十因緣觀；但是在開始觀行十因緣觀與十二因緣觀之前，務必先把五陰的無常、苦、空、無我，先思惟觀察清楚，然後再將十因緣觀與十二因緣觀之間的關聯思惟清楚，並且必須先把十因緣觀的內容極深入、而且是如理作意的思惟與觀行。假使沒有先作這些思惟與如理作意的觀行功夫，就直接觀行十二因緣法，將會使您在十二因緣法的修習與觀行之後，唐捐其功，無法取證阿含解脫道的果證，最後您將會發覺到一切證果者都會說您「我見具在，三縛結未斷」。請您在這一點上面，特別的加以注意與遵行。

第四節 識緣名色，名色緣識

由十因緣法的「識緣名色、名色緣識」二句經文中，已經顯示確實有八識心王，不是應成派中觀師清辨、安慧、月稱、寂天、阿底峽、宗喀巴、印順、星雲、證嚴等人所說的只有六識心。

名色之**色**，是說四大所成五色根的色身；色身五色根即是眼根，耳、鼻、舌、身根。五色根的每一根，都各有勝義根與扶塵根；扶塵根就是直接與外五塵相觸的色身五根，所謂眼如葡萄、耳如荷葉、鼻如懸膽、舌如偃月、身如肉桶，都是眼睛可以看得見的，稱爲可見；也可以證實確有這五色根的存在而可以面對它，故又稱爲有對，所以五根的扶塵根都稱爲**可見**、**有對**。五色根的勝義根則是不可見的，也就是頭腦中掌管內六入的器官，是只與內六入感應的頭腦功能，由於不顯露於外而不可見，但因可以從種種現象來確認這五種勝義根（或名五淨色根）的存在，使人們能面對它的存在，所以稱爲有對，合稱爲**不可見**、**有對**。以上是說名色的色。

名色的**名**，是說六識心王本身以及六識心擁有的受想行等三種心行，也就是把六識心王及祂們比較明顯的**心所有法**，合稱爲**名**；名也就是五陰中的四陰：受、想、行、識。這四法因爲都是心體與心所法，不是物質，不能如同物質一樣被拿出來顯示，只能假藉名稱而說明，所以合稱爲名；名中的識蘊，是專指眼識乃至意識等六識心；在阿含道中所說的識蘊，不包含意根在內，是因爲識蘊的定義很明確：根、塵、觸，三和合生。意根末那識屬於根，不屬於三法和合而生的心，所以不攝在識蘊之內。識蘊及名的定義如是，有經爲證：**【云何爲識？謂六識身：眼識身、耳識身、鼻識身、舌識身、身識身、意識身。緣識名色者，云何名？謂四無色陰：受陰、想陰、行陰、識陰。云何色？謂四大、四大所造色，是名爲色。此色及前所說名，是爲名色。】**（《雜阿含經》卷十二第 298 經）

此段經文意思已極明確易解，不須別作語譯及解釋。但在這一段經文中，很清楚的告訴我們：阿含佛法中講的識陰是指六識身，不包含意根在內；唯除大乘法中方便悉檀而爲不同根性者所作的方便說。在十二因緣中也很清楚的說明：名色，若不包含識陰在內、和合爲一，若無識陰的出生與運作，名色就無法在人間正常的運作，必將成爲殘障者或植物人一般，所以說**緣識名色**：緣於識陰才能有名色在人間存在與運作，識陰是名色作種種活動的主導者，也是後知，如來不終亦知，如來終不終亦知，如來非終非不終亦知。何以故？阿難！齊是爲語，齊是爲應，齊是爲限，齊是爲演說，齊是爲智觀，齊是爲衆生。如是盡知已，無漏心解脫比丘**不知不見，如是知見**。」（《長阿含經》卷十）

此段經文，在本章的第二節中已經語譯過了，這裡不再複譯；但是在這段經文中，已經說明了涅槃的境界相：入胎識、住胎識若不住任何境界中，就是無餘涅槃的解脫境界。並且顯示：在無餘涅槃中的境界相是**不知**亦**不見**的。親證解脫的比丘們，他們的意識覺知心仍然存在，明明是有覺有知的，但是佛卻說他們不知也不見，這是因爲佛座下的比丘們已經知道涅槃中是滅盡一切法、滅盡識陰的，那時當然是沒有覺、沒有知、沒有見的，所以佛說「無漏心解脫比丘不知不見」。換句話說，如果仍有六識心的境界相存在，就表示住胎識仍然與六識心的境界同在，仍然與意根的境界同在，那就是仍在三界境界中，仍不是無餘涅槃的解脫無我境界，所以仍有六塵中的見聞覺知：有知也有見。滅盡蘊處界以後，獨存本識時則是不知亦不見的。慧解脫比丘們未入無餘涅槃以前，對於解脫、對於涅槃，就是這樣知、這樣見的，所以佛說「如是知見」。所以佛以十因緣法中的「名色緣識、名色由識生」的入胎識、本識的道理，在上舉經文中如此與 阿難尊者問答：

【「若識**出**胎，嬰孩壞敗（若入胎識在中途離開胎身而導致胎兒色身壞敗），名色得增長不？」答曰：「無也。」「阿難！若無識者（若沒有入胎識如來藏的話），有名色不？」答曰：「無也。」「阿難！我以是緣，知**名色由識**、**緣識有名色**。我所說者義在於此。阿難！**緣名色有識**，此爲何義？若識不住名色，則識無住處；若無住處，寧有生、老、病、死、憂、悲、苦惱不？」答曰：「無也。」「阿難！若無名色，寧有識不？」答曰：「無也。」「阿難！我以此緣，知**識由名色**，緣**名色有識**。我所說者義在於此。」】

在這一段經文中，佛特別舉說三件事情：一、【「若識**出**胎，嬰孩壞敗，名色得增長不？」答曰：「無也。」】這意思是說：假使入胎識（本識）在中途離開胎身時，胎兒的色身都不可能成長，而且將會導致胎兒色身壞敗；胎兒的色身壞敗後，名所含攝的六識及受想行陰都將無法在三、四個月後開始出現。

二、【「阿難！若無識者，有名色不？」答曰：「無也。」「阿難！我以是緣，知名色由識、緣識有名色。我所說者義在於此。」】意思是說，假使沒有那個入胎、住胎的第八識本識，就不可能會有名與色而出生爲人；因爲連色身都無如此提示以後，讀者對於十因緣法中的「識緣名色、名色緣識」的識，是指住胎識的第八識如來藏；而十二因緣法順觀時的「行緣識、識緣名色、名色緣六入」，或是逆觀時的「六入緣名色、名色緣識、識緣行」中所說的「識緣名色、名色緣識」的識，都是指識陰六識，到此應該就有了更深刻的瞭解了！至於阿含部的經中所說「名色與識，猶如束蘆相依而轉」的道理，應該也可以更加的瞭解了。因爲十因緣法中的識緣名色，是在探究名色從何法出生的？是在探究名色的來源；答案是入胎識、住胎識的第八識本識，當然不是講識陰六識；因爲剛入胎、住胎時，識陰還沒有五色根爲助緣來幫祂們生起：剛入胎及住胎的前三個月中，五色根與外六入、內六塵都尚未完成基本功能故，當然「根、塵相觸爲緣而生」的意識在那時還不可能出現，所以入胎、住胎的識當然是第八識如來藏。初時的胎身只是一顆小到連眼睛都看不見的受精卵而已，即使到了三個月後，也只是小如柳橙的肉團而已，五色根功能都還沒有出現，當然不可能作爲助緣而使本識出生識陰六識。雖然那時已經有名所含攝的意根同住於母胎中，但是意根只能思量而不能執持受精卵或胎身，因爲祂沒有持種的能力，所以能製造、能出生五色根的入胎識、住胎識，當然是指第八識如來藏了！這樣詳細的如理作意思惟以後，對於上面經文中 佛所提示的三個重點，應該有了更深入的理解，觀行時就不致於混淆而無法獲得觀行的成績。

只有在十二因緣法中推究**未來世的識陰爲何會不斷生起**時，在探討本識爲何會不斷入胎而製造世世色陰及出生受想行識時的「識緣名色」的識，才會說是往世的識陰六識身；這是因爲往世的識陰不斷熏習而造作種種身口意行的緣故，所以導致業種、異熟種的滋生而一再的入胎，所以就一再的出生世世全新的識陰六識，所以識陰六識的種種行就是本識世世入胎的動力， 佛在十二因緣觀的「識緣名色」中，才會說這個識是識陰等六識。也只有在十二因緣觀與十因緣觀的合說中，或是單說十因緣法中的部分法義時，才會說「識緣名色、名色由識生」，這時講的識當然是指入胎識、住胎識，因爲是製造及出生五色根與識陰的本識。這個第八識在人間的運轉，必須有名與色共同配合，若缺四陰的名、或缺色陰的色身五根，就無法在人間運作，在人間是什麼事情都辦不了的，所以才說「識與名色三法，猶如束蘆相依而轉」，就是講這個道理。

關於十因緣與十二因緣的關聯性，對於修習因緣觀而取證阿含解脫道的人來說，是極爲重要的大前提；爲免觀行之後仍然無法取證解脫果，請在觀行之前，先弄清楚十因緣法與十二因緣法的關聯性；並且必須將十因緣法所說的識緣名色的識，以及 佛陀在其他經典中對十因緣法加以增說時所說的識緣名色的識，都是指本識如來藏；再將十二因緣法所說的識，都是指識陰等六識的道理，詳細的、反覆的思惟以後，確定已經弄清楚了，才可以繼續進行因緣觀的現觀。這二種因緣法的關聯性，請一再的溫習本章第三節「十因緣觀與十二因緣觀的關聯」一節，再讀、三讀之時，可以逐段、逐句加以詳細的思惟，並且必須在每一段的閱讀過程中，都與平實書中列舉的經文語句，一一詳實比對、確認無誤，然後才開始實地觀行。在這樣確實的思惟、比對以後，一定可以更清楚自己在阿含解脫道中的修證應該有些什麼內涵，就不會精進學佛而無所獲，白修一世、唐捐其功。

再回到**識緣名色**、**名色緣識**的題目，證明阿含解脫道中確實已經隱說第八識如來藏了！今由原始佛法所說的入胎識證實確有第八識如來藏：【「世尊說法又有上者，謂**識入胎**。入胎者，一謂亂入胎、亂住、亂出，二者不亂入、亂住、亂出，三者不亂入、不亂住而亂出，四者不亂入、不亂住、不亂出。彼不亂入、不亂住、不亂出者，入胎之上；此法無上，智慧無餘，神通無餘；諸世間沙門、婆羅門，無能與如來等者，況欲出其上？」】（《長阿含經》卷十二）由此入胎識在初入胎及初住胎之三個月中，出生之五色根仍未有作用，仍不能出生內六塵，故仍無法使識陰六識出現（無法使離念靈知心出現），又因爲入胎識、住胎識在四阿含中都說是**識**而不說是**根**，而**意根**在四阿含中又都說是**意**而不說是**識**，則可以證實此一事實：意根不是入胎識、住胎識，所以入胎、住胎的識是第八識。如是間接證實四阿含原始佛法中早已隱語密意說有第八識如來藏了，所以阿含諸經中的**存有思想**，是不爭的事實，不論藏密應成派中觀師的印順學派如何反對，都將無法推翻這個事實，也都將無法自圓其說的。

此外，由《長阿含經》卷十二所說，亦間接證明確有如來藏，所以行者不必害怕滅盡五陰自我以後會成爲斷滅境界：【「如來說法復有上者，謂見定。彼見定者，謂有沙門、婆羅門種種方便，入定意三昧；隨三昧心，觀頭至足，觀足至頭，皮膚內外但有不淨髮、毛、爪甲、肝、肺、腸、胃、脾、腎五臟，汗、肪、髓、腦、屎、尿、涕、淚臭不淨，無一可貪，是初見定。諸沙門、婆羅門種種方便，入定意三昧，隨三昧心，除去皮肉外諸不淨，唯觀白骨及與牙齒，是爲二見定。諸沙門、婆羅門種種方便，入定意三昧，隨三昧心，除去皮不是斷滅境界，於內、於外都無恐怖，才有可能眞的斷除我見與我執；如果像印順一樣的認爲禪宗的所悟就是直覺，他在後來生活中一定會發現直覺也是會斷滅的，因爲直覺只是意識的心所法罷了！意識卻是夜夜眠熟時都會斷滅的。接著就只能像他一樣的認爲斷除識陰六識以後就只是蘊處界的滅相空無，那就一定不可能斷除我見與我執的，所以印順不免要另行建立意識細心常住說，又建立滅相不滅說，來安慰自己，避免墜入斷滅空的恐懼中；以此緣故，他的我見當然就斷不了。所以由這一段經文中探究**識陰**在今世、後世的斷與不斷，就可以間接的證明原始佛法中確實已經隱語密意說有如來藏第八識的存在了。

此外，如是經文中，亦可間接證明確有如來藏，佛門行者不必恐懼未來滅除五陰十八界而入涅槃以後會成爲斷滅：【「如來說法復有上者，謂說**常法**。常法者，諸沙門、婆羅門種種方便，入定意三昧，隨三昧心，憶識世間二十成劫、敗劫，彼作是言：『世間常存，此爲眞實，餘者虛妄。所以者何？由我憶識（由於我能回憶與了別），故知有此成劫、敗劫，其餘過去，我所不知；未來成敗，我亦不知。』此人朝暮以無智說言：世間常存，唯此爲實，餘者爲虛，是爲初**常法**。諸沙門、婆羅門種種方便，入定意三昧，隨三昧心，憶識四十成劫、敗劫，彼作是言：『此世間常，此爲眞實，餘者虛妄。所以者何？以我憶識故知成劫、敗劫，我復能過是，知過去成劫、敗劫，我不知未來劫之成、敗。』此說知始，不說知終；此人朝暮以無智說言：世間常存，唯此眞實，餘者虛妄。此是**二常法**。諸沙門、婆羅門種種方便，入定意三昧，隨三昧心，憶識八十成劫、敗劫，彼言：『此世間常，餘者虛妄，所以者何？以我憶識故知有成劫、敗劫，復過是，知過去成劫、敗劫；未來劫之成、敗，我亦悉知。』此人朝暮以無智說言：世間常存，唯此爲實，餘者虛妄。是爲**三常存法**。此法無上，智慧無餘，神通無餘，諸世間沙門、婆羅門，無有能與如來等者，況欲出其上？」】

（長阿含卷十二《自歡喜經》）

云何由此經文中間接證實確有如來藏？這是說，既然經由宿命通而可觀知過去二十劫、四十劫、無量劫之世界成、敗，而意識是識陰所攝，又已證實唯有一世，又如何能經由宿命通來了知往世自己經歷過的成住壞空等許多劫數之事？意根雖能貫通三世而從以前的無量往世來到此世，但意根無法執持種子，也不具有念心所，所以無法憶持往世無量劫所經歷之種子，由此即可推知：唯有第八識如來藏才可能記持往世所經歷之種子，而由此世意識以宿命通或定境來了知往世多劫的成、敗等事。此外，造業的名與色，既然都是由如來藏識所造所生，則執持種子的心當然必屬本識如來藏，被本識所生的識陰六識及意根，當然都無可能是憶持往世所經歷無數劫成敗諸事的心；由此阿含部的經文中，也可以間接的證實確有如來藏識持種不壞。

再由入胎識證實確有第八識如來藏：【「阿難！有**名字**（字，在此處是動詞：命名之意也）因緣；設有問，便對爲有。何因緣**名**字？謂**識**因緣爲有。當從是因緣，阿難！解知爲**識**因緣**名**字。若**識**，阿難！不下母腹中，當爲是**名色隨精得駐**不？」阿難言：「不。」「若**識**，阿難！母腹已下，不得駐，去，爲有**名**字得致不？」阿難言：「不。」「**識**，阿難！**爲本**。若男兒、若女兒已壞已亡，令無有爲，得**名**字令增長、令所應足不？」阿難言：「不。」「如是，阿難！從是起有，從是本、從是習、從是因緣，爲**名**字從**識**。**識**因緣，阿難！爲有**名**字。」

「**有**因緣，阿難！**識**，若問是，便對有。從何因緣有識？名字因緣有識，當從是因緣，阿難！分別解，爲**名**字因緣識。若阿難！**識**不得**名**字**駐**，已**識**不得駐，得增上爲有生老死苦習？能致**有**不？」阿難言：「不。」「如是，阿難！從是致、從是本、從是習、從是因緣，識令有名字，**名**字因緣有**識**是，如是爲

『識因緣名字，名字因緣識』。止是說**名**，止是處對，止是諍本，現當從有慧，莫受。」】（長阿含部《人本欲生經》、大正藏 1-243）

此段經文是直譯，故晦澀難解，應當**語譯**，令易知解：【「阿難！因爲有了**名**這個命名的因緣；假使有人請問，便應該對答而說是有這種因緣。是以什麼因緣而命名爲**名**呢？這是說，以本**識**作爲三界**有**的因緣；應該從這個因緣，阿難！來解知這個道理：依本**識**的因緣而將六識及受想行建立爲**名**。如果這個本**識**，阿難！不進入母腹之中，能夠作爲我們這個**名色**的因緣而隨同精卵、長駐於母胎嗎？」阿難回答說：「不能。」「如果這個本**識**，阿難！從母腹中已經離開了，不能長久駐於母胎中，離去了，還會有**名**這個名稱可以建立嗎？」阿難回答說：「不能。」「入胎、住胎的本**識**，阿難啊！以祂爲根本。如果胎中的男兒、女兒色身因病而已經毀壞、已經死亡，使得本**識**無法再於母胎中作什麼事情了，還能夠獲得**名**這個名稱、並且讓**名**繼續增長而使**名**能夠相應及滿足嗎？」阿難回答說：「不能。」「就像是這樣，阿難啊！都是從這個本**識**而生起了**有**，從這個本**識**作爲根本、從這個本**識**而有熏習、從這個本**識**爲因緣，而取名爲**名**這個字的事情，都是從入胎、住胎的本**識**而來的。所以，由於這個入胎、住胎本**識**的因緣，阿難！才會有**名**這個名稱。」（註：此處的「字」是動詞，是「命名、取名」的意思，古時是常常被作爲動詞使用的。）

「**有**因緣，阿難！這識陰六**識**，如果有人問這六識有沒有因緣，便回答說有**有**作爲因緣。從什麼原因可以出生三界**有**的六**識**？答案是：因爲**名**這個取名的因緣所以說有六**識**；應當從這個因緣，阿難！加以分別及解釋，也就是**名**這個名稱是因緣於**識**陰六識而來的。如果阿難！**識**陰六識無法以**名**這個名稱而久駐於身中，已經是使這個**識**陰六識不能駐在身中了，還能夠使識陰六識增上而出現**生**、**老**、死等眾苦的熏習嗎？還能導致後**有**嗎？」阿難回答說：「不能。」「就像是這樣子，阿難！從這個原因導致這六識有了**名**這個名稱、從這個原因而說識陰是流轉的根本、從這個原因而有世間法的熏習，從這個識陰六識作爲因緣，使得識陰六識有了**名**這個名稱，由**名**這個名稱的因緣而說有這個**識**陰的名稱；就像是這樣，這就是『**識**陰的因緣而以**名**這個名稱來命名，**名**這個名稱也是因緣於**識**陰』。只是以這樣的原因來說**名**，只是以這樣的見處來答對，只是以這個道理而成爲外道們諍論的根本，現在應當隨從有智慧的人修習，不要隨意接受別人的說法。」】

這段經文的意思，也是如同前一節中所舉示的：十因緣所說**識緣名色**的**識**是第八識，十二因緣所說的**識緣名色**的**識**是**識陰**六識。意思仍是如同以前一樣的，也就不必再多加解釋了。但是由這段阿含部的經文中，也已經明確的證實確有第八識如來藏的存在而成爲**名**的二種因緣中的一種。

識與名色互爲所緣，方能具足十二因緣，方能在三界中流轉：【「阿難！若有問者：『名色有緣耶？』當如是答：『名色有緣。』若有問者：『名色有何緣？』當如是答：『**緣識也**。』當知所謂**緣識有名色**。阿難！若**識**不入母胎者，有名色成此身耶？」答曰：「無也。」「阿難！若識入胎即出者，名色會精耶？」答曰：「不會。」「阿難！若幼童男、童女，識初斷壞、不有者，名色轉增長耶？」答曰：「不也。」「阿難！是故當知，是**名色因**、**名色習**、**名色本**、**名色緣者**，謂此**識**也。所以者何？**緣識故則有名色**。」

「阿難！若有問者：『識有緣耶？』當如是答：『識亦有緣。』若有問者：『識有何緣？』當如是答：『緣名色也。』當知所謂**緣名色有識**。阿難！若識不得名色，若識不立、不倚名色者，識寧有生、有老、有病、有死、有苦耶？」答曰：「**無也**。」「阿難！是故當知，是識因、識習、識本、識緣者，謂此名色也。所以者何？緣名色故則有識。阿難！是爲緣名色有識，緣識亦有名色。由是增語，增語說傳，傳說可施設有，謂『**識、名色共俱**』也。」】（《中阿含經》卷二十四〈因品〉第四《大因經》）

語譯如下：【「阿難！如果有人這樣子問：『名與色，有所緣的法嗎？』應當如是回答：『名與色都有所緣的法。』如果有人這樣子問：『名與色有什麼法作爲所緣的法？』應當如是回答：『名與色都必須緣於**識**。』應當知道這就是我所說的**緣於識才會有名、色**。是什麼道理而這樣說呢？阿難！如果**識不進入母胎中**的話，能夠有名與色來成就我們這個身心嗎？」阿難回答說：「那就沒有名與色可以成就這個身心了。」「阿難！如果這個**識入胎**之後隨即出胎而不住胎的話，名與色能與受精卵相會合爲一個胎身（而有後來的身心）嗎？」阿難回答說：「不能相會的。」「阿難！如果母胎中的童男、童女胎身，當**本識**入胎後假使中斷或壞滅而不再駐於母胎中的話，胎中的名與色能夠轉變及增長嗎？」阿難回答說：「不能轉變及增長。」「阿難！由這個緣故就應當知道，這個**名色的因**、名色的習、名色的本、名色的緣，就是說這個**入胎**、**住胎**的**本識**。爲什麼呢？緣於**入胎**、**住胎**的**本識**，**以此緣故才會有名**（識陰六識及受想行）**以**

及色身。」

「阿難！如果有人這樣子問：『這個入胎的本識也有所緣嗎？』應當如是回答說：『入胎識也是有所緣的。』如果有人這樣子問的話：『入胎識有什麼法作爲所緣呢？』應當如是回答：『入胎識緣於受想行識等四種名以及色身。』應當知道這就是我所說的**緣於名色才會有本識駐在人間**的道理。阿難！如果入胎識沒有名色作爲祂的所緣，如果入胎識不建立（不出生）、不倚靠人間的名色，難道會有人們的生、老、病、死、苦嗎？」阿難回答說：「沒有生老病死苦了。」「阿難！由這個緣故應當知道，這個入胎識在三界中的因、入胎識在三界中的受熏、入胎識在三界中的根本、入胎識在三界中的所緣，就是說這個人們所擁有的名與色。爲什麼呢？正是因爲緣於名、色，所以才會有入胎識在三界中存在、受熏、緣於身根與識陰而共同運作。阿難！這就是緣名色有識，緣識亦有名色的道理。由這樣子『**增說**』十因緣的入胎識與名色之間關係等語言，以這個『**增益開示**』的話語來流傳佛法，由這個流傳而說的法，才可以施設三界有，這就是說**入胎識與名色共同在一起**啊！」**」**

這段經文是十因緣法的增說。經文中的義理，與上一節十因緣、十二因緣的法義中，分說十因緣法中出生名色的第八識，以及十二因緣法流轉及還滅的識陰六識等，其實法同一味。所以，在因緣法中，應該要觀察「識緣名色、名色緣識」中所說的識，是在十因緣法的逆推名色從何處出生中的白品法的還滅門所說的？是在說明名色與入胎識是互相爲緣才能在人間存在而說的法？或是在十二因緣法的名色熏習的白品法的還滅門中所說的？必須先把識緣名色所說法理的大前提弄清楚了，才能據理斷定經文中的識字講的是能生名色的第八識，或是熏習諸行爲緣而引生此世識陰的前世識陰六識；必須依據十因緣或十二因緣的前提，並且依據前文後句的義理，才能加以斷定，不可隨意以自己的猜測而妄說，否則修學阿含佛法一生一世之後，終將一事無成、一無所證。

此外，於四阿含諸經中，佛常常說到「神」字；這個神字，不是在講鬼神、欲界天神的神類眾生，這個神字的意思是說常住之心，是指眾生所認爲的常住不壞的精神體！佛陀出現在人間以前，外道與凡夫都說有一個常住不壞的精神體，他們稱之爲神，但因爲他們所認知的常住精神體，落在識陰中，正是無常的眾生我，所以就被佛弟子稱爲**神我**； 佛陀出現在人間時，也說有一個常住不壞的心體，名爲識、如、真如、我、如來藏、實際、本際、愛阿賴耶、樂阿賴耶、欣阿賴耶、喜阿賴耶……等種種名，如是說有常住不壞的精神體，有時被翻譯爲中文的神字。但是凡夫或外道們，都是錯以有見、有聞、有覺、有知的識陰全體，或是以識陰中的意識心（譬如欲界定中、色界定中、無色界定中的離念靈知心）作爲常住不壞的神，不離五陰我，這當然都是屬於世間生死流轉的虛妄法，正是**外道神我**的第六識。佛在四阿含中所說的眞神，則是以不見、不聞、不覺、不知的精神，名爲眞我、如來，作爲無餘涅槃之實際；由於這緣故，所以不會墜入**外道神我**的第六意識中，也不會墜入意識思惟所得的斷見與常見之中， 佛所說的這個常住不壞的精神體是有體性的，是與外道神我大異其趣的，決定不是印順所說的同於或**富有外道神我色彩**的；因爲外道的神我已在四阿含中廣被 佛所破斥了，當然 佛另外提出的常住精神體，絕無可能是外道的神我。所以 佛對外道神我與萬法中本源的常住精神體的差別，有極爲深入的辨正，只是古今的應成派中觀師都讀不懂罷了！有經文爲證：

【「阿難！云何有一見有神耶？」尊者阿難白世尊曰：「世尊爲法本，世尊爲法主，法由世尊；唯願說之，我今聞已，得廣知義。」佛便告曰：「阿難！諦聽！善思念之，我當爲汝分別其義。」尊者阿難受教而聽，佛言：「阿難！

或有一見覺是神，或復有一不見覺是神，見神能覺：然，神法能覺。或復有一不見覺是神，亦不見神能覺：然，神法能覺，但見神無所覺。阿難！若有一見覺是神者，應當問彼：『汝有三覺：樂覺、苦覺、不苦不樂覺。汝此三覺，爲見何覺是神耶？』阿難！當復語彼：『若有覺樂覺者，彼於爾時二覺滅：苦覺、不苦不樂覺。』彼於爾時唯覺樂覺，樂覺者是無常法、苦法、滅法；若樂覺已滅，彼不作是念『非爲神滅』耶？阿難！若復有一覺苦覺者，彼於爾時二覺滅：樂覺、不苦不樂覺。彼於爾時唯覺苦覺。苦覺者是無常法、苦法、滅法。若苦覺已滅，彼不作是念『非爲神滅』耶？阿難！若復有一覺不苦不樂覺者，彼於爾時二覺滅：樂覺、苦覺。彼於爾時唯覺不苦不樂覺，不苦不樂覺者是無常法、苦法、滅法；若不苦不樂覺已滅，彼不作是念『非爲神滅』耶？阿難！彼如是無常法，但離苦樂，當復見覺是神耶？」答曰：「不也。」「阿難！是故彼如是無常法，但離苦樂，不應復見覺是神也！」

「阿難！若復有一不見覺是神，然神能覺；見神法能覺者，應當語彼：『汝若無覺者，覺不可得，不應說是我所有。』阿難！彼當復如是見覺不是神、然神能覺、見神法能覺耶？」答曰：「不也。」「阿難！是故彼不應如是見覺非神、神能覺、見神法能覺。阿難！若復有一不見覺是神，亦不見神能覺，然神法能覺，但見神無所覺者，應當語彼：『汝若無覺，都不可得；神離覺者，不應神清淨。』阿難！彼當復『見覺非神、亦不見神能覺、神法能覺，但見神無所覺耶』？」答曰：「不也。」「阿難！是故彼不應如是『見覺非神，亦不見神能覺、神法能覺，但見神無所覺』，是謂有一見有神也。」

「阿難！云何有一不見有神耶？」尊者阿難白世尊曰：「世尊為法本，世尊為法主，法由世尊。唯願說之，我今聞已，得廣知義。」佛便告曰：「阿難！諦聽！善思念之，我當為汝分別其義。」尊者阿難受教而聽，佛言：「阿難！或有一不見覺是神，亦不見神能覺，然神法能覺，亦不見神無所覺。彼如是不見已，則不受此世間；彼不受已，則不疲勞；不疲勞已，便般涅槃：我生已盡，梵行已立，所作已辦，不更受有，知如眞。阿難！是謂增語，增語說傳，傳說可施設有。知是者，則無所受。阿難！若比丘如是正解脫者，此不復有見如來終，見如來不終，見如來終、不終，見如來亦非終亦非不終，是謂有一不見有神也。」（《中阿含經》卷二十四，中阿含〈因品〉第四《大因經》、大正藏 1-580 中）

這段經文的譯文比較艱澀，語譯如下：【「阿難！如何是有一種人認為（見：

認為之意）有精神體呢？」尊者阿難白世尊曰：「世尊是佛法的根本，世尊是佛法的法主，佛法是從世尊來的；唯願世尊為我說明，我今日聽聞以後，可以廣知其中的義理。」佛便告訴阿難尊者說：「阿難！諦聽！善思念之，我當為汝分別其義。」尊者阿難受教而聽，佛說：「阿難！有些時候，有一種人看見能覺知的心，他們認定能覺的心就是眞實不壞的精神；有時是另外有一種人，他們不認為能覺是常住的精神，但他們認為精神能覺：同意這種說法，認為精神能覺知。或者另外有一種人不認為能覺就是精神，也不認為精神能覺；他們同意這種說法：認為精神會產生一種作用而能覺，但是認為精神本身無所覺。」

「阿難！如果有一種人認為覺就是常住精神的話，應當問他：『你有三種覺：樂覺、苦覺、不苦不樂覺。你認為這三種覺，哪一種才是常住的精神呢？』阿難！接著應當再向他說：『如果目前有感覺到樂覺的話，那個樂覺存在的當下，應該有二種覺滅掉了：那就是苦覺與不苦不樂覺滅了。』他在這個時候只能感覺到樂覺存在，可是樂覺卻是無常法、苦法、斷滅法；如果後來樂覺已經滅失了，他難道不會想到『這不是精神消滅了』嗎？阿難！如果又有一個覺出現而是苦覺的話，他在此時就會二種覺消滅了：就是樂覺、不苦不樂覺滅了；

他在這時只能覺受到苦覺，可是苦覺也是無常法、苦法、斷滅法；如果後來苦覺已經消滅不見了，他難道不會這樣想『這不是精神消滅了』嗎？阿難！如果另外有一個覺出現而產生不苦不樂覺的話，他於此時就有二種覺消滅了：就是樂覺與苦覺滅了。他在此時只能覺受到不苦不樂覺，但不苦不樂覺也是無常法、苦法、斷滅法；如果不苦不樂覺已經滅失了，他難道不會這樣想『這不是精神滅了』嗎？阿難！像那些苦覺、樂覺、不苦不樂覺的無常法，只要離開了苦樂觸，還能再看見有一個覺就是常住的精神嗎？」阿難尊者答覆說：「不可能這樣的。」「阿難！由於這個緣故，那三種覺都是這樣的無常法，只要離開了苦樂等境界時，就不該仍然可以看得見有一個覺是常住的精神啊！」

「阿難！如果另外有一個人不認爲覺就是常住的精神，但是精神則有能覺的功用，他們認爲常住的精神能覺的話，應當告訴他：『你如果沒有覺的話，覺就不可能存在，就不應該說〈覺是我所有的功能〉。（覺受若是想像中的精神的功能，那麼識陰自我就不該有知覺的功能了）』阿難！他還會再這樣認爲『覺不是精神體、但是精神體能覺』而認爲精神體的功能是覺嗎？」阿難答覆說：「不會這樣的。」「阿難！由於這個緣故，他不應該這樣認爲：『覺不是精神體、精神體能覺』，認爲精神體的功能是能覺。阿難！假使還有一種人不認爲覺就是精神自體，就不認爲精神自體能覺，但認爲精神自體的功能是能覺，只認爲精神自體本身無所覺的話，應當告訴他：『你如果說精神自體是無覺的，根本就不可能有這種情形；精神自體假使眞的離開覺知的話，就不是心了，那就不該有〈精神自體清淨〉的說法。』阿難！他還能再認定『覺不是精神自體』，也不認爲『精神自體本身能覺、精神自體的功能是能覺』，而只是認定精神無所覺嗎？」答曰：「不可能這樣的。」「阿難！由於這個緣故，他不應該這樣：『認爲覺不是精神，也不認爲精神能覺、精神的功能是能覺，但是認爲精神無所覺』，這就是說，有一種人認爲有一個常住而無覺知的精神自體存在。」

「阿難！如何是有一種人不認爲有精神自體呢？」尊者阿難白世尊曰：「世尊爲法本，世尊爲法主，法由世尊。唯願說之，我今聞已，得廣知義。」佛便告訴阿難說：「阿難！諦聽！善思念之，我當爲汝分別其義。」尊者阿難受教而聽，佛說：「阿難！有時會有一種人不認爲覺就是精神，也不認爲精神自己能覺，但是認爲精神的功能能覺，也不認爲精神完全無所覺。他像這樣子不承認一般外道所說的能知能覺的精神以後，就不再接受這個世間了；他不接受這個世間以後，心中就不再有疲勞；心中不疲勞以後，就取證涅槃：『我的出生已經在這一世斷盡，清淨行已經建立，所應該作的修行工作都已經完成了，不再重複的領受後有，自己知道得很清楚。』阿難！這就是宣說解脱道的增益語，以增益語來演說流傳，這樣流傳演說的法義可以施設爲眞實有（聖諦）。知道這個正理的人，心中就對諸法都無所受。阿難！如果比丘像這樣眞正解脱的話，這個人不會再這樣子：認爲如來眞的命終了，認爲如來其實不曾命終，認爲如來既是命終也是沒有命終，認爲如來既不是命終也不是沒有命終，這就是說有一種實證解脱的人，不認爲有常住不壞而能覺能知六塵的精神自體。」】

由這一段經文的意思看來，顯然本是大乘經典而被二乘聖人所結集。這段經文中的意思很清楚：離念靈知心意識，在阿含解脱道中，是必須被勘破的；如果勘不破意識——勘不破離念靈知心——阿含解脱道是永遠修不成功的，取證初果就永無可能。也就是說：世俗人所認知的常住不滅的精神體，上帝耶和華及眞神阿拉所認知的常住不壞的精神體——聖靈，外道修行者所認知的神我、梵我、大梵，佛門錯悟的學禪者所誤認的常住不壞的眞如心——離念靈知，其實都只是意識心。這些精神的名稱讓人覺得體性似乎各有不同，但細究之下，將會發覺他們所認知的精神，體性是完全同於意識的：從離念靈知、神我、梵我、上帝、耶和華、阿拉的自性，從祂們出生的因緣及心所法，從祂們存在時必須具備的所依緣，從祂們運作時必須有所依緣的配合，從祂們不能持身、持種，從祂們不能貫通三世，從祂們不能住於涅槃境界中，從祂們不能離開三界六塵而存在、……等種種自性來檢查，都可以了知這些人所說的離念靈知、外道神我、聖靈、不可說我、意識細心……等，都是生滅法、虛妄法，都不能自外於意識心的自性。所以眞正想要修學阿含解脫道或大菩提道的人，如果墜入離念靈知、外道神我、不可說我、意識細心……等邪見中，不能脫離這些邪見境界，不能看穿邪見的本質，即使是能言善道的人，不論他再怎麼善於辯解，都是無法獲得　佛所認可的，後來都免不了被　佛、諸菩薩所破斥的。如果他們堅持以這種邪見來誤導修學阿含解脫道者，或堅持以這種邪見來誤導大乘佛菩提道的修學者，遲早會被眞悟菩薩出來舉例指正。

所以，佛門近代修學者所墜的離念靈知心，外道的神我、梵我、上帝、聖靈，古時部派佛教時期犢子部想像中的**不可說我**，有覺有知的精神我，有覺無知的精神我，無覺有知的精神我，無覺無知的精神我，都只是想像爲常住不壞之法，都只是想像為不壞的神我，都落在意識境界或是意識的想像法中，都不可能實證阿含解脫道所證的涅槃，都不可能實證菩薩所證的大乘本來自性清淨涅槃；只有本識如來藏才是萬法的實際，才是涅槃本際，才是因緣法的根源，才是確實可證而非想像法的常住不壞精神體。

由這一部阿含解脫道經典所說的法義中，加以實際的理解以後，並將本章所說的十因緣法、十二因緣法確實思惟理解以後，再作實際上的觀行。對於本章所說的二部經中法義，如理作意觀行完畢之後，就可以遠離近代誤會佛法者所墮的離念靈知意識境界，就可以遠離外道的神我、梵我、精神體的邪思，就可以遠離想像中的不可說我、意識細心、意識極細心，就能眞實的斷除我見。我見確實斷除之後，可以進修二、三、四果，或轉入禪宗而修大乘菩提，參禪求悟如來藏，諸途都通。所以，斷除我見的聲聞法見道，是三乘佛法的入門要件，三乘佛法中的所有大師與學人們，對此都不可不知。但是斷除我見的最好方法，就是觀行意識心的本質、自性、虛妄性，而本章所舉示的阿含經典，是很好的入手處；而這些觀行與證果的大前提是：信受有一個本識心常住不壞。

第五節　識陰是修道的關鍵

識陰爲何是修道的關鍵？其因有二：第一、識陰是能證佛菩提實相智慧的心，也是能斷我見、我執而使二乘聖人取證解脫果的緣由。但識陰也是最會生起虛妄想的心，因此而誤導了佛法修行的方向；譬如由虛妄想而否定如來藏，就會出生了不願墮於斷滅境界的恐懼而產生種種妄想，因此不願使意識自我斷滅，所以無法斷除我見，解脫道的修行就唐捐其功了。第二、識陰誤認自己是常住而眞實不滅的法，所以無法取證解脫果。識陰是最會誤導意根去執取三界萬法而產生無量執著的心，識陰中的意識也最會施設種種錯誤的理由來證實自己是常住不滅的心，這也是千千萬萬解脫道的修行者，想要取證解脫果卻都茫無結果的原因之一。以下就針對這兩種道理，來說明識陰是修道的關鍵。

第一目、執取五陰及其種子而與五陰同俱之識，當知即是如來藏。如來藏的自住境界是三乘菩提所要親證的境界，如來藏心體也是禪宗開悟所要證悟的標的，不是修行的法門；而二乘菩提的極果聖者所證的無餘涅槃境界，其實就是眞悟菩薩所悟的如來藏自住境界。所以不論有餘涅槃、無餘涅槃、本來自性清淨涅槃、無住處涅槃，都是如來藏的自住境界，但這都是修行者所親證的境界，而修行者卻是識陰自己，不是本識如來藏。識陰經由對自己的了知，證實自己的虛妄，願意捨壽時自我滅失，才能在捨壽前取證有餘涅槃；在捨壽時眞的不去入胎而把自己滅失了，只留下本識如來藏無形無色而離見聞覺知獨住，不再示現於三界中了，這才是取證無餘涅槃。菩薩在明心時，識陰確實親證如來藏的離見聞覺知、離思量而不作主、離我見與我執、離我所的貪愛、離生死而本來自在的實相境界，證實本識如來藏本來就一直住在這種境界中，菩薩們因此而證得本來自性清淨涅槃。所以，修道所證的境界其實都是如來藏的自住境界，但是如來藏從來都不修行、也不證任何境界，修行的心是意識心，親證如來藏所住境界的心也是識陰的意識心，所以說：識陰是修道的關鍵。

有原始佛法經典爲證：【如是我聞　一時佛住舍衛國祇樹給孤獨園。爾時世尊告諸比丘：「有五種種子，何等爲五？謂根種子、莖種子、節種子、自落種子、實種子。此五種子不斷、不壞、不腐、不中風，新熟堅實；有地界而無水界，彼種子不生長增廣。若彼種新熟堅實，不斷、不壞、不中風；有水界而無地界，彼種子亦不生長增廣。若彼種子新熟堅實，不斷、不壞、不腐、不中風；有地、水界，彼種子生長增廣；比丘！彼五種子者，譬**取陰俱識**。地界者，譬四識住；水界者，譬貪喜。四取攀緣，識住，何等爲四？於色中識住，攀緣色；喜貪潤澤，生長增廣。於受、想、行中識住，攀緣受、想、行；貪喜潤澤，生長增廣。比丘！識於中若來、若去、若住、若沒、若生長增廣。」

「比丘！若離色、受、想、行、識，有若來、若去、若住、若生者，彼但有言數；問已不知，增益生癡，以非境界故。色界離貪，離貪已，於色封滯，意生縛斷；於色封滯、意生縛斷已，攀緣斷；攀緣斷已，識無住處，不復生長增廣。受、想、行界離貪，離貪已，於行封滯、意生觸斷；於行封滯、意生觸斷已，攀緣斷；攀緣斷已，彼識無所住，不復生長增廣。不生長故不作行，不作行已住，住已知足，知足已解脫；解脫已，於諸世間都無所取、無所著，無所取、無所著已，自覺涅槃：我生已盡、梵行已立、所作已作，自知不受後有。我說**彼識**不至東西南北、四維上下，無所至趣；唯見法，欲入涅槃；寂滅、清涼、清淨、**真實**。」佛說此經已，諸比丘聞佛所說，歡喜奉行。（《雜阿含經》卷二第 39 經）

語譯如下：【如是我聞　一時佛陀住在舍衛國祇樹給孤獨園中。這時候，世尊告訴諸比丘：「有五種的種子，是哪五種呢？就是根種子、莖種子、節種子、自落種子、果實種子。這五類種子不斷、不壞、不腐、不中風，才剛成熟而且堅實不虛；這時如果有土地的功能而沒有水的功能，那個種子就不會生長和增廣成樹。如果那個種子才剛成熟而且堅實不虛，不斷、不壞、不中風；這時如果有水的功能而沒有土地的功能，那五類種子也是不會生長增廣成大樹的。如果那種子才剛成熟而且堅實不虛，不斷、不壞、不腐、不中風；這時如果有土地和水的功能幫助，那個種子就會生長增廣而成爲大樹。比丘！那五類功能（五類種子）就好比**取陰俱識**（好比是攝取五陰而與五陰同在的識）。

「我所說地的功能，就好像識陰所住的四種境界；水的功能，就好像是貪喜。由於對四種境界的執著攀緣，所以識陰就能在三界境界中安住。如何是識陰的四種執著呢？第一種是在色法（色身及五塵色）中識陰住著不捨，就攀緣於色法（色身及五塵色）而不能捨棄；對色法有了歡喜與貪愛，就不斷以愛水潤澤這種貪愛的心性，所以色法就不斷的出生、成長、增益、廣大。識陰對第二到第四種的住著，就是對於受、想、行三種境界不能捨離，識陰就在受想行三陰中住著不捨，攀緣於受、想、行三陰；並以貪喜之水來潤澤受想行三陰，使得

三陰功能的貪著以後，對於受想行三陰的貪愛就被封滯而不現行了，意識與意根對受想行三陰所生貪愛的觸也就斷除了；對於受想行三陰的貪愛封滯了、意識與意根所生對三陰功能的觸已經斷除了，意識對受想行三陰的攀緣就跟著斷除了；對三陰的攀緣也斷除了以後，那意識等六識就沒有可以住著的地方，識陰六識及受想行陰就不會再生長與增廣。識陰與受想行陰都不再生長增廣的緣故就不會造作身口意的種種行，識陰不造作種種行以後就安住下來，安住下來以後就知足而不再攀緣任何一法了；知足以後不再樂於攀緣任何一法，就是證得解脫了。解脫了以後，對於種種的世間（五陰世間、山河世間）都不再有所攝取、都沒有任何執著；沒有攝取、沒有執著以後，自己覺知到已經實證有餘涅槃：我的出生到此世結束，已經不會再有後世的出生了；清淨離欲無我的梵行，我這一世已經建立了；解脫道中所應該作的事情，我也都已經作完了；自己很清楚的知道，死後不會再入胎而受後有（識陰自己願意滅除，所以不再入胎受生、不再出生來世的識陰六識）；我說那個能夠攝取五陰而與五陰同在一起的**取陰俱識**（第八識），**因此就不會去到東西南北、四維上下任何地方了，沒有一個祂會去的地方**（不入胎也不去天界，不在三界中的任何一處出現），**祂沒有所去的處所而成**

爲無餘涅槃；這樣子親證的比丘們，這時只看見涅槃法，只想要進入無餘涅槃中；當他還未捨報以前而暫時安住於人間時，他心中是寂滅、清涼、清淨、**真實**的。」佛說此經已，諸比丘聞佛所說，歡喜奉行。】

這一段阿含部的經文，在前面章節中曾經逐字直譯的語譯，尚未加以詳述，所以在此應該給與詳述，以便大眾都能回頭重讀數遍而確實瞭解其中的意義。這一段經文中列舉了五個法：**取陰俱識**、**五類種子**、**五陰**（色陰、受想行三陰、識陰）、二**大**（地、水）、**眞實**，也說明了識陰不可能離開其餘四陰而單獨在人間存在與運作。今分說如下：

一、**取陰俱識**：依言解義，可知**取陰俱識**就是攝取五陰而住於三界中的識；**俱**字是說那個攝取五陰的本識，是與五陰同時同處的，不是像達賴喇嘛在眾生出版社的書籍中所講的**住在身外**的。爲何**取陰俱識**一定同在五陰身中？這是因爲取陰俱識是出生色陰及識陰的識，始從入胎時起，祂就攝取了受精卵而住於母胎中，成爲**住胎識**；當時還沒有五根及五塵生起，所以當時的色陰就只是一顆受精卵而已；當時也還沒有識陰，要等到後來色陰發展到四、五個月時，胎兒才稍微有一點點五色根的模樣，才能稍稍的顯現一點點的五塵，但是功能非常、非常的低劣，才會有極爲低劣的意識極粗心生起，並且多數時間處於眠熟不現期，不太能生起，所以意識功能也是極差、極差的。一直到**取陰俱識**攝取了母體血液中的四大來創造色身，具足了嬰兒的五色根而出離母體以外時，五塵才能不很圓滿的生起，識陰等六識才具備了最原始、最基本的功能。

既然取陰俱識是製造色身而且攝取色陰、識陰、受想行陰一切種子的心，當然是與五陰同時同處的，不可能是達賴喇嘛所妄想的在身外存在（達賴把取陰俱識說爲意識極細心，又說是在身外而不是與色身同時同處）。在阿含部經典中的這個**俱**字，已經很清楚的表明祂是第八識了！因爲初入胎時的色陰只有一顆受精卵，還沒有五根，要由**取陰俱識**（入胎識）流注出色陰的種子而攝取母血中的四大來製造了五色根，才能有後來具足功能的色陰五色根及五塵，然後才能有識、受、想、行等四陰出生，才能有意識來覺知諸法，所以 佛說「**名色由識生**」。也因爲**取陰俱識**執持著**名**（識受想行四陰）的所有種子，在五色根被祂製造到規模完整時，祂就可以流注內六塵及**名**的種子，才會有後來的**識陰**及受想行陰出生，然後才會有**離念靈知**；出生以後再經過數年語言的熏習，才能使**有念靈知**識陰出現。這些種子的流注與運作，都得由**取陰俱識**在背後不斷的流注五陰種子，同時維持色陰種子的功能流注與運作，才能使五陰正常的維持及運作。在這種情況下，**取陰俱識**當然是名色的根源，所以 佛說「**名色由識生**」。

由此教證，若能再加上菩薩明心的證悟般若，而有了理證上的現觀，也都可以證明**名色**是由**取陰俱識**所創造及出生的；所以**名色**在生存及運作不斷的情況下，一定是與**取陰俱識**如來藏同時同處的；正因爲同時同處，所以才能攝受五陰，令不敗壞；才能流注五陰所需的一切種子，使五陰正常的運作；才能實現業種種子，使因果在五陰身上實現而不雜不亂，善業自得善樂果報，惡業自得惡苦果報，不使他人受報自己的善業種子，不使自己受報他人的惡業種子；所以達賴在書中說的**在身外**，完全不如理，違背**取陰**而**與陰俱**的實相與聖教。

也由於祂是執持種子的識，所以我們一世熏習的一切善惡業種子，以及所熏習的一切無漏法種、世間生活、藝術……等無記法種，以及其他種種無量無邊的功德……等等，當知都是由此**取陰俱識**中流注種子而完成的。由此可知**取陰俱識**一定是常駐於五陰中而不在身外的，當然也是執持一切善惡業種的常住心。只有愚痴無智者，才會相信達賴喇嘛講的是在身外，才會相信一神教「上帝」講的由上帝所創造而在上帝身上（後來他們改革教義以後改說聖靈是在各人身中，所以改說「上帝與你同在」）。由此證明，一切護法、破法的善惡業等有記種子都不會散失的，一切所作業行落謝而成為種子之後，一定都會主動的收存在**取陰俱識**中，因為祂一直都與五陰同時同處而互有聯繫、互通有無的，所以捨報後都要由自己的來世五陰具足受償的，別人是無法代受、代享的。也由此**取陰俱識**的正理而明確的證明：祂絕對不是從識陰六識中的意識細分出來的識，不能被含攝在意識心中；因為祂是出生意識的識，是在意識出生以前就一直存在的心，怎會由後生、所生的意識中細分出來？有智之人思之即知，不待贅言。

二、**五類種子**：五陰的種子各有不同，不能混同為一，否則 佛陀就不必說有五種種子了。色陰的功能，是由**取陰俱識**如來藏心，從父母的和合因緣中攝取了母體中的受精卵，然後再從母體血液中攝取了地水火風等四大物質，創造了人體色身，人體是由取陰俱識所創造，不是由大梵天或外道的上帝所創造的，也不是由父母觀想或人工施作來完成的。人體色身分為五根，這五根各有扶塵根與勝義根，如前所說，不再贅言。但是五根的扶塵根與勝義根，都各有自體的功能，十種根的功能各不混濫；而且這五根的十種功能，都是由**取陰俱識**來流注大種性自性的種子，才能製造出來及維持與運作，所以吾人的色陰種子是存在的，不是虛妄想的建立，否則就不可能有色陰出生，也不可能完成新陳代謝而正常的運作。識陰的種子，也都執藏在**取陰俱識**中，識陰種子即是六識種子；意根的種子能把識陰與如來藏密切的聯結著，並且在現行之際都一直有思量性（思量是說作主與決斷的意思，不是指思惟打量的意思）；一般人不能靠思惟而了知祂，但祂的種子也是與識陰六識心的種子共同被執藏在**取陰俱識**中，由這個本識中流注出來運作。六塵、受陰、想陰、行陰的種子也是一樣，與色陰及意根、識陰種子互有不同，絕不混濫，也都執藏在**取陰俱識**中。若無五類種子，吾人身心就都無法出生及存在，何況能運作正常？這五陰種子既然是存在著，當然一定要有一個心體來執持著，否則就散失不存了，也不可能使五陰種子和合在一起共同運作了！所以**取陰俱識**是一定存在的。若無此識的存在，將會出現極多的過失，有智慧的人都可以在詳細思惟以後，列舉出極多過失的。

三、**五陰**：五陰的功能都收藏在**取陰俱識**中，由攝受五陰而與五陰同時同處的本識如來藏，來收藏這五陰的功能種子，所以如來藏就是**取陰俱識**。種子得要自身不斷、不壞、不腐、不中虛，也就是新熟堅實，才有可能成長增廣，這些種子譬如五陰的功能，這五種功能都攝藏在**取陰俱識**中。初入胎時，五陰暫時不出現，但仍不能說五陰種子已經滅失了，滅失的只是前世的五陰，但是五陰的種子仍然存在**取陰俱識**中，所以證得無想定而出生到色界四禪天的無想天中時，受想行識四陰雖然滅失了，可是這四陰的種子仍然保存在**取陰俱識**中，而此時的**取陰俱識**仍然繼續流注色陰種子，維持他的色界天身不壞，時間可以長達五百大劫。等到捨報的因緣成熟時，**取陰俱識**就流注出四陰的種子，所以五百劫圓滿時，無想天人壽命終了，識陰及受想行陰的種子就被**取陰俱識**流注出來；受想行識四陰出現了，他隨即就下墮三惡道中。因此，三界九地中的凡夫有情們，常常會有五陰不具足的情況，但是，這不能說是五陰的種子隨著滅失了。

種子永遠不斷、不壞、不腐、不中虛，只有經由熏習而使部分種子產生增減的情況，譬如惡人熏習惡行，使往世熏習的善法種子減少，但原有的無漏種子仍是不會消滅的。只有經由出世間法的熏習，使我見、我執、我所執、習氣種子等惡法種子消滅乃至滅盡而成佛道，本有的善法、無漏法種子是不可能滅盡的，卻是可以增長的。至於一切無記性的種子，是一切有情乃至成佛之後都仍應保存的功德法，被稱爲無漏有爲法種子，這也是永遠都不會也不可能被滅盡的。所以說五陰各有自己的種子，並不互相混濫。

色陰有色陰的種子，識陰有識陰的種子，受、想二陰則是色陰與識陰和合才能出現的，而受想二陰種子其實即是識陰六識心的心所有法。由有色陰與識陰的出生與存在、運作，才會有行陰的出生與存在；而行陰無非就是身口意的動轉行爲，但身口意的動轉行爲，雖然都是由意根來主控，所有種子卻都是執藏在**取陰俱識**中，都是由**取陰俱識**流注出來的；若無**取陰俱識**的行陰種子流注，沒有了行陰，一切有情都將無法動轉，行來去止等事就全部停頓，也將都不是動物或有情了。而色陰、識陰及受想行陰等五陰種子，都是執藏在**取陰俱識**中（都是執藏在本識如來藏中），所以**取陰俱識**才會說爲阿賴耶識。阿賴耶的意思就是執藏的意思，具有能藏、所藏、我愛執藏的體性，因此祂會主動的收藏一切種子，也會主動的流注所收藏的一切種子，假使種子流注的因緣已經成熟的話。所以**取陰俱識**當然是識陰之上的另一個識，不可能是識陰六識所含攝的意識，怎會是月稱、安惠、寂天、宗喀巴、阿底峽、達賴、印順、昭慧……等人所說的「**由意識中細分出來**」的？可見他們都是**心行顛倒**的愚人。

四、地與水：五陰種子具足不壞之後，還得要有地、水作爲助緣，才能生長增廣；地就是識陰所住的色陰（五色根與五塵）的境界；由色陰配合受、想、行三陰的和合運作，識陰才能在人間存在。若無色及受想行等四陰的境界讓識陰安住，識陰就不能出生、成長、增益、廣大。所以光有地（色陰）還是不夠的，還得要有水（受想行陰及貪愛）來助益，才能使識陰生、長、增、廣，水就是指識陰對自身及對色受想行功能等四陰的貪愛與歡喜，這樣才能使五陰的功能（五類種子）不斷的生、長、增、廣。識陰不可能離開色、受、想、行四陰而出生與存在，離念靈知即是識陰中的意識心，所以離念靈知完全不可能離開色、受、想、行四陰而獨自存在於人間；所以在第三轉法輪的《解深密經》中，佛說識陰（特別指明是意識心）是依他起性的虛妄心，而離念靈知正是意識心的功能。離念靈知功能每天早上從意識心中生起時，也都是要靠色、受、想、行四陰的存在及完好，才能生起與正常的運作。識陰是虛妄性的生滅法：在捨壽時是必須滅除離念靈知才能進入無餘涅槃的，也是無法去到下一世的；所以無餘涅槃境界中當然只剩下攝取五陰而與五陰同時同處的取陰俱識如來藏獨存了。能夠攝取五陰的識也就只有如來藏一心，別無他心可以攝取五陰而與五陰同時同處，由此證明：取陰俱識是涅槃的本際、實際，是如、眞如、本識。

五、眞實：涅槃是滅盡蘊處界而寂滅、清涼，卻是眞實、常住，不是斷滅空。應成派中觀說的般若則是一切法空、斷滅空，不是眞實的涅槃，更不是中道實相；當蘊處界及輾轉出生的一切法都空盡了，又不許取陰俱識如來藏存在，他們的一切法空就成爲斷滅後的空無，就是藏密外道應成派中觀師所宗奉的**無如來藏獨存的「無餘涅槃」**，正是斷滅空而成爲**虛相法**，不是**眞實法**，就與佛說涅槃**眞實**的聖教相違。他們墜入斷滅空中，於是必須建立意識作爲常住法，以免被人譏爲斷滅見外道，卻回墮常見外道而墜入意識相應的雙身法中。若說一切法無常故空，不必有另一個常住法持種存在，就能使已滅的意識繼續出現，就成爲無因論外道的見解：誤認爲意識與一切法雖然夜夜斷滅，明天還會無因而起；今生斷滅了，來世仍可無因而起，故意識與一切法可以從前世來到今生，可以由今生去到後世，而說意識覺知心是常住不滅的。

此類說法就是無因論的常見外道邪見，因爲意識等六識覺知心都是依緣而起的法；世世各有的意識心，並不是同一個意識覺知心。這是說，意識心必須依各世不同的五色根爲緣，才能生起、存在及運作；而五色根是不通三世的，世世都有的五色根是各不相同的，所以依各世不同的五色根爲緣而出生的意識覺知心，當然是世世各不相同的，當然不可能是貫通三世的心。所以，前世意識不能來到此世，此世意識也不可能去到未來世；故意識若不修證宿命通或入定，就無法了知過去世的事情。前世意識既不能來到此世，當然此世意識也不可能去到後世，當然更不可能轉入「後世」而成爲住在無餘涅槃中的眞實心。

無餘涅槃中是眞實法，不是空無一法的斷滅空、一切法空。但是無餘涅槃中，只有萬法根源的本際心才可能存在；若不是萬法的實際——萬法的根源，就不可能單獨存在，就必須依因藉緣才能存在，不是自在心。然而萬法的實際，一定是執藏萬法種子的眞實心；這樣的心一定是自己能單獨存在而且是無記性的心，祂與善惡等有記法不相應，所以祂一定對三界中的諸法都不會生起分別性，祂只會對異熟種……等世人所不知道的法有其極微細的了別性，而且是自然而然的了別及運作著，不是自己對六塵有所分別取捨而決定收藏或流注某類種子的；只有這樣的心，才能離六塵中的見聞覺知而無苦樂捨受，才能無分別的一體收存一切善惡業種；也只有這種常住心性的無記性心，才可能長期住在母胎中而不作狹隘侷促之想，才「願意」住於無餘涅槃的無六塵境界中。

正因爲**取陰俱識**有此特性，所以能入住母胎而創造、出生色陰及名等四陰，所以能使阿羅漢入滅以後獨留此心永住於無六塵、無自我的**不知**、**不見**境界中，凡是親證涅槃的阿羅漢都必須是這樣**知解脫**、**見解脫**的。佛在四阿含諸經中說這個心就是涅槃本際、涅槃實際、識、如、眞如、如來藏。所以無餘涅槃不是斷滅空，而是眞實法，所以，上舉經文中，佛在最後特別說明：「**我說『彼識』不至東西南北四維上下，無所至趣。**」這樣實證的比丘們，轉依了這個涅槃境界，此時他的心中，「**唯見法，欲入涅槃；寂滅、清涼、清淨、真實。**」佛特地表明，無餘涅槃是眞實的，不是一切法空的斷滅空；所以阿羅漢比丘們明知入涅槃時是要滅盡五陰、十八界、一切法，但是心中都無虛妄空無的感覺，反而覺得無餘涅槃是**眞實**的。所以，滅盡一切法、滅盡五陰十八界以後，入無餘涅槃時，不許有**取陰俱識**如來藏獨存的密宗應成派中觀師，都是**不知不見涅槃**的凡夫，不幸的是：月稱、安惠、寂天、阿底峽、宗喀巴、達賴、印順、昭慧、證嚴、星雲……等人都是此類人。

由以上經文及語譯，再加上經文中所說五個法相的解釋，三乘大師與學人們，對於佛法應該有了更爲清楚的認識了，接下來就是該怎麼如理作意的簡擇與實行了。若不能如理作意的簡擇與實行，口說學佛，其實只是跟著時代學佛的風潮而附庸風雅罷了，只能學習各種佛法上的知識，那是談不上學佛的。眞正的學佛，至少要能在聲聞法中見道而斷我見，這才談得上是少分學佛；斷了我見、取證聲聞初果以後，三縛結斷了，分證解脫功德了，然後才談得上親證如來藏而發起般若實相智慧的根本無分別智，這時才能說得上是眞正在學習菩薩道的人。等到有了後得般若實相智慧了，能利益眾生了，以實相智慧配合六度萬行，這才是眞正在廣行菩薩道；在這以前，都只是外門修學相似的菩薩道而已，不是眞實之行。

但是簡擇**佛法**與**佛學**的分際，一直都是近代佛門大師與學人們的一大盲點；所以簡擇佛法與佛學的分際，是目前佛教界眞正想學佛的人們最大的要務。佛法是要觀行而親證的，佛學則不必觀行與親證，只須依靠文字上的思惟及研究佛經、考證佛經中的義理……等世間弘法的表相就夠了。但是佛法絕對不可能經由佛學的研究而了知，必須依靠眞參實證才有可能眞實了知佛法的內容，平實自身就是一個現成的例子。所以，眞正學佛的四眾佛弟子們，都必須對佛法的定義有所了知，才不會跟著做佛學研究的世俗凡夫們，盲目的崇拜與投入；否則，奉獻一生的錢財、精神與生命之後，得到的終將只是對佛法似懂非懂的佛學常識罷了！這會是您學佛的目的所在嗎？

專作佛學研究的一神教人士很多，他們把佛法開闢成佛學一科，假藉佛學研究而作成一門學問；然後與佛教界交流，取得印順、昭慧、星雲、聖嚴……等人的認同，也誤導了印順、昭慧、星雲、聖嚴……等人走向通俗化的學問路線；等到以這種方式培養出一批佛學人才以後，再回頭來影響各佛學院，使佛教界的出家及在家四眾都信受他們的佛學內容，將佛學誤認爲佛法，然後佛教的勝妙與親證本質就開始消失了。最明顯的事例，就是佛光山、慈濟的通俗化、淺化，以及弘誓學院、法鼓山系統的中華佛學研究所的學術化、佛學化、淺化。由此而導致他們無法斷除我見，連二乘菩提中所說的「依意、法爲緣而生」的意識生滅心，都能被印順、昭慧、星雲、證嚴、聖嚴等人認定爲常住心了，這已經是被一神教的外道神我意識同化了，已經同於外道的神我常見法了。

若要說眞正的佛學或學術，其實只有諸地菩薩才有資格探討；眞正的佛學學術，探討的都是佛法的內涵與進修的妙法，是把佛法的實修與理論，分門別類加以綜合判攝，然後記錄爲論典，便於爲眞修佛法的佛門四眾宣演，令大眾易於理解及實證，這才是眞正的佛學學術，其實正是諸地菩薩所造的論。但這種佛學學術不是一般人做得到的，連眞悟的三賢位菩薩也都只能少分做到；何況是連我見都不能斷、連證悟般若的證量都沒有的「佛學」研究者？怎能懂得眞正的佛學學術？所以才會有佛護、月稱、安惠、寂天、阿底峽、宗喀巴、達賴、印順、昭慧、證嚴、星雲……等古今應成派中觀師，錯會佛法而誤導眾生，已經貽害佛門千餘年了。今時則以達賴、印順、昭慧、星雲、證嚴、聖嚴等六識論者爲代表，繼續誤導眾生而不肯認錯修正；十餘年來雖有正覺同修會的舉例辨正法義，但他們反而加強與藏密邪法的聯繫，想要以邪見來繼續苟延殘喘、掙扎圖存，始終不肯回到正法中來，始終不肯停止誤導眾生的惡行。

中國地區如是，外國也如是；譬如外國研究佛學的學者中，有一分人一直都持否定如來藏的立場，他們說：「**如來藏思想不是佛教正法，是同於外道的神我思想。**」這些破法邪見，當然是被古時的藏密應成派中觀所影響的；譬如日本的松本史朗……等人。然而並非多數中外學人都能認同其說，譬如台灣政治大學林鎭國教授曾言：「**在後來出版的『裁剪菩提樹』這本書可以看到：這個論爭反而在英、美學界更熱烈，他們基本的學問態度很尖銳，他主張什麼立場就爲什麼立場辯護。就學術人口來講，研究東亞佛教人口不少，而這些人研**

究東亞佛教大都是利用日本學界的研究成果；他們都能夠讀日文，所以這些批判的觀點出來後，在美國並不是一面倒地大家都支持跨谷或松本，反而替傳統佛教辯護的人才多！像是 Peter N.Gregory 或 Sallie B. Kings 這幾位研究佛性的學者就出來辯護，認爲『如來藏不是佛教』的主張不能成立。所以，我覺得很有意思的是：這個問題雖然是在日本引發，可是眞正感興趣和回應的卻是在西方世界。」（林鎭國教授〈批判的佛教〉，《法光》1998/2出刊、第101期第4版）

這眞的很悲哀，因爲傳統佛教的如來藏正法，在中國地區已經被反對如來藏正法的藏密應成派中觀邪見所滅除了；在正覺同修會出面評論應成派中觀的偏斜本質以前，沒有人敢出面有始有終而且有系統的評判應成派中觀的印順、昭慧等人，也無人能直接評判到應成派中觀的實質法義邪謬所在。原因無他，都是由於還沒有親證如來藏的緣故，所以欠缺般若實相的眞實智慧，在只有相似般若智慧的情況下，是沒有能力來指正應成派中觀法義錯誤的，也無法深入而全面的評判其錯誤，所以就只能讓達賴、印順、昭慧……等應成派中觀師繼續荼毒中國傳統佛教四眾，繼續縱容他們否定中國傳統佛教的如來藏正法。

林教授又云：「至於松本的讀（似爲「說」字誤植）法並沒有什麼稀奇。這種批評在台灣有很多（林教授此語有可能是指印順、昭慧……等人），但我認爲**凡是屬於語言文獻學進路的，通常他們預設的語言觀點可能都不是佛教的語言觀點。這是非常弔詭。**談到佛教的語言觀點，最起碼要回到龍樹的『迴諍論』。我們研究佛教，雖然說可以了解；可是等到我們實際上來操作時，可以說我們都不是從佛教的語言觀點來理解佛教的本性。所以我們會做許多文獻的考證、文本、作者的考證。」（林鎭國教授〈批判的佛教〉，《法光》1998/2出刊、第101期第4版）

林教授已經點出了佛學學術界的一個盲點：研究佛學的學術界所持的觀點，是**佛學學術界**的觀點，不是佛教正法中的**確實觀點**、**本來觀點**。但是，既然是研究佛學，當然應該以佛法的觀點來研究，不該以學術的觀點來研究。從眞參實證的證悟者眼光來看，那些否定第八識的人是只有學術觀點而無佛學觀點，不是眞正佛學學術觀點，有時甚至連一絲絲的佛學觀點都沒有；他們是對正法經典心存懷疑的，本質上其實不是眞正的佛教徒。若要說什麼才是眞正的佛學觀點，應該說是證悟者的教徒觀點，不該說是學術界的觀點。佛學學術界之所以會被稱或自稱爲**佛學**學術界，當然是自外於佛教教徒的研究者；然而教徒觀點也不一定正確，因爲教徒之中絕大多數是未悟本識、未斷我見者；已斷我見、眞悟般若者，自古以來一直都是極少數人，從來都不是多數人，所以大部分的教徒觀點也不一定是正確的。

但在教徒觀點來說，一定會認定眞悟者的教徒觀點才是正確的佛法，不可能認定學術研究者所說的佛學理論是佛教的正確佛法。但是在印順一派人歷經四、五十年的努力之後，現在的中國佛教界某些人反而認爲學術觀點的佛學才是正確的佛法，完全違反中國傳統佛法理念，完全違背 佛陀特重實證的理念。昭慧法師由於這樣的邪見，所以要求正覺同修會轉入佛學學術界與她對談；她認爲教徒觀點是錯誤的，教徒觀點所持的立場也是錯誤的，認定學術研究者的學術觀點才是佛法的正確實證。她攀緣印順，在印順庇蔭下，建立在台灣佛學學術界的地位（其實她沒有什麼學術地位，也無力定期發行學術學報），她每年舉辦**印順思想研討會**造勢，因此而取得台灣佛教界某些人的認同或敬畏，使中國傳統佛教從原來的眞參實修，在這種影響下漸漸變成專門研究「經論」：**專從錯誤文獻記載的未悟者所說法義戲論中，推定爲古今弘揚佛法的代表者，作爲佛法演變的研究對象與內容**。這樣取材偏斜的文獻學研究方法與內容，怎有可能研究出正確的佛法？又怎能正確的研究出歷代及當代佛法的流變？（假使佛法眞的有流變。但史實與法界中的佛法眞義永遠都不可能有流變）所以，教徒觀點再怎麼荒唐，都不會像佛學學術研究者的松本、印順、昭慧一樣做出荒腔走板的結論：**如來藏法義不是佛教的傳統思想**。

近年昭慧法師更加荒唐，竟然在電視台上公然的說：有人（意謂正覺同修會）**不認同應成派中觀，但他們的說法都是教徒觀點，不一定正確，他們應該從學術觀點出發，到學術界來探討中觀**（當時未加以側錄，轉述其大意如此）。但是，這種說法有很多的過失，這裡且不細說，只說一點就好：昭慧法師究竟是不是佛教中的法師、僧寶？若是佛教中的法師與僧寶，她應該從教徒觀點來談論佛法才對，怎可用學術界的觀點來教授佛法、探討佛法？而且她是取材於最荒唐的學術界中少數人的錯誤觀點，不是學術界多數人認同的觀點。是不是她的腦袋出問題了？竟然說出這種匪夷所思的話來！

昭慧繼承印順的藏密外道黃教應成派中觀見，這一派人往往排除眞識、本識如來藏而言中觀，並曲解 龍樹《中論》的眞義，每言 龍樹論中並未言及第八識、如來藏等名，故 龍樹的中觀論偈並非以第八識如來藏爲中觀之體。然而 龍樹所言中觀，實有法體，謂第八識如來藏，唯不以如來藏而名之爾，且

舉 龍樹的《迴諍論》部分內容，以資證明：

【偈言：「諸法若無體，無體不得名；有自體有名，唯名云何名？」此偈明何義？若一切法皆無自體，說無自體，言語亦無。何以故？有物有名，無物無名；以一切法皆有名故，當知諸法皆有自體；法有自體故，不得言一切法空。如是，若說「一切法空、無自體」者，義不相應。

偈言：「若離法有名，於彼法中無；說離法有名，彼人則可難。」此偈明何義？若汝意謂：「有法有名，離法有名，如是一切諸法皆空，無自體成。非物無名，有物有名。」此我今說：若如是者，有何等人說離法體別有名字？若別有名、別有法者，則不得示，彼不可示。如是，汝心分別「別有諸法別有名」者，是義不然。

又復有義，偈言：「法若有自體，可得遮諸法；諸法若無體，竟為何所遮？如有瓶有泥，可得遮瓶泥；見有物則遮，見無物不遮。」此偈明何義？有物得遮，無物不遮；如無瓶泥則不須遮，有瓶得遮，無瓶不遮。如是如是，法無自體則不須遮，法有自體可得有遮，無、云何遮？若一切法皆無自體而便遮言「一切諸法無自體」者，義不相應，汝何所遮？若有遮體，能遮一切諸法自體。

偈言：「若法無自體，言語何所遮？若無法得遮，無語亦成遮。」此偈明何義？若法無體，語亦無體；云何遮言「一切諸法皆無自體」？若如是遮，不說言語亦得成遮。若如是者，火冷水堅，如是等過。（《迴諍論》）

以上是 龍樹菩薩的論，**語譯如下：【偈言：「諸法若無體，無體不得名；有自體有名，唯名云何名？」**這一首偈在表明什麼道理呢？如果一切法都沒有自體，既說是沒有自體，應該是連言語都沒有了。什麼緣故而這樣說呢？這是說，有一個物品所以才會有一個名字；沒有物品就不必施設名字，所以無物就無名，有名就一定有體，沒有體時又怎能給他一個名字？同理，一切法都各自擁有名字的緣故，應當知道一切法都是各有自體的；一切法既然都各有自體的緣故，當然就不可以說一切法都是空無。就像是這個道理，如果有人說**「一切法空、無自體」**的話，他的道理是與法的實際不能相應的。

偈言：「**若離法有名，於彼法中無；說離法有名，彼人則可難。**」這一首偈是在說明什麼道理呢？如果你的意思是說：「**有法就有名，離法也可以有名，就這樣，『一切諸法都是空無，沒有自體』的道理就成立了。沒有物品當然就沒有一個名字，有物品就一定會有名字。**」對於你這個說法，我如今這麼說：

假使可以像你這樣子說的話，有什麼人說過『離法體而可以另外有一個名字』？如果沒有法體而另外可以有一個名字、另外可以有一個法的話，那你所說的那個法就無法顯示出來而只是想像而已，則你所說的那個沒有法體的唯名的法，不但自己不能實證，也不可能顯示出來讓別人親證。就像是這樣子，你心中妄加分別「另外有種種法是另外都有名字」的說法，這個道理不對，不能成立。

還有別的道理，偈言：「**法若有自體，可得遮諸法；諸法若無體，竟為何所遮？如有瓶有泥，可得遮瓶泥；見有物則遮，見無物不遮。**」這首偈是在說明什麼道理呢？有物質的法才能產生遮止的作用（才能說別的法不是這個法），沒有物質的法就不須遮止（不須在別人將無法說為某一個法時加以遮止）；譬如一切瓶中都無泥時，就不須遮止他人把這個瓶中的泥土說為無泥土；又如確實有瓶存在，所以才能遮止別人亂說無瓶；如果本來就沒有瓶存在的話，就不可遮止別人說無瓶。同樣這種道理，某一個法如果是沒自體的話，就不須遮止別人說某一個法無自體；但某一個法如果是有自體的話，就可以在別人說這個法沒有自體時加以遮止；如果是本來就無自體，要如何遮止別人說是沒有自體呢？如果一切法都無自體，卻又遮止別人說「**一切諸法無自體**」的話，在道理上可就說不通了，你要怎麼遮止別人呢？如果一切法空是有體而能遮的話，才能遮止別人所說的一切諸法都有自體。

偈言：「**若法無自體，言語何所遮？若無法得遮，無語亦成遮。**」這一首偈是在說明什麼道理呢？如果某一法是無自體的假名，那麼依這個法施設的言語也是無自體的；既然一切法空是無自體的假名戲論，那又怎麼可以遮止說「**一切諸法皆無自體**」？如果你這樣子無理之說也能遮止有自體的一切法，那麼，你不必開口說話也可以成功的遮止他人所說的諸法了。如果是這樣的話，火應該也可以說是冷的、水也應該可說成堅硬的，就有這一類的種種過失了。】

所以，應成派中觀師總是以一切法空的說法，來遮止一切法都直接或間接以如來藏爲法體的妙理；所以印順會認爲蘊處界緣起性空、無常空，如來藏也是緣起性空、無常空，只是言語施設而無實法。就以這種邪見而抵制如來藏妙義，謗稱實無如來藏，說眾生只有六個識，決定沒有第七、第八識，所謂第七、八識都是後來再從意識細分出來的。印順又認爲般若諸經同於阿含解脫道諸經的道理，都是同樣在說一切法緣起性空，所以般若說的道理就是諸法唯名無實，所以妄把般若定義爲**性空唯名**。如果眞像他所說這樣，般若就只是戲論了，因爲所說都是無實體法，都只是與他誤會後的四阿含諸經一樣，只是說明一切法緣起性空而只有「名」相，所以就成爲**性空唯名論**了。這樣一來，般若**實相法**倒是被他變成**虛相法**了，因爲都是**無實體法**，都是**性空唯名**而**無實法**，所以當然是**虛相法**。但是佛教徒們能夠認同他的說法嗎？一定不可能認同的，如今卻有聖嚴、證嚴、星雲、昭慧……等人死心認同這種**虛相法**，錯將他的虛相法認作是**實相法**，這可眞是修證實相法的大乘佛門一大怪事！

由 龍樹《迴諍論》所說，可知應成派中觀的**一切法空說**是無自體法，無自體法即是**唯名**無法，則是意識妄想施設之名言，都無實義，成虛相法；既不是實相法，說之論之都無實義，即成戲論。由 龍樹之種種論中，有極多處可以確認是以如來藏而說中道之觀行；後有本會親教師或會員，將以 龍樹的《中論》偈來造書引證廣說，此處暫勿論之。而 龍樹的最重要弟子如來賢，也是因爲努力以唯識種智之學來弘揚 龍樹的般若中觀（多羅那他《印度佛教史》），使得應成派中觀師都無法招架； 龍樹弟子提婆更因大力弘揚如來藏中觀而被一切法空說的應成派中觀師派人暗殺，推說是被外道所殺；提婆弟子羅睺羅跋陀羅更以涅槃常樂我淨來解釋 龍樹的八不中道，這都可以證明 龍樹的中論觀並不是一切法空說，而是實有法體的如來藏中道觀。如今單依 龍樹的《迴諍論》這一段論文所說，即知諸法必定有體，無體即不得成法；故說一切法都有法體，不可說無法體而唯名施設者可以成法也！否則皆成戲論，無益修證。

如是，般若中觀若無實體，又如何能遮止斷見外道的戲論？又如何能遮止有實體的如來藏妙義？一切法空的應成派中觀虛相法，從今以後，都將無法再遮止如來藏妙義了，因爲正覺同修會將把 龍樹的中論正義加以宣揚，證明應成派中觀師攀緣 龍樹爲祖師的作法，其實是妄攀； 龍樹今時如果健在，決定會出而造論，痛責應成派中觀師的。由應成派中觀師對佛法中三乘教理的錯謬解釋，如今被平實廣作評論之後，都無法應對的事實來看；假使有人膽敢依止應成派中觀的邪見寫書應對的話，都將只有被破斥之後而無法正面作覆，只有一再的另立新題、別闢戰場，永無休止的死纏亂打一番而已，都不可能針對原有題目繼續加以辨正的。他們多數人也都不肯回到原題目來承認自己的錯誤。

由此可以證明一件事實：修行的關鍵都由意識心，不是由如來藏，也不是由意根來修行的。因爲意根的了別慧極爲低劣而有其他難可思議的功能，祂的功能不在諸法的分別上面，所以不是由意根來作修行的心。至於如來藏心，這個第八識對六塵、對諸法是離見聞覺知的，所以祂沒有無明可說，也沒有滅除無明的智慧可說，當然也不是由祂來修行的。祂其實正是意識參禪所證悟的標的，祂所含藏的一切種子其實正是意識覺知心修證成佛的標的，所以祂是被證悟的標的而不是修行者，所以修行的主角不是如來藏，也不是意根，而是意識覺知心。一切修行者，不論是佛門中或佛門外，其成就邪見或成就正見，證得正智或墜入邪智中，都是意識覺知心的事，都與如來藏無關，所以意識正是修行的關鍵。然而單靠意識自身也無法修行，得要有前五識與祂同時同處並行運作；還得要意根與如來藏與祂同時同處並行運作，而且不斷的支援，意識才能修行；所以實際上在修行的心是意識覺知心，所以說識陰即是修行的關鍵。

第二目、識陰誤認自己是常住而眞實不滅的法，所以無法取證解脫果：能否如實了知識陰的虛妄性，正是解脫道與佛菩提道修行的關鍵，所以對識陰自己的如實了知，對修學解脫道及大乘佛菩提道的人而言，就變得很重要了。如何是對識陰的如實知？除了對識陰的內涵確實了知以外，也應對識陰在五位中必定會暫斷的事實要加以了知，並且應從識陰的出生與運作時必須有的所依諸緣加以了知，再從教證上的聞知與信受，思惟之後再於現實境界中來作現觀，才能確認識陰（特別是意識離念靈知心）的虛妄性，現觀意識自己是依三緣和合才能出生的生滅法，「我自己是常住不壞法」的惡見就能斷除了，初果人所斷的三縛結自然隨著滅除。在阿含聖教中是如何說識陰呢？

一、**識陰的定義**：《增壹阿含經》卷二十八云：【「彼云何名為**識陰**？所謂眼、耳、鼻、口、身、意，此名識陰。」】這是說，眼識、耳識乃至意識等六個心，都是識陰所攝。意根並不攝在識陰中，因為意根是根，是意識或識陰六識出生所依的依根；是由意根與法塵為緣，意識方能從名色所緣的第八識中出生，而且必須靠意根共同運作而為助緣，意識才能繼續存在及運作，故意根是意識出生及運作的必要條件，故意根不應攝在識陰中，故四阿含中說為**意**而不說為**識**。

二、**識陰的出生**：《中阿含經》卷七云：【「若內耳、鼻、舌、身、意處壞者，外法便不為光明所照，則無有念，意識不得生。諸賢！若內意處不壞者，外法便為光明所照而便有念，意識得生。」】這段經文的意思是說，**識**就是**了別**的意思；凡是出生以後的目的是為了了知六塵的心，就是識陰所攝的心；因為識陰等六識是為了分別六塵諸法而出生的，若是勝義根已經毀壞時，就無法接觸外六塵境，就是不被光明所照。譬如內耳處，即是耳根的勝義根（腦中掌管聽覺的部分）；當耳根的勝義根毀壞時，就不會被外聲塵的光明所照，就無法使本識在勝義根中變生內聲塵出來，意根與意識就都無法在這上面有意念出生，耳識就不會出生。同理，五勝義根若全部毀壞時，意根就無法假藉五根來對五塵及法塵接觸，就是內意處壞（意根被障礙而對內法塵無法相觸），意識就永遠無法出生，只能進入正死位中。離念靈知正是如此，所以離念靈知必須有正常的根與塵，才可能出生，正是意識心。確實了知這個道理，就不會像佛護、月稱、寂天、阿底峽、印順、昭慧、證嚴、星雲一樣堅決主張：**意識是不生滅心**。

又如《中阿含經》卷五十四說：【「世尊歎曰：「善哉！善哉！諸比丘！汝等知我如是說法。所以者何？我亦如是說：識因緣故起。我說識因緣故起，識有緣則生，無緣則滅。識隨所緣生，即彼緣，說緣眼、色生識，生識已，說眼識。如是耳、鼻、舌、身，意、法生識，生識已，說意識。猶若如火，隨所緣生；即彼緣，說緣木生火，說木火也；緣草糞聚火，說草糞聚火。如是，識隨所緣生；即彼緣，說緣眼色生識；生識已，說眼識。如是，耳、鼻、舌、身，**緣意、法生識，生識已，說意識**。」】這段經文 世尊開示說：從眼識到意識等六識，都是根與塵相觸的因緣才能出生，都是因緣所生法，所以 佛說：「我說識因緣故起，識有緣則生，無緣則滅。」只要生起的緣不具足，識陰所攝的六識就都無法生起了，從眼識到意識都如此，所以不可如同宗喀巴、印順、證嚴、星雲、聖嚴……等人一樣主張意識是不生滅心。識陰等六識，都是依根立名的；所以，依眼根與色塵而生的識，是出生後專門了別色塵的心，就依眼根而稱爲眼識；乃至依意根與法塵而生的識，專門了別法塵，也能了別其餘五塵，這心就是覺知心、離念靈知，就依所緣的意根而被稱爲意識。意識既是因緣所生法，不是原本就自己存在，不能單獨存在而必須依靠所依緣才能存在，當然是生滅心；故宗喀巴、印順、聖嚴、證嚴……同以意識爲眞心，正是未斷我見之凡夫。

《雜阿含經》卷八也云：【「爾時世尊告諸比丘：「有**二因緣生識**，何等爲二？謂眼色、耳聲、鼻香、舌味、身觸、**意法**；如是廣說，乃至非其境界故。所以者何？**眼、色因緣生眼識**，彼無常、有爲、心緣生。色，若眼、識，無常、有爲、心緣生，此三法和合觸，觸已受，受已思，思已想。此等諸法無常、有爲、心緣生，所謂觸、想、思。耳、鼻、舌、身、**意亦復如是**。」】《雜阿含經》卷九又云：【「眼因緣色，眼識生。所以者何？若眼識生，一切眼、色因緣故。耳聲因緣、鼻香因緣、舌味因緣、**意法因緣意識生**，所以者何？**諸所有意識**，彼

一切皆意、法因緣生故。是名比丘！眼識因緣生，乃至意識因緣生。」】

這二段經文也是說明識陰等六識都屬於**根塵二法爲緣而出生**的生滅法，不是本來自在的常住心；意識心既然是識陰所攝，當然不能外於**識陰由二法爲緣出生**的聖教。佛陀爲免後世有人特地發明意識的細心、極細心，說是不屬於意根與法塵爲緣而出生的心，所以特地強調說：「**諸『所有意識』，彼『一切』皆意、法因緣生故**。是名比丘！眼識因緣生，乃至意識因緣生。」已經特別強調：所有的意識，不論是粗心、細心、極細心、超細心，只要是意識，一定是意根與法塵爲緣才能出生的有生之法；這是特地強調說：**一切粗細意識，皆意、法爲緣生**。特地強調所有的意識，不論粗細，都是意根與法塵爲緣而出生的。有生則必有滅，一定是生滅法，當然不應該建立爲常住而不生滅的實相心；但是始從古時的佛護、月稱、寂天、阿底峽，末至近代的宗喀巴、達賴、印順、星雲、證嚴、聖嚴、昭慧、性廣、傳道等人，卻都不許有意識心以上的意根與如來藏存在，而異口同聲大力主張**意識心常住**，當然都是具足我見之凡夫。

自從平實否定意識的常住性以後，昭慧法師知道不能再主張意識心常住不滅了，爲了彌補她否定第八識如來藏而造成的因果律、涅槃……等佛法都因此而被破壞的過失，於是另外自行創造了**業果報系統**說，建立一個不可實證的想像法**業果報系統**，本質卻是回歸到她所否定的**本體論**中。但是，佛陀早已教示我們：有一個從來不生而永遠不滅的常住如來藏，是萬法的本體，這個第八識本體是可知而且可證的；不必如同昭慧一般想像而不能證，不必像她一樣建立子虛烏有、純是想像的**業果報系統**。如來藏是有緣、有智的人都可以親證的心，是眞實法，祂出生了蘊處界等萬法；親證者都可以現前體驗祂、操作祂，也可以現前證驗祂確實收藏了各人所造一切善惡業種及無記性的熏習種子（譬如非關善惡性的藝術、生活技能……等種子），也能現前證驗祂確實永遠保持眞如法性而不改易其性，能由祂這個心性而入無餘涅槃、而成佛道；由此緣故，證悟如來藏者能眞實了知般若諸經的意旨，也能漸漸深入進修唯識種智中的勝妙、不可思議的無上佛法，心中極爲踏實的了知自己眞的進入大乘佛法中了。

佛的聖教所教導的第八識眞如法性，是可知也可親證的，但昭慧法師建立的業果報系統卻是不可知也不可證的；不可知也不可證的法，就是臆想之說，絕對不是如法說。眞正的佛法是可知也可親證的，除非您還沒有悟入眞正的佛法，還在外門修學；但是，學佛人究竟應該信受可知也可證的法呢？還是信受不可知也不可證的臆想法呢？您當然是不思而知也！她否定了 佛說的可知也可證的業果報系統如來藏，排除眞實法如來藏以後，再來建立不可知也不可證的、法界中實無的業果報系統，有何意義呢？既是不可知也不可證的，她說的法當然是言**不及義**的戲論了！假使她主張說不是戲論，一切人當然可以請求她教導大家一起親證她說的業果報系統，她是沒有理由拒絕的；那麼十餘年來至少應該會有十餘乃至數十人從她修學而親證之，但是至今連她自己都還沒有證得她所創造的業果報系統。平實今日預記在此：假饒她此世能活上萬億恆河沙數劫，努力修行之後，將來親證的眞實業果報系統，仍將只有第八識如來藏，永遠都不可能是她在想像中建立的外於如來藏的業果報系統。

從另一方面來說，假使她教導的人們也跟著她親證了業果報系統，也能證明確實是因果律的實行者，也能證明確實是萬法的根源，也能證明確實是中道性、實相性、眞如性、涅槃性、本來性、圓成實性（能出生一切有漏有爲法，也具足無漏無爲法），都與 佛所說的完全相符，那麼她所親證的業果報系統一定是本識如來藏，不可能有別的法，那她又何必堅持說佛經中講的如來藏是外道神我？又何必堅決的認定**識共有六**，不許有七、八？因爲法界中只有第八識如來藏才是業果報系統，以外沒有任何一法可以持種，沒有任何一法可以取代祂的業行果報功能，也沒有任何一法可以像祂一樣具足中道性、實相性、眞如性、涅槃性、本來性、圓成實性。既然她已經親證的正是 佛以前早就開示的第八識如來藏，那她又何必否定 佛開示的第八識心體，另行建立一個全新的、想像中的業果報系統說？絕對沒有這個必要！她在親證之後，一定不可避免的會回歸 佛所說的第八識如來藏，以如來藏爲眞正的業果報系統。但她十餘年來卻常常對如來藏持否定立場，至今還沒有承認如來藏妙心，所以說她其實不曾證得第八識如來藏，當然是不曾證得業果報系統的——不論是 佛所證的業果報系統如來藏，或是她自己新創造發明的業果報系統。

她既然要回歸**本體論**而建立另一個收藏因果業種及萬法種子的本體心，避免落入否定**事實上存在的因果律**。既然要回歸**本體論**而建立一個業果報系統，以免使她心中想像的無餘涅槃墮於斷滅見中；她既然要回歸**本體論**而建立一個業果報系統，將一切業種都收藏在一個本體中，使她想像中的中觀見，不會在實質上成爲斷滅的本質；她既然要回歸**本體論**而建立一個業果報系統，使她心中想像的一切種智（親證如來藏中一切種子的智慧）不會成爲沒有種子可證的邪智，

那麼她只要回歸 佛說的第八識如來藏就夠了，不必另外創造新的佛法——新的業果報系統。因爲佛法是不可創造的，也是無始以來都不曾有所演變的，將來也不會有演變，所以才是法界中的眞實相；而且 佛早就說過，佛法不是由祂發明的，祂只是發現法界中的這個事實，把這個事實告訴我們，讓我們跟著親證；所以，**佛法是不可創造的，永遠都不會演變的；能創造的只是虛妄想像的表相佛法，能演變的也只是未悟菩提的凡夫們所演變的表相佛法**。

法界中的業果報系統是唯一的，不可取代的，不能否定的，不可演變或轉化的，一切證悟的菩薩們都是這樣認知、這樣親證的；所以，昭慧除非是將來親證如來藏了，否則她永遠都不可能實地認知到業果報系統的存在與功能，更何況是一切種智的親證？因爲一切種子智慧的親證，必須先找到眞正的業果報系統如來藏以後，才有可能進一步深入體驗祂心中含藏的一切種子。具足證驗如來藏心中含藏的一切種子時，就成爲一切種智的成就者，就是究竟佛果的親證者。分證如來藏識所含藏的一切種子而不圓滿具足的人，就是諸地菩薩，所以他們都有道種智；道種智就是一切種智的親證還沒有圓滿。既然一切種子都含藏在如來藏心中，外於如來藏是不可能證得一切種子智慧的，那麼昭慧繼續繼承印順得自藏密的應成派中觀見，跟著邪見而主張六識論時，怎有可能實修佛法？連我見都斷不了！印順否定了如來藏，當然無法親證一切種智，又怎能如實的理解成佛之道？由此可以證明一件事實：密宗的所有應成派中觀師，包括印順、昭慧、傳道、性廣、星雲、證嚴、聖嚴……等人，都是未入見道位的凡夫，都與眞正的成佛之道背道而馳，也都與二乘聲聞的解脫道正理相違。

由以上聖教開示，可以了知一個事實：意識是生滅法，不是密宗應成派中觀師印順、昭慧、證嚴、星雲、聖嚴等人說的常住法。意識既是生滅法，就不可能執持一切善惡業種子，也不可能執持有情在三界熏習的無記性種子，故意識不可能是持種心。由此緣故，昭慧爲了彌補意識無法圓成三世因果的事實，才會新創業果報系統說，來加強她得自印順的藏密應成派中觀邪說的可信度。但三界九地一切世間，各個有情的業果報系統都是絕待而唯一的，是不可能以別法來取代的，那就是各人都有的如來藏心。所以昭慧不得不略加改變承襲自印順的邪思，因爲她私心中，在這幾年其實已發覺應成派中觀處處破綻了：自從被平實所破（不是自從被現代禪所破）以後，一向很強勢而不容許任何人評論的印順與昭慧師徒二人，都只能顧左右而言他，一致迴避法義辨正的責任。

昭慧後來於公元二千年七月二十三日在回覆某人的信中說道：「**我的做法很清楚地擺明了：要他儘管放馬過來。**」（編註：**他**字是指 平實導師）既然她在文字上這樣清楚地表明了立場，要平實**放馬**過去，平實不得不回應她：從二千年八月起，在所寫的書中開始對她指名道姓：把她列入印順名下明說（但仍只是評論印順的說法錯誤之處，對她諸書中所說的法義仍然不曾有所評論，暫時為她留下退路）。一向護主心切的她，卻一直都沒有在法義上對印順被評論處作出任何回應，都只是在世俗言語上逞強，以及顧左右而言他，不敢在法義上提出任何辨正；她對於印順主張**意識細心常住不滅、蘊處界斷滅後的滅相就是眞如**……等等已被平實評破的事實，都不敢在法義上作任何的辨正，可見她的心虛了。乃至後來偶而對她所講的一、二法義加以評破，她也不敢回應，恐怕招來更大的羞赧。有智慧的學佛人，應該信受 佛在三乘經典中開示的眞識、涅槃本際、眞如、如來藏、阿賴耶識（異熟識、無垢識），不該隨同天竺的佛護、月稱、寂天，西藏的阿底峽、宗喀巴、歷代達賴喇嘛，台灣的印順、證嚴、聖嚴、星雲、昭慧、傳道、性廣等人，公然違背佛意、教意，公然主張緣生、緣滅的**意識心是常住法**。（註：後來因昭慧再四說謊，已將雙方往來全部書信公佈在正覺電子報第 33、34 期中）

由以上阿含道諸經中的教證舉例，佛門學人讀過以後，當然都已了知阿含道中對**識陰**的定義是六個識，而意識正是識陰所攝的緣生、無常法。**這六識會被列入識陰中，原因有四**（有四個共通性）：一是都由根、塵二**法爲緣**而生的心，二是都會**了別六塵**中的某一塵，或如意識會了別全部六塵；三是必須五色根的**勝義根**（內眼處乃至內意處）**不壞**，才能觸內六塵而出生六識；四是必須有**意根的意念**同時運作，才會有識陰六識的出生與存在。譬如經中　佛說：「（五色根若毀壞者）**外法便不爲光明所照**，（意根）**則無有念，意識不得生**。」在意識出現以前，識陰六識心還沒有出生，仍不存在，當然這個念一定是由意根心中生起的，不可能是由尚不存在的意識心中生起的。正因爲五色根不壞，外法能從五色根入於如來藏心中，所以有了外法光明而有內六塵法的光明，所以意根才會生起想要了知外法的意念，然後意識才會從如來藏中生起，才會有前五識隨同意識同時生起（意根不能持意識種子，故不是從意根中生起意識）。識陰的意涵，從這四個道理加以理解及思惟以後，就很清楚明白了。對識陰的特性有了清楚的認識，就有能力檢查禪宗錯悟者所墮的境況了！此後不會再追隨錯悟大師（譬如證嚴、星雲、聖嚴）同以離念靈知意識心作爲眞實心，也不會如印順一般錯以識陰的自性—直覺—作爲親證眞如佛性的境界，自然不再墮入大妄語業中。

三、**識陰的苦**：一旦識陰出生了，苦就會存在不滅。識陰爲何會有苦呢？當識陰存在時，一定會接觸六塵而領受六塵境界；在六塵境界中，一定會有苦、樂、憂、喜、捨等五種領受。領受苦覺、憂覺時，即是識陰的苦，這也是識陰的苦苦。領受樂覺、喜覺時，又因爲這二種覺也是無常，不可久保，所以仍會有無常苦及行苦，這也是識陰的苦；假使這二種樂覺只能長久領受而不會有時消失或變動，也將會成爲苦受，所以也將會是苦。若是領受捨覺時，也不必然就是樂，譬如捨覺常在而永不變易時，也將會成爲苦，因爲已經失去其他覺受而成爲種子不具足的緣故，人生中必須擁有的其餘功能性已經滅失的緣故；而且捨覺也不是能永遠保持不變的，所以也有無常苦。而捨覺與樂覺也都如同其他三覺一樣，都不離行苦，因爲都屬於無常變易之法，都不離行陰。若是在世間生活過程中，種種苦受也都是由識陰來領受的，生老病死憂悲苦惱等苦受，也都是識陰所不能免除的，當然都是識陰的苦，所以 佛說**有受皆苦**。

然而受陰、想陰、行陰的無常之苦，其實都是由識陰輾轉出生的苦。識陰的一切苦，依世間法現前觀察之，其實無邊無際；譬如八苦中的任何苦，都是因爲有識陰才會存在；推而廣之，世間所有苦，包括三界六道中的一切苦、一切樂、一切境界，也都不離苦，只是苦的輕重差別而已，沒有不苦的。而識陰永遠都會與三界九地中的一切苦相應，除非祂滅失了。識陰所有的種種細相、極細相的苦，就由讀者們自己去深入現觀與思惟；經由識陰的瞭解，以及對識陰不離一切苦的深入現觀與思惟，才能斷除對於外境、對於識陰的喜樂；**我見**及**直覺是常住不壞**的我所見，才能跟著滅除。若不親自深入現觀與思惟，只是閱讀以上的講解，絕對不可能滅除對於識陰自身的執著，也不可能滅除對於識陰我所的執著；所以這部分就不細說，留給有智慧的您讀後自己去實修。

四、識陰的苦集：《雜阿含經》卷三第68經云：【「**緣意及法生意識**，三事和合生觸，緣觸生受，緣受生愛，如是乃至純大苦聚生。」】《雜阿含經》卷五第109經亦云：【「云何見**識即是我**？謂六識身：眼識，耳、鼻、舌、身、意識身。於此六識身，一一見是我，是名**識即是我**。」】

這二段經文**語譯**如下：【「緣於意根及法塵而出生了意識，意根、法塵與觸心所等三件事互相和合而出生了對六塵的觸，緣於觸六塵而產生了苦樂捨等覺受，緣於苦樂捨等覺受而產生了對自己及對六塵的貪愛，如是次第輾轉出生取、有、生，乃至到達最後的純粹是大苦聚合的五陰出生了。」】【「如何說『看見識陰就是自我（我見）』？這個識陰是說六識身：是眼識身，耳、鼻、舌、身、意識身。對於這六識的功能性與眞實性有所執著，把每一識都錯認是眞實我，就是我說的『識即是我』（我見）。」】

眾生總是把識陰六識當作是眞實而常住不壞的自內我，以別於無常會壞的色身我；這是因爲世人長大以後，都可以看見色身會毀壞、朽爛，不可常住；但是恐怕落入斷滅境界中，不希望自己滅失而不再存在了，所以就把識陰當作是常住而不會毀壞的精神體，堅持識陰六識心是可以去到未來世的，也就認爲識陰六識是從前世入胎而來的。既然如此，應該同時想到一個問題：此世意識既是前世意識往生過來的同一個意識，應該會像今天的意識可以記得昨天的事情，爲何卻記不得前世的種種事情？只有中國古人比較聰明，察覺到這個問題所以發明了孟婆湯，外國的常見外道們都沒想到這個問題。眾生都不知道識陰六識心是依世世不同的五色根爲緣而出生的，所以世世的識陰六識都是不同的。許多禪宗裡的誤會者都沒有想到一個事實上存在的問題：假使識陰六識心離開了語言妄想時就是眞心，那麼這個眞心應該是不生滅的，祂一定是從往世來到這一世的眞心，也一定是業果種子的執藏者；那麼一切人修行到心中都無一念語言文字生起時，應該就可以接觸心中收藏的一切業種，就可以了知往世的一切事行與過程了；必然會如同這一世的覺知心，今晚眠熟之後，明天醒來時仍然會記得昨天、前天、兒時的種種事情。然而事實不然，在沒有證得深厚禪定時，就必須靠宿命通才能了知往事的極小部分事情，或者沒有宿命通時得要進入禪定中才能稍微了知往世的某些事情。可見識陰六識自身及祂們擁有的覺知性，都不是從前世轉生過來的，而是在人間擁有世世互異的五色根爲緣才能出生的；前世意識所依的五色根不曾來到這一世，當然這一世的意識絕對不是從前世入胎來到此世的，是故意識不是從前世轉生過來的。

由於識陰六識心都必須以五色根爲緣才能在人間出生及存在，那麼識陰六識就一定不可避免的會與人間的種種六塵接觸，一定會被六塵中的許多境界吸引而產生執著；譬如對六塵的執著與貪愛，譬如對五陰所擁有的世間財產、名聲、眷屬……等，產生了執著，墜入我所的執著中，這是最粗淺的識陰苦集；爲何說這是識陰苦集呢？因爲這些都是識陰相應的法相，是識陰所認知而且深深執著的；所以才會有許多世間人爲名聲、財產、眷屬受到影響，就不計後果、起瞋殺人，於是被業種所繫而輪轉不停。

有些人品格較好而對身外之物較不執著，卻往往落於識陰所領受的感覺中，所以他們很重視氣氛：住家的氣氛、說話的氣氛、睡眠的氣氛、飲食的氣氛、路上的氣氛、獨處的氣氛、與人相處的氣氛、插花的氣氛與神韻、剛回家時的氣氛、別人對他說話時的氣氛。種種氣氛都使他覺得很重要，這是很重視生活品質的人，但卻都是識陰領受的情境。假使氣氛使他覺得不愉快，就會生悶氣，整天不愉快。品格不好的人若受制於氣氛時，往往造下大惡業，殺人放火無所不造；當他覺得別人看他的眼光是輕蔑的，往往就會亮刀殺人而不肯承認自己有過失。不論是有氣質或沒有人文素養的人，都是受制於識陰所領受情境的愚人，他們心中的一切思想，都是識陰的苦集；因為他們的所思所想，都會直接或間接的影響到他們對自我識陰的習性，不斷在識陰相應的熏習上面用心；於是他們的識陰種子力量不斷被滋潤而增長廣大，於是識陰會一再的執著自己相應的外境我所，難以了斷，更何況是了斷識陰自己？

常見外道及佛門中的常見外道眾，雖然是修行人，想要求取解脫的果證，但是對自己已經受制於識陰的情境，卻毫無警覺，這種人非常多。這些人想要證得解脫果而斷我見，卻往往因爲不如理作意的思惟，或因惡知識——假名善知識——的誤導，認定意識心是常住的，猶如印順派的學人以及被星雲、證嚴、聖嚴誤導的初機學人，總是認定意識常住不壞。當他們認定意識常住不壞時，其實都是誤認爲自己只是堅持意識常住不壞，沒有落入前五識中；但若有人問他們：「您所知的意識，是不是離念靈知心？是否爲不觸五塵的覺知心？」他們的回答往往是：「意識心是觸知五塵的心，在六塵中了了分明的心才是眞正的意識心。」當有人主張說：「離五塵的離念靈知心也是意識心。」這時他們往往會反對這種說法，堅持「在五塵中了了分明的覺知心」才是眞正常住的意識。這二種人，其實都是執著識陰六識而無所知，已不是單純執著意識了。前者是五俱意識，意識心是與前五識同時並行運作的，是識陰六識具足的；後者則是入住二禪等至位中，意識獨住而不與前五識俱在的獨頭意識。

但是這二種人，都是不離識陰境界的，只是定力有無的差別而已。這些人仍然會與識陰所住情境相應，所以禪定證境越高，出定後就越傲慢。當他們依照師長的教導而認知或證得這二種心境時，是不許別人評論他們證境的，也不許別人評論他們的師長。假使他們的證境或他們師長教導的修行法門與證境被評論時，他們一定會起而抗爭，堅持他們的認知是正確的。有時不得不閱讀平實的法義辨正而瞭解「平實所說的才是正確的」，也得到法益了，但他們仍將因為情執而繼續大力抨擊平實。這都是因為他們落入識陰境界中，我見未斷而導致心中生起「見取見」，對於平實的如理作意說法，絕對不服；不論平實所說正確與否，一定要反對到底而落入見取見中，這就是識陰的苦集。乃至平實引證經教，加上據理陳述，他們仍然堅持己見，繼續認定意識覺知心是常住法，絕不改變。所以才會有星雲、證嚴、聖嚴、昭慧……等人，繼續堅持意識心是常住的、是不會斷滅的，這些人都是繼續住於識陰苦集境界的人；識陰種子繼續不斷被他們增長的結果，後世想要斷除識陰我見，就變成不可能了。這種現象，在佛門中及常見外道法中，處處可見，絕不是特例、僅有。

墜入識陰我所中的人更多，這是當今佛門中處處可見的現象。但其實古今的情況差別不大，譬如《雜阿含經》卷八云：【「如內入處，如是外入處色、聲、香、味、觸、法；眼識，耳、鼻、舌、身、意識；眼觸，耳、鼻、舌、身、意觸；眼觸生受，耳、鼻、舌、身、意觸生受；眼觸生想，耳、鼻、舌、身、意觸生想；眼觸生思，耳、鼻、舌、身、意觸生思；眼觸生愛，耳、鼻、舌、身、意觸生愛。」】這就是墜於識陰所有的境界中，將識陰的情境加以執取而不肯放捨；最先是執著識陰相應的境界相，常常愛樂於識陰相應的六塵境界，然後再反執識陰所有的功能性，就向內墜入識陰相應的受陰、想陰（了知六塵的了知性）、行陰（對六塵及自我的認知與貪愛）中，具足了我所的貪愛。當他們具足了我所的貪愛時，就無法除掉我見與我執，無法除掉念想，也無法遠離時時自我作主而不滅失的識陰所行境界，於是連意根都被識陰所誤導而生起自我執著了，只好繼續受生而不斷實現生老病死等苦。究其原因，都是由於對識陰自己的認知錯誤，或是被惡知識作了錯誤的教導（唯識學中名之爲邪教導），因此不斷在做識陰苦集的事業，令識陰喜樂增長、日漸廣大，我見難斷。

《雜阿含經》卷九云：【佛告長者：「若有比丘，眼識於色，愛念染著。以愛念染著故，常依於識；爲彼縛故，若彼取故，不得見法、般涅槃。耳、鼻、舌、身、意識，法亦復如是。」】

以上經文的意思是說，假使眼識對色塵愛念染著，所以常常依於眼識而欲了知色塵相；被眼識能見之性的功能所縛，就無法親見眞實法、不能親證涅槃。耳識乃至意識也一樣，若對法塵有所執著，或對意識的了知性有所執著，想要時時保持了了分明的境界相，不論是在六塵中或只在定境中，一直想要保持了了分明的警覺境界，那就是墜入識陰中，是在保持識陰或獨頭意識的功能與境界相，一定會被意識或識陰六識所繫縛，一定無法親見法性，不可能取證涅槃。換句話說，識陰與識陰所行境界不如實了知，一定會導致識陰的苦集；識陰的苦集，會導致識陰繼續增長堅固的各種業行不斷重複的實行；就是對識陰自身的功能性，以及對識陰所識知的內涵——六塵境界——一直想要保持了了分明的了知而無語言文字的生起，堅執如是意識爲常住法，都屬於識陰的苦集。

五、識陰的苦滅：識陰是無常的，所以識陰所認識的境界相也是無常的，都是不可常保的無常法。正由於不知識陰自己是無常的，誤以爲識陰自己移入某種情況下就可以成爲常而不滅的心，我見就斷不了，想要保持離念時的意識或六識的常住而且功能不壞；因爲此故，我見與我執不能斷除，死後就不得不繼續受生在三界中，導致不斷的流轉生死；所以眞正想要修學解脫道的您，應從教證及理證上認知識陰的內容與無常。也因爲識陰存在的自身其實正是行苦，卻誤認爲存在之時是離行苦的，誤以爲存在之時是沒有生滅的，所以堅持識陰或意識是常住不滅心；這種常見性質的邪見，也會成爲識陰或意識的苦集。今舉教證說之，令大眾皆知識陰六識的無常，特別是意識心的無常：

《雜阿含經》卷九云：**【復問：「若意緣法，生意識。彼因、彼緣，為常？為無常？」答曰：「無常。」尊者阿難復問：「若因、若緣，生意識。彼因、彼緣，無常變易時，意識住耶？」答曰：「不也！尊者阿難！」】**語譯如下：**【**復又問說：「如果意根緣於法塵，出生了意識。那個因、那個緣，是常呢？還是無常呢？」答曰：「無常。」尊者阿難又問說：「如果由因、如果由緣，出生了意識。那個因、那個緣，無常變易時，意識還能安住著嗎？」答曰：「不能安住的，尊者阿難！」**】**

這已經很清楚的表明了：意識心是意根緣於法塵而出生的，所以意識是有生的虛妄法，所以後來一定會有壞滅的時候；既是生滅法，當然不可說是常住法。在這段經文中其實也說明因緣是會壞散的，意思是說：意根與法塵都是會散壞的法，當意根與法塵二者都散壞了，或是其中之一散壞而不具足了，意識就無法生起了；這意思是說意根與法塵也是會散壞的，所以說「彼因、彼緣，無常變易時」。意識所依的因緣是意根與法塵，而意根與法塵在入涅槃時，都必須滅除，那時意識當然更不可能繼續存在了！所以「意識心常住於無餘涅槃中」的想法，是絕對錯誤而不切實際的；只有對二乘菩提無知的大師們，才會主張意識心不動時就是無餘涅槃，所以意識心當然是會壞的虛妄心，乃至確定夜夜都會暫時斷滅而不了知六塵，何況能入無餘涅槃中安住？正確而現前觀察到這些教證與理證時，就不再對識陰有所愛樂，我見斷了，從此進修以後，我執也會跟著漸漸減輕了，乃至一世精進修斷我執以後，捨壽時即能入無餘涅槃，三界中再也找不到祂了，一切三界世間的苦，就不存在了。但是只要對意識或識陰的自我執著仍在，就無法避免繼續出現來世的識陰相應的種種苦；所以，意識或識陰消滅不存，也就是識陰的苦滅。

《雜阿含經》卷三也云：【「云何識受陰？謂六識身。何等為六？謂眼識身，乃至意識身，是名識受陰。復次，彼識受陰，是無常、苦、變易之法。乃至滅盡、涅槃。」】語譯如下：【「什麼是識受陰呢？是說六識的功能。有哪六種功能呢？是說眼識的功能，乃至意識的功能，這就是識陰的受陰。復次，那個識陰的功能，是無常、苦、變易之法，廣說乃至識陰滅盡了，識陰的功能不再出現了，就證得無餘涅槃了。」】所以識陰六識的功能滅失了，識陰的功能不再出現於三界中了，就證得無餘涅槃了；而識陰功能滅除的境界其實就是識陰的滅除，因爲識陰存在時一定會有識陰的功能伴隨著出現；所以識陰苦的滅除，就是滅除識陰自己，不再有識陰六識出現於三界中，那麼識陰的功能也就不會再出現了，那就沒有苦了。至於識陰的功能，其實就是六識的功能性，也就是眼識能見之性，耳識能聞之性……乃至身識能覺之性、意識能知之性，正是**自性見外道**最執著的識陰六識的自性。

又如《雜阿含經》卷三云：【「**緣意及法，意識生**。三事和合生觸，觸滅則受滅、愛滅，乃至純大苦聚滅。」】語譯如下：【**緣於意根及法塵，意識就出生了**。意根、法塵、意識等三法和合時，就有六塵境界中的觸出生了；六塵中的觸出生了，就會有三受、五受出生；接著就有愛、取、有、生、老病死憂悲苦惱。假使把觸消滅了，不再使能見、能聞乃至能覺、能知的識陰功能出現，六塵觸滅失了，受陰也就跟著滅失了！接著愛、取、有、生、老病死憂悲苦惱就都跟著滅除了。】

這意思已經很清楚表明了正理：只要把意根、法塵、意識都滅了，就不會有六塵的觸，所以種種法都會跟著滅盡，不再有自我的存在了，當然就離開生死輪迴苦了！所以滅除識陰就是滅除識陰的苦，識陰熾盛之苦就會跟著滅失，這就是識陰之苦滅除的境界。識陰把自我滅除，就是滅除識陰之苦的境界；但是這個道理是很難讓眾生信受的，且不說一般眾生，單說佛門中一心想斷除我見而取證初果解脫的大師與學人們，當他們聽說識陰之苦的滅除就是要滅除識陰自我，而又已經知道識陰是包含離念靈知心的，他們就因此而無法信受了；因為他們都是愛樂識陰自己繼續存在的，卻不知道這樣正好是墜入我見之中，與自己一心想要斷除我見的決心是互相違背的。當他們聽到平實的正確說法時，心中產生了痛苦的掙扎：**究竟是應該信受平實的說法呢？還是要繼續信受以前大師們教導的意識常住不滅的說法呢**？心中一定是很痛苦的。

忍受不了「意識虛妄生滅」說法的人，或是忍受不了他的師長說法被平實推翻的人，就會生起瞋恚心，對平實加以攻擊，對平實的弘法救生行為加以抵制；這就是當前四大山頭及印順派、藏密喇嘛們今天所作的行為。邪見因此在他們心中繼續增長廣大，識陰也就跟著增長廣大，成為識陰熾盛之苦！若能平心靜氣加以思惟，進一步作種種對於識陰或對於意識心體性的現觀，才能證實識陰六識及其自性都是虛妄法、生滅法。這時才能接受平實**滅除識陰就是二乘解脫**的說法，然後確實信受及執行，才有可能滅除識陰熾盛的苦；當後來識陰的自我執著滅盡了，識陰的苦也就滅除了，才是解脫生死的阿羅漢。

六、**識陰苦滅之道**：在滅除識陰之前，當然先要對識陰有所了知，而且必須是深入而正確的了知，才能自我證明識陰的虛妄，特別是證明意識的虛妄。有了正確的了知而確信不疑了，才能斷我見，才會在滅除識陰的苦上面用心。如前所說，識陰之苦的滅除，就是滅除識陰的存在；若不肯滅除識陰的存在，絕對無法獲得二乘聖果的親證智慧境界，特別是親證二乘極果的阿羅漢慧解脫智慧境界。但是，如何是確實如眞的了知識陰的內涵呢？難道前面所說的還不夠嗎？答：確實是不夠的。《中阿含經》卷七云：【「云何知識如眞？謂有六識：眼識，耳、鼻、舌、身、意識。是謂知識如眞。」】這意思是說，對於識陰如實的了知，是必須了知識陰詳細內容的。

如前所舉經文說，識陰不但是指六識心而已，還包括六識身在內；舉凡識陰六識的功能差別，都要一一了知，然後觀察這六識中某一識的自性，與其他五識的自性有何差別？一一了知以後，才算是知道識陰六識身意涵的人，才算是「知識如眞」的人。當前佛教界大師們無法證得初果的最大原因，就是對識陰的內容不如實知，往往把識陰中的某些境界（特別是意識心的變相境界），當作已經不是識陰、不是意識境界了，當作是已經親證實相心如來藏（或名眞如心）的開悟境界了。也有人錯將六識心的自性（見性、聞性乃至知覺性）誤認爲佛性，就自稱已經開悟了；也以這種錯誤的認知而爲別人印證爲開悟，師徒同墜大妄語業中，其實正是墜入自性見外道的邪見中。換句話說，必須先認清楚識陰的全部內容，了知識陰六識的所有自性，特別是要知道意識的全部變相境界，才不會墜入意識心的變相境界中，誤將意識心排除在識陰之外，才不會在嚴重誤會識陰、嚴重誤會二乘佛法以後，反而誣衊眞善知識是邪魔外道。

除了認知六識是有生之法，是二**法爲緣**而出生的生滅法，還得要確認六識心的無常性及其相應法的無常性，所以《雜阿含經》卷八有云：【「云何一切無常？謂眼無常：若色，眼識，眼觸；若眼觸因緣生受：苦覺、樂覺、不苦不樂覺，彼亦無常。耳、鼻、舌、身、意亦復如是。多聞聖弟子如是觀者，於眼生厭；若色、眼識、眼觸，眼觸因緣生受：苦覺、樂覺、不苦不樂覺，於彼生厭。耳、鼻、舌、身、意，聲、香、味、觸、法、意識、意觸；意觸因緣生受：苦覺、樂覺、不苦不樂覺，彼亦生厭。厭故不樂，不樂故解脫。解脫知見：我生已盡，梵行已立，所作已作，自知不受後有。」】

語譯如下：【「如何是一切都無常呢？是說眼聚（眼根、色塵、眼識合爲一聚）之法無常：或者是色塵無常，或者是眼識與眼觸無常。或者說眼觸因緣而出生了眼識的覺受：苦覺、樂覺、不苦不樂覺，那些眼識的覺受也是無常的。耳聚、鼻聚、舌聚、身聚、意聚等十五界法也一樣是無常。多聞聖弟子能如此現前觀察，對於眼聚諸法就會產生了厭惡；或對色塵、或對眼識、或對眼所觸，都產生了厭惡；對於眼觸因緣而出生的覺受：譬如苦覺、樂覺、不苦不樂覺，對於眼觸因緣所生的一切覺受都產生了厭惡。對於耳聚、鼻聚、舌聚、身聚、意聚，也就是對於聲、香、味、觸、法，以及意識、意根的所觸；以及意識所觸的因緣而出生的覺受：譬如苦覺、樂覺、不苦不樂覺，對那些也同樣產生了厭惡。由於對六根、六塵、六識厭惡，也對這十八界所產生的觸與覺受都厭惡的緣故，所以對六根、六塵、六識及一切覺受都厭惡而不愛樂，不愛樂六根、六塵、六識及所生的一切覺受的緣故而得到解脫，想要滅除六根、六塵、六識而離開一切苦樂捨等覺受。這時對於解脫已經這樣的了知及親見：我未來世在三界中的出生已經窮盡了，應該修證的清淨行已經建立完成了，我在解脫道中所應該作的事情都已經作完了，心中自知此世以後不會再領受後有之身了。」】

所以，對六根、六塵、六識及我所覺受等法的虛妄也是應該一併了知的，並不是只了知識陰六識的虛妄性就夠了。解脫道的修行者，必須同時了知識陰以外的六根及六塵的虛妄性，因爲祂們都是無常的，不能久住的。還必須了知識陰所生的受陰虛妄，必須了知識陰及身口共同出現的行陰也都虛妄，然後再現觀這些法必然會對解脫生死、證取無餘涅槃的過程產生障礙，所以努力滅除對於五陰自己的執著，滅除對於五陰中一切陰的所有執著自愛。當自己已經確定完全沒有自我及我所的執著貪愛，確實願意在捨報後斷滅，只剩下自己仍未證知的本識離見聞覺知而獨存時，才能確認自己確實是「我生已盡，梵行已立，所作已作，自知不受後有，知如眞」的聲聞阿羅漢。

《雜阿含經》卷八云：【爾時世尊告彼比丘：「當正觀無常。何等法無常？謂眼無常，若色、眼識、眼觸，眼觸因緣生受，若苦、若樂、不苦不樂，當觀無常。耳、鼻、舌、身、意當觀無常，若法、意識、意觸、意觸因緣生受，若苦、若樂、不苦不樂，彼亦無常，比丘！如是知，如是見，次第盡有漏。」】

所以必須將十八界、五陰及識陰的心所法，都確實一一觀行其無常以後，才有可能斷除我執的，並不是了知自己確實虛妄以後，斷了我見就是斷我執的境界。（我執的斷除，必須先超越欲界愛，是必須已經發起初禪，才有資格說是已證三果或四果的聖者。但是目前雖有法師自稱已得初禪，其實仍非親證初禪，仍屬妄語。初禪的證境，請參考平實在餘書中依自證境界所作的詳述，此處容略。初禪與慧解脫的關聯，容待第七章的慧解脫中另行詳述，此處略而不言。）

《雜阿含經》卷八亦云：【佛告比丘：「善哉！善哉！於耳、鼻、舌、身、意觸入處，**非我、非異我、不相在**。作如是如實知見者，不起諸漏，心不染著，以得解脫；是名比丘六觸入處已斷、已知，斷其根本，如截多羅樹頭；於未來世欲不復生，謂意識法。」】

此段經文特別強調：對於意識及其相應法，都不想要再出生了，就是斷除生死根本的人。如同截斷了多羅樹的樹頭，使得多羅樹的生機永斷，不可能再出生枝葉了！專修解脫道的比丘們，若能將六根、六塵、六識的觸受，認清是虛妄無常的；並且認知無常虛妄的五陰不是眞我、也不異於眞我、也與眞我不是混合而相在的；了知滅盡五陰、十八界以後有眞我獨存，不是斷滅境界，所以願意滅除五陰、十八界的全部自己，不讓陰界入任何一法的自己繼續存在，於是不再出生種種有漏的心行，對於蘊處界的每一法都無貪染執著，就是對自我的貪愛與執著全都滅盡了，不想讓自己再有未來世的蘊處界出生於三界中，死時有把握可以做到，這就如同截斷多羅樹頭一般，不會再有對自己貪愛執著的心行出現了，這就是解脫。但這一段經文中特別強調的是意識，意識是最難斷除的；因為意識心的變相非常多，而且意識心遍在三界九地中都可以存在，所以 佛陀出世以前常有外道將欲界定、色界定中的意識心，誤認為常住不壞的眞我如來，死不掉意識心，希望未來世仍然會有意識繼續存在，是把定中意識誤認為常住的如來藏，所以無法斷除我見；目前全球佛教界大師們卻是連初禪都尚未證得，當然不證色界定中的意識心。意識心固然能存在於三界九地中，卻不可能離開三界九地而存在，絕無可能住於三界外的無餘涅槃中，絕無可能住於滅盡十八界的無餘涅槃中，當然不可能由意識進入無餘涅槃中。

學佛人往往因為誤認無餘涅槃境界，以及誤認意識心是常住心的緣故，就死不了意識心對自己的貪愛與執著，就會在死後想要保持意識心的存在，因此不得不再度入胎，或是往生欲界天、色界天、無色界天中，自以為是無餘涅槃境界。天壽報盡以後，就又下生人間的畜生或餓鬼道中。所以這段經文中，特別注重意識覺知心的認知，要大家別再貪愛及執著意識心；所以我見與我執的斷除是非常不容易的，原因就是對於五陰的內容無知，而其中最大的原因其實仍是對於意識的全部內容無知，或是所知不夠詳盡，所以斷不了意識心對自我的所有貪愛與執著。

《雜阿含經》卷九云：【「若比丘！眼識於色，不愛樂染著；不愛樂染著者，不依於識。不觸、不著、不取故，此諸比丘得見法，般涅槃。耳、鼻、舌、身，意識法，亦復如是。」】《雜阿含經》卷九亦云：【「如是，多聞聖弟子正觀眼識，耳、鼻、舌、身、意識，當正觀時都無可取，無可取故無所著，無所著故自覺涅槃：我生已盡，梵行已立，所作已作，自知不受後有。」】

以上所舉阿含的經文都是如此意思，一定是不再貪愛六識自己了，對六根、六塵、六識的自己都無貪愛與執著了，才能實證無餘涅槃的；這樣的人才是斷除了我執的慧解脫聖人，正是二乘菩提中的慧解脫阿羅漢。在阿含道中，絕對沒有證果的人會認爲意識心是常住不滅的，只有凡夫才會認爲意識心是本來而有的不生滅法。不但在二乘菩提的阿含道中如此，在大乘的般若實相智慧中，以及大乘中的方廣唯識增上慧學裡，也沒有任何一位菩薩會認爲意識心是本來而有的常住法，只有密宗應成派中觀的佛護、月稱、寂天、阿底峽、宗喀巴、印順、星雲、證嚴、聖嚴、昭慧等人，以及喜樂雙身法的蓮花生才會認定意識心是常住性、不生滅性的；所以他（她）們都是未斷我見的凡夫，假使又加上否定第八識實相心如來藏，就成爲標準的破法者，因爲菩薩藏就是如來藏妙法；誹謗、破壞如來藏妙法的人，就是斷善根人，成爲一闡提眾，連聲聞戒、菩薩戒的戒體都已經失掉了，還能稱之爲僧寶嗎？不但不是僧寶，死後還要爲他們的破法大惡業受報，幾十大劫受苦以後才能回到人間，所以是非常悲苦的。

求證解脫果者不但要認定識陰六識的虛妄性，要確實現前觀察識陰六識的每一心都是因緣所生法，都是無常性；還要現前證實六識的功能（又稱爲六識身。功能亦名爲身）都是緣生法，沒有常住不壞性；現前觀察就能了知這六識要在什麼情況下才能出生？才能存在？才能運作？於是就有智慧可以現前證實：這六識的功能就是六識的自性，六識的自性在阿含道中就稱六識身；而六識身是依六識心出生的，離於六識心就無法有六識身被吾人體驗到。而這六識都必須各有二**法爲緣**才能出生，所謂根與塵二法爲緣。而且這二法必須相觸，若二法不相觸，也不能出生識陰中的任何一識；識出生了，才能有識的自性出現。要能如此現觀，才是眞實知道識陰內容的人；眞實知道識陰內容的人，才有可能現前觀察到識陰要如何滅除。確認識陰滅除方法的人，才有可能滅除識陰對自己的貪愛與執著，特別是對意識自己的貪愛與執著，這樣才有可能取證第四果解脫。所以滅除識陰就是滅苦，滅除識陰的方法就是滅除識陰苦之道，這就是滅識陰苦的**道聖諦**。

話說回頭，關於親證識陰的**苦聖諦**，關於確實了知識陰的苦集而親證識陰的**苦集聖諦**，關於確實了知識陰之苦的滅除境界而眞實親證識陰的**苦滅聖諦**，關於了知滅除識陰之苦的種種方法而親證識陰的**苦滅道聖諦**，其實都得由識陰自己來做正確的熏習、思惟與觀行。換句話說，了知識陰虛妄無常，想要滅除識陰的人，正是識陰自己。如果沒有識陰對解脫道的正確熏習、了別及思惟諸法，就無法觀行識陰的虛妄，就無法了斷自己。所以，識陰的苦、集、滅、道四諦，都是要由識陰自己來做的，不是由意根或眞心本識如來藏來做的。當識陰六識在正確的聞熏、如理作意的思惟及觀行之下，確認自己是虛妄的，意根才願意接受識陰六識—特別是意識—的思惟與觀行的結果，我見與我執才有可能斷除。當意識因爲先入爲主的邪見影響，而對所聞、所熏的法理有所懷疑時，縱使說法的內容是完全正確的，意根也不會接受斷除我見的智慧，我執是一定會繼續存在的，捨壽時就一定無法取證無餘涅槃。

當識陰——特別是意識覺知心——接受「自己必須斷滅，才能取證阿含道的極果而得解脫生死」的正理，必須是在如理作意的情況下聞熏、思惟、觀行而證實時，意根才會接受，才能滅除我執，死時才不會再有中陰身繼續出生，取證現般涅槃，才不會再度受生於三界九地中，才能眞正取無餘涅槃。也就是說，當識陰六識—特別是意識心—確認自己及意根都是生滅法，也都是可滅法；也確認識陰六識的存在，正是苦的現象與事實；識陰六識若不滅除，三界苦就不可能滅除；如此確認不疑而**眞的**願意滅除自己時，才有可能現前證得識陰及五陰的苦、集、滅、道四種聖諦，眞正獲得三界生死苦的解脫。

這正是末法時代親證解脫果最困難的地方，因爲世人總是珍愛自己的，沒有人願意自己斷滅；雖然已在經中讀過 佛陀的開示，知道尚有涅槃本際不滅；也聽聞佛、菩薩講過尚有如來藏獨住於無餘涅槃中，常住不滅，所以無餘涅槃不是斷滅境界，可是世人仍然貪愛識陰自己、執著識陰自己，根本不願意讓自己斷滅；連一時短暫的斷滅都不願意，何況是死後斷滅而永遠不再有未來世的出生呢？不但世間俗人如此，連佛門中自稱已得阿羅漢道的大師們也都如此，您說：蕭平實出世否定五陰的每一陰的常住性，否定識陰的每一識的常住性，如何能獲得佛門大師及修禪者的認同呢？所以當他們墜入識陰中，墜入意識變相境界中，被平實評論爲未斷常見的佛門常見外道時，心中難免起瞋而無根誹謗平實爲邪魔、爲外道，這豈不是很正常的事？當平實初提出解脫道正義時，假使一時就能普遍獲得佛教界的認同與支持，那才是不正常的事呢！

所以識陰正是修行的關鍵，離開識陰——特別是意識覺知心——根本就不可能有所修行；我見與我執的斷或不斷，關鍵也是意識。但是修行之後，卻不是世人或初學者所想的，要把意識覺知心常住而保留在無餘涅槃境界中繼續存在，反而是要把覺知心、作主心的自己滅除掉。當初機學佛人知道這個眞正正法的修行果報，是要把修行者自己滅掉時，他們是很難接受正法的；不但初機學佛人是如此，當代諸方大師也是如此：**他們都很不願意、或是極不願意識陰——特別是意識覺知心——的自己斷滅**。大家都不能接受這一點：**意識自己努力修行的結果，是要把努力修行的意識自己滅掉**。是若可忍，孰不可忍？他們心中焉能接受？所以當然要私下不斷的指斥平實是邪魔外道。

不幸的是，阿含解脫道的正法眞相確實是如此，平實在實證後十餘年來所說的法義，沒有一絲一毫是妄說；而且，除此以外，別無親證阿含道所說的無餘涅槃的正法，不論是理證或教證上都一向如此，因爲這是涅槃界的眞相。所以當今多數大師們都不願意、不樂意、也都不肯接受這個事實眞相，都很想舉出種種理由來把平實說出來的正法推翻掉，十餘年來一直都在私下研究，想要推翻平實的說法。可惜的是，現在還有教理、教證存在，使他們永遠不能成功而不得不閉嘴，只好在暗中以口語繼續否定平實說出來的正法，但是卻都不敢落實到文字上來，在文字上作出來的盡是顧左右而言他的大師們。

您若是有世間智慧而能分辨是非，不想和他們一樣，千萬不要貪愛意識心自己，千萬要詳盡的了知識陰的內容；一定得詳盡的了知意識心的種種變相，才能眞的斷除我見，然後再於歷緣對境中來除斷我執。如此，阿含解脫道的親證，才會有希望。如果繼續保持著對於大師的情執，繼續堅持先入爲主的錯誤知見，不肯切實聞熏正理與觀行，就只能口說想要解脫，但是苦修的結果卻仍然無法獲得解脫；那麼您將如同諸方大師一樣：口說想斷除我見、我執，卻繼續將我見及我執抱得緊緊的，繼續輪迴生死；那麼您在解脫道上的修行，將會如同諸方大師一樣：世世都唐捐其功，枉用功夫。這豈不是很冤枉的事？所以這個知見必須先建立起來：識陰——特別是意識覺知心自己——正是修行的關鍵者，**但是修行的結果卻是要滅除意識覺知心自己，因爲意識覺知心永遠是導致眾生不斷生死的主因。**但是意識心有熏習正法的能力，有智慧能作正確的思惟，有自證分及證自證分，能證實自己的虛妄；也有能力保有出世間智慧，遇到正確的正法時也有智慧能認知涅槃的正理；也能有智慧確認自己的虛妄而願意滅除自己，使未來不會再有自己繼續流轉生死；由此而滅除了生死眾苦，不再輪迴。若能接受這個觀念，您對於解脫道的實修，一定會有成績，此世必定證果；假使不能接受這個正確的觀念，卻仍然不願脫離佛法，那麼平實勸您：**只擔任佛教外護的工作就好了，此世單修人天善法就夠了。**因爲，若不接受正確的道理、不接受解脫的眞相而想要修證阿含道，您將會一世唐捐其功而痛苦不堪的；最可怕的是可能會因此而毀謗正法，造下謗法的大惡業，未來無量世中受苦無量。聰明而想實證解脫的您，絕對會一一比對阿含經教，然後詳細思惟與現觀，從深心中接受這個事實與眞理，然後滅掉我見、三縛結，發起見地而取證初果，以解脫智而自娛樂。

第六節　名色之根本——第八識——說真實緣起

名色的根本就是第八識如來藏，本章的第二、三、四、五節所舉證的阿含部經典中，佛陀已經多次說明過了，這裡再舉其他的阿含部經典作爲證明：【若有眾生身行惡、口言惡、意念惡，身壞命終，此**後識**滅，泥梨**初識**生：**因識有**（地獄身之）**名色**，因名色有六入。或有眾生身行惡、口言惡、意念惡，身壞命終，墮畜生中，此**後識**滅，畜生**初識**生：**因識有名色**，因名色有六入。或有眾生身行惡、口言惡、意念惡，身壞命終，墮餓鬼中，此**後識**滅，餓鬼**初識**生：**因識有**（餓鬼身之）**名色**，因名色有六入。或有眾生身行善、口言善、意念善，身壞命終，得生人中，此**後識**滅，人中**初識**生：**因識有**（人身之）**名色**，因名色有六入。或有眾生身行善、口言善、意念善，身壞命終，生四天王，此**後識**滅，四天王識初生：**因識有**（四王天身之）**名色**，因名色有六入。……。若有眾生身行善、口言善、意念善，身壞命終，生忉利天，此**後識**滅，彼**初識**生：**因識有**（忉利天身之）**名色**，因名色有六入。】（長阿含卷 20《世紀經　忉利天品》）

造惡業之後，或造善業之後，身壞命終時，識陰六識中，最後滅的心是意識，名爲此世最後識，彼時的意根與如來藏識是繼續存在不滅的；往生欲界天中或三惡道中時，識陰中最初生的識是意識，不是前五識；也不是意根與如來藏識，因爲意根與如來藏識是由前世轉生過來的，是無始以來都不曾斷滅過的識，不是這一世初生的。但是意根與意識都不能出生前五識，前世意識入胎後已經永滅了，永滅而無法，當然沒有能力出生後世的意識自己。自己當然不可能出生自己，沒有自己存在時更不可能有自己來出生自己，否則的話，將會無因無緣而有種種法亂生亂滅，就違背了 佛陀所說「有**因**、有**緣**世間（五陰）集」的道理了。所以，後識滅，講的當然是意識心；初識生，講的當然也是意識心；但是， 佛卻又說「因識有名色」，**名**既已函蓋意根與識陰六識，即已函蓋每一世最初識與最後識的意識心，當然「最後意識滅後而有下一世的初識出生」接著講的「因**識**有名色」的**識**，很顯然是指意根與意識之上的第八識如來藏了。

這句話的意思，如同本章第二、三節中 佛所說的「名色由**識**、緣**識**有名色」的開示道理相同。在《中阿含經》卷七， 佛也開示說：「**若見緣起便見法，若見法便見緣起。**」法謂無餘涅槃中的實際，又名本際、如、眞如，即是第八識入胎識，此非阿羅漢所能證。凡夫由於不知的緣故，就誤以爲佛說的「法」

就是生滅性的緣起假號法的十二有支；阿羅漢們未證本識、眞識，不能具足了知 佛陀所說的意涵，所以只能把大乘經如此結集爲阿含解脫道的小乘經典。但是如果知道**法**就是本識，也親證本識了，就不會誤解 佛在經中所說的大乘法，就會知道爲什麼本識如來藏就是**緣起**—**法**，因爲十二支緣起的法都是從眞識如來藏中出生的，緣起法並不是無因而有，不能外於眾生的**本識因**而有，這才是眞正的懂得**緣起**的人；以這種正確的**緣起法**來說緣起的人，才是正說**眞實緣起**，否則即是演說**假號緣起**，不是**眞實緣起**，有違 佛說**涅槃眞實**的正理。

不證如來藏的人，讀了這一段佛語開示，總會誤以爲緣起就是假號法的十二有支，就無法眞實知道十二有支是從哪裡來的，誤以爲十二有支是自然而有的。若不知十二有支的無明是從哪裡來的，怎會是眞正知道緣起法眞相的聖人呢？所以，尚未證得如來藏，或是不信有本識而否定如來藏的人，都無法現觀因緣法的實際，就是不知緣起法性的人；不知緣起法性的人，當然也是不知緣起法的人。所以 佛說：「若見**緣起**便見**法**，若見**法**便見**緣起**。」因爲十二因緣法的一一支，都是從如來藏本識中出生的，所以才會有無明緣行、行緣識……乃至生緣老死憂悲苦惱等大苦聚集，才會有十二支因緣法的流轉不絕而使得眾生輪轉於三界六道中永無出期。不但是流轉門如此，還滅門的十二支因緣法，也是要依靠十因緣法中所說的本識如來藏，才能成就現觀的；假使沒有如來藏，就無法如 佛所說的「齊識而還，不能過彼」，如此一來，就會產生了不可避免的現象：老死憂悲苦惱緣於生、生緣於有、……乃至行緣於無明、無明緣於……、……緣於……、……緣於……緣於……必將無窮無盡，因緣觀終將無法探得源底，觀行將永無止盡而無法成就，則將永遠都無法取證阿含解脫道的果證了，那就是不知緣起法的凡夫人。

所以，必須是依名色的根本—本識如來藏—為中心，來觀行因緣法，才能獲得眞實緣起的正義，才是眞正了知緣起的人；只有正確實證「本識法」的人，才能確實懂得緣起，才不會墮於一切法空的斷滅見中，才不會有十二因緣法**無因唯緣**而起的過失，才不會有「無明是無因而有」的**無因論**過失，永遠落在假號緣起中，不知眞實緣起。由是可知，如來藏本識正是眞實緣起法的根本；凡是否定如來藏眞相識，不信本識如來藏而說有緣起法可以觀行者，都只是假號法；唯觀假號法的緣起法，絕對不可能獲得因緣法的現觀，當然一生觀行的結果只能獲得因緣法的部分知見，終究無法發起見地而取證阿含解脫道的果證。

眞常唯心的如來藏，究竟是實相？或只是思想？大乘法的如來藏妙義，是與外道的神我、梵我合流嗎？印順法師說：「『眞常唯心論』即佛教之梵化，設以此爲究竟，正不知以何爲釋尊之特見也！」（印順《印度之佛教》自序）但大乘的眞常唯心論，是以第八識爲中心而開演的，阿含道也是依第八識眞實永存不可壞滅而建立涅槃的修證；而第八識本識是常住法、眞實法，是可以被親證的，即使是在末法時代的今天。至於外道的梵我、神我，都是第六意識心體；而第六意識不論粗心或細心，都是依法塵及六根（五色根及第七識意根）爲緣，才能從本識如來藏中生起而在人間現行及存在的；這二者，其一是第六意識，其一是出生意識的如來藏，怎會是二**法合流**而**與外道合**一或**梵化**、**神化**呢？如今平實依四阿含原始教典的教證，證實初轉法輪的聖教中就已處處密意隱說本識的存在了，怎會是「後來大乘從意識細分發展出來的」？更何況 世尊在四阿含中多處說名色都是由本識出生的，又說所有意識（不論粗細）都是意法爲緣生；藉緣出生的意識，怎能細分出能生意識的本識來？故說印順的說法是顛倒見。

如來藏即是阿賴耶識心體，即是四阿含諸經中 佛所說的本識、入胎識；如來藏的體性迥異意識心，而意識又是由意根與法塵爲緣，才能從如來藏中生起的，意根與法塵也都是從如來藏中出生的，而如來藏是出生意根、法塵及意識的常住心，印順怎能將出生意識心、出生意根與法塵的如來藏攝歸所生的意識心中？而說如來藏妙義是梵化、神化的新創之說？事實上反而應該說：「**以意識為中心的應成派中觀思想才是佛教的梵化**。」因為外道的梵我、神我，以及應成派中觀的思想，都同樣是以意識為中心而演繹出種種想像法的，所以外道的梵我、神我，其本質是與密宗應成派中觀的思想是相同的；他們自己正是梵化的假佛法，印順卻反過來說如來藏是梵化的產物，而說他自己與梵我思想相同的意識細心不是梵化，平實只好反問他：**豈有此理**？是故印順將常住的第八識如來藏攝在意識心中，另行創立他自己新建立的本體論新名稱，說為意識所攝的細心，再把 佛說的本識歸類為外道的梵我，乃是其心顛倒的妄想：**他將第八識與外道梵我的第六意識視為同一心，又將應成派中觀同於外道梵我的第六意識說為不同梵我的心**。由此可知他說的「眞常唯心論是佛教的梵化」，只是他嚴重誤解大乘法而產生的邪思罷了！正好與法界及佛法中的事實相反。

其實如來藏的常住，正是三界中萬法生起之所由，是諸法的**根本因**，若無如來藏—本識—的常住，就不可能有印順其人的名與色出生及存在，何況能有印順其人來否定如來藏本識的存在？於阿含中有何根據而作是說？【世尊告曰：「彼云何名爲六界之法？比丘當知：六界（所組成）之人，稟父母精氣而生；云何爲六？所謂地界、水界、火界、風界、空界、**識界**，是謂比丘：有此六界。人身稟此精氣而生六入，云何爲六？所謂眼入、耳入、鼻入、舌入、身入、意入，是謂比丘：有此六入，由父母而得有。以依六入便有六識身，云何爲六？若依眼識，則有眼識身；耳識、鼻識、舌識、身識、意識，是謂比丘：此名六識身。若有比丘解此六界、六入、六識者，能度六天而更受形；設於彼壽終來生此間，聰明高才；於現身上，盡於結使，得至涅槃。」】（《增壹阿含經》卷二十九）

語譯如下：【世尊告示說：「那個爲何會被名爲六界的法？比丘們應當知道：由六界所組成的人類，是秉承父母的精氣而出生的；若無父母的精氣作助緣，是無法把六界聚集在一起而具足人身的。如何是人們身中具足了的六界呢？那就是地界、水界、火界、風界、空界、**識界**（註），這就是說，比丘們：人們身中都有這六界。人身都是稟承父母的精氣，**識界**才能聚合四大，並且在祂所製造的色身中留存空界而產生了人身，有了人身才能由本識藉人身來出生覺知心等六識；有了人身及六識心才有六入，是哪六入呢？所謂眼入、耳入、鼻入、舌入、身入、意入，這就是我所說的：有此六入的原因，是由父母的精氣爲緣才能夠有。由於依止六入的緣故，便有六識的功能現行運作，如何是六識身呢？假使是依眼根、色塵而生起眼識，就生起見色的種種功用，就有了眼識身；同理，依止其餘五根、五塵而生起眼識以外的五識功用，就是意識等五識身，與眼識合爲六識的功能，這就是我說的六識身。如果有比丘能理解六界、六入、六識的話，他就能度過六欲天的境界而在色界中重新受生；假使後來在初禪天中壽終而重新來生在人間，一定是聰明高才的人；並且在重新出生於人間的這一世現前一身之中的修行上，就能滅盡一切結使，可以到達無餘涅槃。】

（註：識界的界字，意爲功能差別，又名爲種子。識界的意思是：入胎識的功能。識界又名識法界。如同地界之義爲「地大元素的功能」，意思是一樣的。）

由此段佛語教示，可以確實證明：人固然是稟承父母的精氣而出生，但是必須有識（入胎識）的入胎，然後在母胎中，由這個入胎識的界（功能差別）來攝取母體血液中的地水火風四大，以及留下身中應有的空間（食道空、腸胃空、血管空、……等），必須由這個**入胎識**攝取其餘五界而具足六界法，才能具足人身名色而出生，然後才會有六入的見性、聞性……覺性、知性等**識陰界**自性的出生與運作。所以眞實常住法、本住法的**入胎識**，才是出生萬法的心，是一切緣起法的根源。十二因緣**假號法**中的**名色緣識**一支中所說的六識心，是因爲無明熏習的緣故，由於不知自我的虛妄，恐怕落入斷滅境界中，所以不斷的熏習常見等知見，不知應該斷除我見與我執，才會不斷的入胎，不斷的生起後世的六識心，所以十二因緣法中的名色緣識的識，是指造作諸行的識陰六識心。

然而六識心是在**入胎識**（識界）入胎以後，攝取四大及留存空界等五法而出生了五色根，然後才從入胎識中藉五色根生起的，所以六識心是**識界**（入胎識的功能）進入母胎一段時間以後才能生起的識，當然不可能是**入胎識**——**識界**。由四阿含諸經中的此等隱說、略說，已經證實確有第八識的存在，這就是阿含諸經中**存有**、**本住法**的密意，是四阿含中早已存在的教示，不是後代菩薩們新創的學說。而在這一段佛語中，也證實：當吾人六識、六入存在的時候，同時有六界具足於人身中，這也證明六識不是六界法，當然識陰六識（主要是指意識覺知心）一定不是這段經文中講的識界。所以人人身中都有的六界中的識界，絕對不是指六識界，因爲入胎時的識界存在時，六識連影子都還沒有呢！那時怎能有識陰六識界的存在與運作？所以入胎識這個識界，才是阿含解脫道正義的基石：此識界，是在六識及意根層次之上的另一個識——入胎識。是依此本住法入胎識永存不滅，來說六識身及意根、色身的虛妄性，來說蘊處界的無常、苦、空、無我。而這個在四阿含中被 佛陀稱爲**識界**的入胎識，正是常住法、本住法，才能世世死後不斷的重新入胎而無止盡；才能在識陰六識界存在之時，祂也在身中同時存在，成爲組成人身五陰的要素。也由於祂的常住性、本住性，才能成就二乘聖人所證的無餘涅槃，才能使二乘聖人所入的無餘涅槃可以是**眞實**不壞的解脫——正因爲祂是涅槃的本際，使二乘涅槃不墮斷滅境界中；所以阿含的正義是**存有**思想的解脫道，而這個**實有**並非五陰所攝的任何一法，而是本識如來藏，故緣起性空絕非印順所說一**切法空**的**斷滅空**思想。

我們再舉一段阿含部的經文來證明祂的存在，證明祂是與名中六識及色陰同時存在人間，相依相倚才能夠在人間運作，不是單有色陰或識陰或入胎識之二或之一，就能在人間出生與運作的：【答言：「尊者舍利弗！名色非自作、非他作、非自他作、非非自他作無因作，然彼**名色緣識生**。」復問：「彼識爲自作、爲他作、爲自他作、爲非自非他無因作？」答言：「尊者舍利弗！彼識非自作、非他作、非自他作、非非自他作無因作，然彼識增名色生。」

尊者舍利弗復問：「尊者摩訶拘絺羅！先言『名色非自作、非他作、非自他作、非非自他作無因作，然彼名色緣識生』，而今復言**名色緣識**，此義云何？」尊者摩訶拘絺羅答言：「今當說譬，如智者，因譬得解。譬如三蘆立於空地，展轉相依，而得豎立；若去其一，二亦不立；若去其二，一亦不立；展轉相依，而得豎立。**識緣名色**亦復如是，展轉相依，而得生長。」】（《雜阿含經》卷十二第288經）

摩訶拘絺羅有大智慧，是聲聞人中極有智慧的阿羅漢。舍利弗尊者住於阿羅漢位，然而仍有所疑，所以特地前來請問，以便和自己所認知的「阿羅漢命終之後並非斷滅空」的法義相互印證，因此才有這一段經文的法義問答。在這段經文中已經很明確的說明了一件事實：名色不是由眾生的五陰自己製造出來的，所以**非自作**；但也不是由外力來製造出來的，是由各人自己的入胎識製造出來，所以**非他作**；但也不能外於名中的意根，也不能外於非**五陰我**的入胎識而製造出來，所以**非自他作**；既不是自他作，也不能離於自他而說是無因作，所以說**非非自他無因作**。這就很清楚的表明了：必須要有意根的自己存在，也得要有**非我**、**非非我**的**入胎識**同時存在運作，才能製造出名中四陰與色陰來。這樣看來，從四阿含的教理上，已明確證明是另有一個識——入胎識，能製造名色的了！這就是阿含所說的第八識，正是部派佛教聲聞人臆想中的本識。

這個入胎識，若不是依倚名與色二法，就不可能在人間存在與運作；若不是倚名中四陰，就不可能在無色界中存在與運作。所以，當舍利弗尊者質問：「你在前面那一段話中，既說名色是緣於入胎識而出生的，這時怎麼又說入胎識得要緣於名色呢？」於是摩訶拘絺羅尊者就回答說：「三枝蘆葦互相依靠而立在地上，必須是三枝成爲三角形而互相依倚才能站立著，假使去掉其中的一枝或二枝，單枝或二枝就不能在地上站立著，都只能回歸地面。如同三枝蘆葦互相依靠而立在地上一般，入胎識與色陰及四陰的名也是一樣，得要三法互相依靠，才能在三界中存在及運作，所以入胎識與名、色，要在人間存在及運作時，必須是三個法互相依靠配合，才能存在於人間及正常運作的。」

於是尊者舍利弗就讚歎他說：【「善哉！善哉！尊者摩訶拘絺羅！世尊聲聞中，智慧明達，善調無畏，見甘露法；以甘露法具足，身作證者，謂尊者摩訶拘絺羅；乃有如是甚深義辯，種種難問，皆悉能答。如無價寶珠，世所頂戴，我今頂戴尊者摩訶拘絺羅亦復如是。我今於汝所，快得善利；諸餘梵行數詣其所，亦得善利，以彼尊者善說法故。我今以此尊者摩訶拘絺羅所說法故，當以三十種讚歎稱揚隨喜：『尊者摩訶拘絺羅說老死，厭患、離欲、滅盡，是名法師。說生、有、取、愛、受、觸、六入處、名色、識，厭患、離欲、滅盡，是名法師。若比丘於老死厭患、離欲、滅盡向，是名法師。乃至識厭患、離欲、滅盡向，是名法師。若比丘於老死，厭患、離欲、滅盡，不起諸漏，心善解脫，是名法師。乃至**識厭患**、**離欲**、**滅盡**，**不起諸漏**，**心善解脫**，**是名法師**。』」

舍利弗尊者認爲：要像尊者摩訶拘絺羅一樣智慧明達，能爲人宣說正確的因緣觀，自身已經對**識陰厭患**、**離欲**、**滅盡**，**不起諸漏**，**心善解脫**，才是眞正的**法師**（說法之師）。但是大拘絺羅尊者也沒有自大，所以回讚舍利弗尊者說：【「善哉！善哉！於世尊聲聞中，智慧明達，善調無畏，見甘露法；以甘露法具足，身作證者，謂尊者舍利弗，能作如是種種甚深正智之問。猶如世間無價寶珠，人皆頂戴；汝今如是，普爲一切諸梵行者之所頂戴、恭敬、奉事。我於今日快得善利，得與尊者共論妙義。」】這二位正士一再的互相推崇隨喜之後，各自還歸所住的地方，都沒有一絲一毫互比高下的意味。由這些阿含部的經文中，很明確的證實了人人都有八個識，不是只有每夜都會斷滅的識陰六識而已；而這個入胎識，正是萬法的緣起根源。若沒有這個入胎識，尚且不可能有心入胎而住，何況能有名與色等五陰漸漸被製造而具足五色根的出生？那麼識陰又何從依附而在人身上生起及運作？

所以，人類一切法的最初，就是入胎識，所以十因緣法中 佛說「齊識而還、不能過彼」；古天竺密教祖師說的本初佛，正是這個識，可惜的是他們都無法證得，只能臆想、猜測、杜撰，所以說出了許多妄想顛倒法。有了入胎識**入胎會精而住**以後，才可能有五陰名色；有了五陰名色之後，才可能有相分六塵出生，否則單憑入胎識與意根在人間而不入住母胎，是無法出生相分六塵的，十八界中的六塵界就不可能出生了！有了六塵界以後，根與塵相觸，然後才會有入胎識流注六識種子而出生識陰；有了識陰六識以後，才能了知身外的一切事物，然後才能由八識心王和合運作而發展成萬法。所以，入胎識是人間萬法的根源，包括世間有爲法及出世間法的二乘解脫道佛法，也都不能外於入胎識而有；所以 佛陀追溯生死苦而追到名色，再往前推究時就只能推究到入胎識爲止，無法再往前推溯了！再往前推溯時就一無所有了，所以才會開示說：「**齊識而還，不能過彼。**」

在《中阿含經》中也有同樣的說法：【「若有問者：『名色有何緣？』當如

是答：『**緣識也**。』當知所謂**緣識有名色**。阿難！若**識不入母胎**者，有名色成此身耶？」答曰：「無也。」「阿難！若識入胎即出者，名色會精耶？」答曰：「不會。」「阿難！若幼童男童女識，初斷壞不有者，名色轉增長耶。」答曰：「不也！」「阿難！是故當知，是名色因、名色習、名色本、名色緣者，謂此識也。所以者何？**緣識故則有名色**。」】（《中阿含經》卷二十四《大因經》）

世尊在這一段經文中也是這麼說的：入胎識假使不入母胎的話，連五陰名色都不可能成就，意識覺知心根本不存在，何況能有意識所知、所想的一切法？何況能有出世間法？所以說入胎識若不入母胎的話，就不會有名色的成就。又說，入胎識若入胎即出，不住於母胎中，就不可能與受精卵相會，也就不可能入住受精卵而製造出名色，就不會有名色五陰的出生。又說，入胎識若是出生了童男、童女以後，這個入胎識是會中斷、或是會壞滅的話，童男、童女的名色五陰就無法增長爲成人了！所以說一切有情名色之因、名色的熏習、名色的根本、名色所緣的，都是這個入胎識。名中既然已經有了識陰六識心，六根中的意根也是心，但這個意根，在四阿含諸經中都不說是識，只說是**意**，攝在六根中，顯然出生名中六識心的識，當然是六識及意根以外的另一心，當然就是第八識如來藏了，祂在四阿含諸經中被簡稱爲識，也許是爲了預防外道竊法的緣故而如此簡略的說爲識字，使得後人閱讀阿含經文時就無法分辨是意識或是入胎識了。所以，入胎識是確實存在的，而入胎識顯然不是識陰等六識，顯然也不是第七識意根，由此證實萬法的緣起，都是源於第八識如來藏——本識。所以，緣起法的眞實了知，是要從這個本識入手的，是必定要相信確實有這個本識的，否則深心中絕對不可能願意斷除我見與我執的。事實上，這個識並不是所有阿羅漢都懂得的，只有極少數阿羅漢懂得，這些極少數的阿羅漢們，後來在第二轉法輪時，當然會迴入大乘而在後來得到親證，成爲七住位的不退菩薩。

不但如此，佛也特別開示說，法有二種：有爲與無爲。有爲法是生滅法，無爲法是不生滅法；既然無爲法是不生滅法，當然是有常住的無爲法恆存不滅的，不是蘊處界空盡之後一**切法空**的**斷滅空**，所以阿羅漢入無餘涅槃以後，絕對不是滅盡蘊處界以後一切空無，所以佛說：**【「此甚深處，所謂緣起，倍復甚深難見；所謂一切取離、愛盡、無欲、寂滅、涅槃；如此二法，謂有爲、無爲。有爲者，若生、若住、若異、若滅；……」】**（《雜阿含經》卷十二第 295 經）

佛在這一段開示中，先說明：有爲法是緣起法，因爲緣起法是世俗法，是依緣生法的蘊處界的依緣而起特性而說緣起的，所以緣起法是生滅法；後說無爲是不生滅法，所以涅槃是不生滅法，當然是常住法。當十因緣、十二因緣法存在三界中時，絕對是依緣生法的蘊處界而顯現出來的；若離緣生法的蘊處界，就不可能讓我們來現觀蘊處界的緣生與緣滅，就不可能讓我們現觀十因緣與十二因緣法了；所以不論十因緣或十二因緣等緣起法，都是生滅法，只有十因緣法的最後支——入胎識，才是眞實法。當蘊處界存在時，緣起法就跟著我們的蘊處界而住、而異的存在著；假使我們滅盡蘊處界而入無餘涅槃時，緣起法就跟著我們滅盡而不存在了，所以滅盡蘊處界以後，緣起法就滅了，所以說世俗諦的緣起法是生、住、異、滅的，是有爲法，是依有爲性的蘊處界而有的。

在進入無餘涅槃以後，有爲性的蘊處界，以及依附蘊處界才能存在的有爲性的緣起法，都已滅失不存了，那時就稱爲涅槃，但涅槃是常住法，不是斷滅空。常住法的涅槃，本來就是入胎識獨存的解脫境界，這正是隱說**眞常**、**唯心**的妙法，只是現在的阿含專家等凡夫們讀不懂罷了！這個無餘涅槃是常住法，也是無爲法，絕對不是斷滅法，所以不是有爲法；這時的入胎識也是不再出生有爲法的，當然不會再有生、住、異、滅的現象再度出現，所以 佛陀接著說：

「**無為者**，不生、不住、不異、**不滅**；是名比丘諸行苦寂滅、涅槃。」假使涅槃中只是印順所講的蘊處界斷滅後的空無，再把這個滅相、空無一法的斷滅境界說是眞如，那就落入「滅」中，不是 佛所說的**不滅**了，所以印順的涅槃是有爲法，是生、住、異、滅的生滅法，那他的涅槃就是**有爲法**、**斷滅空**了。由於無餘涅槃是無爲法，是常住法，是**不**曾有**生**，是於三界諸法**沒有住著**，體性是**不變異**的，也是永遠**不壞滅**，不會成空無一法的斷滅，而是常住法，當然是有本來清淨的心體獨存不滅的，當然阿含思想是**存有**而非斷滅五陰後的空無。

所以，當比丘們滅盡煩惱，諸行已經寂滅而證得有餘涅槃時，是不生、不**滅**、不住、不變異的常住法，這才是阿含道中的眞正無爲法，所以 佛說：「**無為者，不生、不住、不異、不滅**；是名比丘諸行苦寂滅、涅槃。」也因此故，平實說：想眞正懂得緣起法的人，必定要先作十因緣觀，懂得「齊識而還，不能過彼」的道理，確認無餘涅槃位不是斷滅，實有本識常住；然後再來現觀十二因緣法，這時才會懂得 佛說「若見緣起便見**法**，若見法便見**緣起**」的深義。但是，這道理甚深極甚深，不是所有阿羅漢都能懂得，只有聞 佛宣說緣起觀以後，確實深入觀行的阿羅漢們才能稍稍理解，不是像七住位及上位菩薩都能親證及深入證解的；所以大拘絺羅尊者及舍利弗尊者，能夠善說緣起法，正是因為懂得**本識常住**的緣故；他們廣受比丘們的尊敬，也是由於這個智慧。因此，佛說「若見緣起便見法，若見法便見緣起」的眞義，一般阿羅漢也是不很懂的，更何況是否定了萬法之所緣起的入胎識的印順法師，怎能懂得緣起法呢？他的門徒們連他的思想錯在何處都不知道，就更不可能有這個本識的智慧了。

印順在他的書中說：「中國佛教為『圓融、方便、眞常、唯心、他力、頓證』之所困，已經奄奄無生氣。」然而中國佛教傳統的「圓融、方便、眞常、唯心、他力、頓證」，其實才是眞實佛法。但是眞實佛法一向背俗，所以極難修證、極難被初機學人與凡夫大師所認同；正因此故，必須常有曾發大願的菩薩們不斷的再來人間，繼續住持極難修證的正法，才能使吾人得證，所以不離他力；但不可因為極難修證而使親證者極少，或有時暫無親證者出現在人間，或因為戰爭及時局的混亂而使再來菩薩無法弘法利生，暫時停止人間弘法利生的大願，就說中國傳統佛教的深妙法是錯誤的、被困的。若印順這個說法可通，那麼　釋尊出現在極難度眾的五濁時期人間而說的正法也應該說是錯誤的，因為　釋尊一代時教的大乘妙法，其實正是圓融、眞常、唯心、頓證的，卻是百歲人壽時的有情極難修證的，但仍然有菩薩隨學而證。只因為眾生根性多屬中、下根人，所以又不得不方便施設漸教：始從初轉法輪的阿含解脫道而成為權教、始教，繼之以第二轉法輪的般若總相智、別相智而成為實教，隨之以第三轉法輪的唯識增上慧學而成為別教，然後以無量義、法華、大般涅槃，圓成一代時教而成為圓教；如是施設說法次第而成就漸教之義。

觀察　釋尊的一悟成佛，中國傳統佛教追隨如是聖教，奉「圓融、真常、唯心、頓證」為圭臬，並無差池，因為進修到最後身菩薩位而一悟成佛，是一切大乘學人的目標；然而自許有大智慧如印順、昭慧者流，對禪宗的頓證初入大乘見道之法，雖有眾多祖師代代施設方便的他力加持，公案尚存而可以連續不斷閱讀及參詳，尚且都不能會取，何況能知　釋尊的究竟佛地「圓融、真常、唯心、頓證」的最難解、最難證之妙義？故知中國傳統佛教之不能令印順、昭慧之流入道，絕非中國傳統佛教之過失，乃是印順、昭慧等人知見不正，自己樂受藏密應成派中觀邪見荼毒心靈所致也！都不應責怪中國傳統佛教，因為大乘佛教妙義及一切法界中的實相，是本就如此而不可改變的。

印順說：「**故流變之印度佛教，有反釋尊之特見者，闢之可也。非適應無**

以生存，其因地、因時、因人而間不同者，事之不可免，且毋寧視為當然。」但印順之見解，本身卻正是反　釋尊之正見者，今以此書舉證阿含佛法中之聖教，證明印順對四阿含佛法的誤解有多麼深；所以印順的特見，其實都只是他個人的創見，並非　釋尊的正見；依他的主張，正好對他自己所說的錯誤說法都必須闢除也！其二：佛法的證境是不共世俗見解的，不論世界及眾生如何演變，不論古今錯悟者、未悟者所說的法義有什麼改變，然而佛法的本質與內涵都不可被改變，否則二乘涅槃與大乘實相就成為可以被改變的法了，那又怎能說是眞實的涅槃與法界實相呢？所以，可改變的只有弘法的方式與作法，也只有古今錯悟者及未悟者對佛法的認知有所演進與改變，導致他們所弘揚的「佛法」有所改變、演變；但是眞正佛法的內容本身，是永遠都不可能被改變的，尤其不可能被凡夫見解的印順所改變；古今證悟菩薩所弘揚的佛法，也一直是古今同味而無改變，說有改變的都只是印順對證悟菩薩所說的法義有所誤解而產生的，如同他對　無著、世親、玄奘等證悟菩薩一貫而無改變的法義誣稱為有所改變。而眞正的佛法是盡法界、盡虛空界、盡未來際，都永遠不可能被改變的；即使是當來下生　彌勒尊佛成佛之時，所說也將如同　釋尊所說的法義無二，都將不可能會有所演變的。否則，即是法界的眞實相可以被改變，或是意指 釋尊所說的法義不究竟而可以被演變，那麼 釋尊所說法界的眞實相就不可能是眞實相了！印順的私意是否想要表達這個意思呢？我想是肯定的。

如今在書中，多處舉證四阿含諸經中，常常有隱語密意而說一切法本源的本識界，常常隱語密意而說無餘涅槃的本際……等等，在在處處都可以證明名色的存在都必須是有所本的；而名色之所由生，也都是有所本的。而 佛在多處阿含部經文中說到「名色由識生，識是名色本……」等義理，已經明確的證明名色的根本正是第八識如來藏，也證明本識是一直都與名色中的覺知心意識同時同處的，只是讀經閱論者自身有沒有證悟後的智慧來加以領受及深入理解罷了！但是佛法自身永遠都是如此不可被演變的，盡十方、盡法界、盡未來際的眞實佛法，也將是永遠都不可、不能被改變的。所以，中國大乘佛教的「圓融、眞常、唯心、頓證」的法理，也是印順等人永遠都無法加以改變的。而眞常不變的心體，就是第八識如來藏，正因爲祂有這種特性，才能有印順、昭慧其人能生存在人間，而住於如來家、食如來飯、受如來法、享用如來福德，然後卻扭曲如來法而破壞如來正法；若無本識，他們是無法破壞如來法的。也正因爲第八識有如此的不變性，才能建立二乘菩提而外於斷見外道，一切斷見外道所不能附麗、不能攀緣；亦令一切常見外道不能攀附，永遠都無所用其心。若如印順書中所說的被他演變後的「佛法」，常見與斷見外道其實是很容易攀附他的；假使現代常見外道與斷見外道的世間智慧足夠聰明的話，將會使印順、昭慧等人無法自外於他們，將會使他們啼笑皆非而無能自外於外道法的。

印順既說「**故流變之印度佛教，有反釋尊之特見者，闢之可也**」，當然要加以法義上的辨正，不該如同印順認同流變的錯誤法教，然後妄說爲**佛法有所演變**；因爲始自 世尊住世之時，中如歷代眞悟菩薩，末至現代的台灣正覺同修會中，古今所修、所證的佛法都是絲毫沒有演變的，是古今一味的。假使爲了適應時代的變遷，而在佛法的弘揚事相上有所改變，那也只是弘法的事相上有了演變，所弘揚的佛法內容則是絲毫都不可能加以演變的，所以印順說佛法「**非適應無以生存，其因地、因時、因人而間不同者，事之不可免，且毋寧視爲當然。**」是很荒謬的說法與主張。正因爲他有這種荒謬的主張而付諸於實行，寫出了《妙雲集》……等書，所以 釋尊的佛法正義就被他演變成妄想邪思了！他的法義，今天被正覺同修會的證悟同修們，逐漸一一舉證及破斥，也就成爲

「事之不可免，且毋寧視爲當然」的了！

所以，法界本體論的主張，才是正確的佛法，不論是在二乘菩提的阿含道中，或是在大乘菩提的般若道中，或是成佛之道的唯識種智修證之道中，全都是如此而不可以有絲毫的違背。不但是如此，乃至世間、出世間一切法，包括印順、昭慧……等人所主張的立論基礎，也全都不可以離開常住本體法的如來藏，否則終將不能存在，何況能有種種前後不同的印順派說法繼續宣演而誤導眾生？由此緣故，印順也只能在排斥　釋尊的本體論以後，另行施設妄想中才會有的意識細心常住不壞而成爲因果主體識的新創本體論，以想像的本體論來取代實有而可親證的眞實本體論，邪見成就邪見業以後，仍然不能脫離他們所反對的本體論。但是正確的本體論如來藏妙義，這個眞常唯心的道理太深了，印順、昭慧……之流，永遠都是無法懂得其中眞義的；等到未來無量世以後，有因緣親證萬法的本體時，假使那時有了宿命通，憶起此世平實的這種說法時，才會懂得平實今天爲何會這麼說，才會懂得平實是以救護他們的慈悲心態而這麼說的，但那已是許多劫以後的事了！

第七節　我與無我——非我、非異我、不相在

阿含解脫道的聖典即是四大部的《阿含經》，印順、昭慧……等一派人獨稱之爲原始佛法；四阿含諸經中最主要的法義就是無常、苦、空、無我，然而無常、苦、空、無我的法義，是依什麼而說無常、苦、空、無我呢？當然都是依眾生的蘊、處、界生滅法等世俗法而說的。若離眾生的五蘊，若離眾生的十二處、十八界等世俗法，就沒有無常、苦、空、無我可說了，就沒有緣起性空可說了。正因爲四阿含諸經所說的無常、苦、空、無我，都是依世俗法的蘊處界而說的，而且蘊處界的無常、苦、空、無我，是世俗法中眞實而不可改易的眞理，所以蘊處界的無常、苦、空、無我，被稱爲世俗諦（諦是眞實的道理）。

所以，阿含解脫道所說的四聖諦，是依世俗法的蘊處界而說無常、苦、空、無我的眞諦，不涉及萬法的眞實相，不涉及法界的中道實相印；所以世俗諦單說世俗法的無常、苦、空、無我，與大乘法中所說的四聖諦函蓋實相法界，絕對是大異其趣的。因爲大乘法的四聖諦是依勝義諦而說蘊處界的無常、苦、空、無我的緣起性空正理，同時也宣說萬法的根源與法界的實相，不是單依世俗法

的蘊處界來說緣起性空的。所以大乘勝義諦所說的四聖諦，說的是蘊處界及萬法的根源：蘊處界及萬法從何所生？依何而住？因何變異？為何必滅？這是說，全都依如來藏心體才會有蘊處界及萬法的生、住、異、滅，依常住的本體心從不生滅，而說轉依常住識以後的生滅性的萬法本質，也都是不生不滅的，而說蘊處界也是不生不滅的，因為都只是不生滅性的如來藏表面上的起起滅滅的生滅現象而已，主體如來藏則是從來不曾有生與滅，這正是萬法法界的眞實相；十方虛空一切法界，莫非如是，菩薩因此而不必灰身泯智，不再愛樂聲聞境界，不會想要進入無餘涅槃界中，可以盡未來際廣利眾生。如是依法界實相而說諸法實相，才是勝義諦。

然而四阿含中都不細說勝義諦，而只在世俗諦上一再重複的宣說及詳細解析。可見阿含解脫道說的法義，都只是解脫三界生死之道，不是能使人成佛的佛菩提道。因為成佛之道必須雙修**出離觀**的世俗諦與**安隱觀**的勝義諦，若單修世俗諦而成就出離觀，只能成就解脫果，只能斷盡我見與我執而成為阿羅漢，不可能成就佛道的一切種智。勝義諦的修習，則必須親證法界實相的如來藏心體，才能發起般若實相智慧及一切種智；而且勝義諦中本就函蓋了阿含解脫道的內容，阿含道解脫果的實證只是勝義諦修學過程中的副產品；若想要成就佛道，一定必須雙修世俗諦與勝義諦，雙證出離觀與安隱觀；若缺其一，就不可能成就佛道；若不斷我見，就不可能證得本識，一定會落入意識心的變相境界中。所以佛護、月稱、安慧、宗喀巴、印順……等一派人主張單修解脫道就可以成佛，而以解脫道的修習來代替佛菩提道，這樣子說為成佛之道，這是對佛法的極大無知而造成的邪說，不是正法眞諦。

雖然說阿含的解脫道只是世俗諦的阿羅漢道，修習它不能使人成就佛道，但解脫道的斷除我見，卻是修習佛菩提道的前方便；若不能斷除我見而想要獲取大乘的見道——親證如來藏而發起般若實相智慧——決定不可能成功。即使有人因為往世與善知識結下善法緣，此世可以在善知識幫助下輕易證得如來藏，但因我見深厚而未能斷盡故，仍將對善知識的教導生疑，久後仍會退失而重墜我見之中，繼之以否定正法，妄謂眞正的如來藏阿賴耶識心體不是如來藏。雖然在證如來藏而初入佛菩提道之前，必須先斷我見，以免錯悟或退失，然而大乘的如來藏實相心卻是阿含道解脫的基礎；這裡面的關係，很難為錯悟者及未悟者說得清楚（其實不是很難說得清楚，而是未悟及錯悟的凡夫們很難聽得懂），但卻必須說在前頭，等候因緣成熟時斷了我見，也悟入大乘菩提時，自然就能親自證實：事實確實是如此。但這也是法界及大乘佛法中的定理，無人能推翻它，乃至過去、未來、現在一切諸佛都不能推翻它。

在阿含解脫道的原始佛法四阿含諸經中，雖然只是一再的重複而且極詳細宣說世俗諦的解脫道，卻又不斷的隱說大乘勝義諦的主要教理—如來藏實相心—眞實常住的非我之我。不但在十因緣法中說「名色由識生，齊識而還、不能過彼」，又在十二因緣法中說**取陰俱識**，又在四聖諦中說無餘涅槃有本際、實際不滅；這類隱覆密意而說常住法、本住法的地方，四阿含中其實不少，只看讀經、聞法者懂不懂得領會而已。譬如 佛在四阿含諸經中，也有許多處說「五蘊**非我**、**不異我**、**不相在**」，這也顯示了眞實不壞的涅槃本際**常住我**本住法，迥異蘊處界的**無常我**，可是卻又處處宣說蘊處界等諸法無我；這絕對不是達賴喇嘛所誣衊的「佛陀前後三轉法輪諸經說法互相矛盾、互相衝突」，這中間當然有很大的意義存在，是預先埋下大乘佛菩提道的伏筆，作爲後來聲聞人迴入大乘法時的因緣，也是所有修習大乘佛法的四眾弟子們都必須確實明白的地方。若不能釐清這中間的同、異所在，修習佛法就將唐捐其功，浪費了一世生命及大量錢財以後，所得的只是佛學上的常識罷了，永遠都將只在資糧位中廣修外門六度萬行，或是永遠在資糧位中熏習解脫道，對於實證解脫果或進入菩薩位乃至成佛上面，都是沒有實質作用的。

諸法無我，說的是蘊、處、界都屬於所生法，都有生、住、異、滅的現象，都離不開這四個無常變易的現象，所以說蘊處界諸法無常，無常則是苦，苦則非我，無常、非我則終歸於空；蘊處界如是，依蘊處界而輾轉出生的諸法當然更是如此，所以說諸法苦、空、無常、無我。這個解脫道的正理，全都圍繞著現象界、世俗法的蘊處界等萬法而說（全都依世俗法的現象界中蘊處界及萬法而說），都說不到蘊處界及萬法的根源。但是蘊處界及萬法是否可以**無因唯緣**而生？幫助蘊處界出生的眾緣是否可以**無因**而生？**無因**而住、而異、而滅？單憑**眾緣**就可以生、住、異、滅嗎？想要探討這個問題，就必須探討到法界萬法的眞實相了！如果迴避這個眞實相的親證，就無法進入菩薩數中，更不能成佛；如果在知見上不知這個眞相，阿羅漢就難免被常見、斷見外道質問而難倒，只得像阿含經中許多記載的阿羅漢們一樣，在外面被外道質問而回答以後，心中都沒有把握，回來都必須請問　佛陀：「**我如此的回答有沒有正確？我對外道的**

回答是否有謗佛之嫌？」

二乘聖人只有在聽聞 佛陀解釋「涅槃後非有、非無、非有無、非非有無，是眞實、是不滅」之後，瞭解到無餘涅槃中有本際不滅，而這個本際並非五蘊、十二處、六入、十八界中的任何一法，所以有解脫妙智的阿羅漢才能不被常見、斷見外道難倒。也因爲法界實相心尚未親證，不能實證這個眞相，所以在 佛陀滅度之後，沒有一位三明六通的大阿羅漢敢紹繼佛位、自稱成佛；諸大菩薩們雖然已證這個眞相而有道種智了，但也不敢在 佛滅度後自稱成佛、紹繼佛位，因爲仍然尚未具足一切種智的緣故。

所以，宣揚阿含解脫道時，不可以脫離大乘法中所說的眞我，不可脫離**不具有蘊處界我性**的如來藏本識；若離眞我如來藏而宣揚阿含解脫道，就難免被外道常見、斷見者質難而無法應對，阿含解脫道的弘揚就不可能順利無礙。但是佛護、月稱、安慧、阿底峽、宗喀巴、達賴、印順、昭慧……等一派人，對此是完全不懂的，所以他們都大力否定如來藏眞我，將大異於世俗我、三界我的如來藏妙心，**無根據**的謗爲外道的神我、梵我；由此緣故，達賴、印順、昭慧……等應成派中觀見者，今日就無法面對平實對應成派中觀的破斥，今時印順就只能默然含恨而歿，終其一生不能回辯平實質難。假使應成派中觀師們，有人膽敢寫文章回辯，終將難免被我會中的同修們駁斥到體無完膚的命運，因為他們的應成派中觀見，是具足斷、常二見的。印順在世時雖然口才辯給、文才橫溢，也是無法置辯的；等而下之的昭慧……之流，可想而知矣！

蘊處界都是有生之法，有生之法則必歸滅，所以才會說是**緣起而性空**、**無常故無我**，這是阿含解脫道的主旨；只要懂得這個道理，確實瞭解識陰的內容而無所遺，不會落入意識心的種種變相中，如此實際觀行而斷除見惑與思惑，使我見與我執不再現行，就可以一世取證阿含解脫道所說的解脫果。但是蘊處界不可能**無因**、**唯緣**而生，不可能**無因**、**唯緣**而住、異、滅，否則就成為無因論的外道見了。所以蘊處界除了所依之緣以外，一定有所從來，也一定是滅後有所回歸而歸於本識中，再由於本識的無形無色而從事相上方便說為無所歸，其實仍是歸於本識；否則都將是無因唯緣而有起滅了，因果及累世的佛道熏習與進修，就都成為戲論之譚了！但蘊處界生住異滅的根本因究竟是什麼呢？這就是四阿含中處處說到的眞我。蘊處界若離這個我，就不可能依緣而生、住、異、滅，這四個現象都將不可能出現。不但如此，連蘊處界所依的種種緣也都不可能存在，何況能作爲蘊處界出生的所依緣而使蘊處界出生及存在？

可是這個眞我本識，不具有蘊處界我的自性，不是虛妄的蘊處界所含攝的法性，不攝在蘊處界中，而且是出生蘊處界的心體，是蘊處界出生的由來，故說**名色由識生**、**緣識有名色**；這個本識離見聞覺知，從不了知六塵，所以絕對**寂靜**；離思量性，所以絕對不會處處作主與取捨，由此而得**自在**與**無礙**；祂具有種種功德，所以能生萬法，這個能生萬法的功德名爲如來藏的**圓成實性**；祂永遠保持眞實而如如自在的心性，這種自體性就名爲**眞如**；祂從來無生亦永不滅，故名**涅槃**；本來如是而無改變，故名**本來**；從不貪、厭一切善染諸法，故名**清淨**。眞我本識具有如是**本來自性清淨涅槃**的體性，是本然如是而非修得的，不屬於緣起法，所以這個正法是永遠都不可能會有改變的；又因爲這個心體的法性如同**金剛**一般不可被壞，窮盡十方諸佛的威神之力，也不可能毀壞一隻小螞蟻的眞我如來藏心，所以就稱爲常住的心體，又名**金剛心**；般若波羅蜜經就因爲此心有如此自性，所以就稱爲《**金剛經**》。

這樣的常住不壞心體，才有可能是蘊處界及萬法的實相，才能成就般若眞義。這樣的常住心體，與外道神我、梵我的意識心顯示的生滅性、不淨性、無自性性、無眞我性，截然不同，怎有可能相同呢？所以印順書中說「**如來藏富有外道神我色彩**」的說法，眞正是世人所說的「睜著眼睛說瞎話」，誰有智慧而會相信他的說法呢？所以這個眞我、如來藏、本識， 佛陀在四阿含諸經中有時說爲本際、實際、我、如、眞如、如來藏、識、神、如來……等無量名；有時則乾脆對外道說是大梵，因爲祂能出生一切有情，正是外道所說出生一切有情的大梵，也因爲這不是在說蘊處界中的生滅我。正因爲有這個眞實常住的無我性的眞我，所以使四阿含的解脫道，不被外道所破，盡一切外道的智慧前來質難，都不能撼動一分一毫，反而被 佛陀所度而成爲阿羅漢或菩薩。

所以，阿含道的修行，其實是以大乘法的眞我本識爲所依、爲基礎；所以阿含解脫道的妙義與行門，絕對不可以否定眞我如來藏—本識；否則必定墜入**無因論**的斷滅境界中，有朝一日一定被人所破，如同今日的印順、昭慧等人無法自圓其說一樣。這一點是所有弘揚阿含解脫道的大師與學人們，都必須特別留意的；也是想要斷除我見與我執的解脫道行者必須特別留意的，否則就無法眞的斷除我見與我執。由此緣故，平實說：**凡是否定眞我本識的人，一定是尚未通達阿含解脫道的凡夫俗子；凡是不信本識常住的人，一定是尚未斷我見的**

凡夫，都不可能是已經證得初果的阿含解脫道行者。

在《雜阿含經》中，更有多部經典詳細的說明蘊處界無我，而且同時明說有眞我常住，是故處處倡言：蘊處界**非我**、**非異我**、**不相在**。這就是說，雙具**我與無我**妙理的法，方是阿含解脫道的眞實義，才是世間最究竟了義之世俗諦；在親證阿含見道的斷我見同時，必須絕對相信或是認定另有一個常住而**沒有我性**的本識心存在。若只有**無我法**，而無**眞我法**，則與阿含解脫道的眞義相悖；此人盡力修習阿含解脫道一生之後，終將唐修佛法，結果只能成就不很正確的佛法知識，終究無法實際取證解脫果證的初果智慧。這也是研究佛學而不願從事眞修實觀的阿含「專家」們不能避免的結局，古天竺的佛護、清辨、月稱、安慧、寂天、阿底峽，西藏的宗喀巴與歷代達賴，今時的印順、昭慧、星雲、證嚴、性廣、傳道……等人都是現成的事例；他們無力斷除我見的原因，都是由於先已否定本識實際的緣故，又恐懼滅盡識陰六識以後會墜入斷滅境界中，因此不肯承認意識心是生滅法，所以就不得不堅持意識可以分出一個細心或極細心，妄說是常住不滅的心，墜於我見深坑，深不可救，難出其人。

由此緣故，對於阿含解脫道的修學，必須先具備正知正見；正知正見的意思是說，佛在四阿含諸經中處處說蘊處界無常故無我時，也常常同時說到：蘊處界無常無我的背後，實有眞實我的本識常住不壞，成爲無餘涅槃中的實際、本際，令二乘涅槃不墮斷滅見中，令諸常見外道所不能破，亦爲所有斷見外道所不能攀緣佛法而得自益。佛說：如是眞我本識與無我的蘊處界，是同時同處而不相在的，不是眞我與蘊處界混合爲一。這種說法，於《雜阿含經》卷一曾說過十次、卷二有二次、卷三有八次、卷五有二次、卷六有八次、卷七有六次、卷八有四次、卷十有六次、卷十七有一次、卷三十三有一次、卷四十七有四次。次數顯然是很多的，可見是很重要的開示。

今舉《雜阿含經》卷一 佛語開示爲證：【佛告羅睺羅：「善哉！諦聽！諦聽！善思念之，當爲汝說。羅睺羅！當觀：若所有諸**色**，若過去、若未來、若現在，若內、若外、若粗、若細、若好、若醜、若遠、若近，彼一切悉皆**非我**、**不異我**、**不相在**，如是平等慧正觀。如是，**受**、**想**、**行**、**識**：若過去、若未來、若現在，若內、若外、若粗、若細、若好、若醜、若遠、若近，彼一切**非我**、**不異我**、**不相在**，如是平等慧如實觀；如是，羅睺羅！**比丘**如是知，如是見。如是知、如是見者，於此**識**、**身**，及外境界一切相，無有『我、我所見、我慢、使』繫著。羅睺羅！比丘若如是，於此識、身及外境界一切相，無有『我、我所見、我慢、使』繫著者，比丘是名斷愛欲，轉去諸結，正無間等，究竟苦邊。」】

語譯如下：【佛告訴羅睺羅：「善哉！諦聽！諦聽！善思念之，當為汝說。羅睺羅！應當觀察：如果所有的種種**色身及五塵**：或是過去的、或是未來的、或是現在的，或是內、或是外、或是粗、或是細、或是好、或是醜、或是遠至前後各無量世的色身與五塵、或是近到眼前的色身與五塵，這些色法的所有一切全部都**不是我**、**不異我**、**不相在**，這樣以平等智慧而正確的觀察三世所有色陰。就像是這樣子，對於**受**、**想**、**行**、**識**也一樣的觀察：或是過去的受想行識、或是未來的受想行識、或是現在的受想行識，或是內裡的受想行識、或是外緣的受想行識，或是粗糙的受想行識、或是深細的受想行識，或是美好的受想行識、或是醜陋的受想行識，或是久遠的受想行識、或是近在眼前的受想行識，那些**受想行識**，一切都**不是我**、**不異我**、**不相在**，以這種平等的智慧加以如實的觀察；就像是這樣，羅睺羅！比丘們像這樣子了知，像這樣子觀察。像這樣子了知、像這樣子觀察的人，對於這個識陰及色身，以及身外境界的一切六塵相，就都沒有『我、我所見、我慢、結使』的繫縛與執著了。羅睺羅！比丘如果像這樣子，對於此識陰六識、色身及身外境界一切的六塵相，都沒有『我、我所見、我慢、結使』的繫縛與執著的話，這位比丘就被稱為已經斷除愛欲，轉掉種種結使，正確而且不會間斷他的正確看法了，他已經究竟到達眾苦的邊際了（捨壽時可以離開生死眾苦了）。」】

這一段經文是先以色法五塵及色身為主要內容，宣說三世的五塵與色身都是無常，沒有眞實常住的實我，但是卻都與常住的眞我本識同時同處而說爲**非我、不異我、不相在**。這已顯示三世的色身與五塵都不是眞實我，因爲三世的色身與五塵都會在死亡時滅壞而不能繼續存在及運作，所以三世的色陰由於無常而只能說不是眞實我——**非我**；但是三世的色蘊及五塵也不能說是異於眞我，因爲都是由眞我本識出生的，而且是附屬在眞我本識之內來運作的，所以又說**不異我**；可是當我們想找出這個非蘊我而又不異蘊處界的眞我本識時，如果像斷見外道一樣把受刑者捉來分分臠割而尋找他身中的眞我本識，當他一小片又一小片慢慢的割盡犯人的身肉以後，卻又仍然找不到眞我本識的所在；即使繼之以敲骨破髓、死前死後稱重的方法來尋找的結果，也仍然是找不到的，因爲祂無形亦無色亦無重量，故不可稱量，不像是各種不同的色法可以混合在一起而被分析出來，又怎能這樣子找得到祂呢？所以又說**不相在**；這就是過去色、現在色、未來色，遠世色、近世色，美色、醜色……都**非我**、**不異我**、**不相在**的眞義。受想行識四陰也是如此與眞我本識同時同處而**非我**、不異我、不相在的。由這句話中，已經很清楚的告訴我們：**蘊處界非我**、**蘊處界不異我**、**蘊處界與真我不相在**。這不是很清楚的隱說「與蘊處界不一不異的**眞實我**」了嗎？只是沒有解脫智與種智的印順派凡夫讀不懂罷了！卻又反過來謗說四阿含中從來不曾說過有眞我本識。

假使有人如此解釋這一段經文：「色身與五塵等色無常故無我，所以說色非我。受想行識無常故無我，所以說受想行識不異我。因爲色受想行識都無常，所以不能與五陰相在而不滅。」那麼就應該以**無我**來說明，不應該以**非我**來說明，**非我**與**無我**的意義是大不相同的；無我是說無常而不能久住，單指所說色蘊來講；非我卻是說，色蘊無常，所以與眞我不同，是說**不是眞我**。同理，色蘊**無我**，是說色蘊無常故沒有眞實常住的**我性**；受想行識**無我**，是說受想行識無常故沒有眞實常住的**我性**。但是**非我**二字卻是在說，色蘊不是眞我，受想行識不是眞我；這**非我**二字的語意中，是說色蘊及受想行識四蘊的背後，同時同處另有一個眞實常住的不壞我存在著，因此五陰不是眞我，所以宣稱五陰**非我**，而不說五陰**無我**，這和其他的阿含部經典中不斷解說**五陰無我**是大不相同的，所以不應解釋爲「**色身與五塵等色無常故無我，受想行識無常故無我**」。

假使有人如此解釋這一段經文：「色身與五塵等色無常故無我，受想行識無常故無我，但無常的五陰卻是眾生所執著的自我，所以不異我。」那麼就應該說是**無我**，不該說爲**不異我**；因爲前句的**非我**已經被解說爲**無我**了，同是無我，就不必重複再解說一次無我，那就不必在「**非我**」之後再說一次**不異我**的無我了！然而　佛卻說**非我**而不說無我，卻說**不異我**而不說無我；所以在**非我**之後接著又說**不異我**，故絕對不是**五蘊無我**的意思。**不異我**——與自我不異——固然可以解釋爲色蘊與眾生我是一而不二，受想行識與眾生我是一而不二；但這樣一來，這個解釋立即會出現重大過失：既然**不異我**的**我**字是指眾生的色蘊我、受想行識我，那麼色蘊我及受想行識我滅除而入無餘涅槃時，就成爲斷滅境界了！而且，**非我**、**不異我**的言意，更正確的語意是「五陰不是眞我、也不異於眞我」；假使有智慧，心無成見，能夠冷靜而審愼的、耐心的思惟比對其中的道理，自然就可以明瞭了。

假使有人如此解釋這一段經文：「因爲五陰是生滅法，所以是無常的；無常的法既然沒有眞我常住不壞，當然五陰不會與眾生我相在。」如此的解釋這一句「**不相在**」的經文，也是有大過失的。假使五陰生滅無常故無我，這個五陰就不必加上**不相在**三字來開示了！因爲**不相在**的語意，一定是兩個法同時同處而不是混合爲同一法，才能說是**不相在**。假使五陰是無常生滅的，又如何與他法同時同處而**不相在**呢？**相在**的意思，一定是二法不同而混合爲一體，才能說是相在；譬如乾土一團，以水混入其中，成爲溼土，才能說水與土相在；反過來說，一定是有二法同時同處而不是混合起來的，才能說**不相在**，否則**不相在**的話就不能說了！若是故意而說，就是違反語意學了！難道 佛陀會笨到不懂語意學嗎？譬如有人認爲五陰無常故**無我**，所以主張說：「**五陰無常故無我，所以五陰與五陰自己不相在**。」這不是很奇怪的說法嗎？曾有學佛人或大師、大禪師這樣說法嗎？又譬如蕭平實這個人，不可以自己稱說：「**我蕭平實是無常無我的，不能常住的，所以我蕭平實與蕭平實不相在**。」您若有因緣聽到平實如此說法，可能不免要笑話平實是不懂語意學的三歲小兒了！

本識與五陰雖然同時同處，但因爲本識不是色法，也不是受想行識，不能混合，故不能說本識與五陰**相在**；可是明明卻又同時同處而與五陰有所互動，當然得要說是**不相在**，所以**不相在**三字，已經很明確的表明有一個常住不滅的本識，與五陰同時同處而不是混合爲一體的。這個現象，是三界萬法中唯一可以說是**不相在**的法相；其餘三界萬法中，無一法可憑自己一身而說是不相在的；也沒其他同時同處的法，可以說是不相在的；凡是有不同的二法同時同處時，都是可以檢視其相在性的，只有本識與五陰才能同時同處而又不相在。

這是菩薩才能實證的，而菩薩在原始佛法時代就已在弘法了，在阿含部其他經典中也曾有這種歷史事例出現過，就是 佛陀入滅前的 **迦葉童女**實例。這位**童女**既非比丘尼，也非大比丘，卻是出家而示現在家人的身相， 佛陀住世時就已率領五百比丘遊行人間弘法度眾，智慧當然是相當高的；若不是菩薩，是不可能具備這種智慧的。她因爲已證本識如來藏故，所以能對治斷見外道對阿含解脫道的質疑及問難，也因此而成爲五百比丘的上師，一生追隨她學法及弘法而遊行於人間；由此可見這五百比丘，當然也是以菩薩戒爲正戒而以聲聞戒爲別解脫戒，所以他們都不理會八敬法，否則就不會追隨在家相的童女 迦葉學法了，也不會以丈夫身跟隨她弘化人間。（註：終生不婚嫁，不剃度，也不受聲聞戒，只受持菩薩戒，以菩薩戒爲歸，不依止聲聞戒，如是離家修行弘法而無家室的女人，不論年歲如何老耄，都名爲童女。童子之義亦比照之，譬如**文殊師利童子**。這是原始佛法時期的大乘勝義僧，雖是出家菩薩，但仍然保有在家身相。）

在第一次結集成的《長阿含經》中，某些部分其實仍是大乘經典，但是由聲聞人聽聞之後，由於他們只能懂得聲聞法，對大乘法沒有勝解，所以對所聞的大乘經典妙義不能成就念心所，只能聽懂其中有關解脫道的部分，所以結集起來就成爲阿含解脫道了！譬如《長阿含經》卷七《弊宿經》中，也曾說到眞識、本識，說由於有**識**、有壽、有身根，才會成爲有情眾生，這就是童女迦葉菩薩說法的紀錄。經中先說道：【爾時，**童女迦葉**與**五百比丘**遊行拘薩羅國，漸詣斯波醯婆羅門村。……婆羅門言：「我所封村人，有作賊者；伺察所得，將詣我所，語我言：『此人爲賊，唯願治之。』我敕左右收縛此人，生剝其皮，求其識神，而都不見。又敕左右臠割其肉，以求識神，又復不見。又敕左右截其筋、脈，骨間求神，又復不見。又敕左右打骨出髓，髓中求神，又復不見。迦葉！我以此緣，知無他世。」

迦葉（童女）復言：「諸有智者，以譬喻得解。我今復當爲汝引喻：乃往過去久遠世時，有一國壞，荒毀未復。時有商賈五百乘車，經過其土。有一梵志奉事火神，常止一林。時，諸商人皆往投宿，清旦別去。時，事火梵志作是念言：『向諸商人宿此林中，今者已去；儻有遺漏，可試往看。』尋詣彼所，都無所見；唯有一小兒，始年一歲，獨在彼坐。梵志復念：『我今何忍見此小兒於我前死？今者寧可將此小兒至吾所止，養活之耶！』即抱小兒往所住處而養育之。

其兒轉大，至十餘歲。時此梵志以少因緣欲遊人間，語小兒曰：『我有少緣，欲暫出行。汝善守護此火，愼勿使滅。若火滅者，當以鑽鑽木，取火燃之。』具誡敕已，出林遊行。梵志去後，小兒貪戲，不數視火，火遂便滅。小兒戲還，見火已滅，懊惱而言：『我所爲非。我父去時，具約敕我：守護此火，愼勿令滅。而我貪戲，致使火滅，當如之何？』彼時小兒吹灰求火，不能得已；便以斧，劈薪求火，復不能得。又復斬薪置於臼中，搗以求火，又不能得。

爾時梵志於人間還，詣彼林所，問小兒曰：『吾先敕汝，使守護火。火不滅耶？』小兒對曰：『我向出戲，不時護視，火今已滅。』復問小兒：『汝以何方便更求火耶？』小兒報曰：『火出於木，我以斧破木求火，不得火。復斬之令碎，置於臼中，杵擣求火，復不能得。』時彼梵志以鑽鑽木出火，積薪而燃。告小兒曰：『夫欲求火，法應如此，不應破析、杵碎而求。』

婆羅門！汝亦如是無有方便，皮剝死人而求識神。汝不可以目前現事觀於眾生，婆羅門！有比丘初夜後夜捐除睡眠，精勤不懈，專念道品；以三昧力，修淨天眼。以天眼力，觀於眾生死此生彼，從彼生此；壽命長短，顏色好醜；隨行受報善惡之趣，皆悉知見。汝不可以穢濁肉眼，不能徹見眾生所趣，便言無（後世）也！婆羅門！以此可知：必有他世。」】

這段阿含部的經文中，已經說明：五陰滅後，另有不壞的眞識（在此經中稱爲識、神）。但因爲這個眞識、眞神，不是與五陰混合爲同一法，所以不應該如同無智的弊宿婆羅門一般，想要在人身上片片刀割、稱重、敲骨打髓……等法而求得眞識、眞神的所在，因爲祂不是色法、物質，不可能如此求得；所以眞識、眞神與五陰的色陰不相在，也與識陰六識不相在，也與意根不相在，而是同時同處互動卻不相混合的。所以**不相在**二字，不該解說爲「五陰與五陰不相在」，這是嚴重違反語意學的，也是嚴重違背阿含聖教與大乘理證的。

言歸正傳，再回到「**非我**、**不異我**、**不相在**」的經文來；這一句經文講的我，正是常住不壞的眞識、眞神、眞我，祂就是第八識如來藏，祂與五陰的關係是**不相在**的。但是五陰固然不是眞我，所以被說爲非我；然而每一世的五陰卻是由眞我本識出生的，而且是攝歸眞我的；如果單只有五陰而無這個第八識眞我，那麼五陰當下就無法運作了，也必然是只有生滅法的五陰而成爲斷見論，成爲沒有後世而是世世獨立的五陰，是前後世全無關聯的，則世人所造的一切善業、惡業就都不可能有後世的果報實現了！然而現見因果報應歷歷不爽，顯然是一定有不同於五陰的眞我同時同處存在的，這也是古今已見道的菩薩們都能親證而且轉相傳授的。但是因爲五陰由於剛才所說的道理，畢竟得要攝歸於眞我本識，當然得要在**非我**之後再說明是**不異我**。

可是說到五陰不異眞我以後，尚未證得眞我本識的眾生們，又會誤認爲眞我是混合在五陰之中，成爲與五陰互相存在而混合成爲一法了；如果眞的如此，那麼五陰被人以外力破壞時，五陰中的眞我也應該會同時被破壞了，眞我本識就會成爲斷壞法。可是明明眞我如來藏是無法被壞的，不是在五陰被壞時會同時被毀壞的，所以必須再接著說**不相在**。這就是五陰**非我**、**不異我**、**不相在**的眞實義。這一段**非我**、**不異我**、**不相在**的經文，偏在三世的五陰上來說，這裡另舉一段專說此世五蘊的開示經文，同樣證實確實有一個**非五陰**、**不異五陰**，卻又**與五陰同時同處而不相在**的**眞我**存在：

【佛告比丘：「愚癡無聞凡夫，計色**是我**、**異我**、**相在**；受想行識**是我**、**異我**、**相在**。多聞聖弟子不見色是我、異我、相在，不見受想行識是我、異我、相在，**亦非知者**，**亦非見者**。此色是無常，受想行識是無常；色是苦，受想行識是苦；色是無我，受想行識是無我；此色非當有，受想行識非當有；此色壞有，受想行識壞有；故非我、非我所，我、我所非當有。如是解脫者，則斷五下分結。」】（《雜阿含經》卷三第 64 經）

這一段經文，正好如同平實上來所說的一般，也如同平實十餘年來所說的一樣，正面破斥那些錯誤主張者所說的「**五陰非五陰我**、**五陰不異五陰我**、**五陰與五陰不相在**。」所以應該如平實所說：五陰非眞我、五陰不異眞我、五陰與眞我不相在。不該說爲：五陰無我、五陰不異我、五陰與五陰不相在。今將經文**語譯**如下：

【佛告訴比丘：「愚癡無聞的凡夫們，因爲錯誤認知而執著色陰是眞實我，或者相反的執著說色陰不是眞實我，或者執著說色陰與眞實我是混合在一起而相在；他們同樣的錯誤認知而執著受想行識是眞實我，或者錯誤的認知而執著說受想行識不是眞實我，或誤以爲受想行識與眞實我混合起來而互相存在對方之內。可是多聞的聖弟子們卻不會錯誤認定色陰就是眞我，也不會錯誤認定色陰不是眞我，也不會錯誤的認定色陰與眞我混合起來而互相存在對方之內。對於受想行識也是一樣的具有正觀：不會錯認受想行識是眞我、不是眞我、混合而互相在對方之內。多聞的聖弟子們都知道，**真我不是能知的心，也不是能見的心**。這一世的色陰是無常而會毀壞的，受想行識也如同色陰一樣是無常而會毀壞的；此世的色陰本質是痛苦的，此世受想行識的本質也是痛苦的；此世的色陰是必定會毀壞而沒有常住性，所以無我；受想行識也是一樣會毀壞而不是眞實不壞的我，所以也是無我的。這一世的色陰不能去到未來世，所以未來世不會再有此世的色陰，而是另一個色陰；此世的受想行識也不能去到未來世（未來世不會再有此世的受想行識出現，未來世是另一個全新的受想行識），故此世的受想行識在下一世非當有。此世的色陰是壞有，受想行識也一樣是壞有；因爲都是死後會壞的法性，所以不是眞實我、也不是眞我所能永遠擁有的我所；此世的我與我所都不能去到未來世，所以未來世不可能繼續擁有這一世的我與我所。

能夠像這樣子證得解脫的人，他就會斷除五下分結而成為三果阿那含。」】

在這一段經文中，應是由於有些佛門中的少聞凡夫，聽了 佛所開示五蘊**非我、不異我、不相在**的道理以後，錯把五蘊中的某一蘊當作眞實不壞的眞我，或是錯把名中四蘊的某一蘊或全部四蘊，都當作眞實不壞的常住我，而主張能知能見的心就是眞實我、常住我，所以 佛陀特地再加以說明：**色不是眞實我**，受想行識**不是眞實我**。又特地說明了**眞實我不是有知有見的心**，不是有知有見的**我**。特地說明：**眞我本識是無知也無見的**。然而色陰中的受想行識四蘊，特別是識蘊中的意識心——有念或離念的靈知心，都是有知也有見的，不是無知也無見的，所以絕對不是與五蘊同時同處的眞我。

又因為名等四蘊都是會壞滅的無常無我性的法，都是蘊處界法所攝的無常法，所以 佛在最後重新宣示：**色無常**，**受想行識無常**；**色是苦**，**受想行識是苦**；**色無我**，**受想行識無我**。接著又說明：**色蘊不能去到未來世**，所以**非當有**，**是壞有**；**受想行識也不能去到未來世**，**不能在未來世中自己繼續擁有**，所以說**受想行識非當有**，**是壞有**。然後特地再重說一遍：**此世的色蘊、受想行識蘊，都不是眞實我**，**不是自我所能永遠擁有的我所**，**只是這一世所擁有的我所而**

已，**都不能隨真我去到未來世**，所以說我與我所**非當有**。又說，假使行者能夠如理作意的這樣現前細觀，無一遺餘的話，就可以取證三果解脫功德：在斷我見的情況下發起初禪而遠離欲界生。除非現觀以後不想取證三果的解脫功德，而轉入大乘法中，以菩薩的留惑潤生來修行大乘成佛之道。

再舉《雜阿含經》卷十一第 273 經 佛語聖教爲證：【「比丘！譬如兩手和合相對作聲，如是，緣眼、色，生眼識；三事和合觸，觸俱，生受、想、思。此等諸法非我、非常，是無常之我；非恒、非安隱，變易之我；所以者何？比丘！謂生、老、死、沒、受生之法。比丘！諸行如幻、如炎，刹那時頃，盡朽，不實來、實去，是故比丘！於空諸行當知，當喜、當念空諸行；常、恒，**住不變易法**，空無我、我所。譬如明目士夫，手執明燈入於空室，彼空室觀察；如是，比丘於一切空行、空心，觀察歡喜；於空法行，常、恒，**住不變易法**，空我、我所。如眼，耳、鼻、舌、身，**意**、**法因緣生意識**，三事和合觸，觸俱，生受想思；此諸法無我、無常，乃至空我、我所。比丘！於意云何？眼是常？爲非常耶？」答言：「非常！世尊！」復問：「若無常者，是苦耶？」答言：「是苦，世尊！」復問：「若無常、苦，是變易法，多聞聖弟子寧於（五陰）中見**我**、**異**

我、相在不？」答言：「不也！世尊！」「耳、鼻、舌、身、意亦復如是，如是，多聞聖弟子於眼生厭，厭故不樂，不樂故解脫；解脫知見：我生已盡，梵行已立，所作已作，自知不受後有。耳、鼻、舌、身、意亦復如是。」時彼比丘聞世尊說《合手聲譬經》教已，獨一靜處專精思惟，不放逸住；乃至自知不受後有，成阿羅漢。】

語譯如下：【「比丘！譬如兩手和合相對的拍擊而作出聲音，單手是無法作出聲音的；就像是這樣子，識陰所有六識也是一樣都不能自己出生的；所以，緣於眼根、色塵，才能出生眼識；眼識出生了以後，由眼根、色塵、眼識等三個事相再和合了觸心所，由這個『觸』（心所有法）的作用同時存在及運作著，就會同時出生了受、想、思等三個心所有法。從眼根、色塵、眼識到觸、受、想、思等諸法，都不是眞實不壞的我，都屬於不能常住的法，都是無常的我；不是恒而不滅、不是安隱不壞，都是變易而不常住的我；爲什麼呢？比丘！因爲這些道理講的都是出生、變老、會死、會消失、會重新再受生的無常法。比丘！眼根、眼識、色塵，以及觸、受、想、思等心行都猶如幻化、猶如陽光下的地面熱炎一樣，都是在很短的時間內就滅盡而朽壞，不曾眞實的來到此世、或眞實的去到後世，由於這個緣故，比丘！對於空掉眼根、色塵、眼識及心所法的種種行陰的內容，是應當了知的；不但如此，也應當喜歡空掉眼根、眼識、色塵……等種種身心之行，應當常常思念著空掉眼根、色塵、眼識……等種種身心諸行，心中要記得**常而恒住**的身中**真實我**，**住於這個不變易法之中**，住在蘊處界空的無我、無我所境界中。

譬如眼明無暗的士人販夫，手執明燈走入空屋中，在那個空屋中觀察一樣；就像這個樣子，比丘走入一切蘊處界空的心行中、進入空掉（否定）覺知心的境界中，詳細的觀察而了知無常、無我，生起了歡喜心；在這個蘊處界都空的法中生起觀察安住的心行，知道有個常、恒的眞我不壞，**住於這個不變易的真我法中**而空掉蘊處界我、空掉蘊處界我所擁有的一切法。如同對於眼根、色塵、眼識的觀察一般，對於耳根、聲塵相觸而生耳識，對於鼻根、香塵相觸而生鼻識，對於舌根、味塵相觸而生舌識，對於身根、觸塵相觸而生身識，乃至對於最後的**意根**、**法塵的相觸而出生了意識**，由意根、法塵、意識三事和合了觸心所，由這個觸心所同時存在運作而生起了這五識的受想思等心所法；然而耳、鼻、舌、身、意等五根與五識，以及這五識所有的心所有法（觸、受、想、思）

都是沒有眞實我、都是無常的；不但這樣子觀行，乃至最後像觀行眼識一樣的空掉這意識我，也空掉了意識的我所（心所有法）。

「比丘！你的意下如何呢？眼根、眼識是常？還是非常呢？」比丘答覆說：「眼根與眼識非常！世尊！」佛陀又問：「如果是無常的話，是不是苦呢？」這位比丘答說：「是苦，世尊！」佛又問：「如果是無常、又是苦，那麼眼根、眼識就是變易法，多聞有智的聖弟子們，難道還會想在眼根與眼識中看見眼根與眼識是眞實我嗎？難道還會認爲眼根與眼識不屬於眞實我嗎？難道還會認爲眼根與眼識是與眞實我混合而一起生滅嗎？」比丘答覆說：「不會這樣了！世尊！」佛接著說：「耳、鼻、舌、身、意等五根五識也是一樣的道理，就像觀察眼根、眼識及眼識的心所法一樣，多聞有智的聖弟子們，在其餘五根五識及五識的心所法上生起厭惡之心，厭惡的緣故所以就不樂於保有這五根五識及心所法，不樂於保有這五根五識及心所法的緣故就證得解脫了；這時解脫知見出生了，就看見無始以來不斷出生的事情，到這一世已經滅盡了，不會再有後世的自己出生了；修習解脫道所應該建立的清淨行已經建立了，所應該作的事情都已經作完了，心中自知捨報以後不會再接受後有了。觀察眼根眼識時，應

當如此觀行；對於耳、鼻、舌、身、意等五根、五識及心所法，也同樣應當如此觀察。」當時那位比丘聽聞世尊詳細解說《合手聲譬經》的教導以後，一個人獨自在安靜的地方，專心而細緻的依六根、六識及心所法的現前觀察而思惟這些道理以後，心中就不再放逸於六根六塵境界而閑靜的安住下來；這樣繼續深入的觀行以後，最後乃至自己知道已經不會接受後有了，終於成爲阿羅漢。】

觸、受、想、思四個法，都是唯識增上慧學中所說五遍行心所法所攝，加上作意一個心所法，就成爲五遍行心所法；這五種法，是屬於八識心王各都擁有的**心所有法**；簡單的說，這五個法都是心的行爲，是八識心王各自都有的心行，所以受、想二陰其實正是心所法。這五個心所有法，因爲遍及八識心王，也遍行於三界九地一切境界中，所以簡稱爲五**遍行**心所法。

換句話說，「觸」在這裡並不是指觸覺的接觸，而是八識心王各自擁有的接觸自心以外種種六塵的觸，不是指身識對觸塵的觸。受是說境界受，不是指對六塵感覺苦樂的受覺，也不是意識對六塵苦樂的覺受；想是說了知境界，不含苦樂覺的了知；思是說，已決定了知而作出了決定。但這只是概略的說明而已，若將八識心王各自擁有這五遍行心所法的作用，詳細加以觀行以後，將會發覺八識心王的五遍行心所法，擁有各自迴異的運作法相與性質，不可等同而觀。這屬於增上慧學的地上菩薩現觀，在這裡只說阿含道，無關大乘菩薩的無生法忍現觀，所以從略不言，行者只需瞭解與解脫道有關的部分即可。

在這一段經文中，佛陀說明識陰六識都是虛妄法，但特別指出一個事實：意識覺知心是靠意根、五色根與法塵爲緣才能出生的，是不可能去到後世的，當然也不是從前世來的。但是證嚴比丘尼崇尚印順源自藏密應成派中觀的人間佛教，卻在她的書中故意違背四阿含諸經中 佛陀在人間常常宣示的旨意，特地公開主張說**意識心是常住不壞的心**，不但違背她自己的意識心每夜眠熟即告斷滅的事實，違背她建立的慈濟醫院中病重眾生悶絕時意識斷滅的事實，也是公然違背 佛陀在人間宣講聖教中的眞理；像她這樣違教、悖理，寧可信受印順**意識細心常住不滅**的邪說，公然違背 佛陀在四阿含中處處宣說的**意法爲緣生意識**的聖教，違背 佛在阿含中說**諸所有意識皆意法爲緣生**的聖教，她在書中公然倡說意識心不是有生有滅的法，我們只能說：她是俗人而不是法師。

因爲她崇奉的是印順的法義，不是 佛陀的法義，所以從她出家受聲聞比丘尼戒時，說她是比丘尼；但是謗如來藏時成就謗菩薩藏的大罪，成一闡提人時已失去比丘尼戒體，又不能正確說法而說她不是佛教中的法師；因爲法師所說的法義，絕對不可私下違背 佛陀的教導，更何況她是寫在書中流通而公然違背 佛陀的正教？所以她其實不該被說成佛門中的法師！因爲：凡是說法故意違背 佛陀聖教的佛教出家人，都不可被稱爲法師。假使她公然違背 佛說的正法以後，再加上公然否定如來藏的話，那麼她將不只不是法師，也將不是比丘尼了！因爲她假使公然否定方廣唯識經的如來藏妙義時，她已是毀破最重戒的謗法者，已經成爲一闡提人而斷盡善根了，當然已失去比丘尼戒體，也失去菩薩戒體了，那當然會成爲一個身披佛教法衣的地獄人了！哪還能再具有比丘尼的身分呢？假使她至今仍然不曾謗毀如來藏妙義，仍然不曾毀謗賢聖位的菩薩，則將只是比丘尼而不是法師，至少比丘尼戒體還是存在的，但卻仍然是凡夫人，所以會落在**意識我見**中。

如來藏妙義極爲勝妙而難知、難解、難證，是故四阿含的經典中說：**【「彼諸眾生亦復如是，久習無我、隱覆之教，如彼『凡、愚』染諸邪說，去、來、現在，不解密教，聞如來藏不生信樂，非餘眾生。」】**（阿含《央掘魔羅經》卷二）**密教**是指如來藏**秘密法之教義**，也就是般若教及唯識教中說的**如來藏密意**。以上經文正好就是印順、星雲、證嚴、昭慧、性廣……等人的寫照，也是古時佛護、清辨、月稱、寂天、蓮花生、阿底峽、宗喀巴、歷代達賴喇嘛的寫照。

由四阿含中的**非我**、**非異我**、**不相在**的佛語開示，有智慧的人們都可以從這句話中，確認有一個無常的蘊處界我、眾生我，但同時也有一個與五陰**不異**、**不相在**的眞我存在，如是而使二乘涅槃不會成爲斷滅法，也使二乘菩提不會成爲常見法。因爲常見法是認定五陰中的某一陰爲常，卻與事實違背；五陰中的每一陰、每一法都是無常的，不是常見外道所說的常。而斷見外道聽聞佛法以後，知道五陰都是應該滅除的；可是相信了以後，卻不信有眞我**無知**、**無見**而常存，所以主張五陰滅除以後是斷滅。但是二乘佛法卻不同於斷、常二見的外道見，卻是說有一個**眞我無知無見**而獨存，不是斷滅，也不是由無常性、無我性的五陰中的某一法（譬如離念靈知）存在無餘涅槃中，所以遠離斷、常二見，也不被斷、常二見的外道所攀緣或附麗；能夠如此，才能顯示二乘菩提超勝於外道之處，阿羅漢正因此而成爲人、天應供，否則就同於斷見外道了。所以，五陰**非我**、**非異我**、**不相在**的聖教，是眞實顯示二乘菩提並不純然在說一切法緣起性空的，而是依於**常住**的**無知無見**的**眞我**而說五陰緣起性空的，這已清楚顯示：二乘菩提中也有隱覆密意而顯示**存有**的妙義。否則二乘菩提就成爲同於斷見外道的緣起性空法了，就成爲五陰可以**無因唯緣**而生起的**無因法**了！

所以，有智慧而不盲目崇拜印順的您，應該改往修來；這一世的努力精進修學，才不會唐捐其功：毫無所成的白來此世一趟。今舉阿含部經典中的開示，再進一步證明：**原始佛法中並非全都不曾說過眞實心第八識**。因爲佛世已有許多菩薩親證第八眞識了，即使是 佛陀方才入滅不久時，也仍有菩薩在繼續弘揚大乘眞識法義的，如今就以下面這一段經文，作爲此節的結束。《長阿含經》卷七童女 迦葉菩薩如是開示：

【迦葉（童女）言：「汝復有何緣，知無他世？」（弊宿）婆羅門答言：「我有親族，遇患篤重。時我到彼，語言：『扶此病人，令右脅臥。』視瞻、屈伸、言語如常。又使左臥，反覆宛轉，屈伸、視瞻、言語如常。尋即命終，吾復使人扶轉，左臥右臥，反覆諦觀，不復屈伸、視瞻、言語。吾以是知：必無他世。」

迦葉復言：「諸有智者，以譬喻得解，今當爲汝引喻。昔有一國不聞貝聲，時有一人善能吹貝，往到彼國，入一村中；執貝三吹，然後置地。時村人男女聞聲驚動，皆就往問：『此是何聲？哀和清徹乃如是耶！』彼人指貝曰：『此物聲也。』時彼村人以手觸貝曰：『汝可作聲，汝可作聲。』貝都不鳴。其主即取貝三吹，置地。時村人言：『向者美聲，非是貝力。有手有口，有氣吹之，然後乃鳴。』人亦如是，有**壽**、有**識**，有**息出入**，則能屈伸、視瞻、語言。無**壽**、無**識**，無**出入息**，則無屈伸、視瞻、語言。」

又語婆羅門：「汝今宜捨此惡邪見，勿爲長夜自增苦惱。」婆羅門言：「我不能捨！所以然者，我自生來長夜諷誦，翫習堅固，何可捨耶？」迦葉復言：「諸有智者，以譬喻得解，我今當更爲汝引喻。乃往久遠，有一國土，其土邊疆，人民荒壞。彼國有二人，一智一愚，自相謂言：『我是汝親，共汝出城，採侶求財。』即尋相隨。詣一空聚，見地有麻，即語愚者：『共取持歸。』時彼二人各取一擔。復過前村，見有麻縷，其一智者言：『麻縷成功，輕細可取。』其一人言：『我已取麻，繫縛牢固，不能捨也。』其一智者即取麻縷，重擔而去。復共前進，見有麻布，其一智者言：『麻布成功，輕細可取。』彼一人言：『我已取麻，繫縛牢固，不能復捨。』其一智者即捨麻縷，取布自重。復共前行，見有劫貝，其一智者言：『劫貝價貴，輕細可取。』彼一人言：『我已取麻，繫縛牢固，齎來道遠，不能捨也。』時一智者即捨麻布而取劫貝。如是前行，見劫貝縷，次見白疊，次見白銅，次見白銀，次見黃金；其一智者言：『若無金者，當取白銀。若無白銀，當取白銅，乃至麻縷。若無麻縷，當取麻爾。今者此村大有黃金，集寶之上；汝宜捨麻，我當捨銀；共取黃金，自重而歸。』彼一人言：『我取此麻，繫縛牢固；齎來道遠，不能捨也。汝欲取者，自隨汝意。』其一智者捨銀取金，重擔而歸其家，親族遙見彼人大得金寶，歡喜奉迎；時，得金者見親族迎，復大歡喜。其無智人負麻而歸居家，親族見之，不悅亦不起迎，其負麻者倍增憂愧。婆羅門！汝今宜捨惡習邪見，勿為長夜自增苦惱；如負麻人執意堅固，不取金寶，負麻而歸，空自疲勞，親族不悅；長夜貧窮，自增憂苦也。」婆羅門言：「我終不能捨此見也！所以者何？我以此見多所教授，多所饒益；四方諸王皆聞我名，亦盡知我是斷滅學者。」……】

在這一段經文中，迦葉菩薩很清楚的開示：由有完好不壞的五色根，所以有出入息；再加上入胎識繼續駐於身中運作，而這一世應該享有的壽命也還沒有終了，就可以繼續保有生命，仍然是有情；若是完好的色身五根被外力毀壞了，或是壽命終了而沒有了出入息，或是入胎識已經離身了，就無法繼續成爲有情，生命就不能再繼續存在於人間。但是如前所舉經文，眞識、入胎識不是與五陰混合為同一個法，所以人死轉入中陰境界而入胎之後，識陰六識全都滅盡而不再出生了，盡未來際都不會再出現此世的識陰六識了！這時住於母胎中，只有意根與眞識──入胎識──存在，此世的六識永遠都不會再出現了，永遠斷滅了！只有等到四、五個月後，新生的五色根稍具雛型時，全新而不是從這一世轉生去的來世六識心，才會新生，但已不是這一世的識陰六識心轉生去下一世，所以說識陰**非當有**。所以，中陰階段入胎而住的心，只有二個：眞識與意根。除此以外，別無他心。而識陰六識都是世世全新的，不是舊貨，都不是前一世的舊時人。所以，有情之所以是有情，都是因為眞識駐在身中，應享有的壽算尚未終了，所以五色根完好而有出入息；等到應有的壽算終了時，眞識就離開五色根而往生到後世去，此世六識全滅，舊色身漸告腐敗而回歸大地。由此部《長阿含經》證明：人人都有第八識如來藏與第七識意根，所以阿含部經典中才會說：五陰**非當有**、**非我**、**非異我**、**不相在**。

如今佛教界大部分人已經承認應該有第七識意根與第八識如來藏了，只是未能親證而已，只剩下極少數大法師們，顧慮名聞、利養、眷屬而仍然倔強的頑抗著，依舊不肯信受四阿含的存有思想及本識的確實存在。特別是印順派的法師與居士們，其中仍有部分人至今仍然負隅頑抗、繼續堅持說：沒有第七識意根，也沒有第八識如來藏，六識心純然只依靠父母所生的色身與外六塵為緣而出生的，並不是從第八識如來藏中出生的。這種**無因論**、**唯緣論**的說法，有非常多的過失，是印順派的法師與居士們無法想像的多。如今已由平實在數年中舉例說明了少部分，其餘更多的部分，將會有正覺同修會中的許多人，在悟後不斷的講出來、寫出來。有智慧的人，讀過平實這幾年來寫的書中舉例辨正其過失以後，漸漸的有所覺醒了！可是如今仍然有不少印順派的人，譬如證嚴、星雲、聖嚴、昭慧、性廣、傳道……等人一樣，還在效法上一段經文中的弊宿婆羅門，繼續挑著粗麻前進，乃至準備挑著那一擔粗麻回家去受家人與親戚的白眼。可是那位弊宿婆羅門，後來已棄捨**無因唯緣論**的斷滅見，歸依於童女迦葉菩薩而進入正法之中。然而證嚴、星雲、聖嚴、昭慧……等人，恐怕是很難以轉變的，因為世間的名聞與利養，眼前仍然保有的台灣佛教界「崇高」的地位，眞的很迷人！雖然他們也知道這種表相地位是生滅無常的虛妄法，卻始終放不下。有智慧的您，可能不免要為他（她）們惋惜吧！

第八節　熏習與本際

熏習一法，是唯識增上慧學中極爲重要之法，然於雜阿含、增一阿含諸經中，已可見其略說者，這也可以顯示：雜阿含與增一阿含本屬大乘經典，但被二乘人結集出來以後，卻成爲只講說解脫道的二乘法了。菩薩們看見這個情形，一定表示不同意，所以當場就表示：**吾等亦欲結集**。當然就會在第一次結集後隨即展開七葉窟外的大乘經典千人結集，不被記載於百年後第二次聲聞人七百結集所成的律典中。但聲聞聖人於佛世既已當面聽聞了大乘法，雖然因爲對大乘法沒有勝解、不能成就念心所而無法憶持全部義理，但是與解脫道相關的義理，以及所聞大乘法的某些名相，往往會有記憶而被結集下來；熏習的道理，就這樣被結集在雜阿含部中。所以種子熏習的道理，仍不是後來大乘經中始有的說法，而是四阿含中就已存在的開示。若依印順、昭慧……等人的說法，雜阿含中所說的熏習，是否與入胎識的持種無關？或是意謂阿含諸經中說的入胎識是不能持種的心？必須等到隨後結集的大乘經中才結合起來而成爲能持種的心？平實認爲：不論印順、昭慧或其他「原始佛法」中的修學者，假使有智慧的話，他（她）們一定都不敢回答這個問題的；因爲，造業而受報流轉，致有善惡果報差別的事實，是在四阿含諸經早就講過的了！不是在第一次五百結集後不久，另由菩薩結集成的大乘經——特別是唯識經典——中才闡釋的。既有能熏的識陰六識，當然就會有受熏的入胎識持種，怎能否定祂的存在呢？

譬如斷我見後仍不能斷我執者，應當長期以正法思惟觀察熏習而滅之，乃至歷經七次的人天往返才證得阿羅漢果，講的正是熏習之法。若是識陰（特別是指意識心）不肯接受正確熏習所得「意識應該滅除」的知見，那麼意識就不肯自我消滅，意根就會繼續受持我見、我執種子，使得入胎識中保有這一類邪見種子，於是導致中陰時的入胎識流注我見、我執相應的異熟果種子，使得中陰階段的覺知心意識，堅定的尋求入胎、受生天界的機會，因此就不斷的一世又一世投胎，不斷的流轉生死。若沒有入胎識的持種，熏習就不可能成就，這是極簡單的道理，號稱很有智慧的**人間佛陀**印順（印順傳記的副書名是《看見**佛陀**在人間》），以及他的繼承人昭慧，對此竟然可以睜眼說瞎話，公然主張原始佛法中沒有講過種子識與熏習的道理，推說是後人創造的大乘經典始有的說法，不免太荒唐了！熏習的事實，是有四阿含的經文可以作證的：

【我聞如是　一時佛遊舍衛國，在勝林給孤獨園。爾時世尊告諸比丘：「有愛者，其本際不可知；本無有愛，然今生有愛，便可得知。所因有愛，有愛者則有習，非無習。何謂有愛習？」答曰：「無明爲習。」「無明亦有習，非無習，何謂無明習？」答曰：「五蓋爲習。」「五蓋亦有習，非無習……」】（《中阿含經》卷十）

語譯如下：**【**我聞如是　一時佛陀遊行來到舍衛國，住在勝林給孤獨園中。當時世尊告訴諸比丘說：「『三界有』的貪愛，它的**本際**是不可知的；本來是沒有貪愛的，但是今生卻對『三界有』起了貪愛，由此便可以得知**本際**的存在了。由所因的種子有貪愛的緣故，有了貪愛時就會有熏習，不是沒有熏習的。那麼何謂『三界有』貪愛的熏習呢？」眾比丘回答說：「是以無明爲熏習。」「無明也是有熏習的，不是沒有熏習，什麼是無明的熏習呢？」比丘們回答說：「是以五蓋爲熏習的。」「五蓋也是有熏習的，並非沒有熏習……」**】**

所以熏習的事相，在阿含諸經中其實早就已經解說過了！這段經文的意思是說，眾生對三界有的貪愛，出生以來就一直存在著，但是這三界有貪愛的**本際**是在哪裡呢？對於三界有的貪愛種子，總不能無所附麗而自行存在於虛空中吧？這道理是很簡單的：三界有的貪愛種子（或說是習氣、執著的種子），一定是由心來收藏著的；三界有的貪愛種子不是可以離心獨存的法，本是心所法之一，當然只能與心相應，當然只能由覺知心與意根來相應；既是只能與心相應的心所法，當然也就只能由心來執持這些種子，不可能自行存在於虛空的。但是現見意識覺知心與意根都沒有能力執持這些種子，當然是有一個**本際**來執持著。而這個**本際**是不可知的，特別是對二乘聖人來說時。可是在眾生剛才出生以後的今世之中，都是尚未熏習過任何一法的，但卻是剛生出來時就有了三界有的貪愛，顯然是與生俱來的帶著這些種子而出生的；從**本無**而**新生**的覺知心**與生**俱有的貪愛種子，就可以推知一定有個帶著種子的本際心存在，所以 佛陀說：「**本無有愛，然今生有愛，便可得知。**」由此可知：往世的種種現行由於熏習而成為種子，所以這一世剛出生後就有種子的現行，顯現眾生剛一出生就有著對於三界有的貪愛。這是從聖教來顯示聲聞人曾聽聞 佛說大乘經典，但卻結集成為聲聞解脫道經典，所以他們結集的四阿含中就會記載著熏習的道理，因此不該說原始佛法沒有講過唯識學的種子熏習道理，因為聲聞人親聞 佛說的大乘諸經也是原始佛法，同屬 佛說的最原始時期的法義故。

【「**復次，比丘思量正盡苦，究竟苦邊時，思量『名色何因、何集、何生、**

何觸？』知彼名色『識因、識集、識生、識觸』，彼**識**欲滅無餘，則**名色滅**。彼所乘『識滅道跡』如實知，修習彼向、次法，是名比丘向正盡苦，究竟苦邊，所謂**識滅**。復次，比丘！思量觀察正盡苦，究竟苦邊時，思量『彼識何因、何集、何生、何觸？』知彼識行因、行集、行生、行觸，作諸福行，**善識**生；作諸不福不善行，**不善識**生；作無所有行，**無所有識**生；是為『彼識行因、行集、行生、行觸』，彼**行**欲滅無餘，則**識滅**；彼所乘『行滅道跡』如實知，修習彼向、次法，是名比丘向正盡苦，究竟苦邊，所謂**行滅**。復次，比丘思量觀察正盡苦，究竟苦邊時，思量『彼行何因、何集、何生、何觸？』知彼行無明因、無明集、無明生、無明觸，彼福行無明緣，非福行亦無明緣，非『福不福』行亦無明緣。是故當知：彼行無明因、無明集、無明生、無明觸。彼無明永滅無餘，則行滅；彼所乘『無明滅道跡』如實知，修習彼向、次法，是名比丘向正盡苦，究竟苦邊，所謂無明滅。」佛告比丘：「於意云何？若不樂無明而生明，復緣彼無明作福行、非福行、無所有行不？」比丘白佛：「不也！世尊！所以者何？多聞聖弟子不樂無明，而生明；**無明滅則行滅**，**行滅則識滅**，如是乃至生老病死憂悲惱苦滅，如是、如是純大苦聚滅。」】（《雜阿含經》卷十二第 292 經）

身口意**行**作爲識陰的觸。假使識陰造作種種福德善行，就有未來世**良善的識陰**出生；識陰若造作種種沒有福德或不善的行爲，就會有後世**不良善的識陰**出生；假使造作無所有行，成就無所有處定，未來世就會有**無所有天的識陰**出生，這就是『那個識陰的行因、行集、行生、行觸』。假使識陰的種種**行**，都是想要把自我滅盡無餘，就會導致**識陰滅除**；那位比丘對於所乘用的『行陰滅除方法的道路』已經如實知，接著就修習那個邁向識陰滅的方法，以及修習一切能導致識陰滅除的方法，這就是比丘邁向眞正滅盡苦惱，到達苦的究竟邊際，就是我所說的身口意**行陰**的**滅除**。復次，比丘思量觀察眞正滅盡苦惱，到達究竟的痛苦邊際時，思量『那個行陰以什麼爲因？什麼是行陰的集？行陰從什麼因緣而出生？行陰是以什麼爲祂的觸？』然後就了知那個行陰是以無明爲因，藉無明爲因緣而積集，由無明爲因緣而出生，以無明爲行陰的觸；在沒有了知這些道理以前，那些修福的行陰是以無明爲緣的，造作非福行的行陰也是以無明爲緣的，造作一切與福行非福行無關的行陰也是以無明爲緣。由於這個緣故，應當知道：那個行陰以無明爲因、以無明而集、由無明爲因緣而出生、以無明爲觸。那位比丘的無明由於這個觀察而永滅無餘，他的行陰就滅除了；他所使用的『無明滅除方法和途徑』已經如實了知，接著如法修習而走向滅盡無明的路途，然後依法而行，這就是我說的比丘邁向眞正滅盡苦惱，究竟到達痛苦的邊際，就是我所說的無明的滅除。」佛告訴比丘：「你的意下如何？如果不樂於無明而出生了明慧，還會再攀緣那個無明而造作福行、非福行、無所有行嗎？」比丘白佛說：「不會再因爲無明而去修福行、非福行、無所有行了！世尊！我爲什麼這樣說呢？多聞聖弟子們都不再樂著於無明中，而出生了明慧；**無明滅除了，行就跟著滅除；行滅除了，未來世的識陰就跟著滅除了**；就像是這樣子，一一支都如是滅除，乃至生老病死憂悲惱苦也滅除了；就像是這樣子，純粹是大苦聚合起來的後世五陰就滅除了。」】

今時修學南傳佛法者，或在大乘法中修學阿含道而想要成爲大乘通教阿羅漢的人們，精勤修學解脫道而不能成功的最大原因，都是因爲被假名善知識誤導所致。但假名善知識自身不能有所證而導致他們誤導眾生的原因，則是因爲讀不懂四阿含諸經的眞義所致。讀不懂四阿含諸經的原因，最主要的原因有二：一是不肯棄捨先入爲主的惡見，故對善知識的說法不信受；二是對阿含諸經中所說的識，無法釐清其分際。阿含中有時說的**識**是指第八入胎識，有時說的**識**是指識陰六識，但都同說爲識，通常都不詳說是**入胎識**或識陰的**六識心**。偶有特別指明爲入胎識的部分，極爲少見，但也是只說一個「**識**」字。而意根與意識，又往往沒有作明確的界定，故意根往往只說爲**意**字；而意字有時是指意識，有時則是指意根，有時則是合指意根與意識；若沒有很好的般若種智，是很難理解的，這時就只好依照解脫道的義理來瞭解了！而解脫道中的眞實義理，大師們其實也沒有眞的理解，總是以自意思惟而認作是正確的，或是純依佛學學術研究者錯誤的研究結論，作爲經中所說的佛法眞義，所以今天的南、北傳佛教界，很少看見有人確實斷除了我見；斷我執的人，就更難覓了！

在親證阿含解脫道的過程中，必須不斷的熏習正知、正見；然而熏習解脫道的知見與行門，都必須有能熏的心與被熏的心；若無能熏習的心—識陰及意根，就無法熏習諸法。若無被熏習的入胎識來執持識陰熏習所成就的諸法種子，將使今天熏習的一切善法種子都在今晚眠熟時全部忘光了！明天一早醒來時將不再記得了！因爲意識覺知心是夜夜眠熟就斷滅了的，已斷滅的心不能稱之爲心；當祂斷滅時，所持的種子就散失了，當然沒有持種的功能。只有不會斷滅的入胎識，才有可能是持種的心，所以熏習萬法時必定要有能熏與被熏的二種心，才可能成就熏習的功能。世間法的熏習如此，出世間法的熏習也是如此。能熏習的心就是識陰，特別是指意識覺知心；被熏習的心就是 佛在四阿含諸經中說的**本際**，有時名為**識**，或名涅槃的本際、涅槃的實際，正是入胎識。這個本際或實際、識、入胎識，正是被熏的**本識**心，是執受熏習所得一切種子的心，正是大乘經中所說第八識如來藏，所以入胎識被熏、持種，以及能熏習的識陰六識，都是在四阿含諸經中早就略說的，不是印順所說的 佛入滅後數百年的大乘經典結集時，才被人結合在第二、三轉法輪的經典中。

為何能熏的心一定是識陰？特別是指意識？因為識陰的六識特性，能別別了知各自相應的六塵法界，所以稱為**識**，**識**即是了知、了別的意思；而識陰的了別性專在六塵上運作，所以這個識陰的識，就是專門針對六塵而了別的意思。譬如《增壹阿含經》卷二十八云：【爾時世尊與數千萬眾前後圍遶而為說法，說五盛陰苦，云何為五？所謂色、痛、想、行、識。云何為色陰？所謂此四大身，是四大所造色，是謂名為色陰也。……彼云何名為**識陰**？所謂**眼耳鼻口身意**，此名**識陰**。】此處所言識陰者，共有六識，因為色陰中只說出了五色根，而六根中的心根（意根）是識陰出生的所依緣，並未攝在識陰中，所以此處所說的識陰正是六識心。識陰六識能熏習諸法，當然是能熏的心；但因意根是普遍計度而執著的心性故，而意識不可能獨立於意根之外而作任何熏習，只能在意根的掌控下來做熏習的緣故，所以能熏的心當然是識陰六識與第七識意根。

又譬如《雜阿含經》卷二開示**識陰**云：【**別知相是識受陰。何所識？識色，識聲、香、味、觸、法，是故名識受陰。**】這時也是將各各領受及了別六塵的六識定義為識陰，稱為識受陰。所以，識陰一定是能熏習的心；這是因為識陰有面對六塵各別加以了知、識別的功能，才能經由各別的了知而生起憎厭或好樂的心行；經歷了憎惡或好樂的心行之後，在心行結束之前都沒有反悔變易，於是就熏習到**入胎識**中去，明天的識陰生起之後，對同一法的憎厭或好惡就會比熏習以前的種子更強，這就是熏習的道理。若是沒有一個能被熏習的心來持受所熏習的種子，而是由能熏習的識陰六識自己來持種的話，那麼識陰在晚上眠熟斷滅之後，所熏習的種子就會全部喪失不在了！明天早上醒來以後，就完全不知昨天所熏習的善惡法或無記法，那麼所有人每天睡醒後都將如同初生嬰兒一般的無智。這是因為會斷滅的心不可能受持熏習得來的種子，因為斷滅之後就無法持種了！必須有另一個從來不斷滅、不間斷的堅固心常住無間，才能執持熏習所得的一切種子，所以入胎識就是被熏習的持種者。當熏習完成之後，種子存在了，能熏的識陰六識心，在種子流注現行時，就會越來越趣向某一個方向：**熏習善法的人，識陰六識越來越善良；熏習惡法的人，識陰六識越來越惡劣；熏習解脫道的人，識陰六識越來越沒有我執；熏習佛菩提道的人，識陰六識越來越有智慧**。這就是熏習的道理。

為什麼被熏習的心是第八識如來藏？因為第八識心體的自性是無記性的，祂離六塵中的見聞覺知性，所以永遠不與一切受相應，沒有苦樂受，當然不會生起貪厭檢擇的心行；祂必定是不具有六塵中的了知性，不受苦樂受，所以對一切果報都沒有利害關係，不會作決定——不思量諸法利害而有所決定——從來不作主，沒有善惡性可說，才有可能成為被熏習的心及實行業報的心。因為有如此的心性，所以才能不加檢擇的收容一切善、惡業及無記業的種子，才能不作利害思量而忠實執行因果律，這才是能夠被熏習的所熏心。

所熏習的心必定是常住心，心體永遠堅固不壞，才有可能永遠將所熏習的一切種子收藏而不散壞，這個心當然就是四阿含所說的如、本際、實際、識、我、如來藏了！阿含中如何說有本際呢？【爾時世尊告諸比丘：「於何所，是事有故何所起？何所繫著？何所見我？諸比丘！令彼眾生無明所蓋、愛繫其首，長道驅馳生死輪迴、生死流轉，不知**本際**？」諸比丘白佛：「世尊是法根、法眼、法依，善哉世尊！唯願哀愍，廣說其義。諸比丘聞已，當受奉行。」佛告諸比丘：「諦聽！善思！當爲汝說。諸比丘！色有故，是色事起，於色繫著，於色見我，令眾生無明所蓋，愛繫其首、長道驅馳，生死輪迴、生死流轉。受想行識亦復如是。………是故，諸比丘！諸**所有色**，若過去、若未來、若現在，若內若外、若麤若細，若好若醜、若遠若近，彼一切**非我**、**非異我**、**不相在**，如是觀者是名**正慧**；**受**、**想**、**行**、**識**，**亦復如是**。」】（《雜阿含經》卷六）世尊特別在指出本際時，同時宣說**五陰非我**、**不異我**、**不相在**的開示。**語譯**如下：

【爾時世尊告訴諸比丘說：「到底是在什麼地方，這個事相存在的緣故是從什麼地方生起的？是被什麼繫縛著？從什麼地方看見了蘊處界眞實有我？諸比丘！因此而使得眾生被無明所遮蓋、寶愛繫縛著頭而被牽著，長途遠道往來奔走，不斷的輪迴、生死流轉不停，都不知道生死的**本際**？」諸比丘向佛稟白說：「世尊是佛法的根本、佛法之眼、佛法所依，善哉世尊！唯願世尊哀愍我們，廣說其中的道理。諸比丘聽聞了以後，自然會信受奉行的。」佛告訴諸比丘說：「諦聽！善思！當為汝說。諸比丘！色陰已經有了的緣故，這個色陰的事相生起了，就於色陰上面被繫縛、執著，於色陰上面錯把色陰當作是眞實我，使得眾生被無明所遮蓋，由於對色陰的寶愛而繫縛著他們的頭，被牽著長途遠道來往奔馳，一世又一世的生死輪迴，在無量的生死中流轉不停。對於受想行識的寶愛也是這樣的，所以被繫縛而生死流轉。……由於這個緣故，諸比丘們！各類有情的**所有色陰**，譬如已過去的色陰、或是未來的色陰、或現在的色陰，或是內色或是外色、或是粗色或是細色，或是好色或是醜色、或是久遠世的色或是近世的色，**那些諸色，一切都不是真實我、也都不異於真實我、也與真實我不相在**，這樣子現前觀察的人，就說他是正慧；對於**受**、**想**、**行**、**識四陰的觀察，也是像這樣子**。」】這就證明**本際**的存在了！而生死的本際其實就是入胎識。這個常住的本際，才有可能是被熏習而持受種子的心，不可能是夜夜都會斷滅的意識心能執持受熏的種子。正因為有這個本識存在，所以才會有無量劫的生死繼續不斷，所以說生死的本際就是本識—入胎識—如來藏。

又如《央掘魔羅經》卷一說：【「住！住！央掘魔！汝當住淨戒；我是等正覺，輸汝慧劍稅：我住於**實際**，而汝不覺知。」】這裡所說的實際，亦是如來藏境界也！語譯如下：【「安住下來！安住下來！央掘魔羅啊！你應當住於淨戒之中；我是正等正覺的世尊，我已送給你智慧劍了：我已經安住於實際中，而你竟然還沒有覺知到這個事實（還在動轉意識心而追逐我、想要殺害我，但我早已停住意識的動搖而不會移動，早已轉住於從無動搖的涅槃實際第八識境界了）。」】

又如阿含部的《央掘魔羅經》卷三說：【爾時央掘魔羅復白佛言：「世尊！云何如來身住實際，而復生耶？」佛告央掘魔羅：「汝與文殊師利俱，至北方過二恒河沙刹，有國名不實電光鬘，佛名毘樓遮那如來、應供、等正覺，在世教化。汝與文殊師利俱往問言：『釋迦牟尼佛云何住於實際，而住娑婆世界？』」爾時二人受教即行，猶如鴈王淩虛而去，往詣不實電光鬘刹，毘樓遮那佛所，稽首禮足，具以上事諮問彼佛。廣說如上。文殊師利、央掘魔羅（回到娑婆世界）復白佛言：「世尊！唯願爲說：云何如來住於實際？」佛告文殊師利等言：「我於無量百千億劫，具足修行十波羅蜜，攝取眾生，建立令住未曾有樂，我從彼無量百千億劫阿僧祇波羅蜜，生實際身。」】實際身者謂轉依於常住眞心的五法爲身的智慧身也！

語譯如下：【這時央掘魔羅又向佛稟白說：「世尊！爲什麼如來現身已經住

於**實際**，而又能再有色身出生呢？」佛告訴央掘魔羅：「你與文殊師利一起，去北方經過二個恒河沙數佛刹，那裡有佛國，名爲不實電光鬘，佛的名號是毘樓遮那如來、應供、等正覺，正在世間教化眾生。你與文殊師利一起前往請問說：『釋迦牟尼佛爲什麼住於**實際**，而又同時住持於娑婆世界？』」那時二個人受教就立即起程，猶如鴈王一般淩虛而去，前往不實電光鬘刹、毘樓遮那佛所在的地方，稽首禮足以後，以上面所說的所有事情諮問那位佛陀。廣說如同前面所說的面見諸佛國土的如來一樣。文殊師利、央掘魔羅（回到娑婆世界）來，又向佛稟白說：「世尊！唯願爲說：什麼是如來住於**實際**？」佛告訴文殊師利等人說：「我於無量百千億劫中，具足修行**十度波羅蜜**，攝取了無量眾生，建立他們，讓他們住在未曾有過的快樂中，我正是從那些無量百千億劫的無量數波羅蜜的修行中，出生了**實際身**。」】

這意思是說，世尊住於法界實際、涅槃實際中，但是卻又能同時有色陰、受想行識陰住持於人間，宣說三乘菩提深妙佛法來利樂眾生；這個道理，是眾生們所不能理解的，不但如此，連二乘聖人也不能瞭解；窮盡三明六通所有大阿羅漢們的智慧爲一大智慧，也是無法理解的。因爲這是諸佛的世、出世間大智慧，只有菩薩們追隨 世尊修學以後，才能確實理解的。而 文殊師利菩薩遊戲三界中，早就慣於演戲，所以就配合 世尊的教命，帶著央掘魔羅前往十方世界，向 釋迦世尊化現的諸佛請問這個道理。其實， 世尊早在初見央掘魔羅時，就已經向他示現「實際」的境界了，所以說「輸汝慧劍稅」；但是央掘魔羅當時無明所迷，不知不見，還繼續向 佛要求（這也是權現）。這是證悟的利智菩薩們所能知的眞義，不是聲聞聖人所能稍知的；而這種境界的具足了知與親證，得要到達佛地時才能圓滿；所以 世尊說：「**我於無量百千億劫，具足修行十波羅蜜，攝取眾生，建立令住未曾有樂，我從彼無量百千億劫阿僧祇波羅蜜，生實際身。**」實際身就是以實際爲究竟轉依而發起的毗盧遮那佛的法性身。

但是一切深悟的菩薩們，都能現前觀察自己所轉依的第八識實際，都是無餘涅槃的境界；而且現見無餘涅槃的境界相，其實都是與無明眾生同時同處的，所以一切凡夫眾生與聲聞、緣覺、菩薩們都一樣，都是住於實際而又同時示現五陰於人間或色界中。只是凡夫們都不知道，總是妄想進入無餘涅槃中，再來尋找法界實際、涅槃實際，所以永遠無法證得涅槃中的實際。正因爲這個實際常住不斷，堅固而不可被壞滅，才能成爲被意識所熏習的心，所以 佛說涅槃是眞實而不是斷滅空；當祂被意識、意根熏習，執持了意識、意根熏習成就的種子以後，祂自己的心性卻是仍然不改變的，只是在意識重新現行時，使意識與意根心性有所改變。這是因爲：能熏習的意識與意根，經由熏習得來的種子，雖被所熏的眞識如來藏所執持，但是相應的卻是意識與意根；這些種子現行時，都不會與被熏習的持種心本識相應，這樣子成就了熏習的道理。

眾生因爲不知道這個熏習的道理，所以不信有因果；無智的學佛人因爲不知不證這個實相心、法界實際，所以敢大膽否定眞經眞論，謗爲僞經、僞論；爲了名聞與利養的緣故，就故意無根誹謗賢聖是邪魔外道。但是已經親證的菩薩們，都知道確實有個持種心常住而不間斷的存在著，也知道一切種子都由祂受持，不散不失，也不會應驗到別人身上，也不會無緣無故的失壞了這些種子；所以都不敢因爲世俗名利上的原因，而故意無根誹謗賢聖或正法，即使他所厭惡的人所說的法義比他的法義淺得很多，只要法義是正確的，他也是不敢誹謗的；只有在法義有錯誤而加以告知，請求改正而不可得時，才會加以指正，而仍然不敢作身口意行的有根、無根誹謗。所以，證或不證實際、本識，不但對般若智慧有影響，也會對當事人的身口意行有影響，這就是**明**與**無明**的影響。

世尊有時說，眾生不知生死的本際，不能到達**生死的本際**，都是因爲無明所罩，不知五陰及我所的虛妄而執以爲實；又恐滅除五陰後墮於斷滅空中，不知有實際、本際常住不滅，所以轉而執著五陰自我，不肯滅除，名爲不知無明之本際、苦之本際、生死之本際。對於自我的執著，譬如《雜阿含經》卷六說：**【爾時世尊告諸比丘：「何所有故何所起？何所繫著？何所見我？令眾生無明所蓋、愛繫我首，長道驅馳生死輪迴，生死流轉，不去本際？」諸比丘白佛言：「世尊是法根、法眼、法依。善哉世尊！唯願哀愍，廣說其義。諸比丘聞已，當受奉行。」佛告比丘：「諦聽！善思！當爲汝說。諸比丘！色有故，色事起，色繫著，色見我，令眾生無明所蓋，愛繫其首，長道驅馳，生死輪迴、生死流轉。受、想、行、識，亦復如是。」】**所以眾生都是被無明所遮障，不知道五陰虛妄而應該滅除，無始以來一直寶愛自己，因此而不能去到生死的**本際**。生死的本際，就是無餘涅槃中的實際，就是萬法出生的根源，是法界的實相心。

對於我所的執著，譬如《雜阿含經》卷三十四說：**【爾時世尊告諸比丘：「眾生無始生死，長夜輪轉，不知苦之本際：無有一處無父母、兄弟、妻子、眷屬、宗親、師長者。如是，比丘！無始生死、長夜輪轉，不知苦之本際。是故，比**

丘當如是學：斷除諸有，莫令增長。」】苦之本際，其實也是一切法的本際，不論是世間萬法，或是出世間一切三乘菩提法，其本際都是同一個，那就是如來藏，就是本識常住心體。假使沒有了這個本際，就無五陰而無生死苦，故說生死苦的本際即是本識如來藏；若無此本際識常住，所有的世間法、出世間法的熏習，都將沒有意義，佛門四眾的修學佛法也都將成爲毫無意義的戲論了。正因爲有這個本際，祂常住而堅固不能摧壞，才能執持一切熏習諸法得來的種子，才能有人經歷無量生死而不斷去惡修善、熏習一切種智，然後成就佛道。否則，一切善法、出世間法的熏習，就都將成爲無意義的愚行了，這就是本際與熏習之間的關係。若有人否定本際的常住與實存，昧於阿含中的本住法，單只承認有生必滅而只有存在一世的意識心，不許有本識的常住與受熏，而說他能有善法及出世間法的熏習成就，都是自欺欺人之譚。這個種子熏習的道理，是四阿含中就曾略說的，是因爲聲聞人曾聽聞 佛說大乘法。至於熏習成就的種子必然會收存在入胎識中的道理，也是可以間接的從熏習轉變心性的佛語開示中，證明都是確實存在的，不必等到親證這個本際本識以後才信受祂的存在。

第九節 壽暖與識即是命根

「壽暖識三，說爲**命根**」，今由壽、暖、識三法中之識，說識即是如來藏本識；建立這個正確的觀念，修習阿含解脫道時才不會唐捐其功。云何爲壽、暖與識？經云：【復問曰：「賢聖！有幾法，生身死已，身棄塚間，如木無情？」法樂比丘尼答曰：「有三法，生身死已，身棄塚間，如木無情。云何爲三？一者**壽**，二者**暖**，三者**識**；是謂三法，生身死已，身棄塚間，如木無情。」毘舍佉優婆夷聞已，歎曰：「善哉！善哉！賢聖！」毘舍佉優婆夷歎已，歡喜奉行。復問曰：「賢聖！若死及入滅盡定者，有何差別？」法樂比丘尼答曰：「死者，**壽命**滅訖，**溫暖**已去，諸根敗壞。比丘入滅盡定者，**壽**不滅訖，**暖**亦不去，諸根不敗壞。若死及入滅盡定者，是謂差別。」毘舍佉優婆夷聞已，歎曰：「善哉！善哉！賢聖。」毘舍佉優婆夷歎已，歡喜奉行。」】（《中阿含經》卷五十八）

這意思是說，死人是因爲壽命時限已經到了，所以入胎識離去了，色身就會敗壞，溫暖也跟著失去了。但是滅盡定與無想定中雖然都如同死時一樣沒有意識—沒有見聞覺知，也沒有呼吸與心跳，可是因爲壽命還沒有終了，所以入胎識仍然駐於身中，使得溫暖不會失去，色身雖無呼吸及脈搏，經過三、四天也不會敗壞。這意思就很清楚的說明了一個事實：死亡與入滅盡定、無想定中，表面上看來是相同的，但是其中有很大的不同；前者是壽命已終，所以入胎識已經離去；後者是壽命未終，入胎識仍然駐在身中。這樣的四阿含教證中，也證明確實有第八識的存在了！因爲在阿含四大部經典中，已經說：滅盡定中的俱解脫阿羅漢們，或是無想定中的外道與凡夫，雖然呼吸與心跳都停止了，意識也斷滅而無見聞覺知了，看來似乎是死亡了，但是因爲還有命根，故不等於死亡，只是入了甚深定中而已。由阿含所說的滅盡定及無想定中仍有命根，而說識、壽、暖三法仍然繼續存在著；可是那時的識陰已經全都滅盡了，連意識心都已不存在了，卻仍然不會死亡而仍然保有身體體溫，仍然可以在數天之後再度出定而去托缽，可見第八識是確實存在的；知此，即可放心斷盡我執。

阿含部中又有經云：【復問：「尊者！有幾法，若人捨身時，彼身屍臥地；棄於丘塚間，無心如木石？」答言：「長者！壽暖及與識，捨身時俱捨；彼身棄塚間，無心如木石。」復問：「尊者！若死、若入滅盡正受，有差別不？」答：「捨於壽暖，諸根悉壞；身命分離，是名爲死。滅盡定者，身口意行滅，不捨壽命，不離於暖；諸根不壞，身命相屬。此則命終、入滅正受差別之相。」】（《雜阿含經》卷二十一第 568 經）其意思是與上段經文相同的，語譯如下：

【又問：「尊者！有哪幾個法，假使有人捨身時，使得他的身體變成屍身而倒臥在地；被人遺棄於墳堆中間，沒有心存在而如同木石一樣？」答言：「長者！壽、暖以及入胎識，在捨身時同時棄捨色身而去；那個色身就會被人遺棄於墳堆中，就沒有心住在色身中，如同木石無情一般。」又再問說：「尊者！若是死亡、若是入滅盡定的正受，二者之間有差別嗎？」答道：「假使捨離壽命與溫暖，所有五色根全部毀壞；色身與命根分離了，這就是死。若是入滅盡定，只是身口意行斷滅了，可是不棄捨壽命，也不離開色身的溫暖；所以五色根都不毀壞，色身與命根仍然互相攝屬。這就是命終與進入滅盡定中的差別不同之相。」】

如何是**眞識**？是說這個眞識使諸阿羅漢及諸如來入涅槃後（假設諸佛也會入涅槃）不墮於斷滅空，故說是眞識。眞識就是入胎識，就是部派佛教的聲聞人根據臆測而說的本識、不可說我、有分識、窮生死蘊，一法多名。由於有入胎識執持色身而駐於身中，恆常堅固而不可壞，時時都在運作中，才會使色身依照業果而自動生成、出生、成長、衰老、壽命終了而死亡，完成生死的全部過程。這個眞識是與五陰同時同處的，是與五陰不一也不異的，有經文爲證：

《雜阿含經》卷五云：【尊者舍利弗就座，洗足已，語焰摩迦比丘：「汝實作如是語『我解知世尊所說法，漏盡阿羅漢，**身壞命終無所有**』耶？」焰摩迦比丘白舍利弗言：「實爾，尊者舍利弗！」舍利弗言：「我今問汝，隨意答我。云何焰摩迦，色爲常耶？爲非常耶？」答言：「尊者舍利弗！無常。」復問：「若無常者，是苦不？」答言：「是苦。」復問：「若無常、苦，是變易法。多聞聖弟子寧於中，**見我**、**異我**、**相在**不？」答言：「不也！尊者舍利弗！受想行識亦復如是。」復問：「云何焰摩迦！色是如來耶？」答言：「不也！尊者舍利弗！」「受想行識是如來耶？」答言：「不也！尊者舍利弗！」復問：「云何焰摩迦，異色有如來耶？異受想行識有如來耶？」答言：「不也！尊者舍利弗！」復問：「色中有如來耶？受想行識中有如來耶？」答言：「不也！尊者舍利弗！」復問：「如來中有色耶？如來中有受想行識耶？」答言：「不也！尊者舍利弗！」復問：「非色受想行識有如來耶？」答言：「不也！尊者舍利弗！」「如是！焰摩迦！如來見法眞實，如、住無所得，無所施設。汝云何言『我解知世尊所說，漏盡阿羅漢身壞命終，無所有。』爲時說耶？」答言：「不也！尊者舍利弗！」復問：「焰摩迦！先言『我解知世尊所說，漏盡阿羅漢身壞命終無所有』，云何今復言非耶？」焰摩迦比丘言：「尊者舍利弗！我先不解，無明故作如是惡邪見說。聞尊者舍利弗說已，不解、無明，一切悉斷。」

復問：「焰摩迦！若復問：『比丘！如先惡邪見所說，今何所知見，一切悉得遠離？』汝當云何答？」焰摩迦答言：「尊者舍利弗！若有來問者，我當如是答：『漏盡阿羅漢色無常，無常者是苦，苦者寂靜清涼永沒。受想行識亦復如是。』有來問者，作如是答。」舍利弗言：「善哉！善哉！焰摩迦比丘！汝應如是答。所以者何？**漏盡阿羅漢色無常，無常者是苦。苦、無常，苦者是生滅法，受想行識亦復如是。**」尊者舍利弗說是法時，焰摩迦比丘遠塵離垢，得法眼淨。

尊者舍利弗語焰摩迦比丘：「今當說譬，夫智者以譬得解。如長者子，長者子大富多財，廣求僕從，善守護財物。時有怨家惡人，詐來親附，爲作僕從，常伺其便；晚眠早起，侍息左右，謹敬其事；遜其言辭，令主意悅，作親友想、子想；極信不疑，不自防護；然後手執利刀以斷其命。焰摩迦比丘！於意云何？

彼惡怨家爲長者親友，非爲初始方便害心，常伺其便至其終耶？而彼長者不能覺知，至今受害。」答言：「實爾！尊者！」舍利弗語焰摩迦比丘：「於意云何？彼長者本知彼人詐親欲害，善自防護，不受害耶？」答言：「如是，尊者舍利弗！」「如是，焰摩迦比丘！愚癡無聞凡夫，於五受陰作常想、安隱想、不病想、我想、我所想。於此五受陰保持護惜，終爲此五受陰怨家所害，如彼長者爲詐親怨家所害而不覺知。焰摩迦！多聞聖弟子，於此五受陰，觀察如病、如癰、如刺、如殺，無常、苦、空、非我、非我所。於此五受陰不著、不受，不受故不著，不著故自覺涅槃：我生已盡，梵行已立，所作已作，自知不受後有。」尊者舍利弗說是法時，焰摩迦比丘不起諸漏，心得解脫。】

以上經文的意思，很清楚的表明了二乘菩提的眞義：漏盡阿羅漢身壞命終以後，不是斷滅空，不是印順學派講的蘊處界滅盡以後的「滅相不滅所以不空」，因爲滅盡之後尚有自心如來常存。這個自心如來常住，想要尋覓祂，必須隨同五陰而尋覓，不可外於五陰身而向虛空討尋。所以舍利弗反問說：「多聞聖弟子寧於中，**見我、異我、相在**不？」多聞的聖弟子，都不許把五陰中的某一法認作是眞實不壞我，但也不許把五陰認作與眞我本識無關的眞我以外之法，也不許把五陰與自心如來混合爲同一個法。因爲五陰「若無常、苦，是變易法」，但與五陰同時同處的自心如來眞我，是無爲法，是眞實，不是無常、苦、變易法，而是常恆、無苦、不變易法，所以漏盡阿羅漢捨壽時滅盡了無常、苦、變易的五陰以後，阿羅漢們的眞我本識，離萬法而獨存，是眞實而非斷滅空，非一切法空，所以不許焰摩迦比丘說「**漏盡阿羅漢身壞命終以後無所有**」。

亦如阿含部有經云：【如是我聞　一時佛住王舍城迦蘭陀竹園。爾時有外道出家名仙尼，來詣佛所，恭敬問訊，於一面坐。白佛言：「世尊！先一日時，若沙門、若婆羅門、若遮羅迦、若出家，集於希有講堂，如是義稱：『富蘭那迦葉爲大眾主，五百弟子前後圍遶。其中有極聰慧者、有鈍根者，及其命終，悉不記說其所往生處。復有末迦梨瞿舍利子爲大眾主，五百弟子前後圍遶，其諸弟子有聰慧者、有鈍根者，及其命終，悉不記說所往生處。如是，先闍那毘羅胝子、阿耆多翅舍欽婆羅、迦羅拘陀迦栴延、尼揵陀若提子等，各與五百弟子前後圍遶，亦如前者。沙門瞿曇爾時亦在彼論中，言：〔沙門瞿曇爲大眾主，其諸弟子有命終者，即記說言：某生彼處、某生此處〕。』我先生疑：云何沙門瞿曇得如此法？」

佛告仙尼：「汝莫生疑！以有惑故，彼則生疑。仙尼當知，有三種師；何等爲三？有一師，見現在世眞實是我，如所知說，而無能知命終後事，是名第一師出於世間。復次，仙尼！有一師，見現在世眞實是我，命終之後亦見是我，如所知說。復次，仙尼！有一師，不見現在世眞實是我，亦復不見命終之後眞實是我。仙尼！其第一師見現在世眞實是我，如所知說者，名曰**斷見**。彼第二師見今世後世眞實是我，如所知說者，則是**常見**。彼第三師不見現在世眞實是我，命終之後亦不見我，是則如來、應、等正覺說。現法愛斷、離欲、滅盡、涅槃。」仙尼白佛言：「世尊！我聞世尊所說，遂更增疑。」佛告仙尼：「**正應增疑**。所以者何？此甚深處，難見、難知；應須甚深照，微妙至到，聰慧所了。凡眾生類，未能辯知。所以者何？眾生長夜異見、異忍、異求、異欲故。」

仙尼白佛言：「世尊！我於世尊所，心得淨信。唯願世尊爲我說法，令我即於此座，慧眼清淨。」佛告仙尼：「今當爲汝隨所樂說。」佛告仙尼：「色是常耶？爲無常耶？」答言：「無常。」世尊復問：「仙尼！若無常者，是苦耶？」答言：「是苦。」世尊復問仙尼：「若無常、苦，是變易法，多聞聖弟子寧於中**見我、異我、相在**不？」答言：「不也！世尊！**受想行識，亦復如是**。」復問：

「云何仙尼！色是如來耶？」答言：「不也！世尊！」「受想行識，是如來耶？」答言：「不也！世尊！」復問：「仙尼！**異色有如來耶？異受想行識有如來耶？**」答言：「不也！世尊！」復問：「仙尼！**色中有如來耶？受想行識中有如來耶？**」答言：「不也！世尊！」復問：「仙尼！如來中有色耶？如來中有受想行識耶？」答言：「不也！世尊！」復問：「仙尼！非色、非受想行識有如來耶？」答言：「不也！世尊！」佛告仙尼：「我諸弟子聞我所說，不悉解義，而起慢。無間等，非無間等故，慢則不斷。慢不斷故，捨此陰已，與陰相續生。是故，仙尼！我則記說：『是諸弟子身壞命終，生彼彼處。』所以者何？以彼有餘慢故。」

「仙尼！我諸弟子於我所說，能解義者，彼於諸慢，得無間等；得無間等故，諸慢則斷。諸慢斷故，身壞命終，更不相續。仙尼！如是弟子，我不說彼捨此陰已，生彼彼處。所以者何？無因緣可記說故。欲令我記說者，當記說：『彼斷諸愛欲，永離有結，正意解脫，究竟苦邊。』我從昔來及今現在，常說慢過、慢集、慢生、慢起；若於慢，無間等觀，眾苦不生。」佛說此法時，仙尼出家遠塵離垢，得法眼淨。爾時仙尼出家見法、得法，斷諸疑惑，不由他知，不由他度；於正法中，心得無畏。從座起，合掌白佛言：「**世尊！我得於正法**

中出家修梵行不？」佛告仙尼：「汝於正法得出家，受具足戒，得比丘分。」爾時仙尼得出家已，獨一靜處修不放逸，住如是思惟。所以族姓子剃除鬚髮，正信非家，出家學道，修行梵行。見法自知得證：我生已盡，梵行已立，所作已作，自知不受後有，得阿羅漢。聞佛所說，歡喜奉行。】（《雜阿含經》卷五第 105 經）

語譯如下：【如是我聞 一時佛住在王舍城迦蘭陀竹園，當時有一位外道出家人名爲仙尼，來到佛的所在見佛，表示恭敬而且向佛問訊起居安利之後，就在旁邊坐下來。他向佛稟白說：「世尊！先前一天，或有沙門、或有婆羅門、或有遮羅迦、或有出家人，同集於希有講堂中，以這樣的道理宣稱：『富蘭那迦葉爲大眾之主，有五百弟子前後圍遶；其弟子中有極爲聰慧者、也有遲鈍根器者，等到他們漸漸命終以後，都不記說捨命的弟子們所往生之處。還有末迦梨瞿舍利子，他也是大眾主，有五百弟子前後圍遶，他的那些弟子中，有很聰慧的人、也有遲鈍根性的人，等到他們漸漸命終以後，也都不記說他們死後所往生之處。就像是這樣子，先闍那毘羅胝子、阿耆多翅舍欽婆羅、迦羅拘陀迦栴延、尼揵陀若提子等等大眾主，也都各有五百弟子前後圍遶，也如同前面所說的那些大眾主一般，都不能記說命終弟子往生何處。沙門瞿曇您也是那次被論議的人物中的一人，他們說：〔沙門瞿曇爲大眾主，他的弟子們若有人命終時，就爲他們記說而宣稱：某某人往生到那個地方、某某人往生在這個處所。〕』我先前聽了，心中生起疑惑：是什麼原因使沙門瞿曇得到這樣勝妙的法？」

佛陀告訴仙尼說：「你不要生起疑惑！由於迷惑的緣故，他們就會生起疑心。仙尼！你應當知道，世間有三種師父；有哪三種呢？有一種師父，看見現在世眞實是我，常住不壞；猶如他們所知道的內容而爲人宣說，但是沒有能力知道命終以後的事情，這是我說的第一種師父出現於世間。復次，仙尼！有另一種師父，他看見現在世眞實是我，常住不壞；命終之後也看見是這樣的我常住不壞，如他所知道的內容而爲人解說。復次，仙尼！還有一種師父，不認爲現在世眞實是我，也同樣不認爲命終之後的同一類我是眞實不壞的我。仙尼！那第一種師父誤以爲只有現在世五陰才是眞實不壞我，如他所知而爲別人解說的人，我說他是**斷見**。那第二種師父誤以爲今世、後世都同樣是這個眞實常住的我，如他所知而爲人宣說者，則是**常見**。那第三種師父不認爲現在世這個我是眞實常住不壞我，命終之後也不認爲有五陰我可以眞實常住不壞，這就是如來、應供、等正覺所說的法。現前所證的法是貪愛已斷、離諸貪欲、滅盡五陰、不生不滅的涅槃。」仙尼稟白佛說：「世尊！我聽聞世尊所說，因此就更增加了疑惑。」佛陀告訴仙尼說：「你**正應該增加疑惑**。為什麼這樣說呢？這個法義的甚深之處，難以看見、難以瞭解；應該要甚深的觀照，很微妙的觀察到究竟，這是聰慧的人所了知的。凡夫眾生一類，都沒有能力辯論及了知。為什麼這樣說呢？都是因為眾生在生死長夜中一直存有不同的見解，不能安忍於我說的眞實法，所求也和我所說不同，心中的欲望也和我所說不同的緣故。」

仙尼稟白佛陀說：「世尊！我在世尊您這裡，心中已得到清淨信了。唯願世尊為我說法，使我就在這個法座上，慧眼生起，智慧清淨。」佛告訴仙尼說：「如今應當隨著你所愛樂而為你說明。」佛告訴仙尼：「色陰是常呢？還是無常呢？」答言：「無常。」世尊復問：「仙尼！色陰若是無常的話，是不是苦呢？」答言：「是苦。」世尊復問仙尼：「色陰若是無常、苦，是變易法，多聞的聖弟子們，**難道還會把色陰認定是真實我、認定色陰與真實我不一樣、認定色陰混合在真實我裡面嗎**？」答言：「不會如此！世尊！對於**受想行識，也是一樣的看待**。」世尊復問：「你的意思怎麼樣呢？仙尼！色陰就是如來嗎？」答言：「不是的！世尊！」「受想行識，就是如來嗎？」答言：「不是的！世尊！」復問：

「仙尼！**假使離開色陰會有如來嗎？離開受想行識會有如來嗎？**」答言：「不是這樣的！世尊！」復問：「仙尼！**色陰中的某一法有如來嗎？受想行識中的某一法有如來嗎？**」答言：「不是的！世尊！」復問：「仙尼！如來中有色陰嗎？如來中有受想行識四陰嗎？」答言：「不是的！世尊！」復問：「仙尼！外於色陰、外於受想行識有如來嗎？」答言：「不也！世尊！」佛告仙尼：「我諸弟子聞我所說，不能全部理解我所說的法義。但因爲正法是無間斷而且平等的法，而他們所證的不是無間斷而平等的法；由於他們所證的法不是無間斷而平等的法故，我慢就不能斷除。我慢不能斷除的緣故，捨棄這個五陰以後，與前世的五陰一樣相續的五陰又再度出生了。由於這個緣故，仙尼！我就記說：『這些弟子們身壞命終以後，往生到各個不同的處所。』爲什麼這樣記說呢？都是因爲他們尚有其他種種慢心留存的緣故。」

「仙尼！我諸弟子對於我所說的法義，能確實理解其中深義的人，他們面對種種慢心時，能證得無間斷而平等的妙法；證得無間斷而且平等之妙法的緣故，種種慢心就會斷除。種種慢心斷除的緣故，身壞命終以後，就不會再相續的出生後世五陰了。仙尼！像這樣的弟子們，我不會記說他們捨棄這一世的五陰以後，往生到各個不同的處所。爲什麼這樣說呢？都是由於他們已經沒有出生的因緣可以讓我來記說的緣故。假使勉強要我來記說他們時，應當這樣記說：『他們已斷除種種愛欲，永遠捨離三有的結縛，眞正的想要進入解脫境界中，已經到了苦的究竟邊際。』我從過往以來，以及如今現在，常常說明慢心的過失、慢心的積集、慢心爲何會出生、慢心生起的種種情形；假使面對慢心時，能證得無間斷而平等的觀行智慧，衆苦就不會再出生了。」

佛說此法時，仙尼出家遠塵離垢，得到法眼清淨。當時仙尼外道出家，看見了法性、得到正法的親證了，斷除了種種疑惑，不由別人而了知眞實法的境界，不由別人而得度；對於正法中的修行安住，心中已經得到無所畏懼的依處了。就從座位站了起來，雙手合掌向佛稟白說：「世尊！我能夠在您的正法中出家修學清淨行嗎？」佛告訴仙尼說：「你可以在我正法中出家，領受具足戒，獲得比丘的身分，成爲僧衆中的一分子。」當時仙尼外道獲得允許出家以後，獨自一人在安靜處所專修不放逸行，住於佛所說的這些法義中深入思惟；這就是名門望族中的男子們剃除鬚髮，以眞正清淨信，不樂在家，出家學道，修行梵行。不久之後看見了出離三界生死的法性，自己清楚的知道已經得證了：我的未來生已經終盡，清淨行已經建立了，為解脫生死所應該作的事情都已經作完了，自己心中已經知道不會再領受後有了，已經證得阿羅漢果位了。他聽聞佛陀所說的法義，歡喜的奉行著。】

在這部經文中，佛陀一再的反問：色是自心如來本識嗎？受想行識是自心如來本識嗎？色陰中有某一個色法是本識如來嗎？受想行識中有某一個受乃至某一個識是自心如來嗎？色陰與自心如來有異嗎？色陰等於自心如來嗎？受、想、行、識與自心如來有異嗎？受、想、行、識就是自心如來嗎？若想要尋找自心如來，可以離色陰而尋找嗎？若想要尋找自心如來，可以離受、想、行、識四陰而尋找嗎？色陰與自心如來是混合而不可分離的嗎？受、想、行、識與自心如來是混合而不可分離的嗎？自心如來是與色陰混合為一法的嗎？受、想、行、識是與自心如來混合為一法的嗎？離開色陰能有自心如來出現於人間嗎？離開受、想、行、識能有自心如來出現於三界中嗎？

佛陀不斷的反問這些問題，從各種不同的方向來反問，激發仙尼外道出家，深入理解「五陰非我、不異我、不相在」的眞實意涵。佛陀的意思很清楚的表明了：五陰固然是虛妄法、緣生法、無常、苦、無眞實我、非無間等。

但是 佛陀也很清楚的表明：另有一個被稱爲自心如來的眞我眞實法，一向都與五陰同時同處；但又不是五陰，也不是五陰中的某一法可以被稱爲自心如來；而五陰都不是無間等法，如來眞我卻是無間等法，所以漏盡比丘身壞命終以後，住無間等法中，不是入於斷滅境界中。佛陀爲了防止仙尼外道出家誤會法義，又從正反二面提問：眞我如來是在五陰中嗎？五陰是在眞我如來中嗎？這意思是說：眞我如來若是五陰中的某一法，或者眞我如來是與五陰混合而不可分的，當五陰將來壞滅時，眞我如來就同時壞滅而成爲斷滅了，所以眞我如來不是與五陰混合而不可分離的；若五陰就是眞我如來，那麼眞我如來就是生滅法，將來一定會隨著五陰的壞滅而滅失，成爲斷滅，所以說五陰與眞我如來**不相在**，不是同一法，也不是互相混合爲一而不可分離。

由這部經中往復的問難而激發仙尼外道出家，理解到五陰與眞我自心如來是非一亦非異的，如來眞我不等於五陰，而五陰也不等於如來眞我；五陰不離如來眞我，如來眞我也不離如來的五陰；而五陰中的任何一法都不是如來自體，但也不能說五陰與如來眞我無關，不可以說五陰全然異於自心如來，因爲五陰是由自心如來眞我出生的，是與眞我自心如來和合在一起運作的，所以五陰**不異眞我**、**不異如來**。但也不可以說五陰就是如來，因爲五陰不是無間等法，而自心如來眞我是無間等法，非無間等的五陰是被無間等的自心如來眞我所出生的，所以將來五陰壞滅時，自心如來不會壞滅。但是五陰雖由自心如來眞我出生，所以不異於眞我如來，可是五陰終究會壞滅，故不是無間等法；而自心如來是無間等法，永不壞滅，所以五陰終究不是眞我自心如來。

五陰與自心如來既然同時同處，與五陰和合似一，卻不許因此就說五陰即是如來，也不可以說自心如來即是五陰；因爲自心如來與所生的五陰不是混合爲同一個法而不可分離的，所以五陰壞滅時，如來眞我可以離開五陰，不會壞滅；所以假使有人毀壞自心如來的五陰時，只能毀壞自心如來變化而出生的五陰，不能毀壞眞我自心如來；所以大乘法的《楞伽經》中，佛說金剛力士所保護的是化身如來，至於法身如來—眞我—不是金剛力士所保護的如來，因爲祂是永遠都不會壞滅的，三界中也沒有任何一法可以壞滅自心如來；所以，當化身如來的五陰若被惡人惡意毀壞時，自心如來不會跟著壞滅，因爲自心如來不是與五陰混合爲同一法，所以五陰毀壞時，眞我自心如來就捨身而去，再轉生來世的五陰於三界中，無止盡的造出世世五陰來利益眾生而無窮盡。所以，

五上分結中的我慢結使才能確實滅除，死後即使仍有極微細我慢存在，無法避免中陰身的出生，但在中陰階段中一定不會再去入胎或受生於天界，就不會再有生死苦了。我慢若仍在，就是不信有自心如來常住，恐懼墜入斷滅境界中，就一定會再去入胎或受生於天界中。但是我慢的意思，已經普遍被佛教界的大師與學人誤會了，總是誤以為對別人生起分別比較而分高下。這樣的錯誤理解我慢的眞義，將會使三果人無法取證阿羅漢果，故應該加以說明。其實我慢純然是對自我而生起的慢，不是對別人而出生的。我慢的眞實義是：**因我而起慢**。眾生始自出生之時就已存在我慢，譬如嬰兒方才出生之後，就已經有我慢的存在了；方才出生數月的嬰兒，父母若故意不理他，讓他繼續處於尿溼的狀態中，他就生氣而大哭不止，但他並非是對父母生氣。又如世人在下意識中，也就是意根自住的作意中，常常因為自我的存在而有極微細的洋洋自得；這種心態是很難被世人發覺的，不但世人無法發覺，乃至修行人、哲學人士也不知道這種慢的存在；甚至於三果人也很難發覺到這個我慢的存在，所以他無法成為四果人，無法取受現般涅槃，除非有人為他開導我慢的眞正意涵。譬如哲學中的存在主義**我思故我在**，喜樂於自己存在，正是基於我見而混合我慢的具體事例。

我慢的存在，表示對於自我的執著還沒有全部斷盡，他心中仍有一絲一毫的懷疑：**究竟滅盡了五陰以後，是否眞的如 佛所說不是斷滅境界？**由有極微細的疑心存在，所以我慢就無法斷除了。若是眞有智慧的人，相信 佛陀聖教而無所懷疑，就能眞的斷除這個我慢，確信入涅槃後是無間斷而只有自心如來唯一法性存在，不是斷滅；而且是眾生都有這樣的如來法性存在，平等不二，這才是證得阿含道的無間等法。若是我慢—因我起慢—仍然存在，就不是無間等法。因爲他心中仍然保留著一點點對自我的貪愛執著，只是這麼一點點的**因自我的存在而喜樂**，就無法取證無餘涅槃，就會墜入我執中，執取識陰中的微細意識爲常住法，但其實仍是有間等法；所以說慢是有間等，非無間等。

一切想要眞正修學阿含解脫道的大師與學人們，都必須確實的理解這部經，才有可能與阿含道的無間等法相應，否則都會如同一般人一樣落入有間等法的粗、細意識境界中。但是想要理解這部經的含意，是極爲困難的；當代大師與學人，連斷句都不可能正確，何況是眞正理解經中 佛陀說法的眞義？何況能如說而實地觀行？這些不否定如來常住的大師與學人們，都無法正確斷句及理解了，更何況是否定了阿含諸經中如來常住正理的應成派中觀師們，又如何能正確的斷句及理解呢？當然更不可能正確的如實觀行！他們又一向只作佛學學術研究，又信藏密黃教的應成派中觀六識論邪見，信受松本史朗等凡夫研究者的錯誤論斷而否定如來常住不滅的阿含部經典正理，怎能理解阿含正義及入手修證之處呢？若有人在這種情況下，寄望他們對阿含道作出正確的弘揚來利益眾生，就如同緣木求魚一樣的愚癡了，他們都是不可期待的！

由四阿含中所說的**如來常住**正理，可以確認阿含諸經中許多地方所說的識，不是識陰中的識；因為 佛不斷的處處宣說五陰中的六識心都是緣生法，都是在入涅槃時必須滅除的，當然不會自違己說而認為識陰中的意識心是常住的；所以說，阿含許多地方說六識是有間等法，卻又同時說有不會滅壞的識、有出生五陰的入胎識；又在十因緣法中說有「齊**識**而還，不能過彼」的**識**，說涅槃的本際、生死的本際、眞如、如來藏、我，乃至南傳佛法經中講的「愛阿賴耶、樂阿賴耶、欣阿賴耶、喜阿賴耶」，當然都是指第八識如來藏，不是指識陰中的任何一識。而阿含中說，由於壽、暖與識三法的存在，使得眾生性命得存，這個識當然也是指第八識如來藏—自心如來眞我；因為當這個識在無病而正常的情況下離開時，壽命就終了，暖觸也跟著滅失了，識陰六識就全部滅除了，必須等到不屬於識陰所攝的這個第八識出生了中陰身以後，才會再有識陰六識在中陰身生起；所以這個本識，當然不是指識陰中的意識。這部經中所說的如來，也不是指稱以五陰示現的如來，而是眞我常住的第八識自心如來，才會不斷的反覆質問：五陰與如來是同？是異？是不同？是不異？是和合爲一？是不和合爲一？是分離二處？是同在一處？

所以阿含部的諸經中所說的識，有時是指第八識，有時是指第六意識，但常常都是單稱爲識，不明說是第六意識或是第八識如來藏。這時就必須有智慧來讀，也要有智慧來理解及往復推敲，才有可能眞實確認其中識字的意涵。所以必須勸請一切大師與學人們，對於四阿含諸經中的聲聞佛法，千萬不要自意臆想就自以爲眞實了知深義，就依自意所解而確信不疑，起而誤導廣大學佛人，成爲**不淨說法者**，甚至於成爲大妄語人。若只是自己大妄語，所害只是自己一人，對於佛教界及廣大學人而言，倒也無傷大雅；但若殘害學徒也同墮大妄語業中，可就其罪彌天了！因此故說：對於識的眞義，務必要確實釐清以後，有十分把握了，才可以斬釘截鐵的自稱已經懂得阿含佛法了。

第十節　佛未曾說如來藏是眾生我

佛所說的如來藏，或者有經中說如來藏我，其實都不是眾生所認爲的自我，也不是五陰我或十八界我所說的眾生我，更不是外道所說的神我、梵我，而是大不相同的無眾生我性的眞我本識；在上一節所舉示的經文中，佛說爲如來，這個自心如來是與五陰不一亦不異的，也是與五陰不相在的。由於這個如來是指常住心，不是無常故**無眞我性**的意識覺知心的無我；所以佛在三乘一切經典中，都不曾說過如來藏即是眾生我，而是指眞我第八識、自心如來，迴異於眾生我、五陰我、外道神我、外道梵我等意識我、五陰我。但是印順卻將第八識如來藏誣爲常見外道所說之第六意識神我、梵我，誣稱爲「如來藏我」，而把如來藏眞我與眾生我，加以等視齊觀，並且如此誤導眾生。

他又說：【如來、如來藏、如來藏我，與阿賴耶識的教義，本沒有必然關係。】（《以佛法研究佛法》頁 354）如來藏是第八識，異名阿賴耶識心體，同是指稱第八識，當然本是同一心而有多名。但是如來藏「我」，這個眞我是隱藏在五陰身中，是與五陰身同時同處而不即（非我）、不異（不異我）、不相在的眞實心、常住心；這與眾生我的五陰或識陰、受陰、想陰，是截然不同的；也與外道神我、梵我的第六意識心會作主，也會起瞋，是完全不同的，當然不可能是外道神我、梵我意識心。從有眾生或人類以來，不曾有人在起瞋生氣時，五陰之中同時還有另一個正在生氣或正在歡喜的神我或梵我，印順自己也是如此。當人們正在生氣或正在歡喜時，就只有一個覺知心，沒有兩個覺知心同時一起在生氣，或同時一起在歡喜，怎能說五陰身中另有一個神我意識、梵我意識？佛陀是三界中最有智慧的人，怎會愚癡到講出這種話來？而印順竟然誣指 佛陀在大乘經中講出這樣的話。在上一節及前面諸章、諸節中所舉示的經文中，已經確認阿含道的聲聞佛法諸典中， 佛確實已經處處隱語說過有第八識心的存在，名之為本際、實際、如、眞如、識、入胎識、如來藏、如來，同樣都是不知也不見的離六塵見聞覺知性的心，這與外道的神我、梵我具有六塵中的貪瞋等覺知性的心是大不相同的；然而人們從來不曾發現這個如來藏眞心的眞實存在，除非是菩薩們隨從 佛學，更何況能有人發覺這個自心如來會生氣或歡喜？

佛既已說明確實有這個心，不但在阿含中隱說過了，而且第二轉法輪的般若諸經中更已明說有這個常住心，名為不念心、非心心、無住心、無心相心、菩薩心；在唯識系的諸經中，佛更明說是阿賴耶識、異熟識、無垢識、庵摩羅識、所知依、心、如來藏、一切法所依。假使這個第八識曾被世俗人發現，並且觀察到祂會常常生氣、常常歡喜，與覺知心同樣具有這種自性，印順才可以說祂就是外道的神我、梵我，因爲外道的神我、梵我都是會生氣或歡喜的。但印順根本就不理會這種大差異，無根無據而一意孤行的誣衊離覺知的常住本識，說是同於外道的神我、梵我意識，誣說是同於外道修行者所認知的覺知心。

印順如是說：【什麼是實有菩薩？世親 Vasubandhu 等解說：「實有空（性）為菩薩體」；這就是以真如為「大我」的意思(13.024)。「初期大乘」的發展傾向，終於出現了「後期大乘」的如來藏說。如來藏說的興起，是「大乘佛法」的**通俗化**。如來，也是**世俗神我**的異名；而藏 garbha 是胎藏，遠源於『梨俱吠陀』的金胎 hiran!ya-garbha 神話。如來藏是眾生身中有如來，也可說本是如來，只是還在胎內一樣，沒有誕生而已。大乘以成佛——如來為目標的，說如來本具，依「佛法（註）」說，不免會感到離奇。但對一般人來說，不但合於世俗常情，眾生身中有如來，這可見成佛不難，大有鼓勵人心，精勤去修持實現的妙用。稱之為「藏」，又與印度傳統神學相呼應，這是通俗而容易為人信受的。】（《印度佛教思想史》p.162）（註：印順此處的佛法二字是指阿含聲聞法，他認為第二、三轉法輪的經典都不是眞的佛法。以下他說的佛法二字，意義皆同。）

他認爲**實有空就是眞如大我**，然而 世親菩薩在論中從來沒有說過實有空是大我，也不曾說如來藏是大我。印順認爲的大我：眾生都從**同一個大如來藏**中分別出生的，名爲大我；但 世親在他的所有論中，主張所有眾生都各有一個獨立的如來藏，不是大家共有一個**大如來藏**，所以印順是曲解後而作妄說，誣賴 世親菩薩。而他所說的**【「初期大乘」的發展傾向，終於出現了「後期大乘」的如來藏說。】**也是不符事實的，因爲他所謂的後期大乘，指的西藏密宗的前身（天竺密宗的晚期坦特羅「佛教」），可是密宗的本質其實絕非佛教，平實已在《狂密與眞密》四輯中，以五十六萬字的鉅大篇幅，一一加以詳細辨正過了，印順也無力加以反駁，抑鬱晚年而不免默然而亡，無一句語可以言義。

而他定位爲天竺晚期佛教的坦特羅佛教密宗，其實不是第一個提出如來藏義的宗派，阿含部經典才是第一個提出如來藏法義的經典，可見四阿含佛法本就已有如來藏教義了；而且古天竺坦特羅「佛教」密宗所說的如來藏，也全然不符合阿含、般若、唯識教中所說的如來藏義；所以印順說：**如來藏妙義是從**

初期大乘的發展傾向，而在「後期大乘」的秘密教中才出現如來藏說。這也是完全與經教中的史實不符的說法。如今在此《阿含正義》書中，平實多所舉證，證明阿含道中早已隱說如來藏了，並且已在雜阿含部的《央掘魔羅經》中明說如來藏義了！所以如來藏妙義是在初轉法輪的阿含期中就已經處處隱說了，不是後來才發展出來的。因此印順的說法，是完全不符佛教史實的扭曲說法。

他說：【**如來藏說的興起，是「大乘佛法」的通俗化。如來，也是世俗神我的異名。**】然而，如來藏說絕對不是「**大乘佛法的通俗化**」，反而大乘佛法不共二乘聖人、凡夫，也不共大乘凡夫的極深妙法，連三明六通的大阿羅漢都無法證得如來藏，而大乘佛法中熏習多劫後的凡夫菩薩們也都還無法證得；連聰明絕頂的印順法師，窮其一生都無法證得，所以直到晚年時還在繼續否定；這樣難修證的如來藏法，怎能說是**通俗化的粗淺法義**呢？如來，眾生五陰身中的如來是第八識，具有大阿羅漢及諸天神、天主都無法知悉的大功德，只有見道位後的菩薩們才能知之，怎會是世俗神我意識的異名？印順說這句話來誣衊最勝妙的如來藏妙義，豈不是最嚴重謗法、而且是無根誹謗最勝妙法的行爲？

他又說：【**而藏 garbha 是胎藏，遠源於『梨俱吠陀』的金胎 hiran!ya-garbha**

神話。】當久遠以前的佛入滅之後，佛法後來終於失傳了，人間已無佛法了（未來萬年之後也將如此），已無人能證得如來藏了；但是仍然常常有天界的佛弟子，因為前世在人間修施、供養三寶、修學大乘法的緣故，所以往生天界壽命長遠，有時為了往世有緣的親人還在人間，所以會來托夢、或者在人們定中，宣說如來常住不滅的佛法。當時既無佛教，所以一切修行人都是外道；由這些外道傳出**如來常住**的說法，印順能因為他們是外道，就說他們的說法錯了嗎？那些外道當然無法證得如來藏，傳說雖久終無所證；然而心中好樂之，繼續傳說而修行不斷，始終不能證得，方才有一批人終於因緣成熟，可以感得最後身菩薩前來降生人間；示現親證如來藏，出世為人宣說，然後又有佛教興起。

若不是外道中（當時尚無佛教），一直有此傳說不斷，終於導致有人得度因緣成熟了，如何能感得菩薩前來人間受生而成佛道、建立佛教？因此緣故，印順認為：**如來、如來藏是由外道最先說出來的，所以是外道法，不是佛法。**那是他的錯誤認知。外道們固然一直想要親證自心如來，然而始終不能親證，直到 世尊示現於人間以後，才由 世尊證得常住的自心如來，但不能因此就說：**「如來常住的說法是外道在以前就提出來的說法，所以如來常住的說法是外道**

的神我。」然而外道的神我，古來印度神學中所說的神我、大我，都是臆想所知的，實質上都只是第六意識而已，不曾超出意識心的境界；那些外道們自以爲已證如來，卻被 世尊一一加以破斥，可見 世尊所證常住的如來，絕非外道神學中說的神我、梵我意識；而 世尊示現親證了，出世加以宣揚了。因此，如來藏妙義，不能因爲外道在佛教出現之前說過了，就說是外道的神我。

印順在這一段話中說道：【大乘以成佛——如來爲目標的，說如來本具，依「佛法」說，不免會感到離奇。但對一般人來說，不但合於世俗常情，眾生身中有如來，這可見成佛不難，大有鼓勵人心，精勤去修持實現的妙用。稱之爲「藏」，又與印度傳統神學相呼應，這是通俗而容易爲人信受的。】但在事實上，這個如來藏妙心，其實不是眾生容易信受的；因爲這個如來藏心，不是眾生熟知的第六意識覺知心，不是印順所說的意識細心，所以不是眾生容易信受的法義。只有誤會如來藏爲外道神我的眾生，才會容易信受如來常住的說法，因爲眾生都很想要使意識覺知心的自己常住不滅。印順誤以爲如來藏就是外道的神我意識心，所以他才會說是容易被人信受的；可是反觀印順一生研究佛法，著書立說，一生反對如來藏；只因爲如來藏的體性大異於他所熟知的意識心，而他又無法證得，所以一世努力否定如來藏妙義，由這裡可以看見他的說法是與他心中的想法互相矛盾的。可見如來常住的妙義，是很難讓眾生信受及親證的，當然絕對是不通俗的，絕對是勝義性的深不可測的妙法，極難信受。

印順又說：【我，是過去佛所說而傳來的，世間雖聽說有我而不知我的真義。現在說（眾生位上）如來藏我，（佛果位上）常樂我淨的我，才是真我。『楞伽經』也明白的說：「開引計我諸外道故，說如來藏」。為了攝化外道，所以說如來藏我；如來藏我與印度固有宗教，是有關係的。依佛法說，這是適應世間的妙方便，但在一般人，怕有點神佛莫辨了！】（《印度佛教思想史》p.162～p.163）

印順這一段話，有眞、有假。**有眞**，是說：【我，是過去佛所說而傳來的，世間雖聽說有我而不知我的眞義。】然而下一句話就**有假**了：【現在說（眾生位上）如來藏我，（佛果位上）常樂我淨的我，才是眞我。】其實，不論是因位的阿賴耶識如來藏，或是果位常、樂、我、淨的無垢識如來藏，都是眞我。正因爲這個心是常住法，所以是人人都各自擁有的常住法，是眞我本住法，從來不曾離去或斷滅，所以名爲**如去**（在中國被譯爲如來）；也因爲祂不同於蘊處界我的無常故無我，所以正是眞我，稱爲如來。因此眞我、自心如來，絕非印順所主張的唯有成佛時的自心如來才是眞我，所以因地時的如來藏眞我也是如來，是眾生位中的自心如來，也是常住法、本住法。

這個眞我如來，在所有眾生五陰、或處於無色界的四陰之中，都是常住而不曾間斷過的存在，但是因爲不同於意識神我，所以眾生都很難實證祂，乃至連三明六通的大阿羅漢們也證不得，何況印順凡夫？當然絕對不通俗。所以印順這一段話說得很有道理：【如來藏我與印度固有宗教，是有關係的。依佛法說，這是適應世間的妙方便，但在一般人，怕有點神佛莫辨了！】連印順這樣的人都會對世俗的神我意識心與如來藏眞我有什麼差別完全弄不清楚，更加無智於印順的大法師們，當然不免會把神我與如來藏分不清楚了！所以神我與常住的佛之間，印順確實是弄不清楚的；所以在他心中，確實是**神**、**佛不辨**的。

印順又說：【眾生 sattva、菩薩 bodhisattva、如來 tatha^gata，雖有三名，其實只是一法身，也就是如來藏我。如來藏就是如來界，所以經中說「一界」（14.004）。「佛法」說無我，而現在極力說如來藏我，到底我是什麼？『大般涅槃經』說：「何者是我？若法是實、是真、是常、是主、是依，性不變易者，是名為我」（14.005）。這與奧義書 Upanis!ad 所說的我，是常、是樂、是知，似乎相差不遠。但『大般涅槃經』以為：我，是過去佛所說的，由於傳說久遠，神教說得似是而非了。為了遮止外道的誤傳，所以說無我；現在才闡明我的真相(14.006)。成立如來藏與我，經中多用譬喻來說明，這是值得注意的！】(《印度佛教思想史》p.169～p.170)

在這一段話中，印順的說法，仍是有眞、有假。他說：【眾生 sattva、菩薩 bodhisattva、如來 tathāgata，雖有三名，其實只是一法身，也就是如來藏我。如來藏就是如來界，所以經中說「一界」。】印順是把人人各自擁有的如來藏我，當作是同一個大我而成爲一切有情共同擁有一個大我如來藏，這與阿含佛法及大乘佛法所有經典中的說法互相違背，是違背三乘教證的；而且也與菩薩們的親證完全不同，所以也違背了理證。譬如阿含說的入胎識如來藏，是各人獨立去入胎的，不是同時死亡而共入一胎中的。

他又說：【「佛法」說無我，而現在極力說如來藏我，到底我是什麼？】他在書中所說的佛法，凡是有加上引號圈起來的佛法二字，都是指阿含解脫道的聲聞佛法。他如此主張：在阿含道的聲聞佛法中，世尊是專講蘊處界無我的，可是後來的大乘經典卻反過來說有如來藏眞我。他認爲 佛的說法是前後矛盾、自相違背的。但事實上，阿含道的原始佛法中，並不是單說蘊處界無我的，而是以眞識、如來眞我爲基礎，來說蘊處界無我的，所以印順的說法是與阿含部經典史實紀錄相違的。他說的【『大般涅槃經』說：「何者是我？若法是實、是眞、是常、是主、是依，性不變易者，是名爲我」。】正因爲常住的第八識如來心具有實法的自性，祂確實在眾生身中不斷的運作著，不是想像法，所以如來、如來藏是實法，不是虛法，不該以蘊處界的緣起性空來含攝，反而是依如來藏所生的蘊處界，才會有蘊處界緣起性空觀的存在。而如來藏是眞實存在著，可以被眞悟者親證之後再轉傳與有緣人，所以是眞，不是印順說的想像法。如來藏常住而不生滅，從來不曾剎那間斷過，菩薩可以親證祂的恆常性，所以是常；如來藏也是萬法出生的所由，若無如來藏心體，印順的蘊處界連出生都不可能，何況能繼續生存而否定祂？所以說如來藏是主，祂是萬法的根源故；如來藏是萬法運行時的所依，若不依於如來藏，萬法縱使已經出生了，仍然不可能運轉，所以說如來藏是萬法之所依。而眾生在萬法中種種熏習，不斷生起喜怒哀樂的心行，覺知心的心性不斷改變而變得更加染污或更加清淨，但是如來藏自身在收藏覺知心所造一切善、惡業熏習的種子時，祂自身的眞如性、清淨性、涅槃性、本來性、金剛常住性，卻是從來都不變易的，所以是性不變易者。具有以上這些自體性的心體，才是眞正的如來藏；但是印順所說的外道的神我，他所說的外道流傳而且親證的神我，卻一向都只是意識覺知心而已，根本就不是如來藏眞我，印順又怎能誣衊 佛在原始佛法中所說的如來藏眞我就是外道的神我？所以印順說：【這與奧義書 Upanis!ad 所說的我，是常、是樂、是知，似乎相差不遠。】其實是差遠了！

他說：【但『大般涅槃經』以為：我，是過去佛所說的，由於傳說久遠，神教說得似是而非了。】這倒是正說，因為事實上確實是如此的，才會有他依據考證而說出來的這一段話出現。就如同正覺同修會出來弘法以前，也有人宣稱已經證得如來藏了，可是後來被檢查以後，卻都只是意識覺知心的變相境界罷了！與佛教出現以前的外道一樣。因此，【為了遮止外道的誤傳，所以說無我；現在才闡明我的眞相。】但是說明我的眞相，其實不是印順所說的「後來的晚期佛教密宗才開始解說眞我的眞相」，而是在阿含道的聲聞佛法中就已經說過了！這已在前一節中舉證阿含部的經文證明過了！而且他所謂晚期佛教的密宗所說眞我或如來藏，也都只是意識覺知心，與佛教出現以前的外道所證如來藏相同，根本不曾證得如來藏；而且密續中所說的如來藏，也都是錯以意識覺知心或觀想的明點來取代；但印順對這些事實一向視而不見，他故意這樣說：【**成立如來藏與我，經中多用譬喻來說明，這是值得注意的！**】他這句話的用意是在暗示說：**大乘經典中才說有眞我、才說有如來常住，在聲聞佛法的阿含道中並沒有說過**。然而我們已經舉證聲聞佛法的阿含道中許多聖教：佛陀確實已經說過有常住的如來了。只是印順讀不懂，或是故意**視而不見**罷了！

印順又說：【在如來藏說流行中，與自性（或譯「本性」）清淨心 prakr!tiparis/uddha-citta,prakr!tiprabha^svara-citta，也就是**與心本性清淨結合**起來。『勝鬘經』稱如來藏為自性清淨藏 prakr!ti-paris/uddhi-garbha。又說：「（自）性清淨心，難可了知；彼心為煩惱染，亦難了知」(14.014)。『不增不減經』說：「我依此清淨真如、法界，為眾生故，說為不可思議法自性清淨心」(14.015)。「心本清淨，為客塵所染」，出於『增壹阿含經』——大眾部 Maha^sa^m!ghika、分別說部 Vibhajyava^din 系的誦本（說一切有部本，缺）。在部派中，如「前後一覺論者」，「一心相續論者」，心性本淨的「分別論者」，早已主張前後心相續的，是一是淨了(14.016)。心性本淨為煩惱所染，與本有清淨如來藏而為煩惱所覆藏，意趣非常接近，所以如來藏也就被稱為自性清淨心了。如來藏而稱為自性清淨心，與真我與真常心思想的**合流**(14.017)。論師們是引向心性本淨的，說如來藏是真如的異名而色相莊嚴的如來藏我，仍在神秘、通俗的信仰中流行。】（《印度佛教思想史》p.175）印順又說：【如來藏我，是一切眾生中，具足如來功德相好莊嚴的。在傳布中，與自性清淨心**相結合**。】（《印度佛教思想史》p.297）又如他說：【起初求天、求佛的密法，也是這樣。等到與如來藏我思想相結合，那就不但……】（《印度佛教思想史》頁 428）

印順在上面如是主張：【**在如來藏說流行中，與自性（或譯「本性」）清淨心，也就是與心本性清淨結合起來。『勝鬘經』稱如來藏為自性清淨藏。又說：「（自）性清淨心，難可了知；彼心為煩惱染，亦難了知」。**】他故意將四大部阿含中說的「心性本淨」與入胎識如來藏切割為二心，主張「如來藏心性本淨」的說法，不是阿含佛法中就有的說法，而是**流傳中**的大乘佛教特地與「後來流行」的如來藏說**結合**起來，才會有《勝鬘經》的出現。其實這個說法，正好是與前面所舉證四阿含部經典的史實完全相違。印順會這樣否定的原因，都是源於「**自性清淨心，難可了知；彼心為煩惱所染，亦難了知**」，因為印順對這個自性清淨心，想要以佛學研究的方法來實證，卻是一生唐捐其功，都無所證，所以他對這個原本就已自性清淨的第八識心體，卻含藏著七識心積集而得的染污種子而成爲不淨心，是一直都抱持懷疑態度的。原因無他，都是因爲祂實在難以親證而完全**不通俗**所致。

印順又說：【『不增不減經』說：「我依此清淨眞如、法界，爲衆生故，說爲不可思議法自性清淨心」。】這是如實的舉證經中的說法，應該是可取的。他接著又說：【「心本清淨，爲客塵所染」，出於『增壹阿含經』——大衆部 Mahâsâm!ghika、分別說部 Vibhajjyavâdin 系的誦本（說一切有部本，缺）。在部派中，如「前後一覺論者」，「一心相續論者」，心性本淨的「分別論者」，早已主張前後心相續的，是一是淨了。】這也可見聲聞佛法的部派佛教中，也都繼承了 佛陀的言教及實修的行門，共同主張確有一個有別於意識染污心的自性清淨心存在，印順其實是知道這個事實的。

但是他卻因爲繼承了密宗的應成派中觀邪見，所以一心一意加以否定，才會以似是而非的言語這樣說道：【心性本淨爲煩惱所染，與本有清淨如來藏而爲煩惱所覆藏，意趣非常接近，所以如來藏也就被稱爲自性清淨心了。如來藏而稱爲自性清淨心，與眞我與眞常心思想的合流。】但是在聲聞佛法的增一部經典中，既已說過有一個「心本清淨，爲客塵所染」的清淨心，不同於意識心而同時存在著，他自己也列舉出來了，而這種說法與《勝鬘經》的說法也是完全相同的，也是佛世迄今仍可實證的心體，印順又怎能再主張說如來藏是後來才被稱爲自性清淨心，然後才與眞我、眞常心思想合流？眞我、如來、眞常的說法，在四阿含諸經已經多次隱語說過了，在前面各章節中已經多所舉證，除非他連四阿含諸經也想要全盤否定！所以如來藏我，眞我，眞常，如來，自性清淨心，並不是後來大乘「發展」起來以後才開始流行的，而是聲聞佛法中本來就已經存在的。而且，大乘佛法並不是後來才發展起來的，而是在聲聞佛法四阿含經典中就已有記載的，而且是在第一次結集的四阿含經典中，就已記載在家菩薩率領出家菩薩遊行人間弘化的事了。這個題目，容於後面第十二章的第九節「原始佛法中已曾說摩訶衍與三乘等」中，再度舉證說明。

印順在這一段話中又說：【論師們是引向心性本淨的，說如來藏是眞如的異名而色相莊嚴的如來藏我，仍在神秘、通俗的信仰中流行。】印順這一段話，不能說他有錯；因爲現在的正覺同修會的共同修證，對於印順來說，正好也是

「神秘、通俗的信仰」，因爲他所知道的如來藏只是外道神我的意識心而已，但經典中的說法卻使他百思不解，因爲經典中對如來藏自性的說法，是與外道的神我意識心完全迴異的，所以也是神祕的。可是對於一切菩薩來說，如來藏卻都不是神祕的，也絕不通俗的。因爲如來藏心體確實在百法之中顯現出祂的眞如法性，所以眞如也就成爲如來藏的異名了！但如來藏並沒有色相上的莊嚴，這是三乘經典中都共同一致的看法，不是印順所說的如來藏有色相可觀。所謂如來藏色相莊嚴，是指如來藏能出生一切色而說有莊嚴，不是印順所說的如來藏自身有色相。而這個如來藏確實很神祕，除了菩薩隨佛修學而證以外，沒有一位大阿羅漢能夠親證，除非他們後來追隨菩薩而修學；試想，連三明六通的大阿羅漢都無法證得而只能臆想猜測，當然是極爲神祕的。既然是一切外道及三明六通的大阿羅漢們都無法親證的眞常心，當然不可能是通俗的；而且佛陀又數次告誡說：**弘揚般若實相法時，絕對不可以明說如來藏的所在，以免緣猶未熟者不信而導致謗法，墮落地獄無數劫枉受大苦**。所以，對於印順及其派下的所有門徒來講，正覺同修會的法義正是神祕而不可測的；但他們一定會毀謗說如來藏是外道神我，是通俗的法義。這就如同「吃不到葡萄就說葡萄酸」

的道理是一樣的。試想，連大阿羅漢都無法實證的如來藏，怎會是通俗的？他的說法眞是匪夷所思！

印順又如是說：【這可見如來，菩薩，眾生，都是以真如——如來藏我為自體的。『莊嚴經論』又說：「佛體平等，由法界與我無別，決定能通達故」(19.012)。以法界與我的無差別，說明（佛與）佛的自體平等；佛以最清淨法界為自體，這正是法界的**「大我相」**(19.013)。】（《印度佛教思想史》p.258）

在印順的想法中，他認爲是眾生共同擁有同一個大如來藏我，所以他這麼說：【**佛以最清淨法界爲自體，這正是法界的「大我相」。**】但這只是他誤會佛經的眞義而妄想所說的。經中說：「心、佛、眾生，三無差別。」這是依眾生都各自擁有各各獨立的第八識心體的自性同樣無二，才這樣說的；是說眾生心、佛心、眞我心，其實本就是心性相同，同樣是由各人都有的第八識心來說是眞心，說是自性佛、眾生。從來都不是說：宇宙法界中只有一個大如來藏我，由一切眾生共有這唯一的實相心。印順信受外道說，又誤會經文的眞義，所以就說：【**佛以最清淨法界爲自體，這正是法界的「大我相」。**】可眞是大誤會！

印順又說：【『成唯識論』說：「自性身，謂諸如來真淨法界，受用、變化平等所依，離相寂然，絕諸戲論，具無邊際真常功德，是一切法平等實性」（19.015）。一一佛的**自體**，就是法界。「具無邊際真常功德」，是會通如來藏相應的清淨功德。總之，如來藏我，瑜伽學者是以法界、真如來解說的。這不宜向理性邊說，這是眾生、菩薩、如來的**我**自體；如來不可思議的**大我**。不過，如來藏我，在不忘「佛法」者的心目中，總不免有**神化**的感覺。所以世親以下，陳那 Din%na^ga，護法 Dharmapa^la，戒賢 S/i^labhadra，玄奘一系，特重『瑜伽論』與『解深密經』，探究論理軌範而發揚因明 hetu-vidya^，**對於如來藏我，也就幾乎不談了！**】（《印度佛教思想史》p.258）

在這一段話中，印順說到：【『成唯識論』說：「自性身，謂諸如來眞淨法界，受用、變化平等所依，離相寂然，絕諸戲論，具無邊際眞常功德，是一切法平等實性」。一一佛的自體，就是法界。「具無邊際眞常功德」，是會通如來藏相應的清淨功德。總之，如來藏我，瑜伽學者是以法界、眞如來解說的。這不宜向理性邊說，這是眾生、菩薩、如來的我自體；如來不可思議的**大我**。】

印順在這裡，特別舉出《成唯識論》的「具無邊際眞常功德」，來作爲「會通如來藏相應的清淨功德」的依據。但是《成唯識論》中所講的「具無邊際眞常

的，而祂也確實是一切法界的根源，也確實就是眞如，因爲祂時時處處都顯示著祂所擁有的眞實與如如法性，從來不曾中斷過；乃至悶絕之時也是一樣，不曾中斷過。而這個事實，正是一切菩薩們邁向成佛之道時，必須親證的事實，但又不能違背 佛陀的教導而爲眾生明說，所以只能「向理性邊說」，保留了眾生將來得以親自體驗的機會，以免成爲解悟者。但是，當菩薩遵從 佛告誡而從**自心現量純粹向理性邊說**出來時，慢心深重的錯悟者，就會誣衊說：「**他蕭平實只是經論讀多了，把經論中的法義組織起來加以說明而已，有什麼證量？**」殊不知這些法義，都不是用記憶來記的，而是從自心現量的智慧境界中，源源而出的寫下來、講出來的。假使有人不信，可以試著憑閱讀及記憶，而能如同平實一樣不看資料就平鋪直敘的寫出來、說出來，才可以這樣子講；但即使是印順或任何大師，都無法這樣子做到，當然是要親證以後才能依自心現量境界而直說。至於實證的初見道（眞見道）部分，爲了避免慢心深重的大師與學人故意無根誹謗，也爲了接引部分有緣的大師與學人，所以就在公案拈提中隱密的寫出來，用以證明這些法義都不是單靠讀經閱論而能懂得的。可是寫書說法時，仍然必須遵守 佛誡：隱覆密意而說。

印順又說：**【不過，如來藏我，在不忘「佛法」者的心目中，總不免有神化的感覺。所以世親以下，陳那 Din%na^ga，護法 Dharmapa^la，戒賢 S/i^labhadra，玄奘一系，特重『瑜伽論』與『解深密經』，探究論理軌範而發揚因明 hetu-vidya^，對於如來藏我，也就幾乎不談了！】**但是他這個說法，是與史實完全相違背的！因爲如來藏我，在親證以後根本就沒有一絲一毫的神化感覺，而是極爲平常實在、清淨的妙法；只有無法親證的印順一類人，才會有神化的感覺。而且，世親以下的陳那，從他的論著中看來，他是沒有親證如來藏自心的；而 護法、戒賢、玄奘一系，其實都在弘法及造論時，特別注重《瑜伽師地論》及《解深密經》，這二部經論中，都是極明確的闡揚如來藏妙法，並且 護法菩薩等三人都同樣是以如來藏識作爲主軸來宣演佛法的，絕對不是印順所說的「**也就幾乎不談了！**」所以印順是昧於仍可舉證的經論史實而反說，藉以欺騙一切學人，這是極不誠實的作爲；連世俗人都不應如此作，但是身爲大法師、自任爲佛法「導師」的印順，卻大膽而公然的作了！

此外，印順說：**【所以世親以下，陳那，護法，戒賢，玄奘一系，……探究論理軌範而發揚因明，對於如來藏我，也就幾乎不談了！】**但事實上是：陳那的理路是不同於諸菩薩的，也已經被我 玄奘大師在論中破斥過了。而護法、戒賢、玄奘菩薩的論中，不曾對因明學加以發明，也不是在「探究論理軌範」，更不是「**對於如來藏我，也就幾乎不談了！**」反而是專心而且深入的主張萬法都由如來藏眞我出生，都以如來藏眞我爲依止的，印順卻公然說謊，宣稱是不再談如來藏眞我了，與仍可舉證考據的經論史實是完全相反的說法。

印順又說：【這部分（註），從如來常住大般涅槃，說到眾生本有如來藏我：「我者，即是如來藏義；一切眾生悉有佛性，即是我義」。與『不增不減經』，『央掘魔羅經』等所說主題，完全相同。**富有神我色采的如來藏我，與佛法傳統不合**，所以佛教界，如瑜伽學者等，都起來給以解說，也就是淡化眾生有我的色采。『大般涅槃經』的後三十卷，思想與「前分」不同。如來藏說起於南印度；『大般涅槃經』傳入中印度，也還只是前分十卷。流傳到北方，後續三十卷，是從于闐得來的，這可能是北印、西域的佛弟子，為了解說他、修正他而集出來的。】（《印度佛教思想史》p.286）（註：印順這裡指的是《大般涅槃經、泥洹經》）

印順這一段話說：【**這部分，從如來常住大般涅槃，說到眾生本有如來藏我：「我者，即是如來藏義；一切眾生悉有佛性，即是我義」。**】但這個眞識，如前舉證，已經證明眞我如來是在聲聞佛法的四阿含經典早就宣揚過了，不是後來漸漸演變才發展出來的，所以印順這一段話顯然是昧於史實的公然說謊。

他又說：【（由於如來藏我）與『不增不減經』，『央掘魔羅經』等所說主題，完全相同；**富有神我色采的如來藏我，與佛法傳統不合**，所以佛教界，如瑜伽學者等，都起來給以解說，也就是淡化眾生有我的色采。】但是現前仍可考據的經論事實是：在古天竺的佛教界三乘諸經，後來中國的 玄奘菩薩、窺基菩薩，以及中國的禪宗，乃至今時的正覺同修會，所寫論書、所演說的法義、所弘揚的如來藏法，在在都是證明**如來藏我**才是符合**三乘**佛教傳統的正義，在在都顯示了如來藏與外道的神我、眾生我大不相同。這與印順說的「**富有神我色采的如來藏我，與佛法傳統不合**」，正好是完全相反的。他確實是移花接木，誣衊如來藏與外道的神我相同，違背事實而謊稱如來藏妙義與傳統佛法不合，卻將 佛破斥的意識生滅心反說爲常住法。然而根據前面所舉證的諸多四阿含聖教，卻反而證明了他的說法完全違背經論中的史實，而且證明了如來藏是不可思議的妙心，是只有深慧利智的菩薩們才能證得的。這個如來藏妙法，正好與古天竺及中國傳統佛教的佛法完全吻合；但是印順卻故意說成是違反佛法傳統的外道法，如此公然說謊的作法，是令人不能苟同的。如今大小乘經典及論典都還存在，仍可考證無誤，他這種公然說謊的作法，是欺眾生於無知之中！

印順又在前面那一段說謊的前提下，再度作了違反事實的宣示：【『大般涅槃經』的後三十卷，思想與「前分」不同。如來藏說起於南印度；『大般涅槃經』傳入中印度，也還只是前分十卷。流傳到北方，後續三十卷，是從于闐得來的，這可能是北印、西域的佛弟子，爲了解說他、修正他而集出來的。】但是在此《阿含正義》書中，我們已經直接從阿含道的聲聞佛法經典中，證明如來藏妙義是從第一次結集完成的四阿含經典中就已存在的妙法，絕對不是印順所主張的「北印、西域的佛弟子，爲了解說他、修正他而集出來的。」而印順說這一句話時，也沒有絲毫的考證根據，連錯誤取材的文獻證據都沒有，就直接下了這個錯誤的定論；正因爲沒有根據，他只好用「這可能是」四字來論定。但是可能二字是一個佛學學術研究、實事求是的印順應該說的嗎？用「可能是」來作定論，是學術界該有的作法嗎？這是所有學術界及學佛人都不能苟同的。

印順又說：【說眾生有佛性，無佛性，亦有亦無佛性，非有非無佛性，如合理的了解，那是都可以這麼說的。否則，就不免大錯了。「若有人言：一切眾生定有佛性，常樂我淨，不作不生，煩惱因緣故不可見，當知是人謗佛法僧」(21.024)！文句雖依佛性說，但顯然是指通俗而神化的，一切眾生有如來藏，具足如來功德的本有論者。在「佛法」緣起論的立場，如來藏我本有說，不免是毀謗三寶了！】（《印度佛教思想史》p.292）

但是，印順處處曲解阿含聲聞佛法，所以這一段話當然也會有大問題，他把佛性與如來藏混同為一法了！佛性有二義，一是成佛之體性，這當然是可以指稱如來藏的部分體性，但如來藏性只是示現出祂自身的心性，其實只是本來自性清淨涅槃的自性；這雖然是迥異於意識神我的體性，卻仍然不足以認定就是最後身菩薩眼見佛性時所看見的佛性。後身菩薩要在明心之後，再經由眼見佛性方才發起成所作智的；在明心時早已親證成佛之性了，若佛性就是成佛之性，又何必在稍後眼見明星時再度見性而發起成所作智方得成佛？顯然明心與見性是不同的，所以佛性不等於如來藏我，就如同燈體不等於燈光一樣。印順對此毫無所知，我們是可以體諒的；但是他誤會明心與見性在先，又誤會經文在後，謗說正確弘揚佛法的人是謗三寶者，可就令人無法認同了！

他先將佛性等同如來藏，然後再誤引宣講佛性的經文，來誣指宣揚如來藏妙義的菩薩們是謗法者。這樣一來，始從 世尊在四阿含中說實有如來藏、識、入胎識、本際、我、如來，中如 彌勒菩薩之造《瑜伽師地論、寶性論……》，次如 無著、世親、護法、玄奘菩薩……等人，乃至中國禪宗歷代眞悟祖師，都是極力宣揚如來藏妙義的，是否這些大菩薩們也都是謗三寶、謗法者？印順與昭慧等人能否就此事實加以說明及澄清？平實預記：**假饒三十大劫之後，他們也是無法澄清的**。因爲事實上，始從 世尊，中如諸大菩薩們，都是極力闡揚如來藏妙義的；未有一人是離如來藏妙義、不宣揚如來藏妙義的。

印順說：【**在「佛法」緣起論的立場，如來藏我本有說，不免是毀謗三寶了**。】問題就出在印順對於聲聞佛法的阿含解脫道誤會在先，後來又因爲到四川去而接觸到藏密黃教的應成派中觀，信受不疑以後，才會有如是錯誤和顚倒的說法。譬如如前面章節舉證四阿含諸經中的經文，明確語譯之後，已經顯示一件事實：只有依如來藏、如來、眞我、如來之藏，來宣揚阿含佛法的人，才是不謗法、不謗佛者。因爲 佛在四阿含諸經中也是這樣宣說蘊處界緣起性空的，從來不曾否定了如來藏以後再說蘊處界緣起性空。若是否定了常住的如來、眞我，而說蘊處界緣起性空，若不墜入常見中，就一定會墜入斷見中。

譬如前面第五章所舉證的經文中說：【仙尼當知，有三種師；何等爲三？有一師，見現在世眞實是我，如所知說，而無能知命終後事，是名第一師出於世間。復次，仙尼！有一師，見現在世眞實是我，命終之後亦見是我，如所知說。復次，仙尼！有一師，不見現在世眞實是我，亦復不見命終之後眞實是我。仙尼！其第一師見現在世眞實是我，如所知說者，名曰**斷見**。彼第二師，見今世後世眞實是我，如所知說者，則是**常見**。】（《雜阿含經》卷五第105經）

這意思是說：【仙尼！你應當知道，世間有三種師父；有哪三種呢？有一種師父，看見現在世眞實是我，常住不壞；猶如他們所知道的內容而爲人宣說，但是沒有能力知道命終以後的事情，這是我說的第一種師父出現於世間。復次，仙尼！有另一種師父，他看見現在世眞實是我，常住不壞；命終之後也看見是這樣的我常住不壞，如他所知道的內容而爲人解說。復次，仙尼！還有一種師父，不認爲現在世眞實是我，也同樣不認爲命終之後的同一類我是眞實不壞的我。仙尼！那第一種師父誤以爲只有現在世五陰才是眞實不壞我，如他所知而爲別人解說的人，我說他是**斷見**。那第二種師父誤以爲今世、後世都同樣是這個眞實常住的我，如他所知而爲宣說的人，則是**常見**。……】

很不幸的是，印順正好落入這二種邪見中，他是具足斷、常二見的。他認爲眾生的蘊處界都是緣生法，只要有父母爲緣，就可以出生色陰及前六識，不需要七、八二識心；假使依他這個見解爲準，那麼他這一世死後，就成爲斷滅了；因爲 佛在四阿含中說過，意識心是不能去到後世的，而色陰更不可能去到後世，那麼印順所見的法當然就只有一世而已，這正是這段經文中說的第一師斷見者。後來他的「佛法」有了演變：爲了避免他人據此理由而責備他是斷見者，所以就又建立了**意識的細心常住說**，以新建立的意識細心來執持業種，用以實現因果，用以貫通三世；然而 佛在聲聞佛法阿含部經典中已經明說意識不能通往後世，而且事實上也是如此，所以世世的意識心都是依世世不同的五色根，以及意根、法塵爲緣而新出生的心，不是從前世往生過來的，所以人人都有胎昧，不能出生以後就像眠熟醒來記得前一天的種種事一般的記得前世事。既然如此，他又怎能主張意識可以常住不滅而從前世來到此世？再由此世去到後世？而他確實已經這樣子主張了，至今仍有昭慧、證嚴、星雲、聖嚴等人繼承而仍然主張意識心是不生滅法，說是可以貫通三世的心體；這正好與常見外道的主張完全相同，所以印順學派的門徒們正是具足斷、常二見的邪見者。

所以，依照阿含道聲聞佛法的四阿含諸經中隱說的密意，可以證實一件**佛教弘法的眞相**：只有主張如來藏常住、如來常住、眞我常住的人，才是如實說法者，才是　佛陀的入室弟子，才是　佛的眞子，才是眞正的解脫道正理，才符合　佛陀的本懷；這才是初轉法輪的根本佛法，若違背了這個眞相，就是違背　佛陀初轉法輪的本懷，就是不如法說。依阿含中諸阿羅漢對弘法的認知是：將　佛陀法義不如法而說，違背　佛的本懷而說是佛說者，即是謗佛。如今，平實依照仍可考證的四阿含諸經中許多明文證據，證明四阿含諸經所說的法義完全與大乘法相符相契，只是偏重二乘的**解脫道**而不細說大乘**佛菩提道**罷了。這已經證明印順不但不懂**根本佛法**（註一），連仍有經文存在而可往復辨正的**阿含佛法**，他也都嚴重的誤會了，依他自己書中的說法，他自己正是破壞正法的魔王（註二）。印順毀謗　佛的眞正法理，一生極力否定如來藏常住的妙法，遠離　佛的本懷以後，已使他自己成爲破法者、謗三寶者，卻反而指稱護法、弘揚正法的菩薩們是毀謗三寶者，未免太強詞奪理、顚倒是非了！（註一：印順在他的書中主張，最初期的佛法有二種：根本佛法及原始佛法。他認爲四阿含諸經是**原始佛法**，但其中所講的法義不一定正確，他認爲第一次結集時就已經有許多錯誤了，有些阿含部經典又是

印順這一段話很荒唐：【「後期大乘」別有如來藏，自性清淨心一流，瑜伽行派以空性去解說，其實如來藏與自性清淨心法門，是別有見解的。『楞伽』與『密嚴經』等，使如來藏與阿賴耶識相結合，到達：「如來清淨藏，亦名無垢智，常住無始終，離四句言說」；「如來清淨藏，世間阿賴耶，如金與指環，展轉無差別」。這不只是空（所顯）性與心性的統一，而是**空性與真心的統一**。】

空，大略來說，可分二種：空性與空相。空相可以廣分為無數種空，空性則只有一種，即是能生五陰、能生萬法而本身無形無色的第八識——如來藏。但是印順徹底誤會了空性的意思，把諸法無常空的斷滅相、蘊處界滅盡的空相，解釋為空性，這與 佛陀在四阿含中說的「蘊處界無常空是依入胎識而有」的空性眞實義，全然不符；由於有此邪見，他才會說「這不只是空（所顯）性與心性的統一」。他的看法是：空性就是空無，不是指心；將蘊處界滅盡以後的空無顯示出來的空無性，就是空性。所以他說「空（所顯）性」，以斷滅後的空無所顯示出來的空，作為空性。所以他不承認「空性就是如來藏」的正理。

但是，空性如來藏——入胎識——是出生萬法的心體，這個心體在阿含道中名為入胎的識，被單稱為**識**而不加上**入胎**二字；但因為大乘法中也和阿含道一樣，都確認祂是滅盡諸法後的諸法空相的根源，確認緣起性空的一切現象與眞理，都是由祂而生、而顯：諸法之所以會有緣起而出生，諸法緣生之後會有無常空，這個緣生與空相都是由如來藏心所出生的蘊處界來顯示的，所以常常以空性來指稱如來藏入胎識；因此說，空性就是第八識心，意思是空無形色而有眞實體性，能出生一切世間、出世間法：既**空**而又有其**體性**，故名空性。這與印順說的**空無的所顯性**迥然不同，印順是先對空性的眞義誤解了，把空性當作是諸法空相，把空性侷限在空無所顯示的無法、無性中，排除其爲萬法之因以後，再誤認爲萬法緣起性空所以是空性；先有了這個錯誤的認知，然後再錯誤的認定是大乘把**空無之性**與第八識**心性**結合爲一。但其實是他誤會般若正理及阿含道在先，未證第八識空性心在後，妄信密宗黃教的應成派中觀邪見爲末，才會產生這種錯誤的認知而寫書出來誤導諸方大師與學人。所以　佛陀的本懷是從初始之阿含期時，就已經說有第八識心的了，不是後來部派佛教有人發明第八識以後，再由後人將緣起性空與眞心整合爲一個識。但因印順對於七、八識始終抱持懷疑態度而極力否定的緣故，所以特地主張說：**如來藏與自性清淨心本來是二心，阿賴耶識與如來藏本來是二心，無常而壞滅以後的空無**

之性與第八識心性也一樣本來是二法，都是由後人再加以結合而成一心。

然而阿含道中　佛陀早已處處隱語密意說有第八識心了，徵之於上來各章各節舉示聖教中所說的道理，也已證實有入胎識才能有名色五陰，有了名色五陰以後才可能出生萬法，而入胎識是在意識出現之前就已存在的，並且是出生意識的另一個心，當然不是意識心；前面各章節中也已舉示阿含的經文，證明這個入胎識是與五陰名色同時同處的，當然這個入胎識不是意識心；這是在第一次結集完成的聲聞佛法阿含諸經中已經存在的說法，不是後來部派佛教中某些派別創造出來的，印順怎能說是部派佛教時的佛弟子們創造出來，再與阿含道的斷滅空無所顯空性結合？所以印順對佛法的誤會，眞是太嚴重了。

這個入胎識，與印順書中所說的「緣起性空的意識心性」，是截然不同的。四阿含諸經中說的第八識心，可以有無量名，但不必就是無量數的心，不是一一名都表示各有一心；譬如印順出家後名爲印順法師，出家前名爲張某某，父母卻另用乳名來稱呼他，弟子們則名之爲印公、導師，但這些不同的名稱，不必就是許多個人。假使五百年後有一個人主張說：印順法師與張某某……等名，本來是不同的許多人，後來昭慧、證嚴……等人把這些人結合起來而成爲一個人，名爲印順。那麼有世間智慧的人聽到了，都將笑罵他是愚痴人。如今印順就正是那個愚痴人，把同是一心的如來藏、自性清淨心二名，視爲二心，把如來藏、識、阿賴耶、入胎識視爲多心，然後再主張說：**是後來各部經典把如來藏與自性清淨心結合爲同一個心**。正與那個愚痴人沒有差別。

假使因爲第八識心有許多名號，就可以說是許多的心，那麼印順與俗名的張某某就應該是二個人了！不知印順能否認同這種說法？假使他不能認同，那麼我們也無法認同他把第八識心的許多名號分割爲許多個心，然後再誣稱是「後來」由某某大乘經把祂們結合成一心。因爲，大乘經典是四阿含結集後就隨即展開結集的，不是歷經部派佛教三、四百年後才漸漸結集出來的；而第七識意根是聲聞佛法中本就已明確指稱出來的，與識陰六識合計起來已有七識心了！印順爲何還不肯承認有七識心呢？而七識心之外還有另一個入胎而能出生名等諸識的心，這已經是第八識心了！這是四阿含諸經明載的事實，現在仍可明文考證，不是像印順往往根據傳說及後來的部派佛教錯誤的文獻而作的考證。這個第八識心，在不同的經典中，本來就可以有許多種名稱，何必愚癡如印順一般而把許多種名稱說成是許多心？然後再妄稱是後來合併爲同一心？

印順接著說：【世俗安立是：不離如來藏的阿賴耶識，變現一切。（法稱以後，重在認識論的唯識，所以每泛說六識了）。】這就是印順在文獻取材上的過失了！（這種過失，於他的著作中處處存在）他以後來的部派佛教中未悟的弘法者所說錯誤法義，特別是以更後期、更嚴重偏離聲聞佛法的應成派中觀的錯誤知見，來指稱如來藏或阿賴耶識是世俗安立法。但是，不論他怎麼否定如來藏，他身中的如來藏仍然是自性清淨而對印順其人無所愛、憎，仍然永無終止的爲他流注各類種子而不斷運作來配合他否定如來藏，這就是自性清淨心的心性；這個心又名如來藏，本來就不是二個心，而是一心有二名乃至多名。不論印順如何否定這個入胎識，但是現前仍可考證分明的聲聞佛法四阿含諸經中，都仍可以舉證顯示：**阿含佛法中本就曾經密意隱說第八識自性清淨心了**。四阿含諸經的記載，是現前可以驗證的最正確也最原始、最具有公信力的文獻，印順卻不相信、不採用，偏要採信後人的推測之說，全違聖教；而第八識入胎識，也確實是可以現前親證的，凡是眞悟的菩薩們，都會認同此說而無異議的；正覺同修會中許多親證如來藏的菩薩們，也都是這樣親證而無異議的，印順卻偏偏不信而加以推翻、否定，全違理證。教證與理證俱違，則印順所說有何可信？

如　佛所言，若不能信蘊處界滅後仍有本識常住不滅而非斷滅空無，則於內有恐怖，就不可能斷除我見與我執；所以說，信或不信這個本識的實存與常住，是能否證得解脫果的關鍵，您若想要求證解脫果，對此務必特別注意。

「法稱以後」，誤會唯識妙義極爲嚴重，都是因爲未曾實證如來藏所致，所以他們只能探討前六識，無從探究七、八二識心。因爲七、八二識心體的自性與功德，都必須先證得其存在，要先能現前觀見其存在，及領受其無量功能自性，才有能力現前觀察祂們的自性是否如同二、三轉法輪諸經論所說一樣，然後才能不斷進入唯識妙義中加以深入現觀，實證**眞實唯識門**的正義，就不會單在**虛妄唯識門**中研究虛妄性的識陰六識心自性。法稱等人既然不曾證得七、八識，又如何能探討七、八識？當然就只能探究虛妄性的前六識了，這就無可避免的會墜入識陰六識中。又因爲六識都是緣生法，沒有常恆不壞的自體性，他們當然就把唯識宗的法義定位成虛妄唯識了。

但是唯識宗的眞義是具說三種能變識而函蓋**眞實唯識**與**虛妄唯識**的：第三能變是識陰等六識，第二能變是意根末那識，第一能變是阿賴耶識心體，亦名如來藏、心、所知依、眞如……等眾名。法相唯識宗所依據的經典與論典中，都說：第二及第三能變識，是屬於**虛妄唯識**門，因為識陰六識都是因、緣所生法，而識陰六識出生所依緣的意根，則是以我執及業力為緣而從本識阿賴耶心體中出生的，都不是自在法、本住法，所以明說第三能變的識陰六識及第二能變的意根一識，都是由第一能變識的阿賴耶識心體如來藏出生的，都是虛妄法。但是又以極多篇幅說：阿賴耶識心體是常住而恆不變易其眞如性的，又說祂有能出生色陰及第二、第三能變識的功能，並且能出生一切心所法……等。這就是**眞實唯識**門，所以法相唯識宗是以**眞實唯識**門來函蓋**虛妄唯識**門。但因法稱等人不能證得眞實唯識門，所以就誣稱法相唯識宗只說有六識心，而六識是虛妄法，就把唯識宗的法義指稱為**虛妄唯識**。這是與事實完全顚倒的，但是印順卻秉承這種錯誤的說法，一生不易，所以他的說法都無絲毫可信之處。

所以說，阿賴耶識心體變現一切法，即使是緣生的蘊處界法，以及蘊處界所顯示出來的緣起法**空相**，也都是由阿賴耶識心體（如來藏）所生、所顯的，所以第八識如來藏、入胎識，並不是世俗建立，而是法界的眞實相，正是眞諦、第一義諦。因為所有親證阿賴耶識心體的人，都可以現前觀察萬法是由阿賴耶識心體直接或間接變生出來的。直接變生，是說祂不必藉緣就可以直接變生出來的法，譬如意根及其種子；間接變生出來的法，譬如五色根及內相分五塵；輾轉變生出來的法，譬如阿賴耶識假藉五色根、意根、六塵、六識種子而變生出意識等識陰六識來，以及再藉識陰等識而變現出六識相應的心所法來；其餘萬法就由具足十八界法的緣故，再由阿賴耶識流注顯境名言種子……等法而輾轉變生出來。

這是一切證悟如來藏的人，在善知識指導下，都可以當場一一現觀而證實的。問題是：法稱、宗喀巴、印順、昭慧等人，都不曾證得阿賴耶識心體如來藏，當然無法現前印證無誤，所以把經中所說的法界眞相—阿賴耶識變生諸法—全部加以否定。但不論他們如何否定，這個事實是永遠都不會改變的；在聖教及理證上，也都將如此而且永不改易。不但如此，當印順未來無量世後再度回到人間學法而親證如來藏時，他也將如此爲人解說、如此護持正法而破斥一切妄說者；這是因爲阿賴耶識變生諸法，是法界中的眞實相，不是印順說的世俗相；而且本識是本來就如是的眞實法，有其無邊功德自性在爲印順服務，是一切眞悟菩薩都可以在印順身上看見的事實，所以絕不是印順所說的建立法。

印順在這一段文字中接著又說：**【顯示勝義，空性與眞心——無垢識、無**

垢智的**統一。】**其實，印順是完全不懂大乘法的，也是嚴重誤會二乘解脫道的。空性本來就是眞心，眞心本來就是阿含道諸經中說的入胎識、本識；而入胎識就是如來藏、阿賴耶識心體，這個阿賴耶識心體，在歷經三大阿僧祇劫淨除我見、我執、我執習氣種子、所知障所攝的變異種子以後，成爲佛地的無垢識，這些心體本來就是以不同的名稱來說明不同修行層次時的第八識心，本非多心，並非後來被結合爲一心，所以印順的「後來結合」說，是與事實及最正確的阿含佛法經典文獻完全不符的。而且，無垢識與無垢智是不一亦不二的，印順也完全不懂。無垢識是第八識修成佛果以後的名稱，具足一切種智，所以四智圓明；但無垢智卻是佛地意識所擁有的智慧，不是佛地的無垢識所擁有的智慧；諸經以及眞悟菩薩所造的諸論中，也都不曾說無垢識就是無垢智，也不曾將無垢識與無垢智統一起來，因爲無垢識永遠都是單指佛地的第八識心體，而無垢智則永遠是意識心所擁有的智慧，絕不會與無垢識結合而統一的。但因爲擁有無垢智的意識是依附於無垢識才能存在的，而意識所擁有的無垢智，也是以無垢識爲智慧的根源，所以無垢識與意識所擁有的無垢智是不一也不二的。這也是印順所不知的妙義。

在印順這一句話中：「空性與眞心——無垢識、無垢智的統一。」是意謂空性即是無垢識，眞心即是無垢智。那麼從他的邏輯上來看，他是說：空性與眞心是二法，無垢識與無垢智是二法，後人將空性與眞心統一了，將無垢識與無垢智統一了。他既認爲空性就是無垢識，而無垢識正是阿賴耶識心體如來藏的後位心，阿賴耶識心體正是無垢識的前位心，那麼他爲何又要特地否定而說是後人結合爲一心呢？既然他認爲本來就是一心，則他主張的後人結合說，也就沒有意義了！假使眞心是無垢識，那他主張眞心就是直覺（詳見印順《勝鬘經講記》），也就等於否定自己的所悟了！印順這樣的說法不是自相矛盾的荒誕事情嗎？因爲無垢識在因地的阿賴耶識心體位中，是離見聞覺知性的，直覺卻是一直都在六塵中擁有見聞覺知性的；由此看來，他自以爲有修有證的眞心，又被自己推翻了！又使自己成爲凡夫眾生了！從此以後，請昭慧……等人，都別再說他是有修有證、有證量的人了！

依照印順這一句話：「空性與眞心——無垢識、無垢智的統一。」顯然他認爲眞心就是無垢智、空性就是無垢識。他在這一句話中，已經露出馬腳而不自覺，他的所有門徒也都無智而不能覺察；他的過失何在呢？過失是嚴重違背聖教：不論是阿含道聖教，或是佛菩提道聖教。這裡單說他違背阿含道聖教，不辨正他違背佛菩提聖教處，因為他及門徒們，都不承認佛菩提聖教的般若及方廣唯識經典是佛說。阿含部聖教中說：入無餘涅槃後，只剩下入胎識獨存，那時是滅盡六根、六識、六塵的，十八界、五陰俱滅無餘。這時的入胎識既然已不再生起六塵與六識了，又怎能是直覺獨存的境界？既有直覺，就顯示六塵尚在、意識尚存，那怎能住於無餘涅槃中？既不能住於無餘涅槃位中，當然是妄心而不是眞心，所以印順曾主張**眞心是直覺**，而現在這一句話中又是認為眞心是無垢智，顯示他所謂的眞心是不離六塵的，才能夠有智、有覺；若離六塵，是不可能有智慧的；而他說的眞心無垢智，不能離六塵，怎能在無餘涅槃位中沒有六塵、沒有六識而繼續存在？這眞是自我否定而又不自覺的愚癡人，只能說他可能極重感冒、燒壞腦袋，才會說出自我否定的話來，而且是只有短短的一小段話，就露出馬腳來。這樣無智的人，究竟要師導他的門徒走向何處呢？

他在這一句充滿矛盾的話之後，接著又說：【晚期的印度佛教，偏重論議，只說中觀派與瑜伽行派，而不知「如來藏我」、「清淨心」，正發展為經典，潛流、滲入於二大乘中。】印順說的初期大乘，是指般若經典大力弘傳的年代；

他說的後期大乘印度佛教，其實是指密教化、坦特羅化以後的「佛教」，特別是指應成派中觀見的「佛教」。他認爲：第三轉法輪的所有經典都不是佛說，都是部派佛教時期以後的佛弟子們漸漸創造而長時間結集的僞經。但是前面的章節中，已經從教證與理證上來說明，第一次的五百結集四阿含諸經完成時，菩薩們已經當場表明說：「**吾等亦欲結集。**」而菩薩們的結集時間地點卻都沒有聲聞人加以記錄，成爲傳說中的七葉窟外的千人大結集；百年後第二結集的七百結集又只是聲聞人的戒律結集，可知大乘經當然是在第二次之前、第一次之後的時間裡結集起來的，當然是 佛說。而且第三轉法輪的唯識經典，專說一切種智；一切種智是證悟般若後次第進修成佛的**唯一**成佛之道，因爲般若的實證只能使人進入菩薩數中，只是位階三賢，不能圓成諸地智慧與功德，更不能成就佛道；故第三轉法輪的唯識諸經，才是眞正的成佛之道，當然更應該是佛說。若說 佛陀只能宣講阿含解脫道，而不能宣說般若，那只能說是印順的謗佛言語，事實上也已經是印順的謗佛證據。若說 佛陀只能宣講菩薩證悟之道的般若諸經，而不能宣講成佛之道的一切種智及方廣諸經，那更是謗佛之說。不幸的是：印順一生正好如此不斷的謗佛，直到捨壽之前都沒有改變。

阿含道的內容，都是偏重在使聲聞人取證無餘涅槃；即使如此，也已經處處隱語密意說有第八識如來藏眞我了，也已經密意說自性清淨心的存在了。假使印順硬說是「阿含道中沒有講自性清淨心」，那麼無餘涅槃的實質是否**斷滅**而不是 佛陀所說的**眞實**？印順絕對不會認同無餘涅槃是斷滅境界的，既不是斷滅，那麼是色陰獨存嗎？或是意識心獨存嗎？印順敢如此肯定下來嗎？當然也是不敢的。剩下的就只有承認另有一心獨存，總不能說是虛空獨存吧？因爲虛空不是實法，而是無法；而且虛空若是無餘涅槃，印順又何須修學佛法，只需讓虛空繼續涅槃就夠了，而虛空的涅槃是與印順的修學佛法完全無關的，那麼他學佛弘法又有何用？所以他當然也不敢說無餘涅槃就是虛空。所以只能剩下一個答案：**是自性清淨心獨住無餘涅槃中**。

阿含諸經中有沒有說到自性清淨心？答案是「沒有」。但沒有講出這個名詞就表示是沒有說自性清淨心嗎？答案是「有說」。如前所言，滅盡不淨有染的意識與意根二心以後，無餘涅槃本際既是心，此心是**離六識**、**離意根**、**離六塵**的，是**不知也不見**的，當然不會有貪瞋染污心行，那當然是**自性清淨心**，佛在阿含中特別說祂是**不知亦不見**的。當祂在五陰、十八界自我滅盡以後，祂獨住於無餘涅槃中時當然是自性清淨的；可是當祂在三界中與五陰、十八界法同時同處時，難道就會不清淨嗎？假使印順、昭慧……等人，在人間有不淨意識時，可以同時存在另一個不清淨心，他們才能說這個入胎識確實是不清淨的：他們這時的入胎識常常會與他們爭執而有不同的意見。假使他們在人間時，從來沒有這個現象，當然就不許說這個無餘涅槃中的心，在人間運作時是不清淨的。所以，從阿含道的經典所說法義來看，其實有許多地方都已隱說入胎識的清淨性。只是阿含道的斷我見、斷我執，不需親證這個自性本來清淨的心體，所以就不明說了；但不能因爲四阿含諸經中不曾明說自性清淨心這個名詞，就說阿含佛法中沒有說過自性清淨心，因此就說這個心體是不存在的。

到了第二轉法輪時，實相般若的智慧，是要親證這個自性清淨心才能發起的，所以當然要一再的開示這個清淨心；但不能因爲第二轉法輪時才**明說**這個清淨心，或者在第三轉法輪時更明白的解說這個清淨心，就說是後來才發展出來的。印順不承認般若諸經及唯識諸經是第二次結集前就已成就的，故意把一次就結集完成的四阿含諸經，妄說是分爲二或三次或數百年才結集完成的；他就在這樣違背阿含經典及聲聞律典記載眞實歷史的錯誤推斷下，把般若與唯識諸經說成是後來幾百年的長期集體創造才結集編造成功的，所以他這麼說：【晚期的印度佛教，偏重論議，只說中觀派與瑜伽行派，而不知「如來藏我」、「清淨心」，正發展為經典，潛流、滲入於二大乘中。】他的意思很清楚：第三轉法輪的大乘經典是在初期大乘般若及後期大乘天竺密宗興起時才被人偷偷地集體編輯成經典，滲入初期大乘及後期大乘中，所以是在部派佛教以後才漸漸創造出來，是在像法時期才開始編輯成大乘經典的。但是，第一次五百結集完成時，菩薩們當場抗議說：「吾等亦欲結集。」難道只是空口徒言而都沒有隨即付之於行動嗎？直到百年後第二次聲聞戒律結集時都還沒有結集大乘經典的行動嗎？菩薩們的心性會是比聲聞聖人更沒有弘法、護法的責任感嗎？難道菩薩們看到聲聞人把大乘經典結集成專講解脫道的聲聞經時，都不會急著想要把大乘經典的原貌結集出來嗎？要等到大家都捨報數百年或千年以後才由後人來創造嗎？印順的說法眞是令人難以相信，眞難瞭解他的思路與心態。

然而晚期的印度佛教偏重論議，那是因爲當時的佛教已經滲入印度教性力派的外道法以後，被外道法同化而成爲事密與狂密的密宗了：他們捨棄原有的勝妙佛法，轉而認定外道雙身法中淫欲樂觸果報即是報身佛的境界，就必須以意識心作爲最終心，否則雙身法的樂觸淫行就不可能成立爲佛法。他們因此當然要極力否定離六塵見聞覺知的如來藏法義。這樣一來，無可避免的會被弘揚如來藏法義的賢聖訶責，以法義辨正的方式來破斥他們。在如此情況下，密宗必須提出法義見解，以種種理由來證明密宗的雙身法意識境界是報身佛果的境界，只好以曲解後的般若中觀來回辯，主張意識是常住法，這就是佛護、清辨、月稱、寂天、安慧、阿底峽、宗喀巴等人的作爲；印順的繼承人證嚴、星雲、聖嚴、昭慧等人，也都還在堅持意識心是不生滅法。這也可以旁證晚期「佛教」時密宗應成派中觀者的作爲，當時的如來藏妙義弘揚者，當然要不斷的提出經教來證明如來藏才是眞實佛法，才會有 彌勒、無著、世親、護法、玄奘等論師的論著出現，來應對佛護、月稱等應成派中觀師的破法邪見，這就是印順口中的 無著等瑜伽行派。晚期印度的偏重論議情況，就是這樣形成的。

但是晚期印度佛教的偏重論議而「只說中觀派與瑜伽行派」，卻不是印順講的【不知「如來藏我」、「清淨心」】，這只是印順錯誤的偏見！因爲正確的中觀派正是以如來藏眞我、自性清淨心爲般若的根本；如同今日正覺同修會的中觀見，完全以自性清淨心如來藏爲根本，與般若諸經的法義完全相同，所以印順、昭慧、聖嚴等人，及部分從事佛學研究的學府教授們，雖然一心想要破斥而都不能成功。但印順繼承的應成派中觀邪見，只是意識想像的中觀見，並無實相法，與法界實相理體無關，所以才不說如來藏眞我，不說本來自性清淨的第八識心；印順確實是誤會當時的中觀派，是排斥正確的中觀派而承認錯誤中觀派。錯誤的應成派中觀絕對不談如來藏眞我，也從來不承認阿含意識虛妄的教理，不弘揚眞正的阿含道：**在意識心中建立想像的中觀見，都只是一種思想而不是法界的實相**。但古時正確的中觀派者瑜伽行派，是雙照阿含聖教與佛菩提道的；只要是正確的中觀派，一定都同樣是以如來藏眞我作爲中觀的根本。

至於他認爲的「**瑜伽行派也不知如來藏眞我、自性清淨心**」，那也是他的錯誤認知，事實上正好顚倒。現在仍可考據的瑜伽行派重要論典，譬如《瑜伽師地論、寶性論、攝大乘論、顯揚聖教論、成唯識論……》，都以宣說如來藏眞我作爲中心主旨，並非印順所說的【**不知如來藏眞我、自性清淨心**】；這是目前仍然保存於大藏經的瑜伽行派論典中，都可以考據而檢證出來的歷史事實，不容印順公然違背史實而說。他故意推斷說：第三轉法輪的唯識系列經典，都是在佛入滅後千年前後的時期，由論師們集體長期創造而編集成功的，都不是在第二次結集之前就結集完成的；他在沒有證據的情況下，在公然違背阿含部經典及聲聞律典記載的情況下，推斷唯識系經典是佛滅後數百年，乃至千年後密宗晚期「佛教」的後期大乘才出現的。然而事實是否如此？他沒有舉出史實證據，只是根據自己扭曲而建立的「阿含部經典是歷經二至三次的結集才完成」的錯誤說法，來推斷大乘經典是部派佛教以後才漸漸創造編集出來，以這種推斷，毫無證據而指責第二、三轉法輪的般若及方廣諸經都是後人創造編集的，不承認是 佛陀親說而排除在原始佛法之外；所以他所說的「**如來藏我、清淨心正在發展為經典，潛流、滲入於二大乘**（初期大乘及後期大乘天竺密宗）**中**」，當然是根據他自己錯誤推論的前提下所作進一步的錯誤推論。因為眞正的中觀派與瑜伽行派，都是同樣以如來藏眞我、自性清淨心，作為修證與現觀的標的；從來不是他所說的離開眞我如來藏而可以有正確的中觀與瑜伽行，這是在現存的中觀經論與瑜伽行派的經論中，都仍可以明文考證出來的事實，所以印順的推論式「考證」，都與史實完全相悖。

印順說：【如來藏與阿賴耶識，來自不同的思想系，但在稍遲的「後期大乘」經中，聯合起來，發展到如『密嚴經』所說：「佛說如來藏，以為阿賴耶，惡慧不能知，（如來）藏即賴耶識」(26.013)。瑜伽行者對於這一經說，似乎沒有去解說。『入中論釋』依此而說：「隨一切法自性轉故，當知唯說空性名阿賴耶識」(26.014)。說如來藏是不了義，如來藏就是阿賴耶識，阿賴耶識當然也是不了義了。月稱以為，成立阿賴耶識，是為了眾生的業果相續。其實業入過去，並不等於消滅，過去業是能感報的，所以立阿賴耶識是沒有必要的（為鈍根，可以這樣方便說）。業入過去而是有的，是「三世有」說，但這是三世如幻有，與薩婆多部 Sarva^stiva^din 的三世實有說不同。】（《印度佛教思想史》p.367）

印順一向援引佛護、清辨、月稱、安慧、宗喀巴的錯誤說法爲憑據，來破斥如來藏正法，但他們都不曾證得如來藏，也都是未斷我見的凡夫；而那些凡夫論師們的說法，都是似是而非的說法。在這種影響下，印順的思想當然不得不跟著偏斜下去。印順說：【如來藏與阿賴耶識，來自不同的思想系，但在稍遲的「後期大乘」經中，聯合起來，發展到如『密嚴經』所說：「佛說如來藏，以爲阿賴耶，惡慧不能知，（如來）藏即賴耶識」。】然而如來藏第八識，是早已在四阿含聲聞佛法中存在的說法，如同前面的章節中已經舉證的四阿含諸經中的史實記載，今天仍可稽核，只是因爲與他的應成派中觀邪見相違，所以印順故意視而不見。前面諸章節中所舉證的明確證據已經夠多了，這裡就不再舉證辨正之。佛陀於四阿含中既然早已說過了，隨後接引諸菩薩而在第二、三轉法輪的經典中再加以更詳細的開示，期使菩薩們易於證得，怎可說是來自不同的思想系？其實是與初轉法輪的四阿含時期的解脫道法義一貫相承的。佛也在初轉法輪時的阿含部經典中說過：必須信受有此常住不滅的識可以獨存而永遠不滅、不斷，才不會於內有恐怖，才能實證解脫果。而且這個識是確實存在，至今仍可實證的，怎能說只是**思想系統**下的一種思想？所以他一貫的作法就是：把本來是一個整體的三乘佛法加以分割，然後再誣指是由後人重新加以結合為一，藉以證明是後人的創造或發明。

他接著說：【瑜伽行者對於這一經說，似乎沒有去解說。】但是瑜伽行者認為阿賴耶識心體本來就是如來藏，他們造的論中也常常提到聲聞佛法的經典中曾說過有這個識，譬如舉證阿含中所說的偈：「無始時來界，一切法等依。」也曾在論中說過：南傳佛法的阿含經典中曾說有愛阿賴耶、樂阿賴耶、欣阿賴耶、喜阿賴耶。只是印順自己不肯相信而只片面相信佛護、清辨、月稱、宗喀巴的錯誤說法，就直接責備瑜伽行派沒有解釋這個部分。他一向只相信古時那些未曾證得如來藏，否定如來藏的佛護、清辨、月稱、宗喀巴等凡夫論師的說法，所以就舉示宗喀巴對月稱的《入中論》所作的解釋：【『入中論釋』依此而說：「隨一切法自性轉故，當知唯說空性名阿賴耶識」。說如來藏是不了義，如來藏就是阿賴耶識，阿賴耶識當然也是不了義了。月稱以為，成立阿賴耶識，是為了眾生的業果相續。其實業入過去，並不等於消滅，過去業是能感報的，所以立阿賴耶識是沒有必要的（為鈍根，可以這樣方便說）。業入過去而是有的，是「三世有」說，但這是三世如幻有，與薩婆多部的三世實有說不同。】

針對印順這個論點，平實多年來不斷破斥，印順始終無法提出辨正文章；至今為止，昭慧也只能在事相上顧左右而言他，從來都不敢在文字上針對法義提出辨正，都只是說些託詞：我昭慧沒有時間與他辨正，我昭慧不屑與他辨正；我昭慧是上駟，他蕭平實只是下駟，我不需要與他辨正。但是，當她說這些話時，卻沒有想到一件事實：親證如來藏的人一定通達般若，卻只是下駟；而沒有親證如來藏的她，一定不懂真正的般若，卻可以自我標榜為上駟，這個道理究竟講不講得通？所以她數年來都只是在推託身為法師的她所應作的摧邪顯正、救護眾生的工作，這只能顯示她的心虛與無智，終究不敢提出法義上的任何意見，更不敢出面爲印順昭雪法義被全面破斥的恥辱；身爲印順門徒的她（不論她是否承認爲印順的門徒，事實上她是印順的正統繼承人，她也一向以此自我標榜），卻一直不肯爲印順辯護，似乎是不太孝順的門徒。當她一向只能說門面話，全都言不及義時，怎能說是上駟之人？自身是下駟之人，卻貶上駟爲下駟，然後託言不屑與言，這是怎樣的色厲內荏呢？又怎能瞞得過明眼人？

印順在這一段話中，舉出未悟如來藏的凡夫論師月稱的論，又是由未悟如來藏、亦未斷我見的宗喀巴凡夫註解的：【成立阿賴耶識，是爲了眾生的業果相續。其實業入過去，並不等於消滅，過去業是能感報的，所以立阿賴耶識是沒有必要的（爲鈍根，可以這樣方便說）。業入過去而是有的，是「三世有」說，但這是三世如幻有，……】但平實過去五、六年來不斷提出質問：假使阿賴耶識心體的提出，只是爲了眾生的業果相續，實質上沒有阿賴耶識心體的存在；那麼印順所說的「業入過去，並不等於消滅，過去業是能感報的」，業種又該如何存在？是存在虛空中？或是業種自己獨自存在？所以才說「業入過去……過去業是能感報的」？一向不甘被評的印順卻從來無回應。實際上，所有業種確實是由阿賴耶識心體執持的，才不會報應錯亂；阿賴耶識心體也確實存在，可以實證；而前七識心都從阿賴耶識心體中出生，七識心的所有種子也都收存在阿賴耶識心中，當然七識心所造的一切善惡業種，也都只能與阿賴耶識心體直接聯結，不能與虛空聯結，也不可能獨自存在，當然是收存在阿賴耶識心中，才不會因果錯亂而導致妄報。這是正覺會內證悟而較為鈍根的同修們，在指導下就可以現觀的事情，其餘利根的同修們證悟後都可以自己現觀的。

向來極為強勢的印順與昭慧，對平實數年來不斷在書中提出的這類質疑，從來都不敢作任何法義上的回應，都不敢針對問難提出法義辨正；近年來昭慧「法師」為了救弊，自己另外發明了一個新佛法：業果報系統。但是，這個新主張提出後，他人不免要請問：您證得這個業果報系統了嗎？您能證明自己發明出來的新法是眞正實現業種果報的系統嗎？這個系統是否就是如來藏？假使不是如來藏，那麼祂是心或是色法？祂在何處？祂與七識心王有何聯繫而能收藏七識心王所造、所熏習的一切業種？祂是否與七識心王同時同處？否則祂要如何收集業種及實現果報？而祂的體性又是如何？

這些只是比較表面層次的問難，若是深入追問下去，更深細的問題是無量無數的，不論她如何回答，都將產生無量無邊的過失，必將使她無法自圓其說而不斷的出糗。所以，一定要有一個收藏業種的無簡擇心，由於不貪不厭的緣故，對所有善、惡業種都一體收存，而且也一定是與造業的七識心王有所聯繫而不可分離的清淨心，才能一體收存業種而不分別。而如來藏眞我、自性清淨心、愛阿賴耶、無始時來界、所知依、心、識、如、法、無垢識、異熟識……等無量名所說的本識如來藏，才是眞正的業果報系統，無量劫後仍將永遠如此。而這個系統是可知也可以實證的，不是像昭慧新創的系統是不可知、不可證而純是想像法。萬法都從本識如來藏而來，世間萬法如是，出世間萬法也如是，祂總攝了一切法，含攝了一切法種，所以三乘佛法都從祂而來，所以三乘菩提是完整而互相關聯的佛法體系，阿含解脫、般若中觀、唯識種智，都是從祂而來的，都依祂而有，所以一定互有關聯而不像印順割裂後成爲互無關聯的體系，這樣才是完整的佛法。三乘佛法與世間萬法也不是互相無關的，不能像印順一般把三乘佛法分割成支離破碎而互不相關的雜亂「佛法」。所以，如來藏才是了義法，若無如來藏持種入胎，尚且沒有印順、昭慧等人可以存在人間，何況能有他們將來無數劫生死後的蘊處界滅盡後的眞如涅槃可證？假使他們未來終於能證得阿含道或是般若理的話。由此道理，印順根據月稱、宗喀巴的看法而提出的說法：【說如來藏是不了義，如來藏就是阿賴耶識，阿賴耶識當然也是不了義了。】這當然也是虛妄說法了！而且正是破壞正法的謗法之說。

印順在《印度佛教思想史》中的許多說法，都同樣是錯誤連篇而使眞悟者不忍卒讀的；都是只能一面閱讀、一面憐憫他。在他這本書中，比較重大（特別明顯）的種種錯誤中，而且是提及如來藏眞我的部分，再舉以下兩處：1.【阿賴耶（妄）識為依止的唯識說，為如來藏說者引入自宗，成為「真常唯心論」，思想與中觀不同，也與瑜伽唯識不合。而唯識學者，如『成唯識論』，引『楞伽』與『密嚴經』以成立自宗。隨瑜伽行的中觀者——寂護 S/a^ntiraks!ita，竟引『楞伽經』「偈頌品」文，作為大乘正見的準量。】（《印度佛教思想史》頁 411）

但寂護才是眞正的「隨瑜伽行的中觀者」，應成派中觀師佛護反而不是瑜伽行派的鼻祖，但印順反而倒說。寂護「引『楞伽經』「偈頌品」文，作爲大乘正見的準量。」當然是正確的：因爲楞伽的經文才是眞正的佛教正法，也能護持二乘涅槃不墮斷滅空。但印順恐怕因此而被人援引楞伽經義評破他，所以特地把楞伽的眞義加以曲解，如同他嚴重的朝相反方向來曲解《攝大乘論》的作法，心態與行爲都是如出一轍的。所以他評破寂護，是沒有了知古時寂護所弘法義及背景、事實的說法。至於這一段話中的種種不符史實之處，這裡就略過不談，容由孫正德老師以《中觀金鑑》詳述，以免篇幅繼續增大。

2.【成就佛果是最理想的，可是太難又太久了些！順應世間心行，如來藏我的法門出現：如來的無邊智慧，無邊的色相莊嚴，眾生是本來具足的。在深信與佛力加持下，唯心（觀）念佛法門，漸漸的開展出依佛果德——佛身，佛土，佛財，佛業為方便而修顯，這就是「果乘」、「易行乘」了！「易行」，本來是為了適應「心性怯劣」的根性，但發展起來，別出方便，反而以菩薩的悲濟大行為鈍根了！】（《印度佛教思想史》頁433）這些說法也都是完全悖離事實的，關於此段說法的錯誤，在這一節中暫時不作辨正，留待下一節中再來辨正。同一書中其餘無關如來藏眞我的重大錯誤，就不再列舉了；至於其他的小錯誤，那是無法一一枚舉的，篇幅所限，又恐讀者厭煩，也就免說了！

在印順的其餘諸書中，如是處處違背法教事實及歷史事實的說法，不勝枚舉；但是用意都無二致，目的只是想要否定第八識如來藏而已，所以就顛倒四阿含諸經中記載的具體事實，說 佛陀在四阿含諸經中所說法義，都不曾說過有第七、八識。但是他其實也已從部分隱說的地方，看到 佛陀確實是可能有說過第七、八識的；所以，他對四阿含聲聞佛法又抱持不信受的看法，才會在他的書中說：四阿含只是**原始佛法**，仍然不一定是正確的，只有根本佛法的法義才是絕對正確的。**根本佛法**的法義就是從　佛口說出而親耳聽聞的法。

依他的看法，　佛滅後的所有人都是無法眞正親證或理解佛法的，因爲親從佛聞的人們都已不在人間了，遵囑而不入滅的大阿羅漢也是不會出世弘法的。這樣一來，印順的意思等於是：佛滅後已經無人能眞實理解佛法的。但事實上眞的如此嗎？觀乎今時的正覺會中諸多同修們，至今都還仍然能夠親證阿羅漢們所證不到的如來藏，這些人又不曾親聞　佛陀說法，今天又如何能證？可見他說法時總是在隨便思惟想像之下就說出來、寫出來了！他寫書時不都是這樣的嗎？才讀過幾年經典，他就開始寫佛書了，眞的是「天才」與膽大！

然而　佛於諸經中，未曾說過「如來藏即是眾生我」，而是有時在四阿含諸經中說**非蘊處界**又**不異蘊處界**的「我」，有時說爲識、如來藏，不曾說如來藏同於眾生我、同於蘊處界我，所以如來藏與眾生所熟知的神我、意識我，是完全不同的。四阿含中如是，第二、三轉法輪之大乘經中亦如是說，未曾如印順所說的如來藏富有眾生我、神我、梵我色彩，故說印順斷章或斷句而扭曲法義，這樣寫書出來廣爲流通，嚴重誤導諸方大師與學人，是很不負責任的行爲。

當印順看到阿含部中編入《央掘魔羅經》時，他大爲不滿，所以這樣說道：

【《央掘魔羅經》——宋求那跋陀羅譯。央掘魔羅，與『雜阿含』（一〇七七）經所說的，當然是同一人。但本經的內容，呵斥一切法空，說如來藏我，解脫身有色，怎可編入「阿含部」！本經的思想，與「阿含經」無關，應編入「經集部」，與六六六『大方等如來藏經』，……六六九『佛說無上依經』；及五八〇『佛說長者女菴提遮獅子吼了義經』等為一類。】（《華雨集》第三冊 p.246）

但是，當一部大乘經典，若被迴心而且已證如來藏的阿羅漢聽聞之後，他仍然有可能在第一次結集時就收入經中的。其實，不只是這部經典中明說如來藏，在雜阿含部、增一阿含部的許多經中，也都曾很明白的說到第八識，雖然不是以如來藏的名稱來說；印順對這個事實感到不能接受，才會提出根本佛法與原始佛法的區別說。但是，雜阿含與增一阿含，其實有很多本是大乘經典，只是因爲被二乘聖人聽聞後結集成的，所以就成爲偏重解脫道的二乘經典了。從印順對於四阿含諸經中仍可考證的史實，他都會嚴重的誤會與違背而提出不信受的說法，那麼他對專講**如來藏常住不滅**的《央掘魔羅經》的厭惡，也就可想而知的了！

但不論印順、證嚴、聖嚴、星雲、昭慧等人對如來藏如何的厭惡與否定，常常有意而裝作無意的否定祂，誣稱是外道的神我，說成是同於五陰、十八界法中的眾生我，說是方便施設而不能實證的**唯有名相施設**的虛相法；但是，如來藏絕非是眾生蘊處界法中的任何一界，祂不能被攝在十八界法中，亦永遠不會有蘊處界等眾生我之體性，印順等人焉得說之為眾生我？譬如大乘經典中有言：**【「復次，善男子！我當更說入如來藏，即說偈曰：『……慧者了自性，我非我無二；無量無數佛，說是如來藏。我亦說一切，功德積聚經：我非我不二，汝等善受持。』」】**（法顯譯《佛說大般泥洹經》卷五『如來性品』第 13）這顯然是說眞我如來藏與沒有常住我性的蘊處界非一亦非異，顯然是同時同處的。

在大乘法的經典中如是說，在阿含部的經典中隱說時，也是一樣的說法，從來沒不同，如前章節舉證可知。這都是因為蘊處界無常、苦、空，是故名為無我；而如來藏心體常、無苦、眞實而非斷滅空，是故相對於蘊處界而說為實我、眞我，有時簡稱為我；而蘊處界等法都是無我性的，卻都要攝歸如來藏常住心，所以如來藏函蓋自身與蘊處界，是兼具我與無我的。如是雙具「常住眞實我」與「眾生緣起無我」者，方是真正如來藏妙義，方是真實佛法也！三乘菩提都不能自外於此，所異者只是需不需要親證如來藏而已，基礎則無不同。

此識於初轉法輪時都不以第八識名而說，故於四阿含諸經中，皆未曾說為第八識者；乃至大乘法諸經中，亦少有明說為第八識者，唯有一部大乘經中曾說是第八識：【云何從緣所生？所謂緣於六界得和合故。何等為六？謂地、水、火、風、空、識；此六界合時，是名從緣生故。云何名地界？謂身堅實，此名地界；若身滋潤，此名水界；若身溫煖，此名火界；若出入息，此名風界；若身無障礙，此名空界；眼識乃至第八識，此名識界。如是等六界緣和合故，乃生其身。】（《大正藏》經集部《大乘舍黎娑擔摩經》）只有這一部大乘經典中曾以第八識來稱呼如來藏本識，所以不該因為經中沒有說如來藏是第八識，就說祂不存在。

如來藏本識既非蘊處界我，亦非無常而性空的無我：【爾時滿願子以偈答言：『諸佛及聲聞，聖所不得法；正覺善通達，廣為眾生說。』此說有何義？謂過去一切諸佛，於一切法中極方便求，不得眾生界及我、人、壽命；現在未來一切諸佛及三世一切聲聞、緣覺，於一切法中極方便求，亦悉不得。我亦如是為眾生說離眾生界我、人、壽命，說無我法，說空法，如是說法。」爾時央掘魔羅謂滿願子言：「嗚呼！滿願！修蚊蚋行，不知說法。哀哉蚊蚋！無知！默然！不知**如來隱覆之說**，謂法無我。墮愚癡燈，如蛾投火。諸佛如來所不得者，謂過去一切諸佛世尊，於一切眾生所，**極方便求無如來藏**，**不可得**；現在一切諸佛世尊，於一切眾生所，**極方便求無我性**，**不可得**。未來一切諸佛世尊，於一切眾生所，**極方便求無自性**，**不可得**。三世一切聲聞、緣覺，於一切眾生所，**極方便求無如來藏**，**亦不可得**，此是如來偈之正義。復次！諸佛如來所不得者，謂過去一切諸佛世尊，於一切法極方便求世間之我，如拇指、粳米、麻、麥、芥子青黃赤白方圓長短；如是等比種種相貌，或言在心或臍上下，或言頭目及諸身分，或言遍身猶如津液，如是無量種種妄想如世俗修我；亦言常住安樂蘇息，如是比我，一切諸佛及聲聞、緣覺悉皆不得；正覺彼法，爲眾生說。此是如來偈之正義，非如汝向妄想所說。復次！諸佛如來所不得者，謂過去一切諸佛世尊，極方便求如來之藏作不可得；如來性是無作，於一切眾生中，無量相好清淨莊嚴。現在一切諸佛世尊，極方便求如來之藏作不可得；如來性是無作，於一切眾生中，無量相好清淨莊嚴。未來一切諸佛世尊，極方便求如來之藏作不可得；無作是如來性，於一切眾生中，無量相好清淨莊嚴。三世一切聲聞、緣覺，有如來藏而眼不見，應說因緣。如羅睺羅敬重戒故，極視淨水，見蟲不了爲是蟲？爲非蟲？爲是微塵耶？久久諦觀，漸見細蟲。十地菩薩亦復如是，於自身中觀察自性，起如是如是無量諸性種種異見。如來之藏如是難入，安慰說者亦復甚難；謂於惡世極熾然時，不惜身命而爲眾生說如來藏，是故我說諸菩薩摩訶薩，人中之雄，即是如來。如阿那律天眼第一，眞實明見空中鳥跡，與肉眼者俱共遊行，彼肉眼者所不能見，信阿那律，知有鳥跡。肉眼愚夫，聲聞、緣覺，信佛經說有如來藏，云何能見佛境界性？聲聞、緣覺尚由他信，云何生盲凡夫而能自知，不從他受？」】（阿含部《央掘魔羅經》卷二）

所以，滿願子阿羅漢因爲當時仍不知不證如來藏故，仍以世俗諦的蘊處界無我性，說爲佛法的眞實義，認爲是 佛陀的本懷；所以央掘魔羅責備他不懂佛法，斥之爲蚊蚋無知者。所以央掘魔羅闡釋 佛所說法的眞義是：三世諸佛求無如來藏，皆不可得，三世諸佛一定都只能證實有如來藏，無法證實沒有如來藏；但是三世諸佛也都同時證實蘊處界都無一絲一毫的眞實性，所以蘊處界都是無常而無我的。並且明說：「肉眼愚夫，聲聞、緣覺，信佛經說有如來藏，云何能見佛境界性？」意思是說，聲聞、緣覺等二乘聖人是沒有親證如來藏的，除非是迴心大乘之後學習大乘法，才能親證。由此可以證明，想要親證如來藏是非常困難的，一定要隨從眞善知識學習之後才有可能實證，而且所隨從的善知識，必須是確實已經親證如來藏了，才有能力爲人說法開示而幫助弟子實證之，因此說：「**聲聞、緣覺尚由他信，云何生盲凡夫而能自知，不從他受？**」所以想要實證如來藏的大師與學人，都得親從眞善知識求證，除非您早已是很多世以前就已實證而乘願再來的久學菩薩。

由阿含部的這一段經文中明白顯示出來的事實是：如來藏是沒有眾生我體性的——沒有蘊處界我的體性——所以不該把無我性而常住的眞我如來藏，當作是意識心我、外道神我、梵我；外道神我、梵我，一向都是分明具有意識心我體性的，都是蘊處界我所攝的世俗法。佛陀也不曾指示說，如來藏有眾生我的體性、有蘊處界我的體性；不論三乘經典中的哪一部經典中，一向都是如此的（但天竺及西藏密宗祖師創造的僞經與密續除外），故印順純以臆想而說如來藏富有外道神我色彩，是存心誣衊的不誠實說法。

第十一節　西藏密宗未曾實傳如來藏法

從表相觀之，東密似乎是有實傳如來藏法的，但他們其實也不曾實證如來藏，可以說是：**心嚮往之而不能證**。西密的黃教是極力否定如來藏本識的，當然是沒有實證如來藏的；至於西密的紅、白、花教也似乎有傳如來藏法，然而他們所傳的如來藏法，卻都不是眞正的如來藏法，只是假借顯教如來藏法的名義，藉以取得佛教徒信任；其實仍然是意識離念靈知心，或是雙身法淫樂中的離念靈知心；他們有時是將意識心冠上如來藏的名目，或以觀想中脈的明點當作如來藏，其目的只是想要使佛教徒誤認他們也是佛教，也有證得如來藏，藉以獲取佛教資源。如今平實已將密宗對如來藏法之修證與解說等內容，詳實加以考證，舉示其誤說如來藏、誤傳如來藏之事實，詳述於《狂密與眞密》四輯書中。但近年來仍有弘傳南傳佛法之法師，續食印順涎唾，於電視台上作如是妄言：**「後期佛教由於密宗弘傳如來藏法，而如來藏法同於外道婆羅門教所說之如來、如來藏，所以佛教就被外道所同化，失去佛教原有的本質，佛教就被同化而消滅了。」**（台南慈蓮寺大願法師 2003/2/23 電視台說法節目：『史觀佛法之流變』大意。）

大願法師如是說，只是舔食印順邪見的唾沫，追隨印順妄言而牙牙學語，全違歷史、教證、理證等事實。印順所言天竺「後期佛教」其實本非佛教，只是身現佛教表相、內實外道法之天竺密宗外道，正是佛教研究學者所說的坦特羅佛教（註）、左道密教，本質都是外道法；印順把他們定位為佛教中的支派，只是因為他們有應成派中觀存在的緣故。但應成派中觀其實只是外道凡夫藉佛法名相而創造出來的邪見，其實與佛法無關；所以天竺佛教被常見、斷見及左道密宗雙身法等外道法，和平的密教化以後其實已經名存而實亡了，不是等到被回教軍隊消滅以後才滅亡的。被印順承認為佛教而定位為「晚期佛教」的天竺密宗，所傳如來藏名義的「佛法」都只是外道觀想法所修得的中脈明點，或以一念不生之離念靈知意識心認作如來藏，從來不曾傳過真正的第八識如來藏法。然而印順不知明點只是第六意識觀想出來的內相分色塵，也不知密宗的離念靈知心只是第六意識心，而真正的如來藏則是第八識的阿賴耶識心體，所以他因為無知或別有居心的緣故，無根誹謗如來藏是外道的神我，相信竺密、藏密確實曾經傳過如來藏；他不知竺密、藏密的自續派中觀者所傳如來藏都只是意識心或中脈明點而已，就公然指責天竺佛教是因為密教弘傳如來藏法而被外道同化滅亡。其實外道們從來無人能證如來藏，連佛世時的阿羅漢們都證不到，何況是密教外道法中的凡夫祖師們？（註：**坦特羅**今譯爲**譚崔**。近年台灣社會眾所側目的譚崔瑜伽輪座雜交，出自坦特羅佛教的輪座雜交，學術界稱爲左道密宗。）

大願法師不知第八識與第六識的差異，舔食印順之涎唾而誣謗說：「**天竺佛教因爲弘傳如來藏法而被外道同化、消滅。**」但事實上是：天竺的晚期佛教正是坦特羅「佛教」，是以外道性力派雙身法爲中心思想及行門的外道，並不是眞正的佛教，已經純屬外道法了！而且那時的坦特羅「佛教」所謂的如來藏，如同前面所說，都不是眞正的如來藏第八識，怎會是因爲弘傳如來藏法而被外道同化、消滅？假使大願法師這個說法是正確的話，那麼　釋尊也應該是外道了！因爲　釋尊在四阿含諸經中處處隱說如來藏、識、如來、神、梵、我；在大乘般若經中，在第三轉法輪的唯識經中，也都是在宣說如來藏法義的；依大願法師的說法，　釋尊應該是不折不扣的外道了。可否請大願法師讀過四阿含以後，對這一點作一些補充說明來自圓其說？

所以，大願法師的說法，絕無絲毫可信之處，所說完全不符事實，只是舔食印順《印度佛教思想史》中的邪見涎唾之後，跟著印順人云亦云罷了！根本不知古今三乘法義一貫不變且都是以如來藏法爲中心依止的事實，而外道（包括天竺密宗及後來的藏密）都是不曾實證如來藏的。假使他們曾經實證如來藏，現觀如來藏的眞實性、清淨性、離染性、眞如性、涅槃性、具足萬法性、離見聞覺知性，那麼他們將會主動把雙身法的樂空雙運全面否定而逐出密宗以外，必然要回歸眞正佛法的；但是現前證實，天竺晚期坦特羅佛教（天竺密宗）的上師們，從來不曾證得如來藏，才會繼續流傳外道的雙身法樂空雙運的淫樂技術，也才會有密宗的自續派、應成派中觀同以意識心境作爲中觀的實證境界。

雖然發展演變以後的後期自續派中觀，也說是實證如來藏而不同意應成派中觀的否定如來藏，但仍然是錯將意識心的變相境界，誤認爲第八識如來藏。甚至於他們共同奉爲根本所依的《大日經》（《大毗盧遮那成佛神變加持經》）中也還是否定阿賴耶識心體的，很顯然的，創造這部「佛經」的密宗祖師們，也都是沒有親證如來藏的凡夫；若是已經親證了，怎還能否定阿賴耶識心體？怎能再容許來自外道的雙身法樂空雙運邪法存在密宗？怎能在《大日經》中說樂空雙運的外道法是成佛的究竟法門與境界？所以，大願法師的這種錯誤，正是先信受印順的錯誤說法以後，隨他誤認爲**大乘法非佛說**；既然如此，不如轉而修習南傳佛法，所以他後來轉爲南傳佛法的弘法者；但是他卻一直沿襲著印順《印度佛教思想史》錯誤取材的考證與無根據推論所得的結果，不曾改變。

今從天竺晚期「佛教」之密宗坦特羅「佛教」祖師著作的密續，以及傳至西藏後之紅、白、花教等「如來藏」法義觀之，在在皆可證明印順定義的天竺「晚期佛教」從來不曾實傳過如來藏法，皆是以如來藏名而傳常見外道神我之法，藏密踵繼弘傳之。所以，印順所說的天竺晚期「佛教」其實絕對不是佛教，因爲他們已經以外道的雙身法樂空雙運作爲主要的理論與行門了；而且他們所說的中觀見，也都是以意識爲中心而建立戲論的中觀論，與 佛所開示以第八識的眞如性、中道性而建立的中觀論，是迥然不同的；所以根本上已經不是佛教了，只是繼續身披僧衣，住持佛教寺院而已。然而，天竺「晚期佛教」之坦特羅密宗，假藉如來藏名而傳的虛假如來藏法，以及外道神我之「如來常住」法，都是第六意識心，這即是藏密自續派及應成派中觀見的墮處；而眞正之如來藏法，則是第八識阿賴耶識心體，何曾與外道神我之第六意識心相同？

所以者何？外道神我及天竺晚期坦特羅「佛教」的左道密宗所傳的如來藏，皆同是第六意識心；這個外道神我、梵我的第六意識心，一旦現行而存在時，必定皆有見聞覺知性，皆能了了而知六塵，一定能與淫觸相應，所以才會容許雙身法的樂空雙運外道法存在密宗裡。這個覺知心乃至進入二禪等至位之中，仍能了知定境法塵的，都是不離六塵的。然而大乘第二、三轉法輪所傳之如來藏，則是第八阿賴耶識心，一向離六塵中之見聞知覺性，從來不曾住在六塵中。在外道神我的意識離念靈知心恆住六塵中，而第八識如來藏恆離六塵的情況下，各自所了知的種種法與功德性，差異豈止千里、萬里？大願焉可盲無慧目而謗如來藏爲外道神我？豈非身披僧衣、住如來家、食如來食、說如來法而破如來法者？所以者何？若人謗無第八識心，則已成爲謗**二乘涅槃爲斷滅空**，亦已成爲謗**大乘菩提爲外道法**；已使二乘聖者所證涅槃皆成爲斷滅故，亦使大乘般若成爲**性空唯名**之**戲論**故，更使大乘唯識一切種智成佛之法成爲不觸及**眞實唯識門**而徒有**虛妄唯識門**之虛相法戲論故，本質是滅壞 佛說眞實唯識門妙義故。由是故說大願法師舔食印順涎唾，謗言**如來藏是外道神我**者，乃是最嚴重謗法、謗佛之斷善根人！大願法師於平實此言、此斷，頗能以文字公開對佛門四眾辯解分說乎？若不能者，即應迅速公開懺悔滅罪。

大願法師又言：「**初期大乘方有如來藏說，原始佛法中並無如來藏說。**」（同日同一節目中的說法）慧廣法師亦作如是言：「大乘佛教的修行，也會採取其他宗教不錯的修法，將之融會於佛教修法中，讓某個地區的人，更容易接受佛法。這就是：爲什麼大乘佛教的修持方法中，有許多是原始佛教所沒有的。包括咒語、誦經超渡、命終助唸，以及多佛、多菩薩的信仰等等。在教理上，更開發了一些**泛外道化**的佛學名詞，如說眾生皆**有佛性**、**有如來藏**、**真如**、**阿賴耶識**，及禪宗所說的**明心見性**、**見性成佛**等。這以原始佛教的觀點來說，簡直是外道了。**外道也講神我**、**大我**、**梵我**，**大乘佛法的佛性等**，**與之何異**！這些種種，就是導致南傳佛教排斥大乘佛教非佛法之所在。」（摘自慧廣〈南傳佛法與大乘佛法〉文）

但慧廣自己卻又如是說：「坦白說，我個人滿喜歡某些原始佛法，包括其理念與修行。在距今將近二十年前，我初出家時，第一次看到《雜阿含經》。看了幾篇，心理覺得很喜歡。於是，便一直看下去。不到一個月吧，整部《雜阿含經》就被我看完了。心裡想：這麼好的經典，怎麼被佛教徒說是小乘經典，而不屑看呢？太可惜了。」（摘自慧廣著《南傳佛法與大乘佛法》文）他繼承印順的藏密黃教宗喀巴應成派中觀邪說。然而慧廣此說並不誠實，謂原始佛法是應該包括三乘經典的，因爲都是最原始時期的佛說；而且阿含部經典已曾明說如來藏、佛性，特別是在慧廣宣稱已經讀過的雜阿含部經典中；但慧廣自稱已經讀過阿含，卻又睜眼說瞎話。其實，否定如來藏而弘揚緣起性空法的應成派中觀邪見者，才是助成坦特羅密教發展者，正是令佛法外道化乃至滅失者，不應反其事實而誣謗如來藏法是導致天竺佛教滅亡的原因；因為坦特羅佛教是實行輪座雜交的，全是意識相應的淫觸境界，必須認定意識是常住法；應成派中觀則堅決認定意識為常住法，故說應成派中觀見者才是助成坦特羅雙身法的破壞佛教正法者。

大願法師作如是言：【「晚期佛教因為想同化外道婆羅門教，吸收婆羅門教之如來藏說而弘傳之，但是後來卻被婆羅門教之如來藏說所同化，佛教就漸漸消滅了。」】（2003/2/23 慈蓮寺大願法師電視弘法節目『史觀佛法之流變』中之大意）此乃是顛倒事實破壞正法之言論。如來藏法迥異外道婆羅門法，如來藏是第八識，是能出生意識心的第八識；婆羅門外道在佛教出現之前，固然常有人說已證得如來藏，其實仍然錯把意識心誤認為如來藏；所以眞正的如來藏是第八識，婆羅門所講的如來藏卻從來都是意識心；然而應成派中觀者，總是誣說 佛所親證、所弘揚的眞正如來藏同於婆羅門教之「如來藏法」意識心；如今大願仍然在舔食印順邪見涎唾，同作一說，成就破法之重罪，令人憐憫。

世尊尚未降生人間之前，前佛所傳佛法，由諸天繼續弘傳於天界；人間修行者若有良緣，輒得親從天主、天神聽聞之，聽聞後轉而宣說於人間。然而去佛日久，人間流傳的佛法也難免漸漸失眞，終至已經無人能證如來藏，只剩下傳說中所說的「確實有如來藏可證」；如來藏法義，縱使有天人仍然憶持不忘，也因爲諸佛一向告誡不許明說，所以他們後來不忍聖教衰而來人間提示時，也不會爲人類明說如來藏所在的密意。人間佛法之弘傳就在這種情況下，漸漸失眞，而佛教也早已不存在了；這是只有外道自修時，從以前的歷代上師轉聞而得的如來常住之名，唯餘如來藏、如來常住之名相，已非原來過去佛所傳之眞正如來藏法。後時雖多人眾欲證如來藏，欲取證自心如來，然而悉不可得；但由於諸天常來人間宣說如來藏及如來常住妙義，促發人間眾生得度的因緣提早成熟；最後身的 釋迦菩薩於兜率天宮，觀察人間修行者得度因緣成熟故，便受生人間示現成佛而說如來藏妙法，宣說如來常住境界及如來藏妙義；是故諸佛子不應因 世尊示現人間之前的外道亦說有如來可證，便謂如來是外道法；否則， 世尊受生人間前的外道也常弘揚阿羅漢法，宣稱已證阿羅漢果，是否也可比照說阿羅漢法本是外道法而非佛法？有智佛子應當於此分辨正訛之說。

由天主、天神來人間傳授過去佛之佛法者，並非平實新創之說，有阿含部經文世尊所說爲證。今錄彼經全文如下，以免有人故意誹謗平實斷章取義：

【如是我聞　一時世尊在王舍城鷲峰山中，與大眾俱。是時有五髻乾闥婆王子，過於夜分，至明旦時，來詣佛所。彼有身光廣大，照耀彼鷲峰山都一光聚。到佛所已，頭面禮足，退住一面，前白佛言：「世尊！我於一時，在三十三天，見帝釋天主、大梵天王并善法天眾而共集會，有所宣說。我親所聞、我親所受，是義云何？唯願世尊告示於我，令我了知。」佛告五髻乾闥婆王子言：「所有汝於三十三天帝釋天主、大梵天王并善法天眾共集會處，有所聽受，我今如應告語於汝，令汝了知。」時五髻乾闥婆王子復白佛言：「世尊！我於一時在三十三天帝釋天主、大梵天王并善法天眾，共集會處；是時或有天子，以因緣故初生彼天；同時有餘先生天子見初生者，乃起五種極愛樂事，所謂壽命、色相、名稱、吉祥、眷屬等。世尊！彼有一類天子作如是言：『諸天子！汝等且觀，此初生天子有餘先生天子起於五種極愛樂事，所謂壽命、色相、名稱、吉祥、眷屬等。』彼時又有一類天子作如是言：『諸天子！此初生者是佛世尊聲聞法中修梵行已，身壞命終，感善趣報，而來生此三十三天；同時有諸先生天子，乃起五種極愛樂事。』彼時又有一類天子作如是言：『快哉！諸天子！有四佛如來應供正等正覺，出現世間，宣說諸法，利益天人；損減阿脩羅眾，增益天眾。』彼時又有一類天子作如是言：『止！諸天子！非四佛如來應供正等正覺出現世間。快哉！諸天子！有三佛如來應供正等正覺出現世間，宣說諸法，利益天人；損減阿脩羅眾，增益天眾。』彼時又有一類天子作如是言：『止！諸天子！非三佛如來應供正等正覺出現世間。快哉！諸天子！有二佛如來應供正等正覺，出現世間，宣說諸法，利益天人；損減阿修羅眾，增益天眾。』如是等事，願佛為說。」

是時帝釋天主、大梵天王在佛會中，佛以是事，告帝釋天主并天眾言：「汝等當知，同一時中，無處容受二佛如來應供正等正覺出現世間，宣說諸法。」時帝釋天主并諸天眾聞佛語已，咸生歡喜，心意快然。爾時世尊知彼帝釋天主并諸天眾咸生歡喜，即告眾言：「如來應供正等正覺出現世間，具足八種希有之法；汝等若欲聞者，應當勝前發歡喜心、起忻樂意。」即時佛告帝釋天主言：「憍尸迦！汝今為此天眾，隨應樂說如來應供正等正覺八希有法。」

時帝釋天主承佛教敕，宣說世尊八希有法：「諸天子！隨有如來應供正等正覺出現世間，決定損減阿脩羅眾，增益天眾。能令多人利益安樂，如是利樂是爲希有。復次，諸天子！如來大師出現世間，我不見於過去及今現在而有別異；是故如來應供正等正覺出現世間，宣說法教，利益天人；所謂破諸見法，離染污法，順觀法，潔白法，了知諸受法，除憍慢法，調伏渴流法，破無明法，斷依止法，離貪愛法，寂滅法，涅槃法，如是宣說諸法，是爲希有。復次，諸天子！如來大師出現世間，我不見於過去及今現在而有別異；是故如來應供正等正覺出現世間，爲諸聲聞教示學法，謂所應修諸無瞋法。以此緣故，如來應供正等正覺，重重教示諸修行者，應於曠野寂靜等處修無諍行，若行、若住、若坐、若臥，遠離憒鬧及離諠繁，隨自依止，隨自色相，隨自忻樂，隨自所愛；勿雜他人，隨自應行。如是教示，是爲希有。復次，諸天子！如來大師出現世間，我不見於過去及今現在而有別異；是故如來應供正等正覺出現世間，雖復隨順受諸飯食，如來常得食中上味及得正味，得第一味，得不離散味。又復如來應供正等正覺所受飲食，遠離憍慢，無住無著；常離過失，起正智慧；常欲出離，復以此法教示一切，是爲希有。復次，諸天子！如來大師出現世間，我不見於過去及今現在而有別異，是故如來應供正等正覺出現世間，具足神通，爲諸聲聞說神通法，教示開導使令修行。如是教示，是爲希有。復次，諸天子！如來大師出現世間，我不見於過去及今現在而有別異，是故如來應供正等正覺出現世間，離諸疑惑，亦離疑論，於善法中得無所畏。如是離疑者，是爲希有。」

「復次，諸天子！如來大師出現世間，我不見於過去及今現在而有別異，是故如來應供正等正覺出現世間，於諸法中如說能行，如行能說；復以諸法教示開導，使令修行。如是教示，是爲希有。復次，諸天子！如來大師出現世間，我不見於過去及今現在而有別異；是故如來應供正等正覺出現世間，教示涅槃及涅槃道，增長充滿無有窮盡。譬如殑伽河水、閻牟那河水，流注大海增長無盡；如來應供正等正覺亦復如是，教示涅槃及涅槃道，善巧宣說諸涅槃法及善安立，使令修行，增長無盡。如是教示者，是爲希有。諸天子！如來大師出現世間，具足如是八種希有之法，是故我不見於過去及今現在而有別異。」

是時彼天子眾聞是說已，又復勝前，咸生歡喜，心意快然，俱白帝釋天主言：「天主！願爲我等重復宣說彼如來應供正等正覺八種希有之法。」時帝釋天主爲彼天眾，第二宣說如來八希有法：「復次，諸天子！隨有如來應供正等正覺出現世間，決定損減阿脩羅眾，增益天眾，能令多人利益安樂。如是利樂，是為希有。諸天子！是故如來大師出現世間，我不見於過去及今現在而有別異。」如是如前廣說，乃至「如來應供正等正覺出現世間，教示涅槃及涅槃道，增長充滿無有窮盡。譬如殑伽河水、閻牟那河水，流注大海增長無盡；如來應供正等正覺亦復如是，教示涅槃及涅槃道，善巧宣說諸涅槃法及善安立，使令修行增長無盡。如是教示，是為希有。諸天子！如來大師出現世間，具足如是八希有法，是故我不見於過去及今現在而有別異。」如是言已，彼天子眾又復勝前，咸生歡喜，心意快然。爾時世尊知天子眾又復勝前生歡喜已，復告帝釋天主言：「憍尸迦！汝今重復宣說如來應供正等正覺八希有法。」是時帝釋天主承佛教敕，第三復說八希有法：「復次，諸天子！隨有如來應供正等正覺出現世間，決定損減阿脩羅眾，增益天眾，能令多人利益安樂。如是利樂，是為希有。諸天子！是故如來大師出現世間，我不見於過去及今現在而有別異。」如是如前廣說，乃至「如來應供正等正覺出現世間，教示涅槃及涅槃道，增長充滿無有窮盡。譬如殑伽河水、閻牟那河水，流注大海增長無盡；如來應供正等正覺亦復如是，教示涅槃及涅槃道，善巧宣說諸涅槃法及善安立，使令修行，增長無盡。如是教示，是為希有。諸天子！如來大師出現世間，具足如是八希有法，是故我不見於過去及今現在而有別異。」

如是言已，時大梵天王知彼天眾又復勝前，咸生歡喜，心意快然，即說伽陀曰：

帝釋天主并天眾　咸生如是歡喜心　歸命稱讚佛如來　善說如來希有法

昔見天中初生者　具足色相及威光　由於梵行久已修　得生彼天具勝力

時三十三天眾聞是伽陀已，又復勝前，咸生歡喜，心意快然。爾時大梵天王知彼天眾又復勝前生歡喜已，即告眾言：「汝等若欲樂聞如來應供正等正覺具大智慧，於長夜中多所利樂如是事者，應當勝前發歡喜心，起忻樂意。」時彼天眾俱白大梵天王言：「善哉！大梵天王！唯願廣說如來應供正等正覺具大智慧，於長夜中利樂等事。」時大梵天王即爲廣說如來大智往昔因緣，時梵王言：「世尊！乃往過去世中，有一國王，其名域主。彼時有一婆羅門，名曰堅固，居輔相位，爲王之師；聰明大智，具大才略，善治國事。王有太子，名曰黎努，王所愛念；聰明大智，復有大才，善了眾事。世尊！彼黎努太子，別有六人刹帝利童子而爲伴友，常所共會，聚砂爲戲。彼輔相堅固婆羅門亦有一子，名曰護明，深所愛念；才智聰利，凡所歷事，無不洞明。世尊！而彼輔相參治政事頗經時歲，其後一時忽趣命終；王聞輔相堅固婆羅門已趣命終，愁憂懊惱，悲軫淚流；撫膝驚惶，癡悶如絕，乃作是言：『我此輔相頗有才智，參治國政，深爲良佐，復常與我共所娛樂；而忽命終，我深苦惱。』時彼太子聞其父王爲輔相堅固婆羅門已趣命終愁憂懊惱，悲軫淚流；太子即時往詣王所，到已白言：『父王勿須憂愁，勿須涕泣。何故自損，癡悶如絕？何以故？父王當知，堅固婆羅門有一長子，名曰護明，具有才智，又復聰利；若繼父位，能曉政事；其父所解，此子悉知。今有此人，王何憂惱？王應密召，隨事教招，以父所任當授其子。』時王聞已，即命使人，乃謂之曰：『汝往護明童子所，傳如是言：「王今召汝，宜速來此。」』使人受命，即時往詣護明童子所；既到彼已，具宣王敕：『今召於汝，宜速往彼。』時護明童子聞使人言，即時來詣王所；到已伸敬，令一面坐；時王歡喜，重復慰諭，作如是言：『我今如實教示於汝，汝父喪逝，雖復愁惱。我今令汝繼其父位，而爲輔相。汝善爲我共治國政。』護明童子受王教命，即繼父位，乃爲輔相；共治國政如父所作，諸所應事悉如其父而無違失。爾時國中婆羅門、長者、士庶人民，知是事已，咸作是言：『快哉！護明童子！汝父昔時名爲堅固；子今繼位，克廣前業。我等稱汝名大堅固。』其本名字爲護明者，以火中出因緣，立號。從今已後，稱大堅固。世尊！爾時輔相

王，統理一處。從是已後乃有七王，所謂黎努王、破冤王、梵授王、勝尊王、明愛王、持國王、大持國王。如是七王各分統已，後時六王又復集會，共詣輔相婆羅門所，到已謂言：『大堅固！如汝所有智謀才略，助佐黎努大王。我等六王願汝同彼，亦相贊助。』輔相婆羅門聞是言已，同佐七王，諸所有事悉共參議。爾時輔相婆羅門其後又復教授七千婆羅門誦彼經典，教授七千婆羅門讀彼經典；時諸長者婆羅門士庶人民，咸知咸見輔相婆羅門如是才智，互相議言：『此大堅固，是爲眞實大婆羅門，復能與諸婆羅門衆，教授讀誦圍陀典章。』

是時輔相婆羅門聞衆議已，作是念言：『此諸婆羅門長者士庶人民，處處相聚參議，於我假以稱揚，謂我才智，又復目我而爲眞實大婆羅門；此非我宜，我且自觀：實非眞實大婆羅門。我今不復與諸婆羅門教授、讀誦、圍陀典章，正使廣知誠非我善，況復世間我身色相而不久住。我昔曾聞，先德耆舊大婆羅門智者所說：婆羅門法中，於夏四月寂止一處，修悲禪觀。彼觀若成，大梵天王當來現身，施所求願。若如是事是我所樂，我應如說修此禪觀。』如是言念已，時輔相婆羅門，將欲於夏四月中寂止一處修悲禪觀，即詣黎努王所，到已白言：『大王！我今樂欲夏四月中，寂止一處修悲禪觀，願王聽許。』時黎努王言：『大堅固！隨汝所欲，今正是時。』

爾時輔相婆羅門得王許已，詣寂靜處，諦心專注，於夏四月中修悲禪觀。過夏四月已，當苾芻布薩白月十五日，即於彼處依婆羅門法，以新瞿摩夷先塗其地，然作四方火壇，其壇中心復作火爐。時輔相婆羅門沐浴其身，著新淨衣，從北而上，至壇南界；擲吉祥草，遍覆壇地，面北而坐；執宰嚕嚩，施作火事以祀梵天。爾時輔相婆羅門作法未久，忽於北方有大光相；輔相婆羅門見是光已，生希有心，身毛喜豎；轉復肅恭，諦心而住。其光熾盛，昔所未見。爾時大梵天王現光未久，從北而來虛空中住。其輔相婆羅門一心歡喜，仰觀虛空，乃見大梵天王處于空中。即時合掌頂禮說伽陀曰：

威神色相光明具　是何聖者現空中　我今雖見不能知　惟願如實爲我說

爾時大梵天王即說伽陀，答輔相婆羅門曰：

彼諸淨行者悉知　我於梵界而常住　又復諸天知我名　汝婆羅門應自審

輔相婆羅門復說伽陀曰：

所須淨水及座位　蘇蜜乳粥味中勝　最初奉獻我專心　惟願梵王哀納受

大梵天王復說伽陀曰：

所須淨水及座位　蘇蜜乳粥味中勝　汝婆羅門最初獻　我今如應為汝受

輔相婆羅門說伽陀曰：

五欲諸境名此界　得生梵世名他界　我忻是義發問端　惟願梵王聽許我

大梵天王說伽陀曰：

此界他界二義中　隨汝所樂恣汝問　我今聽許悉無疑　汝問云何當速說

爾時輔相婆羅門即作是念：『我於今時欲解疑惑，先以何義問彼梵王？為問此界義由何發起邪？為問他界義由何得生邪？』輔相婆羅門又復審思：『此界義者，謂由五欲發起。此不應問，我今當以生他界義問。』彼婆羅門作是念已，即問大梵天王言：『勇猛清淨者大梵天王！我今問汝，願解疑惑。大梵！人中若欲求生寂靜梵天界者，當修何行而能得生？』爾時大梵天王即說伽陀，答輔相婆羅門曰：

修無我者即淨行　心住一境悲解脫　離諸欲染煩惱除　此等得生於梵界

時輔相婆羅門白大梵天王言：『如大梵所說伽陀中言，修無我者是即淨行；我於此義已能解了，謂一類人起正信心，修出家法，剃除鬚髮，被袈裟衣，捨諸富樂；若少若多，智能隨轉。若高族中、若下族中，其心平等離諸取著，但持三衣一鉢，餘無所有；於諸學中教授學法，身語意業具足清淨，淨命自資離諸過失，如是名爲修無我者。又如大梵所說：心住一境。我聞其言亦解是義，謂有一類修定行者，內心清淨住一境性，無尋無伺定生喜樂，證二禪定，具足所行，此即名爲心住一境。又如大梵所說悲解脫者，我聞其言亦解是義，謂有一類修悲行者，以悲俱時所生之心，先於東方遍運悲心，其心廣大具足所行，平等無二，亦無限量，無冤無惱；如是東方行已，南西北方四維上下，一切世界廣運悲心，具足所行亦復如是，此即名爲悲解脫者。又如大梵說言：離諸欲染，煩惱除者。我聞其言不解是義。大梵！何等爲煩惱？云何人中能令煩惱而得清淨？諸煩惱海充滿流注是中，云何令修行者得生寂靜彼梵天界？』

爾時大梵天王即說伽陀，答輔相婆羅門曰：

貪瞋癡慢疑忿覆　惱害誑妄并慳嫉　起此染法及謗他　是等名爲諸煩惱
遠離如是諸煩惱　即於人中得清淨　諸煩惱海塞其源　得生寂靜梵天界

時輔相婆羅門白大梵天王言：『如大梵所說諸煩惱法，我聞其言，了解是義。我若在家一向纏縛，我若出家一向離過，當修清淨正白梵行。何以故？有生皆滅，人命短促；若不覺知，死墮惡趣，是故我今自知自覺，宜善修作，行正梵行，不復世間造諸惡業。大梵！我今捨家而求出家，惟願大梵知我心意。』大梵天王言：『如汝所欲，今正是時。』爾時空中所現大梵天王作是言已，隱而不現。」

復次，會中，五髻乾闥婆王子前白佛言：「世尊！我於今日聞此梵王於世尊前説因緣事，我忽思念：『彼時輔相大堅固婆羅門者，豈非即是佛世尊邪？』」佛告五髻乾闥婆王子言：「如是，如是，彼時輔相大堅固婆羅門者，即我身是。我念往昔，彼輔相大堅固婆羅門出家等事，汝曾聞不？」五髻答言：「不也！世尊！我昔未聞。」佛言：「五髻！我今次第爲汝宣説。五髻！彼時輔相大堅固婆羅門作火事已，往詣黎努王所；到已跪拜，恭向王前説伽陀曰：

我有意願今啓白　黎努大王國界主　我捨相位求出家　願王自理國政事

爾時黎努大王即説伽陀，答輔相曰：

汝若闕少所須用　一切欲者我當與　若人嬈汝今速言　我以王法爲治罰
汝如我父我如子　汝我相助豈相離　汝雖爲相亦我師　何故于今發是語

輔相婆羅門説伽陀曰：

我諸所用無闕乏　亦非他人相嬈惱　但爲我聞眞實言　發出家心無改轉

知，我今欲捨彼輔相位，惟願諸王各各別求助國政者；設有授學，別依師範。我今樂欲出家修道，何以故？我於大梵天王所，聞眞實言；謂煩惱法應當捨離。從是已後不樂在家一向纏縛，我若出家一向離過，當修清淨正白梵行。何以故？有生皆滅，人命短促；若不覺知，死墮惡趣。是故我今自知自覺，宜善修作，行正梵行，不復世間造諸惡業。』時彼六王咸共議言：『此輔相婆羅門何故棄捨富貴而求出家？婆羅門中亦有愛樂於富貴者，我等應當以富貴事，勸請彼人令勿出家。』爾時六王共參議已，咸謂輔相婆羅門言：『我等六王以富貴事一切所欲，勸請於汝。然今我等所有富貴，皆是依法而得。』言已，即出廣多財寶、諸富樂具，授與輔相婆羅門。時輔相婆羅門白六王言：『大王！今此財寶諸富樂具，我悉自有，一切豐足。然我所有亦依法得，我自所有尚悉棄捨，況復于今受諸王賜？我今決定志求出家，何以故？我於大梵天王所，聞眞實言，謂煩惱法應當捨離。』如是乃至如前廣說。五髻！時彼六王復相議言：『婆羅門中亦有愛樂姝妙妓女，我等應答與彼令受。』爾時六王共參議已，即以姝妙妓女，與輔相婆羅門。王言：『我此妓女，色相殊麗，肌體充實，容止可觀。復多能解，汝宜納受，勿復出家。』時輔相婆羅門白六王言：『大王！我家自有四十妻室，色相殊麗，肌體充實，容止可觀，端正齊等。雖復自有，尚悉棄捨，況復于今受諸王賜？我今決定志求出家，何以故？我於大梵天王所，聞眞實言，謂煩惱法應當捨離。』如是乃至如前廣說。五髻！時彼六王咸謂輔相婆羅門言：『汝今堅欲求出家者，且復更俟。過七年後，我等諸王子孫及弟，各成立已，我等亦當隨汝出家。汝大堅固若有歸趣，我等諸王亦有所歸。』時輔相婆羅門白六王言：『若俟七年，極爲久遠，我今堅志願速出家。何以故？我於大梵天王所，聞眞實言，謂煩惱法應當捨離。』如是乃至如前廣說。六王又言：『汝大堅固！若不爾者，更俟六年。』或復五年，乃至一年。輔相答言：『若俟一年，極爲久遠。我今堅志願速出家。』六王又言：『若不爾者，更俟七月。』輔相答言：『若俟七月，極爲久遠。我今堅志願速出家。』六王又言：『若不爾者，或復六月。』乃至半月，輔相答言：『若俟半月，極爲久遠。我今堅志願速出家。』六王又言：『若不爾者，更俟七日。』輔相答言：『大王！若俟七日，斯爲可爾。我所出家，捨苦從樂，今正是時。』五髻！爾時輔相婆羅門往詣七千教誦經典婆羅門及七千教讀經典婆羅門所，到已普告一萬四千諸婆羅門言：『善來！善來！諸婆羅門眾！汝等所有圍陀典章，若讀若誦；從今已後，各別求師而相教習。我今出家，無能教汝。何以故？我於大梵天王所，聞眞實言，謂煩惱法應當捨離，從是已後，不樂在家一向纏縛；我若出家，一向離過，當修清淨正白梵行。何以故？有生皆滅，人命短促；若不覺知，死墮惡趣。是故我今自知自覺，宜善修作，行正梵行，不復世間造諸惡業。』時彼一萬四千婆羅門眾，俱白輔相婆羅門言：『我師智者，勿宜出家。何以故？夫出家者少其義利，少其威德，少有稱譽。若彼婆羅門者有大義利，有大威德，有大稱譽。』時輔相婆羅門告彼一萬四千婆羅門言：『汝婆羅門莫作是語，莫作是語。汝等當知，夫出家者有大義利，有大威德，有大稱譽。而婆羅門者少其義利，少其威德，少有稱譽。如汝諸婆羅門有所知解，一切皆從師授爲緣，是故汝等勿生異見。』時彼一萬四千婆羅門眾，俱白輔相婆羅門言：『如師所說，如是，如是。夫出家者有大義利，有大威德，有大稱譽。乃至我等有所知解，一切皆從師授爲緣。汝師！今時若有歸趣，我亦有歸。』時輔相婆羅門復告一萬四千諸婆羅門言：『我所出家，捨苦從樂，今正是時。』時輔相婆羅門還詣自舍四十妻所，謂諸妻言：『善來！善來！汝等各各當詣彼彼親族中去，或復樂住別婆羅門族。我今捨汝，志求出家。何以故？我於大梵天王所，聞眞實言，謂煩惱法應當捨離。從是已後，不樂在家一向纏縛；我若出家，一向離過，當修清淨正白梵行。何以故？有生皆滅，人命短促，若不覺知，死墮惡趣。是故我今自知自覺，宜善修作行正梵行，不復世間造諸惡業。』時四十妻俱白輔相婆羅門言：『汝大堅固！應爲師尊時，汝即是師尊；應爲夫主時，汝即是夫主；應爲善友時，汝即是善友。今隨汝所欲，汝有歸趣，我亦有歸。』時輔相婆羅門復謂四十妻言：『我所出家，捨苦從樂，今正是時。』五髻！爾時輔相婆羅門，所應告語，遍告語已，於七日中正信堅固，歸佛出家，鬚髮自落，袈裟著身；成苾芻相，威儀具足。輔相婆羅門既出家已，時彼七王悉捨國境，亦隨出家；所有七千教誦婆羅門亦隨出家，彼四十妻亦隨出家；是時復有無數百千諸人民眾，各各隨喜，悉樂出家。五髻！時輔相大堅固婆羅門遠離諸欲，證阿羅漢果。證聖果已，復爲同梵行者說諸聲聞種類法門；彼聞法已，解了其義，當生梵界。是時大堅固聲聞，復爲諸同修梵行者，說諸聲聞種類法門；彼聞法已，解了其義，得生欲界四大王天。又有一類同梵行者，聞法悟解，生三十三天。或有一類同梵行者，生夜摩天。或有一類，生兜率天。或有一類，生化樂天。或有一類，生他化自在天。五髻！彼時會中若男若女及同梵行者，或於大堅固聲聞起過失心者，身壞命終，墮地獄中；彼時會中若男若女及同梵行者，於大堅固聲聞起淨信心者，身壞命終，得生天界。五髻！彼時大堅固聲聞，周行城邑聚落境界，普爲一切，若王、若臣、若長者、若婆羅門，乃至士庶人民，教化利益令捨邪道。是時國中王、臣、長者、諸婆羅門，修梵行者及在家者，乃至一切士庶人民，咸作是言：『歸命聖者大堅固！七王、輔相，快哉今日，得大善利。』如是，世尊宣說往昔因緣事已，五髻乾闥婆王子，心生歡喜，遠塵離垢，得法眼淨。佛說此經已，五髻乾闥婆王子等一切大眾，聞佛所說，皆大歡喜，信受奉行。」（《大堅固婆羅門緣起經》卷下）

大梵天王回應輔相婆羅門的呼請而示現時，教導應當出家修清淨梵行，說的是無我法，乃是二乘法的解脫道；既然天界一直都有前佛所傳的解脫道法義仍在弘傳，當然前佛所傳的如來常住、如來藏確實可證……等大乘佛法也一定同時存在及弘揚中，可見天界其實一直都有佛法存在，並非只有人間方有佛法流傳。而輔相婆羅門出家證果後，轉度極多有緣者得度，那些人因此也得證果，凡未證得阿羅漢果位者，捨報之後都隨其所證果位而生於天界，必然也會轉度天界有情，由此可徵天界亦有佛法流傳，這是因爲這一類天人爲數不少的緣故，而且相對於人類短促壽命而言，他們的天壽極爲長遠；當人間的前一尊佛入涅槃後，他們仍然天壽未盡，當然仍將繼續斷除煩惱，以及隨緣爲諸天人廣說佛法，而且說的正是阿含所載的二乘菩提解脫道，一定也會有佛菩提道，所以不應說天界無佛法流傳。天界既然有佛法流傳，當然會在人間因緣即將成熟時，前來爲人類說如來常住、如來藏可證、解脫生死的涅槃等佛法。

由此可以證實：如來藏妙法的弘傳，不因爲是佛教出現之前的外道曾經說過，就等於是外道法；應當是外道們因爲尚未有佛出現於人間弘傳而不能證得，心嚮往之而求證之，但是全都錯會而誤證了，總是將意識心的種種變相錯認爲常住的如來心，誤會爲如來藏心，就宣稱他們已經實證如來藏；也有外道不能現觀意識虛妄，而自稱已證阿羅漢果了。不但佛教未出現的外道時期中，乃至佛教出現已經二千五百年後的今天，都尚且有許多大師與學人誤證如來藏、誤證阿羅漢果，錯將意識心的變相境界誤以爲就是如來藏心，何況是佛教尚未出現之前的外道時期？當然難免會錯證及誤會。但吾人不應該因爲外道常常說已證如來藏，宣稱他們已證阿羅漢果，也常常宣說如來藏法義，就說如來藏是外道法。因爲這些都是前佛的弟子往生天界以後，前來宣說而流傳在人間的正法，只因外道們親證及得度的因緣尚未成熟，所以就錯證、誤會了。

直到 世尊觀察人們得度的因緣成熟了，所以廣度外道們進入佛法中，終於有人正確的悟證如來藏。因此不應說如來藏是外道法，因爲外道們並未有人確實證得如來藏，而如來藏確實是正法；如同平實出道以來，廣弘如來藏法，以如來藏而建立印順及大願所欲弘揚而不能眞弘的二乘菩提，令二乘菩提涅槃不墮於斷滅空中；也依如來藏妙義，建立大乘菩提的金剛不可壞性，顯示大乘菩提勝妙無比的功德；由此緣故，說如來藏妙義無可輕嫌，世、出世間萬法中最上無比、最尊最勝，是三世諸佛之所依法，只有凡夫才會毀謗，一切有智慧者皆必尊崇之。以此緣故，說大願法師續食印順邪見涎唾，跟隨印順故意誹謗如來藏妙義，是破毀菩薩重戒及聲聞戒的重行，也是自毀二乘菩提解脫道的法義，使二乘涅槃難免被斷見外道所攀附，使二乘菩提難免被常見外道謗爲斷滅法，這正是否定如來藏妙法的印順、大願二人的大罪過。

所以，在佛教出現於人間以前，所有的外道都未曾證得如來藏，心嚮往之而不能證，或是誤會爲已經親證。佛教出現之後，如來藏法義因爲很難親證，所以弘傳非常困難，以致弘傳到後來，天竺密宗的祖師們已經都無智慧能證如來藏，其法都無勝妙於他教之處；不得已，只好吸收印度教中的性力派雙身修法及祈神法的火供等，然後自我標榜，吸引佛弟子繼續支持，以爲超勝於原有佛教法義之無上法。當外道法普遍弘傳於天竺晚期「佛教」後，佛教只剩下寺廟及僧人表相，法義及行門的本質已經全都是外道法了！所以說佛教那時雖仍未被回教徒所滅，其實已經不存在了！因爲當時的「佛教」所有法義已經都被外道化了！因此許多佛教史實的研究學者都有一致的共識：**密教興而佛教亡**。

這是事實，絕非平實危言聳聽。有何理由而作是說？且聽平實略說：當時的佛教寺院全面密教化以後，只剩下極少數菩薩在印度南方弘揚如來藏法義，但因爲甚深極甚深的緣故，親證者極少，勢力極小；又因繼起無人，亦不曾大力宣揚，所以不久就消失於佛教中了，從此只有天竺密教化以後的密宗法義在弘揚了；菩薩們眼見勢不可爲，只有往生到中國來繼續弘揚了，所以中國禪宗漸漸興起。天竺的「佛教」法義，在般若方面以應成派中觀及自續派中觀爲主，都屬於意識境界，如來藏妙法已經失傳了；而最勝妙的唯識一切種智勝義，已被密教大師級人物的佛護、清辨、月稱、安慧等人貶抑爲方便法、不究竟法了，更不可能有人再弘傳，所以當時的般若中觀全都與常見外道見無異，如同正覺同修會出來弘法以前的中國現代佛教界並無二致，都只是常見外道見的思惟所得，卻都用佛法名相的外表包裝起來，讓人誤以為仍然是佛教的勝妙法義。

凡夫弘法者的理論及教義演變如是，行門也是一樣，不斷強調雙身法的淫樂覺受就是報身佛修行後所得的快樂果報，把報身佛的清淨境界與外道淫樂技術的覺受果報結合起來，所以當時的天竺密宗報身佛的果報，就是雙身法淫樂中的第四喜果報；在這樣的情境與環境下，漸漸創造及結集的成果，就是今天《大正藏》中收錄進來的密教部《大毗盧遮那成佛神變加持經》（簡稱為《大日經》）、《金剛頂經》……等偽經。天竺密宗祖師因為證不到如來藏阿賴耶識，就創造這些密經，在經中直接否定阿賴耶識；又主張佛弟子應該以淫樂嬉戲的樂受來觀想供養於「佛」：**應在達到第四喜的最大淫樂覺受出現時，觀想以這個淫樂供養於「佛」，觀想「佛」接受了這個淫樂的供養**。所以密宗大日如來「佛像」的手印，是以雙身修法坐姿中的男女二根相入的形象，作為祂的手印。這就是當時天竺密宗的法義與行門，代表人物則是清辨、月稱、寂天、阿底峽；流傳到西藏以後的代表人物，則是阿底峽、蓮花生、宗喀巴、歷代達賴喇嘛。

關於密宗法義及行門的詳細內容與辨正，請直接請閱《狂密與真密》四輯書中五十六萬字的細說；也可以直接在成佛之道網站瀏覽，或者下載以後詳細閱讀，從其中列舉的極多證據中，都可證實平實所說絕無虛假，都無謊說欺瞞之處，都可以證明佛教研究學者所說的**密教興而佛教亡**的說法，確實正確。

在法義及行門都外道化以後，天竺密宗「佛教」雖然尚未被回教所滅，其實已經是名存實亡了，那時的佛教其實已經不是佛教了，而是外道化以後的表相佛教了！假使今天的佛弟子們還有使命感、有羞恥心的話，應該起而全面爲人廣說西藏密宗的本質；因爲西藏密宗的本質，正是承襲自天竺晚期密宗的坦特羅（譚崔）「佛教」雙身法，及應成派、自續派中觀邪見。應成派是否定如來藏妙法的意識思惟境界，自續派中觀則是以意識取代如來藏的常見外道境界。假使佛教中的出家人，不想再被世俗人在背後指指點點的說：「**他們佛教出家人，私底下是在修習密宗雙身法的，這與我們世俗人有何不同？**」那麼就該起而力行，將外道本質而無佛法本質的密宗，將公開羞辱佛教、使佛教出家人蒙受不白之冤的藏密外道法義，驅離佛教，使他們不能再打著佛教旗號而暗中淫人妻女之後，卻仍然廣受佛教徒的崇拜與供養；使他們不能再打著佛教旗號而實行破壞佛教正法的手段之後，卻仍然廣受佛教徒的崇拜與供養，以免供養他們的佛教徒共同承擔破壞正法的大惡業。以此緣故，說印順支持密宗應成派中觀邪見的作爲，大願否定如來藏的說法，本質都是破壞佛教的惡行；因爲印順使意識心被合理化而承認是常住心時，密宗的雙身法意識境界就獲得合理的支持了；大願則使二乘菩提的涅槃境界，成爲斷滅法，二乘菩提的證境就同於斷見外道，已無勝妙於斷見外道之處了，所以都是破法的惡行。這種弘法的本質，絕非支持及弘揚佛教正法，除非後時已經改往修來。

印順法師又說：【「秘密大乘」依佛的果德起修，以觀佛（菩薩、天）為主，所以說法的、觀想的本尊，都可說是本初佛。如『大毘盧遮那成佛神變加持經』——『大日經』卷三（大正一八‧二二中——下）說：「我一切本初，號名世所依，說法無等比，本寂無有上」。這是說，毘盧遮那 Vairocana 是本初佛。本初佛發展到頂峰的，是時輪 ka^la-cakra 法門。在印度摩醯波羅 Mahi^pa^la 王時（西元八四０——八九九），毘睹波 Vit!opa^開始傳來時輪法門。當時，在那爛陀 Na^landa^寺門上，貼出那樣的文字：「不知本初佛者，不知時輪教。不知時輪教者，不知標幟的正說。不知標幟正說者，不知持金剛的智身。不知持金剛的智身者，不知真言乘。不知真言乘是迷者，是離世尊持金剛之道的」。『時輪』以為：本初佛是一切的本源，是本初的大我。超越一切而能出生一切，主宰一切。本初佛思想是如來藏説，**發展為**：約眾生説，是眾生自我；約世間説，是萬化的本源，宇宙的實體；約宗教的理想説，是最高的創造者 a^dideva，時輪思想達到了頂峰。本初佛也名持金剛 Vajradhara，金剛薩埵。本具五智，所以又名五智我性 pan~cajn~a^na$tmika。怛特羅所説的五佛，是本初佛所顯現的，所以本初佛——持金剛，是五部佛的總持(29.031)。「後期大乘」的如來藏我，自性清淨心，唯心的念佛觀，融攝了『般若』的平等不二，『華嚴』的涉入無礙，及中觀、瑜伽學，成為「秘密大乘」的根本思想。**發展到**『時輪』，也就是印度「秘密大乘」的末後一著。】（《印度佛教思想史》p.410～p.411）

印順這個説法是與事實完全不符的，因爲藏密古今諸師中（包括天竺密宗在內），除了覺囊派的他空見祖師以外，並沒有人曾經證得本初佛——如來藏，因爲《大日經》是以觀想所得的佛身影像作爲本初佛的；而時輪金剛的本初佛，也仍然不是以如來藏作爲本初佛的，這與覺囊派的他空見如來藏法是大異其趣的，所以説他們是沒有人眞懂般若的。由於般若全都圍繞著中道心如來藏的眞如性與中道性，來出生世間、出世間的般若智慧，來顯示萬法的緣起性、緣滅性，來顯示法界萬法根源的中道心如來藏是常住而遠離斷常、垢淨、來去、一異、增減、生滅……二邊，由是成就中道及實相義。但是密宗祖師們，並未證得如來藏，當然不能眞正懂得般若，不可能發起般若智慧。以此緣故，從他們已經譯爲中文的西藏所有密續中，都能證明這一點。

他們將來如果再繼續翻譯西藏「佛教」的密續爲中文而流通出來時，也將繼續顯示這個事實。所以西藏密宗的所有祖師們，不論是大法王或大活佛、大格西們都一樣，除了他空見的覺囊派部分祖師以外，都沒有人曾經實證如來藏；正因爲無法實證如來藏阿賴耶識心體，所以他們藉著時輪金剛雙身法的理論，不斷的發展，結果仍然是落在意識境界中，與眞正本初佛的如來藏心體實證完全無關，所以印順說密宗本初佛如來藏說的種種發展，都是無義之談，因爲本初佛是原始佛教的聲聞法中所說的本識，是本來就存在的眞實法，不是印順所說經由發展而後才有的。密宗的祖師們一向都是沒有實證的，所以才會創造出《大日經》那樣荒唐的理論來，都與本初佛如來藏識無關；雖然他們留傳下來大量密續，但本質都只是**文抄公**的行徑，都沒有三乘菩提的見地，也都不能證明他們已經實證如來藏了！雖然他們常常說自己已經證得如來藏了，但都是欺人之言，都是以明點作爲如來藏，都是以一念不生的覺知心意識作爲如來藏；這就是近代藏密元音老人所傳的心中心法，就是自續派中觀見的如來藏證量，都不離意識常見見，所以說西藏密宗口中雖說曾傳、曾證如來藏，其實都是**以假代眞**的**代表說**，並無實證的事實；但印順卻把這類密宗歷代凡夫所謂的證如來藏，當作是眞正的佛法流傳，而說佛法有所演變，眞的是**滿口荒唐言**。

由此緣故，印順口中的「後期佛教、晚期佛教」的天竺密宗，雖然都說曾經實傳如來藏，其實不符史實；因爲如來藏就是阿賴耶識心體如來藏，而天竺密宗、西藏密宗奉爲根本大經的《大日經》中，卻是否定如來藏阿賴耶識的，也是大力推崇及弘揚雙身法的淫樂覺受意識境界的，並且把意識相應的淫樂覺受意識境界，高推爲最高的佛法證境，都是意識妄心境界。假使密宗祖師有人親證了如來藏而不是錯會意識變相爲如來藏的話，他們將不會再信受雙身法，一定會出而極力否定雙身法；假使環境不允許大力否定雙身法，將會明傳雙身法，暗中否定雙身法，如同藏密的覺囊派祖師一般（當然，最後仍將不免要被密宗視作外道而加以消滅）；但我們不曾看見文獻紀錄說，天竺密宗有人因爲弘揚如來藏，而被弘揚如來藏的外道滅亡。所以，印順說天竺「後期佛教」的密宗，曾經傳授如來藏法，導致天竺密宗衰亡的說法，都是與史實不符的。

而印順口中的「後期佛教」坦特羅佛教，其實不是眞正的佛教，若將其法義與行門加以舉證及辨正，大家就會瞭解他們的本質都與外道無異，只剩下意識想像的中觀，都沒有眞實佛法存在了，所以印順不該說天竺密宗曾經傳授如來藏的修證，更不該說他們是傳授如來藏法義而被外道同化的。因爲他們的如來藏就是明點，或如自續派中觀以離念靈知作爲如來藏，都不是阿賴耶識心體的修證；而外道在佛教出現以後，也都沒有能力修證如來藏，他們也不敢在佛教出現以後，再唱言自己確實已證得如來藏；而印順所舉證的《**大毘盧遮那成佛神變加持經**》（簡稱大日經），也不是眞實的佛經，而是天竺密宗坦特羅佛教的弘傳者所創造的，其中處處錯誤，都與三乘菩提佛法處處相違，眞正是僞經，怎能取來作爲佛法有所演變的考證文獻？其中所說的如來藏法義，又正是否定如來藏阿賴耶識心體的破法說法，根本就不是佛法，完全是外道法與凡夫的想像法，印順怎能認定爲眞實佛法的弘傳者而作爲佛法有所演變的考證根據？

印順又說：【成就佛果是最理想的，可是太難又太久了些！**順應世間心行，如來藏我的法門出現：**如來的無邊智慧，無邊的色相莊嚴，眾生是本來具足的。

在深信與佛力加持下，唯心（觀）念佛法門，漸漸的開展出依佛果德——佛身，佛土，佛財，佛業為方便而修顯，這就是「果乘」、「易行乘」了！「易行」，本來是為了適應「心性怯劣」的根性，但發展起來，別出方便，反而以菩薩的悲濟大行為鈍根了！】（《印度佛教思想史》頁 433）

但這是印順個人的看法，與事實不符。因為如來藏眞我的法義，早已在第一次結集完成的四阿含諸經中，處處可以看到蛛絲馬跡，在前面章節中已經舉證過了；這些聖教中的事實根據，有一些是平實於五、六年前就曾在其他書中舉證與論述過了；但是印順與昭慧等極為強勢的人，從來不敢有所回應。如今此書中舉證更多，辨正更多，他們仍將一樣無力回應。所以，印順說如來藏眞我法門的出現，只是為了順應世間心行，正是顚倒經中明載史實的妄說，因為如來藏是最難親證的，連聰明絕頂的印順都證不到，當然絕無可能是因應世間人無智的心行而弘揚起來的。觀諸古今佛門大師對於如來藏的修證，總是錯證者極多、親證者極少，這就可見如來藏法門的實證是極其困難的；而且實證後才只是七住位，從此進修佛地功德，仍須將近三大阿僧祇劫努力才能完成，印順怎能以附佛法外道所說的一悟立即成佛的虛妄說法，當作佛法而說如來藏法門是順應世間速求成佛的方便法門？與佛法完全無關的附佛法外道所說法，怎能作爲眞正佛法弘傳的考證依據？印順總是將眞正弘傳佛法的 無著……等菩薩法義加以扭曲，再將錯說佛法的附佛法外道所說認作眞實的佛法，取作考證的依據，他所說的「考證」當然沒有絲毫可信之處。由本節舉示的事實來比對印順的說法，我們可以說印順的《印度佛教思想史》，完全是文獻取材錯誤之後所作出來的違背印度佛教眞正「思想史」的妄說，都無一絲一毫可信之處。

藏密假藉如來藏名，妄稱自己所證、所傳者爲佛教之如來藏妙法；然而觀其所弘諸「如來藏」法，悉墮於四顚倒中，都屬於意識心體或意識相應的境界相，絕非 世尊所傳眞實之如來藏妙法。四顚倒者：【「復次四顚倒，是佛所說。謂無常謂常，是故生起想顚倒、心顚倒、見顚倒；以苦謂樂，是故生起想、心、見倒；無我謂我，是故生起想、心、見倒；不淨謂淨，是故生起想、心、見倒。如是等名爲四顚倒。」】（阿含部《大集法門經》卷一）

云何謂藏密所弘如來藏法全都墮入四顚倒中？這是說，藏密把觀想所得中脈明點的生滅無常法，當作是常，當作是生命的本體，當作是法界萬法的實相，所以是把無常法當作是常，正是**無常謂常**的常倒。藏密又把無常故苦的有生法明點，當作是無苦的法，所以心生顛倒想，成爲顛倒心，知見就跟著顛倒了，正是**以苦謂樂**的樂倒。藏密又把無常的明點當作是眞實不壞我，把生滅無常而致無我的明點誤認爲眞實我，正是**無我謂我**的我倒。藏密又把不清淨的意識心依不淨的邪見而觀想出來的明點，當作是清淨法本初佛如來藏，所以正是**不淨謂淨**的淨倒。如是墜入四顛倒中，成爲無常謂常、苦而謂樂、無我謂我、不淨謂淨的常倒、樂倒、我倒、淨倒的四倒者。對於藏密某些派別或支派，將一念不生的離念靈知心認作是如來藏眞心，也同樣是具足這四倒，但是印順卻把這些與佛法實質無關的凡夫弘法者所說，當作是眞實佛法的弘傳而說佛法有所演變，反將眞悟菩薩所說完全符合 世尊本懷的正法，強行扭曲說爲佛法古今的演變史、思想史。但是，眞正的佛法是從來都不曾演變過的，始從 世尊初弘時，中如 彌勒、無著、玄奘……等祖師，末至今天的正覺同修會，平實都已證明始終是一貫而無演變的，也是不可能會被演變的，因爲法界實相本就不可能被演變的。有所演變的，永遠都只是凡夫誤解的佛法，造成歷代所說有所不同的現象，當然不可以取來作爲佛法的正統而加以考證的；不幸的是印順卻專門將古今凡夫所說的法認作是眞正的佛法而加以考證，所以才說佛法有所演變。由此緣故，印順與大願說天竺晚期「佛教」及西藏密宗曾經弘傳如來藏法，都是妄語；所說的佛法有所演變的思想史，當然也是戲論，全無意義。

如來藏是離見聞覺知的，不同於外道在佛教出現前所說的如來藏，因為他們的如來藏從來都只是意識心而已，都是不離六塵中的見聞覺知性，一向不離意識境界。而天竺晚期「佛教」的密宗，以及西藏密宗所弘揚的如來藏，也都是**以假作眞**的意識或觀想所得的明點，都是有生之法，這與**如來藏在悟前、修行前就已經存在，悟後、修行以後也一樣存在，並且是永遠都不會有時中斷的**常住法，是完全不同的；所以說，密宗及外道們從來都不曾實證如來藏，不曾實傳如來藏法。事實上是：只有世尊出世以後，才開始有人實際上在傳授眞正的如來藏法，佛教出現以前的一切外道們，佛教出現後的一切附佛法外道及二乘聖人們，天竺密宗及西藏密宗（二者都不是眞密，只有如來藏才是眞密）也都不曾實證、實傳如來藏法；依據這個事實，印順與大願所說：**天竺晚期佛教的密宗因為弘傳如來藏法而被外道的如來藏法同化而滅亡**。這個說法是與佛教正法的弘傳史實完全不符合的，也是與天竺密宗被回教軍隊滅亡的史實不符的。

佛教正覺同修會〈修學佛道次第表〉

第一階段

* 以憶佛及拜佛方式修習動中定力。
* 學第一義佛法及禪法知見。
* 無相拜佛功夫成就。
* 具備一念相續功夫—動靜中皆能看話頭。
* 努力培植福德資糧，勤修三福淨業。

第二階段

* 參話頭，參公案。
* 開悟明心，一片悟境。
* 鍛鍊功夫求見佛性。
* 眼見佛性〈餘五根亦如是〉親見世界如幻，成就如幻觀。
* 學習禪門差別智。
* 深入第一義經典。
* 修除性障及隨分修學禪定。
* 修證十行位陽焰觀。

第三階段

* 學一切種智真實正理—楞伽經、解深密經、成唯識論…。
* 參究末後句。
* 解悟末後句。
* 透牢關—親自體驗所悟末後句境界，親見實相，無得無失。
* 救護一切眾生迴向正道。護持了義正法，修證十迴向位如夢觀。
* 發十無盡願，修習百法明門，親證猶如鏡像現觀。
* 修除五蓋，發起禪定。持一切善法戒。親證猶如光影現觀。
* 進修四禪八定、四無量心、五神通。進修大乘種智，求證猶如谷響現觀。

佛菩提二主要道次第概要表——二道並修，以外無別佛法

佛菩提道——大菩提道

遠波羅蜜多

資糧位

十信位修集信心——一劫乃至一萬劫

初住位修集布施功德（以財施爲主）。

二住位修集持戒功德。

三住位修集忍辱功德。

四住位修集精進功德。

五住位修集禪定功德。

六住位修集般若功德（熏習般若中觀及斷我見，加行位也）。

外門廣修六度萬行

見道位

七住位明心般若正觀現前，親證本來自性清淨涅槃。

八住位起於一切法現觀般若中道。漸除性障。

十住位眼見佛性，世界如幻觀成就。

一至十行位，於廣行六度萬行中，依般若中道慧，現觀陰處界猶如陽焰，至第十行滿心位，陽焰觀成就。

一至十迴向位熏習一切種智；修除性障，唯留最後一分思惑不斷。第十迴向滿心位成就菩薩道如夢觀。

內門廣修六度萬行

初地：第十迴向位滿心時，成就道種智一分（八識心王一一親證後，領受五法、三自性、七種第一義、七種性自性、二種無我法）復由勇發十無盡願，成通達位菩薩。復又永伏性障而不具斷，能證慧解脫而不取證，由大願故留惑潤生。此地主修法施波羅蜜多及百法明門。證「猶如鏡像」現觀，故滿初地心。

二地：初地功德滿足以後，再成就道種智一分而入二地；主修戒波羅蜜多及一切種智。

[illegible]

解脫道：二乘菩提

→ 斷三縛結，成初果解脫

→ 薄貪瞋癡，成二果解脫

→ 斷五下分結，成三果解脫

入地前的四加行令煩惱障現行悉斷，成四果解脫，留惑潤生。分段生死已斷，煩惱障習氣種子開始斷除，兼斷無始無

近波羅蜜多 —— 大波羅蜜多 —— 圓滿波羅蜜多

修道位 —— 究竟位

心、五神通。能成就俱解脫果而不取證，留惑潤生。滿心位成就「猶如谷響」現觀及無漏妙定意生身。

四地：由三地再證道種智一分故入四地。主修精進波羅蜜多，於此土及他方世界廣度有緣，無有疲倦。進修一切種智，滿心位成就「如水中月」現觀。

五地：由四地再證道種智一分故入五地。主修禪定波羅蜜多及一切種智，斷除下乘涅槃貪。滿心位成就「變化所成」現觀。

六地：由五地再證道種智一分故入六地。此地主修般若波羅蜜多——依道種智現觀十二因緣一一有支及意生身化身，皆自心眞如變化所現，「非有似有」，成就細相觀，不由加行而自然證得滅盡定，成俱解脫大乘無學。

七地：由六地「非有似有」現觀，再證道種智一分故入七地。此地主修一切種智及方便波羅蜜多，由重觀十二有支一一支中之流轉門及還滅門一切細相，成就方便善巧，念念隨入滅盡定。滿心位證得「如犍闥婆城」現觀。

八地：由七地極細相觀成就故再證道種智一分而入八地。此地主修一切種智及願波羅蜜多。至滿心位純無相觀任運恆起，故於相土自在，滿心位復證「如實覺知諸法相意生身」故。

九地：由八地再證道種智一分故入九地。主修力波羅蜜多及一切種智，成就四無礙，滿心位證得「種類俱生無行作意生身」。

十地：由九地再證道種智一分故入此地。此地主修一切種智——智波羅蜜多。滿心位起大法智雲，及現起大法智雲所含藏種種功德，成受職菩薩。

等覺：由十地道種智成就故入此地。此地應修一切種智，圓滿等覺地無生法忍；於百劫中修集極廣大福德，以之圓滿三十二大人相及無量隨形好。

妙覺：示現受生人間已斷盡煩惱障一切習氣種子，並斷盡所知障一切隨眠，永斷變易生死無明，成就大般涅槃，四智圓明。人間捨壽後，報身常住色究竟天利樂十方地上菩薩；以諸化身利樂有情，永無盡期，成就究竟佛道。

→ 七地滿心斷除故意保留之最後一分思惑時，煩惱障所攝色、受、想三陰有漏習氣種子全部斷盡。

煩惱障所攝行、識二陰無漏習氣種子任運漸斷，所知障所攝上煩惱任運漸斷。 → 斷盡變易生死成就大般涅槃

圓滿成就究竟佛果

佛子蕭平實 謹製
（二〇〇九、〇二 修訂）
（二〇一二、〇二 增補）

佛教正覺同修會 共修現況 及 招生公告　2019/02/18

一、共修現況：（請在共修時間來電，以免無人接聽。）

台北正覺講堂 103 台北市承德路三段 277 號九樓 捷運淡水線圓山站旁
Tel..**總機** 02-25957295（晚上）（**分機：九樓**辦公室 10、11；知客櫃檯 12、13。 **十樓**知客櫃檯 15、16；書局櫃檯 14。 **五樓**辦公室 18；知客櫃檯 19。**二樓**辦公室 20；知客櫃檯 21。）
Fax..25954493

第一講堂 台北市承德路三段 277 號九樓

禪淨班：週一晚班、週三晚班、週四晚班、週五晚班、週六下午班、週六上午班（共修期間二年半，全程免費。皆須報名建立學籍後始可參加共修，欲報名者詳見本公告末頁。）

進階班：週一晚班、週三晚班、週四晚班、週五晚班（禪淨班結業後轉入共修）。

增上班：瑜伽師地論詳解：每月單數週之週末 17.50～20.50。平實導師講解，2003 年 2 月開講至今，預計 2019 年圓滿，僅限已明心之會員參加。

禪門差別智：每月第一週日全天　平實導師主講（事冗暫停）。

不退轉法輪經詳解　本經所說妙法極爲甚深難解，時至末法，已然無有知者；而其甚深絕妙之法，流傳至今依舊多人可證，顯示佛法眞是義學而非玄談，其中甚深極妙令人拍案稱絕之第一義諦妙義。已於 2019 年元月底開講，由平實導師詳解。每逢周二晚上開講，第一至第六講堂都可同時聽聞，歡迎菩薩種性學人，攜眷共同參與此殊勝法會現場聞法，不限制聽講資格。本會學員憑上課證進入第一至第四講堂聽講，會外學人請以身分證件換證進入聽講（此爲大樓管理處安全管理規定之要求，敬請諒解）；第五及第六講堂（B1、B2）對外開放，不需出示任何證件，請由大樓側門直接進入。

第二講堂 台北市承德路三段 267 號十樓。

禪淨班：週一晚上班。

進階班：週三晚班、週四晚班、週五晚班、週六下午班。禪淨班結業後轉入共修。

不退轉法輪經詳解：平實導師講解。每週二 18.50~20.50 影像音聲即時傳輸

第三講堂 台北市承德路三段 277 號五樓。

禪淨班：週六下午班。

進階班：週一晚班、週三晚班、週四晚班、週五晚班。

不退轉法輪經詳解：平實導師講解。每週二 18.50~20.50 影像音聲即時傳輸

第四講堂 台北市承德路三段 267 號二樓。

進階班：週一晚上班、週三晚上班、週四晚上班（禪淨班結業後轉入共修）。

不退轉法輪經詳解：平實導師講解。每週二 18.50~20.50 影像音聲即時傳輸

第五、第六講堂

念佛班　每週日晚上，第六講堂共修（B2），一切求生極樂世界的三寶弟子皆可參加，不限制共修資格。

進階班：週一晚班、週三晚班、週四晚班。

不退轉法輪經詳解：平實導師講解。每週二 18.50~20.50 影像音聲即時傳輸。第五、第六講堂爲**開放式講堂**，不需以身分證件換證即可進入聽講，台北市承德路三段 267 號地下一樓、地下二樓。每逢週二晚上講經時段開放給會外人士自由聽經，請由大樓側面梯階逕行進入聽講。**聽講者請尊重講者的著作權及肖像權，請勿錄音錄影，以免違法；若有錄音錄影被查獲者，將依法處理。**

正覺祖師堂　大溪區美華里信義路 650 巷坑底 5 之 6 號（台 3 號省道 34 公里處 妙法寺對面斜坡道進入）電話 03-3886110　傳眞 03-3881692 本堂供奉 克勤圓悟大師，專供會員每年四月、十月各三次精進禪三共修，兼作本會出家菩薩掛單常住之用。除禪三時間以外，公元 2018 年前每逢單月第一週之週日 9:00~17:00 開放會內、外人士參訪，當天並提供午齋結緣，自公元 2019 年後開放參訪日期請參見本會公告。教內共修團體或道場，得另申請其餘時間作團體參訪，務請事先與常住確定日期，以便安排常住菩薩接引導覽，亦免妨礙常住菩薩之日常作息及修行。

桃園正覺講堂（第一、第二講堂）：桃園市介壽路 286、288 號 10 樓（陽明運動公園對面）電話：03-3749363（請於共修時聯繫，或與台北聯繫）

禪淨班：週一晚上班（1）、週一晚上班（2）、週三晚上班、週四晚上班、週五晚上班。

進階班：週四晚班、週五晚班、週六上午班。

增上班：雙週六晚上班（增上重播班）。

不退轉法輪經詳解：平實導師講解。每週二晚上，以台北正覺講堂所錄 DVD 放映；歡迎會外學人共同聽講，不需出示身分證件。

新竹正覺講堂　新竹市東光路 55 號二樓之一　電話 03-5724297（晚上）

第一講堂：

禪淨班：週一晚上班、週五晚上班、週六上午班。

進階班：週三晚上班、週四晚上班（由禪淨班結業後轉入共修）。

增上班：單週六晚上班。雙週六晚上班（重播班）。

不退轉法輪經詳解：平實導師講解。每週二晚上，以台北正覺講堂所錄 DVD 放映。歡迎會外學人共同聽講，不需出示身分證件。

第二講堂：

禪淨班：週三晚上班、週四晚上班。

不退轉法輪經詳解：每週二晚上與第一講堂同步播放講經 DVD。

第三、第四講堂：裝修完畢，即將開放。

台中正覺講堂 04-23816090（晚上）

第一講堂 台中市南屯區五權西路二段 666 號 13 樓之四（國泰世華銀行樓上。鄰近縣市經第一高速公路前來者，由五權西路交流道可以快速到達，大樓旁有停車場，對面有素食館）。

禪淨班：週三晚上班、週四晚上班。

進階班：週一晚上班、週六上午班（由禪淨班結業後轉入共修）。

增上班：增上班：單週六晚上班。雙週六晚上班（重播班）。

不退轉法輪經詳解：平實導師講解。每週二晚上，以台北正覺講堂所錄 DVD 放映。歡迎會外學人共同聽講，不需出示身分證件。

第二講堂 台中市南屯區五權西路二段 666 號 4 樓

禪淨班：週一晚上班、週三晚上班、週六上午班。

進階班：週五晚上班（由禪淨班結業後轉入共修）。

不退轉法輪經詳解：每週二晚上與第一講堂同步播放講經 DVD。

第三講堂、第四講堂：台中市南屯區五權西路二段 666 號 4 樓。

嘉義正覺講堂 嘉義市友愛路 288 號八樓之一　電話：05-2318228

第一講堂：

禪淨班：週一晚上班、週四晚上班、週五晚上班、週六上午班。

進階班：週三晚上班（由禪淨班結業後轉入共修）。

增上班：單週六晚上班。雙週六晚上班（重播班）。

不退轉法輪經詳解：平實導師講解。每週二晚上，以台北正覺講堂所錄 DVD 放映。歡迎會外學人共同聽講，不需出示身分證件。

第二講堂 嘉義市友愛路 288 號八樓之二。

台南正覺講堂

第一講堂 台南市西門路四段 15 號 4 樓。06-2820541（晚上）

禪淨班：週一晚上班、週三晚上班、週四晚上班、週五晚上班、週六下午班。

增上班：增上班：單週六晚上班。雙週六晚上班（重播班）。

不退轉法輪經詳解：平實導師講解。每週二晚上，以台北正覺講堂所錄 DVD 放映。歡迎會外學人共同聽講，不需出示身分證件。

第二講堂 台南市西門路四段 15 號 3 樓。

不退轉法輪經詳解：每週二晚上與第一講堂同步播放講經 DVD。

第三講堂 台南市西門路四段 15 號 3 樓。

進階班：週三晚上班、週四晚上班、週六上午班（由禪淨班結業後轉入共修）。

不退轉法輪經詳解：每週二晚上與第一講堂同步播放講經 DVD。

高雄正覺講堂 高雄市新興區中正三路 45 號五樓 07-2234248（晚上）

第一講堂（五樓）：

禪淨班：週一晚班、週三晚班、週四晚班、週五晚班、週六上午班。

增上班：單週週末下午，以台北增上班課程錄成 DVD 放映之，限已明心之會員參加。

不退轉法輪經詳解：平實導師講解。每週二晚上，以台北正覺講堂所錄 DVD 放映。歡迎會外學人共同聽講，不需出示身分證件。

第二講堂（四樓）：

進階班：週三晚上班、週四晚上班、週六上午班（由禪淨班結業後轉入共修）。

不退轉法輪經詳解：每週二晚上與第一講堂同步播放講經 DVD。

第三講堂（三樓）：

進階班：週四晚班（由禪淨班結業後轉入共修）。

香港正覺講堂 ☆**已遷移新址**☆

九龍觀塘，成業街 10 號，電訊一代廣場 27 樓 E 室。

（觀塘地鐵站 B1 出口，步行約 4 分鐘）。電話：(852) 23262231

英文地址：Unit E，27th Floor, TG Place, 10 Shing Yip Street, Kwun Tong, Kowloon

禪淨班：雙週六下午班 14:30-17:30，已經額滿。
雙週日下午班 14:30-17:30。
單週六下午班 14:30-17:30，已經額滿。

進階班：雙週五晚上班（由禪淨班結業後轉入共修）。

增上班：單週週末上午，以台北增上班課程錄成 DVD 放映之。

增上重播班：雙週週末上午，以台北增上班課程錄成 DVD 放映之。

不退轉法輪經詳解：平實導師講解。雙週六 19:00-21:00，以台北正覺講堂所錄 DVD 放映；歡迎會外學人共同聽講，不需出示身分證件。

美國洛杉磯正覺講堂 ☆**已遷移新址**☆

825 S. Lemon Ave Diamond Bar, CA 91789 U.S.A.

Tel. (909) 595-5222（請於週六 9:00~18:00 之間聯繫）

Cell. (626) 454-0607

禪淨班：每逢週末 15：30~17：30 上課。

進階班：每逢週末上午 10：00~12：00 上課。

不退轉法輪經詳解：平實導師講解。每週六下午 13：00~15：00 以台北所錄 DVD 放映。歡迎各界人士共享第一義諦無上法益，不需報名。

二、招生公告　本會台北講堂及全省各講堂、香港講堂，每逢**四月、十月**下旬開新班，每週共修一次（每次二小時。開課日起三個月內仍可插班）；但美國洛杉磯共修處之禪淨班得隨時插班共修。各班共修期間皆爲二年半，全程免費，欲參加者請向本會函索報名表（各共修處皆於共修時間方有人執事，非共修時間請勿電詢或前來洽詢、請書），或直接從本會官方網站(http://www.enlighten.org.tw/newsflash/class)或成佛之道網站下載報名表。共修期滿時，若經報名禪三審核通過者，可參加四天三夜之禪三精進共修，有機會明心、取證如來藏，發起般若實相智慧，成爲實義菩薩，脫離凡夫菩薩位。

三、新春禮佛祈福 農曆**年假**期間停止共修：自農曆新年前七天起停止共修與弘法，正月 8 日起回復共修、弘法事務。新春期間正月初一～初七 9.00～17.00 開放台北講堂、正月初一~初三開放桃園、新竹、台中、嘉義、台南、高雄講堂，以及大溪禪三道場（正覺祖師堂），方便會員供佛、祈福及會外人士請書。美國洛杉磯共修處之休假時間，請逕詢該共修處。

密宗四大派修雙身法，是外道性力派的邪法；又以生滅的識陰作爲常住法，是常見外道，是假的藏傳佛教。

西藏覺囊巴以他空見弘揚第八識如來藏勝法，才是真藏傳佛教

佛教正覺同修會　弘法行事表

2019/02/18

1、**禪淨班**　以無相念佛及拜佛方式修習動中定力，實證一心不亂功夫。傳授解脫道正理及第一義諦佛法，以及參禪知見。共修期間：二年六個月。每逢四月、十月開新班，詳見招生公告表。

2、**進階班**　禪淨班畢業後得轉入此班，進修更深入的佛法，期能證悟明心。各地講堂各有多班，繼續深入佛法、增長定力，悟後得轉入增上班修學道種智，期能證得無生法忍。

3、**增上班 瑜伽師地論**詳解　詳解論中所言凡夫地至佛地等 17 師之修證境界與理論，從凡夫地、聲聞地……宣演到諸地所證無生法忍、一切種智之眞實正理。由平實導師開講，每逢一、三、五週之週末晚上開示，僅限已明心之會員參加。2003 年二月開講至今，預定 2019 年講畢。

4、**不退轉法輪經**詳解　本經所說妙法極爲甚深難解，時至末法，已然無有知者；而其甚深絕妙之法，流傳至今依舊多人可證，顯示佛法眞是義學而非玄談，其中甚深極妙令人拍案稱絕之第一義諦妙義。已於 2019 年元月底開講，由平實導師詳解。不限制聽講資格。

5、**精進禪三**　主三和尚：平實導師。於四天三夜中，以克勤圓悟大師及大慧宗杲之禪風，施設機鋒與小參、公案密意之開示，幫助會員剋期取證，親證不生不滅之眞實心——人人本有之如來藏。每年四月、十月各舉辦三個梯次；平實導師主持。僅限本會會員參加禪淨班共修期滿，報名審核通過者，方可參加。並選擇會中定力、慧力、福德三條件皆已具足之已明心會員，給以指引，令得眼見自己無形無相之佛性遍佈山河大地，眞實而無障礙，得以肉眼現觀世界身心悉皆如幻，具足成就如幻觀，圓滿十住菩薩之證境。

6、**阿含經**詳解　選擇重要之阿含部經典，依無餘涅槃之實際而加以詳解，令大眾得以現觀諸法緣起性空，亦復不墮斷滅見中，顯示經中所隱說之涅槃實際—如來藏—確實已於四阿含中隱說；令大眾得以聞後觀行，確實斷除我見乃至我執，證得**見到**眞現觀，乃至**身證**……等眞現觀；已得大乘或二乘見道者，亦可由此聞熏及聞後之觀行，除斷我所之貪著，成就慧解脫果。由平實導師詳解。不限制聽講資格。

7、**解深密經**詳解　重講本經之目的，在於令諸已悟之人明解大乘法道之成佛次第，以及悟後進修一切種智之內涵，確實證知三種自性性，並得據此證解七眞如、十眞如等正理。每逢週二 18.50~20.50 開示，由平實導師詳解。將於《**不退轉法輪經**》講畢後開講。不限制聽講資格。

8、**成唯識論**詳解　詳解一切種智眞實正理，詳細剖析一切種智之微細深妙廣大正理；並加以舉例說明，使已悟之會員深入體驗所證如來藏之微密行相；及證驗見分相分與所生一切法，皆由如來藏—阿賴耶識—直接或展轉而生，因此證知一切法無我，證知無餘涅槃之本際。將於增上班《瑜伽師地論》講畢後，由平實導師重講。僅限已明心之會員參加。

9、**精選如來藏系經典**詳解　精選如來藏系經典一部，詳細解說，以此完全印證會員所悟如來藏之眞實，得入不退轉住。另行擇期詳細解說之，由平實導師講解。僅限已明心之會員參加。

10、**禪門差別智**　藉禪宗公案之微細淆訛難知難解之處，加以宣說及剖析，以增進明心、見性之功德，啓發差別智，建立擇法眼。每月第一週日全天，由平實導師開示，僅限破參明心後，復又眼見佛性者參加（事冗暫停）。

11、**枯木禪**　先講智者大師的《小止觀》，後說《釋禪波羅蜜》，詳解四禪八定之修證理論與實修方法，細述一般學人修定之邪見與岔路，及對禪定證境之誤會，消除枉用功夫、浪費生命之現象。已悟般若者，可以藉此而實修初禪，進入大乘通教及聲聞教的三果心解脫境界，配合應有的大福德及後得無分別智、十無盡願，即可進入初地心中。親教師：平實導師。未來緣熟時將於正覺寺開講。不限制聽講資格。

註：本會例行年假，自 2004 年起，改爲每年農曆新年前七天開始停息弘法事務及共修課程，農曆正月 8 日回復所有共修及弘法事務。新春期間（每日 9.00~17.00）開放台北講堂，方便會員禮佛祈福及會外人士請書。大溪區的正覺祖師堂，開放參訪時間，詳見〈正覺電子報〉或成佛之道網站。本表得因時節因緣需要而隨時修改之，不另作通知。

佛教正覺同修會　贈閱書籍 目錄　　2018/10/20

1.**無相念佛**　平實導師著　回郵 36 元
2.**念佛三昧修學次第**　平實導師述著　回郵 52 元
3.**正法眼藏—護法集**　平實導師述著　回郵 76 元
4.**真假開悟簡易辨正法＆佛子之省思**　平實導師著　回郵 26 元
5.**生命實相之辨正**　平實導師著　回郵 31 元
6.**如何契入念佛法門**（附：印順法師否定極樂世界）平實導師著　回郵 26 元
7.**平實書箋**—答元覽居士書　平實導師著　回郵 52 元
8.**三乘唯識**—如來藏系經律彙編　平實導師編　回郵 80 元
（精裝本　長 27 cm　寬 21 cm　高 7.5 cm　重 2.8 公斤）
9.**三時繫念全集**—修正本　回郵掛號 52 元（長 26.5 cm×寬 19 cm）
10.**明心與初地**　平實導師述　回郵 31 元
11.**邪見與佛法**　平實導師述著　回郵 36 元
12.**甘露法雨**　平實導師述　回郵 36 元
13.**我與無我**　平實導師述　回郵 36 元
14.**學佛之心態**—修正錯誤之學佛心態始能與正法相應　孫正德老師著　回郵52元
附錄：平實導師著《**略說八、九識並存…等之過失**》
15.**大乘無我觀**—《悟前與悟後》別說　平實導師述著　回郵 36 元
16.**佛教之危機**—中國台灣地區現代佛教之真相（附錄：公案拈提六則）
平實導師著　回郵 52 元
17.**燈　影**—燈下黑（覆「求教後學」來函等）　平實導師著　回郵 76 元
18.**護法與毀法**—覆上平居士與徐恒志居士網站毀法二文
張正圜老師著　回郵 76 元
19.**淨土聖道**—兼評**選擇本願念佛**　正德老師著　由正覺同修會購贈　回郵 52 元
20.**辨唯識性相**—對「紫蓮心海《辯唯識性相》書中否定阿賴耶識」之回應
正覺同修會 台南共修處法義組 著　回郵 52 元
21.**假如來藏**—對法蓮法師《如來藏與阿賴耶識》書中否定阿賴耶識之回應
正覺同修會 台南共修處法義組 著　回郵 76 元
22.**入不二門**—公案拈提集錦 第一輯（於平實導師公案拈提諸書中選錄約二十則，合輯爲一冊流通之）平實導師著　回郵 52 元
23.**真假邪說**—西藏密宗索達吉喇嘛《破除邪説論》真是邪説
釋正安法師著　上、下冊回郵各 52 元
24.**真假開悟**—真如、如來藏、阿賴耶識間之關係　平實導師述著　回郵 76 元
25.**真假禪和**—辨正釋傳聖之謗法謬説　孫正德老師著　回郵 76 元

26.**眼見佛性**—駁慧廣法師眼見佛性的含義文中謬說

游正光老師著　回郵52元

27.**普門自在**—公案拈提集錦 第二輯（於平實導師公案拈提諸書中選錄約二十則，合輯爲一冊流通之）平實導師著　回郵52元

28.**印順法師的悲哀**—以現代禪的質疑為線索　恒毓博士著　回郵52元

29.**識蘊真義**—現觀識蘊內涵、取證初果、親斷三縛結之具體行門。

—依《成唯識論》及《惟識述記》正義，略顯安慧《大乘廣五蘊論》之邪謬

平實導師著　回郵76元

30.**正覺電子報**　各期紙版本　免附回郵　每次最多函索三期或三本。

（已無存書之較早各期，不另增印贈閱）

31.**現代人應有的宗教觀**　蔡正禮老師 著　回郵31元

32.**遠惑趣道**—正覺電子報般若信箱問答錄　第一輯　回郵52元

33.**遠惑趣道**—正覺電子報般若信箱問答錄　第二輯　回郵52元

34.**確保您的權益**—器官捐贈應注意自我保護　游正光老師 著　回郵31元

35.**正覺教團電視弘法三乘菩提 DVD 光碟（一）**

由正覺教團多位親教師共同講述錄製 DVD 8 片，MP3 一片，共 9 片。有二大講題：一爲「三乘菩提之意涵」，二爲「學佛的正知見」。內容精闢，深入淺出，精彩絕倫，幫助大眾快速建立三乘法道的正知見，免被外道邪見所誤導。有志修學三乘佛法之學人不可不看。（製作工本費 100 元，回郵 52 元）

36.**正覺教團電視弘法 DVD 專輯（二）**

總有二大講題：一爲「三乘菩提之念佛法門」，一爲「學佛正知見（第二篇）」，由正覺教團多位親教師輪番講述，內容詳細闡述如何修學念佛法門、實證念佛三昧，以及學佛應具有的正確知見，可以幫助發願往生西方極樂淨土之學人，得以把握往生，更可令學人快速建立三乘法道的正知見，免於被外道邪見所誤導。有志修學三乘佛法之學人不可不看。（一套 17 片，工本費 160 元。回郵 76 元）

37.**喇嘛性世界**—揭開假藏傳佛教譚崔瑜伽的面紗　張善思 等人合著

由正覺同修會購贈　回郵52元

38.**假藏傳佛教的神話**—性、謊言、喇嘛教　張正玄教授編著

由正覺同修會購贈　回郵52元

39.**隨 緣**—理隨緣與事隨緣　平實導師述　回郵52元。

40.**學佛的覺醒**　正枝居士 著　回郵52元

41.**導師之真實義**　蔡正禮老師 著　回郵31元

42.**淺談達賴喇嘛之雙身法**—兼論解讀「密續」之達文西密碼

吳明芷居士 著　回郵31元

43.**魔界轉世**　張正玄居士 著　回郵31元

44.**一貫道與開悟**　蔡正禮老師 著　回郵31元

45.**博愛**—愛盡天下女人　正覺教育基金會 編印　回郵36元

46.**意識虛妄經教彙編**—實證解脫道的關鍵經文　正覺同修會編印　回郵36元
47.**邪箭囈語**—破斥藏密外道多識仁波切《破魔金剛箭雨論》之邪說
陸正元老師著　上、下冊回郵各52元
48.**真假沙門**—依 佛聖教闡釋佛教僧寶之定義
蔡正禮老師著　俟正覺電子報連載後結集出版
49.**真假禪宗**—藉評論釋性廣《印順導師對變質禪法之批判
及對禪宗之肯定》以顯示真假禪宗
附論一：凡夫知見 無助於佛法之信解行證
附論二：世間與出世間一切法皆從如來藏實際而生而顯
余正偉老師著　俟正覺電子報連載後結集出版　回郵未定

★ 上列贈書之郵資，係台灣本島地區郵資，大陸、港、澳地區及外國地區，請另計酌增（大陸、港、澳、國外地區之郵票不許通用）。尚未出版之書，請勿先寄來郵資，以免增加作業煩擾。

★ 本目錄若有變動，唯於後印之書籍及「成佛之道」網站上修正公佈之，不另行個別通知。

函索書籍請寄：佛教正覺同修會　103台北市承德路3段277號9樓
台灣地區函索書籍者請附寄郵票，無時間購買郵票者可以等值現金抵用，但不接受郵政劃撥、支票、匯票。大陸地區得以人民幣計算，國外地區請以美元計算（請勿寄來當地郵票，在台灣地區不能使用）。欲以掛號寄遞者，請另附掛號郵資。

親自索閱：正覺同修會各共修處。　★請於共修時間前往取書，餘時無人在道場，請勿前往索取；共修時間與地點，詳見書末正覺同修會共修現況表（以近期之共修現況表為準）。

註：正智出版社發售之局版書，請向各大書局購閱。若書局之書架上已經售出而無陳列者，請向書局櫃台指定洽購；若書局不便代購者，請於正覺同修會共修時間前往各共修處請購，正智出版社已派人於共修時間送書前往各共修處流通。 郵政劃撥購書及 大陸地區 購書，請詳別頁正智出版社發售書籍目錄最後頁之說明。

成佛之道 網站：http://www.a202.idv.tw　正覺同修會已出版之結緣書籍，多已登載於 成佛之道 網站，若住外國、或住處遙遠，不便取得正覺同修會贈閱書籍者，可以從本網站閱讀及下載。　書局版之《宗通與說通》亦已上網，台灣讀者可向書局洽購，售價300元。《狂密與眞密》第一輯~第四輯，亦於 2003.5.1.全部於本網站登載完畢；台灣地區讀者請向書局洽購，每輯約400頁，售價300元（網站下載紙張費用較貴，容易散失，難以保存，亦較不精美）。

＊＊假藏傳佛教修雙身法，非佛教＊＊

正智出版社 籌募弘法基金發售書籍目錄　2019/05/01

1.**宗門正眼**—公案拈提 第一輯 重拈　平實導師著　500 元
因重寫內容大幅度增加故，字體必須改小，並增為 576 頁 主文 546 頁。比初版更精彩、更有內容。初版《禪門摩尼寶聚》之讀者，可寄回本公司免費調換新版書。免附回郵，亦無截止期限。（2007 年起，每冊附贈本公司精製公案拈提〈超意境〉CD 一片。市售價格 280 元，多購多贈。）
2.**禪淨圓融**　平實導師著　200 元（第一版舊書可換新版書。）
3.**真實如來藏**　平實導師著　400 元
4.**禪—悟前與悟後**　平實導師著　上、下冊，每冊 250 元
5.**宗門法眼**—公案拈提 第二輯　平實導師著　500 元
（2007 年起，每冊附贈本公司精製公案拈提〈超意境〉CD 一片）
6.**楞伽經詳解**　平實導師著　全套共 10 輯　每輯 250 元
7.**宗門道眼**—公案拈提 第三輯　平實導師著　500 元
（2007 年起，每冊附贈本公司精製公案拈提〈超意境〉CD 一片）
8.**宗門血脈**—公案拈提 第四輯　平實導師著　500 元
（2007 年起，每冊附贈本公司精製公案拈提〈超意境〉CD 一片）
9.**宗通與說通**—成佛之道 平實導師著 主文 381 頁 全書 400 頁售價 300 元
10.**宗門正道**—公案拈提 第五輯　平實導師著　500 元
（2007 年起，每冊附贈本公司精製公案拈提〈超意境〉CD 一片）
11.**狂密與真密 一～四輯**　平實導師著　西藏密宗是人間最邪淫的宗教，本質不是佛教，只是披著佛教外衣的印度教性力派流毒的喇嘛教。此書中將西藏密宗密傳之男女雙身合修樂空雙運所有祕密與修法，毫無保留完全公開，並將全部喇嘛們所不知道的部分也一併公開。內容比大辣出版社喧騰一時的《西藏慾經》更詳細。並且函蓋藏密的所有祕密及其錯誤的中觀見、如來藏見……等，藏密的所有法義都在書中詳述、分析、辨正。每輯主文三百餘頁　每輯全書約 400 頁　售價每輯 300 元
12.**宗門正義**—公案拈提 第六輯　平實導師著　500 元
（2007 年起，每冊附贈本公司精製公案拈提〈超意境〉CD 一片）
13.**心經密意**—心經與解脫道、佛菩提道、祖師公案之關係與密意　平實導師述　300 元
14.**宗門密意**—公案拈提 第七輯　平實導師著　500 元
（2007 年起，每冊附贈本公司精製公案拈提〈超意境〉CD 一片）
15.**淨土聖道**—兼評「選擇本願念佛」　正德老師著　200 元
16.**起信論講記**　平實導師述著　共六輯　每輯三百餘頁　售價各 250 元
17.**優婆塞戒經講記**　平實導師述著 共八輯 每輯三百餘頁 售價各 250 元
18.**真假活佛**—略論附佛外道盧勝彥之邪說（對前岳靈犀網站主張「盧勝彥是證悟者」之修正）　正犀居士（岳靈犀）著　流通價 140 元
19.**阿含正義**—唯識學探源　平實導師著　共七輯　每輯 300 元

20.**超意境 CD** 以平實導師公案拈提書中超越意境之頌詞，加上曲風優美的旋律，錄成令人嚮往的超意境歌曲，其中包括正覺發願文及平實導師親自譜成的黃梅調歌曲一首。詞曲雋永，殊堪翫味，可供學禪者吟詠，有助於見道。內附設計精美的彩色小冊，解說每一首詞的背景本事。每片 280 元。【每購買公案拈提書籍一冊，即贈送一片。】

21.**菩薩底憂鬱 CD** 將菩薩情懷及禪宗公案寫成新詞，並製作成超越意境的優美歌曲。1.主題曲〈菩薩底憂鬱〉，描述地後菩薩能離三界生死而迴向繼續生在人間，但因尚未斷盡習氣種子而有極深沈之憂鬱，非三賢位菩薩及二乘聖者所知，此憂鬱在七地滿心位方才斷盡；本曲之詞中所說義理極深，昔來所未曾見；此曲係以優美的情歌風格寫詞及作曲，聞者得以激發嚮往諸地菩薩境界之大心，詞、曲都非常優美，難得一見；其中勝妙義理之解說，已印在附贈之彩色小冊中。2.以各輯公案拈提中直示禪門入處之頌文，作成各種不同曲風之超意境歌曲，值得玩味、參究；聆聽公案拈提之優美歌曲時，請同時閱讀內附之印刷精美說明小冊，可以領會超越三界的證悟境界；未悟者可以因此引發求悟之意向及疑情，眞發菩提心而邁向求悟之途，乃至因此眞實悟入般若，成眞菩薩。3.正覺總持咒新曲，總持佛法大意；總持咒之義理，已加以解說並印在隨附之小冊中。本 CD 共有十首歌曲，長達 63 分鐘。每盒各附贈二張購書優惠券。每片 280 元。

22.**禪意無限 CD** 平實導師以公案拈提書中偈頌寫成不同風格曲子，與他人所寫不同風格曲子共同錄製出版，幫助參禪人進入禪門超越意識之境界。盒中附贈彩色印製的精美解說小冊，以供聆聽時閱讀，令參禪人得以發起參禪之疑情，即有機會證悟本來面目而發起實相智慧，實證大乘菩提般若，能如實證知般若經中的眞實意。本 CD 共有十首歌曲，長達 69 分鐘，每盒各附贈二張購書優惠券。每片 280 元。

23.**我的菩提路**第一輯　釋悟圓、釋善藏等人合著　售價 300 元

24.**我的菩提路**第二輯　郭正益、張志成等人合著　售價 300 元

25.**我的菩提路**第三輯　王美伶等人合著　售價 300 元

26.**我的菩提路**第四輯　陳晏平等人合著　售價 300 元

27.**鈍鳥與靈龜**—考證後代凡夫對大慧宗杲禪師的無根誹謗。

平實導師著 共 458 頁 售價 350 元

28.**維摩詰經講記** 平實導師述 共六輯 每輯三百餘頁 售價各 250 元

29.**真假外道**—破劉東亮、杜大威、釋證嚴常見外道見　正光老師著　200 元

30.**勝鬘經講記**—兼論印順《勝鬘經講記》對於《勝鬘經》之誤解。

平實導師述　共六輯　每輯三百餘頁　售價 250 元

31.**楞嚴經講記** 平實導師述 共 **15** 輯，每輯三百餘頁 售價 300 元

32.**明心與眼見佛性**—駁慧廣〈蕭氏「眼見佛性」與「明心」之非〉文中謬說

正光老師著　共 448 頁　售價 300 元

33.**見性與看話頭** 黃正倖老師 著，本書是禪宗參禪的方法論。

內文 375 頁，全書 416 頁，售價 300 元。

34.**達賴真面目**—玩盡天下女人 白正偉老師 等著 中英對照彩色精裝大本 800 元

35.**喇嘛性世界**—揭開假藏傳佛教譚崔瑜伽的面紗 張善思 等人著 200 元

36.**假藏傳佛教的神話**—性、謊言、喇嘛教 正玄教授編著 200 元

37.**金剛經宗通** 平實導師述 共九輯 每輯售價 250 元。

38.**空行母**—性別、身分定位，以及藏傳佛教。

珍妮·坎貝爾著 呂艾倫 中譯 售價 250 元

39.**末代達賴**—性交教主的悲歌 張善思、呂艾倫、辛燕編著 售價 250 元

40.**霧峰無霧**—給哥哥的信 辨正釋印順對佛法的無量誤解

游宗明 老師著 售價 250 元

41.**第七意識與第八意識？**—穿越時空「超意識」

平實導師述 每冊 300 元

42.**黯淡的達賴**—失去光彩的諾貝爾和平獎

正覺教育基金會編著 每冊 250 元

43.**童女迦葉考**—論呂凱文〈佛教輪迴思想的論述分析〉之謬。

平實導師 著 定價 180 元

44.**人間佛教**—實證者必定不悖三乘菩提

平實導師 述，定價 400 元

45.**實相經宗通** 平實導師述 共八輯 每輯 250 元

46.**真心告訴您(一)**—達賴喇嘛在幹什麼？

正覺教育基金會編著 售價 250 元

47.**中觀金鑑**—詳述應成派中觀的起源與其破法本質

孫正德老師著 分為上、中、下三冊，每冊 250 元

48.**藏傳佛教要義**—《狂密與真密》之簡體字版 平實導師 著 上、下冊

僅在大陸流通 每冊 300 元

49.**法華經講義** 平實導師述 共二十五輯 每輯 300 元

50.**西藏「活佛轉世」制度**—附佛、造神、世俗法

許正豐、張正玄老師合著 定價 150 元

51.**廣論三部曲** 郭正益老師著 定價 150 元

52.**真心告訴您(二)**—達賴喇嘛是佛教僧侶嗎？

—補祝達賴喇嘛八十大壽

正覺教育基金會編著 售價 300 元

53.**次法**—實證佛法前應有的條件

張善思居士著 分為上、下二冊，每冊 250 元

54.**涅槃**—解說四種涅槃之實證及內涵 平實導師著 上、下冊 各 350 元

55.**山法**—西藏關於他空與佛藏之根本論

篤補巴·喜饒堅贊著 傑弗里·霍普金斯英譯

張火慶教授、張志成、呂艾倫等中譯 精裝大本 1200 元

56.**假鋒虛焰金剛乘**—揭示顯密正理，兼破索達吉師徒《般若鋒兮金剛焰》
釋正安法師著 簡體字版 即將出版 售價未定
57.**廣論之平議**—宗喀巴《菩提道次第廣論》之平議 正雄居士著
約二或三輯 俟正覺電子報連載後結集出版 書價未定
58.**救護佛子向正道**—對印順法師中心思想之綜合判攝
游宗明老師著 書價未定
59.**菩薩學處**—菩薩四攝六度之要義 陸正元老師著 出版日期未定。
60.**八識規矩頌**詳解 ○○居士 註解 出版日期另訂 書價未定。
61.**印度佛教史**—法義與考證。依法義史實評論印順《印度佛教思想史、佛教史地考論》之謬說 正偉老師著 出版日期未定 書價未定
62.**中國佛教史**—依中國佛教正法史實而論。 ○○老師 著 書價未定。
63.**中論正義**—釋龍樹菩薩《中論》頌正理。
孫正德老師著 出版日期未定 書價未定
64.**中觀正義**—註解平實導師《中論正義頌》。
○○法師（居士）著 出版日期未定 書價未定
65.**佛藏經講記** 平實導師述 將於 2019 年 7 月 31 日出版 共 21 輯，每二個月出版一輯，每輯 300 元。
66.**阿含經講記**—將選錄四阿含中數部重要經典全經講解之，講後整理出版。
平實導師述 約二輯 每輯 300 元 出版日期未定
67.**寶積經講記** 平實導師述 每輯三百餘頁 優惠價 300 元 出版日期未定
68.**解深密經講記** 平實導師述 約四輯 將於重講後整理出版
69.**成唯識論略解** 平實導師著 五～六輯 每輯300 元 出版日期未定
70.**修習止觀坐禪法要講記** 平實導師述 每輯三百餘頁
將於正覺寺建成後重講、以講記逐輯出版 出版日期未定
71.**無門關**—《無門關》公案拈提 平實導師著 出版日期未定
72.**中觀再論**—兼述印順《中觀今論》謬誤之平議。 正光老師著 出版日期未定
73.**輪迴與超度**—佛教超度法會之真義。
○○法師（居士）著 出版日期未定 書價未定
74.《**釋摩訶衍論**》**平議**—對偽稱龍樹所造《釋摩訶衍論》之平議
○○法師（居士）著 出版日期未定 書價未定
75.**正覺發願文**註解—以真實大願為因 得證菩提
正德老師著 出版日期未定 書價未定
76.**正覺總持咒**—佛法之總持 正圜老師著 出版日期未定 書價未定
77.**三自性**—依四食、五蘊、十二因緣、十八界法，說三性三無性。
作者未定 出版日期未定
78.**道品**—從三自性說大小乘三十七道品 作者未定 出版日期未定
79.**大乘緣起觀**—依四聖諦七真如現觀十二緣起 作者未定 出版日期未定
80.**三德**—論解脫德、法身德、般若德。 作者未定 出版日期未定
81.**真假如來藏**—對印順《如來藏之研究》謬說之平議 作者未定 出版日期未定
82.**大乘道次第** 作者未定 出版日期未定 書價未定

83.**四緣**—依如來藏故有四緣。　作者未定　出版日期未定
84.**空之探究**—印順《空之探究》謬誤之平議　作者未定　出版日期未定
85.**十法義**—論阿含經中十法之正義　作者未定　出版日期未定
86.**外道見**—論述外道六十二見　作者未定　出版日期未定

正智出版社有限公司 書籍介紹

禪淨圓融：言淨土諸祖所未曾言，示諸宗祖師所未曾示；禪淨圓融，另闢成佛捷徑，兼顧自力他力，闡釋淨土門之速行易行道，亦同時揭櫫聖教門之速行易行道；令廣大淨土行者得免緩行難證之苦，亦令聖道門行者得以藉著淨土速行道而加快成佛之時劫。乃前無古人之超勝見地，非一般弘揚禪淨法門典籍也，先讀爲快。平實導師著 200元。

宗門正眼——**公案拈提**第一輯：繼承克勤圜悟大師碧巖錄宗旨之禪門鉅作。先則舉示當代大法師之邪說，消弭當代禪門大師鄉愿之心態，摧破當今禪門「世俗禪」之妄談；次則旁通教法，表顯宗門正理；繼以道之次第，消弭古今狂禪；後藉言語及文字機鋒，直示宗門入處。悲智雙運，禪味十足，數百年來難得一睹之禪門鉅著也。平實導師著 500元（原初版書《禪門摩尼寶聚》，改版後補充爲五百餘頁新書，總計多達二十四萬字，內容更精彩，並改名爲《宗門正眼》，讀者原購初版《禪門摩尼寶聚》皆可寄回本公司免費換新，免附回郵，亦無截止期限）（2007年起，凡購買公案拈提第一輯至第七輯，每購一輯皆贈送本公司精製公案拈提〈超意境〉CD一片，市售價格280元，多購多贈）。

禪—悟前與悟後：本書能建立學人悟道之信心與正確知見，圓滿具足而有次第地詳述禪悟之功夫與禪悟之內容，指陳參禪中細微淆訛之處，能使學人明自眞心、見自本性。若未能悟入，亦能以正確知見辨別古今中外一切大師究係眞悟？或屬錯悟？便有能力揀擇，捨名師而選明師，後時必有悟道之緣。一旦悟道，遲者七次人天往返，便出三界，速者一生取辦。學人欲求開悟者，不可不讀。　平實導師著。上、下冊共500元，單冊250元。

眞實如來藏：如來藏眞實存在，乃宇宙萬有之本體，並非印順法師、達賴喇嘛等人所說之「唯有名相、無此心體」。如來藏是涅槃之本際，是一切有智之人竭盡心智、不斷探索而不能得之生命實相；是古今中外許多大師自以爲悟而當面錯過之生命實相。如來藏即是阿賴耶識，乃是一切有情本自具足、不生不滅之眞實心。當代中外大師於此書出版之前所未能言者，作者於本書中盡情流露、詳細闡釋。眞悟者讀之，必能增益悟境、智慧增上；錯悟者讀之，必能檢討自己之錯誤，免犯大妄語業；未悟者讀之，能知參禪之理路，亦能以之檢查一切名師是否眞悟。此書是一切哲學家、宗教家、學佛者及欲昇華心智之人必讀之鉅著。　平實導師著　售價400元。

宗門法眼—**公案拈提**第二輯：列舉實例，闡釋土城廣欽老和尚之悟處；並直示這位不識字的老和尚妙智橫生之根由，繼而剖析禪宗歷代大德之開悟公案，解析當代密宗高僧卡盧仁波切之錯悟證據，並例舉當代顯宗高僧、大居士之錯悟證據（凡健在者，爲免影響其名聞利養，皆隱其名）。藉辨正當代名師之邪見，向廣大佛子指陳禪悟之正道，彰顯宗門法眼。悲勇兼出，強捋虎鬚；慈智雙運，巧探驪龍；摩尼寶珠在手，直示宗門入處，禪味十足；若非大悟徹底，不能爲之。禪門精奇人物，允宜人手一冊，供作參究及悟後印證之圭臬。本書於2008年4月改版，增寫為大約500頁篇幅，以利學人研讀參究時更易悟入宗門正法，以前所購初版首刷及初版二刷舊書，皆可免費換取新書。平實導師著 500元（2007年起，凡購買公案拈提第一輯至第七輯，每購一輯皆贈送本公司精製公案拈提〈超意境〉CD一片，市售價格280元，多購多贈）。

宗門道眼—**公案拈提**第三輯：繼宗門法眼之後，再以金剛之作略、慈悲之胸懷、犀利之筆觸，舉示寒山、拾得、布袋三大士之悟處，消弭當代錯悟者對於寒山大士……等之誤會及誹謗。亦舉出民初以來與虛雲和尚齊名之蜀郡鹽亭袁煥仙夫子——南懷瑾老師之師，其「悟處」何在？並蒐羅許多眞悟祖師之證悟公案，顯示禪宗歷代祖師之睿智，指陳部分祖師、奧修及當代顯密大師之謬悟，作爲殷鑑，幫助禪子建立及修正參禪之方向及知見。假使讀者閱此書已，一時尚未能悟，亦可一面加功用行，一面以此宗門道眼辨別眞假善知識，避開錯誤之印證及歧路，可免大妄語業之長劫慘痛果報。欲修禪宗之禪者，務請細讀。平實導師著 售價500元（2007年起，凡購買公案拈提第一輯至第七輯，每購一輯皆贈送本公司精製公案拈提〈超意境〉CD一片，市售價格280元，多購多贈）。

楞伽經詳解：本經是禪宗見道者印證所悟眞偽之根本經典，亦是禪宗見道者悟後起修之依據經典；故達摩祖師於印證二祖慧可大師之後，將此經典連同佛缽祖衣一併交付二祖，令其依此經典佛示金言、進入修道位，修學一切種智。由此可知此經對於眞悟之人修學佛道，是非常重要之一部經典。此經能破外道邪說，亦破佛門中錯悟名師之謬說，亦破禪宗部分祖師之狂禪：不讀經典、一向主張「一悟即成究竟佛」之謬執。並開示愚夫所行禪、觀察義禪、攀緣如禪、如來禪等差別，令行者對於三乘禪法差異有所分辨；亦糾正禪宗祖師古來對於如來禪之誤解，嗣後可免以訛傳訛之弊。此經亦是法相唯識宗之根本經典，禪者悟後欲修一切種智而入初地者，必須詳讀。　平實導師著，全套共十輯，已全部出版完畢，每輯主文約320頁，每冊約352頁，定價250元。

宗門血脈—**公案拈提**第**四**輯：末法怪象—許多修行人自以爲悟，每將無念靈知認作眞實；崇尚二乘法諸師及其徒眾，則將外於如來藏之緣起性空—無因論之無常空、斷滅空、一切法空—錯認爲 佛所說之般若空性。這兩種現象已於當今海峽兩岸及美加地區顯密大師之中普遍存在；人人自以爲悟，心高氣壯，便敢寫書解釋祖師證悟之公案，大多出於意識思惟所得，言不及義，錯誤百出，因此誤導廣大佛子同陷大妄語之地獄業中而不能自知。彼等書中所說之悟處，其實處處違背第一義經典之聖言量。彼等諸人不論是否身披袈裟，都非佛法宗門血脈，或雖有禪宗法脈之傳承，亦只徒具形式；猶如螟蛉，非眞血脈，未悟得根本眞實故。禪子欲知佛、祖之眞血脈者，請讀此書，便知分曉。平實導師著，主文452頁，全書464頁，定價500元（2007年起，凡購買公案拈提第一輯至第七輯，每購一輯皆贈送本公司精製公案拈提〈超意境〉CD一片，市售價格280元，多購多贈）。

宗通與說通：古今中外，錯誤之人如麻似粟，每以常見外道所說之靈知心，認作眞心；或妄想虛空之勝性能量爲眞如，或錯認物質四大元素藉冥性（靈知心本體）能成就吾人色身及知覺，或認初禪至四禪中之了知心爲不生不滅之涅槃心。此等皆非通宗者之見地。復有錯悟之人一向主張「宗門與教門不相干」，此即尚未通達宗門之人也。其實宗門與教門互通不二，宗門所證者乃是眞如與佛性，教門所說者乃說宗門證悟之眞如佛性，故教門與宗門不二。本書作者以宗教二門互通之見地，細說「宗通與說通」，從初見道至悟後起修之道、細說分明；並將諸宗諸派在整體佛教中之地位與次第，加以明確之教判，學人讀之即可了知佛法之梗概也。欲擇明師學法之前，允宜先讀。平實導師著，主文共381頁，全書392頁，只售成本價300元。

宗門正道—**公案拈提**第五輯：修學大乘佛法有二果須證—解脫果及大菩提果。二乘人不證大菩提果，唯證解脫果；此果之智慧，名爲聲聞菩提、緣覺菩提。大乘佛子所證二果之菩提果爲佛菩提，故名大菩提果，其慧名爲一切種智—函蓋二乘解脫果。然此大乘二果修證，須經由禪宗之宗門證悟方能相應。而宗門證悟極難，自古已然；其所以難者，咎在古今佛教界普遍存在三種邪見：1.以修定認作佛法，2.以無因論之緣起性空—否定涅槃本際如來藏以後之一切法空作爲佛法，3.以常見外道邪見（離語言妄念之靈知性）作爲佛法。如是邪見，或因自身正見未立所致，或因邪師之邪教導所致，或因無始劫來虛妄熏習所致。若不破除此三種邪見，永劫不悟宗門眞義、不入大乘正道，唯能外門廣修菩薩行。平實導師於此書中，有極爲詳細之說明，有志佛子欲摧邪見、入於內門修菩薩行者，當閱此書。主文共496頁，全書512頁。售價500元（2007年起，凡購買公案拈提第一輯至第七輯，每購一輯皆贈送本公司精製公案拈提〈超意境〉CD一片，市售價格280元，多購多贈）。

狂密與眞密：密教之修學，皆由有相之觀行法門而入，其最終目標仍不離顯教經典所說第一義諦之修證；若離顯教第一義經典、或違背顯教第一義經典，即非佛教。西藏密教之觀行法，如灌頂、觀想、遷識法、寶瓶氣、大聖歡喜雙身修法、喜金剛、無上瑜伽、大樂光明、樂空雙運等，皆是印度教**兩性生生不息**思想之轉化，**自始至終**皆以**如何能運用交合淫樂之法達到全身受樂**爲其中心思想，純屬欲界五欲的貪愛，不能令人超出欲界輪迴，更不能令人斷除我見；何況大乘之明心與見性，更無論矣！故密宗之法絕非佛法也。而其明光大手印、大圓滿法教，又皆同以常見外道所說**離語言妄念之無念靈知心**錯認爲佛地之眞如，不能直指不生不滅之眞如。西藏密宗所有法王與徒眾，都尚未開頂門眼，不能辨別眞僞，以**依人不依法、依密續不依經典**故，不肯將其上師喇嘛所說對照第一義經典，純依密續之藏密祖師所說爲準，因此而誇大其證德與證量，動輒謂彼祖師上師爲究竟佛、爲地上菩薩；如今台海兩岸亦有自謂其師證量高於 釋迦文佛者，然觀其師所述，猶未見道，仍在觀行即佛階段，尚未到禪宗相似即佛、分證即佛階位，竟敢標榜爲究竟佛及地上法王，誑惑初機學人。凡此怪象皆是狂密，不同於眞密之修行者。近年狂密盛行，密宗行者被誤導者極眾，動輒自謂已證佛地眞如，自視爲究竟佛，陷於大妄語業中而不知自省，反謗顯宗眞修實證者之證量粗淺；或如義雲高與釋性圓…等人，於報紙上公然誹謗眞實證道者爲「騙子、無道人、人妖、癩蛤蟆…」等，造下誹謗大乘勝義僧之大惡業；或以外道法中有爲有作之甘露、魔術……等法，誑騙初機學人，狂言彼外道法爲眞佛法。如是怪象，在西藏密宗及附藏密之外道中，不一而足，舉之不盡，學人宜應愼思明辨，以免上當後又犯毀破菩薩戒之重罪。密宗學人若欲遠離邪知邪見者，請閱此書，即能了知密宗之邪謬，從此遠離邪見與邪修，轉入眞正之佛道。

平實導師著 共四輯 每輯約400頁（主文約340頁）每輯售價300元。

宗門正義—公案拈提第六輯：佛教有六大危機，乃是藏密化、世俗化、膚淺化、學術化、宗門密意失傳、悟後進修諸地之次第混淆；其中尤以宗門密意之失傳，爲當代佛教最大之危機。由宗門密意失傳故，易令世尊本懷普被錯解，易令世尊正法被轉易爲外道法，以及加以淺化、世俗化，是故宗門密意之廣泛弘傳與具緣佛弟子，極爲重要。然而欲令宗門密意之廣泛弘傳予具緣之佛弟子者，必須同時配合錯誤知見之解析、普令佛弟子知之，然後輔以公案解析之直示入處，方能令具緣之佛弟子悟入。而此二者，皆須以公案拈提之方式爲之，方易成其功、竟其業，是故平實導師續作宗門正義一書，以利學人。全書500餘頁，售價500元（2007年起，凡購買公案拈提第一輯至第七輯，每購一輯皆贈送本公司精製公案拈提〈超意境〉CD一片，市售價格280元，多購多贈）。

心經密意—心經與解脫道、佛菩提道、祖師公案之關係與密意。二乘菩提所證之解脫道，實依第八識心之斷除煩惱障現行而立解脫之名；大乘菩提所證之佛菩提道，實依親證第八識如來藏之涅槃性、清淨自性、及其中道性而立般若之名；禪宗祖師公案所證之眞心，即是此第八識如來藏；是故三乘佛法所修所證之三乘菩提，皆依此如來藏心而立名也。此第八識心，即是《心經》所說之心也。證得此如來藏已，即能漸入大乘佛菩提道，亦可因證知此心而了知二乘無學所不能知之無餘涅槃本際，是故《心經》之密意，與三乘佛菩提之關係極爲密切、不可分割，三乘佛法皆依此心而立名故。今者平實導師以其所證解脫道之無生智及佛菩提之般若種智，將《心經》與解脫道、佛菩提道、祖師公案之關係與密意，以演講之方式，用淺顯之語句和盤托出，發前人所未言，呈三乘菩提之眞義，令人藉此《心經密意》一舉而窺三乘菩提之堂奧，迥異諸方言不及義之說；欲求眞實佛智者、不可不讀！主文317頁，連同跋文及序文…等共384頁，售價300元。

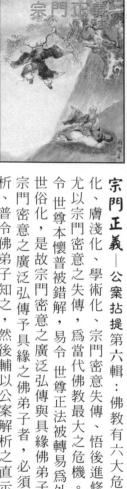

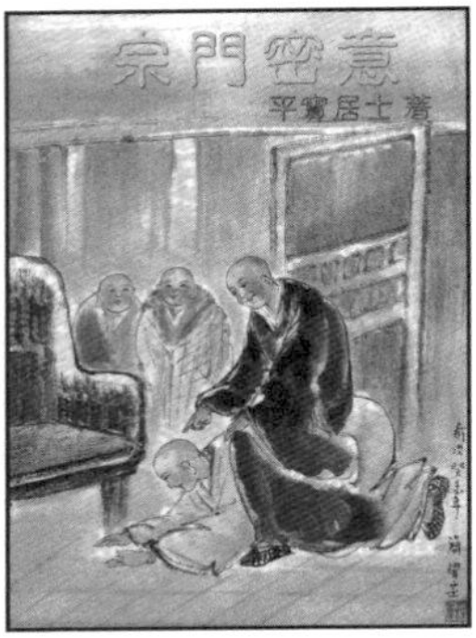

宗門密意—公案拈提第七輯：佛教之世俗化，將導致學人以信仰作爲學佛，則將以感應及世間法之庇祐，作爲學佛之主要目標，不能了知學佛之主要目標爲親證三乘菩提。大乘菩提則以般若實相智慧爲主要修習目標，以二乘菩提解脫道爲附帶修習之標的；是故學習大乘法者，應以禪宗之證悟爲要務，能親入大乘菩提之實相般若智慧中故，般若實相智慧非二乘聖人所能知故。此書則以台灣世俗化佛教之三大法師，說法似是而非之實例，配合眞悟祖師之公案解析，提示證悟般若之關節，令學人易得悟入。平實導師著，全書五百餘頁，售價500元（2007年起，凡購買公案拈提第一輯至第七輯，每購一輯皆贈送本公司精製公案拈提〈超意境〉CD一片，市售價格280元，多購多贈）。

淨土聖道—兼評日本本願念佛：佛法甚深極廣，般若玄微，非諸二乘聖僧所能知之，一切凡夫更無論矣！所謂一切證量皆歸淨土是也！是故大乘法中「聖道之淨土、淨土之聖道」，其義甚深，難可了知；乃至眞悟之人，初心亦難知也。今有正德老師眞實證悟後，復能深探淨土與聖道之緊密關係，憐憫眾生之誤會淨土實義，亦欲利益廣大淨土行人同入聖道，同獲淨土中之聖道門要義，乃振奮心神、書以成文，今得刊行天下。主文279頁，連同序文等共301頁，總有十一萬六千餘字，正德老師著，成本價200元。

起信論講記：詳解大乘起信論**心生滅門**與**心眞如門**之眞實意旨，消除以往大師與學人對起信論所說**心生滅門**之誤解，由是而得了知眞心如來藏之非常非斷中道正理；亦因此一講解，令此論以往隱晦而被誤解之眞實義，得以如實顯示，令大乘佛菩提道之正理得以顯揚光大；初機學者亦可藉此正論所顯示之法義，對大乘法理生起正信，從此得以眞發菩提心，眞入大乘法中修學，世世常修菩薩正行。平實導師演述，共六輯，都已出版，每輯三百餘頁，售價各250元。

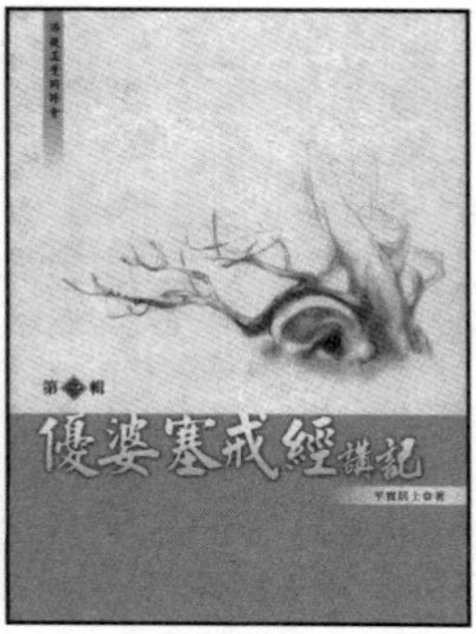

優婆塞戒經講記：本經詳述在家菩薩修學大乘佛法，應如何受持菩薩戒？對人間善行應如何看待？對三寶應如何護持？應如何正確地修集此世後世證法之福德？應如何修集後世「行菩薩道之資糧」？並詳述第一義諦之正義：五蘊非我非異我、自作自受、異作異受、不作不受……等深妙法義，乃是修學大乘佛法、行菩薩行之在家菩薩所應當了知者。出家菩薩今世或未來世登地已，捨報之後多數將如華嚴經中諸大菩薩，以在家菩薩身而修行菩薩行，故亦應以此經所述正理而修之，配合《楞伽經、解深密經、楞嚴經、華嚴經》等道次第正理，方得漸次成就佛道；故此經是一切大乘行者皆應證知之正法。平實導師講述，每輯三百餘頁，售價各250元；共八輯，已全部出版。

真假活佛—略論附佛外道盧勝彥之邪說：人人身中都有眞活佛，永生不滅而有大神用，但眾生都不了知，所以常被身外的西藏密宗假活佛籠罩欺瞞。本來就眞實存在的眞活佛，才是眞正的密宗無上密！諾那活佛因此而說禪宗是大密宗，但藏密的所有活佛都不知道、也不曾實證自身中的眞活佛。本書詳實宣示眞活佛的道理，舉證盧勝彥的「佛法」不是眞佛法，也顯示盧勝彥是假活佛，直接的闡釋第一義佛法見道的眞實正理。眞佛宗的所有上師與學人們，都應該詳細閱讀，包括盧勝彥個人在內。正犀居士著，優惠價140元。

阿含正義—唯識學探源：廣說四大部《阿含經》諸經中隱說之眞正義理，一一舉示佛陀本懷，令阿含時期初轉法輪根本經典之眞義，如實顯現於佛子眼前。並提示末法大師對於阿含眞義誤解之實例，一一比對之，證實唯識增上慧學確於原始佛法之阿含諸經中已隱覆密意而略說之，證實 世尊確於原始佛法中已曾密意而說第八識如來藏之總相；亦證實 世尊在四阿含中已說此藏識是名色十八界之因、之本—證明如來藏是能生萬法之根本心。佛子可據此修正以往受諸大師（譬如西藏密宗應成派中觀師：印順、昭慧、性廣、大願、達賴、宗喀巴、寂天、月稱、……等人）誤導之邪見，建立正見，轉入正道乃至親證初果而無困難；書中並詳說三果所證的**心解脫**，以及四果**慧解脫**的親證，都是如實可行的具體知見與行門。全書共七輯，已出版完畢。平實導師著，每輯三百餘頁，售價300元。

超意境ＣＤ：以平實導師公案拈提書中超越意境之頌詞，加上曲風優美的旋律，錄成令人嚮往的超意境歌曲，其中包括正覺發願文及平實導師親自譜成的黃梅調歌曲一首。詞曲雋永，殊堪翫味，可供學禪者吟詠，有助於見道。內附設計精美的彩色小冊，解說每一首詞的背景本事。每片280元。【每購買公案拈提書籍一冊，即贈送一片。】

鈍鳥與靈龜：鈍鳥及靈龜二物，被宗門證悟者說爲二種人：前者是精修禪定而無智慧者，也是以定爲禪的愚癡禪人；後者是或有禪定、或無禪定的宗門證悟者，凡已證悟者皆是靈龜。但後來被人虛造事實，用以嘲笑大慧宗杲禪師，說他雖是靈龜，卻不免被天童禪師預記「患背」痛苦而亡：「**鈍鳥離巢易，靈龜脫殼難。**」藉以貶低大慧宗杲的證量；同時又將天童禪師實證如來藏的證量，曲解爲意識境界的離念靈知。自從大慧禪師入滅以後，錯悟凡夫對他的不實毀謗就一直存在著，不曾止息，並且捏造的假事實也隨著年月的增加而越來越多，終至編成「鈍鳥與靈龜」的假公案、假故事。本書是考證大慧與天童之間的不朽情誼，顯現這件假公案的虛妄不實；更見大慧宗杲面對惡勢力時的正直不阿，亦顯示大慧對天童禪師的至情深義，將使後人對大慧宗杲的誣謗至此而止，不再有人誤犯毀謗賢聖的惡業。書中亦舉出大慧與天童二師的證悟內容，證明宗門的所悟確以第八識如來藏爲標的，詳讀之後必可改正以前被錯悟大師誤導的參禪知見，日後必定有助於實證禪宗的開悟境界，得階大乘眞見道位中，即是實證般若之賢聖。全書459頁，售價350元。

我的菩提路第一輯：凡夫及二乘聖人不能實證的佛菩提證悟，末法時代的今天仍然有人能得實證，由正覺同修會釋悟圓、釋善藏法師等二十餘位實證如來藏者所寫的見道報告，已爲當代學人見證宗門正法之絲縷不絕，證明大乘義學的法脈仍然存在，爲末法時代求悟般若之學人照耀出光明的坦途。由二十餘位大乘見道者所繕，敘述各種不同的學法、見道因緣與過程，參禪求悟者必讀。全書三百餘頁，售價300元。

我的菩提路第二輯：由郭正益老師等人合著，書中詳述彼等諸人歷經各處道場學法，一一修學而加以檢擇之不同過程以後，因閱讀正覺同修會、正智出版社書籍而發起抉擇分，轉入正覺同修會中修學；乃至學法及見道之過程，都一一詳述之。其中張志成等人係由前現代禪轉進正覺同修會，張志成原爲現代禪副宗長，以前未閱本會書籍時，曾被人藉其名義著文評論 平實導師（詳見《宗通與說通》辨正及《眼見佛性》書末附錄…等）；後因偶然接觸正覺同修會書籍，深覺以前聽人評論平實導師之語不實，於是投入極多時間閱讀本會書籍、深入思辨，詳細探索中觀與唯識之關聯與異同，認爲正覺之法義方是正法，深覺相應；亦解開多年來對佛法的迷雲，確定應依八識論正理修學方是正法。乃不顧面子，毅然前往正覺同修會面見平實導師懺悔，並正式學法求悟。今已與其同修王美伶（亦爲前現代禪傳法老師），同樣證悟如來藏而證得法界實相，生起實相般若眞智。此書中尚有七年來本會第一位眼見佛性者之見性報告一篇，一同供養大乘佛弟子。全書四百頁，售價300元。

我的菩提路第三輯：由王美伶老師等人合著。自從正覺同修會成立以來，每年夏初、冬初都舉辦精進禪三共修，藉以助益會中同修們得以證悟明心發起般若實相智慧；凡已實證而被平實導師印證者，皆書具見道報告用以證明佛法之眞實可證而非玄學，證明佛法並非純屬思想、理論而無實質，是故每年都能有人證明正覺同修會的「實證佛教」主張並非虛語。特別是眼見佛性一法，自古以來中國禪宗祖師實證者極寡，較之明心開悟的證境更難令人信受；至2017年初，正覺同修會中的證悟明心者已近五百人，然而其中眼見佛性者至今唯十餘人爾，可謂難能可貴，是故明心後欲冀眼見佛性者實屬不易。黃正倖老師是懸絕七年無人見性後的第一人，她於2009年的見性報告刊於本書的第二輯中，爲大眾證明佛性確實可以眼見；其後七年之中求見性者都屬解悟佛性而無人眼見，幸而又經七年後的2016冬初，以及2017夏初的禪三，復有三人眼見佛性，希冀鼓舞四眾佛子求見佛性之大心，今則具載一則於書末，顯示求見佛性之事實經歷，供養現代佛教界欲得見性之四眾弟子。全書四百頁，售價300元。

我的菩提路第四輯：由陳晏平等人著。中國禪宗祖師往往有所謂「見性」之言，所言多屬看見如來藏具有能令人發起成佛之自性，並非《大般涅槃經》中如來所說之眼見佛性。眼見佛性者，於親見佛性之時，即能於山河大地眼見自己佛性，亦能於他人身上眼見自己佛性及對方之佛性，如是境界無法爲尚未實證者解釋；勉強說之，縱使眞實明心證悟之人聞之，亦只能以自身明心之境界想像之，但不論如何想像多屬非量，能有正確之比量者亦是稀有，故說眼見佛性極爲困難。眼見佛性之人若所見極分明時，在所見佛性之境界下所眼見之山河大地、自己五蘊身心皆是虛幻，自有異於明心者之解脫功德受用，此後永不思證二乘涅槃，必定邁向成佛之道而進入第十住位中，已超第一阿僧祇劫三分有一，可謂之爲超劫精進也。今又有明心之後眼見佛性之人出於人間，將其明心及後來見性之報告，連同其餘證悟明心者之精彩報告一同收錄於此書中，供養眞求佛法實證之四眾佛子。全書380頁，售價300元。

楞嚴經講記：楞嚴經係密教部之重要經典，亦是顯教中普受重視之經典；經中宣說明心與見性之內涵極爲詳細，將一切法都會歸如來藏及佛性—妙眞如性；亦闡釋佛菩提道修學過程中之種種魔境，以及外道誤會涅槃之狀況，旁及三界世間之起源。然因言句深澀難解，法義亦復深妙寬廣，學人讀之普難通達，是故讀者大多誤會，不能如實理解佛所說之明心與見性內涵，亦因是故多有悟錯之人引爲開悟之證言，成就大妄語罪。今由平實導師詳細講解之後，整理成文，以易讀易懂之語體文刊行天下，以利學人。全書十五輯，全部出版完畢。每輯三百餘頁，售價每輯300元。

勝鬘經講記：如來藏爲三乘菩提之所依，若離如來藏心體及其含藏之一切種子，即無三界有情及一切世間法，亦無二乘菩提緣起性空之出世間法；本經詳說無始無明、一念無明皆依如來藏而有之正理，藉著詳解煩惱障與所知障間之關係，令學人深入了知二乘菩提與佛菩提相異之妙理；聞後即可了知佛菩提之特勝處及三乘修道之方向與原理，邁向攝受正法而速成佛道的境界中。平實導師講述，共六輯，每輯三百餘頁，售價各250元。

菩薩底憂鬱CD將菩薩情懷及禪宗公案寫成新詞，並製作成超越意境的優美歌曲。1.主題曲〈菩薩底憂鬱〉，描述地後菩薩能離三界生死而迴向繼續生在人間，但因尚未斷盡習氣種子而有極深沈之憂鬱，非三賢位菩薩及二乘聖者所知，此憂鬱在七地滿心位方才斷盡；本曲之詞中所說義理極深，昔來所未曾見；此曲係以優美的情歌風格寫詞及作曲，聞者得以激發嚮往諸地菩薩境界之大心，詞、曲都非常優美，難得一見；其中勝妙義理之解說，已印在附贈之彩色小冊中。2.以各輯公案拈提中直示禪門入處之頌文，作成各種不同曲風之超意境歌曲，值得玩味、參究；聆聽公案拈提之優美歌曲時，請同時閱讀內附之印刷精美說明小冊，可以領會超越三界的證悟境界；未悟者可以因此引發求悟之意向及疑情，眞發菩提心而邁向求悟之途，乃至因此眞實悟入般若，成眞菩薩。3.正覺總持咒新曲，總持佛法大意；總持咒之義理，已加以解說並印在隨附之小冊中。本CD共有十首歌曲，長達63分鐘，附贈二張購書優惠券。每片280元。

禪意無限CD平實導師以公案拈提書中偈頌寫成不同風格曲子，與他人所寫不同風格曲子共同錄製出版，幫助參禪人進入禪門超越意識之境界。盒中附贈彩色印製的精美解說小冊，以供聆聽時閱讀，令參禪人得以發起參禪之疑情，即有機會證悟本來面目，實證大乘菩提般若。本CD共有十首歌曲，長達69分鐘，每盒各附贈二張購書優惠券。每片280元。

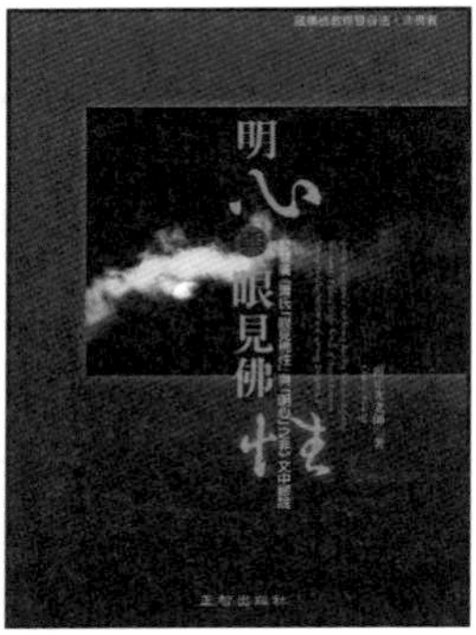

明心與眼見佛性：本書細述明心與眼見佛性之異同，同時顯示了中國禪宗破初參明心與重關眼見佛性二關之間的關聯；書中又藉法義辨正而旁述其他許多勝妙法義，讀後必能遠離佛門長久以來積非成是的錯誤知見，令讀者在佛法的實證上有極大助益。也藉慧廣法師的謬論來教導佛門學人回歸正知正見，遠離古今禪門錯悟者所墮的意識境界，非唯有助於斷我見，也對未來的開悟明心實證第八識如來藏有所助益，是故學禪者都應細讀之。游正光老師著　共448頁　售價300元

見性與看話頭：黃正倖老師的《見性與看話頭》於《正覺電子報》連載完畢，今結集出版。書中詳說禪宗看話頭的詳細方法，並細說看話頭與眼見佛性的關係，以及眼見佛性者求見佛性前必須具備的條件。本書是禪宗實修者追求明心開悟時參禪的方法書，也是求見佛性者作功夫時必讀的方法書，內容兼顧眼見佛性的理論與實修之方法，是依實修之體驗配合理論而詳述，條理分明而且極爲詳實、周全、深入。本書內文375頁，全書416頁，售價300元。

維摩詰經講記：本經係 世尊在世時，由等覺菩薩維摩詰居士藉疾病而演說之大乘菩提無上妙義，所說函蓋甚廣，然極簡略，是故今時諸方大師與學人讀之悉皆錯解，何況能知其中隱含之深妙正義，是故普遍無法爲人解說；若強爲人說，則成依文解義而有諸多過失。今由平實導師公開宣講之後，詳實解釋其中密意，令維摩詰菩薩所說大乘不可思議解脫之深妙正法得以正確宣流於人間，利益當代學人及與諸方大師。書中詳實演述大乘佛法深妙不共二乘之智慧境界，顯示諸法之中絕待之實相境界，建立大乘菩薩妙道於永遠不敗不壞之地，以此成就護法偉功，欲冀永利娑婆人天。已經宣講圓滿整理成書流通，以利諸方大師及諸學人。全書共六輯，每輯三百餘頁，售價各250元。

真假外道：本書具體舉證佛門中的常見外道知見實例，並加以教證及理證上的辨正，幫助讀者輕鬆而快速的了知常見外道的錯誤知見，進而遠離佛門內外的常見外道知見，因此即能改正修學方向而快速實證佛法。游正光老師著。成本價200元。

金剛經宗通：三界唯心，萬法唯識，是成佛之修證內容，是諸地菩薩之所修；般若則是成佛之道（實證三界唯心、萬法唯識）的入門，若未證悟實相般若，即無成佛之可能，必將永在外門廣行菩薩六度，永在凡夫位中。然而實相般若的發起，全賴實證萬法的實相；若欲證知萬法的眞相，則必須探究萬法之所從來，則須實證自心如來—金剛心如來藏，然後現觀這個金剛心的金剛性、眞實性、如如性、清淨性、涅槃性、能生萬法的自性性、本住性，名爲證眞如；進而現觀三界六道唯是此金剛心所成，人間萬法須藉八識心王和合運作方能現起。如是實證《華嚴經》的「三界唯心、萬法唯識」以後，由此等現觀而發起實相般若智慧，繼續進修第十住位的如幻觀、第十行位的陽焰觀、第十迴向位的如夢觀，再生起增上意樂而勇發十無盡願，方能滿足三賢位的實證，轉入初地；自知成佛之道而無偏倚，從此按部就班、次第進修乃至成佛。第八識自心如來是般若智慧之所依，般若智慧的修證則要從實證金剛心自心如來開始；《金剛經》則是解說自心如來之經典，是一切三賢位菩薩所應進修之實相般若經典。這一套書，是將平實導師宣講的《金剛經宗通》內容，整理成文字而流通之；書中所說義理，迥異古今諸家依文解義之說，指出大乘見道方向與理路，有益於禪宗學人求開悟見道，及轉入內門廣修六度萬行。講述完畢後結集出版，總共9輯，每輯約三百餘頁，售價各250元。

空行母—性別、身分定位，以及藏傳佛教：本書作者為蘇格蘭哲學家，因為嚮往佛教深妙的哲學內涵，於是進入當年盛行於歐美的假藏傳佛教密宗，擔任卡盧仁波切的翻譯工作多年以後，被邀請成為卡盧的空行母（又名佛母、明妃），開始了她在密宗裡的實修過程；後來發覺在密宗雙身法中的修行，其實無法使自己成佛，也發覺密宗對女性歧視而處處貶抑，並剝奪女性在雙身法中擔任一半角色時應有的身分定位。當她發覺自己只是雙身法中被喇嘛利用的工具，沒有獲得絲毫應有的尊重與基本定位時，發現了密宗的父權社會控制女性的本質；於是作者傷心地離開了卡盧仁波切與密宗，但是卻被恐嚇不許講出她在密宗裡的經歷，也不許她說出自己對密宗的教義與教制下對女性剝削的本質，否則將被咒殺死亡。後來她去加拿大定居，十餘年後方才擺脫這個恐嚇陰影，下定決心將親身經歷的實情及觀察到的事實寫下來並且出版，公諸於世。出版之後，她被流亡的達賴集團人士大力攻訐，誣指她為精神狀態失常、說謊……等。但有智之士並未被達賴集團的政治操作及各國政府政治運作吹捧達賴的表相所欺，使她的書銷售無阻而又再版。正智出版社鑑於作者此書是親身經歷的事實，所說具有針對「藏傳佛教」而作學術研究的價值，也有使人認清假藏傳佛教剝削佛母、明妃的男性本位實質，因此洽請作者同意中譯而出版於華人地區。珍妮·坎貝爾女士著，呂艾倫 中譯，每冊250元。

霧峰無霧—給哥哥的信：本書作者藉兄弟之間信件往來論義，略述佛法大義；並以多篇短文辨義，舉出釋印順對佛法的無量誤解證據，並一一給予簡單而清晰的辨正，令人一讀即知。久讀、多讀之後即能認清楚釋印順的六識論見解，與眞實佛法之牴觸是多麼嚴重；於是在久讀、多讀之後，於不知不覺之間提升了對佛法的極深入理解，正知正見就在不知不覺間建立起來了。當三乘佛法的正知見建立起來之後，對於三乘菩提的見道條件便將隨之具足，於是聲聞解脫道的見道也就水到渠成；接著大乘見道的因緣也將次第成熟，未來自然也會有親見大乘菩提之道的因緣，悟入大乘實相般若也將自然成功，自能通達般若系列諸經而成實義菩薩。作者居住於南投縣霧峰鄉，自喻見道之後不復再見霧峰之霧，故鄉原野美景一一明見，於是立此書名爲《霧峰無霧》；讀者若欲撥霧見月，可以此書爲緣。游宗明 老師著 售價250元。

假藏傳佛教的神話—性、謊言、喇嘛教：本書編著者是由一首名叫「阿姊鼓」的歌曲爲緣起，展開了序幕，揭開假藏傳佛教—喇嘛教—的神秘面紗。其重點是蒐集、摘錄網路上質疑「喇嘛教」的帖子，以揭穿「假藏傳佛教的神話」爲主題，串聯成書，並附加彩色插圖以及說明，讓讀者們瞭解西藏密宗及相關人事如何被操作爲「神話」的過程，以及神話背後的眞相。作者：張正玄教授。售價200元。

達賴真面目—玩盡天下女人：假使您不想戴綠帽子，請記得詳細閱讀此書；假使您不想讓好朋友戴綠帽子，請您將此書介紹給您的好朋友。假使您想保護家中的女性，也想要保護好朋友的女眷，請記得將此書送給家中的女性和好友的女眷都來閱讀。本書爲印刷精美的大本彩色中英對照精裝本，爲您揭開達賴喇嘛的眞面目，內容精彩不容錯過，爲利益社會大眾，特別以優惠價格嘉惠所有讀者。編著者：白志偉等。大開版雪銅紙彩色精裝本。售價800元。

喇嘛性世界—揭開假藏傳佛教譚崔瑜伽的面紗：這個世界中的喇嘛，號稱來自世外桃源的香格里拉，穿著或紅或黃的喇嘛長袍，散布於我們的身邊傳教灌頂，吸引了無數的人嚮往學習；這些喇嘛虔誠地爲大眾祈福，手中拿著寶杵（金剛）與寶鈴（蓮花），口中唸著咒語：「唵．嘛呢．叭咪．吽……」，咒語的意思是說：「我至誠歸命金剛杵上的寶珠伸向蓮花寶穴之中」！「喇嘛性世界」是什麼樣的「世界」呢？本書將爲您呈現喇嘛世界的面貌。當您發現眞相以後，您將會唸：「噢！喇嘛．性．世界，譚崔性交嘛！」作者：張善思、呂艾倫。售價200元。

末代達賴—性交教主的悲歌：簡介從藏傳僞佛教（喇嘛教）的修行核心—性力派男女雙修，探討達賴喇嘛及藏傳僞佛教的修行內涵。書中引用外國知名學者著作、世界各地新聞報導，包含：歷代達賴喇嘛的祕史、達賴六世修雙身法的事蹟，以及《時輪續》中的性交灌頂儀式……等；達賴喇嘛書中開示的雙修法、達賴喇嘛的黑暗政治手段；達賴喇嘛所領導的寺院爆發喇嘛性侵兒童；新聞報導《西藏生死書》作者索甲仁波切性侵女信徒、澳洲喇嘛秋達公開道歉、美國最大假藏傳佛教組織領導人邱陽創巴仁波切的性氾濫，等等事件背後眞相的揭露。作者：張善思、呂艾倫、辛燕。售價250元。

第七意識與第八意識？—穿越時空「超意識」 「三界唯心，萬法唯識」是佛教中應該實證的聖教，也是《華嚴經》中明載而可以實證的法界實相。唯心者，三界一切境界、一切諸法唯是一心所成就，即是每一個有情的第八識如來藏，不是意識心。唯識者，即是人類各各都具足的八識心王——眼識、耳鼻舌身意識、意根、阿賴耶識，第八阿賴耶識又名如來藏，人類五陰相應的萬法，莫不由八識心王共同運作而成就，故說萬法唯識。依聖教量及現量、比量，都可以證明意識是二法因緣生，是由第八識藉意根與法塵二法爲因緣而出生，又是夜夜斷滅不存之生滅心，即無可能反過來出生第七識意根、第八識如來藏，當知不可能從生滅性的意識心中，細分出恆審思量的第七識意根，更無可能細分出恆而不審的第八識如來藏。本書是將演講內容整理成文字，細說如是內容，並已在〈正覺電子報〉連載完畢，今彙集成書以廣流通，欲幫助佛門有緣人斷除意識我見，跳脫於識陰之外而取證聲聞初果；嗣後修學禪宗時即得不墮外道神我之中，得以求證第八識金剛心而發起般若實智。平實導師 述，每冊300元。

黯淡的達賴—失去光彩的諾貝爾和平獎：本書舉出很多證據與論述，詳述達賴喇嘛不為世人所知的一面，顯示達賴喇嘛並不是真正的和平使者，而是假借諾貝爾和平獎的光環來欺騙世人；透過本書的說明與舉證，讀者可以更清楚的瞭解，達賴喇嘛是結合暴力、黑暗、淫欲於喇嘛教裡的集團首領，其政治行為與宗教主張，早已讓諾貝爾和平獎的光環染污了。本書由財團法人正覺教育基金會寫作、編輯，由正覺出版社印行，每冊250元。

人間佛教—實證者必定不悖三乘菩提　「大乘非佛說」的講法似乎流傳已久，卻只是日本人企圖擺脫中國正統佛教的影響，而在明治維新時期才開始提出來的說法；台灣佛教、大陸佛教的淺學無智之人，由於未曾實證佛法而迷信日本人錯誤的學術考證，錯認為這些別有用心的日本佛學考證的講法為天竺佛教的真實歷史；甚至還有更激進的反對佛教者提出「釋迦牟尼佛並非真實存在，只是後人捏造的假歷史人物」，竟然也有少數人願意跟著「學術」的假光環而信受不疑，於是開始有一些佛教界人士造作了反對中國佛教而推崇南洋小乘佛教的行為，使佛教的信仰者難以檢擇，導致一般大陸人士開始轉入基督教的盲目迷信中。在這些佛教及外教人士之中，也就有一分人根據此邪說而大聲主張「大乘非佛說」的謬論，這些人以「人間佛教」的名義來抵制中國正統佛教，公然宣稱中國的大乘佛教是由聲聞部派佛教的凡夫僧所創造出來的。這樣的說法流傳於台灣及大陸佛教界凡夫僧之中已久，卻非真正的佛教歷史中曾經發生過的事，只是繼承六識論的聲聞法中凡夫僧依自己的意識境界立場，純憑臆想而編造出來的妄想說法，卻已經影響許多無智之凡夫僧俗信受不移。本書則是從佛教的經藏法義實質及實證的現量內涵本質立論，證明大乘佛法本是佛說，是從《阿含正義》尚未說過的不同面向來討論「人間佛教」的議題，證明「大乘真佛說」。閱讀本書可以斷除六識論邪見，迴入三乘菩提正道發起實證的因緣；也能斷除禪宗學人學禪時普遍存在之錯誤知見，對於建立參禪時的正知見有很深的著墨。　平實導師　述，內文488頁，全書528頁，定價400元。

童女迦葉考——論呂凱文〈佛教輪迴思想的論述分析〉之謬　童女迦葉是佛世率領五百大比丘遊行於人間的歷史事實，是以童貞行而依止菩薩戒弘化於人間的大菩薩，不依別解脫戒（聲聞戒）來弘化於人間。這是大乘佛教與聲聞佛教同時存在於佛世的歷史明證，證明大乘佛教不是從聲聞法中分裂出來的部派佛教的產物，卻是聲聞佛教分裂出來的部派佛教聲聞凡夫僧所不樂見的史實；於是古今聲聞法中的凡夫都欲加以扭曲而作詭說，更是末法時代高聲大呼「大乘非佛說」的六識論聲聞凡夫極力想要扭曲的佛教史實之一，於是想方設法扭曲迦葉菩薩爲聲聞僧，以及扭曲迦葉童女爲比丘僧等荒謬不實之論著便陸續出現，古時聲聞僧寫作的《分別功德論》是最具體之事例，現代之代表作則是呂凱文先生的〈佛教輪迴思想的論述分析〉論文。鑑於如是假藉學術考證以籠罩大眾之不實謬論，未來仍將繼續造作及流竄於佛教界，繼續扼殺大乘佛教學人法身慧命，必須舉證辨正之，遂成此書。平實導師 著，每冊180元。

中觀金鑑——詳述應成派中觀的起源與其破法本質　學佛人往往迷於中觀學派之不同學說，被應成派與自續派所迷惑；修學般若中觀二十年後自以爲實證般若中觀了，卻仍不曾入門，甫聞實證般若中觀者之所說，則茫無所知，迷惑不解；隨後信心盡失，不知如何實證佛法；凡此，皆因惑於這二派中觀學說所致。自續派中觀所說同於常見，以意識境界立爲第八識如來藏之境界，應成派所說則同於斷見，但又同立意識爲常住法，故亦具足斷常二見。今者孫正德老師有鑑於此，乃將起源於密宗的應成派中觀學說，追本溯源，詳考其來源之外，亦一一舉證其立論內容，詳加辨正，令密宗雙身法祖師以識陰境界而造之應成派中觀學說本質，詳細呈現於學人眼前，令其維護雙身法之目的無所遁形。若欲遠離密宗此二大派中觀謬說，欲於三乘菩提有所進道者，允宜具足閱讀並細加思惟，反覆讀之以後將可捨棄邪道返歸正道，則於般若之實證即有可能，證後自能現觀如來藏之中道境界而成就中觀。本書分上、中、下三冊，每冊250元，已全部出版完畢。

實相經宗通：學佛之目的在於實證一切法界背後之實相，禪宗稱之爲本來面目或本地風光，佛菩提道中稱之爲實相法界；此實相法界即是金剛藏，又名佛法之祕密藏，即是能生有情五陰、十八界及宇宙萬有（山河大地、諸天、三惡道世間）的第八識如來藏，又名阿賴耶識心，即是禪宗祖師所說的眞如心，此心即是三界萬有背後的實相。證得此第八識心時，自能瞭解般若諸經中隱說的種種密意，即得發起實相般若——實相智慧。每見學佛人修學佛法二十年後仍對實相般若茫然無知，亦不知如何入門，茫無所趣；更因不知三乘菩提的互異互同，是故越是久學者對佛法越覺茫然，都肇因於尚未瞭解佛法的全貌，亦未瞭解佛法的修證內容即是第八識心所致。本書對於修學佛法者所應實證的實相境界提出明確解析，並提示趣入佛菩提道的入手處，有心親證實相般若的佛法實修者，宜詳讀之，於佛菩提道之實證即有下手處。平實導師述著，共八輯，全部出版完畢，每輯成本價250元。

真心告訴您（一）——達賴喇嘛在幹什麼？這是一本報導篇章的選集，更是「破邪顯正」的暮鼓晨鐘。「破邪」是戳破假象，說明達賴喇嘛及其所率領的密宗四大派法王、喇嘛們，弘傳的佛法是仿冒的佛法；他們是假藏傳佛教，是坦特羅(譚崔性交)外道法和藏地崇奉鬼神的苯教混合成的「喇嘛教」，推廣的是以所謂「無上瑜伽」的男女雙身法冒充佛法的假佛教，詐財騙色誤導眾生，常常造成信徒家庭破碎、家中兒少失怙的嚴重後果。「顯正」是揭櫫眞相，指出眞正的藏傳佛教只有一個，就是覺囊巴，傳的是　釋迦牟尼佛演繹的第八識如來藏妙法，稱爲他空見大中觀。正覺教育基金會即以此古今輝映的如藏正法正知見，在眞心新聞網中逐次報導出來，將箇中原委「眞心告訴您」，如今結集成書，與想要知道密宗眞相的您分享。售價250元。

真心告訴您（二）——達賴喇嘛是佛教僧侶嗎？補祝達賴喇嘛八十大壽：這是一本針對當今達賴喇嘛所領導的喇嘛教，冒用佛教名相，於師徒間或師兄姊間，實修男女邪淫，而從佛法三乘菩提的現量與聖教量，揭發其謊言與邪術，證明達賴及其喇嘛教是仿冒佛教的外道，是「假藏傳佛教」。藏密四大派教義雖有「八識論」與「六識論」的表面差異，然其實修之內容，皆共許「無上瑜伽」四部灌頂爲究竟「成佛」之法門，也就是共以男女雙修之邪淫法爲「即身成佛」之密要，雖美其名曰「欲貪爲道」之「金剛乘」，並誇稱其成就超越於（應身佛）釋迦牟尼佛所傳之顯教般若乘之上；然詳考其理論，則或以意識離念時之粗細心爲第八識如來藏，或以中脈裡的明點爲第八識如來藏，或如宗喀巴與達賴堅決主張第六意識爲常恆不變之眞心者，分別墮於外道之常見與斷見中；全然違背　佛說能生五蘊之如來藏的實質。售價300元。

西藏「活佛轉世」制度——附佛、造神、世俗法：歷來關於喇嘛教活佛轉世的研究，多針對歷史及文化兩部分，於其所以成立的理論基礎，較少系統化的探討。尤其是此制度是否依據「佛法」而施設？是否合乎佛法眞實義？現有的文獻大多含糊其詞，或人云亦云，不曾有明確的闡釋與如實的見解。因此本文先從活佛轉世的由來，探索此制度的起源、背景與功能，並進而從活佛的尋訪與認證之過程，發掘活佛轉世的特徵，以確認「活佛轉世」在佛法中應具足何種果德。定價150元。

法華經講義：此書為平實導師始從2009/7/21演述至2014/1/14之講經錄音整理所成。世尊一代時教，總分五時三教，即是華嚴時、聲聞緣覺教、般若教、種智唯識教、法華時；依此五時三教區分為藏、通、別、圓四教。本經是最後一時的圓教經典，圓滿收攝一切法教於本經中，是故最後的圓教聖訓中，特地指出無有三乘菩提，其實唯有一佛乘；皆因眾生愚迷故，方便區分為三乘菩提以助眾生證道。世尊於此經中特地說明如來示現於人間的唯一大事因緣，便是為有緣眾生「開、示、悟、入」諸佛的所知所見——第八識如來藏妙眞如心，並於諸品中隱說「妙法蓮花」如來藏心的密意。然因此經所說甚深難解，眞義隱晦，古來難得有人能窺堂奧；平實導師以知如是密意故，特為末法佛門四眾演述《妙法蓮華經》中各品蘊含之密意，使古來未曾被古德註解出來的「此經」密意，如實顯示於當代學人眼前。乃至〈藥王菩薩本事品〉、〈妙音菩薩品〉、〈觀世音菩薩普門品〉、〈普賢菩薩勸發品〉中的微細密意，亦皆一併詳述之，開前人所未曾言之密意，示前人所未見之妙法。最後乃至以〈法華大義〉而總其成，全經妙旨貫通始終，而依佛旨圓攝於一心如來藏妙心，厥為曠古未有之大說也。平實導師述，共有25輯。每輯300元。

涅槃——解說四種涅槃之實證及內涵：眞正學佛之人，首要即是見道，由見道故方有涅槃之實證，證涅槃者方能出生死，但涅槃有四種：二乘聖者的有餘涅槃、無餘涅槃，以及大乘聖者的本來自性清淨涅槃、佛地的無住處涅槃。大乘聖者實證本來自性清淨涅槃，入地前再取證二乘涅槃，然後起惑潤生捨離二乘涅槃，繼續進修而在七地心前斷盡三界愛之習氣種子，依七地無生法忍之具足而證得念念入滅盡定；八地後進斷異熟生死，直至妙覺地下生人間成佛，具足四種涅槃，方是眞正成佛。此理古來少人言，以致誤會涅槃正理者比比皆是，今於此書中廣說四種涅槃、如何實證之理、實證前應有之條件，實屬本世紀佛教界極重要之著作，令人對涅槃有正確無訛之認識，然後可以依之實行而得實證。本書共有上下二冊，每冊各四百餘頁，對涅槃詳加解說，每冊各350元。

佛藏經講義：本經說明爲何佛菩提難以實證之原因，都因往昔無數阿僧祇劫前的邪見所致，引生此世求證時之業障而難以實證。即以諸法實相詳細解說，繼之以念佛品、念法品、念僧品，說明諸佛之實質；然後以淨戒品之說明，期待佛弟子四眾堅持清淨戒而轉化心性，並以往古品的實例說明，教導四眾務必滅除邪見轉入正見中，然後以了戒品的說明和囑累品的付囑，期望末法時代的佛門四眾弟子皆能清淨知見而得以實證。平實導師於此經中有極深入的解說，總共21輯，每輯300元，自《法華經講義》流通完畢後開始發行。

解深密經講記：本經係 世尊晚年第三轉法輪，宣說地上菩薩所應熏修之唯識正義經典，經中所說義理乃是大乘一切種智增上慧學，以阿陀那識—如來藏—阿賴耶識爲主體。禪宗之證悟者，若欲修證初地無生法忍乃至八地無生法忍者，必須修學《楞伽經、解深密經》所說之八識心王一切種智；此二經所說正法，方是眞正成佛之道；印順法師否定第八識如來藏之後所說萬法緣起性空之法，是以誤會後之二乘解脫道取代大乘眞正成佛之道，尚且不符二乘解脫道正理，亦已墮於斷滅見中，不可謂爲成佛之道也。平實導師曾於本會郭故理事長往生時，於喪宅中從首七開始宣講，於每一七各宣講三小時，至第十七而快速略講圓滿，作爲郭老之往生佛事功德，迴向郭老早證八地、速返娑婆住持正法。茲爲今時後世學人故，將擇期重講《解深密經》，以淺顯之語句講畢後，將會整理成文，用供證悟者進道；亦令諸方未悟者，據此經中佛語正義，修正邪見，依之速能入道。平實導師述著，全書輯數未定，每輯三百餘頁，將於未來重講完畢後逐輯出版。

阿含經講記—小乘解脫道之修證：數百年來，南傳佛法所說證果之不實，所說解脫道之虛妄，所弘解脫道法義之世俗化，皆已少人知之；從南洋傳入台灣與大陸之後，所說法義虛謬之事，亦復少人知之；今時台灣全島印順系統之法師居士，多不知南傳佛法數百年來所說解脫道之義理已然偏斜、已然世俗化、已非眞正之二乘解脫正道，猶極力推崇與弘揚。彼等南傳佛法近代所謂之證果者多非眞實證果者，譬如阿迦曼、葛印卡、帕奧禪師、一行禪師……等人，悉皆未斷我見故。近年更有台灣南部大願法師，高抬南傳佛法之二乘修證行門爲「捷徑究竟解脫之道」者，然而南傳佛法縱使眞修實證，得成阿羅漢，至高唯是二乘菩提解脫之道，絕非究竟解脫，無餘涅槃中之實際尚未得證故，法界之實相尚未了知故，習氣種子待除故，一切種智未實證故，焉得謂爲「究竟解脫」？即使南傳佛法近代眞有實證之阿羅漢，尚且不及三賢位中之七住明心菩薩本來自性清淨涅槃智慧境界，則不能知此賢位菩薩所證之無餘涅槃實際，仍非大乘佛法中之見道者，何況普未實證聲聞果乃至未斷我見之人？謬充證果已屬逾越，更何況是誤會二乘菩提之後，以未斷我見之凡夫知見所說之二乘菩提解脫偏斜法道，焉可高抬爲「究竟解脫」？而且自稱「捷徑之道」？又妄言解脫之道即是成佛之道，完全否定般若實智、否定三乘菩提所依之如來藏心體，此理大大不通也！平實導師爲令修學二乘菩提欲證解脫果者，普得迴入二乘菩提正見、正道中，是故選錄四阿含諸經中，對於二乘解脫道法義有具足圓滿說明之經典，預定未來十年內將會加以詳細講解，令學佛人得以了知二乘解脫道之修證理路與行門，庶免被人誤導之後，未證言證，干犯道禁，成大妄語，欲升反墮。本書首重斷除我見，以助行者斷除我見而實證初果爲著眼之目標，若能根據此書內容，配合平實導師所著《識蘊眞義》《阿含正義》內涵而作實地觀行，實證初果非爲難事，行者可以藉此三書自行確認聲聞初果爲實際可得現觀成就之事。此書中除依二乘經典所說加以宣示外，亦依斷除我見等之證量，及大乘法中道種智之證量，對於意識心之體性加以細述，令諸二乘學人必定得斷我見、常見，免除三縛結之繫縛。次則宣示斷除我執之理，欲令升進而得薄貪瞋痴，乃至斷五下分結…等。平實導師述，共二冊，每冊三百餘頁。每輯300元。

修習止觀坐禪法要講記：修學四禪八定之人，往往錯會禪定之修學知見，欲以無止盡之坐禪而證禪定境界，卻不知修除性障之行門才是修證四禪八定不可或缺之要素，故智者大師云「性障初禪」；性障不除，初禪永不現前，云何修證二禪等？又：行者學定，若唯知數息，而不解六妙門之方便善巧者，欲求一心入定，未到地定極難可得，智者大師名之爲「事障未來」：障礙未到地定之修證。又禪定之修證，不可違背二乘菩提及第一義法，否則縱使具足四禪八定，亦不能實證涅槃而出三界。此諸知見，智者大師於《修習止觀坐禪法要》中皆有闡釋。作者平實導師以其第一義之見地及禪定之實證證量，曾加以詳細解析。將俟正覺寺竣工啓用後重講，不限制聽講者資格；講後將以語體文整理出版。欲修習世間定及增上定之學者，宜細讀之。平實導師述著。

★聲明★

本公司於2015/01/01開始調整本目錄中部分書籍之售價，以因應各項成本的持續增加。

喇嘛教修外道雙身法，墮識陰境界，非佛教

弘揚如來藏他空見的覺囊派才是真正藏傳佛教

總經銷： 飛鴻 國際行銷股份有限公司
231 新北市新店區中正路 501 之 9 號 2 樓
Tel.02－82186688（五線代表號） Fax.02-82186458、82186459

零售：1.**全台連鎖經銷書局：**
三民書局、誠品書局、何嘉仁書店
敦煌書店、紀伊國屋、金石堂書局、建宏書局
諾貝爾圖書城、墊腳石圖書文化廣場

2.**台北市：**佛化人生 **大安區**羅斯福路 3 段 325 號 6 樓之 4　台電大樓對面
3.**新北市：**春大地書店 **蘆洲區**中正路 117 號
4.**桃園市：**御書堂 **龍潭區**中正路 123 號
5.**新竹市：**大學書局 **東區**建功路 10 號
6.**台中市：**瑞成書局 **東區**雙十路 1 段 4 之 33 號
佛教詠春書局 **南屯區**永春東路 884 號
文春書店 **霧峰區**中正路 1087 號
7.**彰化市：**心泉佛教文化中心 南瑤路 286 號
8.**高雄市：**政大書城 **苓雅區**光華路 148-83 號
明儀書局 **三民區**明福街 2 號
青年書局 **苓雅區**青年一路 141 號
9.**宜蘭市：**金隆書局　中山路 3 段 43 號
10.**台東市：**東普佛教文物流通處 博愛路 282 號
11.**其餘鄉鎮市經銷書局：**請電詢總經銷**飛鴻**公司。
12.**大陸地區請洽：**

香港：樂文書店
旺角店 :香港九龍旺角西洋菜街 62 號 3 樓
電話 : (852) 2390 3723　email: luckwinbooks@gmail.com
銅鑼灣店 :香港銅鑼灣駱克道 506 號 2 樓
電話 : (852) 2881 1150　email: luckwinbs@gmail.com

廈門：廈門外圖臺灣書店有限公司
地址：廈門市思明區湖濱南路809 號 廈門外圖書城3 樓 郵編：361004
電話：0592-5061658（臺灣地區請撥打 86-592-5061658）
E-mail：JKB118@188.COM

13.**美國：世界日報圖書部：**紐約圖書部　電話 7187468889#6262
洛杉磯圖書部　電話 3232616972#202

14.**國內外地區網路購書：**
正智出版社 書香園地　http://books.enlighten.org.tw/
（書籍簡介、經銷書局可直接聯結下列網路書局購書）
三民 網路書局　http://www.sanmin.com.tw
誠品 網路書局　http://www.eslitebooks.com

博客來 網路書局　http://www.books.com.tw
金石堂 網路書局　http://www.kingstone.com.tw
飛鴻 網路書局　http://fh6688.com.tw

附註：1.請儘量向各經銷書局購買：郵政劃撥需要八天才能寄到（本公司在您劃撥後第四天才能接到劃撥單，次日寄出後第二天您才能收到書籍，此六天中可能會遇到週休二日，是故共需八天才能收到書籍）若想要早日收到書籍者，請劃撥完畢後，將劃撥收據貼在紙上，旁邊寫上您的姓名、住址、郵區、電話、買書詳細內容，直接傳眞到本公司 02-28344822，並來電 02-28316727、28327495 確認是否已收到您的傳眞，即可提前收到書籍。 **2**.因台灣每月皆有五十餘種宗教類書籍上架，書局書架空間有限，故唯有新書方有機會上架，通常每次只能有一本新書上架；本公司出版新書，大多上架不久便已售出，若書局未再叫貨補充者，書架上即無新書陳列，則請直接向書局櫃台訂購。 **3**.若書局不便代購時，可於晚上共修時間向正覺同修會各共修處請購（共修時間及地點，詳閱**共修現況表**。每年例行年假期間請勿前往請書，年假期間請見共修現況表）。 **4**.郵購：郵政劃撥帳號 19068241。 **5**.正覺同修會會員購書都以八折計價（戶籍台北市者爲一般會員，外縣市爲護持會員）都可獲得優待，欲一次購買全部書籍者，可以考慮入會，節省書費。入會費一千元（第一年初加入時才需要繳），年費二千元。**6.尚未出版之書籍，請勿預先郵寄書款與本公司，謝謝您！** **7**.若欲一次購齊本公司書籍，或同時取得正覺同修會贈閱之全部書籍者，請於正覺同修會共修時間，親到各共修處請購及索取；**台北市讀者**請洽：103 台北市承德路三段 267 號 10 樓（捷運淡水線 圓山站旁）請書時間：週一至週五爲 18.00~21.00，第一、三、五週週六爲 10.00~21.00，雙週之週六爲 10.00~18.00 請購處專線電話：25957295-分機 14（於請書時間方有人接聽）。

敬告大陸讀者：

大陸讀者購書、索書捷徑（尚未在大陸出版的書籍，以下二個途徑都可以購得，電子書另包括結緣書籍）：

1.**廈門外國圖書公司**：廈門市思明區湖濱南路 809 號 廈門外圖書城 3F
郵編：361004 電話：0592-5061658 網址：http://www.xibc.com.cn/

2.**電子書**：正智出版社有限公司及正覺同修會在台灣印行的各種局版書、結緣書，已有『**正覺電子書**』陸續上線中，提供讀者於手機、平板電腦上購書、下載、閱讀正智出版社、正覺同修會及正覺教育基金會所出版之電子書，詳細訊息敬請參閱『正覺電子書』專頁：http://books.enlighten.org.tw/ebook

關於平實導師的書訊，請上網查閱：

成佛之道 http://www.a202.idv.tw

正智出版社 書香園地 http://books.enlighten.org.tw/

中國網採訪佛教正覺同修會、正覺教育基金會訊息：

http://big5.china.com.cn/gate/big5/fangtan.china.com.cn/2014-06/19/content_32714638.htm

http://pinpai.china.com.cn/

★ 正智出版社有限公司售書之稅後盈餘，全部捐助財團法人正覺寺籌備處、佛教正覺同修會、正覺教育基金會，供作弘法及購建道場之用；懇請諸方大德支持，功德無量。

★ 聲 明 ★

本社於 2015/01/01 開始調整本目錄中部分書籍之售價，以因應各項成本的持續增加。

＊ 喇嘛教修外道雙身法、墮識陰境界，非佛教 ＊

＊ 弘揚如來藏他空見的覺囊派才是真正藏傳佛教 ＊

換書及道歉公告

《法華經講義》第十三輯，因謄稿、印製等相關人員作業疏失，導致該書中的經文及內文用字將「**親近**」誤植成「清淨」。茲為顧及讀者權益，自 2017/8/30 開始免費調換新書；敬請所有讀者將以前所購第十三輯初版首刷及二刷本，攜回或寄回本社免費換新，或請自行更正其中的錯誤之處；郵寄者之回郵由本社負擔，不需寄來郵票。同時對因此而造成讀者閱讀、以及換書的困擾及不便，在此向所有讀者致上最誠懇的歉意，祈請讀者大眾見諒！錯誤更正說明如下：

一、第 256 頁第 10 行~第 14 行：【就是先要具備「**法親近處**」、「**眾生親近處**」；法**親近**處就是在實相之法有所實證，如果在實相法上有所實證，他在二乘菩提中自然也能有所實證，以這個作為第一個**親近**處——第一個基礎。然後還要有第二個基礎，就是瞭解應該如何善待眾生；對於眾生不要有排斥或者是貪取之心，平等觀待而攝受、親近一切有情。以這兩個**親近**處作為基礎，來實行其他三個安樂行法。】。

二、第 268 頁第 13 行：【具足了那兩個「**親近處**」，使你能夠在末法時代，如實而圓滿的演述《法華經》時，那麼你作這個夢，它就是如理作意的，完全符合邏輯去完成這個過程，就表示你那個晚上，在那短短的一場夢中，已經度了不少眾生了。】

正智出版社有限公司 敬啓

售後服務—換書啓事(免附回郵) 2017/12/05

《楞伽經詳解》第三輯初版免費調換新書啓事：茲因 平實導師弘法早期尚未回復往世全部證量，有些法義接受他人的說法，寫書當時並未察覺而有二處（同一種法義）跟著誤說，如今發現已將之修正。茲為顧及讀者權益，已開始免費調換新書；敬請所有讀者將以前所購第三輯（不論第幾刷），攜回或寄回本公司免費換新；郵寄者之回郵由本公司負擔，不需寄來郵票。因此而造成讀者閱讀、以及換書的不便，在此向所有讀者致上萬分的歉意，祈請讀者大眾見諒！

《楞嚴經講記》第 14 輯初版首刷本免費調換新書啓事：本講記第 14 輯出版前因 平實導師諸事繁忙，未將之重新閱讀而只改正校對時發現的錯別字，故未能發覺十年前所說法義有部分錯誤，於第 15 輯付印前重閱時才發覺第 14 輯中有部分錯誤尚未改正。今已重新審閱修改並已重印完成，煩請所有讀者將以前所購第 14 輯初版首刷本，寄回本公司免費換新（初版二刷本無錯誤），本公司將於寄回新書時同時附上您寄書來換新時的郵資，並在此向所有讀者致上最誠懇的歉意。

《心經密意》初版書免費調換二版新書啓事：本書係演講錄音整理成書，講時因時間所限，省略部分段落未講。後於再版時補寫增加 13 頁，維持原價流通之。茲為顧及初版讀者權益，自 2003/9/30 開始免費調換新書，原有初版一刷、二刷書籍，皆可寄來本公司換書。

《宗門法眼》已經增寫改版為 464 頁新書，2008 年 6 月中旬出版。讀者原有初版之第一刷、第二刷書本，都可以寄回本公司免費調換改版新書。改版後之公案及錯悟事例維持不變，但將內容加以增說，較改版前更具有廣度與深度，將更能助益讀者參究實相。

換書者**免附回郵**，亦無截止期限；舊書請寄：111 台北郵政 73-151 號信箱 或 103 台北市承德路三段 267 號 10 樓 正智出版社有限公司。舊書若有塗鴨、殘缺、破損者，仍可換取新書；但缺頁之舊書至少應仍有五分之三頁數，方可換書。所有讀者不必顧念本公司是否有盈餘之問題，都請踴躍寄來換書；本公司成立之目的不是營利，只要能眞實利益學人，即已達到成立及運作之目的。若以郵寄方式換書者，免附回郵；並於寄回新書時，由本公司附上您寄來書籍時耗用的郵資。造成您不便之處，再次致上萬分的歉意。

正智出版社有限公司 啓

國家圖書館出版品預行編目資料

阿含正義-唯識學探源 第三輯／平實導師著 —初版—
臺北市：正智，2006— 〔民95— 〕
冊； 公分
ISBN:978-986-81358-6-4 （第1輯：平裝）
ISBN:978-986-81358-8-8 （第2輯：平裝）
ISBN:978-986-81358-9-5 （第3輯：平裝）
ISBN:978-986-82992-1-4 （第4輯：平裝）
ISBN:978-986-82992-4-5 （第5輯：平裝）
ISBN:978-986-82992-5-2 （第6輯：平裝）
ISBN:978-986-82992-7-6 （第7輯：平裝）
1.阿含部
221.8 95015882

阿含正義

唯識學探源——第三輯

作　者：平實導師
校　對：蘇振慶 章乃鈞 蔡禮政 劉惠莉
出版者：正智出版社有限公司
電話：○二 28327495 28316727（白天）
傳眞：○二 28344822
111台北郵政73-151號信箱
郵政劃撥帳號：一九○六八二四一
正覺講堂：總機○二 25957295（夜間）
總經銷：飛鴻國際行銷股份有限公司
231新北市新店區中正路501-9號2樓
電話：○二 82186688（五線代表號）
傳眞：○二 82186458 82186459
初版首刷：公元二○○六年十二月底 二千冊
初版七刷：公元二○一九年六月 二千冊
定　價：三○○元